献给北京大学建校一百二十周年

申　丹　总主编

方李邦琴北京大学人文学科文库出版基金赞助

国家社科基金重点项目

北大欧美文学研究丛书

申丹 主编

改革开放30年的外国文学研究

（第二卷）文献综述（下）

罗芃 主编

刘 锋 秦海鹰 执行主编

北京大学出版社

PEKING UNIVERSITY PRESS

图书在版编目 (CIP) 数据

改革开放 30 年的外国文学研究 . 第二卷，文献综述 . 下 / 罗芃主编 .
—北京：北京大学出版社，2018.5
（北京大学人文学科文库·北大欧美文学研究丛书）
ISBN 978-7-301-29441-3

Ⅰ . ①改… Ⅱ . ①罗… Ⅲ . ①外国文学—文学研究 Ⅳ . ① I106

中国版本图书馆 CIP 数据核字 (2018) 第 061004 号

书　　　　名	改革开放 30 年的外国文学研究（第二卷）文献综述（下） GAIGE KAIFANG 30 NIAN DE WAIGUO WENXUE YANJIU
著作责任者	罗　芃　主编
责 任 编 辑	兰　婷
标 准 书 号	ISBN 978-7-301-29441-3
出 版 发 行	北京大学出版社
地　　　　址	北京市海淀区成府路 205 号　100871
网　　　　址	http://www.pup.cn　　　新浪微博：@北京大学出版社
电 子 信 箱	lanting371@163.com
电　　　　话	邮购部 62752015　发行部 62750672　编辑部 62759634
印 刷 者	三河市北燕印装有限公司
经 销 者	新华书店
	650 毫米 ×980 毫米　16 开本　27 印张　490 千字
	2018 年 5 月第 1 版　2018 年 5 月第 1 次印刷
定　　　　价	78.00 元

《改革开放 30 年的外国文学研究》
编撰人员

主编：罗　芃

执行主编：刘　锋　秦海鹰

各语种文学分组负责人

英美文学组：刘　锋

德语文学组：黄燎宇

法国文学组：杨国政

西班牙语文学组：王　军

俄罗斯文学组：查晓燕

阿拉伯文学组：林丰民

日本文学组：于荣胜

南亚文学组：姜景奎

撒哈拉以南文学组：魏丽明

西方文论组：秦海鹰

撰写人

序言
刘　锋、秦海鹰

二、新小说：王晓侠

三、现当代文学：魏柯玲

统稿人：杨国政

第四章　西班牙语文学研究

第一节　西班牙语文学研究综述

"总论"部分：王　军

"中世纪—19 世纪西班牙文学"部分：程弋洋

"塞万提斯研究""20 世纪西班牙文学"部分：王　军

第二节　拉丁美洲西班牙语文学研究

"总论"部分、"古印第安文学述评""征服、殖民时期的文学""独立革命时期的文学""浪漫主义文学""现实主义文学""现代主义文学""先锋派小说""后现代主义诗歌""后'爆炸'文学"部分：路燕萍（其中"总论"部分与范晔共同完成）

"先锋派小说"部分中的"阿斯图里亚斯""卡彭铁尔""鲁尔福"和"博尔赫斯"，以及"新小说"部分中的"文学爆炸四杰：科塔萨尔、马尔克斯、富恩特斯、略萨"及"何塞·多诺索"：范　晔

"拉丁美洲戏剧"部分：卜　珊

统稿人：王　军

(第二卷) 文献综述(下)

第一章　俄罗斯文学研究

查晓燕、彭甄、吴石磊；前期资料搜集人：许世欣、叶芳芳

统稿人：查晓燕

第二章　阿拉伯文学研究

"总论"部分：林丰民

第一节　以书为载体的阿拉伯文学研究：王　婧

第二节　以论文和学术文章为载体的阿拉伯文学研究：徐　娴

统稿人：林丰民

(第三卷)专题研究

总　序

袁行霈

　　人文学科是北京大学的传统优势学科。早在京师大学堂建立之初，就设立了经学科、文学科，预科学生必须在五种外语中选修一种。京师大学堂于 1912 年改为现名，1917 年，蔡元培先生出任北京大学校长，他"循思想自由原则，取兼容并包主义"，促进了思想解放和学术繁荣。1921 年北大成立了四个全校性的研究所，下设自然科学、社会科学、国学和外国文学四门，人文学科仍然居于重要地位，广受社会的关注。这个传统一直沿袭下来，中华人民共和国成立后，1952 年北京大学与清华大学、燕京大学三校的文、理科合并为现在的北京大学，大师云集，人文荟萃，成果斐然。改革开放后，北京大学的历史翻开了新的一页。

　　近十几年来，人文学科在学科建设、人才培养、师资队伍建设、教学科研等各方面改善了条件，取得了显著成绩。北大的人文学科门类齐全，在国内整体上居于优势地位，在世界上也占有引人瞩目的地位，相继出版了《中华文明史》《世界文明史》《世界现代化历程》《中国儒学史》《中国美学通史》《欧洲文学史》等高水平的著作，并主持了许多重大的考古项目，这些成果发挥着引领学术前进的作用。目前，北大还承担着《儒藏》《中华文明探源》《北京大学藏西汉竹书》的整理与研究工作,以及《新编新注十三经》等重要项目。

与此同时,我们也清醒地看到,北大人文学科整体的绝对优势正在减弱,有的学科只具备相对优势了;有的成果规模优势明显,高度优势还有待提升。北大出了许多成果,但还要出思想,要产生影响人类命运和前途的思想理论。我们距离理想的目标还有相当长的距离,需要人文学科的老师和同学们加倍努力。

我曾经说过:与自然科学或社会科学相比,人文学科的成果,难以直接转化为生产力,给社会带来财富,人们或以为无用。其实,人文学科力求揭示人生的意义和价值,塑造理想的人格,指点人生趋向完美的境地。它能丰富人的精神,美化人的心灵,提升人的品德,协调人和自然的关系以及人和人的关系,促使人把自己掌握的知识和技术用到造福于人类的正道上来,这是人文无用之大用! 试想,如果我们的心灵中没有诗意,我们的记忆中没有历史,我们的思考中没有哲理,我们的生活将成为什么样子? 国家的强盛与否,将来不仅要看经济实力、国防实力,也要看国民的精神世界是否丰富,活得充实不充实,愉快不愉快,自在不自在,美不美。

一个民族,如果从根本上丧失了对人文学科的热情,丧失了对人文精神的追求和坚守,这个民族就丧失了进步的精神源泉。文化是一个民族的标志,是一个民族的根,在经济全球化的大趋势中,拥有几千年文化传统的中华民族,必须自觉维护自己的根,并以开放的态度吸取世界上其他民族的优秀文化,以跟上世界的潮流。站在这样的高度看待人文学科,我们深感责任之重大与紧迫。

北大人文学科的老师们蕴藏着巨大的潜力和创造性。我相信,只要使老师们的潜力充分发挥出来,北大人文学科便能克服种种障碍,在国内外开辟出一片新天地。

人文学科的研究主要是著书立说,以个体撰写著作为一大特点。除了需要协同研究的集体大项目外,我们还希望为教师独立探索,撰写、出版专著搭建平台,形成既具个体思想,又汇聚集体智慧的系列研究成果。为此,北京大学人文学部决定编辑出版"北京大学人文学科文库",旨在汇集新时代北大人文学科的优秀成果,弘扬北大人文学科的学术传统,展示北大人文学科的整体实力和研究特色,为推动北大世界一流大学建设、促进人文学术发展做出贡献。

我们需要努力营造宽松的学术环境、浓厚的研究气氛。既要提倡教师根据国家的需要选择研究课题,集中人力物力进行研究,也鼓励教师按照自己的兴趣自由地选择课题。鼓励自由选题是"北京大学人文学科文库"的一个特点。

我们不可满足于泛泛的议论,也不可追求热闹,而应沉潜下来,认真钻研,将切实的成果贡献给社会。学术质量是"北京大学人文学科文库"的一大追求。文库的撰稿者会力求通过自己潜心研究、多年积累而成的优秀成果,来展示自己的学术水平。

我们要保持优良的学风,进一步突出北大的个性与特色。北大人要有大志气、大眼光、大手笔、大格局、大气象,做一些符合北大地位的事,做一些开风气之先的事。北大不能随波逐流,不能甘于平庸,不能跟在别人后面小打小闹。北大的学者要有与北大相称的气质、气节、气派、气势、气宇、气度、气韵和气象。北大的学者要致力于弘扬民族精神和时代精神,以提升国民的人文素质为己任。而承担这样的使命,首先要有谦逊的态度,向人民群众学习,向兄弟院校学习。切不可妄自尊大,目空一切。这也是"北京大学人文学科文库"力求展现的北大的人文素质。

这个文库第一批包括:
"北大中国文学研究丛书"(陈平原　主编)
"北大中国语言学研究丛书"(王洪君　郭锐　主编)
"北大比较文学与世界文学研究丛书"(陈跃红　张辉　主编)
"北大批评理论研究丛书"(张旭东　主编)
"北大中国史研究丛书"(荣新江　张帆　主编)

"北大世界史研究丛书"(高毅 主编)

"北大考古学研究丛书"(赵辉 主编)

"北大马克思主义哲学研究丛书"(丰子义 主编)

"北大中国哲学研究丛书"(王博 主编)

"北大外国哲学研究丛书"(韩水法 主编)

"北大东方文学研究丛书"(王邦维 主编)

"北大欧美文学研究丛书"(申丹 主编)

"北大外国语言学研究丛书"(宁琦 高一虹 主编)

"北大艺术学研究丛书"(王一川 主编)

"北大对外汉语研究丛书"(赵杨 主编)

　　此后,文库又新增了跨学科的"北大古典学研究丛书"(李四龙、彭小瑜、廖可斌主编)和跨历史时期的"北大人文学古今融通研究丛书"(陈晓明、王一川主编)。这17套丛书仅收入学术新作,涵盖了北大人文学科的多个领域,它们的推出有利于读者整体了解当下北大人文学者的科研动态、学术实力和研究特色。这一文库将持续编辑出版,我们相信通过老、中、青年学者的不断努力,其影响会越来越大,并将对北大人文学科的建设和北大创建世界一流大学起到积极作用,进而引起国际学术界的瞩目。

2017年10月修订

丛书序言

　　北京大学的欧美文学研究具有深厚的历史积淀,承继五四运动之使命,早在1921年便建立了独立的外国文学研究所,系北京大学首批成立的四个全校性研究机构之一,为中国人文学科拓展了重要的研究领域,注入了新的思想活力。新中国成立之后,尤其是经过1952年的全国院系调整,北京大学欧美文学的教学和研究力量不断得到充实与加强,汇集了冯至、朱光潜、曹靖华、杨业治、罗大冈、田德望、吴达元、杨周翰、李赋宁、赵萝蕤等一大批著名学者,以学养深厚、学风严谨、成果卓越而著称。改革开放以来,北大的欧美文学研究进入了新的历史发展时期,形成了一支思想活跃、视野开阔、积极进取、富有批判精神的研究队伍,高水平论著不断问世,在国内外产生了重要的学术影响。21世纪之初,北京大学组建了欧美文学研究中心,研究力量得到进一步加强。北大的欧美文学研究人员确定了新时期的发展目标和探索重点,踏实求真,努力开拓学术前沿,承担多项国际合作和国内重要科研课题,注重与国内同行的交流和与国际同行的直接对话,在我国的欧美文学研究中发挥着越来越重要的作用。

　　为了弘扬北京大学欧美文学研究的学术传统,促进欧美文学研究的深入发展,北大欧美文学研究中心在成立之初就开始组织撰写"北大欧美文学研究丛书"。本套丛书涉及欧美文学研究的多个方面,包括欧美经典作家作品研究、欧美文学流派或文学体裁研究、欧美文学与宗教研究、欧美文论与文化研究等。这是一套开放性的丛书,重积累、求创新、促发展,旨在展示多元文化背景下北大欧美文学研究的成果和视角,加强与国际国内同行的交流,为拓展和深化当代欧美文学研究做出自己的贡献。通过这套丛书,我们也希望广大文学研究者和爱好者对北大欧美文学研究的方向、方法和热点问题有所了解;北大的欧美文学研究者也能借此对自己的学术探讨进行总结、回顾、审视、反思,在历史和现实的坐标中确定自身的位置。此外,我们也希望这套丛书的撰写与出版能有力地促进外国文学教学和人才的培养,使研究与教学互为促进、互为补充。

这套丛书的研究和出版得到了北京大学、北京大学外国语学院以及北京大学出版社的大力支持。若没有上述单位的鼎力相助,这套丛书是难以面世的。

2016 年春,北京大学人文学部开始建设"北京大学人文学科文库",旨在展示北大人文学科的整体实力和研究特色。"北大欧美文学研究丛书"进入文库继续出版,希望与文库收录的相关人文学科的优秀成果一起,为展现北大学人的探索精神、推动北大世界一流大学建设、促进人文学术发展贡献力量。

申　丹

2016 年 4 月

目　录

序　言

　　本书是国家社科基金重点项目"十一届三中全会以来外国文学研究 30 年"的研究成果。这一项目旨在系统地检阅改革开放以来我国外国文学研究的基本状况,就其性质和定位而言,可归入学科史的范畴。迄今为止,国内高校和研究机构已开展过两个大型研究项目,梳理和总结中华人民共和国成立六十年来外国文学研究的发展情况。其一是陈众议主持的"当代中国外国文学研究(1949—2009)"项目。该项目追溯了"五四"以来外国文学研究的发展情况,在此基础上描述了中华人民共和国成立以来国别、区域或语种文学研究、外国文学翻译、外国重要文艺理论思潮在中国的接受、外国文学教材建设等问题。[①] 其二是申丹、王邦维主持的"新中国 60 年外国文学研究"国家社科基金重大项目。该项目规模庞大,共分八个子课题展开,包括"外国文学作品研究之考察与分析"(下分诗歌与戏剧研究和小说研究)、"外国文学流派研究之考察与分析""外国文学史研究之考察与分析""外国文论研究之考察与分析""外国文学翻译之考察与分析""外国文学研究分类考察口述史""外国文学研究数据库"和"外国文学研究战略发展报告"。整个项目将外国文学研

---

　　① 参见陈众议主编:《当代中国外国文学研究(1949—2009)》,中国社会科学出版社 2011 年版。

究分成不同的领域或专题分别加以考察,力图"以新的方式探讨新中国成立后 60 年外国文学研究的思路、特征、方法、趋势和进程,对重要问题做出深度分析,从新的角度揭示外国文学研究的得失和演化规律,对未来的外国文学研究进行前瞻性思考,以求推进我国外国文学研究的学术史建构"[①]。从时间范围来看,这些研究项目同样涵盖了改革开放以来的外国文学研究,但其成果具有通史的性质,改革开放以来的外国文学研究被当作中华人民共和国成立以来外国文学研究的一个阶段来处理,从而就被置于一个广大的背景下来审视,其意义自不待言。相形之下,本项研究更多地具有断代史的性质,虽则仍要以改革开放以前的外国文学研究为必要参照,但其焦点更为集中,可以照顾到更多的细节,并透过对细节的充分梳理和评估,为改革开放以来的外国文学研究提供比较系统的概览。通史研究和断代史研究的侧重点各不相同,但两者之间无疑存在着互补的关系。

　　党的十一届三中全会是我国当代史上的一个重大事件,标志着改革开放的开始,对我国的政治、经济、社会、文化生活产生了全方位的影响。外国文学研究作为我国文化建设的一部分,作为中外文化交流和互动的一个重要渠道,也经历了相当大的变化。对三十多年来外国文学研究的状况予以系统总结,可以从一个侧面反映我国文化建设的整体发展情况。与此同时,本项研究又具有内在的学科意义,能够在一定范围内揭示三十多年来外国文学研究的进程、变化、特点以及未来发展趋向。按其性质和目标而言,本项研究不可避免地含有一个历史纵深的视角,如果不能对改革开放以前的外国文学研究有一个总体把握,就无法确切地认识和评价改革开放以来外国文学研究的新格局。由于这个缘故,虽然本项研究并

　　[①]　参见申丹、王邦维:《新中国 60 年外国文学研究》,总导言,北京大学出版社 2015 年版。该书共分六卷七册,各卷册标题依次为:"外国诗歌与戏剧研究""外国小说研究""外国文学流派研究""外国文学史研究""外国文论研究""外国文学翻译"和"口述史"。除陈众议和申丹分别主持的两个项目外,国内还出版过几部外国文学学术史的专著,如王向远著《东方各国文学在中国》(江西教育出版社 2001 年版)、龚瀚熊著《西方文学研究》(收入"二十世纪中国人文学科学术研究史丛书",福建人民出版社 2005 年版)等,但这些专著只涉及东方或西方文学研究,而没有涵盖外国文学研究的全部分支领域。

不过多地直接涉及改革开放以前的外国文学研究,但其作为一种隐含的参照,则始终在场。国内研究者通常以党的十一届三中全会的召开为界,将中华人民共和国成立以来的外国文学研究分成前后两个时期。不过,这两个时期的关系要比任何笼统的划界都更为复杂,其间不仅发生了显而易见的变化,而且也存在着十分重要的连续性,需要在全面了解两个时期外国文学研究的特点的基础上,透过比较视野予以把握。另一方面,在当今国际化趋势日益加强的背景下,还需要参照国外(尤其是对象国)相关学科领域的发展来审察我们自己的研究工作,发现相同或相异的问题意识、选择的理由、影响的方式、研究水准的高下等。鉴于外国文学研究与其他人文、社会学科之间存在着相互影响、相互渗透的关系,因而就有必要结合语言学、哲学、历史学、心理学、社会学、宗教学等学科来对它加以综合性审视。总而言之,对改革开放以来的外国文学研究进行考察,是一项蕴含着多方面复杂联系的工作。尽管在本项研究中,这些联系未必明确地呈现出来,但它们作为始终一贯的潜在视域,直接影响到考察工作的诸多环节,如选材、判断、分析、解释、评价等。离开了这种深切的比较意识,对改革开放以来外国文学研究的发展进程和独特品质就不可能形成确切的认知。

我国的外国文学研究,若从始于五四新文化运动时期的大规模引介算起,已经历了一个世纪的发展。中华人民共和国成立以前的 30 年是外国文学研究的草创阶段,学科建制初步形成,大学的外文系成为外国文学研究的制度性依托,培养了一批优秀的专门研究人才。这批学者在中华人民共和国成立以后成为外国文学研究的中坚力量,他们做了大量的引介、普及和研究工作,同时又通过系统、规范的教学活动培养了新一代研究工作者,进一步确立了外国文学作为一门独立学科的地位。不过,如同人文社会科学的其他领域一样,当时的外国文学研究与意识形态的要求高度吻合,很难按学科的自律逻辑展开,研究对象、方法和视角相对单一,分析和评论经常不是从文本实际出发,而更多的是为一种既定的意义系统提供佐证或辩护。现实主义,尤其是批判现实主义作家受到几乎是压倒性的关注,而素朴的社会学方法则成为主流研究方法。这个时期的外国文学研究无疑具有鲜明的时代印记,对它很难采取非此即彼的评价方式,或许将它看作特殊的历史条件下学科积累的一个必要环节,才更加符合事实。

改革开放以后,在思想解放的大气氛下,外国文学研究也与其他人文学科一样呈现出不同于既往的崭新格局,其涵盖范围急剧扩大,昔日被有意无意排除在外的作家、作品进入研究者的视野,日益成为外国文学鉴赏、诠释、分析和评论的焦点,而最引人注目的就是西方现代派文学的大量引介,丰富了人们对外国文学的认知。与此同时,经典作家、作品也在一种新的视角下得到重新评价,不仅对研究文本的选择突破了思想内容的限制,文学形式、文学手法、文学修辞等原本被刻意回避的层面也受到特殊关注。尽管这个过程始终伴随着争议、辩难甚或批判,但就其基本发展轮廓来看,开放和多元毕竟已成为不可遏制的趋势。加上 20 世纪 80年代"文化热"引入的大量西方学术资源,文学文本被置于广泛的思想联系中来观照和评价,呈现出更复杂、更微妙的意义层次。20 世纪 90 年代以来的外国文学研究基本上沿着这一轨迹往前推进,当然涉及的范围更加广泛,新的研究课题层出不穷,如后现代文学、族裔文学、生态文学等,都引起了普遍关注。尽管从学理上看,有些研究对象以及研究本身的价值还可以争论,见仁见智,不足为奇,但一个基本倾向是,外国文学研究日益按其内在的学科逻辑来进行,在规范性、系统性、累积性等方面都有显著的进展。随着学科建制的不断完善,形成了一支涵盖了外国文学各领域的学科队伍,除传统上受到较多关注的欧美文学和俄罗斯文学以外,东方文学、拉美文学、非洲文学的研究也达到了一定的规模,专业化程度越来越高。

除此而外,现代西方文论的引介和研究也在不断加强。从 20 世纪80 年代开始,形形色色的西方文论开始进入研究者的视野,如精神分析文论、俄国形式主义、英美新批评、结构主义、神话原型批评、西方马克思主义文论、接受美学、叙事学理论、解构主义、女性主义、新历史主义等。

随着研究者对现代西方文论了解的深入，也出现了一些带有批判性反思的成果。可以说，无论在广度上，还是在深度上，文论研究都取得了长足的进展，成绩不可小觑。不过，在此过程中，对新理论、新思潮的追逐也渐成风尚，甚至产生了一呼百应的效果。例如，在相当一段时间内，研究者的关注焦点主要集中在后现代主义上，范围所及，几乎囊括了后现代主义的所有方面。围绕一种理论思潮形成研究热点，的确有助于凝聚研究资源，将讨论不断推向深入，但也有可能出现相反的情况，因为处在一种热烈的氛围中，研究者往往很难认真推究一个问题的前因后果及诸多逻辑环节，而一旦热潮过去，这个问题又随之被弃置一旁了。20 世纪 90 年代的"后现代热"就属于这种情况，虽然有深度的研究并非完全付诸阙如，但总体来看，后现代主义研究的成果质量远远不能与后现代主义受到的普遍关注相匹配。进入 21 世纪以来，人们对后现代主义的兴趣逐渐减弱，热潮不再，但这并不意味着，对后现代主义的研究已经完结。不管是好是坏，后现代主义作为 20 世纪后半叶西方社会的一种突出的文化现象，其影响和效应仍将以某种方式长期存在。不仅如此，透过后现代主义的视野反观现代主义，也有可能看到许多从前看不到的东西，因为正如不少学者指出的，后现代主义与现代主义并非截然断裂的关系。对于诸如此类的问题，现在也许到了做进一步深入检讨的时候了。

本项目分两个阶段予以实施。第一阶段主要做了文献梳理的工作，旨在按外国文学各分支领域并围绕若干重点问题，为改革开放以来的外国文学研究提供一个发展梗概。第二阶段以第一阶段的工作为基础，选择若干具有典型意义的专题，做较为集中的探讨。我们希望通过这种点面结合的方式，既比较系统地呈现三十多年来外国文学研究的成果，同时又借助若干个案对这些成果进行更细致的分析，以期从特定的视角见出外国文学界在某些具体问题的研究中所取得的成绩，以及存在的种种问题。我们充分地意识到，无论是文献综述，还是专题讨论，都必然带有高度的选择性。改革开放以来的三十多年里，外国文学领域已积累了相当丰富的文献资源，专著、论文的数量不可胜计，所涉及的分支领域也远非此前任何时期的外国文学研究所能比拟。要对汗牛充栋的文献进行梳理,就必须在多个层面上(如研究者所研究的作家作品、所关注的问题、探讨问题的方式等)做出选择,因而真正意义上的全面性只是遥不可及的理想。第一阶段的文献综述尚且如此,第二阶段的专题讨论就更不可能面面俱到了;事实上,这一阶段的工作仅仅具有举隅的性质,从中或可约略看出,对某个作家、某部作品或某个文学现象的探究是如何一步一步向前推进的。如果说第一阶段的工作更注重资料性,第二阶段的工作则更注重对资料的消化、分析和解释;就此而言,两个阶段的工作是相互补充的。

与项目实施的两个阶段相应,本书分成三卷。第一、二卷按国别或语种将改革开放以来的外国文学研究分成如下几个分支来进行考察:英美文学研究、德语文学研究、法国文学研究、西班牙语文学研究、俄罗斯文学研究、阿拉伯文学研究、日本文学研究、南亚文学研究、撒哈拉以南非洲文学研究。文论研究主要涉及20世纪几个主要欧美国家的文论,在此作为单独一章,并在"西方文论研究"的总标题下按流派加以考察。鉴于前两卷侧重于对三十多年来外国文学研究的一般发展状况进行考察,因而在编排内容时,原则上可采取编年史的形式,按论文或专著的出版时间排列顺序,例如以某个年份为单位,描述和总结当年的研究成果。这无疑有助于读者方便地了解某个特定时段研究者的兴趣方向,并对该时段的研究成果形成一个总体印象。但另一方面,这样做也可能造成支离之弊,因为在这种安排下,对同一作家、作品或文学现象的研究就必须按论文或专著的出版时间置于不同的年份分别加以描述。经反复考虑,我们以为比较可取的做法是按对象国文学史的线索来编排各章内容,围绕各个时期的重要作家、作品或文学现象,简要描述三十多年来我国外国文学界对其所做的研究。将三十多年来外国文学界对某个具体作家、作品或文学现象所做的研究作为一个整体来处理,有助于透过发展的视野见出相关研究的连续性脉络。不过,由于不同语种文学(尤其是东方各语种文学)的研究状况不尽相同,这一原则很难始终一贯地予以贯彻,容有变通的情况。前两卷的考察对象以论文为主,取材范围包括几家专业的外国文学期刊,但也同时兼顾各类专著，以及刊载于各种综合性学刊的研究论文。由于涉及的文献数量庞大，我们只能根据具体情况做出适当的取舍，选择若干论文或论著来简要描述其基本观点，而对其余的大量论文或论著则仅列其名。

在前两卷的文献梳理和全景考察的基础上，第三卷的专题研究不再以区域或国别为框架，而是以个案和问题为中心，分为"作家作品""文学史与翻译""文学理论与概念""国别研究的整体反思"四个板块，分别选取30年来我国外国文学研究中具有典型意义的作家、作品、流派、现象、概念、问题等进行深度探讨。"作家作品"是第三卷中占比最大的板块，以所论作家的出生年代为各章编排顺序，在时间上跨越了16世纪至20世纪，在空间上覆盖了西方文学和东方文学，依次涉及：莎士比亚（1564—1616）、莱辛（1729—1781）、歌德（1749—1832）、司汤达（1783—1842）、乔治·爱略特（1819—1880）、罗斯金（1819—1900）、契诃夫（1860—1904）、泰戈尔（1861—1941）、纪德（1869—1951）、普列姆昌德（1880—1936）、卡夫卡（1883—1924）、纪伯伦（1883—1931）、杜拉斯（1914—1996）和村上春树（1949—　）。这些作家在各自的国家或区域的文学中都具有很高的代表性，但本项目把他们作为个案来考察，则主要是针对他们在我国30年外国文学研究中的特殊意义，目的是对他们在我国的接受、传播、翻译、误读等具有中国特色的现象进行反思和总结。本项目作为外国文学研究之研究，不仅要把作家作品当作个案来考察，还要把一些更具有源头性或基础性的问题当作个案来深思。这些问题大至某个学科门类的建立和命名，小至某个理论概念的接受和流变，当然还包括外国文学的汉译，都会牵连出一些具有中国特色的现象和难题。我们作为一个有自己语言、文化和思想传统的中国"他者"，在进入外国文学这个广阔研究领域时必然带有我们特有的目光、问题、优势或障碍。这便是"文学史与翻译"和"文学理论与概念"这两个板块的设计意图。"文学史与翻译"板块的三篇论文分别探讨了东方文学史的编写问题和西班牙语文学在我国的翻译出版历程以及英国诗人济慈作品的中译个案。"文学理论与概念"板块中的两篇论文各有侧重，一个涉及文论教材的编写，一个涉及文本概念，都探讨了西方文学理论在中国的旅行和本土化问题。最后一个版块分别以法国文学、美国文学和荒诞派戏剧为案例,提供了国别研究和流派研究的整体综合考察,是对单一的作家作品研究的重要补充。因研究力量所限,第三卷的选题不可能面面俱到,只可能具有抽样性质,但就其学术性和反思性而言,这些专题论文是第一阶段充分的资料调研后的必要延伸和结果,其中各章对每个个案所进行的深度分析和反思,对我国今后的外国文学研究的方向和重点提供了多层面的启发和指南,从中可以看出,改革开放所带来的大环境的变化对外国文学研究的诸多层次都有着直接或间接的影响。

通过本项目的考察,我们希望对改革开放以来三十多年里的外国文学研究有一个宏观的、总体的把握。首先应该肯定的是,这三十多年的外国文学研究无论在深度上还是在广度上都取得了前所未有的进展。改革开放前,如同人文社会科学的其他领域一样,外国文学研究深受时代政治风向的左右,评论的对象和视角单一,主要聚焦于少数几个具有进步倾向的作家及其作品,尤其在苏联模式的影响下,政治和社会学诠释成为主导研究进路,文学作品被当作某种特定意识形态的注解。当然,这个问题也要辩证地看待。外国文学与社会、政治的关系确实是外国文学研究的一个不可忽视的维度,就其本身而言,这类研究并非毫无意义,因为文学之为文学,就在于它涵盖了人类生活的一切基本面向。相应地,文学研究必须将其触角伸展到文学的全部意义层次,其中也包括文学的社会和政治内涵。除此而外,那个时期的外国文学翻译也取得了不容低估的实绩,经过老一辈学者和翻译家的不懈努力,许多外国经典文学作品都有了质量上乘的中译本。撇开公众阅读生活不谈,从专业外国文学研究的角度来看,这些译本提供了比较信实的基础性原典,即便通晓外国语文的研究者也经常需要参考它们,以期更确切地把握原著的意义。但另一方面,我们也应该看到,文学研究之不同于哲学、史学、政治学、社会学等学科,必定有其不可替代的独特品质,如果抛弃了文学的"文学性",它就失去了作为一个学科的存在理由。改革开放后,老一辈学者敏锐地意识到这个问题,并且对此作了充分的探究,例如杨周翰先生的《新批评派的启示》就隐含着对前几十年主要从社会和政治视角切入外国文学的方法的深度反思。① 如果说改革开放以后的外国文学研究有什么不同于既往的特点的话,那就在于研究题材、方法和视角的多元性和开放性。除了文学的政治、社会层面外,其形式、语言、修辞等层面也备受重视,形式与内容的关系在更加符合文学特性的视野下获得了重新定位。随着研究的逐步深化和学科的不断成熟,研究者早已不满足于单纯、笼统的引介,而是运用各种不同的方法,从哲学、社会学、政治学、宗教学、文化学、语言学、叙事学等层面上细致解读和挖掘作品的文本细节。这类研究极大地丰富了文本阐释,呈现出意义的多元性、发散性和跨学科性。随之而来的是学科自律性的不断强化,研究者摒弃了先入之见,更多地按学科的内在逻辑寻找、发现和解决问题,学理探究被置于其应有的地位上。国外的最新研究成果被源源不断地引入,充实了研究资源,更新了研究手段,拓展了研究者的视野。这是一个值得庆幸的发展进程,对外国文学研究起了不可估量的推动作用。

改革开放以来的三十多年里,通过新老两代外国文学研究者的共同努力,大量的外国理论思潮、方法论和学术研究成果被陆续引入,加上与国外同行交流的日益增多,我国的外国文学研究获得了一个与国际对接的发展契机,研究者可以站在一个新的起点上推动学科的发展。不过,我们也应当注意到,这样大规模的引入在打开研究者视野的同时也产生了一系列新的问题,其中的一个突出问题就是跟风、逐异。前已提及,后现代主义理论和文学在 20 世纪 90 年代曾在外国文学界掀起了一个研究热潮,论著、论文大量发表,但从总体上看,研究者大多不去深究后现代主义在西方社会和文化中的来龙去脉,更谈不上对它进行深度的批判性反思,甚至有论者简单地断定,后现代主义是一个全球性思潮,其流风所及,中国也已经进入了后现代。又比如,曾经有一段时间,美国华裔文学在外国

---

① 《国外文学》1981 年第 1 期。

文学界成为一个焦点问题,很多学者积极参与到华裔文学的引介和研究中去。无可否认,美国华裔文学对于了解作为少数族裔的美国华裔的生存状况、意识形态、文化理念、文学表达等有着重要的价值,但美国华裔文学的一些根本问题,如华裔文学在当代美国文学中的位置、其本身的文学成就等,却经常遭到忽略。不仅如此,研究者的兴趣主要集中在少数几个华裔作家身上,致使华裔文学的整体面貌难以充分地呈现出来,对华裔文学的文学价值的评判更是相关研究的薄弱环节。

除此而外,经典作家、作品的研究还有待于进一步加强。鉴于国内外在经典作家、作品的研究方面已经积累了丰富的成果,要想在研究中取得新的突破,就变得日益困难。由于这个原因,经典作家、作品经常被刻意地回避,而过去研究较少的作家、作品则受到重视,有时甚至受到了与这些作家、作品在文学史上的地位极不相称的重视。自然,这类研究成果中的某一些确有填补空白的意义,其本身无可厚非,但如果只是为了新成果的产出,就将大量的研究资源集中于此,那就不免有本末倒置的嫌疑。在外国文学研究领域,这个问题是实实在在地存在的,只要看看国内的重要专业学术期刊,就可以发现,像埃斯库罗斯、但丁、薄伽丘、莎士比亚、弥尔顿、伏尔泰、歌德、狄更斯、托尔斯泰、泰戈尔等伟大作家的研究只占极小的比例,与这些作家在文学史上的地位呈负相关。当然,我们也要看到,最近若干年情况发生了一些变化,对经典作家、作品的重视程度有了一定的提高,这是一个应当进一步推动的良好趋势。如所周知,经典是经过时间过滤后的文学中的精华,提供了文学传承的最基本的线索,理应成为外国文学研究的重点。经典作家的作品一般都有深度的思想含量。文学理论家韦勒克和沃伦曾说,文学史与思想史之间存在着平行关系。① 如果此言不虚,在这种平行关系中,经典作家、作品无疑居于中轴的地位。经典作家通过自己的作品来表达对哲学、历史、社会、文化等的观点,更有不少经典作家不但通过文学作品,而且还通过思想论著深刻地切入时代问题。举例来说,英国浪漫主义

---

① 韦勒克、沃伦:《文学理论》,刘象愚等译,生活·读书·新知三联书店 1984 年版,第 114 页。

文学家柯尔律治就不仅从事文学创作,而且还写了大量的宗教和政治论著,其思想的深度不亚于同时代其他思想家,以至于穆勒将他与哲学家边沁相提并论,认为他们两人是那个时代最有原创性的思想家。在目前的外国文学研究中,经典作家作为思想家的层面还较少引起关注,这或许是外国文学研究中一个应该加强的环节。

另外一个问题是,东方文学与西方文学的研究成果严重失衡。相较于西方文学研究,东方文学研究尚未达到与其地位相匹配的规模。东方文学涉及的语种较多,而这些语种的文学所受到的重视程度又各个不一。相对而言,日本文学、印度文学、阿拉伯文学更受重视,其所以如此,或许与通晓相关语言的研究者人数较多有一定的关系,其他语种的文学则缺乏充实的研究力量,研究成果更是极度贫乏。这一情况已引起国家文教部门的重视,从2012年起,教育部陆续在各高校培育了一批国别与区域研究基地,加大对东方语言、文学学科的扶持力度。我们希望类似的制度性支持能够持续下去,并产生出全方位的效应,使外国文学各分支领域能得到更加均衡的发展。

总起来说,本项目试图将描述与分析、综述与讨论、资料性与学术性有机地结合起来。我们希望通过对改革开放以来外国文学研究状况的全面调研获得充分的一手资料,将外国文学研究置于一个动态的长程视野中进行综合、考察和分析,既如实地反映和评价已有的成就,又对存在的问题做出一定的反思。鉴于本项研究的全局视野,它不仅具有单纯的回顾性质,更有一个向未来延伸的层面,可以为外国文学学科的未来发展提供鉴照,同时也帮助研究者了解和掌握各个具体的分支领域的研究现状,从而在更高层次上推进相关领域的研究。

本研究项目得到北京大学外国语学院王建教授的大力支持,他在项目实施的初期还做过大量的组织工作。北京大学人文学部主任申丹教授一直关注项目的进展,并慨然将项目成果纳入她所主编的丛书中。北京大学出版社张冰主任以及初艳红、朱房煦、兰婷、刘爽女士对本书的出版做了大量具体、复杂、琐碎的工作,若无她们的积极推动,本书的出版定将是遥遥无期。在此,谨向对本书的撰写和出版提供各种形式帮助的专家、学者和编辑人员表示由衷的谢忱。

第一章

俄罗斯文学研究

　　百余年来,中国的俄罗斯文学研究经历了曲折、复杂的发展路程。自20世纪70年代末以来,作为外国文学研究学科重要组成部分的俄罗斯文学研究,在学术史层面呈现出显著的特征——其研究成果在学术视野、理论基础、研究视角、分析方法、研究结论等方面均取得了长足的进展。具体到作家和作品研究层面,30年以来的中国俄罗斯文学研究在继承传统论域——经典作家和作品研究——的基础上,又开辟了若干具有重要学术价值的研究论域,对某些"中性"作家和作品进行了较为系统的发掘、解读和评论。而这一过程又与中国当下的政治－文化生态存在密切的关联。

第一节　莱蒙托夫及其作品研究

　　米哈伊尔·尤里耶维奇·莱蒙托夫(1814—1841)是19世纪俄罗斯杰出的浪漫主义诗人和现实主义小说家。1837年,莱蒙托夫的诗作《诗人之死》在俄国文坛引起巨大反响。在整个文学生涯中,莱蒙托夫创作有大量抒情短诗以及长诗、长篇小说和剧本。其中代表性作品有:抒情诗《鲍罗金诺》《祖国》和《帆》;长诗《恶魔》《童僧》和《商人卡拉希尼科夫之歌》;长篇小说《当代英雄》以及剧本《假面舞会》等。莱蒙托夫的诗歌和散文创作在 19 世纪俄罗斯文学史上占据十分重要的地位。

　　莱蒙托夫小说作品最早的汉译本系吴梼于 1907 年根据日译本转译的《银钮牌》(《当代英雄》之《贝拉》)。1925 年,由李秉之翻译的《歌士》为莱蒙托夫诗歌作品早期的汉译本。中国的"莱蒙托夫研究"始于五四运动之前。鲁迅于 1907 年发表的《摩罗诗力说》对莱蒙托夫的述评可视为关于莱蒙托夫较早的研究文献。此外,1921 年 9 月出版的《小说月报》第 12 卷号外——《俄国文学研究专号》中论及莱蒙托夫的数篇文章,以及沈雁冰撰写的《近代俄国文学家三十人合传》和瞿秋白的《十月革命前的俄罗斯文学》也是早期研究莱蒙托夫的重要文献。①

　　在十一届三中全会以后的"改革开放"的新时期,中国俄罗斯文学学者的"莱蒙托夫研究"与以往时期相比较,取得了显著的进展。当代莱蒙托夫研究在其理论视野、研究思路、分析方法等方面均经历了不断的沿革。整体上说,我们可以将 30 年的莱蒙托夫研究及其成果分为三个论域:(1)作家总体研究;(2)诗歌创作研究;(3)小说创作研究。

　　1. 80 年代研究状况

　　80 年代是中国莱蒙托夫研究继"文革"之后的恢复和重建时期。这一时期莱蒙托夫研究的特征在于"过渡性",它具体表现为三个论域的学术文献为数有限,并且较为重要的学术文献难以覆盖所有论域,如"小说创作研究"论域。

　　首先,在"作家总体研究"论域,较具代表性的研究成果为两部著述——刘保端撰写的《俄罗斯的人民诗人——莱蒙托夫》②和林瀛的《莱蒙托夫:1814—1841》③。《俄罗斯的人民诗人——莱蒙托夫》为学术普及性的基础读物。该书对莱蒙托夫生平和创作以及重要作品给予了系统、概要的述评,成为当时学术研究的必修著作。《莱蒙托夫:1814—1841》分

---

① 参见谢天振、查明建主编:《中国现代翻译文学史(1898—1949)》,第 149—153 页。
② 北京出版社 1985 年版。
③ 辽宁人民出版社 1988 年版。

为四个部分：1."莱蒙托夫的生平、思想与创作"（其中包括"家庭悲剧""少年岁月""大学时代""军旅世家""京城风云""第二故乡""铁窗结谊""五岳饮恨"等章节）；2."莱蒙托夫的诗歌"；3."莱蒙托夫的戏剧"；4."代表作品介绍"（其中包括《假面舞会》《当代英雄》和《瓦季姆》等章节）。《莱蒙托夫：1814—1841》在对莱蒙托夫生活经历、思想历程和创作历史作整体考察的基础上，对作家的诗歌创作和戏剧创作分别进行了梳理和评价，同时着重研究、分析了作家的代表性作品。该书在 80 年代莱蒙托夫研究领域具有重要的意义和价值。

其次，在"诗歌创作研究"论域，吕宁思撰写的《莱蒙托夫的抒情诗》①具有典型性。论文从对莱蒙托夫的代表作《诗人之死》的社会价值评定开始，对其抒情诗创作及其作品进行了系统的考察和评析，揭示出这些创作的历史价值和美学价值。

2. 90 年代研究状况

90 年代，中国的莱蒙托夫研究进入到发展时期。新型研究视角的有效引进，为这一时期莱蒙托夫研究多元化方法的援用提供了前提，同时也丰富了这一时期莱蒙托夫研究的科研成果。

首先，在"作家总体研究"论域，顾蕴璞撰写的两篇论文较具影响，它们分别为《莱蒙托夫的思想火花》②和《普希金与莱蒙托夫》③。《莱蒙托夫的思想火花》从对"想象"和"才能"的评定出发，指出"鉴赏力"之于诗歌创作的功能和价值，继而对莱蒙托夫创作过程中的思维（"思想火花"）给予考察和分析。《普希金与莱蒙托夫》则运用"比较文学"方法对俄罗斯近代民族文学的奠基人普希金与莱蒙托夫在文学创作上的"精神继承"关系给予关注和评定，指明其创作埋念和历史价值之所在。

其次，在"诗歌创作研究"论域，较为重要的论文有徐稚芳撰写的《歌唱否定精神，还是追求和谐美好的人生——析莱蒙托夫长诗〈恶魔〉的主

---

① 《外国文学研究》1985 年第 3 期。
② 《俄罗斯文艺》1995 年第 1 期。
③ 《俄罗斯文艺》1999 年第 2 期。

题思想》①和谷羽的《悲剧源于仇杀——评莱蒙托夫的长诗〈哈志·阿勃列克〉》②等。其中,《歌唱否定精神,还是追求和谐美好的人生——析莱蒙托夫长诗〈恶魔〉的主题思想》在认定作家长诗《恶魔》作为浪漫主义经典作品的基础上,指出长诗的文学形象中所包含的"时代精神"和"诗人个性",继而基于对这部长诗"否定精神"的重新解读,对其主题思想给予了新的阐释。

第三,在"小说创作研究"论域,论文研究关注的焦点均置于莱蒙托夫的经典小说《当代英雄》。其中,王桂修、杨毅敏撰写的《莱蒙托夫与〈当代英雄〉》③、陈松岩的《从〈贝拉〉的中心冲突看莱蒙托夫的自然人类观》④和任子峰的《论〈当代英雄〉的叙事视角》⑤具有一定的影响。《从〈贝拉〉的中心冲突看莱蒙托夫的自然人类观》基于对小说情节中心冲突设置和解决的分析,对作家的"自然人类"观念("文明与野蛮"和"人与自然")的构成和价值取向给予了界定和评价。《论〈当代英雄〉的叙事视角》则运用叙事学理论对莱蒙托夫《当代英雄》的小说叙述视角进行概括和分析,并对其结构价值给予评估。

3. 21 世纪前 10 年研究状况

21 世纪前 10 年中国的莱蒙托夫研究进入到成熟期。这一时期的莱蒙托夫研究在对前两个时期的研究成果加以总结的基础上,适用新型研究范式以拓展既有的研究论域,最终使得该领域的研究及其成果逐步多元化。

首先,在"作家总体研究"论域,值得关注的有顾蕴璞撰写的专著《莱蒙托夫》⑥和聂茂、厉雷的专著《俄罗斯玫瑰》⑦。《莱蒙托夫》从新的学术

①　《国外文学》1993 年第 2 期。
②　《俄罗斯文艺》1994 年第 6 期。
③　《外国文学研究》1995 年第 3 期。
④　《国外文学》1995 年第 4 期。
⑤　《外国文学评论》1995 年第 4 期。
⑥　华夏出版社 2002 年版。
⑦　光明日报出版社 2008 年版。

视角出发为读者展示了莱蒙托夫研究的最新成果——对莱蒙托夫生活道路和创作历程进行了全方位的梳理和系统的评析。该书主体分为五个部分:"成才论——莱蒙托夫天才三部曲""诗歌论""小说论""戏剧论"以及"其他论"。第一部分对莱蒙托夫天赋个性和生活环境之于"成才"的作用给予述评;第二部分在对莱蒙托夫诗歌创作作总体考察的基础上,对其"诗情的主旋律"进行界定,继而对长诗《恶魔》的主题和艺术加以评论;第三部分在考察莱蒙托夫小说创作的基础上,对长篇小说《当代英雄》的诗性构成给予揭示和评价;第四部分在对莱蒙托夫戏剧创作作总体梳理的基础上,对诗剧《假面舞会》的"娱乐舞台"和"人生舞台"双重语义指向和历史价值加以剖析和评定;第五部分首先对莱蒙托夫与普希金文学创作的思想和艺术进行系统比较,其次对莱蒙托夫创作所体现的"美学思想"进行概括和阐释。专著《莱蒙托夫》是近年来中国莱蒙托夫研究较具影响的学术论著。与前者相比较,《俄罗斯玫瑰》作为俄罗斯作家系列的评传涉及普希金、莱蒙托夫、蒲宁、帕斯捷尔纳克、叶塞宁、马雅可夫斯基和索尔仁尼琴等人。该书的第二部分对莱蒙托夫的生平和创作进行了系统的评述并对作家的代表作《当代英雄》所体现的"时代病"特质加以剖析。

其次,在"诗歌创作研究"论域,顾蕴璞撰写的《试论莱蒙托夫诗的意象结构》①颇具价值。论文从对莱蒙托夫诗歌作品"意象"价值的肯认出发,从六个层面——"意与象的组合模式""时空的转换模式""虚实相生的机制""意象群的总体效应""意象的对比"和"特征性意象的复现"对莱蒙托夫诗歌意象的结构加以分析和评价。论文对于全面、系统地把握莱蒙托夫诗歌创作之艺术价值具有重要的学术价值。

第三,在"小说创作研究"论域,张建华撰写的《洞察社会、凝视灵魂、解读人生的艺术杰作——开启莱蒙托夫〈当代英雄〉新的审美空间》②和夏秋芬的《傻瓜与英雄——读瓦尔拉莫夫的〈傻瓜〉与莱蒙托夫的〈当代英

---

① 《国外文学》2002 年第 3 期。
② 《外国文学》2003 年第 2 期。

雄〉有感》①较具典型意义。《洞察社会、凝视灵魂、解读人生的艺术杰作——开启莱蒙托夫〈当代英雄〉新的审美空间》认为《当代英雄》"不仅仅是一部关于'多余人'的小说，更是洞察社会、凝视心灵和解读人生的艺术杰作"。小说通过对主人公的行动、时代环境的否定以及对主人公心理的剖析揭示出超时代的人生价值之所在。莱蒙托夫对主人公关于"爱与恨、理与情、善与恶、生与死、幸福与苦难"等思考和探索的叙述和描写揭示出"俄罗斯民族文化的理性精神"。《傻瓜与英雄——读瓦尔拉莫夫的〈傻瓜〉与莱蒙托夫的〈当代英雄〉有感》基于对瓦尔拉莫夫的《傻瓜》与莱蒙托夫的《当代英雄》两部作品所进行的比较分析，对"傻瓜"和"英雄"形象的特质加以评定。

此外，从 1979 年至今，在国外莱蒙托夫研究学术著作翻译方面，较具影响的译著有：马德菊翻译特·乌·托尔斯泰雅的《莱蒙托夫的童年》②；郭奇格翻译马努伊洛夫的《莱蒙托夫》③；刘伦振翻译马努伊洛夫的《莱蒙托夫传》④；克冰翻译谢·瓦·伊凡诺夫的《莱蒙托夫》⑤以及刘伦振翻译尼科列娃的《决斗的流刑犯：莱蒙托夫传》⑥等。

综上所述，自改革开放以来，中国的莱蒙托夫研究历经 30 年的历程。这一时期，莱蒙托夫研究在新时期的社会—文化语境下取得了长足的进步。我们预期中国的莱蒙托夫研究随着文学研究的学术理念、研究范式和研究方法等的不断演进，必将步向新的学术空间。

第二节　果戈理及其作品研究

尼古拉·瓦西里耶维奇·果戈理（1809—1852）是俄罗斯 19 世纪批

---

① 《俄罗斯文艺》2003 年第 6 期。
② 黑龙江人民出版社 1983 年版。
③ 北京出版社 1988 年版。
④ 天津人民出版社 1991 年版。
⑤ 上海译文出版社 1993 年版。
⑥ 湖南文艺出版社 1993 年版。

判现实主义文学奠基人,被誉为俄罗斯文学的"散文之父"。1831 年,果戈理完成短篇小说集《狄康卡近乡夜话》,继而创作有中短篇小说集《密尔格拉得》(其中包括《塔拉斯·布尔巴》《旧式地主》和《伊凡·伊凡诺维奇和伊凡·尼基福罗维奇吵架的故事》等)。在之后的创作生涯中,作家陆续完成有短篇小说《涅瓦大街》《狂人日记》《鼻子》和《外套》等重要作品。果戈理文学创作的代表作为喜剧《钦差大臣》和长篇小说《死魂灵》。鲁迅将果戈理的讽刺艺术效应定义为"含泪的微笑":"这些极平常的,或者简直近于没有事情的悲剧,正如无声的言语一样,非由诗人画出它的形象来,是很不容易觉察的。然而人们灭亡于英雄的特别的悲剧者少,消磨于极平常的,或者简直近于没有事情的悲剧者却多。"①

20 世纪 20 年代,耿匡翻译的《马车》②为果戈理作品最早的汉译本。③ 而关于果戈理最早的研究文献则是鲁迅于 1907 年撰写的《摩罗诗力说》。④ 鲁迅对果戈理的创作给予了高度评价,他指出果戈理的作品具有"以不可见之泪痕悲色,振其邦人"⑤。早期果戈理研究的重要文献还有耿济之撰写的《俄国四大文学家合传》、瞿秋白的《十月革命前的俄罗斯文学》、郑振铎的《俄国文学史略》和冯瘦菊的《十九世纪俄罗斯文学家的传略和著作思想》。⑥

在改革开放的新时期,包括果戈理研究在内的俄罗斯文学学科经历了重建、发展和繁荣的历史进程。纵观 30 年以来的中国果戈理研究之历程,可以发现,当代中国的果戈理研究在其理论资源、研究思路、分析方法等方面均经历了持续变革的过程。整体上说,我们可以将 30 年的果戈理研究及其成果分为四个论域:(1)作家总体研究;(2)创作艺术研究;(3)小

① 鲁迅:《几乎无事的悲剧》,《鲁迅文集》第六卷,黑龙江人民出版社 1995 年版,第 316 页。
② 《俄罗斯名家短篇小说》第 1 集,新中国杂志社 1920 年版。
③ 参见谢天振、查明建主编:《中国现代翻译文学史(1898—1949)》,第 159 页。
④ 同上书,第 158 页。
⑤ 鲁迅:《1898—1922:编年体鲁迅著作全集(插图本)》,福建教育出版社 2006 年版,第 46 页。
⑥ 参见谢天振、查明建主编:《中国现代翻译文学史(1898—1949)》,第 160－161 页。

说创作研究;(4)戏剧创作研究。

1. 80 年代研究状况

80 年代是果戈理研究继"文革"之后的恢复和重建时期。这一时期果戈理研究的主要特征为"重建性"。而"重建"的重要基础则源自"文革"以前、20 世纪上半期的果戈理研究成果以及苏联当代的果戈理研究成果。

在"作家总体研究"论域,具有代表性的专著有:王远泽撰写的《果戈理》①;胡淇珍的《果戈理和他的创作》②;龙飞、孔延庚的《讽刺艺术大师果戈理》③;王远泽的《果戈理:1809—1852》④等。以上论著均从整体上对果戈理的生平和创作进行梳理和评述。而高长舒撰写的《鲁迅与果戈理》⑤则从比较文学的角度对鲁迅和果戈理的创作在宏观层面上给予了系统的对比和分析。

在"创作艺术研究"论域,钱中文撰写的《果戈理及其讽刺艺术》⑥、梅希泉的《论果戈理的笑的艺术》⑦、秋诗的《用痛苦的语言嘲笑:果戈理的幽默》⑧等较具学术价值。这些论述均将研究关注的焦点置于果戈理创作中的"讽刺""笑"和"幽默"等形式元素。专著《果戈理及其讽刺艺术》共分 11 个部分:1. 童年和学校生活;2. 在彼得堡;3. 创作道路的开始;4. 向现实主义转折的前夕;5. "文坛的盟主";6. 戏剧创作;7. 漂泊生涯;8.《死魂灵》;9. 杰出的讽刺艺术;10. 思想和创作的危机;11. 果戈理和中国。该书在对果戈理生平和创作进行梳理的基础上,对作家的代表作品《死魂灵》、作家的"讽刺艺术"、思想和创作经历的危机阶段,以及作家

---

① 辽宁人民出版社 1982 年版。
② 北京出版社 1982 年版。
③ 商务印书馆 1984 年版。
④ 辽宁人民出版社 1988 年版。
⑤ 《外国文学研究》1983 年第 4 期。
⑥ 上海文艺出版社 1980 年版。
⑦ 《外国文学研究》1984 年第 2 期。
⑧ 陕西人民出版社 1988 年版。

创作与中国现代文学的关联分别给予了考察和分析。

在"小说创作研究"论域,学术文献主要集中于对长篇小说《死魂灵》的分析。其中,以下论文较具代表性:宋垠夫撰写的《玛尼洛夫精神》①;梁异华的《果戈理的彼特鲁什卡》②;刘伯奎的《瑕不掩瑜　弃而未毁——〈死魂灵〉第二部残稿探索》③;刘传铁的《浑言则同　析言有别——〈儒林外史〉与〈死魂灵〉讽刺艺术之比较》④以及缑广飞的《俄罗斯的出路何在?——论〈死魂灵〉第二卷及其他》⑤。《俄罗斯的出路何在?——论〈死魂灵〉第二卷及其他》对果戈理《死魂灵》第二卷创作动机给予了揭示,认为《死魂灵》第一卷结束时所提出的问题——"俄罗斯,你究竟飞到哪里去?"是第二卷创作的动机。论文以此对《死魂灵》第二卷主题思想进行了探讨。

在"戏剧创作研究"论域,潘传文撰写的《喜剧的启示——〈伪君子〉、〈钦差大臣〉读后》⑥较为典型。论文在比较文学视野中对《钦差大臣》的喜剧功能展开了对比分析。

2. 90 年代研究状况

90 年代,中国的果戈理研究进入到发展时期。新型学术视野的有效确立,为这一时期果戈理研究的学理化提供了坚实的基础。这一时期的果戈理研究主要集中于"作家总体研究"和"创作艺术研究"两个论域。

在"作家总体研究"论域,具有代表性的论文有任光宣撰写的《论果戈理创作中的宗教观念》⑦和龚举善的《象征:果戈理艺术思维的"原型"批判》⑧。《论果戈理创作中的宗教观念》认为在果戈理的文学创作中,基督

---

① 《外国文学研究》1981 年第 1 期。
② 《外国文学研究》1982 年第 2 期。
③ 《外国文学研究》1986 年第 1 期。
④ 《外国文学研究》1987 年第 3 期。
⑤ 《外国文学研究》1989 年第 2 期。
⑥ 《外国文学研究》1988 年第 2 期。
⑦ 《外国文学评论》1993 年第 4 期。
⑧ 《外国文学研究》1999 年第 3 期。

教的观念和情感发挥着极为重要的影响和作用。具体而言,果戈理异于宗教神秘主义的宗教理念使得他直面现实和反映现实,同时秉持宗教意识以观照现实并基于宗教伦理提出现实问题的解决方案。《象征:果戈理艺术思维的"原型"批判》指出作家对欧洲传统"象征模式"创造性的援用拓展了小说文本的语义空间,论文以《塔拉斯·布尔巴》《狄康卡近乡夜话》《两个伊凡吵架的故事》和《死魂灵》等小说为个案对果戈理"象征"之原型进行探源并对其表现方式给予描述。

在"创作艺术研究"论域,胡书义撰写的《苦笑·讥笑·冷笑——果戈理、谢德林和托尔斯泰讽刺艺术的比较》①、王小璜的《论果戈理的讽刺艺术》②和吕绍宗的《左琴科讽刺艺术中果戈理式的笑与泪》③等论文较具影响。其中,《论果戈理的讽刺艺术》以《死魂灵》和《钦差大臣》等作品为个案,揭示出果戈理讽刺手法与18世纪俄国文学传统的渊源关系,并指出作家对传统讽刺艺术的革新和拓展。

3. 21 世纪前 10 年研究状况

21 世纪前 10 年中国的果戈理研究进入到成熟期。这一时期的果戈理研究在对前两个时期的研究成果进行有效积累的基础上,努力拓展学术视野,最终使得该领域的研究及其成果逐步走向系统化。这一时期"作家总体研究"论域的论文,具体是关于作家"意识形态"研究的论文在数量上呈明显的上升趋势。

在"作家总体研究"论域,较具影响的论文有:伊莲撰写的《"果戈理的奥秘"》④;任光宣的《果戈理的精神遗嘱——读〈与友人书简选〉》⑤、《虔诚的信仰　深邃的思想——果戈理的〈与友人书简选〉中的文学思想》⑥和

---

①　《外国文学研究》1998 年第 4 期。

②　《外国文学研究》1998 年第 4 期。

③　《外国文学评论》1999 年第 4 期。

④　《国外文学》2000 年第 3 期。

⑤　《国外文学》2001 年第 4 期。

⑥　《国外文学》2001 年第 5 期。

《儒家思想的遥远回声——果戈理的〈与友人书简选〉与孔孟思想》①；张中锋的《是现实主义还是古典主义——试析果戈理创作的美学特征》②；刘洪波的《从宗教情结到宗教的道德探索——漫谈宗教道德语境下的果戈理创作》③和《果戈理的〈与友人书简选〉之我见》④；徐乐的《果戈理的精神之旅》⑤；周启超《徘徊于审美乌托邦与宗教乌托邦之间——果戈理的文学思想轨迹刍议》⑥；夏忠宪的《"Пошлость"考辨——重读果戈理》⑦；金亚娜的《并非不可解读的神秘——果戈理灵魂的复合性与磨砺历程》⑧等等。任光宣撰写的《果戈理的精神遗嘱——读〈与友人书简选〉》和《虔诚的信仰　深邃的思想——果戈理的〈与友人书简选〉中的文学思想》两篇论文对文学史上备受争议的《与友人书简选》进行了详尽解读和深入分析。前者认为《与友人书简选》对于作家而言，"既是他的长期精神活动的总结，又是他对自己的文学创作所做的理论阐释"，论文藉此对作家的社会观、宗教观和自我改造等问题给予了系统的阐明。后者则鉴于别林斯基的《致果戈理的一封信》对《与友人书简选》进行批判的文学史实，对别林斯基与果戈理双方的论战进行梳理以对论战的缘由和两人思想观念分歧的实质给予了分析和评定。《是现实主义还是古典主义——试析果戈理创作的美学特征》否定了文学史对果戈理作为俄国批判现实主义（"自然派"）的开创者的定论，认为作家创作属于古典主义，在其创作理念上包含有"东方的自然观""古罗马的艺术观"和"中世纪的宗教观"。在刘洪波撰写的《从宗教情结到宗教的道德探索——漫谈宗教道德语境下的果戈理创作》和《果戈理的〈与友人书简选〉之我见》两篇论文中，前者对果戈理

---

① 《俄罗斯文艺》2005 年第 3 期。
② 《俄罗斯文艺》2002 年第 5 期。
③ 《国外文学》2003 年第 2 期。
④ 《国外文学》2006 年第 2 期。
⑤ 《俄罗斯文艺》2004 年第 2 期。
⑥ 《外国文学评论》2004 年第 4 期。
⑦ 《俄罗斯文艺》2009 年第 3 期。
⑧ 同上。

创作的"批判现实主义"定位的普适性提出质疑，提出运用新的视角——宗教道德的维度观照作家的作品以更加准确地把握果戈理创作的意义。后者则通过对《与友人书简选》系统分析，指出其中存在的内在逻辑（内在情节）——"宗教道德思想"，论文认为《与友人书简选》是作家"透过宗教道德的棱镜看到的和理解的生活"。《徘徊于审美乌托邦与宗教乌托邦之间——果戈理的文学思想轨迹刍议》对果戈理作为"现实主义作家"和"批判现实主义作家"文学史定位表示质疑。论文认为就主体精神气质而言，基于果戈理文学思想的指向和对文学世界的展现，果戈理应该属于浪漫主义作家。

在"戏剧创作研究"论域，夏忠宪撰写的《悖谬、彻悟、救赎——果戈理的戏剧创作与荒诞》①和孙彩霞的《"钦差大臣"中的反讽》②代表了这一时期果戈理戏剧研究的成果。《悖谬、彻悟、救赎——果戈理的戏剧创作与荒诞》在对果戈理戏剧创作作总体考察和对"荒诞"概念进行辨析的基础上，对作家戏剧作品与具有"现代性"指向的"荒诞"元素之间的关联加以探讨和分析。《"钦差大臣"中的反讽》则对果戈理代表剧作《钦差大臣》的系列反讽手法及其戏剧功能给予分析和评定，指出它们在表现戏剧主题方面的价值之所在。论文认为基于"反讽"的多重结构手段使得《钦差大臣》成为讽刺文学的典范。

此外，从 1979 年至今，在国外果戈理研究学术著作翻译方面，较具影响的译著有：刘伦振等翻译伊·佐洛图斯基的《果戈理传》③；张达三、刘健鸣翻译尼·斯捷潘诺夫的《果戈理传》④；袁晚禾、陈殿兴编选的《果戈理评论集》⑤；蓝英年翻译魏列萨耶夫的《果戈理是怎样写作的》⑥；周启

---

① 《俄罗斯文艺》2003 年第 1 期。
② 《外国文学研究》2007 年第 3 期。
③ 天津人民出版社 1982 年版。
④ 黑龙江人民出版社 1984 年版。
⑤ 复旦大学出版社 1993 年版。
⑥ 辽宁教育出版社 1998 年版。

超、吴晓郁翻译维·魏列萨耶夫的《生活中的果戈理》①；刘逢祺、张捷翻译米·赫拉普钦科的《尼古拉·果戈理》②；赵惠民翻译特鲁瓦亚的《幽默大师果戈理》③；蓝英年翻译屠格涅夫等撰写的《回忆果戈理》④以及刘佳林翻译符拉基米尔·纳博科夫的《尼古拉·果戈理》⑤等。

综上所述，改革开放以来，中国的果戈理研究历经了30年的历程。果戈理研究在新时期社会－文化语境下、藉以新的文学研究思路和方法在各个研究论域均取得了明显进展。我们认为随着文学的研究理念、研究范式和研究方法等的不断沿革，中国的果戈理研究必将步上新的台阶。

第三节　屠格涅夫及其作品研究

伊凡·谢尔盖耶维奇·屠格涅夫（1818—1883）是19世纪俄罗斯杰出的现实主义作家，其创作在欧洲文学界具有广泛的影响。19世纪四五十年代，屠格涅夫加入《现代人》杂志工作并开始文学活动。屠格涅夫早期创作有诗歌，以及《猎人笔记》和中篇小说《木木》等作品。屠格涅夫中期创作的重要作品有长篇小说《罗亭》《贵族之家》《前夜》《父与子》以及中篇小说《阿霞》和《多余人日记》等。作家后期的代表作品为长篇小说《烟》和《处女地》。除此之外，屠格涅夫还创作有剧本《村中一月》以及系列散文诗等作品。总体而言，屠格涅夫的文学创作"迅速而敏锐地反映了当时俄国社会政治生活中的重要事件，如同提供了一部完整的艺术性编年史"⑥。

屠格涅夫文学作品的汉译本最早为1915年由刘半农翻译的四篇散文诗——《乞食之兄》《地胡卺找之妻》《可畏哉愚夫》和《嫠妇与菜汁》，以

---

① 安徽文艺出版社1999年版。
② 上海译文出版社2001年版。
③ 世界知识出版社2002年版。
④ 东方出版社2008年版。
⑤ 广西师范大学出版社2010年版。
⑥ 曹靖华主编：《俄国文学史》，人民文学出版社1992年版，321页。

及由陈嘏翻译的中篇小说《春潮》。① 屠格涅夫作品的汉译工作在 20 世纪 20 年代达到高潮,并在三四十年代趋向系统化。②

改革开放以后,包括屠格涅夫研究在内的俄罗斯文学研究经历了重建、发展和成熟的历史过程。纵观 30 年以来的中国屠格涅夫研究历程,可以发现,当代俄罗斯文学研究学者在继承以往屠格涅夫研究传统论域的基础上,建立起符合自身研究对象的、独特的研究论域:(1)作家总体研究;(2)创作总体研究;(3)小说个案研究;(3)创作比较研究。与此同时,当代屠格涅夫研究在其理论视野、研究思路、分析方法等方面均经历了持续的沿革,最终呈现出新的面貌。

1. 80 年代研究状况

80 年代是中国屠格涅夫研究继"文革"之后的恢复和重建时期。这一时期研究的特征在于"重启性"。而"重启"的重要基础则源自 20 世纪上半期的屠格涅夫研究成果以及俄罗斯传统研究和苏联当代研究的学术资源。

在"作家总体研究"论域,具有代表性的研究著述有:王思敏撰写的《屠格涅夫:1818—1883》③;张宪周的《屠格涅夫和他的小说》④;程正民的《屠格涅夫的现实主义创作论》⑤;王智量的《论普希金、屠格涅夫、托尔斯泰》⑥;任光宣的《屠格涅夫的文艺思想初探》⑦;王西彦的《屠格涅夫》⑧、罗岭的《屠格涅夫的现实主义》⑨以及李兆林、叶乃方主编的《屠格涅夫研

---

① 参见谢天振、查明建主编:《中国现代翻译文学史(1898—1949)》,上海外语教育出版社 2004 年版,第 167 页。
② 同上书,第 170 页。
③ 辽宁民族出版社 1981 年版。
④ 北京出版社 1981 年版。
⑤ 《苏联文学》1983 年第 5 期。
⑥ 光明日报出版社 1985 年版。
⑦ 《国外文学》1987 年第 1 期。
⑧ 贵州人民出版社 1987 年版。
⑨ 上海文艺出版社 1988 年版。

究》①等等。《屠格涅夫的现实主义创作论》对屠格涅夫创作的现实主义特质给予了宏观的把握,论文认为"屠格涅夫不仅继承和捍卫了现实主义的创作理论,而且以来自创作实践的独特见解丰富了现实主义的创作理论"。《屠格涅夫的文艺思想初探》从对屠格涅夫作为文艺理论家身份的确认出发,对作家关于文学艺术的论述进行了系统的阐述,并对其文艺观之"革命民主主义"特征给予了揭示。专著《屠格涅夫的现实主义》则在对屠格涅夫的创作活动及其代表作品进行全面考察的基础上,对其创作的"现实主义"特征加以系统分析,并对"革命民主主义思想"之于作家创作的意义和价值给予了论证:"屠格涅夫之所以获得成功,是由于革命民主主义思想的影响,由于他继承和发展了普希金和果戈理的现实主义传统,是由于他具有非凡的观察社会和自然的能力。"《屠格涅夫研究》为"纪念屠格涅夫逝世一百周年学术讨论会"的论文集。文集论文涉及以下研究论域:屠格涅夫与中国;屠格涅夫的政治观;屠格涅夫的现实主义文学观;屠格涅夫创作的思想和艺术和屠格涅夫作品分析等。

在"创作总体研究"论域,朱宪生撰写的《屠格涅夫笔下的两类女性》②、《屠格涅夫现实主义的两个特点》③和《时代与个性——对屠格涅夫创作的再认识和再思考》④;任光宣的《论心理分析类型及其特征——托尔斯泰、屠格涅夫、契诃夫的心理分析方法之比较》⑤以及卢兆泉的《从格式塔看屠格涅夫六部长篇小说的蕴藉美》⑥等较具代表性。《屠格涅夫笔下的两类女性》指出屠格涅夫作为"理想的女性之爱的歌唱家"成功地塑造一系列具有独特价值的女性形象,论文对屠格涅夫创作中的女性形象特别是"初恋少女"形象进行了系统的分析。《屠格涅夫现实主义的两个特点》在对屠格涅夫创作作总体考察的基础上,对作家隶属现实主义创作

---

① 上海译文出版社 1989 年版。

② 《外国文学研究》1980 年第 4 期。

③ 《外国文学研究》1983 年第 2 期。

④ 《外国文学研究》1985 年第 3 期。

⑤ 《国外文学》1988 年第 3 期。

⑥ 《外国文学评论》1988 第 3 期。

方法的两个心理刻画和艺术手法进行了深入的剖析和评价。《时代与个性——对屠格涅夫创作的再认识和再思考》则在考察作家所处的社会－历史进程的基础上，对作家创作中反农奴制的民主主义思想给予了廓清和评价。在《从格式塔看屠格涅夫六部长篇小说的蕴藉美》中，论文作者首先对作为小说形式结构的"蕴藉美"加以定义，基于此对屠格涅夫的六部长篇小说独具的审美特质——"蕴藉美"进行考辨和评定。

在"小说个案研究"论域，较为典型的论文有：文进撰写的《黑暗王国里的一个"幻梦"——试谈〈前夜〉中悲观的宿命论思想》[1]；戴经纶的《〈猎人日记〉的宏观研究》[2]；李岭的《〈贵族之家〉的美学分析》[3]；魏玲的《屠格涅夫笔下的"新人"——巴扎洛夫》[4]和郑锦棠的《从〈父与子〉看屠格涅夫心理描写的主要特色》[5]等。《〈贵族之家〉的美学分析》从新的研究视角——"从历史的观察点引渡到美学的观察点"出发，对作家的代表性作品《贵族之家》的美学构成进行解析并给予评价。《屠格涅夫笔下的"新人"——巴扎洛夫》则对作家长篇小说《父与子》的主人公巴扎洛夫形象及其"新人"特征给予了深入详尽的探讨，对这一形象的文学史价值给予评定。

在"创作比较研究"论域，具有学术价值的著述有：陈元恺撰写的《屠格涅夫与中国作家》[6]；朱金顺的《巴金和屠格涅夫》[7]；孙乃修的《屠格涅夫与中国：二十世纪中外文学关系研究》[8]等等。专著《屠格涅夫与中国：二十世纪中外文学关系研究》分为六个部分：1."屠格涅夫作品的汉译"；2."屠格涅夫作品的评介、研究"；3."国外学者、翻译家的著译——中国译

---

[1]　《外国文学研究》1983 年第 4 期。
[2]　《外国文学研究》1985 年第 1 期。
[3]　《外国文学研究》1986 年第 4 期。
[4]　《国外文学》1988 年第 1 期。
[5]　《苏联文学》1988 年第 4 期。
[6]　《外国文学研究》1983 年第 4 期。
[7]　《苏联文学》1983 第 5 期。
[8]　学林出版社 1988 年版。

介者的一条捷径";4."屠格涅夫与中国现代作家(一)";5."屠格涅夫与中国现代作家(二)";6."'五四'的世界意识与中外文学关系研究"。专著基于对屠格涅夫作品汉译、评介和研究历史的考察,从宏观的角度出发对屠格涅夫创作之于中国现代文学及其现代作家创作的作用和影响给予了全面、系统的研究和分析。

2. 90 年代研究状况

90 年代,中国的屠格涅夫研究进入到发展时期。新型研究方法的有效确立,为这一时期屠格涅夫研究的系统化提供了坚实的基础,同时也为这一时期的屠格涅夫研究带来了新的科研成果。

在"作家总体研究"论域,较为突出的论文有:朱宪生撰写的《屠格涅夫的美学思想初探》[1];吴嘉祐的《屠格涅夫的哲学思想探微》[2]和《试论屠格涅夫的悲观主义》[3]等。《屠格涅夫的美学思想初探》在确认屠格涅夫在俄国文学批评史上的地位的基础上,对作为"艺术家的批评家"的屠格涅夫的艺术观点和美学思想进行系统梳理和总体评价。《屠格涅夫的哲学思想探微》首先对屠格涅夫创作的"哲理性"加以确认,继而对作为"思想家"的屠格涅夫及其文学作品所体现的哲学思想进行深入的求证和探讨。

在"创作总体研究"论域,较具代表性的著述有:陈恭怀撰写的《试谈屠格涅夫笔下的"多余人"形象》[4];卢兆泉的《浮现作家自我的一种"色素"——屠格涅夫六部长篇小说的反讽艺术》[5];蓬生的《屠格涅夫小说艺术中的宣教倾向》[6];武晓霞的《屠格涅夫"多余人"形象的塑造艺术及其魅力》[7];林精华的《俄国社会转型时期的传统知识分子——论屠格涅夫

---

[1]　《外国文学研究》1991 年第 3 期。
[2]　《外国文学研究》1994 年第 4 期。
[3]　《外国文学研究》1996 年第 1 期。
[4]　《外国文学研究》1991 年第 2 期。
[5]　《外国文学研究》1993 年第 3 期。
[6]　《外国文学评论》1993 年第 3 期。
[7]　《俄罗斯文艺》1995 年第 6 期。

对贵族知识分子的审美把握》①和《屠格涅夫创作中的平民知识分子形象》②;徐拯民的《屠格涅夫作品研究》③以及朱宪生的《在诗与散文之间:屠格涅夫的创作和文体》④等等。《屠格涅夫小说艺术中的宣教倾向》认为传统研究基于意识形态批评对屠格涅夫创作艺术的缺陷给予了不同程度的忽视。论文试图从对屠格涅夫长篇小说作品的分析出发,对作家的创作艺术进行客观的评定。林精华撰写的《俄国社会转型时期的传统知识分子——论屠格涅夫对贵族知识分子的审美把握》和《屠格涅夫创作中的平民知识分子形象》两篇论文则分别对 19 世纪俄国社会转型时期的知识分子——贵族知识分子和平民知识分子在屠格涅夫作品中的反映给予梳理,对作家笔下的两种知识分子形象的思想价值和审美价值进行评定。《在诗与散文之间:屠格涅夫的创作和文体》从文体学角度对屠格涅夫创作的形式构成作整体考察,对其作品的诗歌元素和散文元素的融合特质给予揭示和评价。

在“小说个案研究”论域,值得关注的论文有:陈燊撰写的《论〈罗亭〉》⑤和《论〈贵族之家〉》⑥以及魏玲的《〈贵族之家〉的思想内涵和艺术魅力》⑦等。《论〈罗亭〉》对长篇小说《罗亭》作为“社会小说”的特质展开深入的分析和阐述。《〈贵族之家〉的思想内涵和艺术魅力》则对《贵族之家》作为俄国 19 世纪 30—70 年代社会思想发展的“艺术编年史”地位加以肯定,并对其思想主题和艺术形式进行了系统的分析。

在“创作比较研究”论域,具有代表性的论文有:张本彪撰写的《来自心灵世界的“音乐般的哭泣”——试论曹雪芹和屠格涅夫创作心理的同构

---

① 《外国文学评论》1996 年第 1 期。
② 《外国文学评论》1997 年第 3 期。
③ 辽宁民族出版社 1999 年版。
④ 陕西人民教育出版社 1999 年版。
⑤ 《外国文学评论》1990 年第 2 期。
⑥ 《外国文学评论》1991 年第 3 期。
⑦ 《国外文学》1995 年第 3 期。

对应》①；赵小琪的《屠格涅夫和沈从文小说中的自然人文景观》②；曾思艺的《在诗意的自然中探索人生之谜——丘特切夫对屠格涅夫的影响》③和赵明的《托尔斯泰·屠格涅夫·契诃夫——20世纪中国文学接受俄国文学的三种模式》④等。后者对19世纪俄国三个经典作家——托尔斯泰、屠格涅夫和契诃夫的创作在中国现代政治－文化语境中产生的各自不同的价值认同层面和价值实现路径给予了独具价值的分析和考察。

3. 21世纪前10年研究状况

21世纪前10年中国的屠格涅夫研究进入到成熟期。这一时期的屠格涅夫研究在对前两个时期的研究成果进行有效积累的基础上，适用新型的研究范式最终使得该领域的研究及其成果逐步走向多元化。

在"作家总体研究"论域，具有代表性的著述有：赵明撰写的《角色转换中的期望与恐惧——自然在屠格涅夫思想和创作中的本体论意义》⑤；王立业的《屠格涅夫的宗教解读》⑥和朱宪生的《理想爱情的歌唱家：屠格涅夫传》⑦等。《角色转换中的期望与恐惧——自然在屠格涅夫思想和创作中的本体论意义》对"自然"及其"风景描写"在屠格涅夫创作中的工具性价值特别是作家本人人格意识建构价值进行了探讨，指出："它们引发的不仅仅是美好与和谐，还有冥想、恐惧、灵魂的颤抖和对永恒与死亡的思索。它们并非只是作为文学创作的技术手段而存在，而是具有某种哲学层面的形而上思考和本体论意义。"《屠格涅夫的宗教解读》对屠格涅夫作品中的宗教因素加以辨析，认为在作家的"风景描写"中包含有对东方佛教因素无意识的接受，而在作家的"爱情描写"和"人物描写"中则分别蕴藏着对中国道教和哲学间接的接受和对基督教有意识的接受。

---

① 《外国文学研究》1992年第2期。
② 《外国文学研究》1992年第3期。
③ 《外国文学研究》1994年第4期。
④ 《外国文学评论》1997年第1期。
⑤ 《俄罗斯文艺》2002年第5期。
⑥ 《俄罗斯文艺》2006年第4期。
⑦ 重庆出版社2007年版。

在"创作总体研究"论域,朱宪生撰写的《屠格涅夫的中短篇小说简论》①、猴广飞的《浅论屠格涅夫的少女少妇对立原则》②和闫吉青的《屠格涅夫少女形象的美学品格》③具有一定的代表性。《屠格涅夫的中短篇小说简论》对屠格涅夫主要创作体裁——中短篇小说作品展开系统的梳理和分析,对其思想和艺术价值给予评定。《屠格涅夫少女形象的美学品格》则对屠格涅夫创作中的系列"少女形象"所蕴含的进行"形象之美"和"性格之美"进行探析,对其总体的美学品格加以评价。

在"小说个案研究"论域,王玉宝撰写的《现代性视野中的"多余人"形象——以〈罗亭〉为例》④值得关注。该文基于对长篇小说《罗亭》对"现代性"语境"多余人"形象的重新解读,认为"'多余人'的命运是对现代人生存的一种启示:上帝离去留下的巨大空白,是任何世俗的理想、事业都无法填充和取代的"。

在"创作比较研究"论域,较为重要的论文有:徐拯民撰写的《巴金与屠格涅夫笔下的女性形象》⑤;刘久明的《郁达夫与屠格涅夫》⑥和王立业的《屠格涅夫、陀思妥耶夫斯基心理分析比较》⑦等。《巴金与屠格涅夫笔下的女性形象》对中俄两位著名作家笔下"女性形象"的同一和差异及其动因进行了对比和探究。

此外,从 1979 年至今,在国外屠格涅夫研究学术著作翻译方面,较具影响的译著有:刘石丘、史宪忠翻译涅·纳·纳乌莫娃的《屠格涅夫传》⑧;翼刚等翻译鲍格斯洛夫斯基的《屠格涅夫》⑨;谭立德、郑其行翻译

---

① 《外国文学研究》2002 年第 1 期。
② 《俄罗斯文艺》2003 年第 4 期。
③ 《俄罗斯文艺》2003 年第 6 期。
④ 《世界文学评论》2009 年第 2 期。
⑤ 《俄罗斯文艺》2000 年第 1 期。
⑥ 《外国文学研究》2000 年第 4 期。
⑦ 《国外文学》2001 年第 3 期。
⑧ 天津人民出版社 1982 年版。
⑨ 上海译文出版社 1983 年版。

安德烈·莫洛亚的《屠格涅夫传》①和高文风编译的《屠格涅夫论》②。

综上所述，改革开放以来，中国的屠格涅夫研究历经了漫长的历史过程。在新时期，屠格涅夫研究藉以新的文学研究范式在各个研究论域均取得了长足的进步，从而形成了基于自身文化立场和文学理念的独特的话语系统。我们预期，中国的屠格涅夫研究随着文学的研究理念、研究范式和研究方法等的不断演进，必将获得新的学术成果。

第四节　陀思妥耶夫斯基及其作品研究

费奥多尔·米哈伊洛维奇·陀思妥耶夫斯基（1821—1881）是 19 世纪俄罗斯具有世界意义的现实主义作家。1845 年，陀思妥耶夫斯基的中篇小说《穷人》问世，继后作家陆续发表《两重人格》《白夜》和《涅朵奇卡·涅兹瓦诺娃》等中篇小说。1849 年陀思妥耶夫斯基被捕流放，其间，作家的社会理念发生了重大转变。流放归来，作家创作出一系列长篇小说：《被侮辱与被损害的》《死屋手记》《罪与罚》《白痴》等。1880 年，陀思妥耶夫斯基发表长篇小说《卡拉马佐夫兄弟》。陀思妥耶夫斯基的文学创作以其深刻的思想价值和杰出的艺术价值对现代文学的发展和演进产生了极为深远的影响。高尔基在对陀思妥耶夫斯基的创作个性给予总结时，指出："陀思妥耶夫斯基的天才是无可争辩的，就艺术的表现力来讲，他的才华只有莎士比亚可以与之并列。但作为一个人，作为'世界和人们的裁判者'，他很容易被认作为中世纪的宗教审判官。"③

陀思妥耶夫斯基文学作品的汉译始于 20 世纪 20 年代。1920 年 5 月，乔辛煐翻译的短篇小说《贼》（《诚实的小偷》）为陀思妥耶夫斯基作品最早的汉译本。这一时期陀思妥耶夫斯基作品的汉译本还有铁樵翻译的《冷眼》（《圣诞树和婚礼》）和周起应节译的《大宗教裁判官》（《卡拉马佐夫

---

① 山西人民出版社 1983 年版。
② 辽宁人民出版社 1986 年版。
③ 高尔基：《文学论文选》，人民文学出版社 1958 年版，第 340 页。

兄弟》)以及太一节译的《罪与罚》等等。①

　　中国对陀思妥耶夫斯基的研究文献最早见于 1918 年周作人《陀思妥夫斯奇之小说》之"译者按"。中国早期关于陀思妥耶夫斯基评论文章有：耿济之撰写的《俄国四大文学家合传：道司托夫斯基》(1921)；余季凡的《独思托爱夫斯基》(1921)；沈雁冰(茅盾)的《陀思妥以夫斯基带了些什么给俄国？》(1921)等。②

　　改革开放以后，包括陀思妥耶夫斯基研究在内的俄罗斯文学学科经历了重建、发展和成熟的历史过程。当代俄罗斯文学研究学者在继承以往陀思妥耶夫斯基研究传统论域的基础上，逐步建立起切合研究对象的独特的研究论域：(1) 作家总体研究；(2) 创作总体研究；(3) 创作艺术研究；(4) 创作比较研究。与此同时，在新时期 30 年期间，当代陀思妥耶夫斯基研究在其理论视野、研究思路、分析方法等方面均经历了不断的沿革，最终获得了长足的进步。

　　1 . 80 年代研究状况

　　80 年代是陀思妥耶夫斯基研究继"文革"之后的恢复和重建时期。这一时期研究的特征在于"重建性"。而"重建"的出发点则是 20 世纪上半期的陀思妥耶夫斯基研究成果以及苏联当代陀思妥耶夫斯基研究资源。

　　在"作家总体研究"论域，具有代表性的著述有：刁绍华撰写的《陀思妥耶夫斯基：1821—1881》③；冯增义的《陀思妥耶夫斯基的艺术观初探》④；刘虎的《用温和的爱去征服世界——陀思妥耶夫斯基的宗教伦理学》⑤等。《陀思妥耶夫斯基：1821—1881》在考察陀思妥耶夫斯基创作生平的基础上，对作家的代表作《罪与罚》《白痴》和《卡拉马佐夫兄弟》进行

---

　　① 　参见谢天振、查明建主编：《中国现代翻译文学史(1898—1949)》，上海外语教育出版社 2004 年版，第 178—179 页。

　　② 　同上书，第 177 页。

　　③ 　辽宁人民出版社 1982 年版。

　　④ 　《苏联文学》1985 年第 6 期。

　　⑤ 　《外国文学研究》1986 年第 1 期。

评述,并对其创作的总体艺术特征给予了分析。《用温和的爱去征服世界——陀思妥耶夫斯基的宗教伦理学》试图对陀思妥耶夫斯基世界观构成的一个重要方面——宗教伦理进行剖析,藉此揭示出作家独特的社会观——以"温和的爱"整合世界秩序。

在"创作总体研究"论域,程正民撰写的《陀思妥耶夫斯基创作心理三题》①对陀思妥耶夫斯基创作独特的精神探索——对人类"心理指向"的追问进行了专门的考察和分析。

在"创作艺术研究"论域,樊锦鑫撰写的《陀思妥耶夫斯基艺术世界中的时间和空间》②和宋大图的《巴赫金的复调理论和陀思妥耶夫斯基的作者立场》③具有一定的典型性。前者就陀思妥耶夫斯基基于现实世界重构的艺术世界之"时间"和"空间"构成及其特征进行了深入的解析。后者则从巴赫金复调小说理论出发,对陀思妥耶夫斯基小说创作中的"作者立场"给予了系统的辨析和评价。

在"创作比较研究"论域,彭克巽撰写的《漫谈陀思妥耶夫斯基与世界文学》④、李春林的《鲁迅与陀思妥耶夫斯基》⑤、倪蕊琴的《托尔斯泰和陀思妥耶夫斯基对长篇小说创作的拓展》⑥较具代表性。《陀思妥耶夫斯基与现代小说艺术流派》在确认陀思妥耶夫斯基小说艺术之于现代主义文学作用和影响的同时,对 20 世纪现代主义小说流派的功能和价值加以肯定,并对作家创作与现代小说流派的渊源关系进行梳理。专著《鲁迅与陀思妥耶夫斯基》则对陀思妥耶夫斯基之于鲁迅文学创作的影响和作用展开系统的探讨和分析。

2. 90 年代研究状况

90 年代,中国的陀思妥耶夫斯基研究进入到发展时期。新型研究范

---

① 《外国文学研究》1989 年第 3 期。
② 《国外文学》1983 年第 3 期。
③ 《外国文学评论》1987 年第 1 期。
④ 《国外文学》1983 年第 3 期。
⑤ 安徽文艺出版社 1985 年版。
⑥ 《外国文学评论》1987 年第 2 期。

式的有效援用,为这一时期陀思妥耶夫斯基研究的学理化提供了前提,同时也为这一时期的陀思妥耶夫斯基研究带来了新的样态。

在"作家总体研究"论域,值得关注的著述有:何云波撰写的《论陀思妥耶夫斯基的人道宗教》①和《道德需要与情感愉悦——陀思妥耶夫斯基宗教皈依心理之分析》②;季星星的《陀思妥耶夫斯基自身的两重人格》③;冯川的《忧郁的先知:陀思妥耶夫斯基》④;何怀宏的《道德·上帝与人:陀思妥耶夫斯基的问题》⑤;曾嘉的《炼狱圣徒:陀思妥耶夫斯基传》⑥等。《论陀思妥耶夫斯基的人道宗教》和《道德需要与情感愉悦——陀思妥耶夫斯基宗教皈依心理之分析》两篇论文分别就陀思妥耶夫斯基所秉持的对立统一的信念——人道宗教的内涵和意义,以及作家本人独特的宗教意识——无神论和宗教狂热的结合加以考察并进行归因分析。《陀思妥耶夫斯基自身的两重人格》则对作家自身人格的双重性特质给予认定并加以阐释。专著《忧郁的先知:陀思妥耶夫斯基》包括 6 个部分:"坎坷的经历""颤栗的良心""精神分析的巨擘""存在主义的先驱""从写作中寻求救赎""在反叛中走向上帝"等。其论题主要涉及神学、人道主义、犯罪、暴力、良心、内心冲突、精神分析、理性、自由、复调小说和信仰等问题。论著内容涵盖了陀思妥耶夫斯基作为哲学家和文学家所提出的全部核心命题。专著《炼狱圣徒:陀思妥耶夫斯基传》从陀思妥耶夫斯基自身的人格精神和创作构成关联的角度出发,勾勒出一部作家主体精神成长和文学文本创作的历史。

在"创作总体研究"论域,具有代表性的著述有:何云波撰写的《陀思妥耶夫斯基与俄罗斯文化精神》⑦;沈敏的《论陀思妥耶夫斯基创作中的

---

① 《外国文学研究》1990 年第 4 期。
② 《外国文学评论》1991 年第 3 期。
③ 《外国文学研究》1993 年第 4 期。
④ 四川人民出版社 1997 年版。
⑤ 新华出版社 1999 年版。
⑥ 河北人民出版社 1999 年版。
⑦ 湖南教育出版社 1997 年版。

宗教意识》①；何云波的《"父亲"：文化的隐喻主题——陀思妥耶夫斯基小说人物论》②等。专著《陀思妥耶夫斯基与俄罗斯文化精神》从以下 8 个方面对陀思妥耶夫斯基人格心理、思想观念、文化意识和文学创作等进行了全方位的考察和研究："陀思妥耶夫斯基文化心理构成""陀思妥耶夫斯基与宗教""陀思妥耶夫斯基与城市""家庭、女性、父亲：文化的隐喻内含""陀思妥耶夫斯基与'西方'""陀思妥耶夫斯基与现代主义""精神分析与陀思妥耶夫斯基"和"陀思妥耶夫斯基与俄罗斯民族精神"。

在"创作艺术研究"论域，较为典型的论文有：戴卓萌撰写的《复调与戏剧性——论陀思妥耶夫斯基小说的艺术特点》③；王钦峰的《陀思妥耶夫斯基对小说叙事时间的革新》④；管海莹的《论陀思妥耶夫斯基小说创作中的心理现实主义艺术》⑤；季星星的《陀思妥耶夫斯基小说的戏剧化》⑥等。《陀思妥耶夫斯基对小说叙事时间的革新》从叙事学角度出发，对陀思妥耶夫斯基小说创作之于传统叙事时间的变革及其意义加以探讨。专著《陀思妥耶夫斯基小说的戏剧化》对陀思妥耶夫斯基小说戏剧化之于欧洲小说发展的里程碑意义给予认定。陀思妥耶夫斯基创作的戏剧化作为新型的艺术思维生成了全新的艺术模式和艺术风格，它源自小说传统发展的自律和作家创作个性的自觉加入。陀思妥耶夫斯基将戏剧诗学引入小说诗学，拓展了小说诗学的话语界限，在叙事模式、审美意象、情节结构、对话设置、时空布局等层面开创了新的小说形式并对现代小说产生了极为重要的影响。

在"创作比较研究"论域，王圣思撰写的《陀思妥耶夫斯基与中国现代

---

① 《外国文学研究》1997 年第 2 期。
② 《国外文学》1998 年第 3 期。
③ 《国外文学》1991 年第 3 期。
④ 《外国文学评论》1992 年第 2 期。
⑤ 《外国文学研究》1997 年第 3 期。
⑥ 首都师范大学出版社 1999 年版。

文学创作》①、冯文成的《综合艺术家:陀思妥耶夫斯基与福克纳比较研究》②和董尚文的《圣爱与反抗——陀思妥耶夫斯基与鲁迅的价值信念之比较》③等具有一定的代表性。上述论文分别从不同的视角出发,对陀思妥耶夫斯基与中国现代文学及其作家和美国现代作家创作之间的关联进行了系统的分析和评价。

　　3. 21 世纪前 10 年研究状况

　　21 世纪前 10 年中国的陀思妥耶夫斯基研究进入到繁荣期。这一时期的陀思妥耶夫斯基研究在对既往研究成果进行有效积累的基础上,成熟地适用新型的研究范式以使得该领域的研究及其成果逐步走向深入,从而呈现出多元化总体态势。

　　在"作家总体研究"论域,具有代表性的著述有:吴晓都撰写的《陀思妥耶夫斯基与俄国人文精神》④;赵桂莲的《漂泊的灵魂——陀思妥耶夫斯基与俄罗斯传统文化》⑤;王志耕的《质询与皈依:陀思妥耶夫斯基的约伯》⑥、《陀思妥耶夫斯基正教诗学中的人》⑦和《转喻的辩证法:陀思妥耶夫斯基的宗教修辞》⑧;田全金的《陀思妥耶夫斯基与性问题——对两个情结的文化阐释》⑨;赵桂莲的《陀思妥耶夫斯基创作思想探源》⑩;陈思红的《艺术家心理学家陀思妥耶夫斯基创作个性的形成》⑪;徐田秀的《陀思妥耶夫斯基民族宗教的隐喻内涵》⑫;陈建华的《跨越传统碑石的天才:陀

---

① 《外国文学研究》1990 年第 2 期。
② 《外国文学评论》1992 年第 1 期。
③ 《外国文学研究》1999 年第 1 期。
④ 《国外文学》2001 年第 3 期。
⑤ 北京大学出版社 2002 年版。
⑥ 《俄罗斯文艺》2002 年第 3 期。
⑦ 《国外文学》2002 年第 3 期。
⑧ 《国外文学》2004 年第 2 期。
⑨ 《俄罗斯文艺》2002 年第 5 期。
⑩ 《国外文学》2004 年第 2 期。
⑪ 《国外文学》2005 年第 1 期。
⑫ 《世界文学评论》2006 年第 1 期。

思妥耶夫斯基传》①；杨芳的《仰望天堂：陀思妥耶夫斯基的历史观》②；刘锟的《论陀思妥耶夫斯基"罪"与"罚"思想中的东正教文化内涵》③；冯增义的《陀思妥耶夫斯基论稿》④等。专著《漂泊的灵魂——陀思妥耶夫斯基与俄罗斯传统文化》主体分为5个部分："'拯救世界的将是美'""善与恶的较量""苦难的价值""自由的悖论"和"精神流浪"。该书以陀思妥耶夫斯基的经典作品为研究对象，在分析作家创作主题的基础上，对作家与俄罗斯传统文化的关联加以揭示并对作家创作之于俄罗斯文化发展的影响进行论述。《陀思妥耶夫斯基正教诗学中的人》认为陀思妥耶夫斯基诗学原则之一则是"在充分的现实主义条件下发现人身上的人"，论文对陀思妥耶夫斯基关于"人"的观念加以辨析并对"人"的悖论及其行动结果进行阐释。《转喻的辩证法：陀思妥耶夫斯基的宗教修辞》根据现代哲学文化理论指出：基于俄罗斯文化的自律，陀思妥耶夫斯基创作所运用的文学语言具有"转喻性"特质，作家通过话语整合最终生成了关于信仰的总体价值体系。专著《仰望天堂：陀思妥耶夫斯基的历史观》主要分为5个部分，分别对陀思妥耶夫斯基历史观的形成、作家历史观与俄罗斯文化的关系、作家的历史动力说、作家的根基论以及俄罗斯历史使命观给予了考辨和分析。

在"创作总体研究"论域，张竹筠撰写的《人类社会新生母题的构建——论陀思妥耶夫斯基小说的拯救意识与虚幻艺术》⑤、李必桂的《观照苦难——陀思妥耶夫斯基作品中的苦难问题》⑥、闫美萍的《论陀思妥耶夫斯基小说中的犯罪问题》⑦和余岱宗的《论陀思妥耶夫斯基小说的

---

① 重庆出版社 2007 年版。
② 中山大学出版社 2007 年版。
③ 《国外文学》2009 年第 3 期。
④ 上海文艺出版社 2011 年版。
⑤ 《俄罗斯文艺》2000 年第 3 期。
⑥ 《俄罗斯文艺》2002 年第 5 期。
⑦ 《国外文学》2004 年第 1 期。

"角色意识"》①较具代表性。《观照苦难——陀思妥耶夫斯基作品中的苦难问题》认为"苦难"问题是陀思妥耶夫斯基创作关注的焦点问题。论文对陀思妥耶夫斯作品基关于"苦难"的系列观点逐一进行了评述。《论陀思妥耶夫斯基小说中的犯罪问题》指出陀思妥耶夫斯基创作中的"犯罪"的艺术功能与侦探小说有着本质差别。前者反映出作家"在人身上发现人"艺术目标和独特的宗教情结。《论陀思妥耶夫斯基小说的"角色意识"》对陀思妥耶夫斯基关于"角色意识对人的控制"叙述能力加以肯认,认为作家对人性的洞察能力在于:角色意识对自我审视的囿限引发了人物的内在冲突,而对角色意识的突破则引致人性的动机和情感的凸现。

在"创作艺术研究"论域,值得关注的著述有:王志耕撰写的《神正论与现实视野的开拓——陀思妥耶夫斯基诗学综论》②和《宗教文化语境下的陀思妥耶夫斯基诗学》③;傅星寰的《陀思妥耶夫斯基小说的视觉艺术形态》④;张竹筠的《论陀思妥耶夫斯基小说的孤独意识与对话艺术》⑤;彭克巽的《陀思妥耶夫斯基的创作美学》⑥和《陀思妥耶夫斯基小说艺术研究》⑦等。《陀思妥耶夫斯基小说的视觉艺术形态》对陀思妥耶夫斯基小说创作中所呈现出的"视觉艺术"形式——"绘画手段"("明暗光影的配置、形与色的构图效果、色彩、空气、光的表现")进行剖析,指出绘画主题对小说主题建构的功能和效应。专著《宗教文化语境下的陀思妥耶夫斯基诗学》主体分为 5 个部分:"神正论与现实视野的开拓""人的内在神性与'发现人身上的人'""'聚合性'与复调艺术""'历时性'与人的精神历程"和"文化原型与话语修辞"。该书基于俄罗斯独特的宗教文化语境对陀思妥耶夫斯基诗学原则加以考察和分析,并对陀思妥耶夫斯基诗学与

---

① 《俄罗斯文艺》2008 年第 1 期。
② 《外国文学评论》2000 年第 2 期。
③ 北京师范大学出版社 2003 年版。
④ 《外国文学研究》2000 年第 2 期。
⑤ 同上。
⑥ 《国外文学》2001 年第 3 期。
⑦ 北京大学出版社 2006 年版。

俄罗斯文化模式的关联进行探究。专著《陀思妥耶夫斯基小说艺术研究》分为 15 个部分。该书在对陀思妥耶夫斯基小说作品、创作笔记、文学论述和文学信函等研究文献进行系统分析的基础上,对作家的文学思想和创作活动进行探讨和评论。同时,论著基于小说文本解读对陀思妥耶夫斯基的"理想主义""达到幻想性的现实主义"和"完整的现实主义"等文学理念以及小说的艺术形式加以阐释。

在"创作比较研究"论域,较具影响的著述有:王立业撰写的《屠格涅夫、陀思妥耶夫斯基心理分析比较》①;耿传明的《两种伟大与两种激情——"现代性"历史文化语境中的鲁迅与陀思妥耶夫斯基》②;曾艳兵的《陀思妥耶夫斯基与卡夫卡》③;乔丽静的《陀思妥耶夫斯基笔下"分裂的自我"的渊源和影响》④;田全金的《言与思的越界:陀思妥耶夫斯基比较研究》⑤、《陀思妥耶夫斯基笔下"分裂的自我"的渊源和影响》运用法国影响学派理论对陀思妥耶夫斯基作品中的系列"分裂的自我"形象的创作母题展开溯源并对它们之于后世作家的影响进行论述。《言与思的越界:陀思妥耶夫斯基比较研究》分为 3 大部分:汉译文化研究;作品主题研究;宗教文化研究。第一部分对陀思妥耶夫斯基作品的汉译历史进行概述,对汉译形态展开文化批评并对中国的陀思妥耶夫斯基研究加以考察。第二部分就"性""家庭""知识分子"等主题对陀思妥耶夫斯基创作与中国现代文学关联与差异加以阐明。第三部分从中国传统文化视角出发,探究陀思妥耶夫斯基作品所蕴含的宗教哲学命题——"和谐与苦难""信仰与理性""沉沦与救赎"等。

除此之外,从 1979 年至今,在国外陀思妥耶夫斯基研究学术著作翻译方面,较具影响的译著有:李明滨翻译安娜·陀思妥耶夫卡娅的《陀思

① 《国外文学》2001 年第 3 期。

② 《外国文学研究》2002 年第 2 期。

③ 《俄罗斯文艺》2008 年第 1 期。

④ 《世界文学评论》2008 年第 1 期。

⑤ 复旦大学出版社 2010 年版。

妥耶夫斯基夫人回忆录》①;刘开华翻译安·米·陀思妥耶夫斯基的《回忆陀思妥耶夫斯基》②;王健夫翻译格罗斯曼的《陀思妥耶夫斯基传》③;白春仁、顾亚铃翻译巴赫金的《陀思妥耶夫斯基诗学问题:复调小说理论》④;施用勤、董小英翻译斯洛宁的《癫狂的爱:陀思妥耶夫斯基的三次爱情》⑤;方珊、李勤翻译列夫·舍斯托夫的《旷野呼告:克尔凯郭尔与存在哲学》⑥;张杰翻译舍斯托夫的《悲剧的哲学:陀思妥耶夫斯基与尼采》⑦;徐昌翰翻译谢列兹涅夫的《陀思妥耶夫斯基传》⑧;陆人豪翻译弗里德连杰尔的《陀思妥耶夫斯基的现实主义》⑨;沈真等翻译赖因哈德·劳特的《陀思妥耶夫斯基哲学系统论述》⑩;施元翻译 Г. М. 弗里德兰德的《陀思妥耶夫斯基与世界文学》⑪;斯人等翻译赫尔曼·海塞等的《陀思妥耶夫斯基的上帝》⑫;杨德友翻译梅列日科夫斯基的《托尔斯泰与陀思妥耶夫斯基》⑬;张百春翻译罗赞诺夫的《陀思妥耶夫斯基的"大法官"》⑭;杜文鹃、彭卫红翻译伊琳娜·帕佩尔诺的《陀思妥耶夫斯基论作为文化机制的俄国自杀问题》⑮;宋庆文、温哲仙翻译尼娜·珀利堪·斯特劳斯的《陀思妥耶夫斯基与女性问题》⑯;李广茂翻译莉莎·克纳普的《根除惯性:陀

---

①　北京大学出版社 1987 年版。
②　人民文学出版社 1987 年版。
③　外国文学出版社 1987 年版。
④　三联书店 1988 年版。
⑤　中国文联出版公司 1989 年版。
⑥　华夏出版社 1991 年版。
⑦　漓江出版社 1992 年版。
⑧　黑龙江人民出版社 1992 年版。
⑨　安徽文艺出版社 1994 年版。
⑩　东方出版社 1996 年版。
⑪　上海译文出版社 1997 年版。
⑫　社会科学文献出版社 1999 年版。
⑬　辽宁教育出版社 2000 年版。
⑭　华夏出版社 2002 年版。
⑮　吉林人民出版社 2003 年版。
⑯　同上。

思妥耶夫斯基与形而上学》①；赵亚莉、陈红薇、魏玉杰翻译马尔科姆·琼斯的《巴赫金之后的陀思妥耶夫斯基》②；张冰翻译列夫·舍斯托夫的《钥匙的统治》③；马寅卯翻译安德森的《陀思妥耶夫斯基》④；沈真等翻译赖因哈德·劳特的《陀思妥耶夫斯基哲学》⑤；刘涛、张宏光、王钦仁翻译谢列兹尼奥夫的《陀思妥耶夫斯基传》⑥；余中先翻译安德烈·纪德的《关于陀思妥耶夫斯基的六次讲座》⑦；沈志明翻译纪德的《陀思妥耶夫斯基》⑧；张百春翻译罗赞诺夫的《论宗教大法官的传说》⑨；耿海英翻译尼·别尔嘉耶夫的《陀思妥耶夫斯基的世界观》⑩；解薇、刘成富翻译多米尼克·阿尔邦的《陀思妥耶夫斯基》⑪；徐振亚、娄自良等翻译弗·谢·索洛维约夫等《精神领袖：俄罗斯思想家论陀思妥耶夫斯基》⑫等等。

综上所述，改革开放以来，中国的陀思妥耶夫斯基研究历经 30 年的漫长历程。需强调指出，20 世纪 90 年代以后，中国的陀思妥耶夫斯基研究在新的社会－文化语境下、藉以新的文学研究视野在各个研究论域均取得了相当的成绩。21 世纪以来，中国的陀思妥耶夫斯基研究业已基本形成基于自身文化身份的完整的话语系统。可以预期，中国的陀思妥耶夫斯基研究随着文学的研究理念、研究范式和研究方法等的不断革新，必将取得更大的进步。

① 吉林人民出版社 2003 年版。
② 同上书，2004 年版。
③ 上海人民出版社 2004 年版。
④ 中华书局 2004 年版。
⑤ 广西师范大学出版社 2005 年版。
⑥ 海燕出版社 2005 年版。
⑦ 广西师范大学出版社 2006 年版。
⑧ 北京燕山出版社 2006 年版。
⑨ 华夏出版社 2007 年版。
⑩ 广西师范大学出版社 2008 年版。
⑪ 上海人民出版社 2009 年版。
⑫ 上海译文出版社 2009 年版。

第五节　托尔斯泰及其作品研究

　　列夫·尼古拉耶维奇·托尔斯泰(1828—1910)是 19 世纪俄罗斯具有世界意义的现实主义作家。托尔斯泰于 19 世纪 50 年代开始从事文学创作,其创作生涯长达六十余年。托尔斯泰早期作品有《塞瓦斯托波尔故事》《童年》《少年》《青年》和《一个地主的早晨》。继后,托尔斯泰又发表有短篇小说《卢塞恩》和中篇小说《哥萨克》等。六七十年代托尔斯泰完成长篇巨作《战争与和平》和《安娜·卡列尼娜》。七八十年代之交,托尔斯泰的世界观和社会理念发生重大转变——从宗法制农民立场出发彻底否定土地私有制度。90 年代,托尔斯泰创作长篇小说《复活》。作家的其他主要作品还有中篇小说《哈吉·穆拉特》、剧本《活尸》和《教育的果实》等。托尔斯泰杰出的文学实绩标志着欧洲批判现实主义文学的巅峰。

　　托尔斯泰作品的最初汉译为 1906 年叶道声和麦梅生翻译的 6 篇"宗教题材民间故事",1907 年增补后以《托氏宗教小说》为题名出版。托尔斯泰作品的早期汉译还有:马君武翻译的《心狱》(《复活》);天笑生翻译的《六尺地》(《一个人需要多少土地》);林纾和陈家麟翻译的 8 篇短篇小说(合名为《罗刹因果录》);朱东润翻译的《骠骑父子》(《两个骠骑兵》)以及雪生翻译的《雪花围》(《主人与雇工》)等等。①

　　中国托尔斯泰研究始于 1904 年寒泉子撰写的《托尔斯泰略传及其思想》。② 早期中国学者关于托尔斯泰的评论文章有沈雁冰撰写的《托尔斯泰与今日之俄罗斯》、天贶的《宗教改革伟人托尔斯泰之与马丁路德》、蒋梦麟的《托尔斯泰人生观》、耿济之的《托尔斯泰的哲学》、瞿秋白的《托尔斯泰的妇女观》、杨铨的《托尔斯泰与科学》、张闻天的《托尔斯泰的艺术观》和刘大杰的《托尔斯泰的教育观》,以及胡怀琛的《托尔斯泰与佛经》和

---

① 参见谢天振、查明建主编:《中国现代翻译文学史(1898—1949)》,第 187—189 页。
② 同上书,第 187 页。

刘大杰的《托尔斯泰研究》等等。①

改革开放以后,包括托尔斯泰在内的俄罗斯文学学科经历了重建、发展和成熟的历史过程。纵观 30 年以来的中国托尔斯泰研究历程,可以发现,当代俄罗斯文学研究学者在继承既往国内外托尔斯泰研究传统论域的基础上,确立了符合自身研究对象的独特的研究论域:(1)作家总体研究;(2)小说创作研究;(3)创作艺术研究;(3)创作比较研究。与此同时,当代托尔斯泰研究在其理论视野、研究思路、分析方法等方面均经历了持续的沿革,最终推出一系列高水准的研究成果。

1. 80 年代研究状况

80 年代是托尔斯泰研究继"文革"之后的恢复和重建时期。这一时期托尔斯泰研究之重要基础则源自 20 世纪上半期中国学者的研究成果以及当代苏联的研究资源。

在"作家总体研究"论域,具有代表性的著述有:上海译文出版社编选的《托尔斯泰研究论文集》②;秦得儒的《俄国著名文学家列夫·托尔斯泰》③;王智量的《论普希金、屠格涅夫、托尔斯泰》④等。《托尔斯泰研究论文集》为 1980 年上海托尔斯泰学术讨论会论文汇集。《论文集》收编有论文 23 篇,论题涉及托尔斯泰的世界观、艺术观、创作方法、作品特征、代表作品、托尔斯泰比较研究(平行研究和影响研究)等,标志 80 年代初期中国托尔斯泰研究的综合研究水准。

在"小说创作研究"论域,较具影响的著述有:陈燊撰写的《论〈复活〉的主人公形象》⑤;刘倩的《安娜悲剧的必然性》⑥;刘立天的《〈安娜·卡列尼娜〉的潜意识描写》⑦;李良佑的《"伸冤在我,我必报应"——关于〈安

---

①　参见谢天振、查明建主编:《中国现代翻译文学史(1898—1949)》,第 191 页。
②　上海译文出版社 1983 年版。
③　商务印书馆 1983 年版。
④　光明日报出版社 1985 年版。
⑤　《苏联文学》1980 年第 4 期。
⑥　《外国文学研究》1982 年第 3 期。
⑦　《外国文学研究》1982 年第 4 期。

娜·卡列尼娜〉一书题词的理解》①;白晓朗、黄林妹的《如何理解〈复活〉中的"复活"》②;雷成德等的《托尔斯泰作品研究》③;刘定淑的《试论〈复活〉中男女主人公复活的复杂性》④;卢兆泉的《"园拱"的"拱顶"在哪里?——〈安娜·卡列尼娜〉两条线索"内在联系"管窥》⑤等等。《托尔斯泰作品研究》是一部论文选集,所选论文论题主要涉及托尔斯泰早期小说创作、代表作品、创作艺术和比较研究等,可以代表 80 年代中期中国学者托尔斯泰研究整体取向和水平。《"园拱"的"拱顶"在哪里?——〈安娜·卡列尼娜〉两条线索"内在联系"管窥》一文对《安娜·卡列尼娜》中安娜"追求爱情"和列文"社会改良"两条情节线索在小说整体构思与表现上的内在关联或本质联系加以辨析,对小说总体结构和主题给予了客观的评价。

在"创作艺术研究"论域,李明滨撰写的《〈战争与和平〉的艺术成就》⑥;倪蕊琴的《托尔斯泰和陀思妥耶夫斯基对长篇小说创作的拓展》⑦;陈燊的《列夫·托尔斯泰和意识流》⑧和任光宣的《论心理分析类型及其特征——托尔斯泰、屠格涅夫、契诃夫的心理分析方法之比较》⑨较具代表性。《列夫·托尔斯泰和意识流》对托尔斯泰作为意识流文学手法的"创始者"身份给予确认,论文藉此联系托尔斯泰小说创作的进程和创作思想的沿革对作家"心理描写"和"意识流小说"的关联加以论证。

在"创作比较研究"论域,具有典型性的著述有:倪蕊琴撰写的《创作个性·思想探索·形象体现——巴金和托尔斯泰创作特色初探》⑩;周永

---

① 《苏联文学》1982 年第 6 期。
② 《外国文学研究》1983 年第 4 期。
③ 陕西人民出版社 1985 年版。
④ 《外国文学研究》1985 年第 2 期。
⑤ 《外国文学研究》1985 年第 4 期。
⑥ 《国外文学》1981 年第 1 期。
⑦ 《外国文学评论》1987 年第 2 期。
⑧ 《外国文学评论》1987 年第 4 期。
⑨ 《国外文学》1988 年第 3 期。
⑩ 《外国文学研究》1983 年第 2 期。

福的《俄国社会两面不同的镜子——托尔斯泰和陀思妥也夫斯基》①；吴承诚的《茅盾与托尔斯泰比较论》②；符玲美、朱桂芳的《托尔斯泰与东方文学》③；张一东的《两幅战争的全景画——托尔斯泰〈战争与和平〉与赫尔曼·沃克〈战争风云〉、〈战争与回忆〉的初步比较》④；叶水夫的《托尔斯泰与中国》⑤；杨远鹿的《〈战争与和平〉与〈四世同堂〉人物心理层次纵横观》⑥和倪蕊琴主编的《列夫·托尔斯泰比较研究》⑦等。上述论文分别从不同的视角出发，对托尔斯泰与中国现代文学及其作家、东方文学和欧洲现代作家创作之间的关联进行了系统的分析和评价。

3. 90 年代研究状况

90 年代，中国的托尔斯泰研究进入到发展时期。新型研究范式的有效引进，为这一时期托尔斯泰研究提供了方法论基础，同时也为这一时期的托尔斯泰研究带来了新的学术成果。

在"作家总体研究"论域，具有代表性的著述有：张耳的《论托尔斯泰的战争与和平观》⑧；范晓华的《上帝之眼——托尔斯泰》⑨；陈建华的《寻觅良知的沉重步履：托尔斯泰传》⑩；马万辉的《列夫·托尔斯泰》⑪；王仙凤的《托尔斯泰传：神秘旅人苦行天才》⑫；呼立群的《托尔斯泰思想演变的文化因素》⑬；陈鹤鸣的《美好而难解的"小绿棒"情结——论托尔斯泰

---

① 《外国文学研究》1984 年第 1 期。
② 《国外文学》1985 年第 2 期。
③ 《外国文学研究》1985 年第 2 期。
④ 《外国文学研究》1985 年第 2 期。
⑤ 《外国文学研究》1987 年第 4 期。
⑥ 《外国文学研究》1988 年第 2 期。
⑦ 华东师范大学出版社 1989 年版。
⑧ 《国外文学》1995 年第 4 期。
⑨ 书目文献出版社 1996 年版。
⑩ 世界图书出版公司 1996 年版。
⑪ 国际文化出版公司 1996 年版。
⑫ 沈阳出版社 1997 年版。
⑬ 《外国文学研究》1997 年第 1 期。

的痛苦意识》①;陈殿兴的《列夫·托尔斯泰》②;邱运华的《托尔斯泰留下
的诠释困境》③以及刘念兹、孙明霞的《爱的先知:托尔斯泰传》④等。《论
托尔斯泰的战争与和平观》以长篇小说《战争与和平》为分析对象,从对托
尔斯泰作为政论家和思想家的认定出发,对托尔斯泰关于"战争"与"和
平"的观念进行系统分析和阐述。《托尔斯泰思想演变的文化因素》指出
托尔斯泰思想体系的复杂性和动态性为把握其主旨和实质带来相当的难
度。论文试图从"文化冲突"角度对托尔斯泰的内心世界进行剖析,藉此
对作家的思想体系得出新的阐释。《美好而难解的"小绿棒"情结——论
托尔斯泰的痛苦意识》一文基于"痛苦意识是文学创作的重要内驱力"前
提,指出"痛苦意识"对托尔斯泰个体人格和创作个性的生成具有决定性
影响。论文就这一论题展开系统分析以探究托尔斯泰及其文学实绩的
动因。

　　在"小说创作研究"论域,较具学术价值的论文有:邓楠撰写的《试论
〈安娜·卡列尼娜〉的"家庭思想"》⑤;徐鹏的《道德·情欲——〈安娜·卡
列尼娜〉人物性格建构原则之一》⑥;李正荣的《〈战争与和平〉主题新论》⑦
和《癫僧传统与托尔斯泰小说的精神特质》⑧等。《癫僧传统与托尔斯泰
小说的精神特质》对俄罗斯文化中的"癫僧传统"与托尔斯泰小说作品的
"精神特质"之间的实质性关联给予关注,并对托尔斯泰小说作品所呈现
的具有历史价值的"精神特质"进行了深入的分析。

　　在"创作艺术研究"论域,张杰撰写的《托尔斯泰"心灵辩证法"的变

① 《外国文学研究》1997 年第 3 期。
② 辽海出版社 1998 年版。
③ 《外国文学评论》1998 年第 4 期。
④ 河北人民出版社 1999 年版。
⑤ 《外国文学研究》1993 年第 2 期。
⑥ 《外国文学研究》1994 年第 2 期。
⑦ 《俄罗斯文艺》1995 年第 5 期。
⑧ 《俄罗斯文艺》1996 年第 5 期。

迁》①；胡日佳的《托尔斯泰与德国古典美学——托尔斯泰艺术观再探》②；
王景生的《托尔斯泰前期叙事中的内心独白——兼谈"心灵辩证法"的理
解问题》③和《洞烛心灵：列夫·托尔斯泰心理描写艺术新论》④；李正荣的
《史诗微积分：托尔斯泰小说的诗学特征》⑤和《托尔斯泰小说的三种时空
向度》⑥；王小璜的《论托尔斯泰创作中人物性格的结构特征》⑦以及刘涯
的《〈安娜·卡列尼娜〉的结构与描写艺术》⑧等著述具有较高的学术价
值。《托尔斯泰与德国古典美学——托尔斯泰艺术观再探》在对托尔斯泰
美学观作全面考察的基础上，在托尔斯泰与德国古典美学继承关系中对
作家的美学观加以探究，揭示出以康德、黑格尔和叔本华为代表的德国古
典美学体系对作家美学观形成的影响和作用。专著《洞烛心灵：列夫·托
尔斯泰心理描写艺术新论》分为两大部分。论题包括：早期叙事作品《昨
天的故事》的"意识流小说"特质；关于"心灵辩证法"概念的重新阐释。论
文对叙事作品中"意识流"和"内心独白"的类型、特征和功能进行系统的
分析并对其价值进行评定。《史诗微积分：托尔斯泰小说的诗学特征》对
托尔斯泰史诗小说创作的总体艺术特征给予考察，对其宏大场景和微小
细节的协和性特征进行分析和评价。《托尔斯泰小说的三种时空向度》则
认为时空的"开放性形式"是托尔斯泰小说（特别是《战争与和平》）创作备
受争议和备受肯认的叙事特质，论文从对作家叙事的"点""流"和"合力"
分析出发，指出在托尔斯泰创作中始终存在三种视角："一种在具体的时
空交叉上尽可能吸纳搜索；一种从生活的来处、出发点、源头，或者说从无
生命的终极冷眼打量；一种向生活流的未来、向着永恒生命。"

----

① 《外国文学研究》1990 年第 2 期。
② 《国外文学》1995 年第 1 期。
③ 《外国文学研究》1995 年第 2 期。
④ 中央编译出版社 1996 年版。
⑤ 《外国文学评论》1996 年第 4 期。
⑥ 《外国文学评论》1997 年第 3 期。
⑦ 《外国文学研究》1997 年第 2 期。
⑧ 《外国文学研究》1998 年第 3 期。

在"创作比较研究"论域,较具代表性的著述有:任子峰撰写的《托尔斯泰与孔老学说》①;刘洪涛的《托尔斯泰在中国的历史命运》②;吴泽林的《托尔斯泰主义和中国古典文化思想》③;何祖健的《同踏东西文化 各著风骚文章——托尔斯泰与林语堂之比较》④;王晖的《托尔斯泰和鲁迅的农民题材创作比较》⑤;王晖的《托尔斯泰和鲁迅小说创作比较》⑥;季星星的《试论托尔斯泰和陀思妥耶夫斯基的叙事文风》⑦;赵明的《托尔斯泰·屠格涅夫·契诃夫——20 世纪中国文学接受俄国文学的三种模式》⑧;吴泽霖的《对研究托尔斯泰和中国古典文化思想关系问题的思考》⑨、《从托尔斯泰的上帝到中国的"天"》⑩和《精神危机中的抉择——走入另一个"共同世界"——托尔斯泰走向东方的重要一步》⑪等等。《托尔斯泰主义和中国古典文化思想》认为托尔斯泰是欧洲作家中最具"东方性"的作家。论文指出托尔斯泰思想的"东方性"并非源自作家晚年对东方典籍的阅读,他对东方思想的接受也不属于一种皈依。俄罗斯 19 世纪社会历史条件、作家自身的精神探索以及东西方文化理念异同的关联是考察托尔斯泰主义的客观因素,基于这些因素方能较为客观地把握中国古典文化思想对托尔斯泰主义的影响和作用。

3. 21 世纪前 10 年研究状况

21 世纪前 10 年中国的托尔斯泰研究进入到成熟期。这一时期的托尔斯泰研究在对以往时期的研究成果进行有效积累的基础上,适用新型

① 《国外文学》1990 年第 1 期。
② 《外国文学研究》1992 年第 2 期。
③ 《苏联文学》1992 年第 4 期。
④ 《外国文学研究》1993 年第 3 期。
⑤ 《外国文学研究》1994 年第 3 期。
⑥ 《外国文学研究》1996 年第 2 期。
⑦ 《俄罗斯文艺》1996 年第 3 期。
⑧ 《外国文学评论》1997 年第 1 期。
⑨ 《俄罗斯文艺》1998 年第 4 期。
⑩ 《外国文学评论》1999 年第 1 期。
⑪ 《国外文学》1999 年第 3 期。

的研究范式和方法,最终使得该领域的研究及其成果得以全面深化。

　　在"作家总体研究"论域,具有代表性的著述有:刘国柱撰写的《托尔斯泰传》①;赵炎秋的《列夫·托尔斯泰文艺思想试探》②;陈建华的《人生真谛的不倦探索者:列夫·托尔斯泰传》③和杨正先的《托尔斯泰研究》④等。《列夫·托尔斯泰文艺思想试探》认为托尔斯泰文艺思想属于"情感论"范畴,同时又与属于"情感论"的浪漫主义文论有着本质的差异。托尔斯泰"情感论"文论的特征在于:它基于对"文学功用"的考量,强调情感重要性并要求情感通过形象呈示出来。专著《托尔斯泰研究》以托尔斯泰的3部经典作品为主要研究对象,对作家的思想理念和创作艺术进行深入、系统的探讨。其论题包括:托尔斯泰的生活历程和思想;《安娜卡列尼娜》、《战争与和平》和《复活》;托尔斯泰的世界观及托尔斯泰主义;托尔斯泰的美学观;托尔斯泰研究概述;托尔斯泰与中国文学。

　　在"小说创作研究"论域,代表性著述有:赵桂莲的《爱是生命:〈战争与和平〉》⑤;赵光慧的《叙事作品人物文化身份的多重性探析——从安娜·卡列尼娜的性格与文化身份的关系谈起》⑥和吴舜立、李红的《生命"恶之花"——安娜悲剧的性爱心理学和精神分析学透析》⑦。

　　在"创作艺术研究"论域,邱运华撰写的《诗性启示:列夫·托尔斯泰小说诗学的根本特征》⑧值得关注。该论文从对托尔斯泰作品主人公"情感爆发"结果的分析着手,认为"这种'诗性启示'既是人物思想感情发展的逻辑归宿,同时更体现着托尔斯泰自觉追求的小说诗学的最高审美品格"。论文认定对"诗性启示"的阐释有助于理解作家与现实的关联以及

---

① 世界知识出版社 2001 年版。
② 《外国文学研究》2004 年第 5 期。
③ 重庆出版社 2007 年版。
④ 中国社会科学出版社 2008 年版。
⑤ 云南人民出版社 2002 年版。
⑥ 《外国文学研究》2005 年第 3 期。
⑦ 《国外文学》2005 年第 3 期。
⑧ 《国外文学》2000 年第 3 期。

对"诗与哲学""诗情与玄思"等命题的把握。

在"创作比较研究"论域,具有学术价值的著述有:谢南斗撰写的《老庄学说与托尔斯泰》①;李辰民的《契诃夫与托尔斯泰》②;蔡宝玺的《试论托尔斯泰的宗教观与老子的学说》③;曾思艺的《丘特切夫与托尔斯泰》④;吴泽霖的《托尔斯泰和中国古典文化思想》⑤和陈建华编写的《文学的影响力:托尔斯泰在中国》⑥等。《托尔斯泰和中国古典文化思想》分为两个部分:(1)"托尔斯泰精神探索的东方走向";(2)"托尔斯泰思想和中国古典文化思想的比较"。第一部分的论题包括:"托尔斯泰精神探索的民族文化思想基础和社会历史背景""青年托尔斯泰精神探索从西向东的转向""《战争与和平》天道的显现""精神危机中的抉择:走入另一个'共同世界'""托尔斯泰直接接触中国古典文化思想的开始""托尔斯泰的新生命观和他的'无为'说""托尔斯泰的晚年和中国古典文化思想"。第二部分的论题包括:"托尔斯泰的'上帝'和中国的'天'""托尔斯泰的人和中国的人""托尔斯泰和中国古典文化的知论""托尔斯泰与中国古典文艺观的对话和认同"等。

除此之外,从 1979 年至今,在国外托尔斯泰研究学术著作翻译方面,较具影响的译著有:倪蕊琴编选的《俄国作家批评家论列夫·托尔斯泰》⑦;《欧美作家论列夫·托尔斯泰》⑧;周敏显等翻译日尔凯维奇等的《同时代人回忆托尔斯泰》⑨;翁义钦翻译亚·波波夫京的《列·尼·托尔

---

① 《俄罗斯文艺》2000 年第 4 期。
② 《俄罗斯文艺》2003 年第 4 期。
③ 《俄罗斯文艺》2003 年第 5 期。
④ 《俄罗斯文艺》2004 年第 1 期。
⑤ 北京师范大学出版社 2000 年版。
⑥ 江西高校出版社 2009 年版。
⑦ 中国社会科学出版社 1982 年版。
⑧ 同上书,1983 年版。
⑨ 上海译文出版社 1984 年版。

斯泰传略》[①]；刘逢祺、张捷翻译赫拉普琴科的《艺术家托尔斯泰》[②]；雷成
德翻译古谢夫的《〈战争与和平〉创作过程概要》[③]；龚义、章建刚翻译吉福
德的《托尔斯泰》[④]；傅雷翻译罗曼·罗兰的《托尔斯泰传》[⑤]；郭锷权等翻
译托尔斯泰娅的《天地有正义：列夫·托尔斯泰传》[⑥]；李桅翻译康·洛穆
诺夫的《托尔斯泰传》[⑦]；马肇元、冯明霞翻译苏·阿·罗扎诺娃的《思想
通信：列·尼·托尔斯泰与俄罗斯作家》[⑧]；杨德友翻译梅列日科夫斯基
的《托尔斯泰与陀思妥耶夫斯基》[⑨]；安国梁等翻译什克洛夫斯基的《列
夫·托尔斯泰传》[⑩]以及申文林翻译茨威格的《托尔斯泰传》[⑪]等等。

　　综上所述，改革开放以来，中国的托尔斯泰小说研究历经 30 年漫长
历程。在这一时期，中国的托尔斯泰研究在新时期学术—文化语境中、藉
以新的文学研究方法在各个研究论域均取得了长足的进步。托尔斯泰研
究的总体态势表明：中国的托尔斯泰研究正逐步形成基于自身文化语境
和文学传统的完整的话语系统。可以预期，当代托尔斯泰研究随着文学
的研究理念和研究范式的不断拓展，将获得更具学理价值的研究成果。

第六节　契诃夫及其作品研究

　　安东·巴甫洛维奇·契诃夫（1860—1904）是 19 世纪俄罗斯具有世
界意义的现实主义小说家和剧作家。契诃夫从 19 世纪 80 年代开始从事

---

① 山西人民出版社 1984 年版。
② 上海译文出版社 1987 年版。
③ 西北大学出版社 1987 年版。
④ 中国社会科学出版社 1989 年版。
⑤ 商务印书馆 1994 年版。
⑥ 湖南文艺出版社 1995 年版。
⑦ 天津人民出版社 1996 年版。
⑧ 文化艺术出版社 1997 年版。
⑨ 辽宁教育出版社 2000 年版。
⑩ 海燕出版社 2005 年版。
⑪ 浙江文艺出版社 2009 年版。

文学创作活动,一生创作有七百多篇短篇小说作品。1890 年,契诃夫的库页岛之行对自身的社会理念以及文学创作产生了深刻的影响。契诃夫的短篇小说对欧洲乃至世界现、当代小说的创作具有十分重要的影响。其短篇小说代表作有《普里希别耶夫中士》《变色龙》《哀伤》《苦恼》《草原》《乏味的故事》《决斗》《套中人》《姚尼奇》《农民》《在峡谷里》《第六病室》和《未婚妻》等等。90 年代起,契诃夫开始从事戏剧创作并致力于戏剧艺术的"现代性"革新。他的戏剧作品以其独特的"新戏剧"结构在世界戏剧发展史上具有划时代的意义,成为世界戏剧艺术宝库中的珍贵遗产。其戏剧代表作有《伊凡诺夫》《海鸥》《万尼亚舅舅》《三姊妹》和《樱桃园》等。

契诃夫小说作品最早的汉译本系吴梼于 1907 年根据日译本转译的《黑衣教士》(上海商务印书馆)。五四运动之前,契诃夫小说的汉译已经囊括了作家的代表性作品,如《第六病室》《小公务员之死》《万卡》以及《套中人》等。① 契诃夫戏剧作品的最初汉译完成于五四运动之后。20 年代中期,其 5 部代表性剧作和部分独幕剧均有了相应的汉译。②

中国的"契诃夫研究"始于五四运动之后。1925 年,曹靖华的《柴霍夫评传》——《三姊妹》汉译本附文被视为早期契诃夫研究的重要文献。③ 这一时期,关于契诃夫及其小说作品研究文献的译著有:陈著翻译的《克鲁泡特金的柴霍甫论》(1926);赵景深翻译米尔斯基的《契诃夫小说的新认识》(1928)。值得一提的是,这一时期,契诃夫戏剧的评介工作先于其作品翻译:宋春舫的《世界新剧谭》(1916)、《近世名戏百种目》等文章就对契诃夫及其代表剧作——《海鸥》《万尼亚舅舅》《三姊妹》和《樱桃园》进行介绍,从而为契诃夫戏剧研究奠定了最初的基础。④

十一届三中全会以后,中国进入到改革开放的新时期。随着国民经济的恢复和社会文化的发展,中国的社科—人文学科取得了前所未有的

---

① 参见谢天振、查明建主编:《中国现代翻译文学史(1898—1949)》,第 196—197 页。
② 同上书,第 200 页。
③ 同上。
④ 同上书,第 198 页。

长足进步。在这一社会－文化语境中,包括契诃夫研究在内的俄罗斯文学学科经历了重建、发展和繁荣的历史过程。纵观 30 年以来中国契诃夫研究的历程,可以发现,当代俄罗斯文学学者在继承以往契诃夫研究传统论域的基础上,开辟了若干新的研究论域。与此同时,当代契诃夫研究在其理论视野、研究思路、分析方法等方面均经历了不断的沿革,最终呈现出成熟的形态。

整体上说,我们可以将 30 年间中国的契诃夫研究及其成果分为三个方向:(1)作家总体研究;(2)小说创作研究;(3)戏剧创作研究。

1. 80 年代研究状况

80 年代契诃夫研究是继"文革"之后的恢复和重建时期。这一时期研究的特征在于"开放性"。而"开放性"的重要基础则源自 20 世纪上半期的研究成果以及同时代苏联契诃夫研究资源。

首先,在"作家总体研究"方面,"传记研究"和"美学研究"论域具有典型意义。这两类研究具有代表性的著述有龙飞和孔延庚合作撰写的《契诃夫传》①、陆人豪的《契诃夫创作美学断想》②和蒋连杰的《开掘"美的宝藏"——谈契诃夫的美学思想》③等。上述学术论文试图从作家创作生平和创作美学层面出发,对契诃夫及其文学创作予以宏观的把握。在"创作研究"论域,叶锐明撰写的《契诃夫小说创作的若干特点》④、皓智的《契诃夫小说中的知识分子形象》⑤和朱逸森的《短篇小说家契诃夫》⑥较具代表性。《短篇小说家契诃夫》对契诃夫作为杰出小说家的成长历程进行系统考察,并对契诃夫的小说艺术结构给予概括性评价。这部著作的学术成果以其对契诃夫创作考察的全面性和系统性在这一时期的作家总体研究方面具有较为重要的影响。此外,"心理研究"论域在作家总体研究中也

---

① 南开大学出版社 1988 年版。
② 载徐祖武主编:《契诃夫研究》,河南大学出版社 1987 年版。
③ 同上。
④ 《西南师范大学学报》(人文社会科学版)1979 年第 3 期。
⑤ 载徐祖武主编:《契诃夫研究》。
⑥ 华东师范大学出版社 1984 年版。

占据较为重要的位置。这一时期,俄罗斯文学学者将"心理学"和"医学"等学科理论引进契诃夫研究并取得了初步的成果,如任光宣撰写的《论心理分析类型及其特征——托尔斯泰、屠格涅夫、契诃夫的心理分析方法之比较》①和李辰民的《契诃夫小说中的变态心理学》②。前者对俄国 19 世纪三位经典小说家创作中所运用的心理分析方法进行比较研究,指出不同心理分析的结构和功能。后者则对契诃夫小说作品中的"变态心理学"构成加以分析,从另一层面揭示出契诃夫小说创作所蕴含的语义结构。

其次,在"小说创作研究"方面,"艺术研究"论域占据首要地位。"艺术研究"成为这一时期小说创作研究的重点,与新时期文学研究对"文学自律"认同密切关联,而这种文学价值认知又与中国的外国文学学科对西方文学理论特别是"形式主义"理论和"结构主义"理论的译介和引进密切关联。"艺术研究"论域的代表性论文有:叶乃芳和陈云路合作撰写的《契诃夫小说的艺术特色》③;杨小岩的《略谈契诃夫小说的艺术特色》④;刘建中的《试论契诃夫短篇小说的艺术特色》⑤;陈俐的《契诃夫早期作品的"瞬间风格"》⑥;金风的《契诃夫小说的诗意构成》⑦;雷成德的《论契诃夫小说手法的审美特色》⑧;董象的《时代的意中人,〈新娘〉娜嘉——兼谈契诃夫小说的印象主义叙表方式》⑨等等。应指出,这一时期的"艺术研究"论文基于对"叙事学理论"和"巴赫金小说理论"等的援用,相应得出了较为独特新颖的结论,如李蟠撰写的《试谈契诃夫小三部曲中三个故事讲述者的形象》⑩和汪靖洋的《焦点和焦点的转移——〈套中人〉的艺术结构及

---

① 《国外文学》1988 年第 3 期。
② 《外国文学研究》1989 年第 4 期。
③ 《外国文学研究》1980 年第 1 期。
④ 《外国文学研究》1981 年第 2 期。
⑤ 《国外文学》1983 年第 3 期。
⑥ 《外国文学研究》1983 年第 3 期。
⑦ 《外国文学研究》1984 年第 1 期。
⑧ 载徐祖武主编:《契诃夫研究》。
⑨ 同上。
⑩ 《外国文学研究》1979 年第 2 期。

其它》①。在"个案研究"论域,相关论文集中于契诃夫经典短篇小说的研究,其中较具影响的论文有:徐森林撰写的《〈套中人〉的主人公是谁?》②,以及彭质纯的《从生活原型到艺术典型——谈〈跳来跳去的女人〉的提炼》③等。新时期契诃夫研究的"比较研究"论域则在更深的层次上展开,其具有代表性的论文有黄颁撰写的《鲁迅与契诃夫小说比较研究》④。

第三,在"戏剧创作研究"方面,80 年代的契诃夫戏剧研究和小说研究一样,经历了恢复和开放阶段。这一时期的契诃夫戏剧研究包括有四个论域,即"总体研究""艺术研究""个案研究"和"比较研究"等。在"总体研究"论域,较具代表性的论文有:黄岩撰写的《契诃夫剧本创作述评》⑤;冉国选的《契诃夫戏剧的思想与艺术》⑥。新时期契诃夫戏剧研究一个重要论域则是"艺术研究"。这一研究路径与中国俄罗斯文学学者对戏剧文学系统"自律"——戏剧体裁之形式结构的认识深化和理论思考密切关联。在"艺术研究"论域,这一时期具有典型意义的论文有:华生撰写的《艺术构思与细节描写——契诃夫的〈樱桃园〉》⑦;张唯嘉的《〈樱桃园〉中的时间》⑧;蓝泰凯的《〈樱桃园〉艺术特色初探》⑨;张晓阳的《试论契诃夫戏剧诗意的构成及其特色》⑩;小丹的《论契诃夫的〈樱桃园〉的艺术成就》⑪;邹元江的《生活,在深沉有力的"停顿"中——试论〈樱桃园〉中的"停顿"》⑫等等。作为契诃夫戏剧研究的传统论域,"个案研究"专注于个别戏剧作品的考证和分析。从 80 年代起,"个案研究"论域在既往论题的

① 《外国文学研究》1979 年第 4 期。
② 《外国文学研究》1982 年第 4 期。
③ 《外国文学研究》1986 年第 1 期。
④ 《外国文学研究》1988 年第 3 期。
⑤ 《咸宁师专学报》1983 年第 2 期。
⑥ 载徐祖武主编:《契诃夫研究》。
⑦ 《江苏戏剧》1981 年第 7 期。
⑧ 《外国文学欣赏》1984 年第 1 期。
⑨ 《贵阳师范学院学报》1985 年第 1 期。
⑩ 《衡阳师专学报》1986 年第 3 期。
⑪ 载徐祖武主编:《契诃夫研究》。
⑫ 载徐祖武主编:《契诃夫研究》。

基础上,加入了若干新的论题。其较具影响的论文有:潘平撰写的《从〈樱桃园〉的两个场面谈"空灵"》①;易漱泉和谢南斗合作撰写的《俄国戏剧革新的杰作——谈契诃夫的〈海鸥〉》②;来春的《论契诃夫的心理剧〈凡尼亚舅舅〉》③;晓知的《演出的是生活,表现的是心灵——论契诃夫的戏剧〈三姐妹〉》④等等。需要指出的是,"比较研究"论域作为新兴的研究论域,在新时期契诃夫戏剧研究中地位较为突出。这一研究范式的形成与"比较文学"学科和方法在中国文学研究领域的整体适用密切相关。80 年代,在这一论域较为重要的论文有:胡斌撰写的《契诃夫的〈海鸥〉与易卜生的〈玩偶之家〉》⑤;沈澜的《试论契诃夫的〈樱桃园〉和曹禺的〈北京人〉》⑥;王德禄的《曹禺与契诃夫——艺术风格的联系和比较》⑦;王璞的《契诃夫与中国戏剧的"非戏剧化倾向"》⑧等等。王璞的《契诃夫与中国戏剧的"非戏剧化倾向"》在分析契诃夫戏剧"非戏剧化倾向"的基础上,揭示出"情节淡化"和"抒情氛围"等"非戏剧元素"之于中国现代戏剧的影响和作用。

2. 90 年代研究状况

90 年代,中国的契诃夫研究进入到发展时期。新型研究范式的稳固确立,为这一时期契诃夫研究的学理化和多元化提供了坚实的基础,同时也为这一时期的契诃夫研究赋予了新的学术视野。

首先,在"作家总体研究"方面,"传记研究"论域保持有既往的研究水平。其中代表性著作有:朱逸森撰写的《契诃夫:人品·创作·艺术》⑨;

---

① 《文艺研究》1984 年第 4 期。

② 载徐祖武主编:《契诃夫研究》。

③ 同上。

④ 同上。

⑤ 《俄苏文学》1984 年第 4 期。

⑥ 载徐祖武主编:《契诃夫研究》。

⑦ 《贵州社会科学》1988 年第 3 期。

⑧ 《外国文学评论》1989 年第 4 期。

⑨ 华东师范大学出版社 1994 年版。

郑伟平的《契诃夫(1860—1904)》①;赵佩瑜的《契诃夫》②。在"创作研究"论域,李嘉宝的系列论文对契诃夫创作中"真实"进行了系统的探讨。他撰写的《真实,在对现实的超越之中——论契诃夫创作中的形而上真实》③指出契诃夫在其创作中表现出来的世界观和认识论与同时代其他现实主义作家之间存在差别:搁置"现实生活逻辑"以反映生活"形而上真实"。继后,李嘉宝又撰写了《生活:潜心融入与多重显现——论契诃夫创作中的模糊把握》④,论文从另一层面探讨了契诃夫创作中的"真实"问题。他的《生活,是一曲绝望的悲歌——论契诃夫创作中的否定意识》⑤则对契诃夫一系列创作中的"否定性"元素给予了论述。李辰民撰写的《契诃夫小说的现代意识》⑥认为契诃夫小说作品中存在基于时代文化-历史语境的"现代意识"并加以具体的阐明。这篇论文对理解契诃夫小说创作的"现代性"元素及其对现、当代小说创作的影响具有重要的参考意义。此外,部分俄罗斯文学学者从女性主义理论出发对契诃夫文学创作中的"女性形象"进行了宏观的考察,如肖支群撰写的《契诃夫笔下的女性世界》⑦和吴惠敏的《弱者·觉醒者·行动者——契诃夫小说妇女形象三部曲》⑧等。后者集中于对契诃夫"女性题材"作品的系统分析,指出其女性形象的阶段性特征并揭示出女性形象的嬗变和递进的轨迹。

其次,在"小说创作研究"方面,首先需要提及的是刘建中撰写的《契诃夫小说新探》⑨,该书对契诃夫的世界观和小说创作进行了全面、系统的探讨,同时对契诃夫的小说创作与中外经典作家之间的差异给予了对比分析和研究。在"艺术研究"论域,吴静萍撰写的《试论契诃夫小说的艺

---

① 海天出版社 1998 年版。
② 辽海出版社 1998 年版。
③ 《外国文学评论》1991 年第 2 期。
④ 《外国文学研究》1992 年第 1 期。
⑤ 《外国文学研究》1992 年第 4 期。
⑥ 《外国文学评论》1995 年第 1 期。
⑦ 《俄罗斯文艺》1996 年第 6 期。
⑧ 《外国文学研究》1997 年第 1 期。
⑨ 陕西人民出版社 1991 年版。

术特色》①、曾恬的《契诃夫短篇小说艺术技巧探索》②、席亚斌的《契诃夫：从故事体到象征》③等具有一定的代表性。它们均将关注的焦点置于作家小说作品的形式结构，以此揭示小说作品意义构成的基本要素。在"小说创作研究"方面，属于"比较研究"论域的论文有王丹撰写的《从契诃夫与鲁迅的"小人物"谈起》④、阮航的《沙汀、契诃夫小说比较》⑤、赵明的《托尔斯泰·屠格涅夫·契诃夫——20 世纪中国文学接受俄国文学的三种模式》⑥和吴惠敏的《论契诃夫对凌叔华小说创作的影响》⑦等。这一系列论文对契诃夫小说创作之于中国现代文学及其作家创作的影响和作用从不同角度出发给予了系统的考察和分析。

第三，在"戏剧创作研究"方面，属于"总体研究"论域的著述有：边国恩撰写的《契诃夫戏剧创作简论》⑧；童道明的《契诃夫与二十世纪现代戏剧》⑨；王远泽的《戏剧革新家契诃夫》⑩以及刘淑捷的《契诃夫和现代戏剧》⑪等。专著《戏剧革新家契诃夫》对契诃夫戏剧创作及其特质进行了全面、系统的论证：对"通俗喜剧"向"新戏剧"的转型问题给予分析，基于此对"新戏剧"的代表作品——《海鸥》《万尼亚舅舅》《三姐妹》和《樱桃园》等集中展开了研究。该论著还包括"契诃夫戏剧创作中的'停顿'""契诃夫与莫斯科艺术剧院""当代苏联契诃夫学概况"和"契诃夫的戏剧在中国"等重要论题。在"艺术研究"论域，邹元江撰写的《论〈樱桃园〉中的"停

---

① 《外国文学研究》1994 年第 3 期。
② 《俄罗斯文艺》1996 年第 3 期。
③ 《国外文学》1998 年第 1 期。
④ 《外国文学》1996 年第 3 期。
⑤ 《社会科学研究》1996 年第 3 期。
⑥ 《外国文学评论》1997 年第 1 期。
⑦ 《外国文学研究》1999 年第 1 期。
⑧ 《国外文学》1991 年第 4 期。
⑨ 《外国文学评论》1992 年第 3 期。
⑩ 湖南师范大学出版社 1993 年版。
⑪ 《戏剧》1994 年第 1 期。

顿"》①、李辰民的《重读〈万尼亚舅舅〉——兼谈契诃夫的戏剧美学》②和杨海濒的《至味于淡泊——论契诃夫剧作的诗化及其美学意义》③等较具学理价值。其中,《论〈樱桃园〉中的"停顿"》对《樱桃园》中所运用的"停顿"手法及其功能进行系统的分析,揭示出它对结构戏剧作品的价值所在。在"比较研究"论域,相关论文集中出现在前期,如黄旦撰写的《夏衍与契诃夫的戏剧风格比较》④、张君的《契诃夫与老舍》⑤、李树凯的《用深刻的抒情方法,把生活组织起来——论曹禺和契诃夫的戏剧艺术》⑥等,这些论文将契诃夫戏剧创作与中国现、当代剧作家的创作分别进行了对比分析,取得了预期的成果。

3. 21 世纪前 10 年研究状况

21 世纪前 10 年中国的契诃夫研究进入到繁荣期。这一时期的契诃夫研究在对前两个时期的研究成果进行总结和反思的基础上,适用较为成熟的戏剧研究范式最终使得该领域的研究及其成果逐步系统化和多元化。

首先,在"作家总体研究"方面,其中"传记研究"论域的代表性著作有童道明撰写的《我爱这片天空:契诃夫评传》⑦和朱逸森的《契诃夫:1860—1904》⑧等。在"作家总体研究"方面,属于"创作研究"论域的论文有马卫红撰写的专著《现代主义语境下的契诃夫研究》⑨和朱涛的《"有神"与"无神"之间——从〈决斗〉看契诃夫的宗教哲学思想》⑩等。前者对契诃夫的创作与传统现实主义创作方法之间的差异加以论证,同时论文

---

① 《外国文学评论》1996 年第 3 期。
② 《俄罗斯文艺》1998 年第 4 期。
③ 《南京师大学报》(社会科学版)1999 年第 3 期。
④ 《杭州大学学报》1990 年第 1 期。
⑤ 《沈阳师范学院学报》1990 年第 2 期。
⑥ 《西北师大学报》1990 年第 2 期。
⑦ 中国文联出版社 2004 年版。
⑧ 华东师范大学出版社 2006 年版。
⑨ 中国社会科学出版社 2009 年版。
⑩ 《俄罗斯文艺》2006 年第 2 期。

还探讨了契诃夫作品与西方现代主义文学关联。在"比较研究"论域，刘研撰写的专著《契诃夫与中国现代文学》①较具影响。论著试图突破文学现象的一般描述和影响研究以论证契诃夫之于中国现代作家精神人格和思维方式等层面的作用。

其次，在"小说创作研究"方面，"艺术研究"论域占据了主要位置。这一时期"艺术研究"论域的主要著述有李家宝撰写的《论契诃夫抒情心理作品中的时间主题》②、路雪莹的《试论契诃夫的情境小说和生活流小说》③、《契诃夫世界中"职业"的艺术功能》④以及巴金撰写的专著《简洁与天才孪生：巴金谈契诃夫》⑤等等。《论契诃夫抒情心理作品中的时间主题》对契诃夫抒情心理作品内部的"时间主题"之功能加以评定，指出契诃夫创作中的"时间主题"是与艺术形象和审美情趣协作构成的"意蕴"。路雪莹的《试论契诃夫的情境小说和生活流小说》则将契诃夫创作的叙事手法概括为两种模式——"情境小说"和"生活流小说"并对两者的特征加以描述。

第三，在"戏剧创作研究"方面，"艺术研究"论域较有影响的论文有：严前海撰写的《契诃夫剧作中的喜剧风格》⑥；张介明的《论契诃夫戏剧的叙述性》⑦；董晓的《从〈樱桃园〉看契诃夫戏剧的喜剧性本质》⑧等。《论契诃夫戏剧的叙述性》指出契诃夫的戏剧创作对"摹仿"和"叙述"两者的界限完成了突破——将"叙述"引入戏剧，完成了对传统戏剧理念的变革。《从〈樱桃园〉看契诃夫戏剧的喜剧性本质》则认为契诃夫戏剧创作的"非戏剧化"性质中包括有独特的"喜剧精神"，后者也是契诃夫剧作的艺术价

① 上海社会科学院出版社 2006 年版。
② 《外国文学研究》2004 年第 5 期。
③ 《国外文学》2006 年第 3 期。
④ 《外国文学》2009 年第 3 期。
⑤ 东方出版社 2009 年版。
⑥ 《俄罗斯文艺》2003 年第 6 期。
⑦ 《上海师范大学学报》（哲学社会科学版）2003 年第 6 期。
⑧ 《外国文学评论》2009 年第 1 期。

值之所在。在"个案研究"论域,李辰民撰写的《〈普拉东诺夫〉:一部鲜为人知的契诃夫剧作》①、胡静的《〈伊凡诺夫〉的意义》②以及贺安芳的《斫伐的背后——〈樱桃园〉的生态批评》③较具价值。《斫伐的背后——〈樱桃园〉的生态批评》从生态文学批评的角度出发对《樱桃园》进行阐释,论文得出结论:"樱桃园的消失反映了人类思想、文化、社会发展模式中人对自然的态度和行为。"在"比较研究"论域,董晓撰写的《关于契诃夫戏剧在中国的影响》④、王永恩的《此岸和彼岸——契诃夫与曹禺剧作主题之比较》⑤等较具代表性。《关于契诃夫戏剧在中国的影响》指出契诃夫剧作对中国现代戏剧沿革作用和影响的具体层面——"对戏剧冲突的淡化"和"舞台抒情氛围的营造"等。中国戏剧创作虽在某些方面借鉴了契诃夫的戏剧表现手段,但对其"戏剧精神"特别是"喜剧精神"中所包含的荒诞意识并未给予充分理解和接受。

此外,从 1979 年至今,在国外契诃夫研究学术著作翻译方面,较具影响的译著有:朱逸森翻译屠尔科夫的《安·巴·契诃夫和他的时代》⑥;陈玉增等翻译别尔德尼科夫的《契诃夫传》⑦;朱逸森翻译的《契诃夫文学书简》⑧;朱逸森翻译帕佩尔内的《契诃夫怎样创作》⑨;郑业奎等翻译亨利·特罗亚的《契诃夫传》⑩;郑文樾和朱逸森翻译格罗莫夫的《契诃夫传》⑪等。

综上所述,改革开放以来,中国的契诃夫小说研究历经 30 年漫长历

---

① 《俄罗斯文艺》2001 年第 3 期。
② 《戏剧》2005 年第 3 期。
③ 《戏剧》2005 年第 4 期。
④ 《南京大学学报》(哲学·人文科学·社会科学版)2009 年第 1 期。
⑤ 《俄罗斯文艺》2009 年第 3 期。
⑥ 中国社会科学出版社 1984 年版。
⑦ 黑龙江人民出版社 1988 年版。
⑧ 安徽文艺出版社 1988 年版。
⑨ 上海译文出版社 1991 年版。
⑩ 世界知识出版社 1992 年版。
⑪ 海燕出版社 2003 年版。

程。其间，当代契诃夫研究在新时期的社会－文化语境下、藉以新的文学视野在各个研究论域均取得了跨越式进步。其研究的总体格局证明：中国的契诃夫研究所建构的独立的话语系统正趋于向完形。我们有理由预期中国的契诃夫研究随着文学研究理念、研究范式和研究方法等的不断演进，必将逐渐步向新的繁荣。

第七节　肖洛霍夫及其作品研究

米哈伊尔·亚历山德洛维奇·肖洛霍夫(1905—1984)是 20 世纪具有世界声誉俄罗斯小说家。肖洛霍夫的"顿河史诗"以其广阔的历史视界和宏大的叙事结构对 20 世纪俄罗斯文学产生了十分重要的影响。肖洛霍夫 1923 年进入文坛，早期作品有短篇小说集《顿河故事》和《浅蓝色的草原》。1926 年至 1940 年，作家陆续完成长篇小说《静静的顿河》。1932年至 1960 年，肖洛霍夫写就《被开垦的处女地》（第一部和第二部）。1957年，肖洛霍夫发表短篇小说《一个人的遭遇》，另有未完成的长篇小说《他们为祖国而战》。1965 年，肖洛霍夫因其"在描写俄罗斯人民生活各历史阶段的顿河史诗中所表现的艺术力量和正直的品格"，荣获该年度的诺贝尔文学奖。

20 世纪 30 年代，在对"新俄文学"的翻译介绍中，肖洛霍夫的长篇小说《静静的顿河》（前 2 部）和《被开垦的处女地》最初被译成中文。[①] 40 年代作家的《他们为祖国而战》的汉译本发表。1940 年和 1941 年之间金人翻译的《静静的顿河》（4 部）全译本陆续问世。[②]

改革开放以后，包括肖洛霍夫研究在内的外国文学研究学科经历了重建、发展和成熟的历史过程。纵观 30 年以来的中国肖洛霍夫研究历程，可以发现，当代中国的俄罗斯文学研究学者在继承以往肖洛霍夫研究

---

① 参见谢天振、查明建主编：《中国现代翻译文学史(1898—1949)》，第 130－132 页。
② 同上书，第 133－135 页。

传统论域的基础上,建立了自身具有独特学理价值的研究论域:(1)创作总体研究;(2)创作艺术研究;(3)小说个案研究;(3)创作比较研究。与此同时,当代肖洛霍夫研究在其理论视野、研究思路、分析方法等方面均经历了不断的沿革,最终形成了新的研究格局。

1. 80 年代研究状况

80 年代是肖洛霍夫研究继"文革"之后的恢复和重建时期。这一时期研究的特征在于"重建性"。而"重建"的重要基础则源自 20 世纪上半期的中国俄苏文学研究成果以及苏联当代的学术研究资源。

在"创作总体研究"论域,具有代表性的研究著述有:李树森撰写的《肖洛霍夫的思想与艺术》[①];李毓榛的《肖洛霍夫现实主义的若干特征》[②]以及孙美玲的《肖洛霍夫:1905—1984》[③]等。《肖洛霍夫的思想与艺术》分为三个部分:第一部分分别就《顿河故事》《被开垦的处女地》、葛利高里·麦列霍夫的形象和彭楚克的形象展开评论;第二部分对肖洛霍夫创作的思想和艺术进行了系统分析;第三部分对国外肖洛霍夫研究加以考察和评述。《肖洛霍夫现实主义的若干特征》针对苏联评论家对肖洛霍夫创作的定位——"社会主义现实主义的杰作"或"社会主义现实主义的顶峰"以及"包罗万象的现实主义""严峻的现实主义"和"无情的现实主义"等进行探讨,指出"肖洛霍夫的艺术创作凝聚着他探索生活奥妙的胆识,坚持独立思考的勇气,肖洛霍夫的现实主义是这种胆识与勇气的结晶,它的丰富内涵应该成为一个独立的艺术概念——肖洛霍夫现实主义"。

在"创作艺术研究"论域,陈孝英撰写的《论肖洛霍夫创作的幽默风格》[④]颇为典型。论文在对评论界关于肖洛霍夫创作"悲剧性"和"幽默性"矛盾定性给予考察的基础上,对作家作品中呈现出的独特的幽默风格加以分析和评定。

---

① 吉林大学出版社 1987 年版。
② 《国外文学》1988 年第 3 期。
③ 辽宁人民出版社 1988 年版。
④ 《外国文学研究》1985 年第 1 期。

在"小说个案研究"论域,较具影响的著述有:孙美玲撰写的《〈静静的顿河〉的著作权问题》①;彭克巽的《析〈静静的顿河〉的艺术构思》②;汪靖洋的《〈静静的顿河〉的审美作用》③;力冈的《美好的悲剧形象——论〈静静的顿河〉主人公格里高力》④和孟湘的《人的魅力——论葛利高里性格的悲剧美》⑤等。《析〈静静的顿河〉的艺术构思》基于高尔基对《静静的顿河》思想价值正面评价,对作品的整体艺术构思及其意义进行探究和评定。《〈静静的顿河〉的审美作用》则指出《静静的顿河》在以史诗手法展现哥萨克日常性生活和历史性事件的过程中所给予读者的审美作用进行了详尽的探究和分析。

在"创作比较研究"论域,孙美玲撰写的《肖洛霍夫和中国》⑥;李树森的《他山之石,可以攻玉——评西方论肖洛霍夫》⑦和王国华的《军事文学领域的新拓展——〈一个人的遭遇〉和〈西线轶事〉之比较》⑧等具有典型意义。《肖洛霍夫和中国》对肖洛霍夫在中国的译介和传播,以及作家创作之于中国现代文学的影响进行了考察和梳理。

2. 90 年代研究状况

90 年代,中国的肖洛霍夫研究进入到发展时期。新的研究范式和研究方法的有效确立,为这一时期肖洛霍夫研究的学理化和多元化提供了可能的前提和坚实的基础,同时也为这一时期的肖洛霍夫研究带来了新的形态。

在"创作总体研究"论域,较具学术价值的著述有:詹志和撰写的《肖洛霍夫创作中的自然主义问题刍议》⑨;钱晓文的《论肖洛霍夫的创作个

---

① 《苏联文学》1980 年第 1 期。
② 《外国文学研究》1980 年第 4 期。
③ 《外国文学研究》1985 年第 3 期。
④ 《外国文学研究》1989 年第 1 期。
⑤ 《外国文学研究》1989 年第 2 期。
⑥ 《苏联文学》1984 年第 5 期。
⑦ 同上。
⑧ 《苏联文学》1987 年第 2 期。
⑨ 《外国文学研究》1990 年第 3 期。

性及其形成》①；丁夏的《永恒的顿河：肖洛霍夫与他的小说创作》②和徐家荣的《肖洛霍夫创作研究》③。《肖洛霍夫创作中的自然主义问题刍议》在认定肖洛霍夫创作风格"由很多具有对立意义的思想艺术因素构成"的基础上，对作家创作中所体现出的"自然主义"元素进行探讨并给出独特的论断。《论肖洛霍夫的创作个性及其形成》将肖洛霍夫的创作特征概括为"严酷的真实"，以此对作家的创作个性及其形成过程进行分析和考察。专著《肖洛霍夫创作研究》对肖洛霍夫的生平和创作进行全面、系统地梳理和评述，并在系统解读作家代表作品的基础上对其艺术成就加以总结。该书还对俄罗斯（苏联）、西方和中国的肖洛霍夫研究文献加以概括，并对部分具有争议的问题提出自己的观点和见解。

在"创作艺术研究"论域，孙美玲撰写的《肖洛霍夫的艺术世界》④具有一定的影响。专著在对肖洛霍夫创作道路进行系统论述的基础上，对作家"悲剧史诗"式叙事艺术给予分析和评价，并对作家研究史中的若干争议问题和著作权问题进行探讨和剖析。

在"小说个案研究"论域，具有代表性的著述有：于胜民撰写的《试论〈静静的顿河〉的主体结构》⑤；张均欧的《战争沉思录——评〈一个人的命运〉在苏联军事题材文学中的开拓新意》⑥；李树森的《也论〈一个人的遭遇〉——兼谈对小说的美学理解》⑦；胡日佳的《一幅色彩斑斓的"马赛克镶嵌画"——试评〈静静的顿河〉的叙事结构》⑧；戴屏吉的《对革命和战争的历史反思——试论〈静静的顿河〉的思想倾向》⑨；刘佳霖的《试图走出

① 《外国文学研究》1993 年第 1 期。
② 海南出版社 1993 年版。
③ 兰州大学出版社 1996 年版。
④ 社会科学文献出版社 1994 年版。
⑤ 《外国文学研究》1990 年第 3 期。
⑥ 同上。
⑦ 同上。
⑧ 同上。
⑨ 《外国文学研究》1991 年第 1 期。

历史的悲剧——简论〈静静的顿河〉中的葛利高里》①；刘文飞的《电脑批评:文学作品的数据研究——从〈静静的顿河〉的作者权谈起》②；李嘉宝的《大胆的探索　成功的开拓——〈一个人的遭遇〉新论》③；孙美玲的《死的艺术和悲剧美——〈静静的顿河〉中两位女主人公的爱和死》④；刘亚丁的《〈被开垦的处女地〉与冷战》⑤和张捷的《〈静静的顿河〉著作权问题的争论又起波澜》⑥等。《一幅色彩斑斓的"马赛克镶嵌画"——试评〈静静的顿河〉的叙事结构》在将《静静的顿河》的叙事结构与阿·托尔斯泰的《苦难的历程》加以比较的基础上,着重分析了《静静的顿河》叙事文体"多元整合"的特质。《死的艺术和悲剧美——〈静静的顿河〉中两位女主人公的爱和死》基于对柏拉图的"死亡是真正给人以灵感之神和哲学的主宰"命题的认同,对《静静的顿河》两位女主人公的"死亡"艺术所蕴含的悲剧性审美价值进行探究和评价。

在"创作比较研究"论域,胡日佳撰写的《肖洛霍夫与萨特——〈静静的顿河〉的意识本体结构初探》⑦具有代表性。该文在将肖洛霍夫创作与萨特加以比较的基础上,对《静静的顿河》中"意识"结构的构成进行了深入的辨析。

3. 21 世纪前 10 年研究状况

21 世纪前 10 年,中国的肖洛霍夫研究进入到成熟期。这一时期的肖洛霍夫研究在对前两个时期的研究成果进行积累的基础上,适用新型的研究范式和研究方法对作品展开考察和分析,最终使得该领域的研究及其成果达到了更高的层级。

在"创作总体研究"论域,具有代表性的著述有:刘亚丁撰写的《肖洛

①　《当代外国文学》1991 年第 1 期。
②　《外国文学评论》1991 年第 2 期。
③　《外国文学研究》1994 年第 1 期。
④　《俄罗斯文艺》1994 年第 4 期。
⑤　《俄罗斯文艺》1998 年第 1 期。
⑥　《外国文学动态》1999 年第 4 期。
⑦　《外国文学研究》1994 年第 3 期。

霍夫的写作策略》①；何云波的《肖洛霍夫》②；刘亚丁的《顿河激流：解读肖洛霍夫》③以及李毓榛的《萧洛霍夫的传奇人生》④等。《肖洛霍夫的写作策略》从苏联文学"中心"和"边缘"格局出发，对肖洛霍夫独特的写作策略进行剖析，指出肖洛霍夫"既遵从中心文学的基本规则，又突破其约束"。"他的作品既有中心文学的合法性，又有边缘文学的批判性。他处于中心与边缘的过渡地带"，因而具有广泛的可接受性。专著《顿河激流：解读肖洛霍夫》分为三个部分："时代篇""人物篇"和"影响篇"。它们的论题包括：作家创作个性的形成、《静静的顿河》的悲剧内涵；作家与同时代作家、政治人物的关系；作家的写作方式；作家创作的历史－文化价值。

在"创作艺术研究"论域，冯玉芝撰写的《肖洛霍夫小说艺术的三点整合》⑤和《肖洛霍夫小说诗学研究》⑥具有代表性。《肖洛霍夫小说艺术的三点整合》从类型学、主题学和人物模式三个层面出发，对肖洛霍夫的小说叙事艺术进行了系统分析和评价。专著《肖洛霍夫小说诗学研究》认为作家"在体裁融合、审美把握和语言运用方面形成了多元同构、相辅相成、和谐而完整的小说艺术系统，达到了俄苏小说史上的一个新高度"。该书将肖洛霍夫小说的整合性"艺术形态"作为研究对象，对作家"小说艺术形态"的构成及其特征、叙事层次的结构关系进行了描述和分析。

在"小说个案研究"论域，具有代表性的著述有：粟周熊撰写的《〈静静的顿河〉的著作权问题终成定论》⑦；张捷的《〈静静的顿河〉的版本》⑧；何云波、刘亚丁的《〈静静的顿河〉的多重话语》⑨；谢昉的《良心就是上

---

① 《外国文学评论》2000 年第 3 期。
② 四川人民出版社 2000 年版。
③ 四川教育出版社 2001 年版。
④ 北京大学出版社 2009 年版。
⑤ 《俄罗斯文艺》2000 年第 1 期。
⑥ 山西人民出版社 2001 年版。
⑦ 《外国文学动态》2000 年第 2 期。
⑧ 《外国文学动态》2001 年第 3 期。
⑨ 《外国文学评论》2002 年第 4 期。

帝——剖析〈静静的顿河〉中的人道主义精神》①;傅星寰的《李斯特尼次基的"执著"与幻灭——〈静静的顿河〉意识形态价值辨析》②和《从"摇摆"到"回归"——〈静静的顿河〉伦理审美意识形态辨析》③;张中锋的《试论〈静静的顿河〉创作中的非理性主义特征》④以及王先晋的《追寻"非零和"的社会模式——再论〈静静的顿河〉艺术结构》⑤等。《〈静静的顿河〉的多重话语》认为在长篇小说《静静的顿河》中存在有基于各自文化精神和文学传统的多重话语:"真理"话语、"人性"话语和"乡土"话语。这三类话语对这部小说的人物分类和叙事方式具有重要的影响和作用,并且它们经常通过相互置换而形成对话。由此,小说文本的"对话性"使得作品拥有了丰富的意义指向。《从"摇摆"到"回归"——〈静静的顿河〉伦理审美意识形态辨析》旨在运用伊格尔顿"意识形态生产论"对《静静的顿河》的"作者-哥萨克意识形态"等价值体系的再生产张力加以阐明。论文指出:"作为哥萨克代言人的作家萧洛霍夫以深邃的历史洞见和悲悯的人道精神,揭示了几个世纪以来哥萨克群体与俄罗斯社会主流意识形态间难以弥合的历史隔膜。"作家通过主人公对"伟大的人类真理"求索,表现出哥萨克伦理意识形态中的审美理想。《试论〈静静的顿河〉创作中的非理性主义特征》认为长篇小说《静静的顿河》的"非理性主义"表现于历史观、人性观和人生观三个方面。这些"非理性主义"元素使得这部作品超越传统意义上"现实主义"而获得"现代主义"的美学特质。

在"创作比较研究"论域,较具影响的论文有:冯玉芝、薛兴国撰写的《帕斯捷尔纳克与肖洛霍夫小说艺术比较》⑥;徐拯民的《命运多舛　情归何处——〈静静的顿河〉与〈原野〉中两位女主人公的悲剧美》⑦和李志强、

---

① 《俄罗斯文艺》2003年第6期。

② 《俄罗斯文艺》2006年第2期。

③ 《外国文学研究》2006年第2期。

④ 《国外文学》2006年第4期。

⑤ 《俄罗斯文艺》2008年第2期。

⑥ 《俄罗斯文艺》2002年第1期。

⑦ 《俄罗斯文艺》2002年第6期。

李朵的《肖洛霍夫小说创作中的果戈理因素》①等。《肖洛霍夫小说创作中的果戈理因素》对肖洛霍夫创作与果戈理的渊源关系加以考察,对作家小说作品中所蕴含的果戈理风格要素进行了辨析。

　　除以上提及的代表性学术文献之外,从 1979 年至今,在国外肖洛霍夫研究学术著作的翻译方面,较具影响的译著有:孙美玲编选的《肖洛霍夫研究》②;刘亚丁、涂尚银、李志强翻译瓦连京·奥西波夫的《肖洛霍夫的秘密生平》③和孙凌齐翻译瓦·李维诺夫的《肖洛霍夫评传》④等。

　　综上所述,改革开放以来,中国的肖洛霍夫研究历经 30 年的历程。在这一期间,肖洛霍夫研究在新时期社会—文化思潮影响下、藉以新的文学研究范式在各个研究论域均取得了长足的进步。这一时期研究的总体态势表明:中国的肖洛霍夫研究业已趋于形成基于自身文化身份相对独立的话语系统。可以预期,中国的肖洛霍夫研究随着文学学科研究理念、研究范式和研究方法等的不断拓展,将获得更高学术水平的科研成果。

　　①　《俄罗斯文艺》2009 年第 3 期。
　　②　外语教学与研究出版社 1982 年版。
　　③　四川人民出版社 2001 年版。
　　④　中央编译出版社 2002 年版。

第二章

阿拉伯文学研究

       阿拉伯文学在中国的研究大体上是从改革开放以后开始的。对阿拉伯文学作品的翻译工作从 19 世纪末就开始了，在 20 世纪五六十年代甚至呈现出一定的规模，但对阿拉伯文学的专门研究在改革开放之后才开始。一方面是改革开放以后对外国文学的解禁使全国的知识分子和年轻的读者对外国文学都怀有一种如饥似渴的阅读期待，国人亟待了解外面的世界，而外国文学作品是了解外部世界的极好的窗口。尽管阿拉伯文学并不是人们了解的重点，但是毕竟也是人们想要窥见的一个部分；另一方面，外国文学研究的发表阵地也是改革开放以后才开始建立起来的，《国外文学》《外国文学研究》《阿拉伯世界》①等专业性的学术期刊基本上都是在 20 世纪 80 年代初期创刊的。尽管阿拉伯文学的起步比较晚，但是 30 年来还是取得了一些成果，尤其是相对于数目很少的从业人员来说，已经取得的成就应该给予高度的评价。

    30 年来阿拉伯文学研究取得的成果主要表现多个方面。首先，是国内研究阿拉伯文学的学者完成了大量基础性的研究工作，从翻译西方学者和阿拉伯学者所撰写的文学史到中国学

---

① 后来改刊名为《阿拉伯世界研究》。

者自己独立完成的多种文学史,摆脱了中国读者无从了解阿拉伯古代文学全貌的状况。除了陆陆续续翻译出版的阿拉伯文学作品以外,蔡伟良的《阿拉伯现代文学史》、仲跻昆的《阿拉伯文学通史》等书让中国读者可以了解阿拉伯文学的发展历史。其次,深层次的学术专著虽然数目还不太多,但是已经有了良好的开端,郅溥浩的《神话与现实:〈一千零一夜〉论》第一次对阿拉伯民间文学的代表作品进行了深入的研究,李琛的《阿拉伯现代文学与神秘主义》从神秘主义的角度对阿拉伯现代文学进行探究,林丰民的《为爱而歌:科威特女诗人苏阿德·萨巴赫》从女性主义的角度对科威特当代著名女诗人的创作进行了深入的分析,而在比较文学领域则出版了甘丽娟从接受美学的角度研究阿拉伯旅美文学的代表作家在中国接受情况的专著《纪伯伦在中国》,林丰民等学者从宏观的角度对阿拉伯文学和中国文学进行了比较研究《中国文学与阿拉伯文学比较研究》,值得一提的是还有一些有关阿拉伯文学的博士论文也取得了一定的成果,因尚未出版,暂不赘述。第三,有关阿拉伯文学的专题论文和学术性文章自改革开放以来取得了丰硕的成果,至今已公开发表的论文和学术文章的数量超过了 600 篇,对阿拉伯的小说、诗歌、散文和戏剧等各种体裁均有所涉及,在时间跨度上从阿拉伯贾希利叶时代一直延伸到当下的作家作品。

审察改革开放以来的阿拉伯文学研究,主要有以下几个特点:

一、对现当代阿拉伯文学的研究较多,而对古代阿拉伯文学的研究相对较少。无论是专著的研究还是论文的研究都呈现了重现代文学而轻古代文学的现象。一方面是因为古代阿拉伯文学以诗歌为主,研究的难度相对较大,不少研究者望而却步,而古诗作品翻译数量较少使得中文出身的学者缺乏研究的原材料;另一方面,出于对了解当代阿拉伯社会状况的需求相对较大,也促使学者们把研究的主要精力放在了阿拉伯现当代文学的研究上。

二、在现当代文学的研究相对集中于埃及、叙利亚、黎巴嫩、伊拉克和阿尔及利亚等阿拉伯文学大国的作家作品研究,而对其他阿拉伯国家的文学研究相对较少。形成这一特点的原因有:(1)这些文学大国在文学的现代化进程中发展得较早,文学上所取得的成就也更大,自然吸引了中国阿语界学者的更多关注;(2)中国派往阿拉伯国家留学的学生和进修的学者相对集中在这些文学大国,使得阿拉伯文学研究者有更多的机会接触这些国家的文学作品,有的甚至还有机会接触作家本人,比如仲跻昆教授、李琛研究员等阿拉伯文学研究者就曾约见过阿拉伯唯一的诺贝尔文学奖得主马哈福兹。当然个别非阿拉伯主流文学国家也得到关注,则与研究者、翻译者的个人机缘有关系,如林丰民在科威特大学进修期间会见了科威特当代著名女诗人苏阿德·萨巴赫,获得了大量的作品和研究资料,促使他不仅翻译了诗人的 4 本诗集,而且写了多篇有关诗人的学术性论文,还出版了专著。

三、重点作家作品的研究,构成了改革开放以来阿拉伯文学研究的主体。在古代阿拉伯文学中,《一千零一夜》的研究最为突出,一方面源于该作品本身的巨大魅力,另一方面,该作品从 20 世纪初就开始有中文译本,且译本众多,为中文出身的学者进行深入研究提供了素材。而在现当代文学的研究中,诺贝尔文学奖得主马哈福兹和阿拉伯旅美派文学及其代表作家纪伯伦的研究成果最多也最有深度。

四、阿拉伯语学者和中文出身的学者共同努力,促成了改革开放以来阿拉伯文学的研究格局。中文出身的研究者利用阿拉伯文学的中文译本所进行的研究占据了较大的比例,特别是对《一千零一夜》和马哈福兹、纪伯伦的研究中,中文出身的学者有着较多的研究成果,而懂阿拉伯语的学者当时才刚刚开始涉足阿拉伯文学的研究。但随着国内阿拉伯语教学的发展,特别是研究生培养体系在阿拉伯语界的建立与发展,培养了一批阿拉伯文学的研究人员,他们开始用阿拉伯文的第一手资料进行阿拉伯文学的研究,并且取得了越来越多的成果。尤其是年轻一代的阿语学者除了阿拉伯语本身的素养以外,也在文学理论和文学研究方法上得到一定程度的学术训练。而部分中文出身的中青年学者也在努力学习阿拉伯语,以便能够运用阿拉伯文的第一手资料,因而,阿拉伯文学的翻译文本在研究中所起的作用呈递减状态。

第一节　以书为载体的阿拉伯文学研究

目前已出版的专著、文学史、书话和评传近 20 本,涉及比较文学、民间文学、作家文学等各个领域,取得喜人成果。这与国内对欧美文学的研究相比还有非常大的差距,但就阿拉伯文学研究领域自身的发展来说,从无到有,已是很大的成就了。尤其是这些著作类的研究,大多数是 21 世纪以来大约十年间的成果,这就更显示出国内阿拉伯文学研究学者的努力程度。

一、阿拉伯文学专题研究

1993 年中国社会科学院外国文学研究所的伊宏出版了《东方冲击波——纪伯伦评传》①,这是中国学者第一次以书的形式展示阿拉伯文学研究的成果,也是第一本专门研究阿拉伯旅美文学代表人物纪伯伦的书。尽管作者在这本小书中更多的是对纪伯伦生平与作品的介绍,但是进行了评论式的介绍,多多少少也带有一点研究的性质。

中国学者所撰写的真正意义上的专著当属郅溥浩关于《一千零一夜》的研究。他在《神话与现实——〈一千零一夜〉论》(1997)一书中主要从民间故事本身与当时文化背景下的阿拉伯社会两个层面对《一千零一夜》进行剖析。该专著首先运用"AT 分类法"("阿奈尔—汤普森体系")分析了《一千零一夜》中的 20 个母题,并将这些母题与中国古代和西方的民间故事进行类比,挖掘各种母题在不同文学体系中的相似性,印证了汤普森在《世界民间故事分类学》中的结论——《一千零一夜》的一些故事堪称故事之源,许多古老的民间故事中都有《一千零一夜》的影子。例如,"救蛇得报"这个母题至少在《一千零一夜》中出现三次,虽有细微变型,但是主题

---

① 海南出版社 1993 年版。

内容不变。这个母题在明代冯梦龙的《喻世明言》中《李公子救蛇获称心》、北宋陈慥的《葆光录》、宋代《五色线》中都有体现。再如,《第三个僧人的故事》母题"忍不住开禁门",这种探索未知世界、勇敢冒险、欲冲破禁锢的精神与中国古典故事"桃花源记"颇有相似之处。另外,郅溥浩总结出七个故事类型,除了列举这些类型的具体故事,作者还对别国文学对《一千零一夜》故事的接受进行探究。作者敏锐地发现,"只要通读过《一千零一夜》,就会发现这样一个现象:这么鸿篇巨制的一部作品,几乎没有对农村进行描写。"①由此引出商人作为中产阶级的代表取代游牧的贝杜因人登上历史舞台。对于《一千零一夜》中的"性"、宿命论、妇女观、宗教思想等,作者更是立足于阿拉伯社会进行客观分析,体现了阿拉伯语出身学者的语言优势和对阿拉伯社会历史文化的熟知程度。

林丰民的《为爱而歌:科威特女诗人苏阿德 · 萨巴赫研究》(2000 年)则第一次将一位阿拉伯当代女诗人纳入了专著研究的视野。该专著既研究这位女诗人以张扬民族主义为己任的宏大叙事,也探讨了女诗人关注阿拉伯女性问题的私人性话语,着重研究了苏阿德·萨巴赫的女性主义立场、女性话语与妇女写作和女性意识的张扬内容。尽管研究对象只是一个海湾国家的诗人,但是她的诗歌作品在阿拉伯当代女性文学中具有重要的代表性。因此,该专著的出版得到了同行专家的认可:"《为爱而歌》对萨巴赫诗歌艺术的独创特色、诗艺的价值和地位的评析,同样在传统和现代的中外理论、方法中广泛借鉴,从中国古代的审美风格范畴、言意之辨到巴赫金的对话性学说、私人叙事和宏大叙事的现代叙事学理论等等,作者都敢于大胆'拿来',而且能恰切地运用,对萨巴赫的诗艺特色进行了纵横交错立体多维的深入观照和细致入微的开掘,不仅体现了作者深谙'六观'之妙谛和坚实广厚的理论功底,使其论说趋达'平理若衡,照词如镜'的'知音'境界,同时也横溢着诗歌的真正'知音'者的艺术感受

---

① 郅溥浩:《神话与现实——〈一千零一夜〉论》,社会科学文献出版社 1997 年版,第 130 页。

才华。"①

也是在世纪之交,一部具有特色的阿拉伯文学研究专著面世了。那就是李琛的《阿拉伯现代文学与神秘主义》(社会科学文献出版社,2000)。该书从宗教神秘主义的角度对阿拉伯现代文学进行了考察。她选择了黎巴嫩、埃及、突尼斯、伊拉克、利比亚等 5 个阿拉伯国家具有代表性的 9 位诗人、作家、剧作家加以研究,评析每位作家对神秘主义发生兴趣的过程和原因,论证神秘主义在他们身上,在他们的头脑里,在他们的作品中的展现:"他们或青睐于苏菲神秘主义所验证的辩证法,或视苏菲为伊斯兰精神的代表,或视其为一种美好人生境界来弘扬;或以苏菲的观念和灵修体验作为一种艺术手法来进行创新,构建阿拉伯现代民族文学的模式。"②作者在研究阿拉伯现代文学的神秘主义因素时,没有局限于具有伊斯兰特性的苏菲神秘主义,而是将阿拉伯现代文学中的神秘主义放到整个世界的神秘主义的广阔视野中加以考察,并且在具体的分析中体现出了这种特点。如在分析纪伯伦具有神秘主义特征的"爱的宗教"时,作者旁征博引,纵论古今:从西方神秘主义的"爱"谈到东方神秘主义的"爱",从巴门尼德的首造爱神思想到恩培多克勒"爱""争"原始力量观念,从苏格拉底的智慧论到柏拉图对爱、美与智慧的论述,从基督教经典《圣经》到印度教经典《薄伽梵歌》再到佛教经典《圆觉经》有关人爱与神爱的观念,最后论及伊斯兰神秘主义对爱的理解,使读者对爱的观念的历史演变有了深刻的印象,加深了对纪伯伦作品中爱、美与智慧的理解。这本专著的价值和开拓性意义应该得到充分的肯定。有权威的专家给予了恰当的评价:"东方神秘主义是一宗丰富的文化遗产。但要清理这宗遗产,取其精华,去其糟粕,也是一项艰巨、复杂而细致的工作。国内对神秘主义及其与文学关系的研究还处在起步阶段。如果我们不想满足于泛泛的理论探讨,就应该对东方各地区的神秘主义遗产进行深入的'个案'研究。

---

① 卢铁澎:《萨巴赫诗歌:"爱"的世界主义和女性主义——读林丰民博士新著〈为爱而歌〉》,《当代外国文学》2002 年第 2 期。

② 李琛:《阿拉伯现代文学与神秘主义》前言,社会科学文献出版社 2000 年版。

正是在这个意义上,我认为李琛同志的这部著作是国内这一研究领域的'先驱'之作,为我们开了一个好头。"①在这些个案研究中,作者突出了这些作家对神秘主义不同的理解和表现,更值得赞扬的是阐发了这些作家所创作作品中的善的价值和积极的人生态度:纪伯伦、努埃曼和其他作家具有神秘主义特征的爱都着重于"神爱人"和"人爱神",但是那种爱的观念对于现实人世不无裨益;苏菲主义在马哈福兹的小说里则代表了伊斯兰信仰的真谛和人类最高的理想,是一种积极向上的精神;还有以米斯阿迪为代表的突尼斯知识分子积极行动的人生态度,埃及剧作家、小说家陶菲格·哈基姆重视作家、思想家对国家、社会的责任,伊拉克诗人白雅梯对苏菲的理性思考,利比亚作家法格海和埃及诗人沙布尔的救世思想,埃及作家黑托尼对苏菲文化的重构,等等。

　　林丰民的《文化转型中的阿拉伯现代文学》(2007)是一部对阿拉伯文学现当代文学进行深入剖析的专著。该专著通过对阿拉伯文学现代化转型中和转型后的作家文学、现代诗学理论等进行研究,贯穿历史脉络,纵向比较各时期文学特点,从而使阿拉伯文学的现当代发展过程清晰可见。此外,该专著还对旅美文学、女性文学、马哈福兹的诺贝尔文学奖之路、陶菲格·哈基姆的戏剧、塔伊布·萨利赫等专题和作家进行了探析。作者的研究,让我们认识到:东方国家的文学现代化进程不是一帆风顺的。阿拉伯文学在转型中遇到的文化冲突对阿拉伯作家的创作动机、思想表达,甚至整个阿拉伯社会都有强烈影响,比如西方国家对东方文学/文化的消费,马哈福兹遭遇的遇刺等都对阿拉伯作家的创作产生一定的影响。这些冲突不仅仅是因为东西方国家对彼此文化缺乏认识和认可,还有本国人对文化输出的误解。一些极端激进分子对"爱国"的过度表达可能更令人担忧。该专著也得到了同行学者的积极评价,"林丰民博士研究、介绍的这些问题、人物多是'鲜活'的,而并非都是'尘埃落定'的,'盖棺定论'的。他研究、解读的方式、方法也多是'鲜活'的,即吸取、借鉴了很多新

---

① 黄宝生:《阿拉伯现代文学与神秘主义》序,社会科学文献出版社 2000 年版。

的、现代的文艺理论和研究方法,而并非抱残守缺、完全用传统的老套路、老观点、老方法去分析、研究。"①但该专著的不足之处是没有对文化转型之前的阿拉伯文学形态和特征做一些介绍。

张洪仪于 2009 年出版了《全球化语境下的阿拉伯诗歌——埃及诗人法鲁克·朱维戴研究》。该专著围绕埃及法鲁克·朱维戴的诗歌创作进行研究,兼顾阿拉伯现代诗歌转型前、中、后的历史脉络。作者试图通过法鲁克·朱维戴的个案让我们了解阿拉伯现当代诗歌的成就,并且指出了理解阿拉伯文学作品对于中国和阿拉伯文化交流的必要性:"近代以来,阿拉伯诗歌成就辉煌。不仅每一个阿拉伯国家、每一个历史阶段都具有代表性的诗人,而且很多诗人得到世界的公认。接触过阿拉伯诗歌作品的人往往被深深打动,那种对人的关怀、对现实的超然、对理想的追求,让人肃然起敬;那种面对破碎的民族文化废墟燃起的炽烈情感,或痛彻心扉,或殷殷滴血,让读者的灵魂与鲜血与它共同燃烧。能够走近阿拉伯诗歌,多读一些作品,多了解一些阿拉伯人心灵深处的东西,从文化的层面理解这个民族,对于中国与阿拉伯国家的深入交流是十分必要的。"②

阿拉伯文学的研究不仅是懂阿拉伯语的中国学者的专利,也是国内一些中文出身的学者关注的对象。年轻学者马征就属于后者,而且是他们当中的佼佼者。她于 2010 年出版了自己的专著《文化间性视野中的纪伯伦研究》③。该书在介绍了纪伯伦文学创作的思想与文学背景之后,从"文化间性"的视角追索"神圣"的失落,分析了纪伯伦文学创作的"精神三变",结合纪伯伦的创作个案去探讨阿拉伯文化和西方文化的关系、伊斯兰文化和基督教文化的关系。这部专著有两点给人以深刻的印象,一是借助纪伯伦独特成长经历和融合了阿拉伯-伊斯兰文化与基督教文化的创作探讨了东西方文化关系、东西文化二分法以及文学史写作等学术问

---

① 仲跻昆:《文化转型中的阿拉伯现代文学》序,北京大学出版社 2007 年版。

② 张洪仪:《全球化语境下的阿拉伯诗歌——埃及诗人法鲁克·朱维戴研究》前言,北京语言大学出版社 2009 年版。

③ 中国社会科学出版社 2010 年版。

题和文化理论;二是作者巧妙地借助"宗教学"和"文化间性"视角加入了对中国现实的关注,指出了这两种视角在中国的现实意义,尤其是"文化间性"概念的引入得到了其他学者的肯定:"'文化间性'是文化研究中的一个重要概念,当马征将'文化间性'的观念运用于纪伯伦研究的时候,就找到了诠释和解读纪伯伦思想与创作全部复杂性的纽结点。"[①]我们由此看到,合适的概念或理论对于解决一些学术问题的重要性。

2010 年,郅溥浩与丁淑红合著的《阿拉伯民间文学》[②]问世,第一次对阿拉伯民间文学做了较为系统的梳理,从而改变中国读者甚至学者将《一千零一夜》等同于阿拉伯民间文学的深刻印象。尽管该书在研究的深度上还有待加强,但书中对阿拉伯蒙昧时期的口传故事、伊斯兰宗教故事、民间趣闻轶事、格言民谣、寓言故事、传奇故事、民间故事集等进行了概括性的介绍和宏观研究,大体上向我们呈现了一个阿拉伯民间文学的全景式景观。

二、阿拉伯文学史的写作

中国最早的阿拉伯文学史是从英语、阿拉伯语等外国文字翻译而来,如英国基布的《阿拉伯文学简史》[③]、埃及绍基·戴伊夫的《阿拉伯埃及近代文学史》[④]、黎巴嫩汉纳·法胡里的《阿拉伯文学史》[⑤]等。这些翻译过来的文学史对后来中国学者自己撰写的文学史具有重要的参考价值,也在一定程度上为中国学者自己撰写阿拉伯文学史奠定了基础。郅溥浩在他翻译汉纳·法胡里的《阿拉伯文学史》的译者前言中写道:"本书也有一些明显的不足,例如在介绍某些诗人的诗作时有时过于求全,主次不分;对《一千零一夜》这样的民间文学作品缺乏足够的重视;对黎巴嫩作家、诗

---

① 王向远:《文化间性视野中的纪伯伦研究》序二,中国社会科学出版社 2010 年版,第 9 页。
② 宁夏出版社 2011 年版。
③ 陆孝修、姚俊德译,人民文学出版社 1980 年版。
④ 李振中译,人民文学出版社 1980 年版。
⑤ 郅溥浩译,人民文学出版社 1990 年版。

人介绍偏多、偏详;对某些作家、诗人的评价也有失偏颇。"①也正是这些翻译的文学史的缺陷与不足促使中国学者从自己的角度去重新撰写阿拉伯文学史。

伊宏的《阿拉伯文学简史》②是中国人写的第一本系统介绍阿拉伯文学的书籍。该书以1798年拿破仑入侵埃及为时间节点,将阿拉伯文学史分成古代和近现代两部分,上起蒙昧时期,下至第二次世界大战,但对二战后的阿拉伯文学介绍较少。

蔡伟良、周顺贤合著的《阿拉伯文学史》③在历史分期上与前人并无差别,着重介绍了蒙昧时期到20世纪六七十年代的阿拉伯文学内容和形式的发展情况,相对于伊宏的文学史多一些当代阿拉伯文学的内容。

仲跻昆的《阿拉伯现代文学史》④则是第一本有关阿拉伯文学的断代史,对19世纪初到20世纪末的阿拉伯近现代文学进行国别和地区性的梳理,在国内当属首创。由于每个阿拉伯国家的发展轨迹各不相同,因而无法将其进行传统意义上的年代划分。这样做的好处是将文学史的研究与历史的研究相区分,用不同于阿拉伯学者所撰写的整个历史脉络的文学史。

最值得称道的是仲跻昆的《阿拉伯文学通史》⑤。该书介绍了从蒙昧时期到20世纪末的阿拉伯文学发展情况,是当今中国对阿拉伯文学史研究最详尽、最全面的著作。正是由于文学史的撰写和其他的翻译、研究工作,使得仲跻昆于2011年3月16日荣获阿拉伯著名文化奖"谢赫扎耶德图书奖"之最高奖"年度文化人物奖",是唯一获得该奖项的中国学者。阿联酋副总理谢赫·曼苏尔出席了颁奖典礼,为学者和作家颁奖。评委会秘书长拉希德·阿里米博士对仲跻昆教授给予了高度评价:"年度文化人

①　汉纳·法胡里:《阿拉伯文学史》译者前言,郅溥浩译,宁夏人民出版社2008年版,第4页。
②　海南出版社1993年版。
③　上海外语教育出版社1998年版。
④　昆仑出版社2004年版。
⑤　译林出版社2010年版。

物奖"授予仲跻昆教授,是要表彰"他半个多世纪以来在阿拉伯语言文学的教学、翻译与研究领域做出的杰出贡献","仲跻昆教授不仅成就卓著,而且在学术界、文化界和文学界享有崇高威望,他给世界图书业留下了大量反映纯正阿拉伯文学精华的专著和翻译作品,并通过文化对话和交流的形式把它介绍和传播至远东国家和地区。"①

除了这些文学史以外,改革开放以来还出版了为数不少的外国文学史、东方文学史,这些文学史中也涵盖了阿拉伯文学,特别是季羡林主编的《东方文学史》和高慧勤、栾文华主编的《东方现代文学史》中,阿拉伯文学占据了较大的分量。

三、阿拉伯民间文学的研究及其他研究

改革开放以来,中国对阿拉伯民间文学的研究不够重视,已有的研究成果多集中在对《一千零一夜》的阐释,研究专著数量有限,且在时间上出现断层。1997 年至 2010 年之间,基本上没有任何有关阿拉伯民间文学的研究专著出版发行。

第一部有关《一千零一夜》的研究专著是郅溥浩的《神话与现实——〈一千零一夜〉论》②。此后,郅溥浩在《中国文学与阿拉伯文学比较研究》③中对《一千零一夜》与中国故事母题的相似性和中国对《一千零一夜》的接受进行了比较研究。

之所以强调阿拉伯民间文学的重要性,是因为它是阿拉伯文学的起源。据可考证的资料来看,早在蒙昧时期阿拉伯半岛上就已经产生了口头文学。当时的阿拉伯人喜欢用感情丰富的语言表达对自己部落的赞美,对敌对部落的讽刺和挖苦,对战争场面的描绘,对英雄人物的歌颂,对死去亲人的悲恸。诗人被认为是拥有雄辩口才的智者,在社会中享有重

---

① 转引自林丰民:《仲跻昆教授荣获阿拉伯著名的文化奖"谢赫扎耶德图书奖"之最高奖"年度文化人物奖"》,《国外文学》2011 年第 2 期。
② 社会科学文献出版社 1997 年版。
③ 昆仑出版社 2011 年版。

要地位。每一位诗人都有自己的传诗人,诗歌就这样口口相传。

除了民间流传的诗歌,《古兰经》和《圣训》中也能够看到阿拉伯口头文学的传统。先知穆罕默德接受天启的时候也是"听"到真主安拉对他说话,然后他再向追随者们宣谕。"逢其宣谕经文,即所谓'天启'降示时,在场会写字的人便把它记录在兽皮、石板、骨片或枣椰树的树皮或叶柄上;不会写字的则将其记在心中,再反复背诵。"①《古兰经》最初也是通过口头流传,传述《古兰经》的人被称为"高里乌"。直到四大哈里发时期,第三任哈里发奥斯曼才组织学者对《古兰经》进行再次考订和抄写,形成统一定本流传至今。《圣训》内容分为传述本文和传述世系。为了考证传述的可靠性,每一条圣训都要追溯到传述这条圣训的第一个人。因而,阿拉伯文学有着深厚的口头文学的传统,这也正是民间文学的一大特点。

关于民间文学的研究方法,郅溥浩在《阿拉伯民间文学》中这样评价:"过去的文学史家们常常习惯用审视作家文学的眼光去介绍和探讨民间文学作品,未能足够地关注民间文学的本质特征,即口头传统。其结果,这些民间文学作品或传统被看成一个个孤立的作品……以往的东方文学史往往将本质上有区别的口头传统和书面传统相混淆,用研究书面传统的方法来研究口头传统,即用作家文学的理论和方法去解释和研究民间文学作品。其结果,这样的解释和分析不一定符合民间文学作品本身的真实情况。"因而,郅溥浩一直身体力行,早在 20 世纪 90 年代就开始用民间文学的研究方法对《一千零一夜》的母题和故事类型进行研究,出版了《神话与现实——〈一千零一夜〉论》。

葛铁鹰的《天方书话——纵谈阿拉伯文学在中国》②虽然不是全面系统的研究专著,但是作者以漫谈的方式对阿拉伯文学在中国的译介发展史和中国对阿拉伯文学的接受做了详细考证,并着重对《一千零一夜》的译介发展和出版情况进行考究,对某些译文中出现的错误进行了批评。

---

① 仲跻昆:《阿拉伯文学通史》,译林出版社 2010 年版,第 183—184 页。
② 首都师范大学出版社 2007 年版。

四、比较文学研究

中国的比较文学研究自从 20 世纪 80 年代开始迅猛发展以来,取得了很多成果,从比较文学的角度对阿拉伯文学进行研究尽管从数量上看还非常少,但也出现了几本有一定分量的专著,主要有孟昭毅的《丝路驿花——阿拉伯波斯作家与中国文化》①、林丰民等学者撰写的《中国文学与阿拉伯文学比较研究》②、甘丽娟的《纪伯伦在中国》③。另外也有少数进行东西方文学比较的专著中也涉及中国文学与阿拉伯文学的比较,如方汉文主编的《东西方比较文学史》④上、下两册,其中有对阿拉伯文学与西方文学的比较,也有一小部分涉及中国和西域文化的比较。

孟昭毅的《丝路驿花——阿拉伯波斯作家与中国文化》不完全局限于文学的比较研究,而是对阿拉伯、波斯和中国的文学和文化进行了较为广泛的比较。其中的中阿文学比较研究侧重于民间文学,大多章节是对主题或者母题的研究。作者发现,中国东晋刘义庆的《幽明录》中有和《古兰经》中"洞中人"类似的奇幻故事;《东周列国志》第 27 回有类似于《古兰经》中优素福被女主人勾引、陷害的故事;阿拉伯民间故事《卡里来和笛木乃》中两次提到了中国等。

《中国文学与阿拉伯文学比较研究》则是改革开放以来一部对中阿文学突出特征进行较全面研究的比较文学专著。该书运用影响研究、平行比较、接受研究等方法,针对中阿古今具有代表性的历史时期和转型期的文学风貌、民间文学作品、中阿重要文学流派和文学作品进行比较研究。比如,对中国唐诗与阿拉伯阿拔斯王朝诗歌的比较;在五四新文化运动和阿拉伯文学复兴背景下,对中阿文学现代化进程和中阿翻译文学的比较;对阿拉伯民间文学《一千零一夜》与中国的话本、章回体小说的比较;对中

---

① 宁夏人民出版社 2002 年版。
② 昆仑出版社 2011 年版。
③ 中国社会科学出版社 2011 年版。
④ 北京大学出版社 2005 年版。

国海外文学与阿拉伯旅美文学的比较；以及对巴金三部曲和诺贝尔奖获得者埃及作家纳吉布·马哈福兹的三部曲进行比较等。但由于篇幅有限，该书只能就若干重点问题进行对比研究，不能面面俱到。总体说来，读者通过研读此书，不仅能够看到不同文化体系中相似的文学特征，还能深入了解相似文学特征中的差异。这本书能够启发读者从静态看动态，从历史看成因，从传统看发展，加深对文学与文化相互作用的理解，从而为以后的阿拉伯文学研究提供参考和借鉴。有学者对这部专著给予了很高的评价："这是一部新颖独特、极富启发性的著作。它在国内的阿拉伯文学、东方文学和诗学研究中，当之无愧地占了众多'第一'的位置：它第一次对中阿文学进行了全方位的深入探讨，是国内第一部系统性的中阿文学比较研究专著；它第一次从文学文体、文学传统的美学视野，对中阿文学的纵向发展进行了平行类比，弥补了东方整体诗学研究中阿拉伯诗学研究的盲点；它在研究对象上具有开拓性价值，一些内容涉及学界从未'触碰'过的'处女地'；它对中阿古代和现代文学的平行比较，其具体性、开拓性和实验性，都是史无前例的。"①尽管马征的评价多有溢美之词，但她更大的目的是借评论该专著来表达自己对比较文学研究一些实质性问题的看法。

2011 年，另一部关于纪伯伦的研究专著《纪伯伦在中国》②问世。甘丽娟在《纪伯伦在中国》中以比较文学的视角对纪伯伦进行研究，填补了阿拉伯语出身的学者对纪伯伦研究的空白。首先，作者对 20 世纪 20 年代以后纪伯伦在中国的译介进行了介绍，并分析国内研究现状的不足。然后，作者运用影响研究的方法分析纪伯伦对中国现当代作家作品的影响。艾青、朱维之、茅盾、舒婷等现当代诗人的诗歌中都有纪伯伦诗歌中的典型意象。这本专著的特色不仅在于比较文学的研究方法，还在于作者将新媒介或新媒体引入研究领域，对文学史构建和网络

① 马征：《刍议阿拉伯文学的平行研究实践——以〈中国文学与阿拉伯文学比较研究〉为例》，《比较文学与世界文学》第 7 期。

② 中国社会科学出版社 2011 年版。

传媒中的纪伯伦加以阐释和分析,这对国内的外国文学研究具有一定的启示意义。

李荣建于 2010 年出版的《阿拉伯的中国形象》(人民出版社)虽然不是完全从文学的角度去研究阿拉伯的中国形象,但是使用的是比较文学的方法,特别是文学形象学的方法。作者梳理了古代、近现代阿拉伯和当代世界所构建的中国形象,其中有一章则专门谈到了阿拉伯文学作品中的中国形象。

第二节　以论文和学术文章为载体的阿拉伯文学研究

改革开放以来我国阿拉伯文学研究在论文发表方面也取得了可喜的成绩,以下提及的相关方面论文主要为 1978 年 1 月至 2012 年 12 月发表于国内各大外国文学类期刊、高校学报以及其他学术刊物的阿拉伯文学研究方面论文,数据主要来源于中国期刊全文数据库。

30 多年以来,我国发表的阿拉伯文学研究方面的论文和学术文章数量多达 605 篇(该数据经过详细筛选,排除了部分没有研究及学术价值的文章)。这些论文和文章涉及阿拉伯文学史的各个时期、各题材以及一部分现当代阿拉伯作家及其代表作品。与阿拉伯文学研究著作相比,论文发表的内容更为多样化,覆盖面更广。通过这些论文的数据分析,我们能更清晰、更全面地了解改革开放以来我国阿拉伯文学研究状况。

如果我们把 1989 和 1999 这两个年份作为分界线,将改革开放以来的 30 多年划分成三个时期,便可从宏观整体上了解到这段时期我国发表的阿拉伯文学研究论文数量分布的总情况:

1978 至 1989 年:128 篇;

1990 至 1999 年:186 篇;

2000 至 2012 年:291 篇;

根据以上数据,可以看到,1978 至 1989 年(即第一阶段)与 1990 至 1999 年(即第二阶段)发表的论文在数量上相差不大,仅为 58 之差,而

2000 至 2012 年(即第三阶段)较前两个阶段相比,论文数量上有了明显的提升。显然,改革开放 30 多年以来我国的阿拉伯文学研究在论文发表数量呈现递增的趋势,特别在进入了 21 世纪后,论文数量出现了飞跃式的发展,彰显了我国阿拉伯文学研究界老中青学者所付出的努力。

一、线性时间维度上的研究情况

按照文学史分期法,我们可将阿拉伯文学史分为阿拉伯古代文学和阿拉伯现代文学两大部分,划分年份以阿拉伯历史上发生的一次重大事件为限,即 1798 年拿破仑征伐埃及和沙姆地区,这是阿拉伯历史上的转折点,从此,阿拉伯国家翻开了历史的新篇章,阿拉伯文学史也不例外。其中阿拉伯古代文学史又分为四个时期——贾希利叶时期(475—622)、伊斯兰教时期(622—750)、阿拔斯朝时期(750—1258)、阿拉伯近古时期(1258—1798)。在统计的论文中,从数量方面看,研究内容涉及阿拉伯古代文学的有 183 篇,涉及阿拉伯现代文学的有 393 篇,余下的论文均为综述阿拉伯文学史及其他研究。由此可见,我国学者对阿拉伯文学的研究,主要还是在阿拉伯现当代文学方面。这也说明,随着改革开放步伐的迈进,我国与阿拉伯国家之间的交流联系有了更进一步的发展,对阿拉伯社会文化的了解更为深刻,尤其表现在对阿拉伯现当代文学的研究方面。

从研究内容方面来看,在研究阿拉伯古代文学的 183 篇论文当中,有 105 篇与阿拉伯民间文学著作《一千零一夜》相关,所占比例相当之大;涉及阿拉伯古代诗歌的论文次之,占有 40 篇;其余的涉及阿拉伯古代末期出现的文学新题材——“玛卡梅体”①故事的论文有 4 篇。《一千零一夜》是阿拉伯文学史上的瑰宝,被高尔基称为“世界民间文学创作中最壮丽的一座纪念碑”,因此,国内学者对这部作品较为关注,研究成果较多,也较有深度。而阿拉伯古代诗歌,作为阿拉伯人的“文献”“典籍”,其研究论文数量只有《一千零一夜》研究论文数量的三分之一强(37%)。其实,在阿

---

① 又译“麦高姆”“麦嘎麦”。

拉伯人看来,《一千零一夜》并非他们自己原汁原味的文学著作,而阿拉伯古代文学的根,在于阿拉伯的古诗,这也是阿拉伯人一直以来都引以为豪的文学典范。可是,国内对阿拉伯古诗的研究和关注远远少于对《一千零一夜》这部作品的关注。造成这种局面的原因,大概有以下几个方面:1.国内研究者对两者的认知程度有别。我国对《一千零一夜》作品的译介和研究要比对阿拉伯古诗的研究要早,通过对译本的研读,关注世界文学、比较文学以及民间文学的研究者大多都不会放过对《一千零一夜》这部经典作品的研究,但阿拉伯古诗是通过阿拉伯语专业的研究者译介进来的,受于对阿拉伯语言与文化了解的限制,通晓阿拉伯古诗的研究者并不多。2.两者的影响力有别。《一千零一夜》是阿拉伯文学史上的瑰宝,被高尔基称为"世界民间文学创作中最壮丽的一座纪念碑",这部著作在阿拉伯国家甚至是全世界范围内,都是家喻户晓,人人皆知。而阿拉伯古诗,最早出现于贾希利叶时期,在"蒙昧时期"的阿拉伯半岛上,其影响基本上局限在阿拉伯文化圈内。3.两者的难易度有别。《一千零一夜》是口耳相传的民间故事集,故事内容生动有趣、环环相接、通俗易懂,更易被研究者接受。阿拉伯古诗讲究多种不同的韵律与形式,内容上多反映当时的阿拉伯社会文化生活及其诗人的情仇爱恨,非语言科班出身者,想要研究阿拉伯古诗,更是难上加难了。从阿拉伯文学研究的论文作者来看,研究《一千零一夜》的作者多为中文出身的学者,而研究阿拉伯古诗的作者则多为通晓阿拉伯语的学者。至于阿拉伯古代末期出现的文学新题材——"玛卡梅体",也受到了我国研究者们的关注,涉及该文学体裁的论文有马智雄的《中世纪的文学之花——麦卡姆》①、仲跻昆的《"玛卡麦"与赫迈扎尼》和《哈里里与"玛卡麦"》②等。

　　我国对阿拉伯现当代文学研究的相关论文,在整个阿拉伯文学研究中的比重相当大,也是相当重要的一部分。在研究阿拉伯现当代文学的

---

① 《阿拉伯世界》1990 年第 3 期。

② 仲跻昆的论文分两期连载于《阿拉伯世界》1994 年第 4 期。

393 篇论文当中,其侧重点还是在于对阿拉伯现代小说的研究,共计有
205 篇相关论文;阿拉伯现代诗歌研究论文次之,共计有 60 篇;余下的包
括研究散文、戏剧类论文计 128 篇。在研究阿拉伯现代小说的论文中,几
乎涵盖或提及了阿拉伯现当代的著名作家及其小说作品,较受国内研究
者青睐的作家主要有纳吉布·马哈福兹、塔伊布·萨利赫、塔哈·侯赛
因、苏阿德·萨巴赫、哈黛·萨曼等。仅就数量而言,最引人注目的,要数
纳吉布·马哈福兹研究论文,共 127 篇,约占总数的 35%。显然,1988 年
10 月 13 日马哈福兹获得诺贝尔文学奖使得中国学者大加关注。从这
127 篇论文的发表时间来看,在其获奖前(即 1988 年 10 月 13 日前)发表
的论文仅有 9 篇,剩下的 118 篇论文均发表在其获奖之后。由此可见,诺
贝尔文学奖的授予,开启了我国研究马哈福兹文学的新旅程,特别是在接
下来的几年内,我国掀起了马哈福兹文学研究的热潮,不管对其文学作品
的介绍、翻译还是研究,都呈现增长的趋势。中国阿拉伯文学研究会曾多
次以马哈福兹及其著作为专题进行研讨,中国社科院外文所等文学研究
协会也曾多次举办过与马哈福兹及其作品相关的研讨会。涉及马哈福兹
文学的研究论文数量虽多,但这其中也充斥了不少作家及作品介绍,以及
获奖报道性的文章,真正具有学术价值的论文实际上大约占总数 35% 的
比例。无法否认的是,马哈福兹在中国受关注的程度基本上与其在阿拉
伯文学史上的地位是相称的。

　　除了阿拉伯古代文学和现当代文学的研究论文,剩下的 29 篇均为综
述阿拉伯文学史及其他。这些论文或是从宏观上介绍了阿拉伯文学史,
如邬裕池和李振中的《阿拉伯文学介绍》(上、中、下)①共三篇,或是论述
阿拉伯文学与世界文学的关系,如仲跻昆的《阿拉伯文学与西欧骑士文学
的渊源》②、马瑞瑜的《阿拉伯文学与欧美文学的相互影响》③和宗笑飞的

①　两位学者的论文分三期连载于《国外文学》1984 年第 2、3 和 4 期。
②　《阿拉伯世界》1995 年第 3 期。
③　《阿拉伯世界》1996 年第 3 期。

《从西班牙文学看阿拉伯文学对南欧喜剧复兴的影响》①等；再就是阿拉伯文学的国别研究，如岚沁的《利比亚诗歌点滴》②、陆永昌的《巴林文学概说》③、范绍民的《科威特文坛一瞥》④等等。

采用阿拉伯文学史分期法划分，我国改革开放以来的阿拉伯文学研究论文呈现出一条以阿拉伯现代文学研究为主，阿拉伯古代文学研究为辅，其他综述文学史穿插其中的清晰脉络；阿拉伯古代文学研究内容侧重于古诗和故事集，现代文学研究侧重于小说，以现代诗歌、散文、戏剧为陪衬的主要特点。

二、作品体裁维度上的研究情况

从作品体裁上看，阿拉伯小说、诗歌、散文、寓言故事、戏剧等均有所涉猎。

1. 阿拉伯现当代小说研究

我国的阿拉伯文学研究，主要是以小说研究为中心而展开的，这不仅表现在数量上较多(共计 205 篇)，还表现在质量上较高。埃及作家穆罕默德·侯赛因·海卡尔于 1914 年发表的长篇小说作品《泽娜布》，被认为是埃及同时也是阿拉伯世界的第一部长篇小说。小说作为新兴文学题材的出现，其内容可长可短，叙事方式更为灵活和自由，引起了阿拉伯文学家们的极大兴趣。于是，阿拉伯世界掀起了一场风起云涌的小说创作革命，涌现出了大批的小说家。直到今日，阿拉伯现当代文学史上的小说家及其小说作品在数量上远远超过了诗人、散文家和剧作家及其文学作品，占据着绝对的优势。从我国阿拉伯小说研究论文的统计数据看来，对阿拉伯小说研究的论文数量较其他文学体裁类要多得多，也是再合理不过的了。20 世纪 70 年代末至 80 年代初，国内发表的阿拉伯小说研究论文

---

① 《外国文学研究》2012 年第 2 期。
② 《阿拉伯世界》1984 年第 2 期。
③ 同上。
④ 《阿拉伯世界》1984 年第 3 期。

有很大一部分还是以介绍和概括为主的,论文题目多以"略谈……小说的发展"和"……小说一瞥"为主,如李玉侠的《略谈伊拉克小说的发展》、范绍民的《也门短篇小说一瞥》①等。

　　20 世纪 80 年代末至 90 年代末,特别是在马哈福兹获得了诺贝尔文学奖之后,国内对阿拉伯小说研究的重点,在一段时间里,几乎全都集中到了马哈福兹及其作品的研究上。而这一阶段的中国文学批评界,深受西方文学象征主义、新小说、现实主义、存在主义及意识流等文学新思潮的影响,因而对马哈福兹小说作品的研究也带有这样的痕迹,如赵建国的《纳吉布·马哈福兹小说的现实主义》②、王源章的《〈街魂〉"新现实主义"笔法试探》③、刘清河的《历史命运和文化精神的投影——〈百年孤独〉与〈平民史诗〉对读》④等;而后,国内文学界又迎来了西方文艺理论的新浪潮:后殖民主义、新批评伦理、叙事学理论、结构主义等等,也纷纷运用到了对阿拉伯小说研究之上,这一时期的论文不管是在理论意识还是在研究深度方面,都有了跨越式的进展和新的解读视角。重要的论文有:马征的《从后殖民视角看马哈福兹历史小说在英语世界的接受》⑤、陆怡玮的《〈我们街区的孩子们〉与现代阿拉伯社会核心价值观的自我更新》⑥、丁淑红的《背井离乡的无奈——也门小说〈滚远点吧!〉叙事艺术分析》⑦、王春兰的《叙述者与穆斯塔法的文化定位——〈北迁季节〉后殖民主义解读》⑧、马丽蓉的《论马哈福兹"三部曲"空间性的文化叙述》⑨等等。

　　自进入 21 世纪以来,我国对阿拉伯女性文学尤其是女性小说的研究也得到较大的发展。略举几例即可窥见一斑,如史月的《蒙尘的珍珠——

---

① 李玉侠和范绍民的论文均载于《阿拉伯世界》1982 年第 3 期。
② 《阿拉伯世界》1990 年第 1 期。
③ 《菏泽师专学报》1996 年第 1 期。
④ 《汉中师院学报》(哲学社会科学版)1993 年第 1 期。
⑤ 《东方论坛》2008 年第 2 期。
⑥ 《阿拉伯世界研究》2009 年第 4 期。
⑦ 《外国文学》2007 年第 5 期。
⑧ 《鸡西大学学报》2012 年第 3 期。
⑨ 《阿拉伯世界》2003 年第 6 期。

评〈阿拉伯女性小说百年〉》①以书评的形式介绍了阿拉伯的女性作家创作小说的百年历程,黄培昭的《巴勒斯坦女小说家——萨哈尔·哈利法》②则对巴勒斯坦重要的代表作家萨哈尔·哈利法及其小说创作进行了介绍,张琳琳的《黎巴嫩女作家哈南·谢赫小说〈泽赫拉的故事〉的女性主义解读》③从女性主义的角度对黎巴嫩青年女作家的成名作进行了解读,余玉萍的《再建女性话语:〈肉体的记忆〉对于当代阿拉伯女性叙事文学的新启示》④探析了阿尔及利亚女作家爱哈拉姆·穆斯塔加尼姆的代表作的女性话语与女性叙事,邹兰芳的《论女性自传中自我主体的漂移性——以纳娃勒·赛阿达薇的自传〈我的人生书简〉为例》⑤,林丰民的《哈黛·萨曼的女性主义思考:"从女人中解放出来"》⑥研究了黎巴嫩当代著名女作家对阿拉伯女权主义的误区,其另一篇论文《阿拉伯的女性话语与妇女写作——兼论其与西方妇女文学观的异同》⑦则从宏观的角度总结了阿拉伯女性作家的创作与女性话语,并且与西方的妇女文学观进行了比较研究,被列入网络流行的比较文学方向研究生复习考试参考资料目录。改革开放 30 多年以来,阿拉伯小说的研究对象在不断丰富,研究方法和视角也日趋多元化。

2. 阿拉伯诗歌研究

在阿拉伯评论家和读者看来,诗歌才是最能反映阿拉伯文学本质的载体。我国学界对阿拉伯诗歌的研究,最早还是从阿拉伯古诗着手的,主要集中在对悬诗及少数著名诗人的诗作方面,早在 1981 年就有人对贾希利叶时期的悬诗和阿巴斯朝的代表诗人穆太奈比(又译穆台奈比)进行研

---

① 《阿拉伯世界》2003 年第 3 期。

② 《阿拉伯世界》2004 年第 3 期。

③ 为硕士学位论文,发表于 2010 年。

④ 《外国文学研究》2012 年第 2 期

⑤ 《外国文学动态》2012 年第 4 期

⑥ 《国外文学》1998 年第 2 期。

⑦ 《外国文学研究》2000 年第 3 期。全文转载于《复印报刊资料·外国文学研究》2001 年第 5 期。

究,比较早的论文和学术文章有陆孝修、王复的《阿拉伯抒情古诗、悬诗及其他》、王德新的《阿拉伯古代大诗人》、赵海银的《关于阿拉伯贾希利亚诗歌的起源》①等。相对于阿拉伯古诗而言,阿拉伯现代诗歌似乎更受我国研究者的青睐。在大约 100 篇关于阿拉伯诗歌研究的论文中,其中古代诗歌占四成,现当代诗歌占六成。这样的分布当然有其合理性,因为纸媒的发展和教育的普及使得现当代诗歌创作群体变得比古代要庞大得多,留下的作品也远比古代诗作要多得多,诗歌的研究对象、韵律及格式也比古代更加多样化。国内学者主要研究的诗人及其诗作多集中于阿多尼斯、苏阿德·萨巴赫和达尔维什,研究对象较为单一,几乎都是西亚地区的阿拉伯现代诗人,对北非地区的现代诗人关注过少,缺乏全面性和广泛性。在这类诗歌研究中,研究者对某一诗人及其诗作的研究上是相对突出的。最典型的,要数对叙利亚当代著名诗人阿多尼斯及其诗作的研究,其相关论文数量占据阿拉伯现当代诗歌研究论文总数的六分之一。在阿拉伯诗歌研究的领域里,有一点值得我们倍感欣慰与骄傲的,是阿拉伯女诗人及其诗作的研究已成为当前阿拉伯语学术圈的一大热潮,研究对象中最具代表性的女诗人要数苏阿德·萨巴赫,研究其诗作的论文主要有 5 篇,其中林丰民的《女性·存在·写作——科威特女诗人苏阿德·萨巴赫诗解读》②分析得比较有深度。另外,有不少新生代女诗人也被国内的研究者关注和研究,如黎巴嫩女诗人纳迪雅·图威妮和苏珊·朵宸颉的《心灵之旅中的乡愁——飞散视角下解读黎巴嫩新生代诗人苏珊及其作品》③等。

3. 阿拉伯散文研究

相对于阿拉伯小说和诗歌的研究而言,国内对阿拉伯散文的研究在论文和学术文章的相对较少,只有 71 篇。令人惊讶的是,在这 71 篇论文

---

① 前两位学者的论文均载于《阿拉伯世界》1981 年第 1 期,第三位学者的论文载于 1989 年第 2 期。

② 《国外文学》1996 年第 4 期。

③ 《青年文学家》2012 年第 6 期。

中,有 45 篇是研究纪伯伦及其散文著作的论文,余下的几篇基本上是以研究某一文学时期或某一散文作品为主题的论文,如:蔡伟良的《试论倭马亚时期的阿拉伯散文》①、陈杰的《阿拉伯现代散文发展一瞥》、令孤若明的《古代埃及优美的散文作品——〈辛努赫的故事〉》②等。

4. 阿拉伯戏剧、寓言故事及其他

据不完全统计,我国阿拉伯文学研究论文涉及阿拉伯戏剧的有 19 篇,寓言故事及其他的有 137 篇。谈到阿拉伯戏剧,不得不提起两位大家——艾哈迈德·邵基和陶菲格·哈基姆,而我国阿拉伯戏剧的研究,主要还是围绕这两位剧作家展开的。邵基被誉为阿拉伯文学界的"诗王",曾先后创作有六部诗剧,其中最著名的是《情痴》(又译《莱依拉的痴情人》)。对邵基进行研究的重要论文有:钱竹君、沈冠珍的《阿拉伯诗王——艾哈迈德·邵基》③、李振中的《艾哈迈德·邵基和他的诗剧〈情痴〉》、丁淑红的《不同文化语境中的埃及女王形象——莎士比亚和埃及文学家邵基笔下的克娄巴特拉》④等。相比较于"诗王","戏剧大师"陶菲格·哈基姆才是阿拉伯剧本创作的真正奠基者,因为诗王的创作形式与其说是剧本,毋宁说是诗歌,而陶菲格·哈基姆所创作的是纯粹的剧本。就数量上而言,研究哈基姆及其戏剧的论文就有 9 篇。此外,还有个别论文涉及对国别戏剧的研究,如周顺贤的《也门的戏剧》⑤、秋良的《巴勒斯坦戏剧的产生与发展》(一)和(二)⑥以及虞晓贞的《漫谈埃及早期戏剧》⑦。

寓言故事类及其他研究论文,数量上还是占了很大的比例,而这其中,自然是少不了《一千零一夜》这部阿拉伯民间故事集的功劳。如前所

---

① 《阿拉伯世界》1998 年第 1 期。
② 两学者的论文分别载于《阿拉伯世界》1999 年第 2 期和 2001 年第 1 期。
③ 《阿拉伯世界》1980 年第 2 期。
④ 两位学者论文分别载于《国外文学》1986 年第 4 期和 2001 年第 3 期。
⑤ 《阿拉伯世界》1993 年第 4 期。
⑥ 两篇论文分期连载于《阿拉伯世界》1994 年第 1、2 期。
⑦ 《阿拉伯世界》1997 年第 2 期。

述,研究《一千零一夜》的论文占了整个阿拉伯古代文学研究的近六成,更是将阿拉伯古诗远远甩在其后。阿拉伯著名的民间故事集,除了《一千零一夜》,还有《卡里莱和笛木乃》这部寓言故事集在国内流传较广。这部寓言故事集虽说在很早之前就已有了中译本,但是国内对其关注的基本限于阿拉伯语学术圈,研究较多的是余玉萍。2003 年,余玉萍先后在《阿拉伯世界》和《国外文学》上发表了《〈卡里来和笛木乃〉的成书始末》与《伊本·穆格法对〈五卷书〉的重新解读》①两篇涉及该寓言故事集的研究论文,以详实丰富的资料介绍了《卡里莱和笛木乃》的成书始末还有其与《五卷书》之间的联系。此外,莱拉和马杰侬的故事,在国内也有过相关的研究,例如:丁淑红的《辐射与吸纳——考察"莱拉和马杰侬"的故事在阿拉伯文学和波斯文学中的不同境遇》②、《对中国、阿拉伯、英国三部悲剧爱情的文化审视》③、郅溥浩的《马杰侬和莱拉,其人何在?——关于原型、类型、典型的例证》④。

三、区域与国别维度上的研究情况

研究论文涉及的现当代作家及其作品,按照地理区域来划分,主要分为两大部分,即西亚作家与北非作家。除去综述及其他类论文,涉及西亚作家及其作品的研究论文共计有 142 篇,涉及北非作家及其作品的则有208 篇。从数量上来看,两地区作家整体上受关注的程度还是有一定差距的。从国别来看,虽然各国在阿拉伯文学界的绝大部分作家都被涉及研究,但是每个国家、作家之间依然存在着严重不均衡的现象。诚如前面所提到的那样,作家及其作品受关注的程度基本上与其在阿拉伯文学史上的地位是相称的,以下数据将更加有力地证明这一观点:

涉及作家前 10:

---

① 两篇论文分别载于《阿拉伯世界》2003 年第 1 期和《国外文学》2003 年第 2 期。
② 《外国文学》2005 年第 5 期。
③ 《学说连线》,www.xslx.cn,2003 年 11 月 8 日。
④ 《外国文学评论》1995 年第 3 期。

1. 纳吉布·马哈福兹(埃及):127 篇;

2. 纪伯伦(黎巴嫩):45 篇;

3. 阿多尼斯(叙利亚):10 篇;

4. 塔伊布·萨利赫(苏丹):10 篇;

5. 塔哈·侯赛因(埃及):9 篇;

6. 陶菲格·哈基姆(埃及):9 篇;

7. 艾哈迈德·易卜拉欣·法格海(利比亚):5 篇;

8. 艾哈迈德·绍基(埃及):5 篇;

9. 苏阿德·萨巴赫(科威特):5 篇;

10. 马哈穆德·达尔维什(巴勒斯坦):5 篇;

涉及作品前 9:

1.《一千零一夜》(阿拉伯):105 篇;

2.《三部曲》(埃及):15 篇;

3.《迁徙北方的季节》①(苏丹):9 篇;

4.《先知》(黎巴嫩):6 篇;

5.《平民史诗》(埃及):6 篇;

6.《被折断的翅膀》(黎巴嫩):5 篇

7.《我们街区的孩子》(埃及):4 篇;

8.《真主的世界》(埃及):3 篇;

9.《半日》(埃及):3 篇;

　　仅从数量上来说,在涉及作家的研究论文中,以北非代表作家纳吉布·马哈福兹的研究最多,远远超于第二名作家纪伯伦的研究论文和学术性文章。我国阿拉伯文学界最早对马哈福兹及其作品进行研究的论文,应该是关偶、李琛合写的一篇主要介绍马哈福兹生平和创作的文章——《埃及名作家纳吉布·马哈福兹及其创作》②,直至马哈福兹获得

---

① 该作品又译《移居北方的时期》《风流赛义德》和《北迁季节》。

② 《外国文学动态》1981 年第 10 期。

诺贝尔文学奖,仅受到少数研究者的关注。而在获奖之后,研究者们对马哈福兹的关注程度日趋上升,此时的研究者已不仅仅限于阿拉伯语言专业出身的学者了,还出现了一批通过马哈福兹作品中译本或英译本来研究其文学的研究者。马哈福兹一生共创作了 56 部作品,而最受国内研究者们关注的,由数据看来是非《三部曲》(《宫间街》《思宫街》《甘露街》)莫属,接下来是《平民史诗》《我们街区的孩子》(又译《街魂》或《世代寻梦记》)、《真主的世界》和《半日》。依据发表论文的时间顺序,首先是刘清河的《试谈〈平民史诗〉的主要创作特色》(1985)①、谢秋荣的《论纳吉布·马夫兹与〈三部曲〉》(1990)②,然后是陆怡玮的《〈我们街区的孩子们〉与现代阿拉伯社会核心价值观的自我更新》(1999)③、刘启成的《〈半天〉中时间幻化谋略下的讽喻解读》(2011)④和刘辰、刘欣路的《纳吉布·马哈福兹短篇小说〈真主的天下〉多元解读》(2012)⑤。由此我们可以看到,国内学者对马哈福兹及其作品的研究,由谈其作品的创作特色,到进行本文的深刻剖析,再转变为以作品分析现代阿拉伯社会的核心价值观,最后对作品展开多元化及全方位的解读。这是国内学者对马哈福兹及其作品研究最基本的一条线索,由浅入深,由点到面,再由单一化到多元化,这也是我国阿拉伯文学研究论文从改革开放至今研究趋势的一个缩影。

西亚代表作家纪伯伦是深受我国学者青睐的又一位阿拉伯文学家,自纪伯伦作品在 20 世纪 20 年代被译介到中国之后,涉及他和他的创作研究的论文就相继发表在国内的各类期刊杂志上。由于纪伯伦是一位运用双语创作的作家,其作品有很大一部分是通过英文翻译过来的,在时间和数量上要比马哈福兹及其作品的译介稍早、稍多,国内学者对其作品的接受和关注的时间也更早。实际上,改革开放以来我国对纪伯伦文学研

---

① 《宁夏大学学报》(社科版)1985 年第 2 期。
② 《外国文学研究》1990 年第 2 期。
③ 《阿拉伯世界研究》2009 年第 4 期。
④ 《名作欣赏》2011 年第 24 期。
⑤ 《长春师范学院学报》2012 年第 11 期。

究的论文,还是为数不少的。1983 年是纪伯伦诞辰的 100 周年,我国著
名阿拉伯文学翻译家伊宏在文学刊物《阿拉伯世界》上发表了一篇题为
《阿拉伯的文学才子纪伯伦——纪念纪伯伦诞生一百周年》①的文章,跨
出了我国对纪伯伦研究论文发表的第一步。随后,有不少学者从平行研
究的角度对纪伯伦和中外著名作家的创作进行比较研究和分析,如凤鸣
的《纪伯伦与闻一多创作的主旋律:爱、美与死》②、马瑞瑜的《纪伯伦的
〈折断的翅膀〉和鲁迅的〈伤逝〉之比较》③、郅溥浩的《纪伯伦作品中的
"狂"及其内涵的延伸和演变——兼与鲁迅〈狂人日记〉比较》④以及林丰
民的《惠特曼与阿拉伯旅美诗人纪伯伦》⑤。此外,北大林丰民的《纪伯伦
与闻一多》(1992),是国内第一篇涉及纪伯伦研究的硕士学位论文,也从
平行研究的角度对两位作家的创作进行了比较研究,后陆续发表在各种
学术刊物上。进入 21 世纪以来,随着西方文艺理论的引进及其在文学作
品中的运用,对纪伯伦的研究也进一步深入,马征发表于 2006 年的《西方
语境中的纪伯伦文学创作研究》是国内第一部以"西方语境"作为视角,对
纪伯伦文学创作进行系统、深入研究的博士学位论文,代表着国内纪伯伦
研究论文的迈入了一个新的阶段。2012 年,马征又继续发表了题为《文
化间性:外国文学个案研究方法的更新——由纪伯伦研究谈起》⑥的论
文,以"文化间性"的新视角,对纪伯伦的文学创作进行详细的个案研究。
《先知》与《被折断的翅膀》是纪伯伦最具代表性的两部作品,自然也受到
国内学者的极大关注,截至目前共有 11 篇论文涉及这两部作品的研究,
如郅溥浩的《纪伯伦和他的〈先知〉》⑦、石燕京的《阿什塔露特与受难耶

---

①　《阿拉伯世界》1983 年第 4 期。

②　《国外文学》1993 年第 3 期。凤鸣为北京大学林丰民的笔名。

③　《阿拉伯世界》1993 年第 3 期。

④　《外国文学》1994 年第 4 期。

⑤　《阿拉伯世界》2002 年第 1 期。

⑥　《东方论坛》2012 年第 4 期。

⑦　《百科知识》2000 年第 4 期。

稣——浅析纪伯伦小说〈被折断的翅膀〉》①等。

除此之外,受我国学者关注程度较高的还有叙利亚著名诗人阿多尼斯、埃及作家塔哈·侯赛因、戏剧大家陶菲格·哈基姆、公主诗人苏阿德·萨巴赫、阿拉伯诗王艾哈迈德·绍基、巴勒斯坦著名诗人马哈迈德·达尔维什以及苏丹小说家塔伊布·萨利赫等等。从作家分布地域来看,国内学者对西亚国家诗人、散文家的研究偏多,对北非国家小说家、剧作家的研究更为关注。例如西亚诗人苏阿德·萨巴赫、马哈迈德·达尔维、阿多尼斯、伊利亚·艾布·马迪、白雅帖、米哈依尔·努埃曼、纪伯伦等;北非小说家和剧作家马哈福兹、塔哈·侯赛因、塔伊布·萨利赫、陶菲格·哈基姆、艾哈迈德·绍基、艾哈迈德·易卜拉欣·法格海等。从国别分布来看,论文研究主要集中于埃及、叙利亚、黎巴嫩、苏丹、巴勒斯坦、沙特等国,尤其是对埃及的文学研究所占分量最重。

总的看来,我国的阿拉伯文学研究取得了可喜的成绩,并保持着良好的发展势头,但研究对象和研究领域还是有局限。阿拉伯文学研究在时期、体裁、作家、作品方面存在着严重的不平衡现象。但随着国内阿拉伯语教学的发展,阿拉伯文学研究人才的数量在慢慢增加,相信未来对阿拉伯文学的研究将会更加全面,也更加深入。

---

① 《乐山师范高等专科学院学报》2000 年第 1 期。

第三章

日本文学研究

伴随着改革开放,我国的日本文学研究也由此拉开序幕,与日本文学研究界的交流由此也日益频繁起来,1979年9月中国社科院外国文学所与吉林师范大学联合召开了日本文学研讨会,提交的30多篇论文涉及范围广泛,除了此前为中国研究者关注的日本无产阶级文学作家外,亦有不少论文开始关注日本现当代著名作家川端康成、井上靖、水上勉、有吉佐和子等作家。这次研讨会的召开被认为是我国改革开放后以中国外国文学研究机构和高校日本文学研究者研究日本文学的重要开端。同时,影响我国改革开放30年日本文学研究走向的还需提及的是,1980年9月中国教育部与日本政府在北京语言学院共同举办的"日语教师培训班"以及以后设立在北京外国语大学的"日本学研究中心"。在"日语教师培训班"开办的五年间,日方不仅派遣了一批高水平的日本语言学方面的教授学者,同时还派遣了一些高水平的日本文学研究者指导当时承担着中国日语教学任务的教师,5年间在此接受日本语言文学研究训练的共有600人,这些当时在第一线承担日语语言文学教学工作的教师后来又到日本继续深造,这对推动我国的日本现代文学研究无疑起到了至关重要的作用。另外,北京大学等各个高校以及"日本学研究中心"所设立的硕士课程以及后来开设的博士课程也为 30 年的日本文学研究输送了大量的人才,再加之 20 世纪 90 年代中后期一批在日本留学获得博士学位的日本文学研究者归国,使得国内日本文学研究的队伍得以扩大,对日本文学的认识愈发深入。总的来看,在这 30 年里,日本现代文学的研究日渐广泛深入,对日本现代文学的理解也更加深透,研究的视点也得以大大拓展,从 20 世纪 80 年代的介绍汲取到 20 世纪 90 年代的重要作家作品的深入探讨,再至 2000 年以后多元化研究状态的呈现,目前日本文学的研究进入了一个重要的阶段。

　　本综述试图从国内主要的外国文学研究期刊、日本研究刊物以及部分大学学报近 30 年来发表的有关日本文学的论文入手,对这个时期(1979 年—2009 年)①国内的日本文学研究做一个综合性评述。本综述的目的在于勾勒日本文学研究在过去 30 年中的发展脉络,描述研究对象的变化。从这个角度出发,本综述尽量选择具有学术代表性的文献,按照古典文学、近代文学、现代文学、当代文学这一日本文学史发生的顺序,对各时期日本文学的 30 年研究状况做一扼要评述。由于各个时期的文学研究状况并不一致,出于描述和讨论的方便,每个时期的综述方式会有差异,并不统一,古典部分、近代部分按照时间顺序进行综述,现代、当代部分按照研究对象进行综述。

第一节　日本古典文学研究

　　综观改革开放 30 年来中国学界对日本古典文学的研究(1979—2009),研究数量日渐增多,研究范围明显拓宽,研究方法日益丰富、呈现出多元态势。日本古典文学的研究经历了重要的发展和变化,取得了丰硕的成果。

---

　　①　个别描述以及评论也会涉及 2009 年以后的文章。

　　本部分的评述对象为《外国文学评论》《外国文学研究》《国外文学》《外国文学》的相关论文,以及《日语学习与研究》《日本研究》《日本学刊》等日本学专门研究期刊,还有大学学报等综合性学术期刊的相关论文以及相关的学术著作。为方便描述,本文将这 30 年的研究大致划分为三个时期:(一)1979 年至 1990 年;(二)1991 年至 2000 年;(三)2001 年至 2009 年。

　　日本古典文学研究具体可分为上古文学、中古文学、中世文学、近世文学四个断代史的文学研究,基于古典文学史的这一脉络,每个时期先分别对四个断代史的各个领域和论题的研究情况进行爬梳整理,然后对该时期的研究热点、特点进行分析,总结研究论题、领域和方法等的变化趋势,以期勾勒出 30 年来的日本古典文学研究的发展历程和成果。由于无法做到面面俱到,研究文献只涉及了少数有代表性的专著,译著则不触及。

一、1979 年至 1990 年的日本古典文学研究

　　20 世纪 70 年代末到 80 年代,日本古典文学研究可以说还处于刚刚开始起步的阶段。这个时期的特点之一是介绍性、评论性文章较多,虽然受到历史条件、研究条件的限制未能够进行深入研究,但这些文章不仅向中国读者和学术界介绍了日本古典文学的经典作品和代表作家,也为后来的研究奠定了基础,有的论文直到 21 世纪仍然被参考、引用。另一个特点就是研究领域和对象还比较有局限性,多集中在《万叶集》《源氏物语》等经典作品以及日本近世的重要俳谐作家松尾芭蕉及其作品上。

　　上古文学方面主要是《万叶集》的研究。而关于《万叶集》的研究也多集中在其中的重要诗人山上忆良及其重要诗作上,例如赵乐甡的《读山上忆良的〈贫穷问答歌〉》[①],孙久富《慷慨悲歌 独放异彩——谈山上忆良和

---

　　① 《外国文学研究》1980 年第 1 期。

他的现实主义歌作》①，李树果《万叶歌人山上忆良》②等。此外还有对《万叶集》诗歌风格的评析③，日本万叶集的研究动向所进行的介绍④。

另一方面，王晓平的《〈万叶集〉对〈诗经〉的借鉴》⑤将日本现存最早的和歌总集《万叶集》与中国最早的诗歌总集《诗经》进行比较，指出《诗经》产生约1000年之后诞生的《万叶集》，其编撰本身和其中一些作品受到《诗经》的影响，同时也探讨了这两部古典文学作品在思想、艺术价值等方面的一些共同点。这可以说是《万叶集》比较研究方面的先驱性研究，很有影响力。其后又出现王军《大伴家持的春愁歌与中国古典文学》⑥，陈岩《〈贫穷问答歌〉与汉晋咏贫诗》⑦等比较文学方面的研究。

中古文学的研究重点是对《源氏物语》的评介和研究。陶德臻《紫式部和她的〈源氏物语〉》⑧、郭存爱的《紫式部和〈源氏物语〉》⑨等对作者生平、成书年代、作品梗概、艺术特色、后世影响等进行了介绍。刘振瀛的《〈源氏物语〉中的妇女形象》⑩介绍了女性形象，李芒的《平安朝宫廷贵族的恋情画卷——〈源氏物语〉初探》⑪则从"恋情"这一角度，介绍了故事框架、成书时代背景、作品结构，并对作品主题等进行了探讨。

此外，陶力《紫式部美学思想初探》⑫探讨了作者紫式部的美学观和

---

① 《日语学习与研究》1985年第4期。

② 《国外文学》1984年第4期。

③ 见李树果：《"万叶歌风"浅探》，《日语学习与研究》1986年第4期。

④ 见赵乐甡：《别裁伪体，石破天惊——日本"万叶学"的新动向》，《现代日本经济》1990年第2期；《好峰随处改，千山高复低——再谈日本"万叶学"动向》，《现代日本经济》1990年第5期。

⑤ 《外国文学研究》1981年第4期。

⑥ 《日本研究》1989年第2期。

⑦ 《日本研究》1990年第2期。

⑧ 《外国文学研究》1979年第1期。

⑨ 《日语学习与研究》1983年第2期。

⑩ 《国外文学》1981年第1期。

⑪ 《日语学习与研究》1985年第3期。

⑫ 《外国文学研究》1984年第3期。

美学思想,王向远的《"物哀"与〈源氏物语〉的审美理想》①介绍了日本国学家本居宣长所提出的"物哀"概念,指出《源氏物语》虽然通篇描写男女关系,但绝非是宣扬色情的晦淫之作,而是通过男女恋情表现出"物哀"情调,把人间情欲升华为审美对象。这篇文章以本居宣长的学说为依托,提出应从美学高度理解和阐释《源氏物语》,对中国读者和学界理解和鉴赏《源氏物语》有重要的参考价值。

80 年代初,人民文学出版社出版了丰子恺翻译的中文全译本,使得这部世界文学名著真正走进了中国读者的视野,同时也客观上推进了相关研究,尤其是比较文学研究。《源氏物语》与中国文学的比较研究大致可以分为两类,一类是影响研究,主要是论证白居易及其诗歌对《源氏物语》的影响,分析白诗在作品中各种形式的引用。另一类则是与《红楼梦》的平行研究,就人物、主题、思想、风格、结构、技巧等方面进行类比、对比,分析探讨两部小说中的同中之异或异中之同。但这个时期无论是影响研究还是平行研究数量都还比较有限,影响研究有林永兴、林寒生的《出新意于法度之中——〈长恨歌〉与〈桐壶〉之比较》②,平行研究有温祖荫的《〈源氏物语〉与〈红楼梦〉》③,周青的《紫姬与薛宝钗——两个封建淑女形象之比较》④等。

中世时期的军纪物语《平家物语》也很早就成为学者关注的对象。刘振瀛《试评日本中世纪文学的代表作〈平家物语〉》⑤是我国第一次全面评论《平家物语》的论文,文中对《平家物语》和我国的《三国演义》的异同也做了比较。申非的《〈平家物语〉与中国文学》⑥则从主题思想与周易的辩证观、贤臣楷模与儒家礼仪、武士精神与《史记》列传四个方面入手,探讨了《平家物语》从思想性和艺术性方面对中国古典文学的吸容。这两篇论

---

① 《日语学习与研究》1990 年第 1 期。
② 《国外文学》1990 年第 2 期。
③ 《国外文学》1985 年第 4 期。
④ 《国外文学》1990 年第 2 期。
⑤ 《国外文学》1982 年第 2 期。
⑥ 《日语学习与研究》1985 年第 3 期。

文都对其后的研究产生了重要的影响。

　　近世文学方面,论题主要集中在松尾芭蕉的俳句以及《雨月物语》上。李树果《介绍松尾芭蕉的俳谐》①对俳谐与俳句的概念,松尾芭蕉的俳句名句等进行了介绍。至柔的《一片诗心托羁旅——〈奥州幽径〉的意蕴世界》②则主要介绍了松尾芭蕉的代表作品《奥州幽径》③及诗人的奥州之旅,认为《奥州幽径》记录了人和自然、宗教和尘世、现实生活和传统历史的交流,是芭蕉人生观、自然观和艺术观的写照。沈郓《蕉风简论——从比较文学的角度》④探讨了芭蕉的俳谐风格,孙久富《芭蕉俳句美学琐谈》⑤则论述了芭蕉俳句的艺术感染力和美学作用。

　　《雨月物语》的相关研究多是出典研究,即与中国原型小说构思与情节结构进行对比,研究《雨月物语》对中国小说的吸收和改编创作过程。申非的《〈雨月物语〉与〈剪灯新话〉》⑥,将《雨月物语》与明代瞿佑的传奇小说《剪灯新话》两书中相似的几篇逐一进行了比较,吴兆汉的《〈爱卿传〉和〈夜宿破茅屋〉》⑦则聚焦于《雨月物语》中的《夜宿破茅屋》一篇,将其与情节和主题都与之相似的《剪灯新话》中的《爱卿传》一篇进行了对比。阎小妹《"梦应鲤鱼"与原作中国小说》⑧对出典有争议的《梦应鲤鱼》与唐代文言小说《续玄怪录》中《薛伟》及白话小说《警示恒言》中的《薛录事鱼服证仙》两篇进行了比较。

　　此外,吕元明的《井原西鹤创作简论——日本江户一代历史的伟大描绘者》⑨、刘春光的《简谈井原西鹤的町人小说》⑩都属于关于江

　　①　《外国文学研究》1982 年第 3 期。

　　②　《外国文学评论》1989 年第 2 期。

　　③　也译为《奥州小道》。

　　④　《日本研究》1988 年第 1 期。

　　⑤　《日本研究》1986 年第 4 期。

　　⑥　《日语学习与研究》1985 年第 1 期。

　　⑦　《国外文学》1986 年第 3 期。

　　⑧　《日语学习与研究》1986 年第 2 期。

　　⑨　《日本研究》1985 年第 2 期。

　　⑩　《外国问题研究》1987 年第 2 期。

户时期小说家井原西鹤的早期研究,对井原西鹤及其作品进行了介绍与评论。

值得一提的是,日本古典诗歌翻译的研究成为这个时期的研究热点之一。和歌与俳句是日本古典诗歌的主要诗型,因此翻译研究也都是针对这两类诗型的研究。"文革"之后,为了更好地向中国读者介绍日本古典作品和诗歌,尤其是对曾经被认为无法进行汉译的日本古典诗歌,学界展开了一场关于汉译方法的热议和探讨。例如李芒发表了一系列的相关文章,《和歌汉译问题小议》①、《和歌汉译问题再议》②、《和歌汉译问题三议》③、《日本古典诗歌汉译问题》④、《和歌、俳句、汉诗、汉译》⑤等,李芒主张采用非定型译法,根据和歌的具体内容,以四、五、七言及长短句等多种形式进行灵活翻译。另一方面,为了保持与和歌原文的"形似",罗兴典⑥提倡以"五七五七七"的形式进行翻译,而鉴于汉语文言"五七五七七"形式的缺陷,沈策《也谈谈和歌汉译问题》⑦提出以口语"五七五七七"的形式来翻译和歌。孙久富《关于〈万叶集〉古语译法的探讨》⑧则认为在文体、语感、风格等方面,毕竟汉语口语与日语文言有着天壤之别,难以传达出和歌的固有格调,要想忠实、准确、传神地译出这部歌集的内容和语言特点,采用古语译法更为有利。

关于俳句的汉译,王树藩《〈古池〉翻译研究》⑨认为俳句应力争成五、七、五的形式,保持原诗的节奏和短—长—短的回旋美。叶宗敏《俳句汉

---

① 《日语学习与研究》1979 年第 1 期。

② 《日语学习与研究》1980 年第 1 期。

③ 《日语学习与研究》1981 年第 4 期。

④ 《日语学习与研究》1982 年第 6 期。

⑤ 《日语学习与研究》1986 年第 3 期。

⑥ 《和歌汉译要有独特的形式美——兼与李芒同志商榷》,《日语学习与研究》1981 年第 1 期。

⑦ 《日语学习与研究》1981 年第 3 期。

⑧ 《日语学习与研究》1983 年第 6 期。

⑨ 《日语学习与研究》1981 年第 4 期。

译管见》①从松尾芭蕉"古池"俳句的 10 种译法谈起,也赞成五、七、五译法。而高桥史雄《和歌和俳句的翻译也要有独特的音律美——兼与李芒先生和罗兴典先生商榷》②从日本传统诗二音一拍的音律观点出发,认为"三四三"是俳句翻译的唯一定型。

　　这场古典诗歌翻译讨论中,以《万叶集》与芭蕉名句"古池"讨论最多,这个时期对汉译的热议与探讨对提升和歌、俳句的汉译水平起了重要的推动作用。而关于日本古典和歌和俳句翻译方法的讨论,至今仍然方兴未艾,当代译者和学者依然在讨论和歌和俳句的各种译案,寻求更加合理,能够再现诗歌含薰精炼、富于余韵表现特色的翻译形式。③

　　另外,中日比较文学研究方面的成果也值得关注。鉴于日本古典文学受中国文学影响深远,研究日本古代文学绕不开中国古典,离不开中日比较的研究方法。以上所介绍的各种研究中,运用比较文学研究方法的也比比皆是。严绍璗和王晓平是改革开放后最早从事这一领域的研究、并做出重要贡献的学者。严绍璗从 80 年代初就陆续发表了《日本古代小说的产生与中国文学的关联》④、《日本古代短歌诗型中的汉文学形态》⑤等论文,1987 年出版专著《中日古代文学关系史稿》⑥,探讨了在中日古代文学会合的历史过程中,文学相互影响的主要特点,文学融合的基本轨迹,以及造成这种联系的民族心态和文学内在的动力。王晓平同样是在 80 年代初期,就发表了《〈万叶集〉对〈诗经〉的借鉴》⑦、《论〈今昔物语集〉中的中国物语》⑧等有影响

---

①　《日语学习与研究》1983 年第 2 期。

②　《日语学习与研究》1981 年第 4 期。

③　例如宁粤:《商榷〈古池〉译案》,《日语学习与研究》2000 年第 3 期;金中:《古池,蛙纵水声传——一词加一句形式的俳句翻译》,《外语研究》2010 年第 1 期;金中:《论和歌与俳句的翻译形式——结合不同诗型的表现特色》,《解放军外国语学院学报》2011 年第 3 期。

④　《国外文学》1982 年第 2 期。

⑤　《北京大学学报》1982 年第 5 期。

⑥　湖南文艺出版社,1987 年。

⑦　《外国文学研究》1981 年第 4 期。

⑧　《中国比较文学》创刊号。

力的文章。1990 年出版的专著《佛典志怪物语》(江西人民出版社)以印度的佛典、中国的志怪、日本的物语为切入点,将亚洲三国的古典文学作为一个整体,纳入比较研究的范围。这两本著作从研究方法和研究视角上都对后学起到了重要的启迪和影响。

二、1991 年至 2000 年的日本古典文学研究

进入 90 年代之后,古典文学研究有了一些明显的变化。横向上研究领域及范围有了进一步拓展,纵向上研究内容和视角也得到了进一步深化。

首先是上代的《万叶集》研究方面,除了罗兴典的《〈万叶集〉中的咏花歌》[①]、赵乐甡《大伴旅人、筑紫歌坛及其他》[②]等介绍、鉴赏性的文章以外,研究进一步深化,有不少研究对《万叶集》中的词汇及其出典进行了细致考证,例如吕莉的《"西渡"考——关于〈万叶集〉第 48 首歌的探讨》[③],还有马骏关于出典研究的系列论文[④]。此外,梁继国所著《万叶和歌新探——汉文虚词在万叶和歌中的受容及其训读意义》[⑤]是国内出版较早的《万叶集》研究专著,该书探讨了部分古汉语虚词融入日本和歌后所起的作用,指出许多起语法作用的汉语虚词,实际上也大量沿用了其汉字的本来意思。

除了《万叶集》以外,学界对上代的其他作品开始有了一定的关注,如孟宪仁的《〈风土记〉与中国古方志的渊源管窥》[⑥]指出《风土记》参考了晋唐志书、《越绝书》等中国古籍;高文汉《怀风藻论析》[⑦]、马兴国《〈古事

---

①　《日语学习与研究》1992 年第 2 期。

②　《外国文学评论》1991 年第 3 期。

③　《日语学习与研究》1996 年第 4 期。

④　见马骏:《〈万叶集〉和歌表现的出典研究》(一)—(三),《日语学习与研究》1999 年第 1、3 期,2000 年第 1 期;《〈万叶集〉汉语词汇表达的出典研究》(一)—(三),《日语学习与研究》2000 年第 1 期,2001 年第 1、3 期。

⑤　苏州大学出版社 1994 年版。

⑥　《日本研究》1992 年第 2 期。

⑦　《日语学习与研究》1993 年第 1 期。

记〉、〈日本书纪〉的文学特征异同辨析》①对日本第一部汉诗集《怀风藻》、最早的文学和历史著作《古事记》和《日本书纪》等进行了综述性的介绍。

关于《源氏物语》的研究方面,除了罗应先《〈源氏物语〉初探》②、陈东生《紫式部与其〈源氏物语〉》③等评介性文章以外,主题研究成为一个重点。例如姚继中《于破灭中寻觅自我——〈源氏物语〉主题思想论》④、张龙妹《试论〈源氏物语〉的主题》⑤等。而陶力的《哀歌一曲　悲金悼玉——〈源氏物语〉为谁而作?》从女性角度对作品进行分析,指出作品的创作要旨及人物塑造的重点均为女性,将女性悲剧与贵族王朝的悲剧结合是作品主题的丰富和升华。

比较文学研究依然是一个热点,例如高文汉的《试析中国古代文学对〈源氏物语〉的影响》⑥论述了《长恨歌》、白居易其他诗作以及《史记》等中国古代文学在整体结构、局部情节与语言表达等方面对《源氏物语》的影响。叶渭渠、唐月梅的《中国文学与〈源氏物语〉——以白氏及其〈长恨歌〉的影响为中心》⑦主要从文学观和思想结构方面论证了《源氏物语》所接受的影响。郭存爱《〈源氏物语〉与〈红楼梦〉比较研究》⑧、叶渭渠《中日古代文学意识——儒佛道——以〈红楼梦〉和〈源氏物语〉比较为中心》⑨则分别从人物形象和儒佛道思想的影响方面对《源氏物语》和《红楼梦》进行了比较。

此外还有杨再明的《浅谈唐传奇与日本平安时期物语文学产生的联系与比较》⑩,从宏观角度论述了唐传奇与物语这两种不同的文学

---

① 《日本研究》1999 年第 2 期。
② 《国外文学》1992 年第 1 期。
③ 《日语学习与研究》1995 年第 2 期。
④ 《外国文学评论》2000 年第 1 期。
⑤ 《日语学习与研究》1993 年第 2 期。
⑥ 《日语学习与研究》1991 年 01 期。
⑦ 《中国比较文学》1997 年第 3 期。
⑧ 《辽宁大学学报》1992 年第 2 期。
⑨ 《日本学刊》1995 年第 1 期。
⑩ 《外国文学研究》1995 年第 4 期。

形式产生的社会、文学原因以及唐传奇对物语的影响。整体看来，对这一时期其他作品的研究并不多见，仅有高文汉《竹取物语散论》①、《论日本文学史上"敕选三集"的诗风》②，陈东生《清少纳言与〈枕草子〉》③等评介性文章。

　　关于中世文学方面，研究主要集中在军记文学《平家物语》和《太平记》上，研究方法也多以比较文学研究为主。李树果《〈平家物语〉和〈三国演义〉——战记物语和演义小说的比较》④从成书过程、历史背景、主题思想、结构内容以及艺术特点等方面对两部作品进行了比较。赵玉霞《〈平家物语〉与儒家思想》⑤分析了《平家物语》中的佛教儒教思想及武士精神。邱岭《〈太平记〉中的〈史记〉人物》⑥、《〈史记·项羽本纪〉与〈太平记〉中的楚汉故事》⑦则探讨了《太平记》对《史记》的借鉴和引用。此外，邱鸣《〈太平记〉——日本文学的另一个侧面——兼与〈平家物语〉比较》⑧，通过与同为军记物语的《平家物语》进行比较，对《太平记》的特点、在中世文学中所处的位置等进行了评析。

　　关于近世文学，这个时期关注得较多的是小说，包括井原西鹤的"浮世草子"及读本小说。王向远的《论井原西鹤的艳情小说》⑨从社会文化学、伦理学、美学等角度对西鹤的艳情小说进行分析评述，是国内井原西鹤研究中较早的一篇文章。李树果发表了系列论文《〈水浒传〉对江户小说的影响》⑩、《〈八犬传〉与〈水浒〉》⑪、《〈三言二拍〉与读本小说》⑫等，

① 《日语学习与研究》1991 年第 2 期。
② 《日语学习与研究》1995 年第 3 期。
③ 《日语学习与研究》1992 年第 3 期。
④ 《日语学习与研究》1990 年第 1 期。
⑤ 《日语学习与研究》1990 年第 2 期。
⑥ 《中国比较文学》1993 年第 2 期。
⑦ 《外国文学研究》1994 年第 1 期。
⑧ 《日语学习与研究》1999 年第 2 期。
⑨ 《外国文学评论》1994 年第 2 期。
⑩ 《日语学习与研究》1991 年第 3 期。
⑪ 《日语学习与研究》1995 年第 2 期。
⑫ 《日语学习与研究》1996 年第 2 期。

1998 年由天津人民出版社出版专著《日本读本小说与明清小说——中日文化交流史的透视》，以《剪灯新话》《三言二拍》《水浒传》等三部作品为中心，论述了明清小说对日本江户时期的通俗小说"读本小说"的影响，该书可称是中日传统小说比较研究方面的重要成果。

　　这个时期的一个研究特点是通过文学作品去探寻日本民族的审美意识、伦理观以及思想等。例如林少华的《〈古今和歌集〉中的自然》①通过对《古今和歌集》吟咏自然的特点及美学氛围进行探讨，追溯日本民族审美心理的历程和源头。尤海燕的《古代日本人生死观的转换及"飞花落叶"美意识的形成》②通过对《古今和歌集》中吟咏樱花的和歌进行考察，分析"飞花落叶"的审美意识以及樱花作为"生与死交界线"的具象所反映的生死观。王蕴的《从〈源氏物语〉看日本传统的自然审美观》③和尤海燕的《〈源氏物语〉中雨和月的审美意义》④则探讨了《源氏物语》中的自然美和审美观。林岚的《论〈落洼物语〉中的王朝贵族思想》⑤、《〈平家物语·敦盛之死〉的美学意识》⑥、雷华的《〈竹取物语〉与古代日本的伦理、君权意识》⑦等也都属于此类论文。而张哲俊的《〈游仙窟〉与中日文学美学特质》⑧则通过《游仙窟》这部作品在中日两国不同的接受现象，分析了两国文学各自的美学特质和倾向。

　　另外，这一时期在古典戏剧的研究方面也形成了一个小的热点。张哲俊发表了多篇论文：如《日本能戏与悲剧体验》⑨、《母题与嬗变：从〈枕

---

① 《外国文学评论》1991 年第 2 期。
② 《外国文学研究》1999 年第 3 期。
③ 《上海师范大学学报》1990 年第 1 期。
④ 《外国文学研究》1998 年第 3 期。
⑤ 《外国问题研究》1998 年第 4 期。
⑥ 《外国问题研究》2000 年第 3 期。
⑦ 《日本研究》2000 年第 2 期。
⑧ 《国外文学》1998 年第 3 期。
⑨ 《外国文学评论》1996 年第 4 期。

中记〉到日本谣曲〈邯郸〉》①、《母题与嬗变：从〈长恨歌〉到〈杨贵妃〉》②、《母题与嬗变：从明妃故事到日本谣曲〈王昭君〉》③，对日本传统戏剧形式"能"的独特的结构方式和表现方法，对"能"的剧本谣曲中描写的中国故事的素材及演变等进行了探讨。后来结集成书，出版了《中日古典悲剧的形式——三个母题与嬗变的研究》④。他对戏剧的关注一直持续到 2000 年以后。⑤

此外，宿久高的《集能艺术之大成，开能理论之先河——世阿弥及其〈风姿花传〉》⑥一文对能的剧作家世阿弥及其能乐理论著作《风姿花传》进行了介绍，葛英《中国京剧与日本歌舞伎程式化之比较》⑦认为中国京剧与日本歌舞伎异曲同工，都有着东方戏剧最鲜明的特征即程式化，并对两者进行了比较。江丽珠《散议"傩"与"能"》⑧则对中国古老的祭祀舞蹈"傩"与日本的"能"从内容、动作特点和艺术魅力等方面进行了比较。

这一时期在中日比较文学研究方面，除了上述相关论文著作以外，高文汉《中日古代文学比较研究》（山东教育出版社 1999 年版）从比较文学的角度重新审视了日本文学的发展和演变，梳理了日本古代文学在不断从外来文学中汲取滋养的同时，积极谋求自我发展、繁荣的全过程。特别是关于日本汉文学及其与中国文学的关联等，由于国内尚未有系统性成果，该书具有很强的先导性。

另外一个比较有特色的研究，是马兴国关于中国古典小说在日本的流传及对日本文学影响的研究。马兴国在 1987—1993 年间，在

---

①　《外国文学评论》1999 年第 4 期。

②　《外国文学评论》1997 年第 3 期。

③　《外国文学评论》2000 年第 3 期。

④　上海古籍出版社 2002 年版。

⑤　见张哲俊：《谣曲〈西王母〉与〈东方朔〉：背景转换与佛道合一》，《日本研究》2004 年第 3 期；《能乐〈芭蕉〉：芭蕉精形象的形成与日本佛典的关系》，《外国文学评论》2004 年第 3 期；《日本谣曲〈菊慈童〉的情节构成——郦县的菊水与慈童、彭祖的关联》，《国外文学》2004 年第 3 期。

⑥　《日语学习与研究》1997 年第 3 期。

⑦　《外国文学研究》1998 年第 4 期。

⑧　《日本研究》1991 年第 3 期。

《日本问题》等期刊上陆续发表了系列论文，内容涉及《游仙窟》《三国演义》《搜神记》《西游记》《世说新语》《三言两拍》《金瓶梅》《红楼梦》《水浒传》等。后集结成《中国古典小说与日本文学》①一书，将中国古典小说逐册列为专题，详尽叙述其东传年代、版本、在日本的影响及变异等。

三、2000 年至 2009 年日本古典文学研究

进入 21 世纪，大批留日学者的归来推动了学界的学术研究，使这一时期的研究更加深入和细致，研究方法和路径也更加多元化，在许多领域和论题上有了新的发展。

上代文学研究中，马骏的研究成果显著。从 90 年代开始在《日语学习与研究》期刊上发表大量论文，研究领域涉及《万叶集》《古事记》《日本书纪》《日本灵异记》等上代文学的主要作品，主要研究这些作品中的词汇、出典以及文体特征等。其研究成果的一部分汇总于《日本上代文学和习问题研究》（国家哲学社会科学成果文库，北京大学出版社 2012 年版）一书中，该书以日本上代文学的五部代表作品《古事记》《日本书纪》《万叶集》《怀风藻》《常陆国风土记》为对象，对上代文学中的"和习"问题展开了系统的论述。所谓"和习"，指日本人撰写的汉诗文中所包含的日语式表达，即日语固有的表达习惯。该书认为"和习"问题反映了日本上代文学在与中国文学交流过程中的主体意识与创新精神，说明作家创造出新的文学表达内容与形式。

此外，吕莉的《"白雪"入歌源流考》②推断出"白雪"一词在万叶和歌中出现的具体时间，由此揭示出"歌圣"柿本人麻吕的作品与中国文学的密切关联。何卫红《中国文化语境下的大伴旅人〈赞酒歌〉研究》③通过对大伴旅人《赞酒歌》的研究，提出对《万叶集》的比较文学

① 辽宁教育出版社 1993 年版。
② 《外国文学评论》2006 年第 4 期。
③ 《日语学习与研究》2009 年第 2 期。

研究不仅是研究其与中国文学某一具体作品之间的影响和接受的关系,更应将中国文学作品所承载的文化因素视为万叶作品生成的重要文化环境。王晓平《〈万叶集〉研究中的中国话语》①则将《万叶集》研究中关于与中国、中国文化、中国文学关系的研究称为"中国话语",对 20 世纪中日两国有关论著进行了评析,同时也对未来《万叶集》的研究进行了展望,认为这部与中国文学、中国文化大有因缘的古典名著未来的研究选题将不再仅为日本学者课题的扩展,而是从中国文化、中国文学的理念提出的新问题。

这一时期学界对日本第一部佛教故事集《日本灵异记》的关注明显升温。林岚的《〈日本灵异记〉中骷髅诵经故事的源流及特色》②、马骏的《〈日本灵异记〉"神力型"故事文本解读——以小子部、道场法师及其孙女传说为例》③、《〈日本灵异记〉"神力型"故事的比较文学研究——以小子部、道场法师及其孙女传说为例》④、刘九令的系列论文⑤、李铭敬的《日本说话文学中中国古典作品接受研究所存问题刍议——以〈日本灵异记〉和《今昔物语集》为例》⑥等多篇论文虽然视点和方法各不相同,但大都论证了《日本灵异记》对中国文献的借鉴和接受。

另一方面,对《古事记》等上代其他作品的研究尚不充分,仅有李均洋《"辞"的传承和"传奇"的结构——〈古事记〉文学性的由来》⑦从

①　《外国文学研究》2005 年第 6 期。

②　《外国问题研究》2001 年 01 期。

③　《日语学习与研究》2007 年第 1 期。

④　《日语学习与研究》2007 年第 4 期。

⑤　刘九令:《〈日本灵异记〉对中国文学的接受——以佛像灵异故事为中心》,《渤海大学学报》(哲学社会科学版)2007 年第 2 期;《〈日本灵异记〉对中国文学的接受研究——以汉译佛经的引用为中心》,《渤海大学学报》(哲学社会科学版)2011 年第 4 期;《〈日本灵异记〉对中国文学的接受研究——"昆山一砾"和"慈膝怀虎"用典考释》,《日语学习与研究》2012 年第 4 期。

⑥　《日语学习与研究》2009 年第 2 期。

⑦　《外国文学评论》2003 年第 1 期。

叙述模式与小说结构等角度探讨了《古事记》的文学性和史学意义。

中古文学研究方面,《源氏物语》的研究依然是一个重点。在影响研究、比较文学研究的基础之上,研究方法呈现出更加多元化的态势。影响和比较研究有张龙妹的《〈源氏物语〉〈桐壶〉卷与〈长恨歌传〉的影响关系》①、黄建香的《〈源氏物语〉的六条妃子之"物怪"原型论——以〈霍小玉传〉和〈离魂记〉为中心》②等,姚继中的专著《〈源氏物语〉与中国传统文化》(中央编译出版社 2004 年版)中也论述了紫式部对白居易文学思想的收容以及与唐代变文、传奇之间的关联等。此外还有人物形象的研究:姚继中《〈源氏物语〉的爱情审美与辩证——析光源氏人物性格》③;有从叙事学角度的研究:张哲俊《〈源氏物语〉中的小说叙事与历史叙事》④、姜山秀的《论〈源氏物语〉叙述主体的多重分化》⑤;还有从文化和比较文学形象学角度的研究:丁莉的《〈源氏物语〉的"唐物"、唐文化与唐意识》⑥等。

整体来看,对平安时期其他物语的研究并不多见,石寒《〈落洼物语〉中女性形象的比较研究与解读》⑦、任敬军《〈竹取物语〉与日本竹文化》⑧、丁莉《权威、大和魂与血乳交融——平安朝物语作品中的"唐意识"与"和意识"》⑨等几篇分别对《落洼物语》中的女性形象,《竹取物语》与日本竹文化,《宇津保物语》《源氏物语》和《滨松中纳言物语》三部物语中的"唐"与"和"的双重文化意识进行了探讨。

由于白居易文学对日本平安文学产生了重大的影响,中国学者对此的关注也经久不衰,出现了从各个角度考察其影响关系的论文。

---

① 《日语学习与研究》2007 年第 4 期。
② 《日语学习与研究》2000 年第 1 期。
③ 《外国文学》2004 年第 5 期。
④ 《国外文学》2003 年第 3 期。
⑤ 《日本研究》2001 年第 3 期。
⑥ 《国外文学》2011 年第 1 期。
⑦ 《日本研究》2003 年第 3 期。
⑧ 《外国文学评论》2010 年第 2 期。
⑨ 《日语学习与研究》2009 年第 2 期。

例如刘小俊《古典和歌对白居易诗歌借鉴一例》①以藤原俊成的和歌为例，探讨了日本和歌对白居易诗歌吸收和借鉴的方法，即借用原诗的构思和遣词造句但并不拘泥原诗的主题和意境。胡洁《白诗和平安文学的女性形象》②指出白居易诗歌中女性题材的诗篇对平安文学的影响不仅是进一步地丰富了题材，更重要的是带来了现实主义的创作风格和对女性命运的关注；刘瑞芝的《论白居易的狂言绮语观在日本文学史上的影响》③研究白居易的狂言绮语观作为一种重要的思想和文学思潮对日本文学的影响；李传坤《试论白居易文学对〈枕草子〉的影响》④则关注了《枕草子》对白诗的引用形式及特点，分析了白居易文学流行于日本平安王朝的原因。

此外，还出现了不少关于平安时期日本诗歌及诗集方面的研究，这是过去未曾有过的。诗歌既包括和歌也包括日本汉诗。关于和歌及和歌集的研究有尤海燕《〈古今和歌集〉的真名序和假名序——以"和歌发生论"为中心》⑤、隽雪艳《句题和歌：翻译·改写·创作》⑥、赵力伟《沉沦的和歌——述怀歌的修辞学》⑦；关于汉诗及汉诗集的研究有黄少光《奈良·平安朝汉诗编撰事业于日本文学史上的意义——以诗序为中心》⑧、李宇玲《平安朝文章生试与唐进士科考——试论平安朝前期的省试诗》⑨、于咏梅《论平安时代汉诗文中的"血泪"与"红泪"》⑩等。这些研究都从不同角度关注了和中国文学的关联。

中世文学方面，《徒然草》及其隐遁思想和美学思想成为学者关注的一个

---

① 《日语学习与研究》2003 年第 3 期。
② 《日语学习与研究》2008 年第 6 期。
③ 《外国文学研究》2005 年第 3 期。
④ 《外国文学研究》2006 年第 5 期。
⑤ 《日语学习与研究》2010 年第 5 期。
⑥ 《外国文学评论》2007 年第 4 期。
⑦ 《日语学习与研究》2008 年第 1 期。
⑧ 《日语学习与研究》2009 年第 2 期。
⑨ 同上。
⑩ 《日语学习与研究》2009 年第 3 期。

重点。例如谢立群的《日本古代文学作品中的"大隐"形象》①、《从〈徒然草〉看兼好的隐遁观》②、臧运发的《流转变化中的美学——浅析吉田兼好〈徒然草〉中的审美思想》③、隽雪艳的《从〈徒然草〉看吉田兼好的生命美学》④等都属于此类研究。陆晚霞的《〈徒然草〉与老庄思想的影响——以名利否定论为中心》⑤强调了老庄思想对《徒然草》创作所发挥的重要作用。胡稹的《吉田兼好笔下的单瓣樱与重瓣樱——王朝与民众》⑥则通过《徒然草》中对樱花的评述探讨了作者吉田兼好的美学观念和趣味。

军记小说仍然是这个时期的研究热点。林岚的《〈平家物语〉的唯美情趣》⑦研究作品的审美情趣和艺术精神,杨夫高的《前兆事件与〈平家物语〉的主题构思》⑧则以作品中描写的天变地异、怪异事件等具有前兆性质的事件为研究对象,探讨了《平家物语》的整体主题构思。邱鸣的《中日古典小说虚构的异同——中日军记小说中应验描写比较》⑨和《论〈史记〉对日本军记文学之影响——以"太平记"研究为中心》⑩,前者比较了中日小说中的应验描写这一常用的叙事结构,后者则探讨了《史记》对于《太平记》等军记文学的发生及发展所产生的影响。

近世文学研究一直是古代文学研究的薄弱环节,但近年来相关论述有所增加。首先,芭蕉俳句研究热度不减,纪太平《从松尾芭蕉的〈古池〉类俳句群看中日文化的关联》⑪从意境、风格、写作技巧等方面对松尾芭蕉的《古池》类俳句群与汉诗进行了比较,从中寻求中日文化交融的印证。

---

① 《日语学习与研究》2007 年第 3 期。
② 《日语学习与研究》2007 年第 6 期。
③ 《日语学习与研究》2008 年增刊。
④ 《外国文学研究》2008 年第 5 期。
⑤ 《外国文学评论》2010 年第 3 期。
⑥ 《外国文学评论》2011 年第 2 期。
⑦ 《日本研究》2005 年第 2 期。
⑧ 《日语学习与研究》2008 年第 5 期。
⑨ 《日语学习与研究》2005 年第 2 期。
⑩ 《日语学习与研究》2009 年第 4 期。
⑪ 《外国文学研究》2003 年第 4 期。

王建民《试论芭蕉俳谐文学的特点和成就》①从继承日本传统文学精神和接受中国古代诗歌、文人影响这两个方面探讨了芭蕉俳谐艺术内涵的特点。陈光的《松尾芭蕉俳谐作品中唐诗典故的运用》②分析了松尾芭蕉作品中对唐诗典故的运用形式及其意义和艺术效果。李玉麟《从芭蕉的名句追溯其美学理念的源泉》③通过芭蕉的名句分析其美学理念的源泉来自日本固有的审美观、庄子的逍遥游以及禅学的妙悟等。杨越《试论松尾芭蕉俳句中"道家休闲"智慧》④则具体论述了老子的"自然无为",庄子的"逍遥游""齐物论"等道家休闲的理想与智慧是如何融入于松尾芭蕉俳句创作中,并为"蕉风"的最终确立奠定坚实基础的。

　　小说方面,唐画女《井原西鹤〈世间胸算用〉中的"町人"形象》⑤分析了井原西鹤在其著名的短篇小说集《世间胸算用》中所刻画的精于算计和极端利己主义的"町人"形象,并分析了其形成原因。李均洋《金钱+享乐=模范町人——〈日本永代藏〉的町人道德文明观建构》⑥则论述了井原西鹤町人系列小说中的另一部作品《日本永代藏》的模范町人形象,指出这是一种具有元禄町人生态个性的、新型町人的道德文明建构。读本小说方面,周以量《〈八犬传〉的文章表达与中国的白话小说》⑦探讨了《八犬传》在文章表现方面如何受到白话小说的影响,指出白话小说中的词语表现充实了小说的语言修辞水平,丰富了日语的表现能力。汪俊之《日本江户读本小说对中国白话小说的"翻案"》⑧考察了上田秋成《雨月物语》卷四《蛇之淫》对中国明代白话短篇小说《白娘子永镇雷峰塔》的翻案,指出作者通过改写和创新赋予了作品本土化的内涵,使得作品整体上融入日

---

①　《日本研究》2004 年第 2 期。

②　《日本研究》2004 年第 3 期。

③　《日语学习与研究》2007 年第 3 期。

④　《宁波大学学报》(人文科学版) 2010 年第 5 期。

⑤　《日语学习与研究》2005 年第 1 期。

⑥　《外国文学评论》2006 年第 1 期。

⑦　《日语学习与研究》2007 年第 2 期。

⑧　《上海师范大学学报》(哲学社会科学版)2009 年第 1 期。

本的社会风情。勾艳军《日本近世小说怪异性溯源——以与中国文学的关联为中心》①从宗教信仰、文学思想和民俗学的角度考察了日本近世小说怪异性的形成渊源，指出其与明清怪异小说的关联。勾艳军还有其他多篇关于近世小说的论文发表在《日本研究》《中国比较文学》等期刊上。

近代以前的日本古典文学大致可分为两大类，一类是用汉文书写的汉文学，另一类是用假名书写的假名文学。汉文学曾是日本主流意识形态的一部分，对于假名文学乃至整个日本文学和文化的发展起到了重大的作用。近年来，中国学者开始关注、重视汉文学，汉文学研究成为一个新的热点。王晓平新近研究的一个侧重点就是日本汉文学与中国文学的比较研究，发表了《亚洲汉文学史中的〈千字文〉》②、《日本汉文学〈诗经〉元素举证》③、《亚洲汉文学文献整理和一体化研究——以韩国写本〈兔公传〉为中心》④等系列论文。

孙虎堂也发表了一系列关于日本汉文小说的研究论文。《简论服部南郭及其汉文小说〈大东世语〉》⑤、《日本唐话学者冈岛冠山及其汉文小说〈太平记演义〉述论》⑥、《日本明治时期"虞初体"汉文小说集述略》⑦等系列论文不仅分析了日本汉文小说的内容、方法、艺术特色等，也探讨了日本人在研习汉学、创作汉文小说时是如何接收中国文学的。

旅日中国学者蔡毅的《日本汉诗论稿》（中华书局 2007 年版）收入作者关于日本汉诗以及日本汉学的论述 18 篇，有的从与中国古典诗歌的关联着眼，探讨日本汉诗人及其作品的成败得失；也有的在评述日本汉籍对《全唐诗》《全宋诗》补遗作用的同时，梳理了日本汉籍的编纂和流传过程。

---

① 《解放军外国语学院学报》2009 年第 5 期。
② 《中国比较文学》2006 年第 2 期。
③ 《汉学研究》第 12 集，2010 年。
④ 《天津师范大学学报》（社会科学版）2010 年第 1 期。
⑤ 《山东理工大学学报》（社会科学版）2008 年第 2 期。
⑥ 《外国文学》2009 年第 1 期。
⑦ 《国外文学》2011 年第 3 期。

此外，卢盛江的《空海与文镜秘府论》（宁夏人民出版社 2005 年版）、《文镜秘府论汇校汇考》（中华书局 2006 年版）等著作是关于空海及其汉诗学著作《文镜秘府论》的重要研究。

　　由于中日之间的传统文化交流关系，研究日本古代文学离不开中国古典文学，而中国学者研究日本古代文学时，从论题到方法往往都会带有比较的意识。近年来，中日古代比较文学研究的一个新动向就是不再局限于以往一对一的单向接受论，视野扩大到东亚地区，将朝鲜、越南纳入视野之内进行多层次的探讨。《日语学习与研究》2009 年第 2 期推出的"汉字文化圈中的日本古典研究"专辑收录了多篇东亚视野下文学研究的论文，例如张龙妹《〈剪灯新话〉在东亚各国的不同接受——以"冥婚"为例》探讨了越南、朝鲜半岛、日本在接受《剪灯新话》时表现出来的不同个性，同时揭示了日本通过朝鲜半岛间接接受汉文化这一特殊的接受途径。高文汉和韩梅《东亚汉文学关系研究》（中国社会科学出版社 2010 年版）以中日、中韩汉文学的交流为主线，探讨了中国古代文学东传的途径与方式、在思想、体裁、语言表现等方面对韩日汉文学的影响，梳理了东亚汉文学的内在联系、文学特质及其发展规律。

　　比较研究扩大到东亚地区，不仅是地域范围的变化，也包含了研究框架和研究思路的转变。比较范围也进一步扩大，向文化领域延伸，在文化的复杂网络关系中把握文学现象以及互文关系。例如，张哲俊最新著作《杨柳的形象：物质的交流与中日古代文学》[1]通过对"杨柳"这一形象在中日古代文学中的物质史研究，深入探讨了中日古代文学的交流、承续，揭示了文学与物质关系的规律。

　　严绍璗在《比较文学与文化"变异体"研究》[2]中阐述了"文学变异体""文学发生学"等学理概念与方法论，认为从文学发生的立场上观察文学文本，大多数皆是"变异体文学"，应当将其在"多元文化语境"

----

[1]　人民文学出版社 2011 年版。
[2]　复旦大学出版社 2011 年版。

中进行还原。"文化语境"指的是在特定的时空中由特定的文化积累与文化现状构成的文化场,构成"文学的发生学"的"文化语境"存在三个层面:第一层面是"显现本民族文化沉积与文化特征的文化语境",第二层面是"显现与异民族文化相抗衡与融合的文化语境",第三层面是"显现人类思维与认知的共性的文化语境"。每一层"文化语境"都具有多元的组合。而在三层文化语境中解析文本,就有可能揭示文本中原先通过情节、人物、故事等而内含着的虚构、象征、隐喻、符号等的真实意义。这一方法论大大提升了比较文学领域中传统的"影响研究",在研究方法上具有指导性意义。

与日本的中国古典文学研究相比,中国的日本古典文学研究可以说才起步不久、刚刚开始发展,研究历史短,研究人员也都还很年轻。笔者认为,中国的日本古典文学研究在以下几个方面还有改进的空间:

1. 研究方法需要改进创新。不得不承认,在研究方法上还存在很多问题,有的研究过于偏重于日本式考据方面的模仿,有的停留在对日本学者研究的复制和搬用上,还有的是硬性套用西方理论、脱离日本古典文学事理。如何在实事求是扎扎实实地对待和处理研究对象的基础上,发挥中国学者独特的研究思路和学术风格,保持中国视角和中国眼光,开创有中国特色的研究是当务之急。

2. 研究领域需要进一步拓展。目前研究范围还偏于少数作家作品,范围还比较狭窄,选题也过于集中,不足以展示日本古典文学的全貌。如何避免重复,加强古典研究中的薄弱环节,做出有创新性的成果极为重要。

3. 研究人才自身也需要调整。从日本留学归来的学者精通外语,在充分掌握第一手外文资料的基础上做研究工作,但却有一个与本土文化融合的问题。要发出自己的声音,还需要多用汉语撰写论文和专著。

第二节　日本近代文学研究

据目前掌握的资料，从时间上可以将 30 年来的日本近代文学研究分为三个十年来进行述评，它们分别为 1979—1989 年、1990—1999 年和 2000—2009 年。作这样的划分，主要是考虑到各个时期的特点，以及在研究领域所达到的水平。

一、第一个十年（1979—1989 年）

第一个十年是重新起步的阶段。梳理归纳这一时期的研究成果，不难发现其所具有的各种"开拓"意义。

1979 年 9 月 12 日至 20 日，中国社会科学院外国文学研究所和吉林师范大学（现东北师范大学）外国问题研究所在长春联合召开了全国日本文学讨论会。来自全国各科研院所、高等院校和出版社的 80 多位学者与会。这次日本文学讨论会，特别是中国日本文学研究会的成立，对于中国日本文学的学科建设来说，无疑是具有里程碑意义的大事，它标志着中国的日本文学研究由此进入了一个新的历史阶段。

在第一个十年里曾出现一股持续时间较长的"日本文学名家名作翻译出版热"①。据统计，截至 1989 年，翻译出版的日本近代文学名家名作

---

①　1981 年人民文学出版社率先出版"日本文学丛书"；1985 年福建海峡文艺出版社联合江苏人民出版、中国文联出版公司、吉林人民出版社、黑龙江人民出版社、四川文艺出版社、浙江文艺出版社出版"日本文学流派代表作丛书"；1987 年上海译文出版社出版"日本文学丛书"。

达 60 种。① 其中有重译，也有新译，涉及的思潮流派有"现实主义""自然主义""唯美主义"和"白桦派"等。这批译作的问世为学界了解和研究日

---

① 具体为夏目漱石 18 种：《从此以后》，陈德文译，湖南人民出版社 1982 年版；《心》，董学昌译，湖南人民出版社 1982 年版；《门》，吴树文译，湖南人民出版社 1983 年版；《心》，周炎辉译，漓江出版社 1983 年版；《心》，周大勇译，上海译文出版社 1983 年版；《三四郎》，吴树文译，上海译文出版社 1983 年版；《明与暗》，林怀秋、刘介人译，海峡文艺出版社 1984 年版；《后来的事》，吴树文译，上海译文出版社 1984 年版；《夏目漱石小说选·上》，陈德文译，湖南人民出版社 1984 年版；《夏目漱石小说选·下》，张正立等译，湖南人民出版社 1985 年版；《门》，陈德文译，上海译文出版社 1985 年版；《路边草》，柯毅文译，上海文艺出版社 1985 年版；《哥儿·草枕》，陈德文译，海峡文艺出版社 1986 年版；《明暗》，于雷译，上海译文出版社 1987 年版；《哥儿》，刘振瀛、吴树文译，上海译文出版社 1987 年版；《心·路边草》，周大勇、柯毅文译，上海译文出版社 1988 年版；《爱情三部曲》，吴树文译，上海译文出版社 1988 年版；《哥儿》，胡毓文译，人民文学出版社 1989 年版。武者小路实笃 6 种：《生死恋》（小说·电影剧本集），李正伦译，中国电影出版社 1980 年版；《友情》，冯朝阳译，青海人民出版社 1984 年版；《友情》，周丰一译，人民出版社 1984 年版；《人生论》，顾敏节译，浙江人民出版社 1986 年版；《他的妹妹——日本现代戏剧选》，文若洁译，人民文学出版社 1987 年版；《母与子》，雾鹄、雨鸿译，北岳文艺出版社 1989 年版。德富芦花 4 种：《黑潮》，金福译，上海译文出版社 1978 年版；《自然与人生》，陈德文译，天津百花文艺出版社 1984 年版；《不如归·黑潮》，丰子恺、巩长金译，人民文学出版社 1989 年版；《不如归》，于雷译，春风文艺出版社 1989 年版。芥川龙之介 4 种：《罗生门》（小说·电影剧本），钱稻孙等译，中国电影出版社 1979 年版；《芥川龙之介小说十一篇》，楼适夷译，湖南人民出版社 1980 年版；《芥川龙之介小说选》，文洁若等译，人民文学出版社 1981 年版；《罗生门——芥川龙之介小说十一篇》，楼适夷译，湖南人民出版社 1982 年版。岛崎藤村 4 种：《家》，枕流译，江苏人民出版社 1981 年版；《破戒》，柯毅文、陈德文译，人民文学出版社 1982 年版；《春》，陈德文译，福建人民出版社 1984 年版；《春》，陈德文译，海峡文艺出版社 1987 年版。志贺直哉 4 种：《牵牛花》，楼适夷译，湖南人民出版社 1981 年版；《学徒之神》，楼适夷译，上海译文出版社 1981 年版；《暗夜行路》，刘介人译，湖南人民出版社 1985 年版；《暗夜行路》，孙日明等译，漓江出版社 1985 年版。山本有三 4 种：《女人的一生》，南敬铭、邓青译，内蒙古人民出版社 1985 年版；《波浪》，孙福阶译，湖南人民出版社 1985 年版；《路旁之石》，王克强、简福春译，湖南文艺出版社 1985 年版；《一个女人的命运》，龚志明译，江苏人民出版社 1988 年版。谷崎润一郎 4 种：《痴人之爱》，郭来舜等译，陕西人民出版社 1988 年版；《春琴传》，张进等译，湖南人民出版社 1984 年版；《细雪》，周逸之译，湖南人民出版社 1985 年版；《细雪》，储元熹译，上海译文出版社 1989 年版。德田秋声 2 种：《缩影》，力生译，上海译文出版社 1982 年版；《新婚家庭》，郭来舜等译，海峡文艺出版社 1987 年版。广津和郎 2 种：《港湾小镇》，李芒译，海峡文艺出版社 1986 年版；《暴风雨前夕》，金中等译，湖南人民出版社 1985 年版。佐藤春夫 2 种：《更生记》，吴树文等译，海峡文艺出版社 1985 年版；《田园的忧郁》，吴树文译，上海译文出版社 1989 年版。尾崎红叶 1 种：《金色夜叉》，金福译，上海译文出版 1983 年版。有岛武郎 1 种：《叶子》，谢宜鹏等译，湖南人民出版社 1984 年版。北村透谷 1 种：《蓬莱曲》，兰明译，上海译文出版 1985 年版。田山花袋 1 种：《棉被》，黄风英等译，江苏人民出版社 1987 年版。正宗白鸟 1 种：《新婚家庭》，郭来舜等译，海峡文艺出版社 1987 年版。森鸥外 1 种：《舞姬》，隋玉林译，浙江文艺出版社 1988 年版。永井荷风 1 种：《舞女》，谢延庄等译，四川文艺出版社 1988 年版。

本近代文学的多样性、复杂性和艺术性,提供了翔实的文本资料,也标志着中国学者重新起步日本文学研究的努力取得了初步的实效。

　　当然在翻译出版过程中也出现了一些问题。比如,张清华在《谈谈日本文学作品的误译问题》①中指出了三篇译作的 20 处误译,认为"译文如果错误太多,一害读者,二对不起原作者,同时也不利于外国文学评论工作的开展",并为此提出了四点建议。② 求道的《点睛还须精工笔——漫谈日本文学作品题目翻译问题》③和周以量的《漫谈日本文学作品标题的翻译》④都提到了文学作品标题的翻译问题。求文以具体实例探讨了确定标题译名与吃透原文精神反映原文风格之间的推敲关系。周文以《中国大百科全书》外国文学卷(1982 年版)日本作品名的误译为例,强调"文学作品标题的翻译同其它形式的翻译一样,是项严肃、认真的工作。望文生义、就标题译标题等都是文学作品标题翻译中的大忌,切不可掉以轻心,以防贻害于他人。"刘振瀛则以自己从事日本文学研究和翻译的经历,在《关于日本文学研究与翻译的感想》⑤一文中指出"由于我们对日本近、现代文学史研究得不够,在选题方面还带有许多盲目性,克服这种研究与翻译脱节的现象,也是当务之急。"这些文章语言恳切,文风严谨,实事求是地指出了"日本文学名家名作翻译出版热"背后存在的问题。

　　中国日本文学研究会成立后,日本文学研究向前迈出了可喜的一步。据统计,"从 1978 年到 1982 的四年间,全国共发表有关日本文学的评论文章一百二十余篇、资料性文章和作品提要各三十多篇、研究随笔十多篇、影剧评论二十多篇,介绍了一百多位作家的情况。"⑥由于尚处在起步阶段,又受到各种内外因条件的限制,所以从严格的意义讲,多数的"评论

---

① 《日语学习与研究》1982 年第 5 期。
② 即:1.提倡重译,2.开展翻译评论活动,3.注明原文出处,4.附上译者简介。
③ 《日语学习与研究》1984 年第 6 期。
④ 《日语学习与研究》1985 年第 4 期。
⑤ 《国外文学》1983 年第 2 期。
⑥ 李芒:《日本文学在中国》,《外国文学》1984 年第 4 期。

文章"还属于介绍性的和基础性的。

这一阶段的介绍性文章主要是由国内前辈学者撰写的。其中有刘振瀛的《日本文学介绍》(上)①、《日本文学介绍》(二)②;丁大的《日本文学巨匠夏目漱石》③、《日本杰出的文学家森鸥外》④;李芒的《日本文学欣赏刍议》⑤、《日本文学欣赏刍议》(续上期)⑥;吕元明的《日本近现代文学的两级发展》⑦;隋永祯的《日本近代文学流派》⑧;文洁若的《泉镜花及其作品》⑨、《幸田露伴——一个有气节的日本文人》⑩、《德富芦花的〈黑潮〉和〈谋叛论〉》⑪等 。在百业待兴的"文革"后,在一般读者对日本文学还缺乏史的了解,缺乏理性和感性认识的情况下,这些普及性读物的出现无疑是适时和必需的。

聚焦第一个十年的基础性研究,大致可以归为两类:一类是"史的研究",另一类是"作家作品研究"。

在"史的研究"方面,本期有一批"文学史书写"的成果问世。与近代文学研究有关的有王长新著《日本文学史》⑫、王爱民等编著《日本戏剧概要》⑬、吕元明著《日本文学史》⑭等。其中王长新的《日本文学史》和吕元明的《日本文学史》都是日本文学通史。王著是一本教科书,用日语编撰,

① 《国外文学》1983 年第 3 期。
② 《国外文学》1983 年第 4 期。
③ 《文化译丛》1983 年第 4 期。
④ 《文化译丛》1986 年第 1 期。
⑤ 《日语学习与研究》1984 年第 3 期。
⑥ 《日语学习与研究》1984 年第 4 期。
⑦ 《日本研究》1985 年第 4 期。
⑧ 《武汉大学学报》(哲学社会科学版) 1981 年第 2 期。
⑨ 《读书》1982 年第 9 期。
⑩ 《日语学习与研究》1985 年第 4 期。
⑪ 《日语学习与研究》1989 年第 1 期。
⑫ 外语教学与研究出版社 1982 年版。
⑬ 中国戏剧出版社 1982 年版。
⑭ 吉林人民出版社 1987 年版。

吕著是一部研究专著，用中文写成，其中的第五章为"近代部分"。其特色是在"总论"中关注了文学史研究和书写的两个基本问题，由于"政治标准"的影响尚存，两部文学史都把重点放在文学与外部关系的研究上，而少有从文学内部而做的语境还原和文本细读，这不能不说是一大局限。但它们作为填补"文革"后此类"文学史书写"空白的"第一部日文版日本文学史"和"第一部中文版日本文学史"，无疑是具有学术史价值的。为配合"史的研究"，一些杂志刊物适时发表和译介了一批相关的文章①，一些出版社在这批"文学史书写"成果问世前后还分别翻译出版了吉田精一著《现代日本文学史》②、西乡信纲等著《日本文学史》③、中村新太郎著《日本近代文学史话》④、市古贞次著《日本文学史概说》⑤等。

　　作为"史的研究"的组成部分，本期有不少文章涉及日本近代文学史

---

　　①　主要有丘培：《谈谈日本文学的特征》，《国外文学》1981 年第 2 期；王宣：《日本文学的历史发展的型态》，《日语学习与研究》1984 年第 5 期；兰明：《憧憬的坠落与本体的焕发——二十世纪日本文学特征论要》，《外国文学评论》1988 年第 3 期；李国栋：《介绍表现评论法》，《日语学习与研究》1989 年第 2 期。平冈敏夫：《日本文学史中私小说之地位》（张雅翼译自平冈敏夫著《日本文学史研究》，《山西师院学报》1983 年第 3 期）；矶贝英夫：《论文学史和思想史》（索松华译自矶贝英夫著《文学论和文体论》，《吉林师范学院学报》1984 年第 4 期）；加藤周一：《日本马克思主义文学》（董静茹译自加藤周一著《日本文学史论》，《昭乌达蒙族师专学报》1985 年第 1 期）；吉田精一：《日本文学的特点》（李芒译自吉田精一等合编《新版·日本文学史》，《日语学习与研究》1985 年第 2 期）；三好行雄：《日本近代文学的黎明——新文体的创立》（罗兴典译自光村图书出版社 1979 年版《中等新国语三》，《日语学习与研究》1985 年第 3 期）；D. 里奇：《评唐纳德·基恩著〈近代日本文学〉》（戴伦译，《国外社会科学》1986 年第 7 期）；加藤周一：《关于日本文学的特征》（丛林春等译自加藤周一著《日本文学史序说》，《外国文学研究》1987 年第 3 期）；吉田精一：《自然主义文学》（黎跃进译自日本近代文学馆编《日本近代文学大事典》第四卷，《衡阳师专学报》1989 年第 3 期）；福田清人：《坪内逍遥——近代日本文学、文学翻译、戏剧、教育的先驱》（代彭康编译自福田清人编《坪内逍遥·人和作品》，《文化译丛》1989 年第 5 期）。
　　②　齐干译，上海人民出版社 1976 年版。
　　③　佩珊，人民文学出版社 1978 年版。
　　④　卞立强、俊子译，北京大学出版社 1986 年版。
　　⑤　倪玉、缪伟群、刘春英译，东北师范大学出版社 1987 年版。

上的思潮和流派,其中对自然主义文学思潮的探讨较为集中。① 这说明学界已经认识到要研究日本文学,特别是日本近现代文学史,是无法避开自然主义文学思潮的。围绕"自然主义"的是非功过,中日学界有着完全不同的评价。日本学界一般认为自然主义特别是日本的自然主义是写实主义(即现实主义)的延伸或者深化。而中国学界则认为自然主义与现实主义是两个根本不相容的概念。刘振瀛在《日本近代文学中的自然主义与现实主义》中指出"前者是一种资产阶级反动的思潮与创作方法,而后者则是文学中各时代的普遍的积极的创作方法。"② 王长新在《自然主义与日本自然主义文学》中也认为:自然主义"只是把遇到的个别现象、把整体中的一点,像照相般地'如实地'描绘下来,而不涉及事物的全貌"。"这一点是自然主义的致命弱点,也是和现实主义,特别是批判的现实主义在本质上的区别。"③ 所以,在第一个十年前期,"阶级性"和"现实主义独尊"成为学界探讨和批判日本自然主义文学的主要观点和立论依据。当然其中也不乏例外,比如倪玉的《试论岛崎藤村〈家〉的自然主义创作特色》④ 就运用文本细读的方法较为客观地探讨了日本自然主义文学的创作特色。进入后期,叶渭渠的《试论日本自然主义文学思潮》⑤、魏迎的《日本自然主义文学的全方位思考》⑥、郭来舜的《试论日本的自然主义文学运动》⑦ 等,从外来影响、日本背景、理论主张、本土创作等层面对日本自然主义文学进行了较为全面的梳理和探讨。从总体上讲,本期的相关

① 除"自然主义"外,论及"唯美主义"的有李芒:《美的创造——论日本唯美主义文学》,《外国文学评论》1987年第3期;谭晶华:《漫谈永井荷风文学的思想倾向》,《外国问题研究》1989年第4期;林少华:《谷崎笔下的女性》,《暨南学报》(哲学社会科学)1989年第4期。介绍"白桦派"和"新思潮派"的有刘春英:《初论日本文学的理想主义与理智主义》,《外国问题研究》1988年第8期。涉及"私小说"的有张励:《白本的私小说及其评论》,《外国问题研究》1987年第2期;陈其强:《自叙传与自然主义、私小说》,《浙江师范大学学报》(社会科学版)1988年第2期。

② 《北京大学学报》(哲学社会科学版)1981年第6期。

③ 王长新:《自然主义与日本自然主义文学》,《日语学习与研究》1984年第4期。

④ 《东北师大学报》1984年第6期。

⑤ 《日本问题》1987年第5期。

⑥ 《外国问题研究》1988年第1期。

⑦ 《深圳大学学报》(人文社会科学版)1989年第1期。

论文大多用现实主义的标准去衡量自然主义,而少有从"历史语境""文学语境"的实证性梳理入手对自然主义文学的理论形成和文本建构进行学理性研究的,反映了研究者在观念、视野、学识和方法论上所受到的时代局限。

在"作家作品研究"方面,研究者的兴趣大多集中在夏目漱石、森鸥外、岛崎藤村、国木田独步、芥川龙之介、白桦派作家以及二叶亭四迷和樋口一叶上。夏目漱石、森鸥外、岛崎藤村、国木田独步、芥川龙之介和白桦派作家都是日本近代文坛名家,早在 20 世纪 20 年代,鲁迅和周作人就译介过他们的作品①,以后也有相应的研究。二叶亭四迷和樋口叶则是在中华人民共和国成立后得到译介的两位被誉为批判现实主义的作家。②所以上述作家在本期受到关注是有历史和时代原因的。"文革"后的夏目漱石研究,是以胡雪 1978 年发表的《夏目漱石的生平、时代及其讽刺作品〈我是猫〉》③揭开序幕的,在本期遂成为一大热点。可以纳入夏目漱石研究学术史的有周而琨的《论〈我是猫〉的主题和人物》④、倪玉的《对利己主义的无情揭露和鞭挞——夏目漱石的〈心〉试析》⑤、严安生的《夏目漱石对日本近代文明的批评》⑥、何乃英的《夏目漱石——日本近代文学的杰出代表》⑦、梁潮的《〈三四郎〉的恋爱心理描写剖析》⑧等 。其中,严文从夏目漱石早期著述中检出四组关键词,以文本细读和语境还原的方法解读了夏目漱石对近代文明的看法,是一篇至今仍可资借鉴的"经典"。另

---

①　参见周作人译述:《域外小说集》,上海群益书社 1921 年版;周作人编译:《现代日本小说集》,上海商务印书馆 1923 年版。

②　参见石坚白等译,《二叶亭四迷小说集》(刘振瀛《前言》),人民文学出版社 1962 年版;萧萧译,《樋口一叶选集》(刘振瀛《前言》),人民文学出版社 1962 年版。

③　《外国文学研究》1978 年第 1 期。

④　《外国文学研究》1984 年第 1 期。

⑤　《外国问题研究》1986 年第 1 期。

⑥　《外国文学》1986 年第 9 期。

⑦　《国外文学》1987 年第 4 期。

⑧　《日本研究》1989 年第 3 期。

外,何乃英除研究文章①外尚著有《夏目漱石和他的小说》一书②。有关森鸥外研究,如果按照作者的年龄依次阅读王长新的《评森鸥外的历史小说》③、谷学谦的《森鸥外文学对于日本的现代化》④、李均洋的《论森鸥外早期小说中的浪漫主义》⑤、丘培培的《论森鸥外的思想矛盾及其艺术特色——森鸥外小说创作初探》⑥,便会发现同一作家的研究在时代、观念、视角和方法论上所发生的变化。在岛崎藤村研究方面,师瑜出版《岛崎藤村论稿》⑦一书,详细介绍了岛崎藤村的创作活动及作品内容。研究文章中,除介绍作家早期诗歌散文创作的零星文章外,基本都是围绕其代表作《破戒》和《家》而作的专论,其中有刘振瀛的《从〈破戒〉想起的——略论日本近代文学的发是与挫折》⑧、倪玉的《论悲剧人物青山半藏》⑨、李德纯的《新旧混杂中的迷惘》⑩等。国木田独步的研究,有刘光宇的《略论国木田独步短篇小说的现实主义倾向》⑪、杨守森、高万隆的《诗化的小说艺术——论国木田独步前期作品艺术美》⑫、崔吉顺的《浅谈〈源老头儿〉的浪漫主义特色》⑬等。从学术史的角度讲,芥川龙之介研究可举出刘介人的《芥川龙之介及其作品〈罗生门〉》⑭、朱金和的《美丽的心灵——读芥川

---

①　何乃英本期的研究文章还有:《展示内心冲突、批判利己主义——评夏目漱石后期。三部曲的思想倾向》,《河北大学学报》(哲学社会科学版)1989 年第 1 期;《〈我是猫〉创作思想之演变》,《日本研究》1989 年第 3 期。

②　北京出版社 1985 年版。

③　《吉林大学社会科学学报》1983 年第 4 期。

④　《日语学习与研究》1988 年第 1 期。

⑤　《西北大学学报》(哲学社会科学版)1986 年第 2 期。

⑥　《国外文学》1982 年第 1 期。

⑦　辽宁人学出版社 1988 年版。

⑧　《外国文学研究》1979 年第 2 期。

⑨　《日本研究》1985 年第 3 期。

⑩　《日语学习与研究》1988 年第 6 期。

⑪　《社会科学战线》1981 年第 4 期。

⑫　《山东师大学报》(哲学社会科学版)1983 年第 5 期。

⑬　《现代日本经济》1989 年第 2 期。

⑭　《黑龙江大学学报》(哲学社会科学版)1979 年第 3 期。

龙之介的〈桔子〉》①、范文瑚《在"死"与"非人"之间的抉择——谈芥川龙之介的〈罗门生〉》②、刘利国的《试论〈竹林中〉的创作意图——兼谈闪现于本篇的芥川的人生观》③、仰文渊的《关于芥川龙之介之死》④、莫邦富的《芥川龙之介的小说结尾》⑤、贾文丽的《芥川龙之介创作中的现代主义意识》⑥等。白桦派作家研究主要有刘春英的《一个叛逆者的形象——谈有岛武郎的〈一个女人〉》⑦、《"白桦"时代的武者小路实笃》⑧、柴明俊的《武者小路实笃创作思想略论》⑨、吴树文的《志贺直哉的文学道路》⑩、刘介人的《志贺直哉的文学观及其创作实践》⑪等。二叶亭四迷研究主要集中在对其代表作《浮云》的研究上，有李均洋的《〈浮云〉对国内外文学遗产的继承与借鉴》⑫、许虎一的《明治社会近代化与二叶亭四迷的〈浮云〉》⑬、叶渭渠的《日本近代文学的里程碑——〈浮云〉》⑭等。樋口一叶研究有陈慧君的《"独木桥"难过——试论樋口一叶笔下的妇女形象》⑮、屠茂芹的《世态、人情、含泪的冷笑——樋口一叶小说论》、张建渝的《樋口一叶创作简论》⑯等。这些论文有作家论，有作品论，也有综论。尽管论述重点多集中在文学与社会学、政治学的研究上，持论较为拘谨，而且在观念、视野和方法论上也缺乏中国学者完全独立的思考和见解，但作为本期重新起步

---

① 《名作欣赏》1984 年第 2 期。
② 《日本研究》1986 年第 2 期。
③ 《外语与外语教学》1986 年第 2 期。
④ 《日本问题》1987 年第 4 期。
⑤ 《外国文学研究》1987 年第 4 期。
⑥ 《河北大学学报》（哲学社会科学版）1988 年第 2 期。
⑦ 《日本学论坛》1984 年第 2 期。
⑧ 《外国问题研究》1984 年第 1 期。
⑨ 《现代日本经济》1988 年第 2 期。
⑩ 《东北师大学报》1986 年第 4 期。
⑪ 《日语学习与研究》1987 年第 2 期。
⑫ 《西北大学学报》（哲学社会科学版）1984 年第 3 期。
⑬ 《延边大学学报》（社会科学版）1985 年第 4 期。
⑭ 《日本研究》1988 年第 3 期。
⑮ 《日本研究》1986 年第 3 期。
⑯ 《国外文学》1989 年第 2 期。

日本近代文学研究的成果,其学术史价值是不可磨灭的。

二、第二个十年(1990—1999 年)

进入第二个十年,日本近代文学的研究格局发生变化:"日本文学名家名作翻译出版热"在各种内外因素的制约下开始退去;没有研究含量的"介绍性文章"也逐渐被"史的研究"所取代。所以,本期的"日本近代文学研究"主要是在"史的研究"和"作家作品研究"两个方面展开的。

在"史的研究"方面,1990 年至 1992 年出版了一批"文学史书写"的成果,其中有王长新主编《日本文学史》①、叶渭渠和唐月梅合著《日本现代文学思潮史 》②、陈德文编著《日本近现代文学史》③、雷石榆编著《日本文学简史》④、谭晶华选编《日本近代文学史》(小说·评论)⑤、李均洋著《日本文学概说——发展史和作家论》⑥等。这些通史、断代史和专门史,有教科书,也有研究专著。它们的编撰出版既回应了日本文学学科建设的需要,同时也体现了研究者在研究和编撰过程中所做的努力。这种努力主要体现在以下三个方面:1. 述史立场:由于受客观条件的限制,研究和编撰时运用的资料几乎都来自日本,所以研究者特别重视运用马克思主义的文艺观去解释各种文学现象。2. 述史模式:主要体现在对构成文学史叙述对象的文学现象、思潮流派和作家作品的取舍编排和解释评价上。陈德文的《日本近现代文学史》、谭晶华的《日本近代文学史》、李均洋的《日本文学概说——发展史和作家论》等,都主张个性和独特的文学史书写,强调史论结合、点面结合的述史模式。雷石榆的《日本文学简史》则以自己在日本从事诗歌创作的亲身经历,在"下篇"中补充了"30 年代到

---

① 吉林大学出版社 1990 年版。
② 中国华侨出版社 1991 年版。
③ 南京大学出版社 1991 年版。
④ 河北教育出版社 1992 年版。
⑤ 上海外语教育出版社 1992 年版。
⑥ 陕西人民出版社出版 1992 年版。

这次大战后出现的一些较重要的左翼进步诗人和诗歌团体。"①3.述史方法:陈德文的《日本近现代文学史》在评述作品时采用了文本细读的方法。叶渭渠和唐月梅合著的《日本现代文学思潮史》在整体结构上"十分重视以民族精神作为根基的日本文学传统的社会基础和政治史的背景,同时还从比较文学的视野出发,用实证与理论结合的方法,来考察日本文学在现代过程中,吸收起着主导作用的西欧文学思潮的各方面表现"②。

在这批"文学史书写"的成果中,尽管"政治标准"的影响还或隐或显地存在,章节设定和叙述内容也各有不同,但对"客观性""整体性"和"学术性"的关注已成为一种自觉的追求和认识。研究者已打破"文革"的思想禁锢,开始用新的观念、视野、学识和方法论在重新审视、梳理和研究日本文学的通史、断代史和专门史。应该说,比起"文学史书写"成果本身,这种内在的变化和尝试是更值得评价的。

围绕着"文学史书写",本期有一些文章集中探讨了"文学史书写"中遇到的各种问题。因为文章作者都是"文学史书写"的亲历者,所以探讨的问题就更具有针对性和典型意义。李均洋在《日本近代文学史的时代区分——方法论和终期》③中提到日本近代文学和现代文学的区分问题,认为以"关东大震灾"为界区分两者,"有助于我们把握日本近现代文学的转换和本质。"④叶渭渠的《日本文学研究方法论——以文学思潮史为中心》⑤认为"文学思潮史研究是文学史研究的一个重要组成部分",强调做好这种研究的前提就是要掌握"立体交叉"的研究方法论。孟庆枢的《文

---

① 雷石榆编著:《日本文学简史》,河北教育出版社 1992 年版,3 页。

② 叶渭渠、唐月梅:《日本现代文学思潮史》(千叶宣一《序》),中国华侨出版社 1991 年版,第 5 页。

③ 《西北大学学报》(哲学社会科学版)1991 年第 3 期。

④ 李均洋:《日本近代文学史的时代区分——方法论和终期》,《西北大学学报》(哲学社会科学版)1991 年第 3 期。

⑤ 《日本学刊》1994 年第 4 期。

化转型期的文学史重构——日本文学史研究之管见》①从分析夏目漱石小说创作的"东西交融的大文化背景"入手，探讨了文学史的"文"与"史"的关系，并由此提出文化转型期的文学史重构问题。马兴国的《日本文学基本特征及日本文学史研究意义》②则总结归纳了日本文学史研究的五个意义，并从世界文学与民族文学的角度考察了日本文学的特殊性——民族特色。这类文章虽然数量不多，但在一定程度上代表了学界的普遍意见。如果把它们同研究成果与研究趋向联系起来，则可以清楚地看到研究者在这方面的思考和探索是非常及时和必要的。

　　作为"史的研究"的延伸，本期有不少研究成果对一些带有共同性和普遍性的文学现象进行了历史的考察。这些成果可以分为"个人论集"和"专题论文"两类。"个人论集"在"第一个十年"曾经出版过李芒的《投石集——日本文学古今谈》③，本期出版的有：叶渭渠的《日本文学散论》④、刘振瀛的《日本文学论集》⑤、吕元明的《日本文学论释》⑥和李德纯的《爱·美·死——日本文学论》等⑦，均为学界前辈多年研究精华的集结，代表了当时国内日本文学研究的最高成果。"专题论文"中有涉及思潮流派研究的⑧，也有属于文学研究

---

① 《戏剧文学》1995 年第 11 期。

② 《日本研究》1998 年第 4 期。

③ 海峡文艺出版社 1987 年版。

④ 吉林人民出版社 1990 年版。

⑤ 北京大学日本研究中心编，北京大学出版社 1991 年版。

⑥ 东北师范大学出版社 1992 年版。

⑦ 中国社会科学出版社 1994 年版。

⑧ 主要有黎跃进：《德田秋声和他的自然主义作品》，《衡阳师专学报》(社会科学版)1991 年第 1 期；叶渭渠：《空幻的理想与不安的现实——论日本理想主义和新现实主义文学思潮》，《日本学刊》1991 年第 1 期；高慧勤：《自然主义与"私小说"——从"客观写实"到"主观告白"》，《解放军外国语学院学报》1993 年第 2 期；尹允镇：《私小说与日本古典日记文学传统》，《延边大学学报》(哲学社会科学版)1993 年第 4 期；张莉：《从大江健三郎的文学世界里看日本"私小说"流向的赓续和发展》，《解放军外语学院学报》1996 年第 5 期；何少贤：《论日本私小说》，《外国文学评论》1996 年第 2 期；吕继臣：《试论日本私小说的产生与发展》，《沈阳师范学院学报》(社会科学版)1998 年第 3 期；李爱文：《"私小说"与日本近代文学》，《日语学习与研究》1998 年第 3 期；魏大海：《日本现代小说中的"自我"形态——基于"私小说"样式的一点考察》，《外国文学评论》1999 年第 1 期；郑成芹：《论田山花袋小说的思想艺术风格》，《北方工业大学学报》1999 年第 2 期。

的。① 这些文章都带有研究的性质，从日本近代文学的某一具体现象或问题入手，注重梳理这些现象或问题与整体文学史之间的关系，充实与拓展了对日本近代文学的认知和研究范围。

随着国际学术交流的日益增加，一些日本学者的相关著述也得到及时的翻译和出版，其中有长谷川泉的《近代文学研究法》②、《近代日本文学思潮史》③、加藤周一的《日本文学史序说》④等。这些译作"向中国读者提供了日本文学史的系统知识，也促进了中国学者的相关研究。"⑤

另外，与"文学史书写"同步，不少研究者依托高校，编写出版了一批用于日本文学选读课的教材。北京第二外国语学院日语教研室编的《日本近代文学选读》⑥开其先河，进入本期后有简佩芝、陈华炎编《日本近现代文学作品选读》⑦、谭晶华编《日本近代名作鉴赏》⑧、刘振瀛等编著《日本近现代文学阅读与鉴赏》（全二册）⑨、宿久高编著《日本文学选读》⑩、于

---

① 主要有平献明:《论日本近代现实主义文学》,《日本研究》1990 年第 4 期;柴明俊:《浅谈日本明治维新后的启蒙期文学》,《现代日本经济》1990 年第 5 期;钟志清:《简论东西方文明撞击中的日本近代文学》,《浙江师大学报》1991 年第 2 期;秦弓:《论日本近代文学主潮》,《日本学刊》1995 年第 3 期;张中良:《论日本近代文学的人性深层探询》,《日本研究》1996 年第 3 期;刘林利:《日本明治初期的戏剧创作》,《北京第二外国语学院学报》1996 年第 4 期;黎跃进:《日本近代启蒙文学的发展轨迹》,《衡阳师专学报》(社会科学版)1996 年第 4 期;高宁:《从小说的写作发表形式论日本文学的问题》,《外国文学评论》1997 年第 3 期;李新:《近代日本妇女文学鸟瞰》,《华北电力大学学报》(社会科学版)1997 年第 3 期;黄芳:《浅议日本近代文学的"东洋回归"现象》,《四川外语学院学报》1999 年第 2 期;叶渭渠:《20 世纪日本文学回顾与思考》,《日本学刊》1999 年第 6 期。

② 孟庆枢、谷学谦译,时代文艺出版社 1991 年版。

③ 郑民钦译,译林出版社 1992 年版。

④ 叶渭渠、唐月梅译,开明出版社 1995 年版。

⑤ 王向远:《二十世纪中国的日本翻译文学史》,北京师范大学出版社 2001 年版,第 246 页。

⑥ 上海译文出版社 1987 年版。

⑦ 吉林人民出版社 1990 年版。

⑧ 商务印书馆 1992 年版。

⑨ 商务印书馆 1993 年版。

⑩ 吉林大学出版社 1994 年版。

荣胜编著《日本现代文学选读》①等陆续出版,成为高校日本文学研究工作的内容之一。

在"作家作品研究"方面,本期的研究还是相对集中在前期"思潮流派研究""作家作品研究"中所涉及的作家上。从发表文章的数量和内容来看,其中的夏目漱石、岛崎藤村、芥川龙之介、唯美主义作家和白桦派作家构成研究热点。围绕这些作家,前一个十年的一些延续性的课题,在本期都得到不同程度的推进和拓展,并出现一些可喜的学术增长点,体现了研究者的学术思考和积累。

夏目漱石研究的进展主要表现在研究领域的扩展上。本期有 3 种夏目漱石的成名作《我是猫》的汉译本出版②。1990 年,李国栋出版专著《夏目漱石文学主脉研究》③,以"头脑"和"心灵"为关键词,对夏目漱石的中长篇小说作了尝试性的"内发性研究"。1998 年,何少贤以《日本现代文学巨匠夏目漱石》一书④,对夏目漱石的文艺理论进行了研究,具有开拓意义。聚焦研究文章,如:何乃英的《〈明暗〉——夏目漱石创作的新突破》⑤、曹志明的《夏目漱石笔下的"自然"》⑥、韩贞全的《从"三部曲"看夏目漱石的精神世界》⑦、肖霞的《夏目漱石和他的小说〈心〉》⑧、何少贤《夏目漱石的"F＋f"文学公式》⑨等,可以发现研究者在"外部研究"与"内部研究"的关注点上发生了可喜的变化。如果说过去只谈作家的政治观点、社会思想,现在也开始同时重视作家的美学观点、哲学思想、艺术个性和创作意图等。

————————

①　北京大学出版社 1996 年版。

②　于雷译,译林出版社 1993 年版;刘振瀛译,上海译文出版社 1994 年版;尤炳圻、胡雪译,人民文学出版社 1997 年版。

③　北京大学出版社 1990 年版。

④　中国文学出版社 1998 年版。

⑤　《日语学习与研究》1992 年第 4 期。

⑥　《外语学刊》(黑龙江大学学报)1992 年第 4 期。

⑦　《山东师大学报》(社会科学版)1994 年第 5 期。

⑧　《山东社会科学》1995 年第 1 期。

⑨　《外国文学研究》1998 年第 2 期。

在岛崎藤村研究方面,本期有《岛崎藤村散文选》①和《破戒·家》②的汉译本问世。专著有陈德文的《岛崎藤村研究》③。可以纳入学术史的作家论和作品论有:赵小柏的《日本部落问题小说》④、刘晓芳的《岛崎藤村的文学轨迹》⑤、文洁若的《岛崎藤村的〈破戒〉———一部为"贱民"的人权呼吁的小说》⑥、黎跃进的《岛崎藤村及其代表作〈破戒〉》⑦等。

与前一个十年相比,本期的芥川龙之介研究在论题上显得相对集中,主要关注了芥川龙之介的小说创作和代表作品。1998 年,中国世界语出版社出版《芥川龙之介作品集》⑧,叶渭渠作《芥川文学———时代不安的象征(代总序)》,可视为一篇具有代表性的作家论。其他研究文章可举出:尹允镇的《芥川龙之介艺术之谜简析》⑨、张明杰的《芥川龙之介及其创作》⑩、韩小龙的《被压抑的灵魂的诉说———试析芥川龙之介的〈戏作三昧〉》⑪、王晶的《浅析芥川龙之介及其〈罗生门〉》⑫、刘艳萍的《试论芥川龙之介的〈地狱变〉》⑬等。另外本期还有芥川龙之介的 5 种汉译本出版。⑭

对唯美主义作家的研究,是与对唯美主义思潮的研究联系在一起的。它与自然主义一样,在中国曾经备受争议。学界往往将这种多元混合体

---

①　陈德文译,百花文艺出版社 1994 年版。

②　柯毅文等译,人民文学出版社 1997 年版。

③　人民日报出版社 1999 年版。

④　《外国问题研究》1993 年第 2 期。

⑤　《国外文学》1995 年第 1 期。

⑥　《日语学习与研究》1996 年第 3 期。

⑦　《衡阳师专学报》(社会科学版)1997 年第 5 期。

⑧　叶渭渠主编:《芥川龙之介作品集》(散文卷),李正伦等译,中国世界语出版社 1998 年版;叶渭渠主编:《芥川龙之介作品集》(小说卷),楼适夷等译,中国世界语出版社 1998 年版。

⑨　《延边大学学报》(社会科学版)1990 年第 3 期。

⑩　《日语学习与研究》1992 年第 1 期。

⑪　《外国问题研究》1997 年第 4 期。

⑫　《日本研究》1997 年第 4 期。

⑬　《天津外国语学院学报》1996 年第 4 期。

⑭　具体为:吴树文译,《疑惑》,上海译文出版社 1991 年版;林少华等译,《罗生门》,漓江出版社 1997 年版;聂双武译,《芥川龙之介短篇小说选》,湖南文艺出版社 1998 年版;楼适夷等译,《地狱变》,解放军文艺出版社 1999 年版;楼适夷等译,《罗生门》,译林出版社 1999 年版。

的文艺思潮（美学思想或创作观念）简单地归纳为"唯美＝颓废"。所以对唯美主义的作家群进行研究，既需要勇气，也需要视野，更需要学识。作为研究的文本，本期出版了 8 种唯美主义作家作品的汉译本。① 研究文章中，综论有：唐月梅的《美的创造与幻灭——论日本唯美主义文学思潮》②、彭德全的《试论谷崎润一郎的美学观》③、黎跃进的《日本唯美主义文学的演变与实绩》④、作家论和作品论有：文洁若的《唯美主义作家谷崎润一郎》⑤、陈德文的《谷崎笔下的女性世界——〈细雪〉人物论》⑥、刘建辉的《日本近代文学的中国——谷崎润一郎作品分析》⑦、施秀娟的《论永井荷风中短篇小说的特色》⑧等。客观地讲，这些文章不都是为解决"唯美＝颓废"问题而作的，某些论点也尚可商榷，但它们无疑对深入探讨唯美主义作家创作中较为复杂的美学问题提供了启示。

本期的白桦派作家研究主要是在武者小路实笃、志贺直哉、有岛武郎三个作家之间展开的，而且是各有侧重。对武者小路实笃，研究者关心的是其不同时期的文学活动，如刘立善的《论武者小路的文学与"新村"》⑨、《梅特林克影响下的武者小路实笃》⑩等。志贺直哉的研究多为作品论，如董晋骞的《评时任谦的作悲剧命运》⑪、黄来顺的《可怜的爱情、巧妙的

---

① 具体为永井荷风 4 种：李远喜译，《争风吃醋》，漓江出版社 1990 年版；谭晶华、郭洁敏译，《地狱之花》上海译文出版社 1994 年版；陈德文译，《永井荷风散文集》，百花文艺出版社 1997 年版；陈微译，《永井荷风选集》，作家出版社 1999 年版。谷崎润一郎 4 种：吴树文等译，《春琴抄》，上海译文出版社 1991 年版；孙日明等译，《乱世四姐妹》，广西民族出版社 1991 年版；丘仕俊译，《阴翳礼赞》，生活·读书·新知三联书店 1992 年版；张进等译，《春琴抄》，华夏出版社 1994 年版。
② 《外国文学评论》1991 年第 1 期。
③ 《日语学习与研究》1992 年第 2 期。
④ 《外国文学研究》1998 年第 2 期。
⑤ 《日语学习与研究》1990 年第 1 期。
⑥ 《当代外国文学》1993 年第 1 期。
⑦ 严绍璗等：《比较文化：中国与日本》，吉林大学出版社 1996 年版，第 152－174 页。
⑧ 《外国文学研究》1999 年第 3 期。
⑨ 《日本研究》1993 年第 3 期。
⑩ 《外国文学评论》1994 年第 1 期。
⑪ 《日本研究》1990 年第 1 期。

构思——评志贺直哉的中篇小说〈大津顺吉〉》①、刘立善的《论志贺直哉〈学徒的神仙〉》②、李先瑞的《志贺直哉与心境小说》③等。而有岛武郎则主要是围绕他的文艺思想和美学思想展开的。其中有刘岩的《有岛武郎在〈爱不惜夺〉中所表现的"夺爱"思想》④、高鹏飞的《有岛武郎文学的批判性格》⑤、刘立善的《有岛武郎文艺思想中的自我》⑥、《爱是夺取，还是奉献——论有岛武郎〈爱是恣意夺取〉》⑦等。在本期还有 2 种有岛武郎的汉译本得到出版。⑧

另外，在森鸥外、二叶亭四迷、樋口一叶、国木田独步研究中也有一些内容比较扎实，或者某些方面具有新意的文章。可以举出的有：高文汉的《评森鸥外及其作品》⑨、许昌福的《巧妙的构思、精湛的笔法—〈雁〉的写作技巧管见》⑩、陈生保的《森鸥外的汉文》⑪、高宁的《试论〈浮云〉在日本文学史上的地位》⑫、顾也力、郭晓青的《日本近代文学的第一块里程碑——简评小说〈浮云〉中的人物形象》⑬、杨晓文的《樋口一叶的悲剧性小说系统》⑭、林岚的《樋口一叶与〈大年夜〉》⑮、刘光宇的《〈少年的悲哀〉艺术赏析》⑯等。

---

① 《日语学习与研究》1990 年第 5 期。

② 《东北亚论坛》1997 年第 4 期。

③ 《解放军外国语学院学报》1999 年第 2 期。

④ 《日本学论坛》1994 年第 4 期。

⑤ 《外语学刊》(黑龙江大学学报)1997 年第 1 期。

⑥ 《日语学习与研究》1997 年第 1 期。

⑦ 《外国文学评论》1997 年第 2 期。

⑧ 张正立等译，《一个女人的面影》，海峡文艺出版社 1991 年版；刘立善译注，《爱是恣意夺取——有岛武郎文艺思想选辑》，辽宁大学出版社 1998 年版。

⑨ 《日语学习与研究》1990 年第 4 期。

⑩ 《现代日本经济》1991 年第 2 期。

⑪ 《天津师大学报》1996 年第 1 期。

⑫ 《南开大学学报》1999 年第 3 期。

⑬ 《日语学习与研究》1999 年第 4 期。

⑭ 《日语学习与研究》1990 年第 1 期。

⑮ 《东北师大学报》1993 年第 4 期。

⑯ 《外国问题研究》1994 年第 1 期。

三、第三个十年（2000—2010 年）

第三个十年的日本近代文学研究，可以说是研究方法、研究内容多元化的时期，在这个时期里，"史的研究"和"作家与作品研究"都取得了不同于前 20 年的成绩，当然在研究的连续性上第三个十年与第二个十年并不是截然分割的。特别是在作家研究方面，两者的关系颇为密切，只是在研究视角发生了明显的变化。

在这个阶段中，文学史的研究发生了较大的变化，假如说之前的日本近代文学史的研究是综述性、介绍性的，往往是日本文学史的一部分，那么这一阶段的文学史研究则出现了一批断代史的著述，更注重著述者对日本近代文学史认识表达。如谭晶华著《日本近代文学史》（修订本）（2003），谢志宁著《20 世纪日本文学史以小说为中心》（2005），徐明真著《简明日本近现代文学史教程》（2007），王健宜、吴艳、刘伟著《日本近现代文学史》（2010），刘春英著《日本女性文学史》（2012），刘晓芳、木村阳子著《日本近现代文学史》（2013）。比较而言，王健宜等所著《日本近现代文学史》重视对近代文学史重点问题的研究，努力在日本文学史的研究方面显现中国研究者自己的独到见解，取得了一定的收获。总的看来，不少文学史的写作目的仍然是为日本近代文学史教学提供教材，所以在这类文学史的编写中，研究性要大大弱于描述性，所以以后的文学史研究中"研究"无疑需要格外重视。

在作家与作品研究中，夏目漱石文学的研究仍然是研究热点。有些研究在认真研读先行研究的基础之上，从"个人主义""自我本位""则天去私""低徊趣味""文明批判""非人情""明治精神"等各个方面，有侧重地研究探讨夏目漱石的思想、文学主张的内涵，追究它们和夏目漱石创作的关系，如《厌战：夏目漱石精神世界探微》①、《试析夏目漱石小说中的"明治

---

① 李光贞：《贵州师范大学学报》（社会科学版）2007 年第 5 期。

精神"》①、《鲁迅和夏目漱石的个人主义》②、《试析夏目漱石的文明批判》③、《试论夏目漱石的"则天去私"》④、《夏目漱石的"非人情"》⑤。有些研究则探讨夏目漱石的文学观，研究夏目漱石作为明治末期知识分子的精神世界，如《从"帝国文学"到"地方文学"——论夏目漱石文学观的形成》⑥、《虚像与反差——夏目漱石精神世界探微》⑦，有些研究关注夏目漱石笔下塑造的知识分子、女性形象、夏目漱石的屈辱体验，探讨他的厌世观、政治倾向，厌战表达，如《对明治末期知识分子心灵的探索——试析夏目漱石的小说〈心〉》⑧、《夏目漱石的"非人情"艺术主张及其中国文化思想渊源》⑨、《夏目漱石的厌世观刍议》⑩、《夏目漱石的政治倾向研究》⑪等。这个时期的夏目漱石作品研究涉及了多数夏目漱石的代表作品，例如《我是猫》《草枕》《虞美人草》《其后》《门》《行人》《心》《明暗》《满韩处处》等。其中以研究夏目漱石晚年的代表作《心》居多，代表性的有《夏目漱石的〈心〉与个人主义精神》⑫、王成的《论夏目漱石的新闻小说——〈虞美人草〉》⑬与西垣勤、刘立善的《论夏目漱石〈虞美人草〉的道义观》⑭等，后两篇是颇有新意的夏目漱石作品研究成果，前者从"新闻小说"的形式，后者则从"道义观念"解读《虞美人草》。《满洲游记》虽然不是小说作品，但由于这部游记文与夏目漱石的国家意识、民族意识、政治态度等有关，所以

① 李光贞：《解放军外国语学院学报》2007 年第 5 期。
② 邓传俊：《山东社会科学》2007 年第 8 期。
③ 李光贞：《山东外语教学》2005 年第 5 期。
④ 韩贞全：《山东师大外国语学院学报》2000 年第 1 期。
⑤ 刘立善：《日本研究》2005 年第 3 期。
⑥ 王志松：《国外文学》2003 年第 4 期。
⑦ 高宁：《外国文学评论》2001 年第 2 期。
⑧ 叶琳：《外语研究》2003 年第 4 期。
⑨ 刘晓曦：《日本研究》2003 年第 1 期。
⑩ 韦立新：《解放军外国语学院学报》2001 年第 6 期。
⑪ 高宁：《日本研究》2000 年第 4 期。
⑫ 赤羽学、刘立善：《日本研究》2005 年第 1 期。
⑬ 《日语学习与研究》2002 年第 3 期。
⑭ 《日本研究》2008 年第 4 期。

很受国内研究者关注,高洁的《迎合与批判之间——论夏目漱石的"满韓ところどころ"》①和王成的《夏目漱石的满洲游记》②都是此类研究的代表性成果。对夏目漱石早期三部曲(《三四郎》《从此以后》《门》)的研究同样也成为研究者的关注点,总体研究的有李光贞的《从早期三部曲看夏目漱石的情感世界》③等,具体作品的考察有刘立善的《夏目漱石〈门〉里的"爱与罚"》④、《论夏目漱石〈其后〉中的爱与金钱》⑤,还有李征的《火车上的三四郎——夏目漱石〈三四郎〉中现代性与速度的意味》⑥,郭勇的《现代性语境中的主体焦虑——论夏目漱石的〈三四郎〉》⑦等,李征文以夏目漱石代表作《三四郎》为中心,考察了火车这一新式交通工具给明治时代日本人的精神世界带来的巨大转型。夏目漱石的早期创作《我是猫》《哥儿》在这一时期研究成果并不很多,主要有《〈我是猫〉与批判现实主义》⑧、《试析〈哥儿〉与〈围城〉的共同点——以对教育制度的批判为中心》⑨、《一篇讨伐日本教育界腐败的檄文——论夏目漱石的小说〈哥儿〉》⑩、《浓浓的"落语"味——〈哥儿〉的艺术魅力之源》⑪等,后两篇很有代表性,前者的批评角度与以往研究变化不大,关注的仍然是作品的社会层面意义,后者则颇有不同,重点讨论作品的语言艺术特点,为以后的研究提供了新的角度。相比而言,除了《心》的研究以外,后三部曲的《过了春分以后》《行人》就显得十分不够,几乎没有文章重点讨论《过了春分以后》《行人》的研究论文也是寥寥无几,《论夏目漱石的作品〈行人〉——摇

① 《日语学习与研究》2008 年第 3 期。
② 《读书》2006 年第 11 期。
③ 《解放军外国语学院学报》2005 年第 1 期。
④ 《日本研究》2004 年第 2 期。
⑤ 《辽宁大学学报》(哲学社会科学版)2002 年第 2 期。
⑥ 《外国文学评论》2010 年第 3 期。
⑦ 《国外文学》2010 年第 1 期。
⑧ 李光贞:《山东师大外国语学院学报》2001 年第 1 期。
⑨ 孙绍红:《解放军外国语学院学报》2001 年第 5 期。
⑩ 蓝泰凯:《贵阳师专学报(社会科学版)》2001 年第 1 期。
⑪ 倪祥妍:《苏州大学学报》2006 年第 1 期。

摆的女性阿直》①、《夏目漱石〈行人〉中的阿直形象试析》②都分析了作品中的女性人物，但对作品的主人公以及其主题等几乎无文章论及。而夏目漱石晚年的两部重要代表作（《道草》《明暗》）则少见文章论及，这不能不说是夏目漱石研究中的一个缺憾。

　　夏目漱石文学研究中，研究者经常使用比较的方法思考夏目漱石的文学创作，譬如探讨中国作家与夏目漱石的影响关系，探讨英国文学、中国传统文化和夏目漱石文学之间的联系等，其中夏目漱石的汉诗创作成为此时期研究者关注的一个方面，譬如《从"白云"意象看王维诗歌对夏目漱石汉诗的影响》③《夏目漱石晚年汉诗中的求"道"意识》④等。《漱石和鲁迅——产生了文学家的屈辱体验》⑤、《鲁迅与夏目漱石关系考辨》⑥则对两国近现代文学巨人的相同体验、交互关系进行了考察与探讨。除此之外，有的文章则将关注点放在夏目漱石与外国文学的关系，这些论文有《英国文学与夏目漱石的文学创作》⑦、《夏目漱石与汉文学》⑧，而《蒙尘的"心"与解蔽之道——试论夏目漱石的《心》与荀子思想的关系》⑨则讨论了夏目漱石作品的思想来源，这样的文章还有《夏目漱石と荘子》⑩。有的研究者则试图借助语言学理论、研究方法讨论夏目漱石文学，很有特点，也为研究者提供了新的研究视点，如魏育邻的两篇文章，《结构主义语言学理论与文学研究——以分析夏目漱石的文本等为例》⑪、《用语言研究的方法分析文学作品的尝试及理论思考——以分析夏目漱石的小说

---

　　① 陈竞薇：《日本问题研究》2004 年第 2 期。
　　② 邓传俊：《山东外语教学》2007 年第 2 期。
　　③ 李志坚：《山东教育学院学报》2006 年第 6 期。
　　④ 刘岳兵：《日本研究》2006 年第 3 期。
　　⑤ 韩贞全：《山东外语教学》2002 年第 3 期。
　　⑥ 陈占彪：《日本研究》2006 年第 3 期。
　　⑦ 李光贞：《菏泽学院学报》2006 年第 4 期。
　　⑧ 李光贞：《聊城大学学报（社会科学版）》2005 年第 6 期。
　　⑨ 吴鲁鄂：《武汉大学学报（人文科学版）》2004 年第 1 期。
　　⑩ 谷学谦，《日本学论坛》2002 年 Z1 期。
　　⑪ 《日语学习与研究》2004 年第 3 期。

〈心〉等作品为例》①。夏目漱石作品的翻译也成为这一时期的研究主题之一,如《民国时期的夏目漱石文学中文译本稽考》②。另外,这一时期正是改革开放后日本文学研究方向博士生提交博士论文的重要时期,有 5部博士论文是以夏目漱石文学为研究对象的,主要有《批判、焦虑、探寻》③、《夏目漱石文学创作研究》④、《夏目漱石小说研究》⑤、《鲁迅与夏目漱石》⑥、《夏目漱石与近代日本的文化身份建构》⑦。

　　岛崎藤村的文学研究除了少量的作家研究文章,如《论岛崎藤村早期浪漫主义思想》⑧、《岛崎藤村的近代自我》⑨、《论岛崎藤村的自然观》⑩以外,在这一时期主要集中在作品研究上,主要研究对象为其代表作《破戒》《家》《春》《新生》等,从作品的研究范围来看尚嫌狭窄。《破戒》这部作品的研究历史在国内要比较长,从这一时期的研究成果来看,关注《破戒》的阶层歧视的文章要相对多些,譬如《从小说〈破戒〉看日本社会的"差别(歧视)"问题》⑪、《关于〈破戒〉的部落歧视问题》⑫,这两篇文章发表的时间尽管相隔十年之久,但两者的关注点并没有任何变化。而另一篇文章《〈破戒〉:一部典型的日本成长小说》⑬则改变了论述视角,利用"成长小说"这一概念对这部作品进行解读。《家》由于与巴金的名著《家》同名,往往会成为国内研究者的研究对象,此时期关于《家》的研究论文要远远多于《破

①　《解放军外国语学院学报》2001 年第 5 期。
②　孙宁:《东北师大学报》(哲学社会科学版)2009 年第 6 期。
③　陈雪:上海外国语大学博士论文,2012 年。
④　李玉双:山东大学博士论文,2012 年。
⑤　李光贞:山东大学博士论文,2006 年。
⑥　孙放远:吉林大学博士论文,2012 年。
⑦　张小玲:北京语言大学博士论文,2007 年。
⑧　肖霞:《山东社会科学》2003 年第 5 期。
⑨　刘晓芳:《国外文学》2004 年第 1 期。
⑩　刘晓芳:《国外文学》2012 年第 2 期。
⑪　丛惠媛:《辽宁师范大学学报》(社会科学版)2010 年第 3 期。
⑫　姚新红:《解放军外国语学院学报》2000 年第 3 期。
⑬　陈婷婷:《安庆师范学院学报》2010 年第 11 期。

戒》，像《从岛崎藤村的〈家〉看日本传统家族制度——以家督继承制为中心》①、《个体为家族献祭的悲剧——岛崎藤村〈家〉的文化阐释》②等文章多是从家族文化的角度考察文本，而于荣胜的《岛崎藤村的"旧家"与"新家"》③则重点分析了作品中传统家族的描写和建立新家的理想破灭，为《家》的研究提供了比较新鲜的角度。《现实主义的内涵，自然主义的手法——评岛崎藤村的小说〈家〉》④讨论的主题并没有完全超出 90 年代的研究主题，与之比较，更多的文章则通过中日比较的方法研究《家》，此类研究可以说是 90 年代的《家》的比较研究的延续。《近代中日家庭的缩影——岛崎藤村的〈家〉与巴金的〈家〉》⑤、《中日家族衰败的历史面影——论巴金〈家〉和岛崎藤村〈家〉》⑥、《中日家族小说的同曲异调——巴金〈家〉和岛崎藤村〈家〉的文化比较》⑦都是这类研究。与《家》相比较，研究者对《春》的关注度要低得很多，只能看到有限几篇研究文章，如《岛崎藤村与〈春〉》⑧。除此之外，《从〈新生〉看岛崎藤村文学的告白性特征》⑨、《岛崎藤村与〈新生〉的"内"与"外"》⑩等研究藤村代表作《新生》的文章，在 21 世纪的第二个十年的开端出现。同样在 21 世纪第二个十年，我们还能看到《岛崎藤村从诗歌转向小说的缘由探析》⑪、《从〈千曲川旅情之歌〉看唐诗对岛崎藤村诗歌的影响》⑫这类关注岛崎藤村诗歌创作的文章，这似乎预示着未来岛崎藤村文学研究的更加深入地展开。2012年，北京大学出版社出版的《岛崎藤村小说研究》（刘晓芳著），可以说是国

---

① 王梦雪：《山东理工大学学报》（社会科学版）2009 年第 3 期。
② 李永东：《外国文学研究》2011 年第 5 期。
③ 《日本研究》2000 年第 4 期。
④ 丁旻：《四川外语学院学报》2001 年第 1 期。
⑤ 李卓：《世界近现代史研究》（第一辑），2004。
⑥ 张磊、李永东：《吉首大学学报》（第一辑）2009 年第 1 期。
⑦ 李永东：《中华文化论坛》2011 年第 1 期。
⑧ 王传礼：《山东农业大学学报》（第一辑），2006 年第 1 期。
⑨ 刘晓芳：《日语学习与研究》2012 年第 1 期。
⑩ 李敏、李卓：《日语学习与研究》2014 年第 1 期。
⑪ 王健英：《西南民族大学学报》（人文社会科学版）2012 年 S1 期。
⑫ 王健英：《西南民族大学学报》（人文社会科学版）2011 年 S2 期。

内岛崎藤村文学研究的重要文献。

在这一时期,芥川龙之介文学的研究显得丰富多彩,既有芥川作品的研究,也有芥川与中国文化关系的研究,同时也有对芥川文学整体的思考。作品研究中,最受研究者关注的是他的历史小说创作,研究对象包括成名作《鼻子》及其他代表作《竹林中》《杜子春》《地狱图》《将军》《俊宽》《罗生门》等①,其中《罗生门》的研究成果应该说最为丰硕,其中有《〈蝇王〉与〈罗生门〉主题比较》②这样作品主题比较的研究,也有《"罗生门"阐释——从芥川龙之介的小说到黑泽明的电影》③这样通过小说改编为电影的分析阐释作品的研究,还有讨论叙述方式、人性描写、芥川创作主题、哲学思想等的研究,这类研究主要有《试论〈罗生门〉的"间离"式叙事方式》④、《从芥川龙之介作品的登场人物看人性——以〈杜子春〉和〈罗生门〉为例》⑤、《对〈罗生门〉的哲学解读》⑥、《芥川龙之介的文学之路及其〈罗生门〉》⑦、《借鉴与创新——评〈罗生门〉》⑧、《〈罗生门〉与芥川文学主题的确立》⑨等。《芥川龙之介与〈今昔物语集〉》⑩是从宏观角度思考芥川

---

① 这些历史小说的研究论文主要有:肖书文:《试论芥川龙之介〈鼻子〉的深层意蕴》,《外国文学研究》2004年第5期;陈叶斐:《芥川龙之介小说〈竹林中〉的叙述学研究》,《日本研究》2003年第4期;李雁南:《无法破解的谜案——解读芥川龙之介的短篇〈树丛之中〉》,《天津外国语学院学报》2000年第1期;林岚:《芥川小说〈杜子春〉的时间设定》,《日本学论坛》2003年第3期;赵迪生:《芥川龙之介〈地狱图〉人物形象评析》,《日本研究》2000年第2期;林啸轩:《挑战天皇制禁忌的〈桃太郎〉》,《解放军外国语学院学报》2011年第2期;王鹏:《芥川龙之介"切支丹物"的艺术性》,《东方丛刊》2008年第2期;陆晓光:《日本现代文学偶像的反战先声——读芥川龙之介小说〈将军〉》,《华东师范大学学报》(哲学社会科学版)2006年第1期;张秀强:《对古典文学素材的汲取与超越——论芥川龙之介的〈俊宽〉》,《日本学论坛》2008年第2期;李春红:《芥川龙之介历史小说的现代意识》,《日本研究》2004年第1期。
② 朱倩、卢璐:《日本研究》2011年第1期。
③ 秦刚,《外国文学动态》2010年第4期。
④ 庄娜:《河南师范大学学报》(哲学社会科学版)2010年第3期。
⑤ 孙英、张军:《辽宁师范大学学报》(社会科学版)2009年第3期。
⑥ 邱紫华、陈欣:《外国文学研究》2008年第5期。
⑦ 梁济邦:《西安外国语学院学报》,2000年第2期。
⑧ 乔莹洁:《外国文学研究》,2000年第4期。
⑨ 顾也力、郭晓青:《日本研究》2000年第3期。
⑩ 张文宏:《河南师范大学学报》(哲学社会科学版)2004年第5期。

龙之介历史小说创作与日本古典作品之间关系的文章,这类文章在此时期的芥川文学研究颇为鲜见。

历史小说以外的研究文章多集中在《湖南的扇子》《中国游记》的研究上。关于《湖南的扇子》的研究文章多与中国有关,邱雅芬的《"湖南的扇子":芥川龙之介文学意识及其中国观之变迁》①一文通过作品分析考察芥川龙之介的文学意识以及中国认识;戴焕的《芥川龙之介笔下的现代中国形象——〈湖南的扇子〉解析》②将视线集中在作品中表现的"中国形象",同样也与芥川龙之介的中国认识有关;施小炜的《"人血馒头"与"人血饼干"论〈湖南的扇子〉》③专题考察芥川龙之介为何在出访中国后选择"湖南"作为小说背景,为何利用"人血饼干"作为小说道具,是一篇实证性很强的文章。由于《中国游记》是显现芥川龙之介的中国认识的一部重要作品,所以这一时期里不少研究文章都试图通过对这一文本的分析探讨芥川如何认识中国,这些文章主要有《〈中国游记〉与芥川认识》④、《"疾首蹙额"的旅行者——对〈中国游记〉中芥川龙之介批评中国之辞的另一种解读》⑤、《溯寻与误读——芥川龙之介的近代中国之行》⑥、《〈上海游记〉:一个充满隐喻的文本》⑦、《芥川龙之介〈中国游记〉文化解读》⑧,其中《〈上海游记〉:一个充满隐喻的文本》重点分析了《中国游记》中的一部分《上海游记》,是此类文章中颇有特色的一篇。《南京的基督》同样也得到了部分研究者的关注,如《芥川〈南京的基督〉:病的隐喻与文化冲突》⑨、《从〈南京的基督〉中解读芥川龙之介对中国社会的认识》⑩。除此之外,还有多

---

① 《外国文学研究》2006 年第 4 期。
② 《日语学习与研究》2012 年第 6 期。
③ 《日语教育与日本学》2011 年。
④ 单援朝:《日本学论坛》2008 年第 2 期。
⑤ 高洁:《中国比较文学》2007 年第 3 期。
⑥ 杜文倩:《唐都学刊》2006 年第 2 期。
⑦ 邱雅芬:《外国文学评论》2005 年第 2 期。
⑧ 许宗元:《北京第二外国语学院学报》2002 年第 4 期。
⑨ 黎杨全:《日本研究》2009 年第 1 期。
⑩ 张如意、温荣姹:《贵州民族学院学报》(哲学社会科学版)2005 年第 3 期。

篇文章探讨了《聊斋志异》和芥川龙之介的关系,很引人注目。^① 除了上述的作品研究以外,还有一些文章从更为开阔的角度把握芥川龙之介的文学,这些文章中探讨中国文化与之关系的有之^②,比较鲁迅和芥川创作关系、探讨中国如何接受芥川的有之^③,研究其作品女性形象、艺术至上的文学观的有之,还有文章探讨他的私小说创作、讨论其作品的叙事结构,分析自卑对其创作的作用等等^④。总之,进入 21 世纪,芥川龙之介文学的研究视角开阔,研究方法多元,研究成果较之前 20 年更为丰硕。

在这一时期,日本自然主义文学研究同样也获得了较为丰硕的成果,在这一日本近代文学流派的研究中,既有文章讨论日本自然主义文学与

---

① 杜文倩:《"鬼才"与"留仙"的跨时空际会——日本作家芥川龙之介的聊斋情结》,《中国海洋大学学报》(社会科学版)2013 年第 2 期;郭艳萍:《芥川龙之介与〈聊斋志异〉》,《日本研究》2007 年第 4 期;郭艳萍、齐秀丽:《芥川龙之介与〈聊斋志异〉——关于〈落头之谈〉》,《日本学论坛》2007 年第 2 期;郭艳萍:《再论芥川龙之介与〈聊斋志异〉——关于〈酒虫〉》,《日本学论坛》2005 年第 1 期;高洁:《芥川龙之介与〈聊斋志异〉》,《日语学习与研究》2002 年第 1 期;郭艳萍:《芥川龙之介与〈聊斋志异〉》,《日本研究》2007 年第 4 期。

② 秦刚:《芥川龙之介与西湖楼外楼》,《外国问题研究》2008 年第 2 期;于天祎:《中国对芥川龙之介文学的影响》,《齐鲁学刊》2007 年第 3 期;于天祎:《芥川龙之介文本中的中国情结研究》(山东大学博士论文,2007 年);杜文倩:《文化汇流中的抉择与超越》(山东大学博士论文,2006 年)。

③ 韦平和:《芥川龙之介对鲁迅作品的影响——以〈罗生门〉和〈阿 Q 正传〉的比较为中心》,《日语学习与研究》2007 第 2 期;秦刚:《现代中国文坛对芥川龙之介的译介与接受》,《中国现代文学研究丛刊》2004 年第 2 期;周密:《芥川龙之介与鲁迅——关于〈地狱图〉和〈孤独者〉中的主人公》,《河北师范大学学报》(哲学社会科学版)2003 年第 4 期。

④ 杜文倩、高文汉:《"比抒情诗还要复杂的主观性的文艺"——简论芥川龙之介的私小说创作》,《湘潭大学学报》(哲学社会科学版)2006 年第 3 期;李东军:《论芥川龙之介小说〈齿轮〉的空间叙事结构》,《日语学习与研究》2011 年第 3 期;刘金举:《自卑对芥川文学的决定作用——从精神分析的角度出发》,《国外文学》,2008 年第 1 期;林少华:《芥川龙之介:"恍惚的不安"》,《中华读书报》2005 年 5 月 11 日;李秀卿:《芥川龙之介笔下的中国女性形象》,《西南民族大学学报》(人文社科版)2005 年第 11 期;韩小龙:《"为了艺术的人生"思想之形成轨迹——从〈戏作三昧〉到〈地狱变〉》,《扬州大学学报》(人文社会科学版)2004 第 1 期;陈世华、范敏磊:《理想与现实的选择:艺术至上还是直面生活——从"戏作三昧"和"地狱变"看芥川龙之介的艺术观》,《外国文学研究》2012 年第 6 期。

法国、美国自然主义的关系①，也有文章探讨日本自然主义的形成、发展轨迹以及其主要文学主张等②，还有文章专门论述私小说和自然主义的关系，概述中国研究日本自然主义文学的现状③。同时，探讨日本自然主义文学与中国文学的关系文章也大幅度增加，其中有探讨中国作家张资平、鲁迅与日本自然主义文学的受容关系的，也有研究日本自然主义文学对中国现代文学流派"创造社"影响关系的，还有思考中国 20 世纪 20 年代文学刊物《小说月报》和日本自然主义的关系等等④。

白桦派和唯美派的流派研究在这一时期显得薄弱许多，只有少数研究者关注日本唯美派，而且此类文章多关注日本唯美派文学在中国的接受和影响⑤，这或许是与前 20 年唯美派研究不同的一个特点。研究白桦派的文章也不很多⑥，其中也有文章关注白桦派和中国作家接受的影响

---

① 杨恒：《浅析日本自然主义与美国自然主义的差异》，《东北财经大学学报》2003 年第 6 期；项晓敏：《法国与日本自然主义文学的异同》，《浙江大学学报》（人文社会科学版）2002 年第 4 期。

② 米洋：《日本自然主义轨迹的文化解析》，《解放军外国语学院学报》2002 年第 4 期；李光贞：《日本自然主义文学的形成及其特点初探》，《山东外语教学》2009 年第 1 期；刘立善：《自然主义的平面描写》《日本研究》2006 年第 2 期。

③ 孟庆枢：《日本自然主义文学、私小说再探讨——近代东西文化交融中的一个值得深思的问题》，《南京师范大学文学院学报》2009 年第 1 期；余祖发：《日本的自然主义文学在中国的研究现状及思考——依据 CNKI 的数据》，《日语教育与日本学研究——第五届大学日语教育研究国际研讨会论文集（中文部分）》2009 年。

④ 吴亚娟：《日本自然主义文学与中国"五四"新文学》（吉林大学博士论文，2008 年）；潘世圣：《鲁迅与日本近代自然主义文学——兼及成仿吾的《〈呐喊〉的评论》，《中国现代文学研究丛刊》2006 第 1 期；赵艳花：《张资平恋爱小说与日本自然主义文学》，《信阳师范学院学报》（哲学社会科学版）2004 年第 5 期；吴亚娟：《论张资平与日本自然主义文学》，《内蒙古民族大学学报》（社会科学版）2008 年第 2 期；陈延：《日本自然主义文学对郁达夫早期创作的影响》，《华侨大学学报》（哲学社会科学版）2004 年第 2 期。

⑤ 刘媛、张能泉：《异域之美的接受——论 20 世纪 20、30 年代日本唯美主义文学在中国的译介》，《湘南学院学报》2005 年第 6 期；张能泉：《日本唯美主义文学在中国现代文坛的变异》，《延边大学学报》（社会科学版）2006 年第 2 期；张能泉：《日本唯美主义文学对狮吼社的影响》，《日本学论坛》2008 年第 2 期。

⑥ 杜文倩：《自我意志与人类意识的统一——从〈暗夜行路〉看白桦派的"调和"意识》，《兰州学刊》2006 年第 3 期。

关系问题①。但是,对于这日本近代文学的两大流派的作家、作品的研究明显变得更为集中。如对唯美派作家谷崎润一郎的研究②,对白桦派代表作家武者小路实笃、志贺直哉、有岛武郎的研究③。其中谷崎润一郎的研究主题变化不大,似乎还停留在对其唯美的文学观念的探讨,缺少文本的研究成果;武者小路实笃的研究主要由刘立善完成,其研究成果能够体现出研究者对武者小路实笃的全面整体的思考,可以称作白桦派研究中的代表性成果;而白桦派的作品研究成果与白桦派多彩的创作相比,则显得十分有限④。也许对白桦派文本的解读分析研究将是今后研究的重要层面。

第三节　日本现代文学研究

日本现代文学的研究在改革开放 30 年间经历了开放交流、介绍认识、认同汲取、自主研究的过程后,逐渐形成了对日本现代文学了解熟悉、持有自己独立见解、研究成果多元化的研究阵容。30 年来的现代日本文学的研究题目可谓丰富多彩,既有关于日本现代主义流派及其作家、作品的研究,也有无产阶级文学的研究,既有日本第二次世界大战前、第二次世界大战中出现的一批中坚作家的研究,也有"战后派"文学及其代表作

---

① 林恒青:《武者小路实笃与周作人的诗歌交往》,《福建师范大学学报》(哲学社会科学版)2002 年第 3 期。

② 张昀韬:《简论王尔德与谷崎润一郎小说的唯美特色》,《东北亚论坛》2002 年第 3 期。

③ 刘立善:《论托尔斯泰与武者小路实笃》,《日本研究》2010 第 2 期;刘立善:《武者小路实笃"新村"的发展途程》,《日本研究》2010 第 2 期;刘立善:《论武者小路实笃的理想主义文学观》,《日本研究》2009 年第 3 期;崔颖:《论梅特林克对志贺直哉文学创作的影响》,《齐鲁学刊》2007 年第 1 期;牛水莲:《有岛武郎创作中的基督教思想》,《郑州大学学报》(哲学社会科学版)2003 年第 2 期;李先瑞:《本能主义者的破灭》(上海外国语大学博士论文,2005 年)。

④ 刘立善:《论〈暗夜行路〉的命运与惩罚》,《日本研究》2005 年第 2 期;陈秀敏:《论志贺直哉〈暗夜行路〉中的禅宗意识》,《日本研究》2006 年第 4 期;刘立善:《〈暗夜行路〉中关于人与自然的哲学思考》,《贵州大学学报》(社会科学版)2005 年第 4 期;刘立善:《论志贺直哉〈学徒的神仙〉与人道之爱的艺术性》,《贵州师范大学学报》(社会科学版)2001 年第 4 期;刘立善:《论武者小路的〈妹妹〉》,《日本研究》2000 年第 3 期;庄凤英:《有岛武郎的创作观及小说〈叶子〉》,《北京科技大学学报》(社会科学版)2000 年第 2 期。

家、作品的研究。在这些日本现代文学的研究对象中，最早为中国日本现代文学研究者所关注的作家就是川端康成，研究成果颇为丰富的就是川端康成文学的研究。

一、川端康成文学研究

作为日本第一位获得诺贝尔文学奖的作家，川端康成受到世界各国文学界的瞩目，他坚守日本文学传统，同时大胆使用西方的文学技巧、文学手法，不为传统所束缚，彰显了日本现代文学家的民族美学意识，赢得了评论界、文学研究者的高度评价。也正因为如此，他才在中国刚刚打开开放大门之时，便受到中国日本文学研究者以及文学作者的瞩目。可以说他是改革开放后第一位被中国日本文学研究界全面接受的日本现代作家。1981 年在洛阳召开了第二届日本文学研讨会，曾就川端康成及其《雪国》进行了专题研讨。1987 年，中国社科院外国文学研究所与日本川端康成文学研究会联合举办了第一届川端康成文学研讨会，之后又于1994、1996 年两次举办川端康成文学研讨会，这大大提升了对这位日本现代作家及其作品的研究，将我国的日本文学研究推向了高潮。自 20 世纪 80 年代初起，我国日本文学研究界就开始注意介绍日本与西方介绍川端康成文学研究的成果，1983 年第 2 期《日本文学》发表了《日本各家论川端康成》，1984 年第 9 期《外国文学动态》刊载了《日本研究川端康成的论著概述》，与此同时一批关于川端康成与其代表作品《雪国》的研究文章出现在读者的面前，如《谈〈雪国〉的艺术特色》[1]、《略评川端康成及其创作道路》[2]、《谈川端康成的雪国》[3]、《雪国成书及版本沿革》[4]、《从雪国看川端康成的虚无思想》[5]、《川端康成雪国及其他》[6]、《从雪国看川端康成

---

[1] 《外国文学研究》1982 年第 4 期。

[2] 《外国文学研究》1983 年第 3 期。

[3] 《日本文学》1983 年第 2 期。

[4] 李明非、尚侠：《外国问题研究》1983 年第 4 期。

[5] 陶力：《外国文学研究》1983 年第 2 期。

[6] 《日语学习与研究》1984 年第 1 期。

的虚无思想》①、《也谈川端康成的雪国》②等等,一时间川端康成及其代表作品《雪国》,成为日本文学研究者无人不谈的话题。不过,此时的川端康成文学研究还属于熟悉、接近、进入川端康成文学世界的初始阶段,多数文章所重视的还是日本研究者的研究成果主要论点的介绍,即使很有作者个人见解的文章也往往局限在社会性、道德性批评的范畴之中。孟庆枢在《川端康成研究在中国》③一文中,对 1979 年至 1999 年的中国川端康成文学研究进行了比较全面的梳理,他认为:"在这二十年时间里,我国的川端研究(港台方面的研究暂时阙如)似可分为两个阶段:1979 年至 1989 年似可称为第一阶段,后十年为第二阶段。""就其特点来说,70 年代末至 80 年代中后期的评论,主要是以社会学批评的观点来看取川端作品的倾向比较突出。""在川端康成研究的第二个十年里,表现出我国的川端研究者们对这位作家把握趋于全面、深入,显示出中国学者力图在世界文学的总体框架中,在日本文化传统的发展中,在中西文化交融、碰撞中,甚至通过跨学科的研究方法立体地、全方位地研究这位作家并分析他的每篇作品的实状。"这一分析大致指出了改革开放前二十年川端康成文学研究的基本趋势。经过了改革开放近十年的洗礼,我国日本文学研究者的学术视野变得更加开阔,研究方法和视角也随之发生了巨大变化,对于川端康成这位日本现代作家的文学创作意识的认识也开始出现了较为明显的变化。进入 20 世纪 80 年代后期,我国的川端康成研究逐渐开始趋于深入,呈现出多元化的研究状态,从 1986 年的《从〈古都〉看川端康成创作的积极倾向》④、1989 年的《生的变奏曲——从〈千鹤〉到〈睡美人〉》⑤、《川端康成的禅宗意识》⑥、《川端康成美学观的特点及其根源》⑦开始,到

---

①　《外国文学研究》1984 年第 2 期。

②　《外国文学研究》1984 年第 4 期。

③　《外国文学研究》1999 年第 4 期。

④　陶力:《外国文学研究》1986 年第 4 期。

⑤　叶渭渠:《外国文学评论》1989 年第 3 期。

⑥　卢雄飞:《外国文学研究》1989 年第 2 期。

⑦　何乃英:《外国文学研究》1989 年第 1 期。

1991 年的《川端康成的美意识与东方思想》①、《死之美的东方性——谈川端康成创作的一个美学特征》②、《佛界易入魔界难进》③,在 20 世纪 80 年代走向 90 年代的转折点上,川端康成文学研究开始从深层次接触探索川端康成文学的特质,多数文章不再拘泥川端康成文学的社会学、道德评价,而开始关注这位作家的美学意识、宗教意识、"积极倾向"以及与东方文化的关系,十分在意这位作家的文学家身份。

　　进入 20 世纪 90 年代以后,有关川端康成研究的论文逐渐增多,研究视野愈发开阔,其中 1992 年,主要刊物上发表的有关川端康成文学及作品研究方面的论文 8 篇,其中有 3 篇发表在《外国文学评论》《外国文学研究》等重要刊物上,这些论文是《〈雪国〉主题新议》④、《川端康成:"感觉即表现"》⑤、《川端康成的美意识与西方现代文艺思潮》⑥,《〈雪国〉主题新议》对日本以及其他海外研究者对《雪国》的主题把握进行了概观性地描述,同时在文本细读的基础上明确提出作者的见解,《川端康成的美意识与西方现代文艺思潮》的作者张石在此之前已经发表了《川端康成的美意识与东方思想》《死之美的东方性——谈川端康成创作的一个美学特征》《佛界易入魔界难进》,对川端康成的美意识与东方文化的关系进行过思考,在这篇文章里他又从精神分析和意识流两个方面考察了川端康成部分作品中表现出的美学意识,体现出中国日本文学研究者的深入思考。1993 年发表的相关论文增至 11 篇,其中的《在魔界中表现真与美——〈千只鹤〉初探》⑦、《论川端康成〈禽兽〉的奏鸣曲结构》⑧开始关注到《雪国》以外的作品。1994 年发表相关论文 15 篇,在数量上略有增加,其中

---

① 张石:《外国问题研究》1990 年第 4 期。
② 《外国文学研究》1991 年第 3 期。
③ 张石:《读书》1991 年第 8 期。
④ 李均洋:《外国文学评论》1992 年第 1 期。
⑤ 高慧勤:《外国文学评论》1992 年第 1 期。
⑥ 张石:《外国问题研究》1992 年第 3 期。
⑦ 吴永恒:《外国文学研究》1993 年第 2 期。
⑧ 张石:《外国文学评论》1993 年第 4 期。

《川端康成与虚实理论》①、《川端康成的镜子视觉艺术》②关注到川端康成创作理论与写作技巧,将川端康成文学研究引入更为深层。1995 年发表相关论文陡然增至 24 篇,其中《读睡美人的联想》③虽然是一篇短文,但是文章所提出的问题在当时颇具有代表性,这就是对于川端康成的作品究竟应该怎样评价,文章认为不要因为《睡美人》一类的作品有几分颓废与虚无的色彩就将其全盘否定,而要看到作家的创作自觉和人生解释,探讨其文学思想、审美情趣等。这篇文章的发表可以说标志着我国川端康成研究更注意研究对象的文学创作者的身份,更愿意在文学思想、审美情趣等角度认识研究对象。《川端康成——新感觉派的理论家》④注意到川端康成作为新感觉派重要成员的身份,将这位作家放在日本现代文学流派研究之中进行审视,进一步拓展了川端康成文学研究的范围。1996 年发表相关论文的数量与前一年不相上下,其中《典型的中间小说——论川端康成〈山之音〉的创作》⑤是很有特色的一篇,文章重视川端康成中间小说写作者这一身份,将其代表作之一《山之音》作为分析样本,指出这部作品的中间小说的性质,将日本二战结束后出现的中间小说与川端康成作品研究联系在一起,为川端康成文学研究提供了一个新的视角。1997 年至 2000 年之间发表的有关川端康成文学研究的论文依然很多,其中《从〈雪国〉看川端文学的美学意象》⑥、《美丽与悲哀——川端康成笔下的女性形象分析》⑦、《春蚕到死丝方尽——论〈雪国〉中驹子形象兼及〈雪国〉主题》⑧都从不同的角度考察了川端康成作品中的人物形象,将研究的范围集中在川端康成文学作品的人物形象塑造之中,显示出我国川端康成

---

① 肖四新:《外国文学研究》1994 年第 1 期。
② 范川风:《外国文学研究》1994 年第 1 期。
③ 叶渭渠:《外国文学动态》1995 年第 2 期。
④ 何乃英:《国外文学》1995 年第 1 期。
⑤ 谭晶华:《解放军外语学院学报》1996 年第 6 期。
⑥ 王奕红:《当代外国文学》1997 年第 3 期。
⑦ 周阅:《日本学刊》1998 年第 4 期。
⑧ 孟庆枢:《日本学刊》1999 年第 4 期。

文学研究视角的重要变化。《本真生命的探寻——论川端康成后期作品的实质与价值》①、《川端康成与佛教》②、《〈雪国〉与川端康成的"回归传统"情结》③等同样也是这一时期的川端康成文学研究成果的代表。

　　2000 年以后,各类刊物上刊载了大量川端康成文学研究的论文,但是重要的外国文学刊物上发表的论文较之 20 世纪 90 年代要相对少些。这大量的研究论文中,有相当一部分可以说属于重复性论述、学习性描述,其原因自然与获得学位、提升职称等功利性目的有关,同时也与作者中为数不少的人刚刚步入川端康成文学研究领域关系很大。不过,在数量不多的、发表在重要外国文学刊物上的论文之中,我们可以发现一些令人欣喜的具有独到研究视角、研究论点的优秀成果,这些论文的发表至少标志着川端康成文学研究进入了更为深层的文学本体层面,与 20 世纪80 年代末 90 代初发表的许多论文相比,可以说发生了本质的变化。这些论文有:发表在《外国文学评论》上的《诗化的缺失体验——川端康成〈古都〉论考》④、《〈雪国〉创作方法论》⑤、《美是生命之花——川端康成论》⑥、《川端康成的"竹叶舟"的中国文学渊源》⑦、《川端康成在战后的深层反思——论〈重逢〉》⑧,发表在《外国文学研究》上的《〈雪国〉人物岛村的禅学文化心理分析》⑨、《川端康成另一面的真实——立足于其"中间小说"社会性管窥》⑩、《〈雪国〉主题:拯救与净化》⑪,《川端康成笔下女性形

①　肖四新:《外国文学研究》1997 年第 1 期。
②　谷学谦:《外国文学研究》1999 年第 4 期。
③　李强:《国外文学》1999 年第 4 期。
④　孟庆枢:《外国文学评论》2002 年第 4 期。
⑤　何乃英:《外国文学评论》2003 年第 4 期。
⑥　李德纯:《外国文学评论》2005 年第 4 期。
⑦　周阅:《外国文学评论》2007 年第 4 期。
⑧　《外国文学评论》2010 年第 1 期。
⑨　李满:《外国文学研究》2003 年第 2 期。
⑩　周密:《外国文学研究》2004 年第 2 期。
⑪　吴舜立、李琴:《外国文学研究》2005 年第 6 期。

象的嬗变》①、发表在《当代外国文学》上的《论川端康成的审美取向》②等。

　　30 年来,除了上述学术论文的发表外,还出现了一批川端康成传记和研究著作,概括地来看,1980 年代至 1990 年代末期的著作多为川端康成的传记,研究著作很少。主要有《东方美的现代探索者川端康成评传》③、《川端康成》④、《执拗的爱美之心川端康成传》⑤、《冷艳文士川端康成传》⑥、《川端康成传》⑦,除此之外还有孟庆枢翻译的《长谷川泉日本文学论著选川端康成论》⑧以及乔迁所著《川端康成研究》⑨。2000 年以后,随着川端康成文学研究的深入,一批研究论著相继问世。除杨国华编著的《川端康成(1899—1972)》⑩、叶渭渠的《川端康成传》⑪外,其他著述都是作者多年研究川端康成文学的成果,这些成果从不同角度探讨川端康成文学,既有讨论川端康成小说艺术、审美观念的,也有专门研究川端康成这位作家与其代表作《雪国》的,更有从东方古典、东方文化的角度论述川端康成文学的内在世界,显示出中国学者对于日本文学的深层次思考。这些专著主要有《川端康成和〈雪国〉》⑫、《川端康成与东方古典》⑬、《川端康成文学的文化学研究——以东方文化为中心》⑭、《川端康成小说艺术论》⑮、《川端康成文学的自然审美》⑯。

①　何乃英:《外国文学研究》2005 年第 6 期。
②　叶琳:《当代外国文学》2005 年第 3 期。
③　叶渭渠:中国社会科学出版社 1989 年版。
④　何乃英:河南人民出版社 1989 年版。
⑤　张国安:世界图书出版公司上海分公司 1994 年版。
⑥　叶渭渠:中国社会科学出版社 1996 年版。
⑦　谭晶华:上海外语教育出版社 1996 年版。
⑧　时代文艺出版社 1993 年版。
⑨　上海社会科学院出版社 1997 年版。
⑩　海天出版社 2000 年
⑪　新世界出版社 2003 年版。
⑫　何乃英:辽宁大学出版社 2001 年。
⑬　张石:上海古籍出版社 2003 年。
⑭　周阅:北京大学出版社 2008 年。
⑮　何乃英:北京师范大学出版社 2010 年版。
⑯　吴舜立:中国社会科学出版社 2011 年版。

另外,需要注意的是,自 2000 年以后我国日本文学方向以及世界文学与比较文学方向的博士生培养对于川端康成文学研究的影响作用。2000 年以后迅速铺开的博士研究生培养工作促成了川端康成文学研究方面的博士论文的产生,这些成果主要有《川端康成文学的文化学研究——以东方文化为中心》(周阅,北京大学 2006)、《川端康成与日本传统美》(李伟萍,山东大学 2007)、《川端康成文学的艺术性·社会性研究》(谭晶华,上海外国语大学 2009)、《川端文学的精神分析阐发——以俄狄浦斯情结为中心》(宋琛,吉林大学 2009)、《自然审美:川端康成的文学世界》(吴舜立,陕西师范大学 2010)。

二、新感觉派文学研究

日本现代重要文学流派"新感觉派"与其代表作家横光利一也是 30 年来的研究对象。与川端康成文学研究相较,"新感觉派"与横光利一文学的研究起步晚了许多,能够称得上学术论文的研究成果在 2000 年以前寥寥无几,取得明显研究成果是在 2000 年以后。

最早介绍新感觉派的是谭晶华发表在《译林》(1981 年第 3 期)上的《新感觉派》一文,以及叶渭渠的《试谈新感觉派的特征》(1983)①。进入 20 世纪 90 年代,新感觉派及其代表作家川端康成、横光利一开始得到研究者的重点介绍评价,其中何乃英所著《川端康成——新感觉派的理论家》②、张国安所著《日本新感觉派初论》③、叶渭渠所著《新感觉派的骁将横光利一》④颇具代表性。另外,一些研究者开始从中日新感觉派比较的角度,写出了一些具有中国研究者独特视角的研究论文,这些论文主要有:阎振宇的《中日新感觉派比较论》⑤、张国安的《论中日新感觉派艺术

---

①　《当代外国文学》1983 年第 3 期。
②　《国外文学》1995 年第 1 期。
③　《日本研究》1995 年第 2 期。
④　《外国文学》1999 年第 4 期。
⑤　《文学评论》1991 年第 3 期。

感觉的共同特征》①、王向远的《新感觉派及其在中国的变异——中日新感觉派的再比较与再认识》②。这几位研究者都熟悉中国现代文学的研究，无论是探讨中日新感觉派的共同点，还是考察两者的相异处，他们都是以日本新感觉派作为比较的基准，探讨的往往是中国现代文学的问题。另外需要提及的是，与上述研究论文视点颇为不同的一篇文章《新感觉派作家横光利一前期创作的"非新感觉"手法》③，这篇文章的关注点并非新感觉派领军人物横光利一的新感觉派手法，而是其早期创作的非新感觉派手法的运用，指出所谓新感觉派作家与传统文学之间的联系。

　　2002 年，王志松发表论文《新感觉派文学在中国二三十年代的翻译与接受——文体与思想》④，从日本新感觉派在中国的译介的角度讨论了新感觉派的文体与思想，此文翻译与接受的视角与前述文章很为不同。王志松后又在《"直译文体"的汉语要素与书写的自觉——论横光利一的新感觉文体》⑤（2007）重点论述了国内研究者不曾提及的一个问题，即新感觉派代表作横光利一作品创作的文体。2003 年，宿久高连续发表了几篇论文，通过分析几位新感觉派代表作家的文学认识讨论新感觉派的文学理论，这些论文有《片冈铁兵的新感觉派文学理论》⑥、《川端康成的新感觉派文学理论》⑦等。2004 年以后，日本文学研究者的视线转移到对于新感觉派代表作家的作品研究上，其中论及横光利一的代表作之一《苍蝇》的文章比较多，例如《〈苍蝇〉与横光利一的新感觉》⑧、《关于横光利一的〈苍蝇〉》⑨、《横光利一的两辆"马车"——〈苍蝇〉与〈春天乘着马车来

① 《中国比较文学》1994 年第 4 期。
② 《中国现代文学研究丛刊》1995 年第 4 期。
③ 翁家慧：《国外文学》2000 年第 3 期。
④ 《日语学习与研究》2002 年第 2 期。
⑤ 《外国文学评论》2007 年第 3 期。
⑥ 《吉林大学社会科学学报》2003 年第 3 期。
⑦ 《社会科学战线》 2003 年第 6 期。
⑧ 宿久高：《日语学习与研究》2004 年第 3 期。
⑨ 李玉麟：《日语学习与研究》增刊 2004 年增 001。

了〉牵出的两条文学轨迹》①等。其次则是对于横光利一"新感觉派手法之集大成"之作的《上海》的讨论,其中李燕南的《横光利一〈上海〉中的魔幻世界》②、童晓薇的《横光利一的"上海"之行》③等论文关注到作者、"上海"与作品之间的关系,很有特点。

2003 年以后,还有一些文章继续从宏观角度审视日本新感觉派,探讨这一派别的特点、理论以及和同时代其他流派的关联,这些论述有《从新感觉派到新心理主义》④、《〈新进作家的新倾向解说〉——日本新感觉派文学理论的代表作》⑤、《对新感觉派文学的另类解读》⑥等。至今,国内已有两部博士论文是有关新感觉派和横光利一研究的,一是宿久高所著《中日新感觉派文学研究》(东北师范大学 2006 年),另一部是王天慧所著《横光利一文学研究》(东北师范大学 2011 年)。尽管日本新感觉派以及代表作家、作品的研究已经有不少成果,但是从日本现代主义文学的角度探讨这一文学流派以及同时代创作的文章还鲜见,对其他同一流派的作家、作品的探讨还嫌不足。

三、无产阶级文学研究

无产阶级文学运动在日本现代文学史中是必须书写的一页,中华人民共和国成立后至 70 年代对此研究应该说占据了当时日本文学研究成果的多数,但是改革开放以来,尽管我国日本文学研究界的研究视野大大拓展,对于日本现代文学的理解愈发加深,以前忽略的日本文学的研究得到重视,但是对一度曾经分外关注的无产阶级文学运动及其作家、创作的研究则明显重视不足,30 年间仅有为数不多的研究成果问世,80 年代的

① 童晓薇:《日语学习与研究》2005 年第 3 期。
② 《解放军外国语学院学报》2006 年第 3 期。
③ 《中国比较文学》2007 年第 3 期。
④ 王艳凤:《外国文学研究》2003 年第 6 期。
⑤ 何乃英:《日语学习与研究》2006 年第 1 期。
⑥ 童晓薇:《深圳大学学报》(人文社会科学版)2009 年第 1 期。

研究成果主要有平献明的《评日本工人文学的奠基作〈矿工〉》①、李明非的《小林多喜二的文学理论建树》②、王若茜的《试谈佐多稻子的早期生活与创作》③等。90年代的研究成果也十分有限,可以举出的也只有唐月梅的《日本无产阶级文学理论的形成与发展》④、刘光宇的《叶山嘉树创作简论》⑤、张晓宁的《佐多稻子及其处女作〈奶糖工厂〉》⑥等。

引起国内研究者关注日本无产阶级文学是在 2008 年至 2010 年之间。人们之所以关注无产阶级文学,主要在于当时日本国内对于小林多喜二的代表作品《蟹工船》的社会性关注热潮的出现。日本评论界对于《蟹工船》的解读不再是对于 20 世纪 20 年代的一部作品的解读,而是借助对这部作品的重新解读 21 世纪当下的社会现象,因此引起了社会上非文学性的极大关注。这种社会热点问题引起的文学关注,同样也受到我国研究者的注意。由此出现了一批与无产阶级文学有关的研究成果,其中可举秦刚的《灌装了现代资本主义的"蟹工船"》⑦、潘世圣的《近年日本"小林多喜二现象"考察》⑧、孟庆枢的《谈小林多喜二〈蟹工船〉的"复活"》⑨、李强的《〈蟹工船〉现象解读》⑩等。总体来看,与无产阶级文学在日本现代文学的地位相比较,30 年来对日本无产阶级文学的研究还显得十分薄弱,缺欠应有的关注和细致的考察。这应该成为今后日本现代文学研究的一个重要方面。

---

① 《外国文学研究》1980 年第 2 期。
② 《外国问题研究》1982 年第 3 期。
③ 《外国问题研究》1986 年第 3 期。
④ 《日本学刊》1991 年第 5 期。
⑤ 《外国问题研究》1998 年第 4 期。
⑥ 《日本研究》1998 年第 4 期。
⑦ 《读书》2009 年第 6 期。
⑧ 《外国文学评论》2009 年第 4 期。
⑨ 《东疆学刊》2010 年第 2 期。
⑩ 《日本学刊》2009 年第 4 期。

四、三岛由纪夫文学研究

对于日本现代作家三岛由纪夫的评价比较复杂。作为文学家,三岛由纪夫在日本文学界评价很高,三岛文学也确实有其值得肯定的一面,但是谈到他的右翼政治立场以及他破腹自杀的极端方式,又往往会受到强烈的批评,因此在很长一段时期内对于三岛文学的研究似乎成为我国日本现代文学研究的禁区。这 30 年里,我国的日本文学研究者们逐渐走出这一禁区,将其作为日本现代文学的研究对象,取得了一定的成果。对于三岛文学的研究始于 80 年代中期,唐月梅的《三岛由纪夫作家小论》(1986)①是较早论及这位作家的一篇文章,随之李德纯在《日语学习与研究》(1987)发表《"殉教美学"的毁灭》,借用日本评论家的"殉教的美学"的概念论述三岛由纪夫创作中的负面影响。以同样视角讨论三岛由纪夫创作的还有陈泓的《殉教者的美学——读三岛由纪夫的〈春雪〉》②。文洁若的《三岛由纪夫和他的〈丰饶之海〉》③也是较早介绍三岛由纪夫创作的文章之一。总体来看,80 年代的研究成果还十分有限,多属于介绍或者批评性的研究。

自 90 年代起,三岛文学创作逐渐成为国内日本文学研究者重点研究对象之一。在这个研究群体中,唐月梅、李德纯等人的研究最早引起研究者的关注,他们连续发表相关论文,引领三岛由纪夫研究的深入,唐月梅的论文主要有:《从美的困惑到危险的美与恶——论三岛由纪夫的审美意识》④、《文艺上古典美之展现——三岛由纪夫美学思想的核心》⑤、《鬼才三岛由纪夫的文学世界》⑥、《三岛由纪夫的一生》⑦、《三岛由纪夫文学的

---

① 《日本问题》1986 年第 2 期。
② 《读书》1988 年第 10 期。
③ 《日语学习与研究》1989 年第 2 期。
④ 《世界文学》1991 年第 1 期。
⑤ 《外国文学评论》1994 年第 4 期。
⑥ 《外国文学》1994 年第 3 期。
⑦ 同上。

怪异性》①等，李德纯的论文主要有：《三岛由纪夫论（一）》②、《三岛由纪夫论（二）》③、《三岛由纪夫论》④、《唯美而畸恋的梦幻世界——三岛由纪夫论之一》⑤、《抱残守缺的"武士道"说教——三岛由纪夫论之二》⑥等，这些论文从审美意识、文学特点、创作思想等方面较为宏观地介绍、探讨了三岛由纪夫文学创作的创作特征，对当时国内三岛由纪夫文学研究起到了推动作用。与此同时，一些研究者也从不同的角度触摸三岛文学，关注三岛小说创作的变态心理、三岛的代表作品以及三岛与同时代作家的关系等等。其中比较具有代表性的研究成果有：王向远的《三岛由纪夫小说中的变态心理及其根源》⑦、李芒的《三岛由纪夫的〈春雪〉》⑧、张石的《美与生命的冲突》⑨、叶渭渠的《"三岛由纪夫现象"辨析》⑩、许金龙的《读川端康成、三岛由纪夫往来书简的联想》⑪等。

　　20世纪90年代，作家出版社出版了唐月梅的专著《怪异鬼才三岛由纪夫传》（1994），首次在中国大陆较为全面系统客观地介绍了三岛由纪夫这位作家，唐月梅在2003年又出版了《三岛由纪夫与殉教图》（东方出版社）。同时《世界文学》在1994年发行了三岛由纪夫的专辑。此后，作家出版社又出版了十卷本的三岛由纪夫文学系列（1995），为我国读者认识了解这位日本著名作家提供了基本的作品集。同时开明出版社又出版发行了由叶渭渠、千叶宣一、唐纳德.金主编的《三岛由纪夫研究》（1996），这部论文集不仅刊载了日本的文学研究者的研究论文，收集了莫言等中国

①　叶渭渠、唐月梅：《三岛由纪夫作品集》代总序，中国文联出版社1999年版。
②　《日语学习与研究》1994年第1期。
③　《日语学习与研究》1994年第2期。
④　《国外文学》1999年第3期。
⑤　《中国社会科学院研究生院学报》2002年第6期。
⑥　《中国社会科学院研究生院学报》2003年第5期。
⑦　《北京师范人学学报》（社会科学版）1991年第4期。
⑧　《解放军外语学院学报》1991年第6期。
⑨　《读书》1992年第3期。
⑩　《外国文学》1994年第2期。
⑪　《外国文学》1998年第3期。

作家对于三岛由纪夫的印象与评价，同时还有一些国内日本文学研究者的论文刊载其中。这些论文从不同的侧面接近三岛文学，是较早研究三岛文学的重要文献。

　　进入 2000 年后，关注三岛文学的中青年研究者发表了一批相关论文，丰富了三岛文学的研究内容，增强了三岛文学的研究深度，与之前的研究相比较，此时的研究更重视文本的分析，更能够显示国内研究者的独到见解，这些论文有肖霞的《论三岛由纪夫〈禁色〉的哲理性》①、张文举的《〈金阁寺〉本事、结构及意义阐释》②、郭勇的《美与恶的辩证法：重读三岛由纪夫〈金阁寺〉》③、杨国华的《一本向“禁忌”挑战的书——评三岛由纪夫的〈禁色〉》④、李征的《“口吃”是一只小鸟——三岛由纪夫〈金阁寺〉的微精神分析》⑤等。其他的成果还有叶琳的《死亡、自然与美的统一——三岛由纪夫美学观刍议》⑥、刘舸的《生的渴望与死的向往——论文化交融下三岛由纪夫创作中生与死的冲突美》⑦、许金龙的《三岛由纪夫美学观的形成和变异》⑧等。

　　总体来看，90 年代以及部分 2000 年代初期的研究重视对三岛由纪夫的宏观研究，讨论三岛由纪夫的审美意识、美学思想的文章，介绍三岛由纪夫的人生与创作的文章较多，研究三岛文学作品的文章寥寥无几，主要集中在“文革”期间已有译本的《春雪》，而 2000 年后，虽然仍有文章讨论三岛由纪夫的美学思想，但更多的文章则重视三岛由纪夫作品的解读分析，不过这些作品的批评多集中在三岛的代表作品《金阁寺》《禁色》。尽管 90 年代以来三岛由纪夫文学的研究发生了明显变化，但是对于作家

---

①　《山东大学学报》（人文社会科学版）2002 年第 2 期。

②　《外国文学评论》2003 年第 3 期。

③　《外国文学评论》2007 年第 2 期。

④　《日本问题研究》2009 年第 4 期。

⑤　《外国文学评论》2011 年第 3 期。

⑥　《解放军外国语学院学报》2001 年第 1 期。

⑦　《四川外语学院学报》2004 年第 1 期。

⑧　《博览群书》2005 年第 10 期。

三岛由纪夫的全方位客观的研究还不充分,尤其还缺少基于作品细读分析的更为全面客观的研究成果。

五、战后文学研究

二战结束后的日本文学也是 30 年日本现代文学研究的重要对象,其中"无赖派"文学和其代表作家太宰治、坂口安吾的创作,"战后派"文学以及其代表作家野间宏、大冈升平、安部公房的研究是本部分评述的对象。

"无赖派"及其代表作品的研究文章最早出现在 80 年代中期至 90 年代初,主要有李芒的《"无赖派"初探》(1984)①,一鸥、孙文才的《太宰治的生活与创作》(1985)②、叶渭渠的《略论无赖派的本质》(1988)③、李德纯的《人生的扭曲——漫谈日本无赖派文学》(1990)④、平献明的《论战后日本新戏作派文学》⑤、何乃英的《论日本无赖派文学》(1992)⑥等,这些文章对无赖派文学的特点、创作风格进行了介绍,但没有深入讨论"无赖派"作家的具体创作。叶舒宪的《斜阳下的痛苦——评太宰治的〈斜阳〉》(1988)⑦可以说是较早讨论太宰治代表作品的文章,但这篇文章缺少研究深度,作者的主观感受支配着对《斜阳》的解读。关注无赖派文学作品的文章,90年代至今虽然数量不能算多,但在研究深度可以说在逐渐加强,其中秦刚的《樱花林下的孤独与虚无——读坂口安吾的小说〈盛开的樱花林下〉》(2004)⑧、董炳月的《自画像中的他者——太宰治〈惜别〉研究》(2004)⑨可以说是特点显著的成果。《樱花林下的孤独与虚无》一文在解析樱花的文化意义的基础上,重点讨论了小说中女人与山贼的象征意义,并从女人与

① 《日语学习与研究》1984 年第 2 期。
② 《外国问题研究》1985 年第 2 期。
③ 《日本问题》1988 年第 3 期。
④ 《读书》1990 年第 2 期。
⑤ 《日本研究》1991 年第 3 期。
⑥ 《国外文学》1992 年第 1 期。
⑦ 《日本研究》1988 年第 2 期。
⑧ 《外国文学》2004 年第 5 期。
⑨ 《鲁迅月刊》2004 年第 2 期。

山贼的关系中看到人的孤独与生存的虚无,给人以耳目一新的感觉。《自画像中的他者——太宰治〈惜别〉研究》通过"抵抗与认同的二重性""对中国的态度""'洁'与'忠'的观念""传记、小说"等方面的分析,对太宰治这部颇有争议的作品进行了细致的解读,认为"青年鲁迅的实象"与"太宰治的自画像"构成了《惜别》中青年鲁迅的两个层面,是《惜别》研究成果中很有特点的一篇。除此之外,还有一些文章讨论了无赖派代表作家的思想、价值观念与其文学创作的关系等,譬如杨国华的《坂口安吾的〈堕落论〉是向传统价值体系的挑战》①、秦刚的《以反逆的姿态"堕落"与无赖——日本作家坂口安吾文学创作概述》②都从不同的角度思考了坂口安吾的"堕落"的内涵。这类文章还有:李先瑞的《太宰治和他的晚期创作》③、杨伟的《太宰治思想发展试论》④、曾妍,尚侠的《〈散华〉与太宰治的战争观》⑤。

　　最早介绍战后派的是周平的《日本战后文学的几个流派》(1982)⑥,这篇短文简略地介绍了新戏作派、第一次战后派、第二次战后派以及内向的一代。随之,李德纯发表了《日本战后派两作家》⑦,重点介绍了战后派的两位代表作家(梅崎春夫、椎名麟三),并在以后的《论战后日本小说》⑧、《论日本战后派》⑨等几篇文章中陆续介绍战后派的文学创作,1989年发表的《反思,悲愤,醒悟——日本战后派文学述评》⑩从战争的反思、文体的变化、人的存在等几方面分析了战后派代表作家野间宏、梅崎春生、大冈升平、椎名麟三等作家的创作特点,对前述文章的介绍进行了概

---

①　《解放军外语学院学报》1992 年第 2 期。
②　《外国文学》2004 年第 5 期。
③　《解放军外语学院学报》1997 年第 2 期。
④　《外国文学》1998 年第 1 期。
⑤　《外国问题研究》2012 年第 2 期。
⑥　《译林》1982 年第 4 期。
⑦　《日本研究》1985 年第 3 期。
⑧　《日语学习与研究》1986 年第 5 期。
⑨　《外国文学》1987 年第 2 期。
⑩　《日语学习与研究》1989 年第 5 期。

括。叶渭渠在《战后派文学运动诸问题》①一文中概括了战后派的几个特点,认为战后派具有强烈的社会性、自我意识、新颖的表现手法,同时介绍了战后派在作家的主体性与文学自律性方面的论争以及其存在主义的倾向。何乃英在《论日本战后派文学》②一文中从文学史描述的角度,描述了战后派的文学主张、文学创作以及主要特点。这类文章还有李均洋的《日本战后文学的走向》③等。

王向远的《战后日本文坛对侵华战争及战争责任的认识》④从战争认识的角度讨论了日本战后文学创作,视角颇为新颖,对以后同类论述影响很大。这篇文章与其之前发表的《日本有"反战文学"吗?》⑤一文关系密切,竺家荣同时期发表的《日本文学"暗谷"之成因探析——二战时期日本国策文学述评》⑥虽不是探讨战争认识的文章,但也为研究者提供了思考战争期间日本文学者的文学创作以及二战后文学的有益视角。何建军在《论日本战后派战争文学的主题》⑦一文中,概括了我国日本战后派战争题材文学研究的总体倾向,认为这类研究有两种颇为不同的认识,一是传统的"反战"论,一是新的"反战败"论,前者与日本的文学研究相通,认为战后派战争题材的作品是对战争反思的结果,具有反战的色彩,而后者则认为这类文学是"反战败"的文学,假如日本的侵略战争没有失败,那么他们就不会反战。论文认为前者有评价过高之嫌,后者则矫枉过正,具有积极意义,但有些结论则嫌武断。论文作者认为战后派的战争文学既不是反对侵略战争,也不是反对战争失败,而是从人道主义的立场出发对第二次世界大战以及战争中的人性问题进行反思,描写战争留下的伤痕,战争的性质对他们来说并不重要,重要的是战争对他们所造成的伤害。他们

① 《日本问题》1988 年第 5 期。
② 《国外文学》1999 年第 1 期。
③ 〈西北大学学报〉(哲学社会科学版)1993 年第 3 期。
④ 《北京师范大学学报》(社会科学版)1999 年第 3 期。
⑤ 《外国文学评论》1999 年第 1 期。
⑥ 《外国文学评论》1998 年第 2 期。
⑦ 《解放军外国语学院学报》2007 年第 2 期。

的作品里或多或少流露出作者的反战、厌战的情绪。总体来看，有关战后派的研究基本停留在日本文学史的描述上，没有突破日本学界的先行研究。不过，在战争题材作品的反战与反战败的讨论中则显示出我国研究者的独到见解。

关注战后派作家的创作以及作品，同样也是 30 年来日本现代文学研究的特点之一，野间宏文学的研究最早出现在 1985 年，其中有讨论野间宏文学主张的《野间宏的文学观》①，介绍野间宏成名作的《简论野间宏的〈阴暗的图画〉》②。翌年，陈德文的《和野间宏的一席谈》③引起国内研究者对野间宏的关注。以后，有两位执着研究野间宏文学创作的研究者，一位是张伟，一位是莫琼莎。张伟的论文主要发表在 80 年代末至 90 年代初的《外国问题研究》上，这组论文主要有《解谜小说——评野间宏“阴暗的图画”》④、《野间宏“全体小说”与西方现代主义文学》⑤、《野间宏文学的超越》⑥、《野间宏文学的现代意义》⑦、《野间宏·亲鸾·现代文明》⑧等，从具体作品、文学主张、宗教与文学的关系等方面讨论了野间宏的文学，其中《野间宏“全体小说”与西方现代主义文学》挖掘了野间宏的文学主张“全体小说”与西方现代主义的密切联系，认为这种文学主张体现了现实主义与现代主义的结合，显示出作者超越两者的努力。《野间宏文学的现代意义》揭示了野间宏文学与佛教思想的关联性，并且指出他的作品具有现代的意义，其中透露的人与自然的神圣超越感有别于佛教，建立在博大深厚的感性人生基础上。这些文章代表了当时我国野间宏研究的深度。莫琼莎的研究论文集中发表于 2002 年后，主要有《从小说〈阴暗的图画〉

①　缪伟群:《外国问题研究》1985 年第 2 期。
②　王述坤:《南外学报》1985 年第 4 期。
③　《当代外国文学》1986 年第 3 期。
④　《外国问题研究》1986 年第 4 期。
⑤　张伟:《外国问题研究》1987 年第 4 期。
⑥　《外国问题研究》1988 年第 4 期。
⑦　《外国问题研究》1990 年第 3 期。
⑧　《外国问题研究》1991 年第 1 期。

看日本战后文学的特点》①、《野间宏笔下的战后日本人——小说〈脸上的红月亮〉与〈崩溃的感觉〉主人公评析》②、《野间宏战后初期小说研究》③、《〈纯粹小说论〉与〈萨特论〉传承关系研究》④。这些文章有别于早期的野间宏文学研究,注重作品分析和战后背景、日本人形象描写关系的研究以及对野间宏文论的解读,很有研究者自身的特点。2012年莫琼莎出版了她的博士论文《野间宏文学研究:以"全小说"创作为中心》⑤,这部专著可以说是我国第一部研究野间宏创作的专著。

　　总体来看,野间宏文学的研究者为数有限,研究成果也谈不上丰富,除了上述研究者的研究成果,1999年后还有一些研究成果,如叶琳的《试析野间宏文学创作的艺术风格》⑥、崔新京的《文本解读:野间宏的〈脸上的红月亮〉》⑦、王述坤的《野间宏论》⑧、刘炳范的《野间宏的战争文学批判研究》⑨《野间宏小说的战争认知》⑩、李先瑞的《象征主义与意识流的完美结合——评野间宏的短篇小说〈脸上的红月亮〉》⑪等等。其中,《野间宏的战争文学批判研究》《野间宏小说的战争认知》在内容上颇为相似,视角与之前的研究有所不同,文章肯定了野间宏在作品中表达了对军国主义的批评和不满,同时认为野间宏在其早期代表作的某些描写是在为自己战争中的行为开脱,是在强调日本侵略战争参与者以及日本国民的受害意识,认为其创作明显带有狭隘的民族主义战争认识。这种批评虽然为我们思考日本二战后的战争文学创作提供了一个新的角度,但似乎还有

————————————

①　莫琼莎:《北方工业大学学报》2002年第6期。

②　《北方工业大学学报》2005年第4期。

③　《北方工业大学学报》2009年第2期。

④　《北方工业大学学报》2013年第2期。

⑤　莫琼莎:南开大学出版社2012年版。

⑥　《解放军外国语学院学报》1999年第6期。

⑦　《日本学刊》2001年第6期。

⑧　《东南大学学报》(哲学社会科学版)2002年第3期。

⑨　《齐鲁学刊》2002年第5期。

⑩　《日本学论坛》2005年第1期。

⑪　《日语学习与研究》2005年第1期。

偏颇一面。

　　另一位战后派文学代表作家大冈升平也是为我国研究者所关注的作家,早在 1985 年,尚侠、徐冰就联名发表了《〈花影〉抒情艺术的美感特征》①一文,之后二人又发表了《大冈文学对话录》②、《倾听作家最后的诉说——大冈文学对话录》③,之后他们又分别写作了《大冈升平和他的创作》④、《从〈武藏野夫人〉看大冈升平的战争观》⑤、《战后日本文化演进与大冈小说精神》⑥。其中,《大冈文学对话录》《倾听作家最后的诉说——大冈文学对话录》是在内容上有重叠的两篇对话记录,内容涉及晚年大冈升平对自己战争题材小说的创作目的、日本侵略战争、东京审判的认识,对他的文学创作和西方文学、基督教的关系等等也有涉及,对国内研究者认识大冈升平这位作家的文学创作颇为有益。90 年代初期发表的类似文章还有《大冈文学与宗教文化》⑦、《日本当代文学一瞥——谈大冈文学与司汤达》⑧。总体来讲,1985 年至 1990 年初期的相关文章,介绍性内容居多,缺少细致的文本分析。2000 年以后,大量的研究论文都集中讨论大冈升平的战争题材小说。这类作品有《从大岗升平的战争小说看其人生观和价值观的折射》⑨、《对战争的反思与控诉——略论大冈升平的〈俘虏记〉、〈野火〉》⑩、《浅析大冈升平的战争题材文学作品》⑪、《亵渎"上帝"的人——大冈升平的小说〈野火〉主题批判》⑫、《"善良"与"人性"的质

---

① 《外国问题研究》1985 年第 5 期。
② 《外国问题研究》1990 年第 1 期。
③ 《日本学刊》1995 年第 5 期。
④ 徐冰:《日语学习与研究》1994 年第 2 期。
⑤ 尚侠:《日语学习与研究》1996 年第 2 期。
⑥ 尚侠:《日本学论坛》2001 年第 1 期。
⑦ 丛文:《外国问题研究》1990 年 2 期。
⑧ 丛文:《文艺争鸣》1990 年第 4 期。
⑨ 陈端端:《外国文学研究》2001 年第 3 期。
⑩ 蓝泰凯:《贵阳师专学报》(社会科学版)2002 年第 1 期。
⑪ 何建军:《解放军外国语学院学报》2002 年第 3 期。
⑫ 刘炳范:《日本研究》2002 年第 4 期。

疑——大冈升平的〈俘虏记〉主题批判》①、《大冈升平〈野火〉：重塑战争记忆》②、《大冈升平的东南亚叙事与战争认知——文学文本的政治指涉阐析》③等,其中一些文章肯定了大冈升平通过作品创作反思战争、暴露战争扭曲人性、批判军国主义军部的一面,而《亵渎"上帝"的人——大冈升平的小说〈野火〉主题批判》、《"善良"与"人性"的质疑——大冈升平的〈俘虏记〉主题批判》等文章则从战争认知的层面批评大冈升平为其侵略者身份的辩解,模糊、淡化、掩盖侵略者的残暴行为。

何建军在 2011 年至 2012 年间发表了多篇大冈升平的战争题材小说的批评文章,如《战争纪实与自我反思——论大冈升平的〈俘虏记〉》④、《"莱特战记"与大冈升平的战争观》⑤、《战争中的人性堕落——论大冈升平〈野火〉的主题》⑥、《论大冈升平〈野火〉中的知识分子士兵形象》⑦、《侵菲日军战死者的安魂曲——论大冈升平的〈莱特战记〉》⑧、《论大冈升平战争文学中的反战思想》⑨、《战争中的人性堕落——论大冈升平〈野火〉的主题》⑩,这些文章基于细致的作品分析,较为客观地解读出大冈升平战争题材作品的深刻含义,为深入研究大冈升平的战争题材小说提供了重要的文本分析资料。

安部公房作为日本战后派文学的代表作家之一,在日本现代文学史上占有很高的地位,是日本现代文学研究中不可忽略的作家之一。最早介绍这位作家的文章刊载在 1987 年,题目为《试论安部公房》⑪,其后

---

① 刘炳范:《日本学论坛》2003 年 2 期。
② 戴焕:《河南师范大学学报》(哲学社会科学版)2006 年第 2 期。
③ 丁国旗:《东南亚研究》2007 年第 4 期。
④ 何建军:《解放军外国语学院学报》2011 年第 3 期。
⑤ 何建军:《外国问题研究》2012 年第 1 期。
⑥ 何建军:《解放军外国语学院学报》2012 年第 2 期。
⑦ 何建军:《内蒙古大学学报》(哲学社会科学版)2012 年第 4 期。
⑧ 何建军、臧运发:《世界文学评论》2012 年第 2 期。
⑨ 何建军:《日本问题研究》2012 年第 4 期。
⑩ 何建军:《解放军外国语学院学报》2012 年第 2 期。
⑪ 陈泓:《日本研究》1987 年第 4 期。

1988 年《外国文学评论》又刊载两篇文章（《奇人奇书—安部公房的〈樱花方舟〉》①、《日本社会形而上的现实——安部公房的〈樱花方舟〉》②），重点介绍了安部公房的作品《樱花方舟》。类似的文章还有《安部公房与存在主义》③、《评安部公房文学创作的寓意表现》④等。2000 年以后随着国内日本文学方向的博士课程的开设，有几位博士生在其就读期间以及获得博士学位后发表了一些颇有个人见解的文章。譬如邹波的《"存在"与"异化"——安部公房作品之存在文学特征》⑤、《安部公房作品的互文性策略》⑥，李讴琳的《安部公房前期作品初探》⑦，王蔚的《行走在麦比乌丝环上——论安部公房的〈沙女〉》⑧，谢志宇的《从安部公房到村上春树——以小说的变迁为中心》⑨等。除此之外，需要提及的是邹波的博士论文《前卫的现实》（2005）和李讴琳的博士论文《安部公房文学研究——以 20 世纪 60 年代后的小说创作为中心》（2010）。前者以安部公房前卫的现实主义作为研究对象，研究安部公房如何以其独特的视角和方法认识、表现现实。后者则重点研究安部公房的 20 纪纪 60 年代后的小说创作，着眼于安部公房的小说创作特点的捕捉。查阅国内安部公房的研究论文目录，虽然可以看到不少文章，但多数还属于介绍描述性的文字，整体上来看国内的安部公房文学研究尚显薄弱，特别是对于安部公房作品的研究，对于安部公房创作的整体认识都显得不够充分。这需要在今后的研究中得以加深、扩展。

---

①　流火：《外国文学评论》1988 年第 1 期。

②　半岛：《外国文学评论》1988 年第 1 期。

③　叶渭渠：《外国文学》1996 年第 3 期。

④　竺家荣：《国际关系学院学报》1999 年第 2 期。

⑤　《解放军外国语学院学报》2003 年第 6 期。

⑥　《中国的日本语教育与国际化》，上海三联书店 2005 年版。

⑦　《国际关系学院学报》2005 年第 5 期。

⑧　《外国文学评论》2006 年第 1 期。

⑨　《日语学习与研究》2007 年第 4 期。

六、"私小说"研究

"私小说"被认为是日本近代文学所形成的具有日本特点的文学形式，是日本近代写实主义文学传统的具体体现，在日本近代至现代的文学创作中占有无法忽略的位置，虽屡遭批评，但仍然延续至今。对于私小说这一日本近代小说样式，我国的研究者在这 30 年里常常提及，自 1987 年就有文章介绍过私小说（张励：《日本的私小说及其评论》①），其后也有不少中国文学的研究者在文章中提及日本私小说与中国作家、中国现代文学的关系，但真正意义上的日本"私小说"的研究，应该说还是开始于 90年代初，兴盛于 90 年代末至 2000 年后。《自然主义与"私小说"——从"客观写实"到"主观告白"》(1993)②是较早思考自然主义与私小说的关系的论文，论文重点考察了自然主义文学，对大正时期的私小说描写也做出粗略的描述，提出自然主义文学的私小说重视客观现实描写，而大正时期的私小说则更倾向于主观的告白。《论日本私小说》(1996)③、《"私小说"与日本近代文学》(1998)④、《日本现代小说中的"自我"形态——基于"私小说"样式的一点考察》(1999)⑤、《关于日本近代文学中的"私小说"》(2001)⑥、《日本近代文学中的"私小说"简论》(2001)⑦、《论日本私小说的文学土壤——日本私小说的历史和社会成因分析》(2005)⑧等论文都有相似的一面，它们都考察了私小说产生的原因，注意私小说在近代文学中衍变的过程，其中《日本现代小说中的"自我"形态——基于"私小说"样式的一点考察》注意到有关私小说批评的种种发言，关心私小说的现状与

---

① 《外国问题研究》1987 年第 2 期。
② 高慧勤：《解放军外语学院学报》1993 年第 2 期。
③ 《外国文学评论》1996 年第 2 期。
④ 李爱文：《日语学习与研究》1998 年第 3 期。
⑤ 魏大海：《外国文学评论》1999 年第 1 期。
⑥ 潘世圣：《外国文学研究》2001 年第 2 期。
⑦ 潘世圣：《日本学刊》2001 年第 3 期。
⑧ 李先瑞：《解放军外国语学院学报》2005 年第 2 期。

"自我"的关系,内容相同的《关于日本近代文学中的"私小说"》(2001)、《日本近代文学中的"私小说"简论》(2001)则从"日本文学界有关'私小说'论争的历史""私小说的产生与演变""私小说的作品世界""私小说的产生、存在与日本的精神风土"四个方面较为全面归纳了私小说,对研究者理解日本私小说颇有裨益。《基督教忏悔制度及忏悔体文学对日本私小说的影响》①思考了私小说在接受西方文化影响中的宗教因素,而《日本自然主义文学、私小说再探讨——近代东西文化交融中的一个值得深思的问题》②则从更加开阔的视野重新审视自然主义文学和私小说,认为可以把这两者视作明治末年至大正中期日本青年知识分子的生存状态的特殊反映,并且从这种角度考察了两者。《鲁迅与日本近代自然主义文学——兼及成仿吾的〈呐喊〉的评论》③、《男性欲望与叙事——试比较田山花袋〈棉被〉与郁达夫〈沉沦〉》④、《鲁迅的自我小说与日本大正时期私小说之比较》⑤等文章可以说反映了利用比较的方法讨论自然主义、私小说的论述特点。《日本私小说概念的形成与变迁》⑥集中讨论"私小说"概念形成变化的研究,这种研究显然是对笼统讨论私小说的文章的反驳,也体现了私小说研究的深入。

日本现代文学包含了十分丰富的内容,与之内容的丰富相比较,这30年的日本现代文学研究还显得不够丰满。虽然研究范围得到了很大延展,但研究范畴还显得不够开阔,研究内容还不够深入,这主要和深入、自主、多元的日本文学研究的展开还为时不久、研究阵容还不够壮大有着极大的关系。通过 30 年研究的粗略描述,我们可以看出多数研究基本开始于 1990 年,有的甚至开始于 2000 年,研究时间的短暂显然无法要求日本现代文学的研究会取得惊人的成果。不过,时间固然可以延长,但增加

---

① 刘金举:《解放军外国语学院学报》2007 年第 1 期。
② 孟庆枢:《南京师范大学文学院学报》2009 年第 1 期。
③ 潘世圣:《中国现代文学研究丛刊》2006 年第 1 期。
④ 王梅:《日语学习与研究》2009 年第 3 期。
⑤ 周研舒:《内蒙古大学学报》(哲学社会科学版)2013 年第 3 期。
⑥ 周砚舒:《南京师范大学文学院学报》2013 年第 2 期。

时间的长度并不意味着就可以取得丰硕的成果。假若我们不积极地开展学术的交流、扩大学术的视野、学习新的研究方法，即使时间多么长久，也很难取得骄人业绩。好在年轻的研究者正在成长起来，具有中国学者独到视角、独立见解、学术见识的优秀成果必将大量出现。

第四节　日本当代文学研究

20 世纪 50 年代中期之后，日本经济逐渐从战后的衰败中复苏，社会生活也变得相对稳定。这一时期的文学创作呈现出了和战后派文学截然不同的特点：从写作题材上看，作家们不再直接描写战争，而是选择日常生活场景作为小说的舞台；从主题思想上看，作家们不再直接地批判战争和反省人性，而是在日常生活中探索背后隐藏的各种危机；从创作手法上看，作家们回归传统的私小说手法，更加注重细节的描写，有意识地回避观念性、思辨性较强的心理描写。最能体现这一时期文学特点的是出现于 50 年代中后期的"第三新人"作家群和出现于 60 年代末 70 年代初的"内向的一代"作家群。与此同时，还有一批作家坚持关注社会重大事件，探讨战争罪恶与战败体验、战后民主化运动、观念与现实的矛盾等问题，以高桥和巳为代表的"作为人"派作家群就是其中的代表。另外，在西方存在主义思潮的影响下，有的作家坚持"介入社会"的姿态，而有的作家则选择"脱离社会"，前者的代表作家是大江健三郎，后者的代表作家是村上春树。这两位作家对 50 年代中期之后的日本文坛乃至世界文学都产生了巨大的影响，大江健三郎于 1994 年获得了诺贝尔文学奖，村上春树是近几年的最热门的诺贝尔文学奖候选人之一。除此之外，同样受到存在主义思潮影响，并在作品中大量使用超现实主义手法并获得极大成功的作家安部公房，也是这一时期极具代表性的作家之一。

我国对这一时期日本文学的接受、关注与研究在改革开放之后呈现出逐步复兴、迅速繁荣的特点，尤其是进入 21 世纪之后，国内专家学者对于日本当代文学的翻译、介绍与研究几乎和日本国内同步展开。同时，在对日本当代文学研究过程中，国内学界的研究方法也从最初的译介赏析，逐渐向文本细读、作家个案研究、思潮流派专题研究等更为精确深入的方向发展。以国内主要学术期刊为依托，通过梳理国内学者对这一时期日本文学的研究走势，我们不仅可以把握住日本当代文学研究的变化脉络，更重要的是为今后的深入研究提供重要的坐标图和参照系。

一、"第三新人"及其代表作家研究

20 世纪 50 年代初期，"第三新人"作家们在获得芥川文学奖之后纷纷登上文坛，他们的作品中呈现出与之前的战后派文学截然相反的特点：不关心政治，缺乏批判性，描写小市民的生活等。然而，从之后的日本当代文学的走向来看，这一新人作家群体的出现实际上为反思战后派文学，重新定位纯文学的发展方向提供一种可能性。

国内对于"第三新人"作家的关注点首先落在文学思潮与流派研究领域方面。周平在《日本战后文学的几个流派》一文中介绍了日本战后出现的几个文学流派，包括新戏作派、第一次战后派、第二次战后派、第三新人和"内向的一代"。并对"第三新人"主要的文学特征、代表作家及作品的情况，做了非常简短的介绍。① 进入 90 年代之后，陆续出现了以"第三新人"为研究对象的论文，数量不多，但研究方法较之前更加细致深入。比如：辽宁大学日本研究所的刘立善在《略论"第三新人"文学》一文中对"第三新人"出现的时代特征做了背景分析，同时还从分析作家的战争体验和心理创伤等角度入手来寻找"第三新人"文学特征形成的原因。② 李先瑞在《浅谈战后日本"第三新人"》一文中采用了比较对比的研究方法，将"第三新人"和第一次战后派进行比较研究，他没有否认"第三新人"文学存在的不足，但对其文学价值也给出了正面评价。③ 这种较为客观的"第三新人"观在刘炳范的《日本战后文学转换的代表——论日本战后文学中的

---

① 《译林》1982 年 12 月。
② 《日本研究》1991 年第 3 期。
③ 《解放军外国语学院学报》1992 年第 3 期。

"第三新人"》中体现得更加全面和概括。不仅如此,刘炳范还从文学史角度,对"第三新人"作家做出了新的定位,认为它是"日本文学转换与变革中承上启下的一个重要流派"①。这三篇论文都使用了时代背景分析和作家群体特征研究相结合的方法,并且在宏观研究的基础上加入了代表性作品的文本细读,对小说内容的细致分析使得结论更具有说服力。

进入 21 世纪之后,国内关于"第三新人"的研究又进入了一个新的阶段,从原来的思潮流派研究转变为作家和作品的个案研究。"第三新人"中比较具有代表性的安冈章太郎、小岛信夫、庄野润三、吉行淳之介、远藤周作等作家都成为新的研究对象。而个性特点和其他作家截然不同的远藤周作,因其特有的宗教背景和作品所反映的深刻的思想性,从 80 年代起就成为国内学者重点关注的对象。远藤周作早期研究主要集中在短篇小说的翻译上。比如:1982 年,孙久富翻译了《谎》②,张磷声翻译了《恶魔》③;1983 年,程学林翻译了《莫向外国人伸手》④;1985 年,易坤翻译了《善意的谎言》⑤;1986 年,郭洁敏翻译了《骗子》⑥;1987 年,隋刚翻译了《新兵》⑦;1988 年,陶振孝翻译了《文坛怪事》⑧。进入 90 年代之后,远藤周作短篇小说的译文依然不断地被刊载在文学期刊上,比如:杨洪鉴翻译的《可爱的老婆》⑨、文洁若翻译的《架着双拐的人》、祝子平翻译的《难以忘却的》。⑩ 国内学界对于远藤周作文学的关注度之高由此可见一斑。

尽管早在 1980 年就有远藤周作小说研究论文发表,但由于时代所造成的认识局限等因素,国内对于远藤周作的研究方法总体来说还是比较

---

①　《日本研究》1999 年第 2 期。
②　《外国文学》1982 年第 1 期。
③　《名作欣赏》1982 年第 1 期。
④　《译林》1983 年第 4 期。
⑤　《世界博览》1985 年 10 月。
⑥　《外国文学》1986 年第 6 期。
⑦　《外国文学》1987 年第 6 期。
⑧　《外国文学》1988 年第 1 期。
⑨　《译林》1995 年第 1 期。
⑩　这两篇译文均刊于《小说界》2000 年第 5 期。

简单粗糙的。① 90 年代也鲜见远藤周作研究论文，直到进入 21 世纪之后，国内的远藤周作研究才逐渐展开。这部分研究有三大特点：一个是研究对象都集中体现在远藤周作宗教思想的小说上，尤其是《沉默》《深河》《海与毒药》等更是引起了研究者的广泛兴趣和长久关注；第二个特点就是研究方法和研究视角的转变，不仅限于文本内容的基础性研究，而是结合宗教、哲学等其他学科知识和方法的多元化、综合性的研究；第三个特点就是学者的年轻化趋势，有些学者把远藤周作研究作为自己的博士论文研究课题，深入挖掘，细致剖析，使国内的整体研究水平得到了很大的提高。

青年学者路邈于 2002 年出版的专著《远藤周作——日本基督宗教文学的先驱》，以《沉默》《深河》《海与毒药》等代表性小说为中心，从人物心理分析等角度入手，细致分析了远藤文学中的宗教观的丰富性，为全面了解远藤文学提供了一个很好的平台。② 另外，她在一篇题为《文学与神学之间——略论远藤周作的〈沉默〉和〈深深的河〉》的论文中，以《沉默》和《深河》的文本细读为基础，着重分析了远藤周作独特的神学思考，总结了远藤文学的创作特点。她的这篇论文还着重参考了文学与宗教、宗教与哲学等方面的文献资料，进而做出了对远藤周作的宗教观较为完整的描述和评价。③ 在她另一篇名为《从〈海与毒药〉看日本人忏悔意识之缺乏》论文中也用到了上述的研究方法，除此之外，还引用了学界关于日本文化研究的一些理论和观点，例如美国学者本尼迪克特在《菊花与刀》中提出的日本文化是"耻的文化"，而西方文明则是"罪的文化"的观点。④ 这种跨学科研究方法的使用，在国内日本文学研究领域来说，应该是一种比较新颖的尝试，当然，这也从另一个侧面反映了西方现代文学研究理论对国

① 见叶继宗：《是谁摧残了骨肉之情？——读远藤周作的短篇小说〈妈妈〉》，《外国文学研究》1980 年第 3 期。

② 路邈：《远藤周作——日本基督宗教文学的先驱》，宗教文化出版社 2002 年版。

③ 《日语学习与研究》2004 年第 2 期。

④ 《日语学习与研究》2007 年第 3 期。

内日本文学研究的影响。

另一位青年学者史军在远藤周作研究上也是着力颇多，不仅先后发表了几篇有价值的专题研究论文，还于 2009 年完成博士论文《冲突、和解、融合——远藤周作的文学与宗教》，进一步深化了远藤文学与宗教的关系研究。他在期刊上发表的几篇论文中，《文学与信仰——远藤周作的宗教观》《远藤周作对基督教的日本式解读——以〈海与毒药〉和〈沉默〉为例》和《救赎与信仰——论远藤周作的〈深深的河〉》这三篇采用了相同的跨学科研究的方法，从宗教、哲学，日本文化研究等角度切入，对远藤周作三部代表性长篇小说中的宗教观进行了细致的分析和总结。① 此外，他的一篇题为《对基督教信仰的独特阐释——许地山和远藤周作的宗教观之比较——以〈缀网劳蛛〉和〈被我抛弃的女人〉为中心》的论文则使用了比较文学的研究方法，把许地山《缀网劳蛛》和远藤周作《被我抛弃的女人》中的两个女主人公进行了对比，总结出两个深受基督教影响的作家在塑造人物形象时的共同特点，即对基督教的本土化处理。② 如果说这篇论文主要使用了平行研究的方法，那么，在另一篇同样使用了比较文学研究方法的论文《罪恶与拯救——远藤周作与弗朗索瓦·莫里亚克宗教观之比较》中，他主要使用的是影响研究的方法。同为天主教徒的法国作家莫里亚克对远藤周作的创作产生过很大的影响，而莫里亚克自身的文学创作又受到了当时流行的弗洛伊德精神分析学的影响，这也间接影响到了远藤。史军在这篇论文中试图运用精神分析学和心理学中的本能冲动、无意识等概念，来解释宗教中的罪与救赎之间的关系。③ 在这两篇论文中，史军把跨学科研究方法和比较文学研究方法的结合使用，在展现远藤文学中宗教观的复杂性和本土化特征等方面发挥了很大的作用。同时，也为后来的学者提供了有益的研究思路。

---

① 这三篇论文分别见《日语学习与研究》2008 年第 3 期，《解放军外国语学院学报》2008 年第 4 期和 2012 年第 3 期。

② 《日语学习与研究》2008 年增刊。

③ 《解放军外国语学院学报》2010 年第 5 期。

除了专题研究之外，近年来的很多论文都是以远藤周作的小说为中心，从宗教意识、罪意识、人文关怀等较为宏观视角进行解读和研究。其中，于荣胜的《远藤周作的〈海与毒药〉与日本人》采用了人物形象结合心理分析的手法，通过细致分析小说中三个人物的心理活动以及背后所隐藏的深层原因，深刻剖析了日本人的精神世界，堪称文本细读的典范论文。①

二、"作为人"派和"内向的一代"研究

"作为人"派得名于同人杂志《作为人》，主要代表作家有高桥和巳、小田实、柴田翔、开高健、真继伸彦等，在日本文学史上被认为是战后第五批新人作家。不过，由于《作为人》杂志自 1970 年创刊后，仅出版了 12 期便于 1972 年终刊，再加上作家们的代表作品也并未发表在此杂志上，且这一流派的组织形式比较松散，导致"作为人"这个称呼在日本国内研究界的认知度并不高。而国内学界为了文学史叙事的便利，反而习惯用这一称呼来指代这批作家。关于这一流派的专题研究论文在国内仍属鲜见，倒是关于该流派的介绍性内容多见于文学史。

在该流派代表作家中，国内学者对高桥和巳的研究成果并不多。陈泓在《"作为人"的忧郁——高桥和巳的文学及其周边》中，以高桥和巳的代表作品《忧郁的党派》为中心，对他的文学创作背后的"介入社会"的政治理念做了详尽的分析。② 另外，李长声《孤立无援的思想》中追忆了高桥和巳的文学与人生，对高桥和巳在日本 70 年代文坛的地位提出了自己的看法。③

国内研究者更感兴趣的是另一位代表作家——开高健，尤其是他的代表作《恐慌》和《皇帝的新装》受到了较高的关注。早在 1980 年，莫邦富就发表了题为《日本现代派作家——开高健》的论文，介绍了开高健和他

---

① 《日本研究论集》，2006 年。
② 《日本研究》1991 年第 3 期。
③ 《读书》2001 年第 3 期。

的早期代表作品《恐慌》《皇帝的新装》以及《巨人和玩具》，分析了开高健小说的特点，指出其在艺术表现上所受的西方新文学流派、尤其是卡夫卡思想的影响。①

在 80 年代国内的开高健研究中，陈泓发表了两篇比较重要的论文，一篇是《开高健浅论》，另一篇是《试论开高健小说艺术》，这两篇论文内容接近，不过后者比前者更为细致深入，对开高健小说的艺术特征和创作姿态做出了更为全面的总结和深入的分析。② 他在论文中指出，开高健小说创作有一条明显的"朝外"的轨迹，并在主题的哲理性追求、素材汲取范围的扩大和表现手法的大胆而新颖的尝试等三个方面超越了传统的个我文学。同时，他还关注了开高健的三次越南之行，分析并指出其描写越战的长篇小说《光明的黑暗》中的人道主义反战主题在日本当代文学中的重要性。进入 21 世纪之后，学者们对开高健文学依旧保持着浓厚的兴趣，研究对象还是集中在他的早期代表作品。

青年学者胡建军分别以《自我选择至上——浅论开高健处女作〈恐慌〉》《失落的天真——论开高健小说〈皇帝的新装〉》和《现代资本主义社会与人的"异化"——论开高健小说〈巨人与玩具〉的社会批判思想》为题，对这三部小说进行了文本细读，并对作品的主题思想进行了分析和阐释。这三篇论文的共同之处就在于都使用了社会学、经济学的理论，采用跨学科研究方法，结合社会背景来分析人物心理，揭示日本社会的深层矛盾。其中，他在《自我选择至上——浅论开高健处女作〈恐慌〉》一文中指出《恐慌》所包含的思想既有对战争的反思，又有对传统价值体系的否定和超越，体现了经历过战争的知识分子对人生的思考和对自由的向往。③ 在《失落的天真——论开高健小说〈皇帝的新装〉》一文中，他以主人公"太郎"身上缺乏"天真"这一现象为切入点，分析并指出开高健在这部作品中

---

① 《译林》1980 年第 1 期。
② 第一篇论文见《外国文学》1987 年第 6 期，第二篇论文见《外国问题研究》1987 年第 3 期。
③ 《作家》2009 年第 22 期。

所要批判的正是战后日本社会片面追求经济利益导致的人性堕落和道德败坏。① 在《现代资本主义社会与人的"异化"——论开高健小说〈巨人与玩具〉的社会批判思想》一文中，他使用了"物化""异化"等概念揭示了经济高度增长期的日本社会中，劳动反而使劳动者成了受奴役者的事实。②

此外，还有一些学者开始关注三部代表作之外的作品，并从比较文学的角度，对卡夫卡和开高健的作品进行深入研究。张青和毕忠安的论文《追求心灵的自由——卡夫卡〈万里长城〉和开高健〈流亡记〉》就选取了两位作家两部题材类似的小说，从情节设定、人物形象特征、主题思想、哲学思考等方面进行了比较研究，总结了两部作品之间存在的异同并分析了背后的原因，并指出卡夫卡的《万里长城》表现的是第一次世界大战的时代背景，而开高健的《流亡记》是"想通过现代社会中自古以来的传统劳动体系（农业共同体）的崩溃，批判人们丧失了共同体的感觉，进而落入被疏离的现代人的生存境遇"③。除了比较方法之外，他们还借鉴了一些社会学、哲学的观点。尤其是为了更好地解读卡夫卡《万里长城》的创作意图，还引用了哲学家休谟、海德格尔的哲学观点，对于深入理解开高健和卡夫卡之间的影响关系具有很大的参考价值。

"内向的一代"是继"作为人"派之后出现的第六批新人作家，但他们的文学主张却和"作为人"派截然相反。由于他们的文学创作不主张涉及社会问题和矛盾而试图通过审视人物的内心世界来解决人生难题，因此被称作"内向"派文学。这批新人作家中比较有代表性的是古井由吉、黑井千次、后藤明生、阿部昭、大庭美奈子等。日本学界把"内向的一代"看作是日本战后最后一个纯文学流派，他们的文学特点代表了 70 年代之后的日本文学发展趋势。国内最早关注到"内向的一代"的论文多为综述性文章，如吕元明的《从七十走向八十年代的日本文学——在日本高速经济成长和社会斗争低潮时期不景气和转化中的文学》、周平的《日本战后文

---

① 《时代文学》2010 年第 3 期。
② 《东北师大学报》（哲学社会科学版）2013 年第 4 期。
③ 《外语研究》2008 年第 1 期。

学的几个流派》、叶渭渠的《战后日本文学思潮概观》和夏刚的《八十年代日本纯文学小说》等论文在概括同时代日本文学新趋势新变化的时候，都介绍性地提到了"内向的一代"，并对他们的文学特征做了简要的归纳，因论文形式所限而没有展开深入研究。① 这一类论文的视角比较宏观，具有文学史概说一般的价值，对于了解文学流派和思潮的盛衰、时代背景以及文学流派在文学史上的位置都非常重要，同时也是将日本文学的最新动态介绍给国内学者的最佳形式。同时，也有学者对这一流派进行了专题研究，比如缪伟平在《内向派作家的创作个性》中不仅详细介绍了代表作家们的情况并分析了各自的代表作品，而且还对该派作家在日本当代文学中的定位提出了自己的看法。他指出："长期以来，对日本战后文学的批评，无形中把战后派文学当成了典范，成为衡量其它文学现象的参照系。论者关心的往往是作家的政治态度、社会视野，文学批评形成一种定势。然而文学史的演进并不总是单向继承，常见的倒是逆反或横向的开拓，正如第三新人之于战后派，高桥和已等之于第三新人，内向派作家之于高桥和已、小田实一样。这种情况推进了日本文学的创作、批评的多元化。"②这一观点的得出对于我们理解日本当代文学的内向化倾向有着非常重要的意义。

进入 21 世纪之后，国内关于该派作家的研究论文呈现出逐渐增多的趋势。其中，翁家慧于 2010 年出版的《通向现实之路——日本"内向的一代"研究》是关于"内向的一代"研究的第一部专著，从流派研究、作家研究、文学手法研究等角度对"内向的一代"的文学特征做了较为全面的分析和归纳。③ 不过，总体上看，关于这一派作家和作品的个案研究论文数量偏少，而且研究对象也比较分散。其中，古井由吉文学研究可以说是冷门中的一个小热点，尤其是村上春树文学在国内流行之后，有的学者关注

① 这四篇论文分别见《社会科学战线》1981 年第 3 期、《译林》1982 年 12 月、《日本问题》1985 年第 3 期和《外国文学评论》1987 年第 1 期。

② 《外国问题研究》1987 年第 2 期。

③ 翁家慧：《通向现实之路——日本"内向的一代"研究》，中国社会科学出版社 2010 年版。

到了两者之间的相似性,开始用比较对比的方法进行研究。曹志明的两篇论文中都谈到了村上和"内向的一代"之间的关系,并指出两者都是在反对社会和政治关系中创作文学作品,否定个人与社会的联系,突出个人日常生活。同时运用超现实主义手法,把日常生活导入非日常的世界,使用离奇、荒诞的表达形式来表现自我存在的感觉,揭示社会的本质,即"现实是荒诞"的。① 这个结论可以说从另一个侧面印证了缪伟平论文中提出的观点,也就是说日本文学的内向化倾向是社会发展的一个必然趋势。另外,高丽霞于 2012 年完成的博士论文《于混沌之中的探索——古井由吉及其初期作品考察》从时代背景、思潮流派、人物形象塑造、叙事中的时空观、叙事语言特征等方面对古井由吉的早期作品进行了全方位的考察,指出对生存危机的关注和思考构成了其创作的主线。同样把危机意识作为切入点,对"内向的一代"的作家进行个案研究的还有王成,他在《关注家庭生态危机的文学——论黑井千次的小说〈群栖〉与〈邻家〉》中通过对黑井千次的两部代表作品进行文本解读,探讨了高速经济增长时期日本人家庭观的各种变化,揭示了蕴含在日本现代家庭中的各种危机。同时,他还对黑井千次的创作特征进行了分析,指出其对小说宏达叙事的解构,以及对实验性小说手法的使用。②

三、大江健三郎研究

国内关于大江健三郎的研究以他获得诺贝尔文学奖的 1994 年为分水岭,呈现出冰火两重天的局面。1994 年之前,和大江研究有关的论文每年也就一两篇,且少见个案研究,多为包含在文学思潮流派概述类文章之中的介绍性内容。比如,在何培忠的《1982 年的日本小说一瞥》、叶渭渠的《战后日本文学思潮概观》、夏刚的《八十年代日本纯文学小说》等文

---

① 这两篇论文分别是:于洋、曹志明:《村上春树与日本内向派文学》,《黑龙江教育学院学报》2006 年第 2 期;曹志明:《村上春树与日本"内向代"文学的异同》,《解放军外国语学院学报》2006 年第 4 期。

② 《外国文学》2005 年第 6 期。

章中均可以看到有关大江健三郎的介绍性文字。① 这一时期关于大江的专题研究论文有两篇,一篇是王琢的《人·存在·历史·文学——大江健三郎小说论纲》,另一篇是孙树林的《大江健三郎及其早期作品》。王琢的论文对大江近 30 年的文学创作做了有序的分类和梳理,以"惶惑和生存危机意识""恐慌与历史文化意识""超越与文学审美意识"为小标题把大江的文学创作分为三个阶段,并对其各个阶段的代表作品和文学主张进行了细致的解读和深刻的剖析。孙树林的论文主要对大江早期代表作品进行了细致解读,并把它们分为三类:表现在闭塞状态中青年的烦恼的作品;通过反映成人与少年间的矛盾而痛斥现实社会的"监禁"与"被监禁"的;表现美军占领时期青年人矛盾心态的作品。② 可以说,这两篇论文对大江文学的解读和分析为后来的学者们提供了重要的参考资料和研究视角。

1994 年大江获得诺贝尔文学奖,国内学界的关注度急速升温,仅1995 年一年,有关大江的研究论文就上升到两位数,且学者们研究热情高涨不退,持续至今。一方面,他是继川端康成之后第二位获此殊荣的日本作家,受到如此高度的关注也在情理之中;另一方面,这也从另一个侧面说明了此时的国内学者已经具备了对同时代作家展开多角度、全方位研究的能力。1994 年之后的大江研究论文除了数量上的递增,在研究方法上也出现了逐渐细分化和精确化的趋势,最初的主题研究、关键词研究等方法逐渐被以日本文化、西方文艺思潮、政治意识、叙事学和文体学、解构与重建、语言学和时空美学等为理论基础的跨学科研究所取代,使国内的大江研究达到一个前所未有的高度。

20 世纪 90 年代后半期大江研究的对象主要集中在他的长篇小说《万元延年的足球队》《个人的体验》《性的人》以及他的早期代表作,如《饲育》《死者的奢华》《拔苗杀仔》等小说上。研究视角大多采用了主题思想

---

① 这三篇论文分别见《外国文学研究》1983 年第 2 期、《日本问题》1985 年第 3 期和《外国文学评论》1987 年第 1 期。

② 这两篇文章分别见《社会科学战线》1988 年第 2 期和《日语学习与研究》1993 年第 2 期。

研究,包括他的反战思想、边缘化写作、被监禁的状态、存在主义等。最初,学者们发表的论文还是以作家和作品的介绍性内容居多,比如:于长敏的《大江健三郎和他的作品》、平献明的《大江健三郎论》和陶振孝的《大江健三郎其人和作品》①。不过,这一年也有学者对大江代表性作品进行文本细读研究,比如刘立善的《论大江健三郎〈个人的体验〉》非常详尽地介绍了《个人的体验》的创作缘起、故事梗概、思想特色、文学意义和艺术手法,同时不忘结合作者的人生经历,试图说明大江的文学主张与其人生观关系密切。② 尚侠、郭志伟的《在大江健三郎的文学世界里——评长篇小说〈洪水淹没我灵魂〉》从文本样态、艺术视角、理念流向等方面评价了这部小说。同时,大江作品中的关键词,如现代人的精神危机、核问题、残疾人和暴力等都开始进入学者的研究视野之中。③

　　1995 年之后的研究,尽管每年还是会有不少学者发表作品个案分析的论文,但有两个新趋势的出现让我们看到了大江文学的强大魅力。一个趋势就是新方法、新视角、新课题层出不穷,学者们纷纷尝鲜;另一个趋势就是有几位学者十年如一日地坚持研究大江文学,和其他学者形成了一个相对固定的大江文学研究圈。进入 21 世纪之后,他们的研究成果很快以专著的形式面世,比如王琢的《想像力论:大江健三郎的小说方法》④和王新新的《大江健三郎的文学世界:1957—1967》⑤。同时,日本学界关于大江文学研究的最新成果很快被译介到国内,比如《大江健三郎口述自传》⑥一书,日文版于 2007 年 5 月在日本由新潮社出版,中译本于同一年由新世界出版社出版,这无疑为中国学者快速获得大江文学研究的国际

　　① 这三篇论文分别见《日本学刊》1995 年第 1 期、《日本研究》1995 年第 1 期和《外国文学》1995 年第 1 期。

　　② 《日本研究》1995 年第 1 期。

　　③ 《东北师大学报》(哲学社会科学版)1995 年第 5 期。

　　④ 王琢:《想象力论:大江健三郎的小说方法》,上海文艺出版社 2004 年。

　　⑤ 王新新:《大江健三郎的文学世界:1957—1967》,人民文学出版社 2004 年。

　　⑥ 大江健三郎(口述)、尾崎真理子(整理):《大江健三郎口述自传》,许金龙译,新世界出版社 2007 年。

性话语权,提供了非常重要的研究基础。而原著与译著几乎同步出版的背后,是中国社科院外文所对大江文学的高度关注和大力推介。他们数次邀请大江来华访问演讲,并召开专题研讨会,让大江文学研究者们有机会和作家进行面对面的交流,这无疑也是大江研究热经久不衰,并成为国内日本研究主旋律的原因之一。

我们可以把新方法、新视角和新课题的论文分为以下两大类:

第一类论文主要研究大江文学核心思想和文学主题。比如:何乃英在题为《大江健三郎创作意识论》的论文中把大江的创作意识归纳为"徒劳——墙壁"意识、"性——政治"意识、"残疾儿——核武器"意识和"乌托邦——森林"意识,可以说,这是一篇高度概括了大江文学创作模式的高质量学术论文。① 熊泽民的《边缘文化狂想曲——〈万延元年的足球队〉的文本阐释》使用符号学的理论,对小说中的性意识和性意象进行了细致的解析,指出了作为隐喻的性在大江文学中的重要性。② 同样关注到大江文学中的性意识的还有郑民钦的《大江健三郎文学中性与政治的冲撞》,他认为大江文学中的性是为文学的政治服务的,性作为严肃的文学课题,与社会、政治、文化、战争等因素结合在一起,超越其自然属性,成为体现人类社会文明的重要标志。③ 胡志明的《暧昧的选择——大江健三郎早期创作中对萨特存在主义影响的消化》指出了大江在受到萨特存在主义影响的同时,关照到日本文化和日本社会的独特性,对小说《个人的体验》的结局的安排是其存在主义本土化之后的一种体现。④ 其他属于这一类型的论文还有:王奕红的《权威、群体与社会化——解读〈饲育〉》、⑤张文颖的《试论大江健三郎文学中的"新人思想"——以〈二百年的孩子〉为中心》、⑥胡志明的《无神时代的自我拯救——论大江健三郎后

---

① 《外国文学评论》1997 年第 2 期。
② 《外国文学研究》1997 年第 2 期。
③ 《北方工业大学学报》1999 年第 2 期。
④ 《外国文学评论》2000 年第 1 期。
⑤ 《当代外国文学》2003 年第 3 期。
⑥ 《日语学习与研究》2004 年增刊。

期作品的文化救赎思想》等。①

　　第二类论文主要研究大江文学的创作方法和文体特征。而且,进入
21 世纪之后,这一类论文的数量明显增加,这一方面反映出国内学者在
对诸如西方语言学、符号学、解构主义、叙事学、文体学等理论的接受与应
用上越来越热衷和娴熟,另一方面也是和作家本人关注各种文学理论并
付诸文学创作实践有着密切的关系。比如:王琢的两篇论文都谈到了大
江文学的语言观,在题为《想象力与形象的分节化——大江健三郎的语言
－形象观》中,他指出大江对语言、形象和想象力之间的关系有着很深刻
的认识,认为"想象力就是改变形象的能力",并且大江正是在这一理论指
导下进行文学创作的;②在《语言的文体化与活性化——大江健三郎的
"语言－文体"观》一文中,王琢对上篇论文观点进行了深化,可以看作是
同一课题的延伸。他把大江文学置于日本近代文学史的坐标之中,试图
解答大江文学中的自传性题材是否继承了私小说传统这个难题。他认为
语言的文体化和活性化是大江"语言－文体"观在创作实践中的文学策
略,其根本目的就是冲出"私小说"的重围,重新开放人们的形象经验,从
而避免我们在日常生活中的"经验之死"。③ 霍士富的两篇论文都谈到了
大江文学的时空观和叙事结构的关系。在题为《时空交叉的叙事结
构——论大江健三郎新作〈二百年的孩子〉》一文中,他从"时间的空间化"
"视觉化的'时间和空间'"和"历史时间的哲学"等三个角度细致地解读了
大江 2003 年的新作《二百年的孩子》,并指出这部小说在思想上延续了反
战和"新人"等主题,但是在叙事上又开辟了新天地,具有划时代意义。这
篇论文可以说非常迅速地把握住了同时代作家的小说创作脉络和走向,
为其他学者提供了很重要的研究思路。④ 在霍士富另一篇题为《大江健
三郎文学的时空美学——论〈同时代的游戏〉》的论文中,他从时空美学的

----

① 《国外文学》2005 年第 2 期。
② 《外国文学研究》2003 年第 3 期。
③ 《海南大学学报》(人文社会科学版)2009 年第 2 期。
④ 《当代外国文学》2005 年第 4 期。

视角切入,探讨了《同时代的游戏》中的时空审美、小说空间的地理学"再生空间"和多重故事并置的叙事艺术等问题,指出这是大江在小说理论实践化过程中的一次成功尝试,在创作方法的革新意义上具有承前启后的重要性。① 青年学者兰立亮有三篇论文从叙事学角度对大江文学进行了深入的研究。在题为《从叙事看大江健三郎的"陌生化"策略》的论文中,他分析了大江"陌生化"叙事的原因及其各种手法,并指出大江的"陌生化"其实是对天皇制进行批判的有力武器。② 在题为《形式的意义——大江健三郎小说的第一人称叙事》的论文中,他从叙事人称入手,分析了第一人称叙事的多样性对于大江小说的意义。③ 在另一篇题为《试论大江健三郎小说〈饲育〉的儿童叙事》的论文中,他以儿童视角为切入点,分析了《饲育》中的叙述自我和经验自我之间的不同叙事眼光背后的深层含义,并指出这一叙事模式包含了大江对山谷村庄经验的诗性回溯和精神乌托邦的审美构建等深层创作动向。④ 另外,还有两篇比较有特色的论文,研究者从各自不同的研究视角对大江文学的创作特色做出了有益的解读。比如:青年学者徐旻的《大江健三郎小说中的荒诞现实主义意象系统——以〈燃烧的绿树〉和〈空翻〉为中心》以"荒诞现实主义"理念为切入点,分析了大江 90 年代两部代表作中出现的各种荒诞现实主义的意象背后的意义,并指出大江作品之间荒诞现实主义意象自成系统,互相关联。⑤ 英美文学研究专家陆健德在《互文性、信仰及其他——读大江健三郎〈别了! 我的书〉》一文中利用自身的专学所长,从互文性理论出发,对《别了! 我的书》中艾略特之于大江的多重意义进行了细致的分析和解读,并指出小说所体现的死亡观中带有浓烈的日本文化色彩,成为主人公无法皈依基督教的障碍。⑥ 这篇论文的出现一方面反映了国内学界对大

---

① 《外国文学评论》2009 年第 1 期。
② 《日本研究》2005 年第 1 期。
③ 《外语研究》2006 年第 6 期。
④ 《日本研究》2009 年第 4 期。
⑤ 《日语学习与研究》2008 年第 3 期。
⑥ 《外国文学研究》2007 年第 6 期。

江文学的高度关注和研究热情，另一方面也使学者们认识到一个富有挑战性的现实，那就是大江文学已将世界文学纳入创作视野，要更好地解读它，需要的不仅仅是日本文学文化领域的专业知识，更需要世界文学方面的知识和理论作为支撑。他的作品不仅能够让读者开卷有益，还能鞭策研究者在各个领域勇猛精进，从这层意义上说，大江不仅是个优秀的作家，更是一个伟大的作家。

第四章

南亚文学研究

　　自中华人民共和国成立以来,我国的外国文学翻译和研究已有半个多世纪的历史,这期间,我国的印度文学研究经历了3个发展阶段,取得了不俗的成就,也反映出一些问题。据笔者不完全统计,1949年来,在我国大陆(内地)公开发表的关于印度文学研究的论文有700余篇,近两年来,印度文学研究的新成果更是不断出现。

　　关于印度文学在中国的译介和研究这一课题,目前我国主要的研究成果有:季羡林的《印度文学在中国》①(1958)、王晓丹的《新中国对印度文学的译介》②(1984)、刘安武的《印度文学在中国——20世纪翻译、介绍和研究》③(2004),以及王向远《东方文学译介与研究史》(2007)④一书"印度及南亚、东南亚各国文学在中国"一章中的前六节内容。

　　季羡林的《印度文学在中国》一文,是中华人民共和国成立

---

① 参见季羡林:《中印文化关系史论文集》,生活·读书·新知三联书店1982年版,第120—136页。

② 参见季羡林主编:《印度文学研究集刊》(第二辑),上海译文出版社1986年版,第331—338页。

③ 参见《中国外国文学学会论文集:第七届·2002·武汉》,人民文学出版社2004年版,第14—26页。

④ 参见王向远:《东方文学译介与研究史》,宁夏人民出版社2007年版,第1—79页。

以来最早研究"印度文学在中国的译介与研究"这一课题的成果，文章主要研究的是从远古时期开始到 20 世纪 50 年代印度文学在中国的影响。文章从屈原《天问》中"厥利惟何，而顾菟在腹"的"顾菟"一词谈起，引用了包括民间故事、汉译佛典、文人创作在内的各种文学史料，其中包括许多不为人所注意的材料，对 20 世纪之前印度文学在故事母题、文学内容、文学形象、文体变化等方面的对中国文学的影响进行了细致的爬梳，并有力地证明这一点。在论述印度文学对近代中国文学的影响时，文章对中国近代文学的几位主要人物苏曼殊、鲁迅、闻一多、沈从文与印度文学的关系进行了说明，并指出了泰戈尔在近代文学史上的影响。由于文章写于1958 年，因此对于中华人民共和国成立后印度文学的状况论述也就截止到 1957 年，季羡林在文中介绍了中华人民共和国成立 8 年内印度古代文学、现当代文学的翻译情况，并对未来的印度文学翻译前景进行了十分积极、乐观的展望。季羡林这篇文章，是论述中华人民共和国成立前中印文学交流中影响研究的突出代表性成果，也为后来的此类研究提供了丰富的线索和学术启示。王晓丹的《新中国对印度文学的译介》对 1949 年至1984 年 35 年间印度文学译介的总结较为全面，指出这期间印度文学译介经过了 20 世纪 50 年代和 80 年代两次高峰，认为译出的作品相对来说已能大体反映印度文学概貌。文章还指出了当时译介方面存在的不足，如缺少浪漫主义作品，译介过来的语种文学覆盖面窄，并从我国的社会实际情况、语种人才的有限以及文学鉴赏力的有待培养等几个方面对这种现象进行了分析。这篇文章偏重于作品译介情况的概括，对当时的研究情况没有进行评价。刘安武的《印度文学在中国》对 20 世纪印度文学作品的译介和研究情况都进行了介绍，尤其是对作品译介情况，给出了译介过来的主要作品的译名、出版社、出版年份等基本信息，具有重要的史料价值和参考作用，并针对译介中存在的不足提出了建议。文章还对 20 世纪印度文学在我国的研究情况进行了扼要点评，指出研究的主要成就集中在文学史、两大史诗与古典文学理论研究、泰戈尔研究、普列姆昌德研究、中印文学比较研究 5 个方面。刘安武是长期从事印度文学研究工作的学者,全文也处处体现出他对印度文学的熟悉和专业的眼光,这也是第一篇全面地对 20 世纪印度文学在中国的译介、研究情况进行总结的文章。王向远的"印度及南亚、东南亚各国文学在中国"一章中针对印度文学译介研究的部分有 80 个版面,较之之前的文章更长。这一部分包括对文学史的研究、佛经文学翻译、两大史诗译介、古典梵语诗剧诗歌与诗学的译介、泰戈尔译介、对普列姆昌德等现代作家的译介 6 节,对 20 世纪百年内的印度文学译介情况进行了概况,文中的点评有的虽寥寥数语,但切中肯綮,对译本的评论也显示出作者对作为"文学"的译文的关注,其中对印度文学史的研究体现出作者强烈的学科整体意识。

综合来看,我国学界对"印度文学在中国的译介和研究"这一课题已进行了一定的论述,但整体来说并不充分。刘安武的文章和王向远的论述都是对于 20 世纪印度文学译介的整体关注,这显示出我国学者对这一课题所具有的学科自觉意识。但由于篇幅所限,两位学者的论述均未完全展开,尤其是对已有研究的评述比较有限。正如前文所述,从 1949 年到 2009 年的 60 年间,我国对印度文学的研究同样已经取得了较大的发展。在学术研究中,"学"与"思"是相长的,对已有研究成果的思考和总结,一方面可以促使我国外国文学研究界更好地了解印度文学研究已取得的成绩,另一方面也可以为之后研究的发展提供一个更好的学术起点。

我国严格意义上的印度文学的研究,始于 20 世纪 70 年代末 80 年代初。在 30 年的时间里,我国印度文学研究经历了一个发展的过程。在研究方法上,初期对作品研究与评价以阶级论为主导,20 世纪 80 年代后期研究者开始有意识地矫正这种政治论的偏向,从 80 年代末 90 年代初开始,绝大部分的研究都已经摆脱了初期的阶级论影响,开始尝试从文学自身的角度、从文化研究的角度,借鉴新出现的理论工具对作品进行研究。其中大部分的研究以文本分析为主,加以对思想内容、艺术特色的评价。长期以来,印度文学研究对象重点突出。这表现之一是作家作品研究多,理论研究少。对具体作家作品的研究占了印度文学研究的九成以上,对文学整体发展的思考、对流派思潮的考察很少,对文学理论的研究也较

少,只在最近五六年来出现了一些这方面的成果;二是在作家作品研究中
重点突出,基本集中在两大史诗、迦梨陀娑、普列姆昌德、泰戈尔这几个点
上,对其他作家作品的研究的关注较少,论述不多。从研究所借用的资料
来看,大部分的研究所依靠资料比较固定,对于新资料的收集和发掘不
足,对国外新成果的借鉴也有限。当下对当代印度英语文学的研究,又过
于依赖和追随西方评论界的观点,在后殖民理论的大框之下,如何突显中
国学者的立场是一个值得思考的问题。

第一节　梵语文学研究

《罗摩衍那》和《摩诃婆罗多》两部史诗,在印度文学和文化史上具有
十分重要的地位,也是印度对世界文学的宝贵贡献。

1984 年 10 月 6 日至 12 日,我国的"印度两大史诗讨论会"在杭州召
开,参加会议的有来自全国各地 50 多个单位的 70 名正式代表和 20 名列
席代表,其中包括不少研究印度文学的著名专家、学者,会议收到专题论
文 30 多篇。这次专题会议也是我国两大史诗研究逐渐兴起的标志之一。

由于两部作品同为史诗,因此除对二者分别研究之外,我国也有不少
学者将两部作品作为一个整体对象来进行研究,并以此来探讨、分析印度
史诗以及印度传统文学、文化所具有的特点,其中大部分代表性成果出现
于 20 世纪 90 年代之后。

刘安武的专著《印度两大史诗评说》(以下简称《评说》)和《印度两大
史诗研究》(以下简称《研究》)均出版于 2001 年,写成于 1996 年至 1999
年。这两部著作均包含对两大史诗的综合评述和分别研究。相比而言,
《评说》的内容更浅显,具有知识普及性质,《研究》则更深入,学术价值更
突出,因此本文的论述将以《研究》为主要对象。在《研究》中,除分别对两
大史诗进行研究的篇章,还有 4 篇进行整体研究的文章:分别是《中国读
者如何理解和欣赏两大史诗》《有关印度两大史诗的作者、创作年代和过
程等问题》《印度两大史诗对后世的影响》和《印度国内外部分学者评两大

史诗》,其中第四篇主要摘录自《印度两大史诗评论汇编》一书。《中国读者如何理解和欣赏两大史诗》对印度文学文化的一些常识进行了辨析和说明,对我国东方文学文化、东南亚文学文化的初期研究者以及其他对印度文学感兴趣的读者,在欣赏和理解两大史诗具有入门和引导作用,这篇文章也体现了作者作为一名印度文学工作者,对于推广和普及印度文学所具有的自觉的学科意识。在《印度两大史诗对后世的影响》一文中,作者详细地分别列举了受两大史诗直接影响的梵语长篇叙事诗和戏剧的篇目;19世纪以前,印地语、阿萨姆语、马拉提语、泰卢固语、卡纳尔语、马拉亚兰姆语中受《罗摩衍那》的影响,印地语、孟加拉语、阿萨姆语、马拉提语、古吉拉特语、奥利萨语、泰卢固语、卡纳尔语中受《摩诃婆罗多》的影响所产生的主要作品;以及从19世纪下半叶到20世纪上半叶的100年间,受两大史诗影响创作出来的主要的印地语长篇叙事诗和剧本。作者以文学事实说明了两大史诗在印度文学和印度民族中的重要性。这种以翔实的史料来说明问题的论证方式,也充分展现了刘安武对印度文学的了解,以及他严谨、朴素、求实的治学态度。

邱紫华的《印度两大史诗中的诗学理论》[①]讨论了在两大史诗中体现出来的创作特征和规律。他提出两部史诗中的人物形象,如罗摩、坚战、俱卢族兄弟、黑天等,在宗教哲学的象征意义上都是某种抽象观念的象征表达,是概念的人物化或形象化。而两大史诗所共有的、在介绍基本事实方面不厌其细、不厌其烦的叙事方式,以及塑造人物形象时的扁平化、概括化方式都是原始思维的完整性特征作用的结果。此外,邱文还指出两部史诗中所采用的比喻手法,以及史诗中所蕴含的"万物有情观"对后世印度文学的创作和诗学理论均产生了重要影响。邱文的论述在参考印度学者研究成果的同时,借鉴了西方文艺理论关于原始思维和原始艺术的部分观点,对两部史诗的创作进行理论上的思考,具有一定的启发性且比较中肯。不过应当指出的是,两大史诗在人物的塑造上,对于正面形象并

------

① 《外国文学研究》1996年第3期。

非一味地赞颂,对于负面形象也并不是一味贬损,如坚战、难敌这一对形象,坚战也有因为对德罗纳说谎而战车着地的时候,难敌亦在被偷袭而战死时获得了花雨。卢铁澎的《印度两大史诗的"达磨"与审美意识》[①]认为在印度古代思想中占有重要地位的"达磨"即正法思想在两大史诗中具有重要作用,它制约着两大史诗的审美意识。两大史诗对于社会美、艺术美和自然美的判断均取决于是否符合"达磨",其中的社会美首先表现为对善的重视和强调,两大史诗中的正面人物如罗摩、悉多、坚战等均是代表达磨的理想化的形象,他们共同的主要特点是具有崇高的美德。在两部史诗中,社会美、艺术美和自然美三者是有机交织和浑融一体的,凸现了艺术美意识、自然美意识围绕着社会美意识的主体所建构起来的一个完整的审美意识系统。在这一审美意识的系统结构中,达磨是更高层次上支配性的核心,是社会美意识、艺术美意识和自然美意识相联结的枢纽。"达磨",即正法,的确是印度教文化的核心概念之一,印度教思想认为一切事物都应遵循自身的"法",或可理解为秩序、规律来运行,卢文以此为切入点分析两部史诗的审美意识,切中肯綮。孟昭毅在《印度两大史诗成因的文化意蕴》[②]中,考察了印度古代社会历史产生史诗的各种可能性和必然性,指出两大史诗是在一定历史事实的基础上集世代伶工和文人智慧的集体创作,是印度古代历史、神话、传说、故事、歌谣、民谚等民间口头文学与文人书面文学的集大成者。孟文重视地缘文化对民族心理和民族文学的影响,认为印度之所以是充满神话传说的国度,人民之所以充满浪漫幻想,从根本上缘于印度的人文自然地理环境。此外,孟文还认为两部史诗中体现出古印度人对出世生活的追求,并洋溢着一种以"达磨"思想为表现的理性精神,这正是印度古代人民独特的文化心理结构。因此,两大史诗体现了古印度人"早熟儿童的心态":他们冷静观察,深沉思考,努力追求道德完善。孟文从印度古代文化以及印度地理的独特性的角度来

---

① 《国外文学》1998 年第 3 期。
② 《外国文学评论》2000 年第 2 期。

考察两大史诗的成因,在同类研究中视角独特,其分析和结论也均合理、恰当。

与以上列举的文章相比,薛克翘的《从两大史诗看印度古代音乐》①在研究中另辟蹊径,充分利用两大史诗在内容上的庞杂和博大,将两部作品作为研究印度古代音乐的素材和佐证,以此来分析两大史诗的故事从发生到初步成书,其间上千年甚至更长的时间内印度古代音乐的发展和特点。薛文认为,从两大史诗中所提供的音乐资料来看,印度在这段时期内的音乐可以分为四大类,即宫廷音乐、民间音乐、宗教音乐和军乐,并分别结合史诗中的具体内容对这四类音乐的概况及其所具有的不同意义进行了论述。薛文的成果在当时的两大史诗研究乃至印度文化研究中因其研究对象的独特而显得颇为特别,它发表的时间也较早,这也展示了在两大史诗的研究中,我国学者从一开始就具有开阔的、多方面的、独立的研究视野。这篇文章对加深学界和读者对于两大史诗丰富性的认识,也具有很好的参考价值。

在同时研究两部史诗方面,我国学者除了将其置于印度文学文化背景之下进行整体考察外,也尝试将其与世界文学之林中的其他史诗进行对比研究。《"争夺英雄妻子"母题的社会文化研究——以几部有代表性的英雄史诗为例》②借鉴了民间文学的研究理论,将《罗摩衍那》《摩诃婆罗多》两部作品与希腊的《伊利亚特》和《奥德修记》、中国藏族的《格萨尔王传》、蒙古族的《江格尔》和柯尔克孜族的《玛纳斯》并置,认为这七部史诗的故事情节都包含一个共同的母题,即争夺英雄的妻子,且英雄的妻子均具有象征意义,其前身乃是丰收女神或其他的与部落生活休戚关联的女神,她们是部落的人丁和财富的象征,而这一母题则反映了英雄时代的特征。从某个角度来说,两大史诗的确包含了"争夺英雄妻子"这样的主题,但是这一主题并不足以涵盖两大史诗。此外,

---

① 《南亚研究》1985 年第 2 期。
② 《民族文学研究》1995 年第 2 期。

从史诗的内容来看,两大史诗所反映的也并非英雄时代的社会特征。《东西方史诗比较论》①将《摩诃婆罗多》《罗摩衍那》与古巴比伦的史诗作为一组,将古希腊的《伊利亚特》和《奥德赛》以及古罗马的《伊尼德》作为另一组,并对这两组东西方史诗在思想内核、结构原则与膨胀机制等方面进行了比较研究。文章认为这些史诗体现了东西方不同民族各自的不同思想,东方史诗展示了由"法"所维系的世界图景,印度的两大史诗在传唱"法"的同时也体现出了婆罗门所具有的特殊地位。文章提出,印度社会构成的复杂性和两大史诗"诗以传法"的特性,致使两大史诗在传唱的过程中其篇幅的膨胀呈现出了非线性的、多维的特征,并最终形成了如此巨大的篇幅。这种借鉴西方神话研究理论对包括印度两大史诗在内的东方史诗所进行的考察,具有一定的启发性。我国学者也对两大史诗对国外文学的影响这一课题有所研究,《以印度两大史诗为题材的印尼哇扬戏》②详细地介绍了在两大史诗影响下、专门以两大史诗故事为题材的印尼"古典哇扬戏"。

关于两大史诗在我国的译介和研究的整体情况,我国学者也有所反思,王向远《近百年来我国对印度两大史诗的翻译与研究》③一文具有一定代表性,这篇文章后经修改收入王向远著《东方文学译介与研究史》一书中。文章对 20 世纪以来两大史诗在我国的译介情况进行了概括,从翻译文学的角度评价了孙用译本、季羡林译《罗摩衍那》全译本和已出版的《摩诃婆罗多》金克木、赵国华、黄宝生译本,简评了季羡林在《罗摩衍那初探》中的相关研究和结论,以及刘安武的两大史诗研究相关成果。王文对孙用的译本的文学性持有较高评价,并对《罗摩衍那》全译本的文体选择表现了一定的困惑。综合来看,王文的资料信息是较为准确的,对所关注问题的思考也比较中肯,文章也体现了我国中青年东方文学学者所拥有的学术独立性。不过可能囿于篇幅的限制,文章主要关注了翻译情况及

① 《学术研究》1998 年第 8 期。
② 《南亚研究》2007 年第 1 期。
③ 同上。

某几位学者的研究,而未有涉及我国当代学界其他学者对两大史诗的研究情况。

我国的《罗摩衍那》研究从一开始就由于季羡林、金克木的研究成果而站在较高的起点上,在其后的发展过程中,也不时出现具有较高学术水平的成果。

季羡林不但是《罗摩衍那》汉语全译本的译者,同时也是《罗摩衍那》研究的专家,在全译本正式出版之前,他就出版了一本关于《罗摩衍那》的研究专著——《罗摩衍那初探》(1979,以下简称《初探》),这也是我国学者出版的第一部关于两大史诗的研究专著。季羡林精通梵语,同时掌握了大量印度以及西方学者对《罗摩衍那》研究的成果,在《初探》中,他对史诗的性质和特点、作者、内容、版本、与《摩诃婆罗多》的关系、与佛教的关系、成书的年代、史诗使用的语言、诗律、评价、与中国的关系、他所翻译的《罗摩衍那》的版本、译文中的译音和文体等问题均进行了研究和论述。季羡林在借鉴国外研究成果的基础上,对其中的许多问题都提出了作为中国学者的独立见解。他指出《罗摩衍那》除第一篇和第七篇外,内容和文章风格基本统一,因此说蚁垤是《罗摩衍那》的作者是合乎逻辑的。关于史诗的成书年代,季羡林列举了西方学者的观点但并未轻易赞同,而是另辟蹊径,从论证当时的社会性质入手来进行探讨。他以印度历史为依据,大量援引汉译佛经中关于"田地"的论述,并对史诗中的父子、君臣、夫妇、兄弟、朋友关系进行了细致分析,将其与中国封建道德观相比较,在马克思主义文艺批评理论的指导下,他最后得出一个结论:"《罗摩衍那》的道德论是封建社会的道德论。……(它)的道德论已经超过了奴隶制,它代表的是封建道德。"①在评价《罗摩衍那》的思想内容时,季羡林以种姓制度为切入点,对史诗的思想内容层层缕析,批判了罗摩所表现出来的虚伪性,并提出罗什曼那才是史诗中真正的正面人物,并认为他与《水浒》中的李逵这一形象一样可爱。"(罗什曼那)这种叛逆的精神在当时实在是难

---

① 季羡林:《罗摩衍那初探》,外国文学出版社 1979 年版,第 70 页。

能可贵。更难能可贵的是他对命运的批判。"①以上两种论述,既体现了季羡林作为中国学者的独特视角,也具有鲜明的时代特征。季羡林还在《初探》中从塑造人物形象、展开矛盾斗争、描绘自然景色和创立艺术风格这四个方面分析了《罗摩衍那》的艺术特色,认为它成功地塑造了罗摩、悉多等丰富多彩的、生动的艺术形象,对矛盾的描写既注重宏大又不放过细节,描绘和赞颂了自然之美,且总是情景交融,将自然界的现象与人类社会的矛盾斗争交织在一起。史诗开创了一种新的艺术风格,诗句创作中表现出了对韵律变化的审美追求,全诗的输洛迦虽然大多数是朴素简明的,但是已经出现了一些与朴素简明迥然不同的诗篇,其"语言雕琢、意义隐晦、辞藻繁缛、风格华丽",对此季羡林以"诡巧"二字来形容。因此,季羡林认为《罗摩衍那》全诗以"朴素之诗为主,藻绘之诗渐多,正处在从《摩诃婆罗多》等文学作品向古典文学过渡的阶段"②,它具有诗的特征,是"最初的诗",具有人类童年创作所具有的"永久的魅力"。季羡林的《初探》是中国学者对《罗摩衍那》第一次全面、系统的研究,其中既提供了一些关于《罗摩衍那》的基本常识,又不乏富含真知灼见的论断,反映了中国学者在《罗摩衍那》研究中所达到的高度学术水准。

　　金克木对《罗摩衍那》的论述也涉及了思想内容、艺术成就等不同方面。关于《罗摩衍那》的思想内容,金克木在分析了《罗摩衍那》中所体现出来政治思想、对待战争的态度、家庭伦理观之后,认为全诗提出了带有封建性的伦理观念,"蚁垤仙人好像孔子一样,开始提出了五伦(君臣、父子、夫妇、兄弟、朋友)的初步道德规范,也要求'君君、臣臣、父父、子子',不过不是理论的,而是形象的,所作的不是历史书《春秋》,而是一部长诗。这一套道德规范是为作者的政治思想服务的。家长制的家庭关系配合奴隶制王国的政治制度,在稳定的国家社会中,自由人的平民得以安居乐业共享繁荣,这便是诗人的理想。这一思想在残暴混乱的奴隶制时代反映

---

① 季羡林:《罗摩衍那初探》,第 113 页。
② 同上。

着前进到封建制度去的要求,有一定的进步意义。罗摩的形象被改造为印度封建社会中的神圣人物,并不是无缘无故,而是有根有据的。"①金克木对《罗摩衍那》的艺术成就也给予了高度评价,认为它的艺术手法精致细腻,是梵语古典文学的前奏曲,为后来的长篇叙事诗树立了榜样,奠定了格式的基础。印度两大史诗中,《摩诃婆罗多》被看作是历史,而《罗摩衍那》被称为"最初的诗",金克木通过比较两部史诗对这一问题进行了论述。他指出《摩诃婆罗多》内容庞杂、与主题无关的枝蔓故事繁多,而《罗摩衍那》内容比较单纯,除了头尾两部分外,中间几乎没有什么与故事无关的插话,也没有长篇大论的法典和宗教哲学,人物的描写比较集中,更接近于我们现在所谓史诗或长篇叙事诗的类型。《罗摩衍那》的诗的格律基本上和大史诗《摩诃婆罗多》一样,都是 32 音节为一节的输洛迦,但它在每一章末尾都改变格律;这是大史诗没有的格式,而这种改变则为后来的叙事诗所袭用。在叙述方式上,《摩诃婆罗多》多采用问答式,而《罗摩衍那》一口气叙述到底,不另标明问答;这也和后来一般的叙事诗体相同。② "《罗摩衍那》是一篇统一的长诗,是叙事诗的典范。这部巨作不但在艺术上是完整的,而且在思想上也有鲜明的创作目的。它不像《摩诃婆罗多》那样着重描写战争和明显的政治斗争,而更多企图通过一些斗争来宣传一套伦理的理想。"③也正因为这种思想内容和艺术风格的完整和统一,因此金克木认为,尽管这部作品是集体创作的,但它应该是曾经由一位作者写成定型的。金克木还着重指出,史诗的艺术成就不仅在于塑造了罗摩、罗奇曼(即罗什曼那)、悉达(即悉多)等鲜明的形象,更在于它在典型环境下、在矛盾冲突中塑造了典型人物,全诗"整个画幅的雄伟和史诗体裁所独有的朴素真挚风格"是后世难以超越的。"它在主题以及艺术手法甚至修辞譬喻的技巧上都梳理了典范。古典诗人的前进道路是它开辟的……在诗的正确创作道路上,《罗摩衍那》一直是古典诗人的光辉的

---

① 参见金克木:《梵竺庐集(甲):梵语文学史》,江西教育出版社 1999 年版,第 150—151 页。
② 金克木:《梵竺庐集(甲):梵语文学史》,第 132 页。
③ 同上书,第 135 页。

先驱和典范。"①如果考虑到金克木这番论断是在 20 世纪 60 年代,就不得不承认我国两大史诗研究有高水平的起点。

刘安武是继季羡林、金克木之后我国研究两大史诗的又一位专家。他在《印度两大史诗研究》一书中对《罗摩衍那》的思想倾向、夫妻观、国家观都进行了论述。他强调印度文学所具有的宗教性,认为《罗摩衍那》围绕着"罗摩的故事"这一核心展开,作品中各个人物的背景、前生或者经历都带有神话性质,全诗自始至终都渗透着浓厚的宗教色彩,并坚持在此基础上来理解和分析《罗摩衍那》的思想倾向,指出印度教社会的伦理道德是由印度教的核心"达磨"衍生而来。罗摩、悉多、婆罗多、罗什曼那以及史诗中的其他人物均遵从各自的"达磨",不过他们所表现出来的伦理意识和精神气质"与中国传统儒家的伦理道德思想意识是大体吻合的",两者的区别在于《罗摩衍那》是将这些思想融于文学作品中"寓教于乐",而中国伦理道德意识则流于教条。② 刘安武肯定了史诗中所体现的、以歌颂罗摩和悉多为代表的一夫一妻制的思想,"坚持一夫一妻就是坚持初步的男女平等,就是坚持人道主义,就是人民性和民主性的体现"③,这是合乎时代潮流的进步婚姻观。对于《罗摩衍那》中所体现的国家观,刘安武并未因为罗摩在史诗和印度文学文化中的身份和地位便一味肯定他的思想和做法,而是从世界历史发展进程对罗摩裂土而治的做法提出了质疑,这也充分体现了一个中国学者在研究两大史诗时所具有的独立思想与见解。在《印度两大史诗研究》和《印度两大史诗评说》(2001)中,他还分别对罗什曼那、婆罗多、波林和须羯哩婆这四个形象进行了结合文本的、细致的分析。刘安武对《罗摩衍那》的研究始终坚持从文本出发,所有的论述都紧贴史诗本身,不虚夸、不硬套"理论"的特点,其所得出的成果也往往能在细节处显示出独特的、给人以启示的结论。

综合季羡林、金克木、刘安武三位先生的研究,可以看出在《罗摩衍

---

① 金克木:《梵竺庐集(甲):梵语文学史》,第 159 页。
② 刘安武:《印度两大史诗研究》,北京大学出版社 2001 年版,第 57 页。
③ 同上书,第 68 页。

那》创作时代的确定上,季羡林与金克木都偏重于从马克思主义历史观的角度出发进行认定,不同在于季羡林认为当时是处于封建时代,金克木认为是处于向封建社会的过渡时期。刘安武则没有将研究限定于确定具体的时代,而是从思想内容的内涵上将其与中国的伦理道德进行了异同比较,强调了印度文学所具有的宗教性这一特点。这种不同也反映出随着时代的发展,我国学者在学术角度和理论工具运用中的变化。同为我国著名的梵语学家,季羡林和金克木还对《罗摩衍那》的艺术特色进行了论述,并从语言韵律、文体演进的角度解释了其之所以被称为"最初的诗"的原因。这种分析在我国之后的《罗摩衍那》研究中,只有很少的精通梵语的学者能够做到。因而对于其他的研究者来说,这一资料是十分宝贵的。

在对《罗摩衍那》的成书年代、思想内容、艺术形象等方面的研究方面,我国大部分学者的论断均大致与以上三位先生的论述类似。《〈罗摩衍那〉主题初探》[①]考察了达磨与史诗主题的关系,达磨的含义,认为史诗的主题即通过英雄罗摩一生的奋斗,宣传达磨这一具有封建伦理道德雏形的思想观念,而社会发展的具体形态、民族性格的少年老成是形成这一主题的原因。《从"英雄历险"原型母题看〈罗摩衍那〉》[②],将"英雄历险"母题与《罗摩衍那》中所蕴含的印度教"达磨"思想相结合,认为东西方古代英雄史诗都有"英雄历险"的原型母题,而《罗摩衍那》的独特之处在于罗摩作为天神下凡历劫,"受难"以躬行达磨,体现了这样一种思想:重视人世的事业,使俗世的工作具有宗教意义,人在世间履行达磨,尽其本分成为超越解脱的唯一保证。这样,《罗摩衍那》所抒写罗摩的"受难",就有了更为深刻的涵义,它深化了史诗宏扬达磨的主题思想,并使整部史诗呈现出一种崇高悲壮的风格。《〈罗摩衍那〉人文精神的现代阐释》[③]指出,

---

① 陈融:《〈罗摩衍那〉主题初探》,载季羡林主编:《印度文学研究集刊》(第二辑),上海译文出版社 1984 年版。

② 易新农:《从"英雄历险"原型母题看〈罗摩衍那〉》,《中山大学学报》(社会科学版)1996年第 5 期。

③ 孟昭毅:《〈罗摩衍那〉人文精神的现代阐释》,《外国文学研究》1999 年第 3 期。

《罗摩衍那》产生的时代正值奴隶社会向封建社会过渡时期。社会进步、经济发展需要一种"文化精神"作动力,这种文化动力在史诗中表现为洋溢着一种人文精神。史诗通过广博的历史画面,反映了不同的人生价值与追求,在抒发各异的人生理想时,突出了理想的胜利,即人物在生活中所体现出来的理性色彩,对"法"、对达磨的遵循和追求,这是人文精神的一种表现。史诗还通过抒情的方式反映人性的内容,全诗具有富含"悲悯"之情,这是表现人文精神的又一重要途径。此外,史诗的主要内容是男女主人公之间的爱情故事,而非神的所作所为,在塑造人物时突出了以人为本的思想,其中尤其以罗摩和悉多的形象为典型,这是从另一方面对人文精神进行开掘。文章最后指出《罗摩衍那》中的这些人文精神均具有"早熟儿童"的特征。这两篇文章在史诗的主题和思想分析上较有新意。《〈罗摩衍那〉的永恒道德价值——以印尼马来文本为分析案例》①是比较特别的一篇文章,它通过对印尼爪哇文本《格卡温罗摩衍那》和马来文本《罗摩圣传》为例的分析,揭示了其中的道德蕴涵:夫妻、兄弟、民族之间要平等和睦,为人要谦逊温和、不骄不躁。文章进而认为民为邦本的思想就是罗摩的道德核心,而其道德基础就是"仁爱",印尼马来文本从侧面展现了《罗摩衍那》的道德价值和人文意义。

在人物形象分析上,悉多这一形象受到了我国学者的青睐。在具体研究中部分的分析将她作为印度或东方女性的象征,部分的论述将她的形象与印度文化的传统思想与美学结合起来。《忠贞的化身——试评〈罗摩衍那〉中的悉多形象》②在史诗得以产生的时代背景基础上对悉多的形象进行了研究,提出"忠贞"是蚁垤刻画悉多形象的主线,并围绕"忠贞"这一点对悉多形象进行了多方面的分析。《东方大地的女儿——试谈〈罗摩

---

① 张玉安:《〈罗摩衍那〉的永恒道德价值——以印尼马来文本为分析案例》,《南亚研究》2003 年第 2 期。

② 唐仁虎:《忠贞的化身——试评〈罗摩衍那〉中的悉多形象》,载季羡林主编:《印度文学研究集刊》(第三辑),上海译文出版社 1997 年版。

衍那〉中悉多的形象》①认为悉多兼具质朴、善良与坚韧、忠贞，外柔内刚，是东方文学史上最早出现的理想妇女形象。《印度圣母悉多形象中的文化信息》②认为悉多是体态美的典范，是大地母亲的象征，而这与印度古代的生殖崇拜直接相关；悉多也是品性美的楷模，是印度民族伦理精神在女性身上的体现。悉多遵循达磨，她的苦难人生具有审美价值，由悉多的悲剧中产生了"悲悯"味。《悉多形象的演变》③以《罗摩衍那》中的悉多为重点对象，系统地辨析了《摩诃婆罗多》插话《罗摩传》《罗摩衍那》《罗怙世系》《罗摩功行之湖》这四部作品中悉多形象的异同，指出由于艺术、宗教追求的不同，悉多形象的塑造也各异。这篇文章也显示出了我国学者对印度古代文学的系统了解和研究。此外，我国学者对罗摩形象进行了研究。《罗摩和阿喀琉斯》④在对比了两个人物性格、道德观、对待战争态度不同的基础上，指出了二者在伦理意识上的差异，认为二者分别代表了古代东方和古代西方伦理意识，并对东西方伦理意识不同的原因进行了探讨。《〈罗摩衍那〉和罗摩崇拜》⑤通过对史诗中罗摩形象的分析，探讨了印度文学与宗教高度结合的关系，其切入点十分得当。

我国也有学者对《罗摩衍那》中的文论思想、审美意识进行了研究。早期较有代表性的成果有《〈罗摩衍那·童年篇〉的文学理论思想》⑥、《试析〈罗摩衍那〉的审美特性》⑦，文章从美学的角度，对史诗所具有的"悲悯与滑稽""崇高与优美"等复杂多样的审美特性进行了粗略的分析，认为悲

---

① 胡传源：《东方大地的女儿——试谈〈罗摩衍那〉中悉多的形象》，《黄石教师进修学院学报》1985年第1期。

② 曲历川：《印度圣母悉多形象中的文化信息》，《外国文学研究》1991年第1期。

③ 吴文辉：《悉多形象的演变》，载季羡林主编：《印度文学研究集刊》（第四辑），上海译文出版社1999年版。

④ 张朝柯：《罗摩和阿喀琉斯》，载季羡林主编：《印度文学研究集刊》（第四辑）。

⑤ 张德福：《〈罗摩衍那〉和罗摩崇拜》，载季羡林主编：《印度文学研究集刊》（第四辑）。

⑥ 吴文辉：《〈罗摩衍那·童年篇〉的文学理论思想》，载季羡林主编：《印度文学研究集刊》（第三辑）。

⑦ 刘清河：《试析〈罗摩衍那〉的审美特性》，《汉中师院学报》（哲学社会科学版）1989年第4期。

悯成为作品的基本情调或主要审美特性，与它的创作目的和社会功能有直接的关系。《罗摩衍那》所具有的崇高与优美的审美特性，不仅体现在对社会生活领域的崇高与优美的人物或事件的描写中，而且在对自然景物的描绘中也有体现。在史诗美学意识方面的主要研究成果有卢铁澎的如下一组文章：《悲伤与诗——论〈罗摩衍那〉的艺术美意识》①，文章认为在艺术美意识方面，《罗摩衍那》已从诗歌的起源、作品的审美特征和接受过程等方面都基本准确地把握了文艺的情感审美特质，强调情感作用，充分重视审美主体在审美活动中的重要地位。而且，对审美主体和审美客体的关系也有正确的认识，认为审美情感是由于外在事物（审美对象）的触动而产生的，文艺的最终根源在于现实生活。《自然畅神与情景交融——论〈罗摩衍那〉的自然美意识》②，文章分析了史诗对自然景物的描写，认为《罗摩衍那》大量描写自然景物，情景交融，已明确地意识到自然美对人具有"畅神"的审美价值。自然景物描写在《罗摩衍那》中是背景，但实际上它们又不仅仅是背景，而是情节结构、人物性格塑造不可或缺的重要成分。《罗摩衍那》自然美意识的成熟和自觉已超过了荷马史诗，与我国六朝时期的自然美意识十分接近。《印度古代美意识的矛盾性——从史诗〈罗摩衍那〉说起》③，文章提出在《罗摩衍那》中存在着美的精神性与感官性对立并存的审美矛盾，并从史诗和宗教生成发展的特殊形态、远古生殖崇拜的影响、宗教、艺术与世俗的复杂关系等方面探讨这种矛盾的根源，认为其原因既有不同时代审美意识的纵向历时性的聚合积淀，又有不同社会意识形态之间冲突互补的横向融汇。这一组 3 篇文章，先分后合，递进式地对《罗摩衍那》的美学思想进行了分析。其中关于史诗悲悯情味、自然美意识的论述都颇有见地，但其关于史诗审美意识矛盾性的论

---

① 卢铁澎：《悲伤与诗——论〈罗摩衍那〉的艺术美意识》，《南亚研究》1993 年第 1 期。

② 卢铁澎：《自然畅神与情景交融——论〈罗摩衍那〉的自然美意识》，《国外文学》1995 年第 1 期。

③ 卢铁澎：《印度古代美意识的矛盾性——从史诗〈罗摩衍那〉说起》，《国外文学》2001 年第 1 期。

述尚可进一步探讨。

　　关于史诗成书过程的研究,早期的《论〈罗摩衍那〉演进过程的随意性及整一性》①以及近年的《史诗叠加单元的结构及其功能——以〈罗摩衍那·战斗篇〉(季羡林译本)为中心的虚拟模型》②各有千秋。王文主要从史诗的思想和艺术美角度,讨论了《罗摩衍那》的形成过程。认为《罗摩衍那》虽然庞大,但因为顺应了艺术发展规律自身的逻辑力量而具有了整一性。然而在史诗体现出的作者的主观意愿,以及以想象力为核心的诸种艺术手段的自由发挥中,又处处可见史诗发展的随意性。"悲悯情味作为主旋律从头至尾地贯穿了整个史诗,情味的整一性决定史诗的总体建构中跃动着一颗完整的灵魂。"施文则借用了民间文学与民俗学的研究方法与理论,对《罗摩衍那》以及史诗的结构进行了独特的研究。它以《罗摩衍那·战斗篇》(季羡林译本)作为示范性个案展开分析,解析出了《战斗篇》的情节基干与叠加单元,据以验证文章所提出的关于史诗膨胀的机制,文章在此基础上虚拟出可持续叠加的结构模型,展开了模型分析。

　　虽然《罗摩衍那》直到 20 世纪 80 年代才有了汉语全译本,但在中印两国的文学文化交流的历史长河中,它的故事早已在我国得到了传播。由于地域的关系,这种传播的痕迹在我国的西藏地区、云南傣族地区尤为明显,《罗摩衍那》与中国文学的关系也主要集中在汉语文学、藏语文学和傣族文学三者之上。

　　关于《罗摩衍那》在中国的流传与影响,季羡林多有论述。《罗摩衍那》故事在古代中印文化交流的过程中已传入汉语文学之中,这一点在今天看来是毫无异议的。在《印度文学在中国》和《初探》中,季羡林就指出在多部汉译佛经中已有《罗摩衍那》之书名和罗摩的名字,以及史诗的主干故事情节。在长文《〈罗摩衍那〉在中国》(1984)中,他对这一问题进行了全面的论述。文章分别介绍、比较了《罗摩衍那》在梵文、巴利文、汉文、

---

　　①　王峙军:《论〈罗摩衍那〉演进过程的随意性及整一性》,《外国文学评论》1987 年第 4 期。

　　②　施爱东:《史诗叠加单元的结构及其功能——以〈罗摩衍那·战斗篇〉(季羡林译本)为中心的虚拟模型》,《民族文学研究》2003 年第 4 期。

傣文、藏文、蒙文、古和阗文和吐火罗文 A(焉耆文)八种语言中的情况,指出在这些语言中,《罗摩衍那》的故事内容从大的方面来看,基本相同;但是从细节来看,又有差别,有的甚至是极大的差别。在思想内容和故事的民族色彩上,各版本也由于语言和民族的不同而各有异同,其中值得注意的一点是,《罗摩衍那》在印度宣扬的是印度思想,但罗摩故事传到国外以后,大概是由于都是通过佛教传出来的,所以国外的许多本子毫无例外地宣传的都是佛教思想,而其中的汉译本特别强调伦理道德的一面。李南的《〈罗摩衍那〉与中国少数民族三大史诗》①是一篇综合比较研究《罗摩衍那》与我国文学作品关系的文章,它通过比较《罗摩衍那》与《格萨尔王传》、《玛纳斯》和《江格尔》指出我国三部少数民族史诗在创作发展过程中曾大胆接受了外来文化中的积极因素,但它们同时又根植于自身民族文化传统之中,具有鲜明的民族特色和民族风格。

　　“《罗摩衍那》在中国”这一课题中,在我国研究得最多、最深入的是关于哈奴曼与《西游记》中孙悟空之关系的问题。这一问题的提出和论争最早可以追溯到 20 世纪二三十年代。论争双方的代表分别是胡适与鲁迅,胡适提出“进口”一说,鲁迅则认为源自本土“无支祁”。1958 年吴晓铃撰文支持鲁迅的本土说②,是中华人民共和国成立后关于这一课题最早的论述。金克木也在初版于 1964 年的《梵语文学史》中简短指出两个神猴的形象是不同的,二者的故事尚不能证明有什么关系。随着我国外国文学研究在 20 世纪 70 年代末的复苏,这一课题重新成为我国学界的关注热点之一,中国文学工作者和印度文学工作者都加入到论争之中,而《罗摩衍那》全译本在 20 世纪 80 年代的出版,使这一论争在 20 世纪八九十年代掀起了新的高潮。在这场论争中,有部分学者认为《西游记》中孙悟空的形象源自中国文学传统,持这种观点的学者有的继续支持鲁迅的观点,以无支祁说为基础,如《孙悟空形象分析中的几个问题》③,有的试图

---

① 载季羡林主编:《印度文学研究集刊》(第二辑)。
② 吴晓铃:《〈西游记〉和〈罗摩延书〉》,《文学研究》1958 年第 1 期。
③ 严云受:《孙悟空形象分析中的几个问题》,《安徽师大学报》1979 年第 2 期。

发掘出新的文学资源,如《〈西游记〉中孙悟空原型新论》①,这部分学者比较统一的一点是认为孙悟空与哈奴曼并无关系,也有学者专门撰文对此进行分析,如《为有源头活水来——〈西游记〉孙悟空形象探源》②、《孙悟空形象的原型研究——对哈奴曼说与密教大神说的思考与否定》③。

　　对这一问题的另一种观点是基本赞成胡适的"进口"说。季羡林认为哈奴曼即是孙悟空的原型。季羡林始终主张孙悟空形象来自于哈奴曼,并在《〈罗摩衍那〉在中国》一文中重申孙悟空形象中至少有一部分有哈奴曼的影子。文章中所谈到的孙悟空与福建泉州的关系是这一论题中鲜为人注意的材料。季羡林还提出,应注意宋以后的中印交流,应重视海路与川滇缅印道,这对于中印交流研究的拓展与深入也具指导性意义。《关于〈罗摩衍那〉的中国文献及其价值》④全面详细地辑录了汉译佛典对《罗摩衍那》的叙述和对史诗故事的保存与转述。《〈罗摩衍那〉和中国之关系的研究综述》⑤则在上文基础上,综述了近代以来中国对于《罗摩衍那》的介绍,以及它和中国之关系的研究讨论情况,认为我们应当承认历史上印度文学对中国文学、对《西游记》的影响,承认孙悟空的神猴形象是借自《罗摩衍那》的哈奴曼。著名学者巴人则指出:像《西游记》那样一册巨大的神话小说,可以肯定其中若干神奇的幻想和想象是受到印度的神话传说的影响的,但它依然是在中国的"社会斗争"——即农民反抗地主阶级的斗争的基础上产生的⑥。《试论两个神猴的渊源关系——印度神猴哈奴曼与中国神猴孙悟空的比较》⑦明确赞同季羡林的观点,并认为孙悟空形象并非照搬《罗摩衍那》的思想内容和艺术形式,而是大有发展和创新。

---

①　李谷鸣:《〈西游记〉中孙悟空原型新论》,《安徽教育学院学报》1986年第3期。

②　萧相恺:《为有源头活水来——〈西游记〉孙悟空形象探源》,《贵州文史丛刊》1983年第2期。

③　吴全韬:《孙悟空形象的原型研究——对哈奴曼说与密教大神说的思考与否定》,《宁波师院报》1990年第3期。

④　《社会科学战线》1981年第4期。

⑤　《思想战线》1982年第6期。

⑥　参见巴人:《印度神话对〈西游记〉的影响》,《晋阳学刊》1984年第4期。

⑦　陈邵群、连文光,《暨南学报》(哲学社会科学)1986年第1期。

1986 年,赵国华又先后发表了两篇长文《论孙悟空神猴形象的来历》(上)(下)①,从比较文学的视角,集中探讨了哈奴曼与孙悟空的关系。文章认为必须注意并解决从印度神猴到孙悟空的转变过程,将哈奴曼和孙悟空直接类比,是一种简单化的直观式的做法,结论也是不准确的。在此基础上,文章经层层剖析提出,《西游记》中孙悟空的神猴形象,直接继承于《大唐三藏取经诗话》的猴行者,猴行者的神猴形象,一方面吸收了日本学者矶部彰指出的密宗中的因素,更多的是综合了《六度集经》中几个印度神猴形象的基本要素,以《国王本生》中小猕猴为其主要借鉴而创造出来的。《猴行者与麝香之路上〈罗摩衍那〉的传播——孙悟空形象探源之五》②结合当时中西交通研究的新成果,即所谓第四条通道"麝香通道",将《罗摩衍那》《取经诗话》、第四条中西通道和藏传佛教联系起来,认为《罗摩衍那》是通过麝香通道影响了《取经诗话》,这种影响以密教为媒介。发表于2002 年的《〈西游记〉孙悟空故事的印度渊源》③认为孙悟空这个人物形象基本上是从印度《罗摩衍那》中借来的,又与无支祁传说混合,沾染上一些无支祁的色彩,再次呼应了季羡林的论断。《新时期孙悟空原型研究述评》④对 20 世纪 70 年代以来我国关于《西游记》孙悟空的原型的研究进行了较为全面、中肯的综述、总结。

整体来看,根据历史上的佛典资料,结合文学传播和影响的多种途径,以及孙悟空形象在形成过程中和其身上所具有的种种特点来看,应当承认《西游记》中的孙悟空的确受到了哈奴曼的影响。上文提及的赵国华两篇长文最大的亮点在于指出:孙悟空形象虽然源出印度,但它既不是简单的照搬,也不是生硬的模仿,而是对印度文学的营养经过消化和吸收后,所创造的中华民族的神猴。结合文学传播和影响的规律,以及《罗摩衍那》在汉译佛典中的情况来看,这种观点应当说是符合孙悟空形象演变

---

① 《南亚研究》1986 年第 1 期和第 2 期。
② 蔡铁鹰,《淮阴师专学报》1991 年第 2 期。
③ 葛维钧:《明清小说研究》2002 年第 4 期。
④ 张强、周业菊,《徐州师范大学学报》(哲学社会科学版)2002 第 4 期。

的实际情况的。实际上,或许整本《西游记》在创作手法上就有不少借鉴于《罗摩衍那》之处。刘安武在《失妻救妻——〈西游记〉中的微型罗摩故事》①中对《西游记》中朱紫国国王失妻救妻的故事和《罗摩衍那》中罗摩失妻救妻的故事进行了对比分析,认为两个故事虽有所异同,但仍可看出朱紫国的故事有借鉴罗摩故事的痕迹。同时,文章还对两部作品中许多类似的情节以及类似的创作手法进行了对比,认为如果从整体来看,就可以发现《罗摩衍那》中的罗摩故事好像是一个大框架,大框架里有不少的零部件。《西游记》中朱紫国国王失妻救妻的故事,取自这大的框架,小说中许多其他的故事也好比是《罗摩衍那》许多的零部件中的一部分,被分别编进了《西游记》其他的故事里。

　　《罗摩衍那》与藏语文学的关系十分密切,关于这个课题,我国学者研究的方向主要有两个方面,一是《罗摩衍那》梵、藏本的对校,二是《罗摩衍那》在藏语文学中的影响,及其与藏语文学作品,尤其是《格萨尔》的比较研究。

　　季羡林在《〈罗摩衍那〉在中国》一文中对《罗摩衍那》的梵、藏本进行了比较,指出二者的骨干故事及一些细节基本相同,主题思想完全一样,即正义必胜,邪恶必败。但两个本子在情节、结构、名称和结局上也有不同之处。《敦煌古藏文〈罗摩衍那〉译本介绍》②、《藏文本罗摩衍那本事私笺》③对古藏文《罗摩衍那》进行了介绍和一定分析。我国学者翻译的由荷兰 T. W. 德庸所著的《敦煌古藏文〈罗摩衍那〉写本》④也具有较高的学术价值。《罗摩衍那》对藏语文学影响深远。宗喀巴的弟子象雄·曲旺扎巴 1439 年(35 岁时)模仿《罗摩衍那》故事,创作了《司伎乐仙女多弦妙音》,这是最早由藏族自己创作的《罗摩衍那》。《〈罗摩衍那〉传记在藏族

---

①　《南亚研究》2005 年增刊。

②　王尧、陈践:《西藏研究》1983 年第 1 期。

③　柳存仁:《中国文学》1996 年第 1 期。

④　T. W. 德庸:《敦煌古藏文〈罗摩衍那〉写本》,杨元芳译,《西藏研究》1987 年第 1 期。

地区的流行和发展》①介绍了《罗摩衍那》在藏族地区古代的两种译本和后来的一种译本，以及《罗摩衍那》故事在藏族文学中的表现等情况。降边嘉措的两篇文章《〈罗摩衍那〉在我国藏族地区的流传及其对藏族文化的影响》②和《〈罗摩衍那〉与〈格萨尔〉》③讨论了《罗摩衍那》进入西藏的时期，指出它对藏族文化，尤其是古典诗歌的发展有重大影响，并通过分析提出《罗摩衍那》与《格萨尔》的产生没有直接关系。《从〈格萨尔王传〉与〈罗摩衍那〉的比较看东方史诗的发展》④将两部史诗作为东方史诗的不同代表进行了比较，认为两者在反映生活的方式上、内容、艺术风格上的差异揭示出东方史诗在其发展过程中表现出了由神话走向历史、由对个人命运的述说转向对社会生活的描绘以及更具民间口头文学色彩的趋势。

　　我国云南的傣族由于地理条件的关系，比较早地接受了印度的文学、宗教的影响，《罗摩衍那》在傣族地区的民间流行极广，其与傣族神话叙事长诗《兰嘎西贺》有着十分明显的渊源关系。季羡林在《〈罗摩衍那〉在中国》文中分析了这两部作品的异同，认为《兰嘎西贺》确是受《罗摩衍那》而产生，但同时其故事也已傣族化。此外，还有不少的本地民间故事窜入整个故事之中，甚至还有部分情节完全是全新的创作。《〈兰嘎西贺〉与〈罗摩衍那〉之异同》⑤是此类研究中有代表性的成果之一。此外，学者们还对《罗摩衍那》对傣族文学其他方面的影响进行了研究。《〈罗摩衍那〉对傣族文学的影响》⑥和《〈罗摩衍那〉对傣族叙事长诗的影响》⑦是较有代表性的成果。

　　如前文所述，季羡林还曾对《罗摩衍那》在蒙文、古和阗文和吐火罗文

---

① 洛珠加措：《青海社会科学》1982 年第 1 期。
② 《中央民族大学学报》1985 年第 3 期。
③ 《印度文学研究集刊》（第二辑）。
④ 李郊：《四川师范大学学报》1994 年第 2 期。
⑤ 高登智、尚仲豪：《思想战线》1983 年第 5 期。
⑥ 《思想战线》1985 年第 5 期。
⑦ 杨丽珍：《云南师范大学学报》1986 年第 3 期。

A(焉耆文)等语言中的情况进行了分析。季羡林认为蒙古文学中的印度文学成分,都是通过西藏的媒介传进来的,而枢纽则是佛教信仰。罗摩故事传入蒙古,估计也是通过这一条道路,同时传入蒙古的还有大量的佛经。总的来说,蒙古文罗摩故事,是宣传佛教的,同时故事情节也具有浓厚的地方色彩,而罗摩故事也进入并影响了蒙古民间传说与信仰。对此进行研究文章还有仁钦道尔吉的《印度文学对蒙古族文学的影响——以〈罗摩衍那〉为例》①,它对印度文学在蒙古文学中的翻译和注释、《罗摩衍那》在蒙古文学中的版本和影响进行了论述。而《策·达木丁苏伦与〈罗摩衍那〉蒙古本土化研究》②则主要介绍了《罗摩衍那》与蒙古文学之比较研究在蒙古人民共和国的情况。《回鹘文〈罗摩衍那〉及其梵语借词研究》③认为回鹘文《罗摩衍那》不是从梵文本直接翻译或改变过来的,很有可能直接译自吐火罗文本,同时又参考了当时流行的于阗文本或藏文本。

　　关于《罗摩衍那》与世界文学的关系,我国学者主要关注了它与东南亚文学之间的关系。《〈罗摩衍那〉在东南亚的流传》④、《〈罗摩衍那〉与〈拉马坚〉》⑤、《罗摩戏剧与东南亚民族表演艺术》⑥、《佛陀与罗摩的血缘关系——读〈琉璃宫史〉之一得》⑦都是比较有代表性的成果。

　　《摩诃婆罗多》在古代印度被称为"第五吠陀",它的内容涵盖了古代印度的神话、传说、寓言以及宗教、哲学、政治、律法和伦理等各方面,在翻译的同时,我国也出现了不少关于这部史诗的研究成果。但总体来看,由于《摩诃婆罗多》篇幅巨大,思想与内容庞杂,人物形象繁多,且全译本出现得较晚,我国学者对它的研究在整体水平上不及《罗摩衍那》研究。

　　在 20 世纪 60 年代,金克木在《梵语文学史》中就对《摩诃婆罗多》进

---

① 《印度文学研究集刊》(第二辑)。
② 王浩:《内蒙古民族大学学报》2003 年第 1 期。
③ 周银霞、杨富学:《语言与翻译》(汉文)2005 年第 1 期。
④ 高登智:《东南亚》1990 年第 2 期。
⑤ 栾文华:《印度文学研究集刊》(第三辑)。
⑥ 张玉安:《东南亚研究》2004 年第 5 期。
⑦ 薛克翘:《大连大学学报》2008 年第 1 期。

行了详细的介绍和分析。他分析了史诗内容所显示出的不同编订层次，指出大史诗是人民的长期集体创作的成果，史诗的内容反映的是激烈的政治斗争和丰富的社会生活，在思想上，史诗作者的立足点是站在失势的刹帝利和穷困的婆罗门一边，为这些人抱不平，但由于其本身利益和人民利益之间有共同点，因而史诗也具有了一定程度的民主性。金克木还富有见地地指出了史诗中独有的、影响大、流传广的优秀插话，如《那罗传》、《莎维德丽传》等的重要性，这些插话不但具有很高的艺术成就，在思想上也具有进步性，且是印度的古典文学乃至初期现代文学题材的重要来源。《摩诃婆罗多》具有概括整个时代面貌的艺术力量，开始有意识地运用了浪漫主义手法，并塑造了许多人物形象，它的文学形式与语言都较之前进步，具有质朴而鲜明生动的民间文学特点，其中充满了丰富的格言和譬喻，在艺术上对后世也产生了巨大的影响。在翻译史诗插话中《蛇祭缘起》的同时，金克木还撰写了《印度大史诗〈摩诃婆罗多〉的楔子剖析》①，对这篇作品进行简要分析。文章指出插话中的颂歌和象征故事正是古时生产和生活中科学与巫术知识的文学表现，故事中关于森林道院、上古婚姻习俗的描述说明了古代的文学是记录社会生活的一种形式。插话的说唱文体，朴素的叙事和对话，关于神、人和动物时的想象，初步认识自然规律和社会矛盾时的知识和感情的文学加工表现，都说明《摩诃婆罗多》是"人类童年的回忆"。

　　20 世纪 80 年代，随着《摩诃婆罗多》翻译的开始，尤其是插话的翻译，出现了不少有启发性、高质量的研究文章。在《摩诃婆罗多插话选》和《摩诃婆罗多（第 1 卷）》出版时，金克木分别为它们作序，对插话和史诗的相关问题进行说明。在《插话选》序言中，金克木对所选的 15 篇插话分别进行了说明，不但介绍了插话的大概内容，而且点明了各篇插话的思想和特色，指出它们既有与史诗的主题相一致的"法"与"非法"的斗争内容，也有相异之处，其相异点如"人定胜天"的思想在《莎维德丽》中体现得尤为

---

① 　《外国文学研究》1979 年第 3 期。

明显。金克木还从分析插话中的女性形象、仙人形象,以及史诗中的仙人和武士形象着手,结合古代印度的社会文化,解析了"法"与"非法"的矛盾冲突中,"法"的具体内涵,指出在大史诗反映的共同信仰体系中,"法"是以社会中的人不平等关系的永恒性为中心的。序言又对大史诗中的信仰体系、价值观念、伦理道德观念的关系进行了辨析。金克木对《莎维德丽》的评价的点评成为后来我国学者研究该插话的一个主要方向,而他对"法"的分析也带有明显的时代特征,其分析的角度或许是中国学者所独有的。《〈摩诃婆罗多〉简论》①从历史背景、成书年代、思想内容、艺术特点、在印度国内外的影响五个方面对《摩诃婆罗多》进行了全面的论述,其中对内容的论述分为主干故事和插话两部分,对艺术特点的分析涉及语言特点、修辞手法,无论是从文章论述的范围,还是从研究所达到的深度来看,这篇全面研究《摩诃婆罗多》的文章在早期的研究中难能可贵,即便放在今天,它也仍然具有较高的学术价值。《关于洪水传说》②与《摩奴传》③在《南亚研究》上同期刊发,文章较短小,但对《摩奴传》的形成时间做了推测,认为它仍属于印度文学史上的史诗时代,产生于公元前 15 世纪以后,大约是在公元前 10 世纪左右,其艺术风格朴实无华,富于故事情节和浪漫气息。《印度古典叙事长诗〈那罗传〉浅论》④对大史诗中最著名的插话《那罗传》进行了介绍和研究。值得一提的是,文章首先对《那罗传》在世界各国的译介情况进行了介绍,这反映了学者所具有的较为开阔的学术视野。文章接着指出,通过比较它和母体《摩诃婆罗多》,可以发现,《那罗传》的情节几乎是大史诗中心故事的一个缩影。文章认为《那罗传》是一首神话性质的古典叙事长诗,并对其中的天神形象进行了分析,指出所谓天神和凡人之间的对立,乃是人民群众在幻想中对奴隶社会的压迫现象所做的不自觉的艺术加工,故事巧妙地表达了人民群众要求改

---

① 黄宝生:《印度文学研究集刊》(第二辑)。
② 赵国华:《南亚研究》1979 年第 4 期。
③ 《南亚研究》1979 年第 4 期。
④ 《南亚研究》1981 年 1 期。

变境遇的愿望,这也是《那罗传》的民主性的精华。《那罗传》的创作艺术相当成熟,它与整个大史诗相一致,采用了颂体的诗律,对话的戏剧式的格局。全诗的章节的长短参差有致,布局的结构严谨得当;情节的组织独具匠心,故事的发展波澜起伏;人物的构拟性格鲜明,情感的表达不落俗套;社会生活的画面比较广阔,自然景象的描写宏大细微,诗歌的语言质朴淡雅,全篇的行文流利畅达;多有巧妙的比喻,不乏美丽的幻想。这一切都显示出它超越前代而达到高度的水平。文章关于《那罗传》思想和形象的分析带有明显的时代特色,而它对于艺术风格的论述反映了我国梵文学者在史诗研究中具有的较高水平。在同期的《南亚研究》中还刊发了赵国华撰写的《印度古代文学简介(一)》,对《摩诃婆罗多》的成书时间、大体内容进行了全面的介绍。早期另一篇值得注意的文章是《印度大史诗中的一颗明珠——析〈摩诃婆罗多〉的优秀插话〈那罗传〉》①。文章对之前运用"阶级论"分析《那罗传》的神、人矛盾的文学批评进行反思,指出"阶级论"并不是一个僵硬的公式,文学虽然是社会现实生活的反映,但文学现象有它的特殊规律,并提出在文学评论中,要慎重运用"阶级分析法"。文章进而指出《那罗传》的人民性表现在它曲折地表达了人民的思想愿望和生活理想,古代印度人民以浪漫主义的创作方法,在那罗和达摩衍蒂的爱情故事中,表达了对真、善、美的赞扬和追求,对假、丑、恶的厌恶这一思想感情。此外,文章还对《那罗传》中达摩衍蒂的形象以及艺术手法进行分析。指出达摩衍蒂有刚柔相济的性格,是东方古代理想妇女的典型。文章对"阶级论"的批评显示出我国学者在文学批评中已经开始有意识地反思早期简单的评论方法,并重视文学的独立性,较为可贵。《古代印度智慧的结晶》②对大史诗中插话的性质和分类做了扼要介绍。《〈薄伽梵歌〉初探》③对《摩诃婆罗多》里最重要的篇章《薄伽梵歌》进行较为全面的分析。文章介绍了《薄伽梵歌》在印度和世界上的影响,并对其

---

① 黎跃进:《零陵学院学报》1985 年第 1 期。

② 黄宝生:《读书》1987 年第 11 期。

③ 张保胜:《南亚研究》1981 年第 1 期。

中的"我""梵"、梵我关系的变化、蕴含的世界观等进行了论述,认为《薄伽梵歌》中的"我"的地位已超过了"梵","我"代表的是上升阶级的性格,其中关于梵我关系的思考已包含辩证的思维。就其世界观来讲,它属于客观唯心主义,而"解脱"是《薄伽梵歌》的中心思想和最终目的。文章在最后从一位中国哲学研究者的角度探讨了《薄伽梵歌》在悠久的历史长河中一直受到印度广大信仰者尊崇原因,并对之上所涉及的各种问题进行了思考。应该说,这篇文章是早期研究《薄伽梵歌》以及《摩诃婆罗多》的成果中,对其中的宗教哲学思想有较深入的代表性成果之一,其中的某些论断带有"阶级论"的鲜明时代特征。在这一时期的《摩诃婆罗多》研究中,还有一篇《〈西游记〉与〈摩诃婆罗多〉》值得一提。文章对两部作品中诸多类似的情节、人物设计、故事叙述的方式进行了对比研究,提出虽然《摩诃婆罗多》在古代没有传入中国,但它与《西游记》之间仍有间接的渊源关系。文章中的许多论述虽然属于推论,缺乏明显、直接的证据,但确如作者在结尾所说:通过僧人贾客、学子使臣的口耳相传也是古代中印文化交流的一个重要途径,但它易被人忽视又难以得到印证。在中印影响研究中,既有重视文字记载,又不能拘泥于古代是否有译本,比较研究应该放宽眼界去发现、论证和解决问题。[①] 赵国华在这篇文章中提出来的课题是值得《摩诃婆罗多》研究关注的,而作者在文章中体现出来的开放、创新的学术思想值得后来的研究者借鉴。

随着《插话选》和《摩诃婆罗多》(第一卷)的陆续出版,从 20 世纪 90 年代中期直到史诗全译本出版之前,是我国的《摩诃婆罗多》研究逐渐发展的一个时期。刘安武针对《摩诃婆罗多》撰写了一系列文章,并将它与中国古典文学作品进行了对比研究,这些成果分别收入到《印度两大史诗研究》《印度两大史诗评说》和《印度文学和中国文学比较研究》中出版。关于史诗的思想内容,刘安武对它的正法观、战争观、妇女观、其中的民主

---

① 参见赵国华:《〈西游记〉与〈摩诃婆罗多〉》,载季羡林主编:《印度文学研究集刊》(第二辑),第 288 页。

意识、生死观念等进行了论述。刘安武简要梳理了"正法"的含义阐释和在印度流变的过程,指出在今天所谓正法或达磨,的确已经转化为宗教或教义。《摩诃婆罗多》在印度历史上起到了宗教经典的教化作用,通过艺术化的人物形象生动地表现,而不是通过枯燥无味的说教来说明如何建立正法、规范社会新秩序、倡导个人履行天职。但刘安武同时也敏锐地指出,史诗中同样存在对神的不符合正义行为的否定,只是没有采取正面否定的方式,而是通过大自然的反应、空中观战的天神的态度以及战场上双方战士的反应从侧面表现的。这种思辨的特点也同时体现在刘安武对史诗战争观的分析上。通过分析史诗中多妻、多夫共存的夫妻形式、对于女性贞操的看法等,刘安武指出史诗的妇女观与同时期的《摩奴法论》比起来,要开明、进步得多。此外,刘安武还对大史诗中的一系列主要人物形象,如黑天、毗湿摩、迦尔纳、坚战、怖军、阿周那、难敌等进行了分析。在对黑天的分析中,刘安武认为,纵观黑天的所作所为,可以说他是一位灵活掌握策略的政治家,代表了一个具有普遍意义的政治家的真实形象,他同时指出,黑天有作为神与人的双重属性,且黑天作为神的形象比起作为人的形象来大为逊色。这种论断充分显示了作为中国学者在研究大史诗中的独立视野,与印度的相关研究大有不同。此外,刘安武还对大史诗之后印度文学中黑天形象的发展和演变进行了论述,并提出黑天形象之所以深受印度民众喜爱,其真正的原因在于他天真活泼的牧童以及风趣多情的少年形象。对于黑天形象的梳理和分析,也充分显示了刘安武所具有的深厚的印度文学文化学识。这一时期关于大史诗思想内容研究的其他重要成果如下。《印度教传统中的战争观——对史诗〈摩诃婆罗多〉的个案分析》①一文认为在《摩诃婆罗多》所表达的印度教关于战争的见解中,正法与强力之间实际上存在着一种紧张关系,整个一部《摩诃婆罗多》实际上就是对于印度教关于自我之战的教义的活灵活现的表现。正是由于这一点,这部史诗才被印度以及南亚许多国家的人民奉为圣典。《〈薄

---

① 欧东明:《南亚研究》1998 年第 4 期。

伽梵歌〉和〈摩奴法论〉中的哲学思想》①从哲学研究的角度对《薄伽梵歌》和《摩奴法论》的哲学本体论和认识论、时空观进行了分析,认为在它们的制约和影响下,印度教强调"神我"和"自性"二元的绝对性,强调宇宙本质的不变性和现世事物的易逝性、短暂性,从而追求最终的解脱。此外,插话作为史诗的重要组成部分和文学性最强的篇章,也受到了研究者们的重视。刘安武的《论〈莎维德丽传〉》对莎维德丽的形象进行了细致的分析,赞美了这位不屈从命运安排的女性,并指出故事最大的艺术特色是充分利用了神话传说的理想主义氛围,在欣赏这篇插话的时候不能以现实主义细节真实的标准来衡量史诗,而是要以浪漫主义的理想加虚构的艺术手法来衡量史诗。《谈莎维德丽与阎摩对话的逻辑艺术——兼评莎维德丽形象特征》②,别开生面,从逻辑学的角度对莎维德丽与阎摩之间的对话进行了分析,指出了莎维德丽言辞所具有的内在的逻辑力量。《试论莎维德丽的艺术独创性——兼及西、印典型观的比较研究》③从"形象的叙述性""创作的非自觉性"和"美的完整性"三个方面分析了莎维德丽形象成功的原因,并比较了西方的"典型人物"与印度的"叙述人物"的不同。在将史诗与中国文学进行比较方面,刘安武的《成长在西天,定居在东土——阎王形象的塑造和演变》④一文洋洋洒洒,对《摩诃婆罗多》的阎摩形象追根溯源,并对其在印度和中国演变进行了非常细致的考察和分析,是一篇功力深厚的长文。《〈格萨尔〉和〈摩诃婆罗多〉的对比研究》⑤从内容和结构、主题、人物塑造、史诗中的群众和国王、神话色彩、史诗中的妇女地位、社会道德等方面比较了两部史诗的异同,提出从一部作品中所包括的知识的广度和深度来讲,《格萨尔》远不如《摩诃婆罗多》,但《摩诃婆罗多》并非严格意义上的史诗,《格萨尔》则是典型的史诗。《东方的诱

---

① 邱紫华:《求是学刊》1997 年第 6 期。
② 张培勇:《外国文学研究》1992 年 4 期。
③ 苏永旭:《国外文学》1996 年第 1 期。
④ 载姜景奎主编:《印度文学研究集刊》(第六辑),上海译文出版社 2003 年版。
⑤ 古今:《青海社会科学》1992 年第 5 期。

惑？——评彼得·布鲁克导演的〈摩诃婆罗多〉》①是一篇值得注意的文章，它介绍了西方当代著名导演彼得·布鲁克导演的《摩诃婆罗多》演出情况，并对演出引发的所谓"布鲁克之东方主义"的批评进行分析和反思。这显示出我国学者在《摩诃婆罗多》研究中视野的进一步扩展，也展示了两大史诗研究在当代中国的活力。

2005 年底，汉语全译本的出版进一步促进了我国的《摩诃婆罗多》研究，并出现了不少高质量的研究成果。作为史诗的主要译者，黄宝生在全译本推出同时出版了《〈摩诃婆罗多〉导读》一书。这本《导读》由黄宝生为全译本撰写的前言、各篇导言和后记汇编而成，此外黄宝生还另外选译了四篇国外《摩诃婆罗多》专家的文章作为附录，以资参考。在前言中，黄宝生对史诗的翻译缘起和情况进行了说明，为以后的研究留下了宝贵的资料。此外，前言还对史诗的形成年代、翻译所依据的精校本情况、史诗的社会背景、神话背景进行了全面、准确、详细的说明，指出《摩诃婆罗多》的成书年代约在公元前 4 世纪至 4 世纪之间。在这漫长的八百年的成书过程中，《摩诃婆罗多》大致经历了三个阶段：最初是八千八百颂的《胜利之歌》，后来演变成二万四千颂的《婆罗多》，最后扩充为十万颂的《摩诃婆罗多》，而要理解和研究《摩诃婆罗多》，就不能脱离它的社会和神话背景。此外，各篇的导言更可以帮助读者全面地把握该篇的内容和思想，因此无论是对于一般读者了解史诗，还是对于专业工作者研究《摩诃婆罗多》，这本《导读》都具有重要的参考价值。黄宝生为全译本撰写的《后记》，实际上是一篇颇具学术意义的文章。文章指出全译本对我国印度学和史诗研究均具有意义，并由《摩诃婆罗多》开始，阐述了对我国史诗研究、史诗理论建设的思考。史诗理论研究在我国起步较晚，尚不成熟，这篇《后记》中提出的许多问题和思考，如结合国际上的研究对史诗概念定义的思考，对于我国的史诗研究来说都具有较强的启发意义。在全译本出版之后，我国有不少文章，对史诗的整体情况进行了介绍，并论述了全译本的重大意

---

① 赵志勇：《中央戏剧学院学报》2003 年第 2 期。

义,如《〈摩诃婆罗多〉全本汉译的意义》①。此外,《〈摩诃婆罗多〉分合论主题》②以一种分合论的观点对史诗的主题进行了剖析,认为史诗表现形式是纷争不已,但它总的趋向是强调"合",即统一的思想。在纷争与和合这两种倾向的相互转换中,史诗表现出一种正法的思想,即要在人世间推行一种高于一切的为人的责任和义务,一种从理性出发由必然王国走向自由王国的正道。《印度史诗〈摩诃婆罗多〉成因考论》③认为,与《罗摩衍那》相比,《摩诃婆罗多》神话史诗的色彩更浓重,体现了人类原始思维从神话精神发展到史诗构想的延续性。史诗通常以神话传说或重大历史事件为题材,是民族精神的再现。这种古代的长篇叙事诗一般具有广泛的叙事性质和深刻的社会、历史、文化意义。只有这样的艺术特征,才能充分表现各民族中那些象征整个部落或民族的英雄人物,如何以大无畏的英勇精神和勤劳的双手创造出人间的奇迹,并在和自然与社会的斗争中取得最初的胜利。这也恰恰反映了史诗《摩诃婆罗多》作为神话传说与历史传说的特点。孟昭毅的这两篇文章结合了印度文化和史诗的特点,并从比较文学的视野对史诗进行了思考,具有较高的学术价值。《〈摩诃婆罗多〉在孟加拉语地区的传播》④对史诗的孟加拉文译本出现于何时这一问题进行了探讨,指出一般的看法是出现于 15、16 世纪,同时文章还对在孟加拉地区最流行的迦湿拉姆·达斯的《摩诃婆罗多》孟加拉文版本进行了详细介绍。这是我国学者为数不多的研究《摩诃婆罗多》在印度语种文学中译介情况的文章。

第二节　梵语戏剧研究

对《小泥车》的评介以吴晓铃的前言和《梵语文学史》《印度古代文学

---

① 郁龙余:《外国文学评论》2006 年第 4 期。
② 孟昭毅:《外国文学评论》2007 年第 2 期。
③ 孟昭毅:《外国文学研究》2007 年第 6 期。
④ 董友忱:《长江学术》2009 年第 2 期。

史》中的相关内容为主。《小泥车》讲述了在暴君波罗迦王统治下的优禅尼城,妓女春军爱上了穷婆罗门商人善施,国舅霸占春军不成,下毒手陷害春军和善施。牧人阿哩耶迦起义,推翻波罗迦王暴政,建立新王朝,春军和善施也如愿结为夫妻的故事。吴晓铃为这部《小泥车》撰写了数万字的前言,对梵语戏剧中的社会剧与才子佳人剧进行了比较,指出了两者在题材、剧本角色、剧本情绪等方面的不同,解析了剧本作者首陀罗迦的身份之谜,并对《小泥车》内容按幕进行了详细介绍,指出它在内容上与印度古代故事文学的渊源关系,并分析了剧本在结构上、人物刻画上都有独到之处,剧本语言也显示出作者娴熟的语言技巧。《梵语文学史》和《印度古代文学史》都承认《小泥车》是古典戏剧中少有的现实主义的作品,认为它刻画了古代印度社会中下层人民的生活,以进步的观点直接反映了古代印度城市人民的生活与斗争,它描写的虽然是恋爱故事,却同政治斗争联系起来。它虽然有城市贫民的局限性和落后面,却站在被压迫的人民一方面,揭露了统治阶级的残暴,赞扬了人民的革命。两部文学史因此都对《小泥车》给予了很高的评价。但同时,这两部文学史也指出了《小泥车》在艺术上的成就,戏剧充满了矛盾冲突,有丰富的行动,情节复杂曲折,但变化有致。语言质朴明快,自然流畅。与其他古典梵语剧本相比,《小泥车》中使用的俗语品种最多,剧本诙谐幽默,不是依仗诗词和对白表现文才,同后来的许多文人剧本有着很大的差异。对《小泥车》的阶级论、带有"左"倾政治论的评价在今天的文学评论看来并没有太多的价值。但对剧本的艺术特色的分析,以及它与文人剧本的差异是值得注意的。综合来看,《小泥车》是一部最初在主题思想上被人为拔高了,但在后期研究中,在其艺术成就上又被学界忽略了的一部优秀作品。

　　《惊梦记》的译者韩延杰曾发表《印度古代的伟大戏剧家跋娑》[①]一文,对跋娑生平年代的确定进行了简要探讨,分析了跋娑十三剧的真伪,并重点评介了《惊梦记》在内容、艺术等方面的独到之处。金克木也指出

---

　　① 《外国文学研究》1980 年第 2 期。

《惊梦记》的风格朴素而生动,喜欢用一些简短的格言。有些艺术手法,甚至一些诗的成功之处,往往在古典的优秀作品中见到相似的运用。跋婆是一位被埋没了的艺术家。《印度古代文学史》指出跋婆十三剧具有戏剧性强、人物性格鲜明、场景描写生动、语言朴素自然的艺术特点,代表了古典梵语戏剧的早期成就。

在对古典戏剧的整体研究中,黄宝生的《印度戏剧的起源》①旁征博引,介绍、综合了西方学界对印度戏剧起源的种种观点,引用印度梵语文献中的相关资料,并将之与希腊戏剧、中国戏剧进行横向对比,最后指出,比照古希腊和中国戏剧的起源和发展情况,可以得到这样一个初步结论:古希腊戏剧起源于雅典时代酒神祭祀合唱队中的"答话"演员,成型于埃斯库罗斯的悲剧。中国戏剧起源于先秦时代的"俳优",成型于唐代戏剧(以"参军戏"为标志)。印度戏剧起源于波你尼时代 nata 中的"戏笑"伎人。而它的成型时间还难以确指,只能说大约在公元前 1、2 世纪,或更宽泛一些,大约在公元前后 1、2 世纪之间。文章充分显示出中国学者在这一问题上广阔的视野、对梵文原文资料的掌握和大胆假设、小心求证的创新与严谨相结合的治学态度。《印度古典主义戏剧的美学特征》②论述了印度古典主义戏剧的三个重要的美学特征,即古典主义戏剧都采取了大团圆的结局,悲剧艺术被排除在戏剧创作之外;古典主义戏剧表现出了强烈的唯美主义、理想主义的审美趣味;古典主义戏剧具有独特的形式美,并分析了它们与印度教传统宗教哲学思想之间的关系。

在赞同说中,对于梵语对中国戏剧的影响何时产生、如何产生、如何传播、具体表现在那些作品中等方面,学界的研究成果也各有异同。在反对观点中,《从梵剧到俗讲——对一种文化转型现象的剖析》③、《"中国戏

---

① 《外国文学评论》1990 年第 2 期。
② 邱紫华:《华中师范大学学报》2006 年第 1 期。
③ 廖奔:《文学遗产》1995 年第 1 期。

曲源于印度梵剧说"考辨》①、《"中国戏曲源于印度梵剧说"再探讨》②是比较有代表性的三篇文章。《从梵剧到俗讲》认为当梵语戏剧传入汉文化圈时，传入中国戏曲正在孕育，它间接地得到了梵剧艺术的营养，随即勃发为东方另外一种成熟形态的戏剧样式。《考辨》与《再探讨》在分析、批评郑振铎观点与 20 世纪 80 年代重新兴起的"梵剧说"的基础上，明确反对梵语戏剧尤其是戏剧形式对中国戏剧的影响说，但同时承认印度文化整体上对中国戏剧的间接影响。在赞同的观点中，《印度梵剧与中国戏曲关系之研究》③、《印度梵剧的发生与东渐》④、《"戏场"：从印度到中国——兼说汉译佛经中的梵剧史料》⑤、《梵声佛曲与汉辞华章——中印古典戏剧因缘》⑥较有代表性。《研究》与《东渐》两文在分析梵剧残卷、佛教东传、梵剧在东传过程中的演变发展、梵剧与中国戏剧音乐、梵剧的产生发展等问题的基础上，提出"中国戏曲与印度梵剧一脉相承之处"。《"戏场"》一文通过分析"戏场"这一复合词的出现和在中国历史上不同时代的使用情况，提出梵剧中的"引线匠"与南宋杂剧中的"引戏"、安徽贵池傩戏中的"报台先生"酷似，认为梵剧对南戏进程已构成实质性影响。《因缘》提出印度宗教习用的"沿门教化"同我国民间傩仪的"沿街念唱"形式两相结合共同架构了我国的戏剧演艺形式，中国戏曲中的一些剧目如"目连"关目取材于佛经和变文，戏剧角色行当中之"末""旦""净"皆源于梵语、梵文之转音。在梵语戏剧东传的过程中，佛教发挥了重大的作用。不论是赞成我国戏剧脱胎于梵剧说者还是反对者，都充分认识并肯定了这一点。但一种文学样式在某一文化中的产生与发展是一个长期过程，它在接受外来影响的同时必须自身也具备成熟的条件。对于这一课题，还可以有更

---

①　孙玫：《艺术百家》1997 年第 2 期。

②　孙玫：《文学遗产》2006 年第 2 期。

③　黎蔷：《戏剧艺术》1986 年第 3 期。

④　黎蔷：《敦煌研究》1998 年第 4 期。

⑤　康保成：《沈阳师范学院学报》2002 年第 2 期。

⑥　王燕：《外国文学研究》2005 年第 1 期。

细致的研究,最新的成果有《中印古典戏剧叙事对话点滴》①。相对于汉
语戏剧,梵语戏剧对藏语戏剧的影响更明显,对这一点我国学者也有论
述,如《中国藏戏与印度梵剧的比较研究》②。

　　总的来看,对于印度古典诗歌的研究在我国并不充分。金克木的《梵
语文学史》和季羡林主编的《印度古代文学史》中对"吠陀"诗集都进行了
介绍。《梨俱吠陀》是印度现存最古老的文献,在上古诗歌中我国对它的
译介较多,因此关于它的研究成果相对来说丰富一些,金克木作为我国现
代翻译吠陀诗歌最早的人,在研究上也具有开创地位。金克木在翻译"吠
陀"诗歌之余,撰写了一系列研究《梨俱吠陀》的学术文章,在 20 世纪 80
年代陆续发表。这些文章后来均收入《梵竺庐集(丙):梵佛探》中,计有:
《〈梨俱吠陀〉的三首哲理诗的宇宙观》《〈梨俱吠陀〉的咏自然现象的诗》
《〈梨俱吠陀〉的祭祖诗和〈诗经〉的"雅""颂"》《〈梨俱吠陀〉的送葬诗》
《〈梨俱吠陀〉的招魂诗及有关问题》《论〈梨俱吠陀〉的阎摩和阎蜜对话诗》
《〈梨俱吠陀〉的独白诗和对话诗三首解析》共 7 篇,以及一篇短文《吠陀诗
句的古代汉译》。金克木在这些文章中有意识地将《梨俱吠陀》与中国古
代文化典籍《易经》《诗经》和《楚辞》进行了比较,从文化人类学的角度探
讨了印度上古时代的对宇宙生成、自然现象、生死、祖先、灵魂等问题看
法,对于理解印度的宗教和哲学思想大有帮助。"吠陀"文献对于研究印
度宗教、文化而言有正本清源的意义,但它流传时间过于久远因而显得格
外深奥难懂,金克木的这些文章具有极大的启发意义。此外,这些文章中
对《梨俱吠陀》诗歌的译介和解读对于文学阅读本身而言也十分有益。
《吠陀诗句的古代汉译》则指出了汉译佛典中保存下来的《梨俱吠陀》诗
句,对于还原中印文化交流的史实而言也颇有价值。关于《梨俱吠陀》,季
羡林也写有《〈梨俱吠陀〉几首哲学赞歌新解》③一文,文中季羡林从生殖
崇拜的角度对《梨俱吠陀》中几首诗以及几个重要词汇如"独　之彼""金

①　孟昭毅:《南亚研究》2011 年第 4 期。
②　刘志群:《西藏艺术研究》2007 年第 1 期。
③　《北京大学学报》1989 年第 4 期。

胎""金卵"等进行了解读,指出从中可以明显看到印度先民生殖崇拜的痕迹。

20 世纪 80 年代以来译介吠陀诗歌的文章,可资借鉴的还有《世界最古的诗集〈梨俱吠陀〉》[1]、《从吠陀到奥义书》[2]、《从〈九歌〉与〈梨俱吠陀〉看先民异己力量的人格化》[3]、《〈阿闼婆吠陀〉第一章"三七"(trisaptas)释义》[4]、《从〈梨俱吠陀〉看吠陀时代的文化特征》[5]等。此外,巫白慧的《吠陀经探义与奥义书解析》[6]从宗教哲学角度对吠陀诗歌进行解读,对于理解吠陀诗歌来说是一部重要的参考书。

在梵语诗歌的其他作品研究中,黄宝生的《胜天的〈牧童歌〉》[7]是一篇较重要的文章。文章在介绍《牧童歌》内容的基础上指出了它在内容上和形式上的独创性及其价值;对印度中世纪的虔信运动以及虔信文学进行了介绍,指出了《胜天歌》与后来的虔信派诗歌的不同;并将《牧童歌》与《圣经》中的《雅歌》、与《诗经》中的《国风》进行了对比分析,以辨明"披着宗教外衣的爱情诗和披着爱情外衣的宗教诗之区别"。

季羡林作为《沙恭达罗》的译者,对它也进行了研究,1978 年的《〈沙恭达罗〉译本新序》[8]一文是这方面的代表。在这篇长文中,季羡林介绍了之所以能产生迦梨陀娑这位伟大剧作家的历史、文化背景,并结合迦梨陀娑的生平分析了他作为宫廷诗人对国王以及统治阶级的既奉承又不完全赞同的矛盾态度。文章指出剧本的重点还是在于描写国王豆扇陀与沙恭达罗之间的爱情,这种爱情在当时的社会状况下是合乎理想的。至于国王究竟真的是不是"情种",文章认为这是一个艺术反映现实,又高于现

① 巫白慧:《东疆学刊》(哲学社会科学版)1987 年第 3 期。

② 方广锠:《南亚研究》1989 年第 3 期。

③ 孙金祥:《国外文学》1990 年第 2 期。

④ 饶宗颐:《中国文化》第五期,中国文化杂志社 1991 年版。

⑤ 李德木:《印度文学研究集刊》(第五辑),上海译文出版社 2002 年版。

⑥ 东方出版社 2000 年版。

⑦ 《印度文学研究集刊》(第一辑),上海译文出版社 1984 年版。

⑧ 《外国文学研究集刊》(第一辑),中国社会科学出版社 1979 年版。

实的问题，不能过于苛求。此外，这篇文章还对迦梨陀娑掌握语言工具的技巧和《沙恭达罗》的艺术风格进行了细致的分析，"迦梨陀娑笔下的梵文却是淳朴而不失枯槁，流利而不油滑，雍容而不靡丽，谨严而不死板"①，他的风格既不像初期的吠陀那么简单、朴素，又不像后期的檀丁等人那样浓艳，季羡林指出迦梨陀娑是一个恰当地掌握了梵语语言"文"与"质"分寸的作家，这也是他的艺术风格在印度文学史上成为典范的原因。最后，文章对《沙恭达罗》在印度和世界上的接受情况进行了介绍。由于语言的限制，我国大部分研究者对梵语文学的了解十分有限。季羡林这篇文章中对迦梨陀娑生活时代背景和梵语文学发展情况的介绍因此具有很高的参考价值。在对人物和剧本思想的分析上，文章一方面仍带有早期阶级论的痕迹，但另一方面也充分肯定了迦梨陀娑的艺术处理。文章对于迦梨陀娑的语言成就和剧本艺术风格的论述，体现了季羡林作为梵语学者的专业视野和学术水准。季羡林和金克木对《沙恭达罗》语言特色与艺术特色的分析，也代表了我国学界对论题的一致观点。

　　从 20 世纪 80 年代开始，我国对《沙恭达罗》的研究成果逐渐增多。在最初的十年中，研究基本上都集中在论述和分析该剧的主题思想、人物形象，也有一些涉及剧本创作的艺术特色。比较有代表性的成果有：《论〈沙恭达罗〉的主题思想及其意义》②、《〈沙恭达罗〉主要人物琐谈》③、《〈沙恭达罗〉的创作时期和主题》④、《论印度古典名剧〈沙恭达罗〉》⑤等。这些研究成果的一个突出特点是，尽管还或多或少留有社会、政治分析的影子，但在整体上都有意识地反对甚至批评早期简单、粗暴的阶级分析论，主张从文学欣赏、文学批评的角度来看待《沙恭达罗》，对它的"爱情"主题、人物形象尤其是国王豆扇陀的形象做出了符合作品的、较为客观中肯

---

① 张光璘、李铮编：《季羡林论印度文化》，中国华侨出版社 1994 年版，第 83 页。
② 何乃英：《外国文学研究》1979 年第 4 期。
③ 刘国屏：《江西师院学报》1980 年第 4 期。
④ 郭祝崧：《四川师院学报》1982 第 3 期。
⑤ 王远泽：《广西民族学院学报》（哲学社会科学版）1983 年第 3 期。

的分析,充分肯定了《沙恭达罗》作为抒情的、而非现实主义的世界文学名著的经典地位。何乃英认为迦梨陀娑运用了含蓄不尽、婉而多讽的手法,用正面的明写,表示既有现实基础又有理想因素的故事,歌颂双方美丽的爱情,表达自己美好的愿望;用侧面的暗写,揭露现实生活的矛盾,谴责奴隶制婚姻的罪恶,抒发自己的不满情绪。刘国屏文明确反对将《沙恭达罗》看成了一部批判现实主义的代表作,反对简单地将沙恭达罗作为下层妇女的代表、将豆扇陀看作是社会上层特权分子加以批判、否定,也反对将迦梨陀娑对人物形象的处理看作是他的"阶级局限性"。郭祝崧文提出,"既不能由于《沙》以爱情为主题就否定它,也不能为了肯定它,就曲为之说,硬定为'反映的是阶级矛盾与阶级斗争',是'对奴隶主阶级的专制帝王的专横卑劣进行揭露和批判'。"王远泽文指出"在我国评论界,有人将沙恭达罗与豆扇陀看成是戏剧冲突的对立双方,把豆扇陀看成是迦梨陀娑暴露批判的反面人物,这种观点的提出,除了受极左思潮和庸俗社会学的影响之外,对《沙恭达罗》戏剧冲突这种别具一格的艺术处理注视不够,恐怕也是一个重要原因"。以上种种,都可以看出我国评论界在新时期来临之后,在对《沙恭达罗》乃至整个文学作品的批评中,在自觉地逐步摆脱了简单的社会、阶级论,走上了独立的文学批评之路。20 世纪 90 年代之后,在对《沙恭达罗》主题、人物的分析与研究中,与早期类似的"阶级对立论"观点、批判现实主义之说基本消匿。

　　自 20 世纪 90 年代以来,学界对《沙恭达罗》的研究领域扩大,除了以往的主题思想、人物研究,剧本的艺术构思、创作方法、美学特征、文化内涵等都成为考察对象。主题思想方面的研究基本上围绕爱情主题展开,人物研究关注的对象主要是女主角沙恭达罗和国王豆扇陀,基本的观点是将沙恭达罗作为真善美的形象加以分析。值得一提的是,后期的此类研究基本上都会从印度文化的角度出发进行分析,如《沙恭达罗形象的文化意蕴》①认为沙恭达罗形象体现了印度"梵我一体"的传统观念。《〈沙

---

①　胡吉省:《印度文学研究集刊》(第四辑),上海译文出版社 1999 年版。

恭达罗〉诗剧美学特征》①认为诗剧的"美"体现在个性美、情味美、意境美、精神美等四个方面，并结合文本进行了分析。《简论〈沙恭达罗〉的艺术性》②分析了剧本在安排戏剧矛盾冲突、设置戏剧情境方面的独到之处。

针对剧本的研究方面，《论〈沙恭达罗〉的艺术构思——史诗插话与戏剧剧本异同之比较》③对《摩诃婆罗多》插话中的沙恭达罗插话和迦梨陀娑的剧本进行了对比分析，认为迦梨陀娑的创作丰富了古老故事的血肉，在故事的人物身上注入了丰富的感情，尤其是通过沙恭达罗这个既美丽又温柔的女性形象表达了作者的美好愿望和理想，从而使剧本具有了生命力。在《沙恭达罗》中，仙人的诅咒是剧本矛盾发展的关键，对于如何理解仙人的诅咒，季羡林在《译本新序》中曾提出，"仙人诅咒竟然有那样大的威力，印度以外的人是不大能理解的。但是由于婆罗门（仙人就是他们的缩影）大力宣扬，印度人民相信了一套，印度文人学士也把这一套搬进自己的著作中，关于这一点我们不应该过分苛求。"④梁潮等人在《新东方文学史（古代·中古部分）》中提出了"命运的捉弄"说法，认为那个时代印度人真的相信有诅咒。新的研究，如《仙人诅咒的文化内涵——对诗剧〈沙恭达罗〉矛盾转折的阐释》⑤在这两个论点的基础上，试图从印度文化的特征、种姓与通婚的关系来深入探讨这一情节背后的文化意蕴，有一定的意义。《梵剧〈沙恭达罗〉的显在叙事》⑥在研究中独辟蹊径，在与西方戏剧和中国戏剧进行对比的基础上，对《沙恭达罗》剧本的文本叙事艺术进行了分析。文章指出《沙恭达罗》作为印度戏剧的代表作，《沙恭达罗》在叙事方面取得了令人称道的成就。它的序幕叙事非常独特，不同于西方的歌队叙事，但与中国的"先声"叙事、"传概"叙事等相似。其用以叙

① 葛英：《戏曲研究》2002 年第 2 期。
② 陈伯通：《印度文学研究集刊》（第四辑），上海译文出版社 1999 年版。
③ 何乃英：《南亚研究》1991 年第 1 期。
④ 张光璘、王树英主编：《季羡林论印度文化》，人民出版社 2009 年版，83 页。
⑤ 郑苏淮：《戏剧》1997 年第 1 期。
⑥ 姜景奎：《河南教育学院学报》（哲学社会科学版）1998 年第 4 期。

人、叙事、叙景和叙情的独白、对白、旁白等都十分成功。长时空独白叙事、插曲叙事、幕后语叙事等也是该剧的重要特色。其剧名和幕名叙事是其他戏剧体系的作品中十分罕见的叙事类型。

随着比较文学及其研究方法的引入，有意识地对《沙恭达罗》与中外文学作品的比较研究，尤其是将它与我国的传统文学作品进行比较也成为新时期以来该剧研究的一个重要方面。《沙恭达罗》是一部以爱情为主题戏剧，因此学界对它与我国剧作的比较研究大部分集中在题材类似的作品上，主要将它与《长生殿》《西厢记》《琵琶记》等比较研究。

《长生殿》是我国古代优秀的剧本之一，它取材于我国历史上的真实事情，讲述了唐玄宗和贵妃杨玉环之间的爱情故事。《〈长生殿〉与〈沙恭达罗〉》①从主题思想、主角形象、戏剧结构、演出程式等方面分析了二者在创作时间、地点、文学传统、审美趣味等方面的不同以及在戏剧结构、角色构成、戏剧元素等方面的相似，指出两剧的作者都在继承各自民族文化遗产的基础上，对以往陈旧的故事内容进行了思想艺术诸方面新的概括加工，发扬其中积极的思想因素，用理想方式处理现实生活中的人和真实情感，创作出表现悲欢离合的爱情主题的优秀作品。文章也指出两剧在具体的戏剧组织内容和形式上的相似，可能存在中印文化交流的因素，但绝不能都以"影响"看待。《〈沙恭达罗〉与〈长生殿〉创作方法之比较》②主要分析了两剧在剧本结构、剧情设置、浪漫主义手法等方面的异同，认为虽然两剧都体现了作者的理想，但《长生殿》有比《沙恭达罗》更丰富深沉的现实成分。《沙恭达罗》是作者感情和理想的直率抒写，《长生殿》则表现了作者身处惨痛现实中对理想的执着追求，因此两部作品采取了不尽一致的艺术手法，《沙恭达罗》剧本篇幅不长，结构上的主要特点体现在单线发展上，即豆扇陀与沙恭达罗的爱情发展，情节也相对单纯凝练。《长生殿》前后五十出戏，有三条相互交错的线索：主线是围绕李、杨爱情，副

---

① 孟昭毅：《天津师范大学学报》1986 年第 3 期。
② 唐皑：《国外文学》1990 年 2 期。

线一是朝中激烈斗争,二是人民群众的反抗斗争,情节也因此复杂且与现实关系紧密。两部作品都有丰富的想象、细腻的心理描写,和带有理想化色彩的人物。从创作手法和艺术特点来看,《沙恭达罗》与《长生殿》代表着印度与中国两种民族文化的不同特色。《〈沙恭达罗〉与〈长生殿〉——兼论历史题材的作品》①指出从印度文化的角度来看,沙恭达罗的故事是被当作历史传说来看,并在此基础上谈论和分析《沙恭达罗》与《长生殿》对历史题材故事的处理与创作。文章分别分析了迦梨陀娑对《摩诃婆罗多》插话故事的改编和洪升对唐、杨故事的改造,认为两位作者均承认了当时男女不平等的男权社会基础上的多妻行为,但他们也在创作中有意无意地肯定了建立在感情基础上的一对一的夫妻关系。正是基于这种不很明确的认识,两位作者把一对帝王和妃子的爱情作为目标或理想,且不约而同地采取了幻想的手法,即借助浪漫主义的或超现实的神话的作用来完成他们的目标或理想,两剧在改编中的另一个共同特点就是他们两人对帝王的宽厚。文章还由对这两部作品的分析,进而探讨了文学改编创作中如何处理历史题材的问题,认为以历史题材写的文学作品如果允许的话,那么虚构的程度显然存在着一个"度"的问题,并对当下越来越多的历史题材的文学创作提出了"如何正确处理尊重历史史实和加工创作的关系问题",显示了作者对文学批评的实际意义的关注。

　《西厢记》也是我国一部流传久远的优秀剧作,讲述了张生与崔莺莺的爱情故事。刘安武的《从〈西厢记〉中的红娘说起——中印爱情戏剧中的婢女和女友》在研究中独辟蹊径,关注了《西厢记》中的崔莺莺的婢女红娘,《沙恭达罗》中沙恭达罗的两位女友阿奴苏耶和比哩阎婆陀在剧情进展、促使男女主人公结合、表现主题方面的重要作用。文章还分析了两剧中这些配角的异同,指出了作者在继承以往故事基础上对这些角色的处理与创造,并提到,虽然《西厢记》中的婚姻矛盾和《沙恭达罗》中的并不完

---

①　刘安武:《湖南社会科学》2001 年第 4 期。

全一样,但"不管怎样,有条件的自由婚姻比起包办婚姻来总是一种进步"①。从这篇文章中可以再次看到,刘安武的文学研究并不是僵化的研究,而是与现实和当下生活结合在一起的,这也显示出了刘安武年轻的学术心态。《东方剧苑两佳丽——沙恭达罗与崔莺莺形象比较》②认为沙恭达罗与崔莺莺是古代东方剧苑中优美女性的代表者、自由婚姻的追求者和作者美好理想的体现者,文章分析了她们在外貌特征、性格构成,尤其是对自由爱情生活的向往与追求等方面的异同,并进而探讨了中印不同文化传统对这两个形象的影响。1990 年的《国外文学》第 2 期上同时刊登了两篇讨论《沙恭达罗》的文章,分别是《东方戏剧史上的双璧——〈沙恭达罗〉与〈牡丹亭〉》③和《〈沙恭达罗〉与〈琵琶记〉》④。陈文认为《沙恭达罗》与《牡丹亭》虽同属浪漫主义,题材相似、情节处理相似,但两位作者在对待超现实因素和对待现实的态度上差异都非常大。两剧的整体风格也不同,《沙》剧是静穆和谐的清新,《牡》剧是精雕细镂、诗情喷涌、色彩绚烂、气氛热烈的华美。两剧都塑造了一位光彩照人的女性形象,沙恭达罗与杜丽娘性格有近似的一面,但其深层内涵大不相同,表现形态也有种种差异。王文从结构、意境、感情三方面对《沙恭达罗》与《琵琶记》进行了对照,认为两剧在结构上都简洁明晰,丰富充实,充分地展示人物性格;意境上,情景相融,声情并茂;感情上,植根于情,成文于情而以情动人。文章最后提出《沙恭达罗》这类探索人类普遍心灵的作品在主题上更胜于《琵琶记》这类表现封建伦理思想以及批评社会政治的作品。这种对人类普遍价值的褒扬在当时看来,是比较先进的。《两个命运相同的古代东方女子——从刘兰芝的悲剧看沙恭达罗的结局》⑤主要从封建礼教、封建义务和封建权势对妇女的压迫这个角度对《孔雀东南飞》中的刘兰芝与沙恭达

---

①　刘安武:《印度文学和中国文学比较研究》,中国国际广播出版社 2005 年版,第 222 页。

②　成良臣:《西南民族学院学报》(哲学社会科学版)2000 年第 8 期。

③　陈玉辉:《国外文学》1990 年第 2 期。

④　王海涛:《国外文学》1990 年第 2 期。

⑤　胡启泰:《外国文学研究》1991 年第 3 期。

罗做了比较,文章带有一定的女性主义视角,这一点是可取的。

对于中国戏剧的来源的"梵剧说",《南戏体例"输入"说质疑——以〈张协状元〉与〈沙恭达罗〉为例》①对此进行了分析和质疑。《张协状元》出自南宋后期温州九山书会才人之手,是现存南戏剧本中最早的作品,也是我国现存最早的汉文剧本,它也是一个"婚变戏",与《沙恭达罗》在题材与情节结构方面均有相似的地方。在《张协状元》的诞生地温州附近——也就是南戏的发祥地曾发现过《沙恭达罗》的梵文抄本。郑振铎曾指出两者竟"是如此的相肖合",足以证明"传奇的体例与组织完全是由印度输入的"。文章指出,《张协状元》虽与《沙恭达罗》具有某些相似性,但二者的不同点更多:一为单线发展,一为双线交织;一为代言体,一为不完全代言体;一为诗体,一为曲体;一为分幕结构,一为人物上下场结构;一凸显人物,一凸显行当。文章认为《张协状元》与《沙恭达罗》的某些相似性,并不能证明《张协状元》模仿了《沙恭达罗》,《张协状元》的体例主要源于宋代话本和诸宫调。

在与西方的比较研究方面,有文章将沙恭达罗与美狄亚进行比较,其中《〈沙恭达罗〉与〈美狄亚〉之平行比较》②较有代表。文章指出两个剧本都以妇女的命运为题材,同样表现了妇女同国王或英雄的不幸婚姻,同样描写了女主人公遭受男子始乱终弃的侮弄(尽管《沙恭达罗》的结局是大团圆)。但由于两部剧作的作者不同,它们所赖以产生的东西方地理环境和文化背景不同,因而两剧所表现的人物性格、道德观念、爱情观念也就不同,爱情的表达方式与女主人公命运的结局便也不同。《沙》是浸透了东方伦理文化和审美情趣的优美动人的意境剧,《美》是洋溢着西方个性精神与悲剧色彩的惊心动魄的性格剧。

比《沙恭达罗》比起来,我国学界对迦梨陀娑的另外两部戏剧《优哩婆湿》和《摩罗维迦与火友》的研究极为有限。

---

① 郑传寅:《武汉大学学报》(人文科学版),2007年第1期。
② 李晓红:《国外文学》1992年第3期。

　　关于这个剧本的研究,译者吴文辉曾撰写了两篇专门的文章,《一部被忽略了的重要剧作——评〈摩罗维迦与火友〉》①和《〈摩罗维迦与火友〉序幕散论》②。在《序幕散论》中,作者结合印地文、俄文、梵文对序幕译文进行了比较研究,并在此基础上探讨了序幕中的角色,对序幕的结构、前奏、思想等问题进行了分析,这也是我国目前对这个剧本较有学术深度的研究成果。

　　关于《罗怙世系》,吴文辉《迦梨陀娑笔下的罗摩传奇》③一文研究其中第 10—15 章的价值和意义。作者在这篇文章中,对《罗怙世系》第 10—15 章与史诗《罗摩衍那》的关系进行了一一对比,厘清了二者之间的关系,并指出迦梨陀娑在重写罗摩传奇时对罗摩形象最大的改变就是削弱了罗摩对悉多的负心,即遗弃,这种改变是通过加强对罗摩爱恋悉多的描写、淡化火的考验、突出王权的作用这三个方面来实现的,在迦梨陀娑笔下,罗摩既有传统的一面,同时也充满了作者的独创性。文章还分析了故事中悉多形象的改变,指出迦梨陀娑以艺术家的眼光捕捉了悉多的悲剧的美学意义,因此在《罗怙世系》的罗摩传奇中,故事的高潮不是罗波那伏诛,而是悉多回归大地。从这篇文章可以看出作者对《罗怙世系》中罗摩传奇故事和印度文学文化的熟悉,其分析比较恰当,具有较高的参考价值。

　　将《云使》与我国诗歌进行比较研究的文章虽不多,但却有较高的参考价值。《〈离骚〉与〈云使〉之比较刍议》④认为,虽然屈原的《离骚》与《云使》在内容上有着极大的差异,但寻究其内在的情感特质二者却有相似之处,诗篇中都蕴含着热烈深挚的情感,都是来自心灵深处真诚品质的流露,且二者皆有丰富的想象,动人的意境,因而具有一定的可比性。文章比较了两部诗篇内在情感、诗歌意象结构群的不同,并在此基础上进而

---

　　①　吴文辉:《东方采菁录》,中山大学出版社 1997 年版。
　　②　《中山大学学报》1999 年第 3 期。
　　③　《印度文学研究集刊》(第六辑),上海译文出版社 2003 年版。
　　④　王玫:《国外文学》1990 年第 2 期。

分析了中国与印度两大文明古国对宇宙人生看法的差异，并指出这种差异对两国文学艺术造成了巨大影响。文章还探讨了中印两国不同文化影响下民族精神、民族追求的不同。这篇文章不但对中国文学文化的分析较准确，对印度文学文化的把握也较恰当，对于通过《离骚》和《云使》理解中印两国文学、文化异同具有较大的参考意义。《〈云使〉和〈长恨歌〉》①认为，这两部诗歌产生的时间虽然间隔较远，但其社会性质相似，故事内容和情节也类似，因而有可比性。文章指出《云使》和《长恨歌》是古代印度和中国各自的长篇抒情诗或带叙事性的长篇抒情诗，都是写情侣的生离或死别，两部作品中的神话色彩和爱情婚姻都是一种理想。两篇抒情诗中的旁观者在男女主角感情交流中的作用是两国文学传统中表现手法的创造和发展，丰富、弥补和沟通了男女主人公的真实感情。处于第三者的旁观者在证实自己的身份时所借助男女主人公的隐事的相同例子，表现了印度和中国两个民族中某种类似的心理状态。但从艺术风格上看，《云使》活泼、直露，《长恨歌》含蓄、严肃，二者情调有所不同。《〈云使〉、〈室思〉中的"云"意象》②以在分别论述中、印文学传统的中"云"意象形成发展的基础上，对《云使》和"思妇诗"《室思》中的"云"的意象和它们对各自后世文学的影响进行了论述。

第三节　印地语文学研究

印地语文学是印度文学的重要组成部分，有广义和狭义之分。此处采用刘安武的说法，将广义的印地语文学，即11世纪左右开始的各种阿伯珀仑谢语和后来的伯勒杰方言、阿沃提方言以及现代克利方言印地语文学③作品的译介作为考察对象。

在作品翻译得较多的其他作家中，对耶谢巴尔的研究较多。耶谢巴

① 刘安武：《国外文学》2001年第3期。
② 孟昭毅：《印度文学研究集刊》（第五辑），上海译文出版社2002年版。
③ 刘安武：《印度印地语文学史》，人民文学出版社1987年版，7页。

尔是印度现当代著名作家,受母亲影响,他自幼接受民族主义精神的熏
陶,在青年时期便成为一名激进的民族主义者,早年曾亲身参加反英武装
斗争,并在 1932 年被捕入狱。出狱后他积极创办《起义》杂志并亲笔写稿
反对英政府统治,于 1940 年再次被捕入狱。第二次世界大战后,耶谢巴
尔被释放出狱,从此作为印度共产党的同情者和合作者积极写作。耶谢
巴尔是公认的继承了普列姆昌德批评(判)现实主义传统的最重要的作
家,他是印地语进步主义的代表作家之一,但他对马克思主义的理解很大
程度来自于实际生活体验和在监狱中接受的马克思主义思想。石海峻在
《20 世纪印度文学史》中指出:"耶谢巴尔的创作与政治密不可分,但他的
创作并不是某个党派的意识形态在文学上的翻版。……他的创作虽被认
为是进步主义,但是他的创作激情更多地来自他对自己的国家和人民的
深沉感情……"①,这个论断是比较得当的。《虚假的事实》出版于 1960
年,标志着耶谢巴尔创作的新阶段,也是印地语中最重要的长篇小说之
一。小说以三个人物为中心,概括了印度独立前后一二十年的社会重大
事件,规模宏大、场面壮观,表现了印巴分治中以及印度独立后所出现的
种种问题。这部作品在 2000 年的出版,对于印地语文学以及整个印度当
代文学在中国的翻译来说,都是一个重要的事件。刘安武在 1982 年发表
的《战士·作家——介绍印度现代革命作家耶谢巴尔》②是一篇长文,这
篇文章实际上是后来出版的《印度印地语文学史》中"耶谢巴尔"一节的主
要内容。该文按时间为序,对耶谢巴尔的生平和三个创作阶段做了介绍,
并分析了每个创作阶段的主要作品。文章还将耶谢巴尔和普列姆昌德进
行了对比,指出"普列姆昌德的作品主要反映了印度农村中的尖锐的阶级
斗事,揭露和批判了地主阶级的种种罪孽以及与此紧密结合的封建种姓
制度,而耶谢巴尔的作品主要以城市为中心,反映了资产阶级与无产阶级
的对立,批判了资本主义制度及其意识形态。……随着时代的发展,耶谢

---

① 青岛出版社 1998 年版,第 128 页。
② 《国外文学》1982 年第 3 期。

巴尔在普列姆昌德所开辟的批判现实主义道路上更向前迈进了一步。他自觉地投入了火热的斗争。在创作的指导思想上,他运用了唯物主义这个批判的武器,所以他的批判更深刻,更彻底,战斗性更强。"对于我国读者全面了解和把握耶谢巴尔的创作来说,这是最早的全面而又准确的参考资料。在《公理和惩罚》的前言中,译者也对耶谢巴尔的生平和创作进行了较为全面的介绍。《民族自我的建构——从后殖民文学视角看〈虚假的事实〉》①将《虚假的事实》置于后殖民文学视角之下,提出耶谢巴尔是在《虚假的事实》中寻求"民族自我"。这个"民族自我"的品性与内涵包括苦难后的觉醒、团结、平等、理性、奉献、自力更生与民众本位,这些都集中体现在女主人公拉达的身上。文章指出将达拉作为民族理想的象征加以刻画,表明耶谢巴尔高出一般的后殖民文学作家。同时,在《虚假的事实》中,也体现了一般东方后殖民作家普遍具有的使命感、责任感与焦虑心境,以及对民族光明前途的向往。这篇文章是黎跃进的东方民族主义文学研究系列中的一个环节,既显示了对文本的清晰解读,也显示了较高的理论高度,将《虚假的事实》置于后殖民批评之下,亦显示了我国学者在研究中的开阔视野和创新。《解读耶谢巴尔〈虚假的事实〉中的主要女性形象》②指出在作品中,耶谢巴尔重点塑造的核心人物是女性,这在印度文学中属于少见。文章结合作品对小说中的两个主要女性达拉和甘娜格分别进行了细致的分析,并进而在传统印度教对女性的歧视这一基础上探讨了耶谢巴尔将女性作为核心人物的原因。文章指出这两个女性形象是现当代印度文学人物画廊中少见的觉醒了的具有先进性的代表人物,耶谢巴尔通过她们表达了自己在爱情婚姻问题上对遭受过不幸的妇女的看法和理想。

在近现代印地语文学现实主义传统之外,成功的印地语小说家不多,介南德尔·古马尔是最著名的一位。介南德尔·古马尔的创作受弗洛伊

---

① 《湘潭大学学报》(哲学社会科学版)2005 年第 4 期。
② 唐仁虎:《南亚研究》2009 年第 1 期。

德理论的影响,其长篇小说大多存在着一些共同点,即不注重情节的发展,核心故事构建不充分,追求对抽象的心理活动的描绘,因此他的小说也被有的评论家称为哲学小说,这在他后期的创作中尤其明显。已翻译过来的两篇作品中,《辞职》是一篇有着较大影响的中篇小说,有较强的现实主义色彩和批评性。介南德尔·古马尔的作品汉译不多,我国研究其创作的主要学者是魏丽明,2000 年以来她发表了一系列研究介南德尔创作的文章,主要有:《心灵的魅力——印度小说家介南德尔·古马尔早期创作简论》①、《心之灵的再现——介南德尔小说中的心理分析技巧探析》②、《觉醒和挣扎——介南德尔后期小说中的主要人物形象评介》③、《试论介南德尔小说中的女性意识》④、《男性作家的写作策略——论介南德尔·古马尔笔下的女性形象》⑤、《试论中印"时代女性"主体性意识的觉醒——以〈虹〉和〈十束光〉为个案的比较》⑥。前两篇文章主要是结合作品对介南德尔在创作中的心理分析手法进行了剖析,指出介南德尔"在小说中运用的刻画人物心理的手法是传统技巧和现代手法的双重结合",《辞职》是这两种技巧完美结合的杰作之一。后四篇文章探讨的对象都集中在介南德尔笔下的女性形象之上,指出介南德尔笔下的女性形象在不同程度上都具有了自我觉醒的特征,对传统的两性关系感到不满,但她们的自由发展又并未实现,因而这些形象均有焦虑、迷失、无助等心理感受。作者认为介南德尔实际上是借助女性主体性的高扬来舒展自我的生命意志,希望在平等的人的意义上尊重女性自身内在的生命逻辑,这表达了男性作家对男权道德的自我反思和自我启蒙。文章也指出,介南德尔的写作明显带有改良社会的期待,他笔下的女性形象是否源自女性自身的生命逻辑状态,是一个需要谨慎对待的问题。魏丽明的博士论文即以介南

---

① 《国外文学》2000 年第 2 期。

② 《南亚研究》2002 年第 2 期。

③ 《印度文学研究集刊》(第五辑),上海译文出版社 2002 年版。

④ 《东方文学研究集刊》(第一辑),湖南文艺出版社 2003 年版。

⑤ 《外国文学研究》2005 年第 1 期。

⑥ 《南亚研究》2005 年增刊。

德尔为研究对象,她对介南德尔的研究是我国目前在该问题上较有代表性的成果。

杰耶辛格尔·伯勒萨德是印地语阴影主义即浪漫主义诗歌的代表人物之一,他同时也是一位剧作家和小说家。《论伯勒萨德〈神车〉的诗美特征》①从创作手法、诗化语言等方面对《神车》进行了分析,指出小说在没有逾越小说这一体裁界限的同时,还具有诗的"韵"和诗的美。作为诗人的伯勒萨德将印度古典诗学的技巧植入了小说创作中,创作了具有"阴影主义"诗美特征的短篇小说《神车》,是一次成功的尝试。此外,近年来我国学界对雷努的边区小说、印地语"新小说"的研究有所增加。在《肮脏的裙裾·译者前言》中,薛克翘对"边区"的含义、小说的背景、小说中的意识流写法、主要人物形象进行了简要的介绍,有助于读者理解雷努的创作特色。在《20世纪印度文学史》中,对雷努进行了专节介绍,指出雷努与同时代的"新小说"作家不同,是一个有着强烈社会责任感的作家,他的创作植根于其家乡的语言、风俗、民歌、民间音乐之中,并因此获得了格外的活力和特色。《论雷努的边区小说创作》②、《论雷努边区长篇小说的叙事艺术》③对雷努边区小说中的边区风貌、叙事风格、语言特色进行了分析。姜永红的博士论文研究对象即为雷努的边区文学,其博士论文若出版,将是我国雷努边区文学研究的一个突破。新小说运动是印地语当代文坛最重要的运动,新小说派是最重要的文学流派,它在20世纪50年代末和60年末初取得了较为引人注目的成就,反映的是都市中产阶级对当时印度社会动荡、经济不景气和国家前途叵测的不安、抗争、失望等心理。克默莱什沃尔是这场运动的倡导者,摩亨·拉盖什是代表作家。青年学者廖波在这个问题上进行了新的探索,他发表了《莫亨·拉盖什短篇小说创作

---

① 任飞:《南亚研究》2002年第1期。
② 姜永红:《南亚研究》2005年增刊。
③ 姜永红:《东方研究》2010年。

简评》①、《印地语新小说概论》②，并以克默莱什沃尔为研究对象撰写了博士论文，目前该论文已以《印度印地语作家格莫勒希沃尔小说创作研究》③为名出版，对于新小说研究来说，这是一个可喜的成果。

格比尔达斯（又译迦比尔、格比尔）是中世纪印地语文坛的重要诗人，具体生卒年月不详。他出生于织布工人家庭，没有受过正式教育，诗作多为口头创作，大部分为四行诗，类似我国古代绝句。《论迦比尔及其诗歌》④是一篇长文。文章先介绍了格比尔达斯生活的时代尤其是宗教教派情况，并在此基础上分析了格比尔达斯的宗教思想，对他的不同诗歌创作如宗教诗、批判性诗歌、格言诗分别进行了介绍和评述，这对于读者和一般研究者全面了解格比尔达斯具有指导意义。文章还指出格比尔达斯的诗歌与中世纪的文人诗歌相比不同，他的诗歌具有善用比喻、双关语和多反意诗的特点，并对其批判性诗歌给予了很高评价，但从整体来看，这些诗的文学意义和审美性并不强。加耶西是印度中世纪著名的苏菲派印地语诗人，具体生平不详。《贾耶西与〈莲花公主传奇〉——评中世纪印地语苏非文学（一）》⑤结合已有史料对加耶西的生平和《莲花公主传奇》进行了介绍，着重探讨了《莲花公主传奇》的艺术特点和民间性特征，并指出在对《莲花公主传奇》的研究中既要看到其文学性特征，又要看到它所具有的苏菲派思想特征，如长诗中男女主人公从爱到死的过程就可以看作是一个关于"神爱"之实现的隐喻与象征。薛克翘认为《莲花公主传奇》既继承了印度古代叙事长诗的一些基本特点，具备了成为"大诗"的基本要素，又是印地语"大诗"中独特的一部，树立了"传奇性大诗"的典范，这是加耶西对印地语文学的最主要贡献。苏尔达斯不仅在印地语文学史，而且在整个印度文学史上都是一位非常重要的诗人。他生活于 15 世纪七

---

① 《解放军外国语学院学报》2004 年第 1 期。
② 《解放军外国语学院学报》2008 年第 6 期。
③ 世界图书出版公司 2011 年版。
④ 刘国楠：《印度文学研究集刊》（第一辑），上海译文出版社 1984 年版。
⑤ 薛克翘：《南亚研究》2004 年第 1 期。

八十年代至 16 世纪七八十年代,以虔诚诗著称。刘安武有两篇关于苏尔达斯的长文,《十六世纪印度大诗人苏尔达斯》[①]和《苏尔达斯和他的〈苏尔诗海〉》[②]。这两篇文章对苏尔达斯的生平进行了介绍,对印度中世纪虔诚派诗歌背景予以了解释,甄别了《苏尔诗海》与《薄伽梵歌》的关系,指出《苏尔诗海》是以《薄伽梵往世书》为蓝本、用印地语的伯勒杰方言进行加工改写的一部带叙事诗色彩的抒情诗,在加工改写的过程中,诗人发挥了一定的创造性。刘安武指出,苏尔达斯在创作《苏尔诗海》诗歌时的一个重要特点是突出了黑天的平民身份,把神的化身这一身份降到很次要的地位,至于贵族公子的身份则更是微不足道,这反映了诗人的民主精神。此外,这两篇文章还从易于被中国读者了解和接受的角度,对《苏尔诗海》中描写童年黑天以及黑天与牧区少女的爱情诗歌分别进行了解读,指出苏尔达斯继承了 14 世纪诗人维德亚伯迪的传统,发展了他的民主性内容和各种表现手法,使黑天这个人物更丰满,更受人喜爱。杜勒西达斯是印地语文学史上最著名的诗人,《罗摩功行之湖》(又译《罗摩功行录》)是印地语文学最著名的作品。《印度中世纪的大诗人杜勒西达斯和他的〈罗摩功行录〉》[③]一文是《印度印地语文学史》中“杜勒西达斯”一节的基本内容。文章比较了《罗摩功行之湖》与《罗摩衍那》的关系,指出《罗摩功行录》并不是一部完全独立的创作,而是用印地语(阿沃提方言)加工改写而成;但是它也不是一部简单的意译作品,杜勒西达斯在写《罗摩功行录》时表现了一定的创造性,无论是在对罗摩故事的剪裁和情节的取舍方面,还是在重点的选择和删繁就简方面,特别是在人物的刻画方面,都与《罗摩衍那》有不少区别,具有自己的特色。文章除了指出《罗摩功行之湖》的成功之外,也指出了它所表现出来的种姓歧视、妇女歧视等局限,提出要辩证地看待这部作品。《宗教诗篇与文学诗篇之间:〈罗摩功行之湖〉——

---

① 《外国文学研究》1983 年第 1 期。
② 《印度文学研究集刊》(第一辑),上海译文出版社 1984 年版。
③ 刘安武:《南亚研究》1983 年第 2 期。

兼与〈罗摩衍那〉比较》①提出《罗摩功行之湖》与《罗摩衍那》有着很大差别，《罗摩功行之湖》中的神带有一定的欺骗性，这部诗歌是介于完全的神之赞歌与文学诗篇之间的一部作品。

关于印地语现代诗歌的研究成果不多。在上述已有汉译的三位诗人中，目前仅有关于杰耶辛格尔·伯勒萨德几篇研究文章。伯勒萨德生活在 19 世纪后期和 20 世纪前期，是阴影主义的代表诗人，《迦马耶尼》是他最有名的长诗，出版于 1935 年。诗人在这部作品中利用神话故事，曲折地隐喻地表现现代社会生活。《评普拉萨德的大诗〈迦马耶尼〉》②集中分析了这部诗歌，指出《迦马耶尼》运用隐喻的手法，藏奥义于形象，意在言外，既具有文学的美感，又反映了社会现实，还体现了诗人"大家庭"的社会理想。文章分析了诗歌艺术上的显著特点，即细腻的心理描写，通过心理描写塑造神形兼备的人物形象，并通过心理描写抒发和寄托诗人自己的思想感情。对于《迦马耶尼》，作者认为它的成功在于伯勒萨德在这部诗歌中既表现了时代的精神与民族的意志，更在这二者加上了自己的思想感情，诗歌的艺术风格既继承了前人成就，更显示了诗人的创新。《野花》是伯勒萨德早期的诗集，《早期的现代印地语诗集〈野花〉》③将诗集中的诗歌按题材分为四类：宗教诗、景物诗、其他抒情杂诗、以神话传说或历史故事为题材的诗歌，并分别加以了论述。阿格叶耶是现代印地语实验主义诗歌的代表诗人，他的诗歌目前没有汉译，仅有一个短篇小说被翻译过来。但对于他的诗歌我国学者近年来有所研究，如郭童的《阿格叶耶诗歌创作简论》④。此外，我国学者还对一些没有汉译的印地语苏菲诗人诗歌有一定的研究。现代印地语诗歌翻译和研究状况的欠缺，与东方文学在我国外国文学翻译和研究中的整体弱势地位有关，如果有更多有价值的介绍和解读，优秀的印地语现代诗歌应当可以在当代中国读者中遇到

---

①　唐仁虎：《东方研究》2010 年。

②　薛克翘：《印度文学研究集刊》（第一辑），上海译文出版社 1984 年版。

③　冉斌：《南亚研究》2000 年第 2 期。

④　《东方研究》2010 年。

并培养更多的共鸣者。这种欠缺也在一定程度上折射了现当代汉语诗歌在中国文坛的尴尬境况，"诗歌何为"或许是中印现当代诗歌都面临的一个问题。

关于印地语戏剧研究有一本著作必须提到，即《印地语戏剧文学》，姜景奎著，中国对外翻译出版公司 2002 年出版。这部著作采用社会历史划分法，将印地语戏剧文学分为近代以前的印地语戏剧文学（1600—1857）、近代印地语戏剧文学（1857—1905）、现代印地语戏剧文学（1905—1947）和当代印地语戏剧文学（1947 年以后）四个时期，并对前三个时期的印地语戏剧文学进行了重点研究。全书条理清晰，重点突出，采用了大量的印地语原文资料，论据充分、可靠，是我国印度文学研究领域一部重要的文类专门史，对于全面理解印地语戏剧文学的面貌来说是必需的资料，对于东方文学以及外国文学戏剧研究具有很强的参考价值。

第四节　乌尔都语文学研究

20 世纪 80 年代以来，对钱达尔的研究陆续出现并有所增加。在《东方文学名著讲话》①中，将钱达尔单列一节予以分析。书中将他称为"印度短篇小说之王"，指出钱达尔一生创作的主要成就主要体现在短篇小说创作上，并将他的短篇小说按题材分为描写印度克什米尔地区风土人情的浪漫主义作品，描写下层人民生活、反映人民生活悲剧但充满光明理想的作品，和国际题材的反帝斗争作品这三类加以论述，还指出钱达尔短篇小说的艺术特色在于结构严谨、构思新颖、善用对比手法且充满抒情色彩，这是对钱达尔论述比较全面的一篇文章，但关于钱达尔小说"结构严谨"这一论述似与学界共识不同。石海峻的《20 世纪印度文学史》认为钱达尔是一个人道主义作家，他的创作有比较鲜明的浪漫主义倾向，其小说的主要魅力在于诗意化，"他善于将故事性与抒情性有机地融为一体，从

---

①　陶德臻主编：宁夏人民出版社 1987 年版。

而使小说具有强烈的感染力"①。《克里山·钱达尔与进步文学运动》②是
一篇研究钱达尔创作的变化与印度进步文学运动关系的长文。文章将对
钱达尔创作历程的考察与对进步文学运动发展的论述结合在一起,分析
了在进步文学运动之前、之中和之后钱达尔小说创作的转变,以及进步文
学运动对他的文学创作观的影响,指出克里山·钱达尔是在进步文学运
动原则的深刻影响下,在创作中关注社会中下层普通百姓的困苦生活,主
张文学应当反映现实生活,将创作的注意力集中在现实生活中的人及其
内心世界的变化上。钱达尔的独特之处在于他在普列姆昌德奠定的现实
主义创作传统的基础上,融入了浪漫主义色彩,进一步丰富了乌尔都语小
说的创作风格。文章结合印度文坛事实和钱达尔的具体创作展开分析,
比单纯的作品评论更有说服力。《人性的泯灭——评克里山·钱达尔的
中篇小说〈金钱的伤痕〉》③指出,在钱达尔创作阶段第三期的中篇小说
《金钱的伤痕》中,他以犀利的笔锋剖析了人性的善恶美丑,揭示了金钱作
用下人性的扭曲与价值观、道德观的错位。《爱情悲剧的背后——从〈失
败〉看克里山·钱达尔对印度传统文化的反思》④是近期研究钱达尔作品
的代表性成果。文章以钱达尔早期代表作《失败》为论述对象,指出小说
"以两对青年男女的爱情悲剧为情节主线,渗透着对民族传统文化的深沉
思考;以山区乡村湖光山色的明媚旖旎对比社会现实的残酷无情,在哀婉
伤感的抒情风格中,凸现对新生的民族文化的期待"。从文学文化的角度
来解读钱达尔的作品,是钱达尔研究的一个重要进步。

　　伊克巴尔并不是一位纯粹的诗人,他同时也是一位宗教哲学家、思想
家和政论家。因此我国对伊克巴尔及其作品的研究大致可分为两部分,
一部分是对他的宗教、哲学、社会思想的研究,一部分是对其诗歌的文学
评论,由于伊克巴尔善于通过诗歌来阐述他的宗教哲学思想,因此这两部

---

① 青岛出版社 1998 年版,第 205 页。
② 王旭:《印度文学研究集刊》(第五辑),上海译文出版社 2002 年版。
③ 孔菊兰:《印度文学研究集刊》(第六辑),上海译文出版社 2003 年版。
④ 黎跃进:《南亚研究》2008 年第 1 期。

分也并不是截然独立的。《伊克巴尔的哲学和社会思想》①、《论伊克巴尔宗教哲学体系中的"自我"》②、《伊克巴尔的哲学思想及其伊斯兰背景》③、《论伊克巴尔的民族思想》④可以归入第一类研究成果。黄心川的文章比较准确地介绍了伊克巴尔的生平,并对伊克巴尔的宗教、哲学思想和社会政治思想分别进行了评述,指出伊克巴尔在宗教哲学上是要批判伊斯兰教中的形式主义、教条主义和命定主义等,并以唯理主义、资产阶级人道主义的精神对《古兰经》和伊斯兰教的教义进行了新的解释。在伊克巴尔建构的宗教哲学体系中"自我""完人"占有重要地位,伊克巴尔的"自我"哲学就其整体来说是一种主观唯心主义的体系,但在他的这个体系中也包含着某些唯物论和辩证法的因素。伊克巴尔社会政治思想建筑在他的哲学基础之上,他通过自己的诗歌和政治评论,对殖民主义给南亚次大陆所带来的压迫与种族歧视等等进行了谴责,洋溢着对祖国解放和幸福生活的热望与信心,这是我国较早的一篇全面论述伊克巴尔思想的文章。吴云贵文章以伊克巴尔的《伊斯兰宗教思想之重建》为主要依据,对他宗教哲学思想中的重要概念——"自我"进行了剖析,指出在伊克巴尔的宗教哲学思想中,"自我"即作为宇宙万物本源理念的安拉,"人类自我"即人类意识的经验体系,文章还对这种"自我"论的积极意义进行了分析。刘曙雄文章提出,从根本上说,伊克巴尔的整个哲学思想是关于伊斯兰教的哲学,它的基础是承认安拉的存在,认为安拉创造了世界并干预人们的日常生活,指导人们的一切活动;但伊克巴尔并不是一个神学家,他的学说没有仅仅停留在论证伊斯兰教存在的合理性上。伊克巴尔的哲学有着深刻的伊斯兰背景,伊斯兰教传统是伊克巴尔哲学的主要来源。文章在此基础上,对伊克巴尔哲学思想与《古兰经》、苏非思想的关系进行了分析。雷武铃文章探讨了伊克巴尔民族思想的发展和构成,分析了他对印度穆

① 黄心川:《哲学研究》1978 年第 9 期。

② 吴云贵:《南亚研究》1992 年第 4 期。

③ 刘曙雄:《南亚研究》1996 年第 3、4 期。

④ 雷武铃:《南亚研究》2007 年第 1 期。

斯林作为一个民族的理论阐述,指出他通过揭示民族主义与西方历史及基督教的关系批评印度穆斯林中的民族主义思想倾向,在他的民族思想中有较强的宗教、政治意味,他的民族思想对巴基斯坦国家理论有重要影响。

　　在对伊克巴尔的诗歌研究中,刘曙雄的研究具有重要的地位。他对伊克巴尔诗歌的研究成果集中体现在一篇前言和一本著作中。一篇前言即他为伊克巴尔《自我的秘密》(1999)所撰写的两万多字的前言《伊克巴尔与〈自我的秘密〉》。"自我"是伊克巴尔宗教哲学思想中最重要的概念之一,《自我的秘密》是一部叙事诗,也是伊克巴尔的第一部波斯语诗集,全诗共 18 章,871 颂,分别叙述了自我的本源、自我生命的确立、增强和削弱,对柏拉图主义的批判、诗歌的真谛以及伊斯兰文学的改革、培育自我的三个阶段、时间是检验自我的尺度、对民族传统的坚持、遵守伊斯兰教义而生活、对印度穆斯林的忠告以及对真主的祈求等问题。全诗充满了比喻、传说和故事,虽为宗教诗歌却富有想象的色彩,伊克巴尔希望通过这样的方式使诗歌的思想和他对于自我的解释更通俗易懂。刘曙雄在前言中详细介绍了伊克巴尔的生平和作品,以及《自我的秘密》在出版之后在当时的印度穆斯林中引起的争议及其原因。文章从"自我"的哲学含义、"自我"的普遍性、高扬"自我"的价值三个方面对"自我"的概念及其内涵进行了解释,指出伊克巴尔的"自我"是普遍存在于一切事物之中,它不但是一切事物和作为自然人的生命源泉和本质,更是作为社会人的一切活动和行为的动力①。文章还从对遁世哲学的批判、对西方文明的认识、从民族主义到现代伊斯兰主义的嬗变这三个角度对《自我秘密》以及伊克巴尔的思想及其发展进行了分析,并对《自我的秘密》的影响意义进行了阐述。这篇前言不但是对《自我的秘密》及其内涵的深入分析,也是对如何更准确的理解伊克巴尔其他诗歌、文学和思想的导言,是我国伊克巴尔诗歌研究的一个标志性成果。2006 年,北京大学出版社出版了刘曙

---

　　①　参见刘曙雄:《自我的秘密》,北京大学出版社 1999 年版,第 25 页。

雄的另一本著作《穆斯林诗人哲学家伊克巴尔》,全书分为 10 章,分析论述了伊克巴尔的生平与创作、他对乌尔都语诗歌传统的继承、他的诗歌创作从乌尔都语到波斯语转变的过程与发生转变的原因、《自我的秘密》、"自我""非我"的概念及其内涵、伊克巴尔的审美尺度、他的重建伊斯兰的宗教思想及其内涵、他的社会理想以及他的思想对巴基斯坦的影响,并在其中对伊克巴尔一些容易引起争论的思想进行了深入的剖析,指出作为诗人,伊克巴尔始终关注穆斯林的命运。除了诗人的浪漫,他兼具哲学家的思辨和思想家的睿智。他在其不朽的诗作《自我的秘密》和《无我的奥秘》中提出了"自我"和"完人"的学说,从而建立了自己独特的哲学思想体系。在 1930 年全印穆斯林阿拉哈巴德年会上伊克巴尔提出了在印度西北部建立穆斯林独立国家的思想,这一思想成为巴基斯坦的立国之本。如果说诗歌创作是一种手段,那么实现印度穆斯林的民族独立则是他的政治理想。他毕生从事诗歌创作,通过诗歌阐述他的理想并付诸实践。伊克巴尔的诗歌作品及其哲学社会思想的丰富内涵,成为穆斯林乃至全人类的宝贵精神财富。这是一部在历史的纵向把握中对伊克巴尔诗歌及其思想进行了整体研究的著作,其中不少论断显示出中国学者在相关具有争议的问题上的独立的批评眼光,是我国伊克巴尔诗歌研究的代表性成果。

此外,《印度文学研究集刊》(第一辑)中收录的《伊克巴尔和他的诗歌浅谈》[①]与《〈奴隶之歌〉浅析——兼论伊克巴尔的美学思想》[②]是早期伊克巴尔研究的代表作。李宗华文章对伊克巴尔的生平和诗歌创作分阶段做了论述,王家瑛文章在伊斯兰文化的背景下,分析了伊克巴尔的波斯语短篇诗歌《奴隶之歌》中蕴含的美学思想,认为其中蕴含了进步意义。《伊克巴尔诗中的伊卜利斯的形象》[③]以伊克巴尔诗歌中的"伊卜利斯"(即"撒旦")形象为切入点,对伊克巴尔的思想进行了分析,认为伊克巴尔笔下的

---

① 李宗华:《印度文学研究集刊》(第一辑),上海译文出版社 1984 年版。
② 王家瑛:《印度文学研究集刊》(第一辑),上海译文出版社 1984 年版。
③ 李宗华:《国外文学》1992 年第 2 期。

伊卜利斯具有双重性，他扮演着反面角色，去启示和引导人类不要受物质利益的引诱，而要去追求崇高、完善的美德，追求更高的精神境界。伊克巴尔的诗围绕这一主题，紧密结合当时的社会历史现实，运用诗歌这一有力的形式，揭露丑恶现实，唤醒人心，为社会改革开辟道路。因此他的诗又具有强烈的政治倾向。《文化民族主义的呼唤——对伊克巴尔〈自我的秘密〉的一种解读》①与《伊克巴尔：文化身份的辨别》②两篇文章，从文化研究的角度对伊克巴尔的作品和诗人身份进行分析，是伊克巴尔研究中出现的新动向。

与翻译的增长相比，对这些乌尔都语文学作品的研究的现状有些失衡，研究整体来看比较缺乏。《米尔扎·鲁斯瓦和他的小说》③是有限的研究中比较有代表性文章。这篇长文比较详细地介绍了米尔扎·鲁斯瓦的生平和创造，并在乌尔都语小说的发展这一背景下，点明了米尔扎·鲁斯瓦和《一个女人的遭遇》所具有的重要地位，指出小说结构紧凑合理，情节层次分明，笔墨简练，富有戏剧性，人物塑造成功，小说语言具有节奏感和音乐感。文章还对鲁斯瓦其后的四部重要作品一一做了分析，介绍了鲁斯瓦的文艺思想，是目前所见唯一一篇全面和比较深入地研究了鲁斯瓦及其创作的文章。此外，《乌尔都语长篇小说〈名妓〉与〈桃花扇〉、〈茶花女〉之比较研究》④、《论鲁斯瓦的〈名妓〉》⑤也对《一个女人的遭遇》进行了研究。另有一些文章，对一些未译介过来的巴基斯坦乌尔都语小说进行了论述、研究。

第五节　孟加拉语文学研究

般吉姆·钱德拉·查特吉（1838—1894）是孟加拉语现代文学史上第

---

① 曾琼：《湘潭大学学报》（哲学社会科学版）2005 年第 4 期。
② 雷武铃：《文艺理论研究》2007 年第 4 期。
③ 李宗华：《国外文学》1983 年第 2 期。
④ 孔菊兰、唐孟生：《国外文学》1990 年第 3、4 期。
⑤ 孔菊兰：《南亚研究》1991 年第 1 期。

一位大作家,他被公认为是孟加拉语小说之父,在印度现代文学史上具有重要的地位。般吉姆作品的汉译很少,直到 1988 年,在般吉姆诞辰 150 周年之际,才出现了他的小说译本。是年,石真将他的《毒树》(1873)从孟加拉语直接翻译成汉语出版。《毒树》是般吉姆第一部反映社会及家庭生活问题的长篇小说,也是孟加拉语文学史上第一部对此类问题进行探讨的作品。另外,在周志宽主编的《世界短篇小说精品文库·印度卷》(1996)中,收入了由黄志坤翻译的般吉姆短篇小说《拉达兰妮》。

我国学界对般吉姆的研究也有限。周志宽为《毒树》的汉译本撰写了一篇带有研究性质的代序:《般吉姆·钱德拉·查特吉诞生 150 周年纪念》,这篇文章实际上是周志宽较早一篇研究文章的缩略版。1986 年,周志宽撰写并发表了长文《般吉姆长篇小说述评》[1]。文章指出,般吉姆创作了第一部印度人用自己的语言写的长篇小说,被尊为"印度长篇小说之父"。长文还较为详细地介绍了般吉姆的生平和他创作生涯中的两次重要转变,并对他创办的重要文学杂志《孟加拉之镜》进行了介绍。文章将他的长篇小说创作分为三个时期加以论述,指出在第一个时期般吉姆在创作上深受司各特的影响,开了印度文学历史小说之先河,第二个时期他的民族民主思想有所发展,在第三个时期般吉姆通过作品反映孟加拉地区高涨的民族解放运动,表达了对英国侵略者的不满。文章较为详细地评介了般吉姆这一时期的代表作《阿难陀寺院》,并敏锐地指出了其中蕴含着狭隘的印度教民族情绪。文章比较全面地展现了般吉姆的创作从历史小说到逐渐具有较强的现实意义作品的转变以及在这个过程中他思想的变化。该文还客观地指出,般吉姆的作品体现了"新印度教"派主张发展民族文化、加强民族自信心、反对统治者的专横压迫、反对崇拜西方文化的思想,但同时也体现了这一派别主张中复古、甚至保守的一面。不过文章对般吉姆小说中宗教因素的批评显得有些脱离印度文化的背景。总的来看,这篇文章是我国 20 世纪八九十年代在般吉姆研究中的一篇力

---

[1]　《印度文学研究集刊》(第二辑),上海译文出版 1986 版。

作。21 世纪,我国研究般吉姆的文章有所增加,其中《论印度历史小说的奠基人般吉姆》①以资料的丰富翔实见长,文章详细地介绍了般吉姆的生平,并对他的 7 部历史长篇小说《要塞司令的女儿》(1865)、《穆里纳莉妮》(1869)、《月华》、《阿难陀寺院》(1882)、《黛碧·乔图拉妮》(1884)、《西达拉姆》(1887)、《拉吉辛赫》(1893)逐一进行了介绍和评述,指出般吉姆的历史小说再现了印度各族人民反抗异族统治和奴役的光荣历史,赞美了他们那种敢于斗争、不畏强暴的英雄主义气概,从而也激发了印度人民的爱国主义情怀,鼓舞了印度人民与英国殖民主义者的斗争。他的历史小说不仅开创了孟加拉语历史小说的先河,为孟加拉文学的发展开辟了一个新的领域,而且也为印度近代各民族语言文学的发展开辟了一片新的天地。般吉姆是印度历史题材小说的鼻祖,开创了印度历史小说创作的先河。《论般吉姆社会小说的道德立场》②以《毒树》和《克里希纳甘特的遗嘱》(1878)为主要对象,分析了在般吉姆以女性问题为题材的作品中表现出来的矛盾思想:他一方面主张女性应该遵从传统,否定寡妇再嫁,表现出作家道德立场的保守性,另一方面又在作品中对受压抑的女性流露出具有同情的叙述,表现出对女性命运的关注。文章指出这种复杂的态度是近代文学中东方作家自身的传统观念与近代人道主义之间的矛盾,反映了民族主义思想活跃时期,民族独立与社会启蒙之间的复杂关系。这篇文章也显示出年轻学者在传统的研究中所具有的新的批评视角。

石真为《斯里甘特》撰写了一篇较有学术价值的序言,清晰地介绍了萨拉特的创作概况,指出萨拉特的小说一方面反映了社会的不平和他对丑陋现实的愤怒,但另一方面也可以看出他内心深处潜藏着的保守思想,这一点在他处理寡妇的爱情生活和再嫁问题上表现得尤其明显。在他的作品中,有进步与保守思想的结合,且正是这种结合揭示了孟加拉中产阶级内在的普遍心态。序言还介绍了《斯里甘特》的主要思想和内容,以及

---

① 董友忱:《长江学术》2008 年第 1 期。
② 王春景:《东方论坛》2009 年第 6 期。

它在语言方面和结构上的特色,并指出在结构不够严密是其不足。序言对萨拉特创作的评价是建立在作品之上,且具有较为客观的文学批评视角。刘安武在《秘密组织—道路社》的译后序中指出,这部作品由于其反殖民统治的题材而在萨拉特的创作中显得独具特色。与萨拉特作品的翻译和他在孟加拉语文学史上地位不符的是,我国学界对萨拉特并没有显示出研究的兴趣和热情,迄今为止,除了在文学史中有对他的一般性介绍,比较有学术价值的研究性文章即为文中所提到译本的前言后记。这种研究上的"冷落"是一种值得深究的现象。

对于马尼克的文学创作,有两篇论述文章,分别是《马尼克与鲁迅的文学之路》①和《马尼克的文学之路》②。这两篇文章较为全面地介绍了马尼克的家庭背景、生平、文学创作的发展过程和作品概况,指出他的创作以接受马克思主义思想为界分为前后两个阶段,第一个阶段的创作具有弗洛伊德的性心理色彩,后一个阶段是在无产阶级思想指导的现实主义创作。《马尼克与鲁迅的文学之路》比较了马尼克与鲁迅的家庭背景以及二者走上文学创作道路的过程,以及他们思想上对马克思主义的接受,认为二者具有很大的相似性。《20世纪印度文学史》指出,马尼克的文学创作就艺术性而言在前后期有较大差异,前期艺术成就大于后期。

孟加拉语文学具有长久的诗歌传统,但除了泰戈尔的诗作之外,我国对孟加拉语诗歌的译介比较有限,得到了集中译介和较为学界所重视的,是卡齐·纳兹鲁尔·伊斯拉姆。伊斯拉姆(1899—1972)是孟加拉语近现代文学史上著名的诗人,1984年,白开元发表了一篇关于伊斯拉姆的长文《时代的号角——纳兹鲁尔·伊斯拉姆诗歌初探》③,这篇文章对伊斯拉姆诗歌的思想内容从爱国主义、对美好世界的憧憬、反帝斗争的时代强音、对种姓制度和宗教迷信的鞭挞这四个方面进行了介绍和论述,指出在伊斯拉姆的创作中贯穿着一条时代的脉络,革命的浪漫主义是其诗歌的

---

① 崔岩(山厉):《南亚研究》1993年第04期。

② 崔岩(山厉):《印度文学研究集刊》(第四辑),上海译文出版社1999年版。

③ 《印度文学研究集刊》(第一辑),上海译文出版社1984年版。

显著特色。他的诗歌注意借鉴民间歌谣的艺术手法，语言通俗朴素，比喻贴切幽默。文章还对伊斯拉姆在孟加拉语文坛引起争议发表了看法，指出无论是质疑伊斯拉姆在文学史上地位的评论，还是刻意将他与泰戈尔相提并论的评价，都带有教派的偏见。白开元认为，无论是从思想内容、表现手法还是格律上看，伊斯拉姆都对孟加拉语文学产生过巨大的影响。此外，文章还对伊斯拉姆的歌曲进行了介绍。这是迄今为止我国最全面地评介伊斯拉姆的文章，其论述也较为符合文学事实，具有较高的参考价值。《从〈叛逆者〉一诗看卡齐·纳兹鲁尔·伊斯拉姆的叛逆性格》①结合伊斯拉姆的成名作《叛逆者》一诗，对他的叛逆性格进行了介绍。近年来，我国学界还出现了几篇研究伊斯拉姆诗歌的文章。这也显示出我国正在形成对伊斯拉姆成就和价值的较全面认识，伊斯拉姆研究正在向多元化的方向发展。

第六节　英语文学研究

我国学界对安纳德的研究发展比较缓慢，在 20 世纪 90 年代之前，对安纳德的研究主要体现在各个译本的前言或译后记中，此外在一些外国文学史和东方文学史中也有对他的一般性介绍。在 20 世纪 50 年代安纳德作品译本前言或后记中比较特别的一点是，几部重要的长篇小说都保留了原版的前言，这对于我国读者和学界了解作家和作品来说是一个很好的起点。《不可接触的贱民》是在 E. M. 福斯特的帮助下才得以出版，福斯特为这部小说所作的序言本身也是一篇精彩的文学评论。他称《不可接触的贱民》为一部"卓越的小说"，它"以现实主义的手法"描绘了贱民一天的生活，小说的成功在于它"单刀直入的手法"，评论充分肯定了安纳德以贱民为主人公的创作观念，称"只有印度人"，而且是"以局外人的身

---

①　于殿周：《南亚研究》1983 年第 3 期。

份看问题的印度人"才能创作出这样的作品①。《两叶一芽》(1937)的书前附有《印度再版前记》,这篇前记的独特之处在于,作者回顾了小说创作、出版的曲折过程,并道出了他的小说创作不同于之前的印度小说大家般吉姆、泰戈尔、萨拉特之处,即他在题材选择上的突破,这对于从文学史的纵向角度把握安纳德作品的地位具有重要的参考意义。《苦力》(1936)的前言《论安纳德及其作品》与《两叶一芽》的附录《穆尔克·拉吉·安纳德》实为同一篇文章的不同翻译,原文是刊登在《苏联文学》1953 年 9 月号上杜比柯娃的同名文章。文章称安纳德为"进步文学界的杰出作家",突出了他受到了马克思主义思想影响这一点,并结合作品对安纳德到 50年代为止的创作进行了论述,指出他的创作随印度国内外局势的变化产生了变化,和他在创作语言上的民族追求,该文是早期综合介绍安纳德生平创作的重要资料。总的来看,我国学界在 20 世纪五六十年代对安纳德的理解基本上都认同并大部分限于以上的观点。20 世纪 80 年代出版的《村庄》《黑水洋彼岸》,都附有译者王槐挺所作的长序,《村庄》的序言比较全面地介绍了安纳德的生平与创作情况,对小说中的主要人物拉卢等进行了分析,指出小说忠实地反映了当时印度农村的真实面貌,并生动地勾画出了第一次世界大战前夕印度农村复杂的阶级关系。《黑水洋彼岸》的前言,从三个方面对文本进行了分析:小说令人信服地描述了英印军队的雇佣军特色,深入地揭露了第一次世界大战的帝国主义性质,鲜明地刻画了拉卢这个在这场战争中逐渐成熟起来的普通印军士兵的艺术形象,并指出它是一部富有思想性、带有浓厚的印度色彩的成功的战争小说。这段时期单独发表的研究文章很少,《印度人民苦难斗争的历史图画——论安纳德三十年代创作的成就及其弱点》②具有比较高的学术价值。文章以《不可接触的贱民》《苦力》和《两叶一芽》三部长篇小说为对象,指出它们在题材的选择方面,打破了禁区,扩大了文学表现生活的范围;二部小

---

① 参见安纳德著:《不可接触的贱民·爱·摩·弗斯特序》,王科一译,平明出版社 1954 年版,第 1—3 页。

② 彭端智:《外国文学研究》1984 年第 3 期。

说对主题的开掘,在印度现代文学史上具有深化、推进的作用;三部作品对现实主义艺术原则的运用和革新,对印度现代文学的发展,具有积极的推动作用。文章认为小说在艺术上的成就是显著的,但也存在若干历史的和作者个人思想与艺术经验的局限,如作品在描绘人民苦难生活时带上了严重的悲观色彩。

　　20 世纪 90 年代,对安纳德研究在数量上仍比较少,但出现了两篇比较深入分析其创作与思想的文章,分别是《民族寓言:安纳德三四十年代小说创作论》①和《"诗意现实主义"和现代主义——安纳德早期三部曲解读》②。《民族寓言》主要分析了安纳德在印度独立前的长篇小说,将安纳德的创作置于印度处于英国殖民统治下、西方文化对印度民族社会文化产生剧烈冲击的背景下,把这些小说看作"民族寓言"来阅读,认为《苦力》《贱民》是奴性的揭示,《两叶一芽》是苦难的思索,"拉卢三部曲"是对出路的探寻,安纳德独立前的小说创作在深层意蕴上形成一个完整的时间序列,并在这个序列中揭示了印度民族的命运和前景。但他的"寓言"中不仅仅传达出民族主义的政治信息,还包含对民族主义的超越。《"诗意现实主义"》认为《不可接触的贱民》《苦力》和《两叶一芽》从不同的侧面表现了印度人民在种姓制度、殖民主义、封建主义、资本主义的重重压迫之下的普遍命运,表现了他们的怀疑、不满、悲愤、抗争和对未来的模糊的幻想、希望。安纳德的创作动力源自他的人道主义理想,作品批判了阴暗和冷酷的社会对人性和人的价值的摧残。与主题的两重性相适应的是安纳德作品风格技巧的两重性,即他在艺术风格和创作技巧上既有现实主义的传统因素,又有现代主义的革新成分。

　　进入 21 世纪,我国的安纳德研究有了新的发展。颜治强在对东方英语文学的研究中对安纳德的创作进行了一定的分析。《安纳德——走向底层的文学家》③对安纳德现实主义的写作手法和民族化的语言实验同

①　黎跃进:《南亚研究》1995 年第 2 期。
②　魏丽明:《国外文学》1996 年第 2 期。
③　颜治强:《南亚研究》2005 年增刊。

时进行了探讨。《八分之一到整个印度——评印度作家安纳德的〈不可接触的人〉》[①]从贱民问题的社会政治意义着手，指出作品的主题有开拓之功；并分析了作家是如何通过这部作品向印度输入意识流手法的，指出了小说创作手法的创新之处。《马克思主义与安纳德》[②]在"马克思主义与后殖民英语文学的关系"这一问题中，探讨了安纳德的创作，认为他作为印度英语文学的奠基人，由于接受了马克思主义的影响，给印度文学带来了两个变化：拓宽了社会题材和重塑了西方人形象。青年学者张玮是安纳德研究的新生力量，她的博士学位论文以安纳德的长篇小说为研究对象。她亲赴印度收集了丰富的资料，并得到王槐挺赠送的大量珍贵材料，因此她的研究有比较扎实的文本和资料基础。《安纳德长篇小说语言的民族特色》[③]集中分析了安纳德创作语言上的特点。文章指出，英语并不是安纳德的母语，但安纳德用英语创作出了成功的作品并形成了独具特色的语言风格。文章结合文本，通过实例说明了小说中生动形象的语言，传递出浓郁的印度气息，体现出强烈的民族特色，指出安纳德英语小说中的语言现象，既受印度社会当时的语言状况影响，也源于他在小说写作中的需要。文章进一步指出这种语言特色在很多印度英语作家作品中都有所体现，是印度英语作家、作品独具特色的小说语言现象，可惜这一点在文中没有深入展开分析。《安纳德长篇小说中贱民形象分析》[④]认为，安纳德长篇小说中的贱民形象可以分为三种，第一种是麻木的贱民，安于世代相袭的贱民身份，逆来顺受；第二种是觉醒中的贱民，他们不满于自身的贱民身份，渴望改变；第三种是反抗的贱民，用行动来反抗传统的贱民制度。文章指出安纳德的作品勾勒出了一幅现代印度社会的贱民群像，表现了印度贱民由麻木到觉醒再到反抗的心理变化，从一个侧面反映了印度贱民运动的发展。张玮的博士论文若能出版，将是对我国安纳德研

---

① 颜治强：《名作欣赏》2010 年第 2 期。
② 颜治强：《湖州师范学院学报》2011 年第 6 期。
③ 张玮：《东方丛刊》2010 年第 1 期。
④ 张玮：《东方论坛》2011 年第 4 期。

究的一个重要推进。

2000 年之前,我国学界对纳拉扬的研究还处在起步阶段,基本以介绍为主。1981 年,黄宝生在《世界文学》第 4 期发表了一篇短文《拉·克·纳拉扬》,简要地介绍了纳拉扬的生平与创作情况。在 1982 年版的《中国大百科全书·外国文学卷》中,黄宝生撰写了"纳拉扬"的词条,概括地介绍了纳拉扬的创作情况,并提及了纳拉扬的主要作品。1987 年,第 2 期的《外国文学研究》刊发了一篇署名田力的短文《印度作家 R. K. 纳拉扬》,它属于摘译文章,概况性地介绍了纳拉扬生平,虽然文中有袭用外国评价的不实之处,但其中提到的"纳拉扬创作没有什么特别离奇的情节",描述普通人生活和印度风俗习惯,具有浓厚的民族特色是正确的。1994 年的《世界文化》第 1 期刊发了一篇短文《印度作家纳拉扬及其新作"祖母的故事"》,这是一篇署名为"文仁"的编译文章,对纳拉扬新出版的三部中篇小说进行了介绍。在 1997 年的《外国文学动态》第 6 期上还刊发了一篇稍长的文章《传记:〈纳拉扬的前半生〉》①,不过这同样是一篇介绍性文章,介绍的是新出版的纳拉扬传记。此外,在相关的东方文学史中也有对纳拉扬的介绍。在 2000 年之前,关于纳拉扬研究最值得一提的是石海峻著《20 世纪印度文学史》中的相关内容。书中专列了一节对纳拉扬的主要作品内容进行了逐一介绍,并指出:"纳拉扬在他的小说创作中遵循的实际上是印度传统的神话信仰:原初的世界是秩序井然的,但魔鬼以混乱的方式扰乱着众神的世界……现实生活中所有的事件与行动在纳拉扬幽默与机智相结合的小说叙事模式中均变成了幻象。"②

2000 年之后,或许是由于 2001 诺贝尔文学奖得主奈保尔在评论中时常提到纳拉扬,纳拉扬及其作品逐渐得到了我国研究者们的重视。其中有两位研究者的成果比较突出,他(她)们分别是石海军和王春景。石海军撰写了并发表过数篇关于奈保尔与纳拉扬的研究文章,他在这方面

---

①　赵亚莉:《外国文学动态》1997 年第 6 期。

②　青岛出版社 1998 年版,第 261—262 页。

的研究集中体现在他所著的《后殖民：印英文学之间》①。在这部著作中有一章"奈保尔与纳拉扬"，通过比较奈保尔与纳拉扬对"黑暗""家国"的不同感受，和两者的创作在文学的政治性与非政治性上的差异，对两位作家创作心理、文化背景、创作策略进行了分析，指出纳拉扬作为一个土生土长的印度作家，与奈保尔等流散作家有着极大的不同，他深深扎根在印度这片土地上，对于生活总是充满了乐观和希望，通过创作进入内心的平静。他的作品在某种程度上反映了传统的"老印度人"的某种天性，可以被看作是"现代印度的神话的寓言"。但在创作方法上纳拉扬的小说又是现代的：叙事流畅、结构严谨、语言明白易懂、风格幽默而充满情趣。书中还对纳拉扬的《男向导的奇遇》进行了专门分析。

王春景从 2006 年开始在《外国文学评论》《南亚研究》《解放军外国语学院学报》《东方丛刊》等期刊上发表了多篇讨论安纳德小说的文章，其博士学位论文即以纳拉扬的长篇小说为研究对象。她对纳拉扬的研究成果，集中反映在她的《R.K. 纳拉扬的小说与印度社会》②一书中，这也是目前我国唯一一本专门研究纳拉扬的著作。全书除绪论外，分为四章。第一章"摩尔古迪的创造者"，主要介绍了纳拉扬生活中一些重要的事件，以及对他的思想影响比较大的一些人物，并对他的长篇小说的情节进行了简单介绍。第二章"纳拉扬长篇小说中的印度人与印度社会"，主要分析纳拉扬作品中与社会现实关系密切的内容，分为儿童与教育问题、女性问题、民族性格问题与文化冲突问题。书中指出纳拉扬塑造的儿童形象、女性形象系列，表现了他对儿童教育与女性命运的关注和思考；他笔下的男性主人公系列，则具有典型的民族性格，表现出印度的宗教文化对人们的心理和精神状态产生的重要影响。此外，在他的长篇小说中也描写了传统文化与现代文化的冲突。第三章"印度文化与纳拉扬的小说创"作，主要研究的是纳拉扬创作中的印度性问题，认为纳拉扬的英语写作表现

---

① 北京大学出版社 2008 年版。
② 河北教育出版社 2010 年版。

出鲜明的地域文化色彩,具有明确的文化身份和立场,印度性是其突出的特色。第四章"纳拉扬的小说艺术"分析了纳拉扬长篇小说的艺术特色,指出纳拉扬的创作观是现实主义的,主要表现普通人的平凡生活与内心现实;他的长篇小说的结构是以故事与人物为核心的;在叙事视角上,纳拉扬运用了多种方式,达到了客观冷静的叙述效果;纳拉扬的语言平易简洁,幽默诙谐,形成了独特的创作风格。书中最后指出,纳拉扬无疑是一个现实主义作家,但他的现实主义并不是反映时代风云、具有强烈的政治意义的现实主义,纳拉扬的现实主义来自于他的创作总是以社会生活中的真实为线索,并反映了这些问题。书中运用"印度性"这一概念来对纳拉扬的印度身份进行探讨,具有启发意义。

此外,《纳拉扬——市民社会的编年史家》①对纳拉扬作品的思想进行了探讨,认为纳拉扬在创作中有意识地避免了有明显现代意义的主题,也避免涉及热点问题,甚至回避如火如荼的民族解放运动。他的作品体现了相信轮回的人生哲学。他的小说在艺术上具有长篇不长,短篇实短,风格平实恬淡的特点。文章从对纳拉扬作品的研究出发,对当下后殖民视角下文学研究中的偏见提出了批评。《在传统与现代之间徘徊前行——R. K. 纳拉扬早期小说解读》②认为纳拉扬早期的三部小说《斯瓦米和朋友们》《文学士》和《暗室》,以小镇马尔古蒂为背景,从日常生活、爱情及婚姻等方面揭示了西方现代文明对印度人民思想的影响,传统与现代之间的抗衡,以及印度社会从传统向现代过渡的转型状态。杨晓霞的博士学位论文是对早期印度英语文学的研究,纳拉扬早期作品研究也是她博士论文的一部分。

石海峻还发表过《幻象与女人——读〈蛇与绳〉》③一文,对作品进行解读。颜治强也发表过一篇《拉迦·拉奥:两面千相的哲理小说家》④,对

---

①　颜治强:《外国语言文学》2006 年第 2 期。

②　杨晓霞:《南亚研究》2007 年第 2 期。

③　《印度文学文化论》2004 年。

④　《解放军外国学院学报》2005 年第 4 期。

他进行专门讨论。此外,年轻学者刘朝华以拉奥的小说为对象完成了博士学位论文,对拉贾·拉奥的生平、创作进行了较为全面、深入的研究。拉贾·拉奥的创作具有浓厚的哲理色彩,与安纳德和纳拉扬的创作有很大的差异,如能翻译过来,将有助于我们全面了解印度英语文学的面貌。

石海峻是我国较早地进行印度英语文学研究的学者之一,他的《20世纪印度文学史》对印度当代英语文学进行了整体介绍。该书的"女性文学述评(二)"对安妮塔·德赛作品《哭泣吧,孔雀》和《今夏我们去哪儿》中的女性形象进行了简要分析,"90年代印度英语小说掠影"一节对当代印度英语文坛的重要人物分别进行了概要式的介绍,其中重点介绍了维克拉姆·赛特的《如意郎君》(书中称为《合适的男孩》),这些显示出了作者对文坛动向的密切把握。在他的新著《后殖民:印英文学之间》中,从种姓与社会等级、社会体系问题的角度对《卑微的神灵》进行了专门分析,书中认为这部小说突出地反映了当代印度社会中传统种姓制度的"堕落",即高种姓和低种姓、婆罗门与贱民之间鸿沟被打破所引发的思考,小说写的不是爱情悲剧,而是与种姓制度密切相关的社会悲剧。小说通过不可思议的方式将印度教的种姓制度与整个西方文的体系、制度联系起来,并形象化地表现出现代印度在意识上被英国侵占、无法回归传统的历史处境。书中的分析从印度传统出发,同时又站在世界文化格局的高度,中肯而透彻,这也是目前为止学界研究《卑微的神灵》一书的最好的成果。

2001年第6期的《外国文学动态》上刊登了一篇文章《印度英语写作——一个时代的来临》[①],对当代印度英语文坛的创作情况和动向进行了介绍,其中既包括了以上提到的各位作家,也包括了一部分目前尚不为学界熟悉或所知的活跃作家,文章认为"今天印度的英语写作充满了想象力,具有极强的活力。看来它的时代真的要来临了",这显示出我国一部分学者对当代印度英语文坛的敏锐观察。此外,关于维克拉姆·赛特、安妮塔·德赛,尤其是各位布克奖得主的介绍性文章散见于《外国文学评

---

① 石岸:《外国文学动态》2001年第6期。

论》《外国文学动态》《世界文化》《世界文学》等学术刊物以及《中华读书报》《文艺报》等报刊中。

2010 年第 1 期的《东方丛刊》组织了一次名为"印度文学·博士论坛"的专栏,组织刊发了 6 篇研究印度英语文学的学术论文,论文研究对象包括早期的纳拉扬、安纳德、拉贾·拉奥和当代作家安妮塔·德赛、基兰·德赛及维克拉姆·赛特①,论文的作者均为北京大学外国语学院南亚学系毕业的博士,这也是我国印度英语文学研究新生力量的一次集体亮相。这批青年学者,其中包括前面已介绍过的王春景、张玮、刘朝华,以及另外三位李美敏、王荣珍和王鸿博。鉴于印度英语文学在当代的兴起,以及国内在这方面研究的不足,北京大学外国语学院印度语言文学研究专业从 2002 年开始培养印度英语文学研究方向的博士研究生。在印度英语文学的研究中,这批博士在现阶段的作家、作品研究对于将来的整体研究来说一种必要的积累。当期刊发的论文有:李美敏的《文化的斋戒与盛宴——以安妮塔·德赛的〈斋戒·盛宴〉为例》,王荣珍的《人非圣贤——浅论〈番石榴园中的喧哗〉中的印度文化观》,王鸿博的《〈如意郎君〉中的女性书写与文化政治》。文章均是在把握印度文化的基础上展开分析,体现了研究者的学术背景。

李美敏的博士学位论文是以安妮塔·德赛的女性小说为研究对象,对作者以女性为主要人物的小说进行了细致的文本解读,并分析小说中的创作特色。目前,她已经公开发表了 4 篇对安妮塔的研究文章,其余 3篇为《安妮塔·德赛的女性小说及其艺术特色》②、《拖带着印度在世界写作——从安妮塔·德赛看独立后印度英语文学创作》③和《〈城市之声〉:迦利女神的现代命运》④。她在研究将安妮塔·德赛的小说置于印度独

---

① 在专题的"编者按"中,将维克拉姆·赛特误称为 1997 年布克奖得主。这也从一个侧面反映出学界对当代英语文学的不熟悉。

② 《南亚研究》2009 年第 2 期。

③ 《文艺报》2010 年 8 月 27 日。

④ 《文艺报》2011 年 03 月 18 日。

立后的历史语境中,集合社会、历史因素对具体作品进行分析,指出安妮塔在塑造形象时总是把印度历史和传统文化元素融入其中,从小说的女性人物身上,可以看出时代的变化,以及人物所代表的群体其地位从传统到现代、从边缘到主流的转变。此外,在 2008 年第 1 期的《名作欣赏》上有一篇《另一种意义的"他者"形象——几位后殖民印度女性作家笔下的女性形象》①,对包括安妮塔·德赛在内的几位印度当代女作家的笔下的女性进行了解读,认为这些女性可以归纳为玩偶形象、疯女人形象、贞洁形象、麻木形象四类,并认为这些女性都是现代文明社会中的"他者"。

　　王鸿博的博士学位论文研究的是维克拉姆·赛特的代表作《如意郎君》,迄今他公开发布了两篇与此相关的论文,另一篇是《空间与权力——〈如意郎君〉的空间书写研究之一》②,他在印度社会现代化的背景下,从传统文化与现代西方文化的矛盾角度,借鉴后现代文化批评理论,对《如意郎君》中的女性角色、空间关系以及其中蕴含的文化关系进行了解读。近期,王鸿博还在《世界文化》上发表了对阿兰达蒂·罗易和阿拉文德·阿迪加的介绍性文章《双面像:菩萨低眉与金刚怒目——印度当代英语作家阿伦德哈蒂·罗易》③和《初出茅庐的布克奖得主:阿拉温德·阿迪加》④。青年学者尹锡南也对维克拉姆·赛特进行了一定研究。他的《印度作家维克拉姆·赛特笔下的中国题材》⑤对赛特的诗歌和中国游记进行了分析,认为赛特的中国书写既体现了他对中国文化的热爱,也反映了他以印度之眼观察和思考中国的一面。他的中国书写具有"文化中国"与"政治中国"并存的双重形象。

　　王荣珍的文章对基兰·德赛被我国评论界忽视的第一部小说《喧嚣的石榴园》进行了分析,指出义章虽具有怪异的情调,但也反映了作者对

　　①　齐园:《名作欣赏》2008 年第 1 期。
　　②　《北方工业大学学报》2010 年第 4 期。
　　③　《世界文化》2009 年第 1 期。
　　④　《世界文化》2009 年第 3 期。
　　⑤　《东方丛刊》2009 年第 2 期。

母国印度文化的观照与反思。我国学界目前对基兰・德赛的研究主要集中在她的获奖作品《失落》上，《后殖民时代身份、家园、自我的失落——评吉兰・德塞获曼布克奖小说〈失落的传承〉》①、《叹息与渴念——论〈失落的传承〉的"宁静的自得"观》②、《失落的背后——对基兰・德赛〈失落的传承〉的症候性解读》③是 3 篇比较有代表性的作品。《后殖民时代身份》与《失落的背后》两文均将《失落的传承》作为典型的后殖民文本进行解读，《后》文认为小说探讨了在全球化经济的多元文化语境下前殖民地人民身份、家园和自我失落后的无主、无根、无话语的状态，并指出前殖民地人应该积极寻求启动本族文化非殖民化的进程。《失》文利用揭示症候性解读概念，在叙事结构和人物刻画的层面上分别探讨了"散漫叙事"作为后殖民文本迂回策略在基兰・德赛获奖小说《失落的传承》中的形式、作用和意义。这两篇文章或多或少带有"理论先行"的色彩，但运用后殖民视角来看待《失落的传承》是可行的。《叹息与渴念》是一篇基于文本细读基础上的文章，行文流畅方面稍嫌不够，但它综合参考了基兰自身的解说以及西方当下的批评，显示出对文本的真诚和解读的细腻。

　　我国学界目前对阿拉文德・阿迪加及其作品的研究比较少。2010年第 5 期《书城》刊发了陆建德的《为什么要写信给中国总理——〈白老虎〉导读》，文章的标题便说明这是一篇介绍性文章，是对小说内容比较详细的介绍，同时夹杂了论者的一些点评。《世界文化》2010 年第 10 期的《叙说自己的故事——印度小说〈白老虎〉对发展中国家的启示》（李道全）同样也是一篇内容介绍为主的评述性文章。《悖论的庶民觉醒——阿拉文德・阿迪加及其短篇集〈两次刺杀之间〉》④对最近译出的阿迪加小说进行了分析，认为阿拉文德・阿迪加在作品中关注印度的庶民境遇，传递庶民的诉求，但他的小说在批判印度社会种种弊端的同时，却对影响庶民

---

① 石云龙：《当代外国文学》2008 年第 3 期。
② 黄芝：《外国文学评论》2009 年第 4 期。
③ 蔡隽：《当代外国文学》2010 年第 3 期。
④ 李道全：《外国文学》2011 年第 5 期。

命运的全球资本主义始终保持暧昧。他赋予庶民言说的权力,似乎成功建构了觉醒的庶民形象,但这种觉醒也带有悖论色彩,因为他不但未能充分认识庶民困境的根源,而且表现出与全球资本主义合谋的倾向。文章认为作为全球化时代的后殖民作家,阿迪加还需要进一步扬弃他的书写策略。

总的来说,我国的印度英语文学研究还处于起步阶段,但随着当代印度英语文学在世界文坛的崛起,有越来越多的研究者加入到研究印度英语文学的行列中来。对于印度英语文学的发展来说,这是必要的。但这其中也隐藏着一些问题。其一与印度英语文学翻译中存在的问题有相似之处,对印度英语文学的研究也必须具有对印度传统文学文化的必要认识,在对研究对象的把握上,必须看到印度英语文学在与西方英语文学语言一致的外表之下,其文化上的独特之处,即它所具有的印度文化特点。其二,后殖民理论和后殖民文学的兴起与印度裔的西方学者和作家有着密切的关系,或者可以说,在发端期它是以西方的印裔学者、作家为主力的,但是印度英语作家与这些印裔学者和作家在对待本民族的文学、文化态度上是有着细微但却重要的差异。如印度英语作家中极少有像奈保尔那样的反印度文化者,因此,在分析当代印度英语作家及作品的时候,对于后殖民理论和视角的运用应持有谨慎的态度。

第七节 其他语种文学研究

研究方面,由于资料和人才有限,对其他语种文学的研究在我国基本处于空白状态,其中仅有泰米尔语文学得到了一定的研究,而这种研究基本上都应归功于泰米尔文学专家张锡麟。在季羡林主编的《印度古代文学史》中,由张锡麟执笔撰写了关于泰米尔伦理文学、宗教诗歌的相关内容,对近代之前的泰米尔语文学进行了概况性的介绍。张锡麟还发表了

《桑伽姆文学》①，对泰米尔古代文学中繁荣鼎盛期的"桑伽姆文学"及其中的几部重要著作《朵伽比亚姆》《八卷诗集》等进行了简要介绍。《古拉尔箴言》是印度泰米尔语伦理文学中影响最大的一部重要著作，是一部专门讲述法、利、欲三大问题的伦理文学经典，《〈古拉尔箴言〉简论》②对《箴言》中的道德观、治国安邦思想、爱情与妇女观进行了分析，并对《箴言》诗歌的艺术特色进行了说明："诗歌篇幅短小，音节固定，格律严谨，易于吟诵和记忆"。文章还指出诗集编排结构具有特色，成为古代泰米尔语诗歌的典范。《论孔子的仁学和瓦鲁瓦尔的道德哲学——〈论语〉与〈古拉尔箴言〉比较研究之一》③是一篇长文，文章以两部代表性著作的比较为基础，对孔子和瓦鲁瓦尔的思想进行了细致的比较，指出孔子和瓦鲁瓦尔在伦理哲学思想上既有共同点也有差异。共同点显示了东方国家古代文明中伦理哲学思想的共同特色，差异则是古代中印两国民族文化差异的必然反映。这一结论是从文化发生和发展的角度来进行评价，在当时来看是比较有价值的。作为阿基兰小说的主要译者，张锡麟也发表了关于阿基兰小说的评论文章。《论阿基兰和他的短篇小说》④是一篇较有学术价值的成果。文章对阿基兰的生平进行了详细的介绍，指出他是"一位爱国主义者，同时又是激进的甘地主义者"，在他的思想中有爱国主义、甘地主义、马克思主义，这些都极大地影响了他的小说创作，他被称为"甘地主义现实主义作家"。文章还对印度独立前与独立后阿基兰短篇小说创作的特点、主要题材和内容进行了介绍，归纳了随着社会变化阿基兰小说创作的变化，以及他短篇小说的总特点："取材于印度人民的现实生活，具有鲜明的时代特征和很渴的思想内容和社会意义"，此外对阿基兰短篇小说的艺术特色进行了总结。文章最后认为，阿基兰将文学的思想内容放在第一，艺术形式第二的创作思想"无疑是正确的"。这也显示出当时学界对

①　《南亚研究》1981 年第 1 期。
②　《南亚研究》1988 年第 4 期。
③　张锡麟：《南亚研究》1989 年第 4 期。
④　《印度文学研究集刊》（第二辑），上海译文出版社 1986 年版。

于印度文学的主要评价标准之一。《评阿基兰的中篇小说〈女人〉》①是对小说的评论,对于理解文本有一定帮助。《巴拉蒂民族主义诗歌初探》②也是一篇比较重要的文章。巴拉蒂是泰米尔近代文学史上的著名诗人,诗歌创作具有激昂的民族主义情感,同时在题材上始终与现实结合,《初探》一文以时间为序对巴拉蒂的创作进行了介绍,并分析了其诗歌的艺术特色,指出它们极具"积极浪漫主义色彩",同时形式活泼、语言质朴、富于节奏感。总的来说,张锡麟的研究除了能使读者和学界对具体的泰米尔语文学、作家、作品有所了解,更重要的是,通过他的研究可以看到泰米尔语文学自身的丰富性,从而可以有效地矫正关于印度文学仅限于梵语文学和近代的北印度以及西孟加拉地区文学的偏颇认识。此外,在《20世纪印度文学史》(1999)中,也有关于近现代各语种文学如泰米尔语、奥利萨语、马拉雅拉姆语代表性作家作品的介绍。这同样也可以弥补一般读者关于印度近现代文学认识的不足。

　　我国对于汉译佛经文学的研究成果十分丰富,大部分的研究都是从中国文学与佛经文学的关系入手。探讨中国文学对佛教文学的吸收和改造、佛教文学在中国文学中流传变异的过程或佛经文学与中国文学母题的关系,这些方面的研究既有赖于我国历史上丰富的文史资料这一优势,又充分体现了我国学者立足于"中国学术"的研究立场。对于这类研究的总结和评析,值得作为一个单独的课题进行深入的探讨,本文在此将只就我国学界对作为翻译文学的佛教文学所进行的研究进行简要评述。在20世纪90年代逐渐兴起的翻译研究中,研究者一般对我国的翻译传统都追溯到佛典的翻译,并从佛典的翻译再次发起对"文质"之争的讨论。对佛典翻译从翻译文学的角度进行论述,金克木的《怎样读汉译佛典:略介鸠摩罗什兼谈文体》③是早期的重要成果之一。文章指出鸠摩罗什的译文既传达了异国情调,又发挥了原作精神,"在汉文学中也不算次品",

---

①　张锡麟:《南亚研究》1987年第1期。

②　张锡麟、郑瑞祥:《南亚研究》1982年第4期。

③　《读书》1986年第2期。

译文和原文读起来听起来都"铿锵悦耳"。在文体的处理上,鸠摩罗什将"印度传统文体在汉文传统文体上'接枝'","发现双方的同点而用同点去带出异点,于是出现了既旧又新的文体,将文体向前发展了一步"。这种评论体现出金克木已经比较有意识地将鸠摩罗什的译文作为一种翻译文学来看待,从译文审美的角度对译文进行了评论。《曲从方言趣不乖本——谈〈妙法莲华经〉的灵活译笔》①和《文虽左右,旨不违中——读鸠摩罗什译籍》②两文,都论述了鸠摩罗什译文如何达到"文学"的艺术要求。黄宝生的《佛经翻译文质论》③和《佛经翻译的启示》④两文相隔时间虽然较久,但其中都关注了一个核心问题,即在翻译佛教典籍和翻译佛教文学作品时对"文"与"质"有不同的要求。黄宝生指出,在佛经翻译史上最杰出的两位佛经翻译家鸠摩罗什和玄奘分别代表了"意译"和"直译"这两种翻译方法各自取得的最高成就,认为玄奘的翻译风格更适合理论著作的翻译;而对于文学翻译,"应该允许有相当的灵活性"。文学是语言艺术,在文学翻译的语言转换中应当含有创造性,以尽量减少或补救艺术性的流失,并认为从接受的角度看,"鸠摩罗什的翻译要比玄奘更具有可读性,更受读者欢迎"。《关于佛典翻译文学的研究》⑤明确提出了"在文学研究领域,可以而且应该按着文学自身的规律"将佛典文学当作文学作品而非宗教典籍来研究,认为要超越"专从宗教的观点"而从文学角度来研究和欣赏"佛典翻译文学",并将这些文学作品作为中国古典文学的一个重要组成部分。王向远在对汉译佛经文学的总结与研究中提出:"玄奘的译文严格尊重梵文原文,但译文本身又是地道的汉语。不过,从翻译文学的角度看,以玄奘为代表的隋唐时期的佛经翻译,由于选题缺乏文学性,又比较拘泥原作,在翻译文学上对后世的影响,反而不能与魏晋南北朝时

---

① 葛维钧:《东南文化》1994 年第 2 期。
② 罗新璋:《中国翻译》1997 年第 6 期。
③ 《文学遗产》1994 年第 6 期。
④ 《中华读书报》2003 年 7 月 9 日。
⑤ 孙昌武:《文学评论》2000 年第 5 期。

期相比了。"①此外，就从佛教文学自身的文学性这个角度进行研究而言，还有一部著作值得一提，即侯传文的《佛经的文学性解读》②，书中以大量的篇幅直接探讨了佛经的文学性，论述内容包括佛经的语言、文体、叙事结构、神话原型、故事母题和意象类型，也涉及与文学形式和内容相关的佛教宇宙观、人生观和伦理观。这些论述都是从文学自身艺术性的角度，将汉译佛教文学作为翻译文学或文学来看待。以上这些研究均显示出我国对汉译佛教文学的关注在影响研究之外所具有的新视角。

　　1949 年以来我国的印度民间文学研究领域有三位重要的学者。第一位是季羡林。季羡林在 1949 年之前便已撰写了数篇关于印度民间文学的文章，1949 年之后，他仍保持了对这方面的研究。季羡林研究的一个主要内容是对《五卷书》的分析，其成果集中体现在他为《五卷书》撰写的 3 篇序言中。1959 年季羡林翻译的《五卷书》出版，1963 年该书重印时，季羡林为该书撰写了一篇长达万字的序言，介绍了《五卷书》在印度的流变和它在世界上的传播情况，深入细致地分析了它之所以深得世界人民喜爱的原因，指出《五卷书》的特点在于除了各色人等，其中还出现了各种鸟兽虫鱼，这些鸟兽虫鱼一方面保留了动物的特点，一方面又具有人的一些思想，而这些思想与正统的印度教思想不同，实事求是地、真实地体现了人民的喜怒哀乐。序言还指出《五卷书》含有朴素的辩证法，反映了一种斗争精神，讽刺了当时的上层阶级和印度传统的悲观哲学，以及其中的一些糟粕，如歧视女性等。最后，季羡林对《五卷书》与中国文学的关系进行了单独的分析，指出虽然中国文学史上之前没有《五卷书》的译本，但《五卷书》中的故事却通过汉译佛典对中国文学产生了影响。1979 年，季羡林又为《五卷书》撰写了再版后记，对《五卷书》产生的时代背景、印度古代文艺发展的道路、故事中使用的语言、故事所反映的思想内容和它的结构特色进行了论述，这篇再版后记是在前一篇的基础上的扩展和补充，着

---

　　①　王向远：《王向远著作集（第 2 卷）：东方文学译介与研究史》，宁夏人民出版社 2007 年版，第 27 页。

　　②　中华书局出版社 2004 年版。

重强调了《五卷书》的民间文学性质，对于书中思想内容的分析也更具体和深入，并正式介绍了它那种具有印度特色的、被德国学者称之为"连串插入式"的整书结构。9 年后，季羡林又为中国民间文艺出版社计划新版的《五卷书》再次撰写了一篇后记《〈五卷书〉在世界的传播》。这篇后记是季羡林认为"还有一些话要说"而写，其中详细地介绍并列举了《五卷书》在德国、古代波斯、阿拉伯地区、希腊等地的译介情况，描绘出一幅关于《五卷书》的世界流布图。这 3 篇序言结合在一起，全面、翔实地呈现了《五卷书》自身的特点和它在印度文学史以及世界文学中的位置。季羡林在印度民间文学研究中的另一个内容，是对印度民间文学与中国文学关系的研究。他撰写了数篇关于这一主题的文章，包括《〈西游记〉里的印度成分》《〈罗摩衍那〉与〈西游记〉》以及上述的"《五卷书》与中国文学的关系"等，对于这一点，季羡林有较明确的学术意识，他在《民间文学与比较文学研究相得益彰》《民间文学与比较文学》等文中均一再指出，他认同比较文学中有直接影响的研究，并认为这种研究无论对于民间文学研究还是比较文学研究都有利。

第二位是王树英，他是我国专门从事印度民俗学研究的学者。他负责编译的《印度民间故事》[①]和《印度神话传说》[②]都具有较高的水平，他撰写的《印度文化与民俗》《宗教与印度社会》是研究印度民俗文化的专著，对于理解印度民间文学和印度文化具有较高价值。

第三位是薛克翘。薛克翘对印度民间文学保持了长久的关注并进行了不断研究，在他的《中印文化交流史话》[③]、《中国与南亚文化交流志》[④]、《中印文学比较研究》[⑤]、《佛教与中国文化》[⑥]中，都有对这个问题的论述。此外，他还发表了数篇关于印度民间文学研究的论文。他所著的《印度民间

① 王树英、石怀真、张光璘、刘国楠编译：《印度民间故事》，北京大学出版社 1984 年版。
② 王树英、雷东平、张光璘编译：《印度神话传说》，北京大学出版社 1987 年版。
③ 商务印书馆 1998 年版。
④ 上海人民出版社 1998 版。
⑤ 昆仑出版社 2003 年版。
⑥ 昆仑出版社 2006 版。

文学》①是目前国内唯一一本专门的印度民间文学著作，其中对印度民间文学的文化底蕴、印度神话、印度史诗故事、印度民间故事、歌谣、谜语和谚语、戏剧与歌舞都做了介绍和论述，并对印度民间文学在西方、印度和中国的研究状况进行了总结和概况。薛克翘对印度民间文学的研究以中印比较研究见长，他善于在古代典籍中发现印度民间文学的蛛丝马迹，其研究均是在文本爬梳的基础上进行，往往于细微处见真章。

　　对于印度民间文学的研究，我国学界的注意力大部分聚焦于《五卷书》之上。我国著名民间文学学者刘守华曾撰文《印度〈五卷书〉和中国民间故事》②对五卷书中的故事与中华人民共和国成立以来搜集整理出的我国各族民间故事进行了比较对照。文章指出《五卷书》中有二十多篇故事在中国可以找到它们的姐妹篇，它们的情节结构十分相似。该文进而在此基础上推断和分析了《五卷书》传入中国的可能途径，以及它在中国各族民间文学中的变形，并指出《金翅鸟》的故事由于其可能存在的对印度民间文学影响而极富意义。这篇文章与同类文章不同之处在于它不是对我国历史上的文学作品，而是对活的口头民间故事进行了研究，并指出了文学影响中的"反哺"可能。《接受影响和民族创新——"金翅鸟"和"乌木马"两故事的比较》③分析了《五卷书》中金翅鸟与《一千零一夜》中的"乌木马"故事在主题思想、艺术构思以及各自所具有的民族特色如风格上的不同，指出任何民族的文学在接受外国文学的影响时，都不是照搬和模仿、抄袭，而是结合本民族的社会生活、文化传统和民族特点进行了创造性的改变与再创作。《〈五卷书〉与东方民间故事》④重点考察了《五卷书》在印度文学和中国文学中的影响，并对它与亚非其他民族民间故事之间的关系进行了一定的分析。总的来说，民间文学在我国的印度文学译介与研究中，仍是一个有大量宝藏等待发掘的宝库。

---

　　①　宁夏人民出版社 2008 年版。
　　②　《外国文学研究》1983 年第 2 期。
　　③　张朝柯：《辽宁大学学报》1993 年第 1 期。
　　④　薛克翘：《北京大学学报》(哲学社会科学版)2006 年第 4 期。

第五章

撒哈拉以南非洲文学研究

　　本综述试图从国内主要的外国文学研究期刊、非洲研究刊物以及 30 年来出版或发表的有关撒哈拉以南非洲文学[①]专著论文入手,对 1979 年—2009 年间国内相关领域研究状况做出综合性评述,试图勾勒撒哈拉以南非洲文学在国内译介和研究的发展脉络和变化趋势。本综述尽量选择具有学术代表性的文献,由点及面加以叙述,叙述的过程中既注意到作家文学研究发展的脉络,也试图把握撒哈拉以南非洲民间文学的研究动态。

　　1979—1989 年间,国内对撒哈拉以南非洲文学研究处于起步阶段,学者们的工作重点是译介非洲的作家文学和民间文学作品,批评对象和批评方法都明显受到革命意识形态的较大影响。1990—1999 年间,受到西方主要文学奖项的影响,个别有世界影响力的著名作家及其代表作成为国内研究的热点,随着后殖民主义理论的引入,国内学者也逐步采用新的理论开展研究;在民间文学领域,非洲的神话受到大量关注。在 2000—2009 年间,国内对撒哈拉以南非洲文学研究显示出更高的自由度,对有关作家作品的研究形成焦点集群,凸显出非洲研究的区域性;非洲的史诗成为国内学者新世纪的研究重点。

---

　　① 　旧称"黑非洲",在本文中全部统一表述为"撒哈拉以南非洲"。

结合不同阶段的特征,本文采取重点区域和重点作家相结合的方式对 30 年间撒哈拉以南非洲文学研究状况加以立体性的叙述。

第一节 1979—1989 年间

1979—1989 年间的国内研究成果主要体现为对非洲作家作品和西方学界相关研究的翻译和介绍;针对非洲文学具体作家作品的研究成果并不丰富,且研究范围集中于极个别国家,视野并不广阔。

在译介领域,外国文学出版社陆续出版了一套"非洲文学丛书",这套丛书包括《非洲戏剧选》,高长荣编选,1983 年版;《非洲当代中短篇小说选》,高长荣编选,1983 年版;(塞内加尔)列奥波尔德·塞达·桑戈尔:《桑戈尔诗选》,曹松豪、吴奈译,1983 年版;(肯尼亚)詹姆士·恩古吉:《一粒麦种》,杨明秋、泗水、刘波林译,1984 年版;(肯尼亚)詹姆士·恩古吉:《孩子,你别哭》,蔡临祥译,1984 年版;(喀麦隆)费迪南·奥约诺:《僮仆的一生》,李爽秋译,1985 年版;(南非)理查德·里夫:《紧急状态》,侯焕良等译,1985 年版;(阿尔及利亚)穆鲁德·玛梅利:《鸦片与大棒》,涂丽芳、丁世中译,1985 年版;(肯尼亚)詹姆斯·恩古吉:《大河两岸》,蔡临祥译,1986 年版;(尼日利亚)沃莱·索因卡:《痴心与浊水》,沈静、石羽山译,1987 年版;《非洲童话集》,尧雨等译,1988 年版;(尼日利亚)钦努阿·阿契贝:《人民公仆》,尧雨译,1988 年版。这批书涵盖了非洲大陆上多位经典作家的代表作,涉及多种文学体裁,对国内开阔视野、了解非洲文学起到了十分巨大的作用。

改革开放的头十年间,国内学者对非洲文学作品中体现出的民族性、革命性和战斗性表现出特别的关注。简短有力的诗歌,也成为学者们研究的热点。早在 20 世纪 60 年代,随着中国援助非洲建设工程的开展,国内相应推进了斯瓦希里语的教学和有关文学研究,当时就开始出现若干非洲人民战斗诗篇的零星翻译。这种研究倾向延续到了改革开放初期,相关的论文有陈挺的《索马里民族英雄哈桑和他的反帝战歌》、①彭端智的《东方文艺复兴的曙光——关于亚非现代民族革命文学的几个问题》②、李淑廉和翁怡兰的《战斗的诗篇》③等等。这些文章反映了当时我国学界对于非洲现代文学尤其是诗歌研究的普遍状况,也体现出阶级斗争的意识形态对撒哈拉以南非洲文学研究的巨大干预。例如,彭端智在文中号召要加强同民族革命文学这支伟大的同盟军的团结,为反帝反殖,为反对霸权主义斗争服务,为东方文艺复兴做出贡献。在诗歌的译介方面,还有曹松豪、吴奈译的《桑戈尔诗选》④,吴岩、黄杲炘等译的《战旗——津巴布韦诗选》⑤等等。周国勇的《非洲诗一束》⑥以拼盘的形式,译介了一大批非洲诗人的代表作,丰富了国内对于非洲现代诗歌的认知。周国勇、张鹤编译的《非洲诗选》⑦收录了撒哈拉以南 21 个国家 60 位诗人的一百多首诗,主要译自英文、斯瓦希里语。诗歌的题裁和风格多样化并附有诗人与作品索引。傅边在《有声有色的画卷》⑧一文中指出,撒哈拉以南非洲现代诗歌的发展与各民族的命运紧密地联系在一起。

　　在非洲诗歌中集中展现的"黑人性"主题,也得到了国内学者的高度关注。李宝源的《黑人传统精神之争——〈行动的诗歌〉一书节录》⑨注重对黑人传统精神的解读。庄慧君的《非洲杰出的学者和民族主义领导人——列奥波尔德·桑戈尔》一文从理论探索、文学创作、政治生涯三方面介绍了桑戈尔的生平。⑩ 张宏明的两篇论文《桑戈尔思想的理论与实

　　① 《外国文学研究》1979 年第 1 期。
　　② 《外国文学研究》1979 年第 2 期。
　　③ 《外国文学研究》1980 年第 3 期。
　　④ 外国文学出版社 1983 年版。
　　⑤ 上海译文出版社 1984 年版。
　　⑥ 《外国文学》1985 年第 6 期。
　　⑦ 四川人民出版社 1986 年版。
　　⑧ 《外国文学》1987 年第 5 期。
　　⑨ 《西亚非洲》1980 年第 2 期。
　　⑩ 《西亚非洲》1984 年第 1 期。

践》①、《弗罗贝纽斯的非洲学观点及其对桑戈尔黑人精神学说的影响》②认为德国人类学家莱奥·弗罗贝纽斯非洲学理论的主要思想观点深刻地影响了黑人精神运动的倡导者,并成为桑戈尔黑人精神学说的重要理论来源之一,同时指出桑戈尔理论实践的指导思想都是其"黑人传统精神"学说。陈融的《论"黑人性"》③一文探讨了"黑人性"对非洲文学的推动作用。

与中国关系紧密的坦桑尼亚的文学作品在 80 年代也被大量引进,涉及小说题材,具体包括夏邦·罗伯特的《想象国》《可新国》,葛公尚译,外国文学出版社 1980 年版;《农民乌土波拉》,葛公尚译,外语教学与研究出版社 1980 年版;还有埃·凯齐拉哈比的三部作品:《混乱人世》《白痴》,葛公尚译,云南人民出版社 1982 年版;《未开的玫瑰花》,蔡临祥译,上海译文出版社 1988 年版。穆罕默德·塞·穆罕默德的作品:《渴》,鲁川、么建国译,湖南人民出版社 1983 年版;《渴》,冯玉培、章培智、饶少平译,外语教学与研究出版社 1985 年版。此外还有:艾迪·姆·斯·干泽尔:《狂人之梦》,唐尚杨、蔡宝梅译,广西人民出版社 1983 年版。穆西巴:《阴谋———起轰动世界的奇案侦破》,蔡临祥译,军事科学技术出版社 1989年版。法·卡塔拉姆希拉:《匿名电话》,蔡临祥译,内蒙古人民出版社1981 年版;姆库亚:《沉沦》,蔡临祥译,黑龙江人民出版社 1989 年版。一些戏剧作品也得以出版,如夏邦·罗伯特:《未开的玫瑰花》,蔡临祥译,上海译文出版社 1988 年版,此书还收录包括帕尼娜·穆汉多的现代剧《我的尊严》、赛姆扎巴的历史剧《脚力》和易卜拉欣·侯赛因的历史剧《金吉克蒂勒》等作品。童星的《东非斯瓦希里文学简介——兼评〈混乱人世〉与中国读者见面》④介绍了东非斯瓦希里文学的一系列重要作家,包括有"东非莎士比亚"之称的夏邦·罗伯特,以及评述了当年新出版的埃·凯

---

① 《世界经济与政治》1988 年第 11 期。
② 《西亚非洲》2005 年第 5 期。
③ 《江西师范大学学报》1988 年第 4 期。
④ 《西亚非洲》1983 年第 5 期。

齐拉哈比的名作《混乱人世》。还有学者关注南非文学的发展，如刘新粦的《南非英语文学初探》①，董鼎山的《正义的南非女作家》②介绍了南非著名女作家戈迪默。

多位研究者都注意到塞内加尔国文学发展状况，王双泉的《塞内加尔小说发展管窥》③对该国近年来小说创作发展概括进行了综合性的考察；庄慧君的《非洲杰出的学者和民族主义领导人——列奥波尔德·桑戈尔》④介绍了塞内加尔的总统、诗人桑戈尔，分别从桑戈尔创作的理论建构、文学创作和政治主张等等不同领域入手，全方位展示这位深受非洲人民热爱的领导人和诗人的创作。撒哈拉以南非洲的女性作家及其作品中的女性形象也成为国内学者关注的焦点。展舒、聘如的《非洲文坛的女星和〈乞丐的示威〉》⑤以及邓世隆的《〈乞丐罢乞〉简析》⑥都对塞内加尔女作家阿米纳塔·索·法尔的中篇小说《乞丐罢乞》加以介绍和研究。展舒、聘如的《玛丽亚玛〈一封如此长的信〉》介绍了另外一位新锐女作家玛丽亚玛·巴的创作。⑦ 鲁翠岚在《黑非洲妇女的觉醒——读桑贝内·乌斯曼〈神的儿女〉》一文中探讨了塞内加尔著名作家桑贝内·乌斯曼的创作，认为其运用现实主义的创作方法和高超的艺术技巧讴歌了非洲妇女的觉醒。⑧

80 年代，国内学者开始注意到后来被誉为非洲现代文学之父的尼日利亚作家阿契贝⑨，对其进行了若干介绍。例如王佐良的《澳洲盛节当场观》⑩中提到阿契贝参加澳洲艺术节并对阿契贝及其作品进行了简要的

---

① 《暨南学报》(哲学社会科学)1989 年第 4 期。

② 《读书》1987 年第 8 期。

③ 《西亚非洲》1984 年第 3 期。

④ 《西亚非洲》1984 年第 1 期。

⑤ 《读书》1981 年第 7 期。

⑥ 《贵州大学学报》(社会科学版)1985 年第 3 期。

⑦ 《读书》1982 年第 7 期。

⑧ 《贵州师范大学学报》(社会科学版)1986 年第 3 期.

⑨ 也译为钦努阿·阿契贝。

⑩ 《外国文学》1980 年第 4 期。

介绍。朱莉、裴文惠《现代非洲文坛上的一枝新秀——尼日利亚作家齐奴阿·阿奇拜》①一文认为阿契贝实质上是一个典型的民族主义的批判现实主义作家,政治上还不够成熟,认识上的局限性也是历史的局限性,但作者也肯定阿契贝作品积极的现实作用和历史意义。

特别值得注意的是,由于尼日利亚作家沃莱·索因卡获得1986年度的诺贝尔文学奖,国内学界也及时跟进,开始译介和研究他的作品。80年代后期,索因卡激发了国内非洲文学研究者的极大热情,至今未曾减退。80年代,对索因卡及其作品进行综合介绍的文章主要有朱世达的《"我是非洲文学的一部分"——记沃莱·索因卡》②、邵殿生的《贝尔文学奖获得者W·索因卡》③、朱旗的《索英卡与诺贝尔文学奖》④等等,这些介绍文章结合索因卡获得1986年度诺贝尔文学奖的消息,介绍了索因卡在戏剧创作上的创新与作品中饱含的非洲文化传统。相应的研究论文还有岳生的《浅谈沃莱·索因卡及其剧作》⑤。该文指出索因卡把西方戏剧艺术与非洲民族民间戏剧渊源结合起来的创作,表达了对非洲现实的强烈关注;非洲作家与拉丁美洲作家一样,将西方创作技巧与本民族文化传统相结合,因此非洲也发生了"文学爆炸"。钟国岭的《〈森林舞蹈〉浅析》⑥、刘合生的《传统与背叛——沃尔·索因卡〈痴心与浊水〉主题初探》⑦等论文分别讨论了索因卡《森林舞蹈》和《痴心与浊水》两部作品的创作技巧与作品主题。李文俊、马高明翻译的《一九八六年诺贝尔文学奖获得者沃·索英卡诗选》在《诗刊》杂志刊发,收入七首索因卡诗歌译作⑧,介绍了其在诗歌创作上的卓越成就。王三槐译介的《奥因·奥贡巴

---

① 《西亚非洲》1980年第3期。
② 《读书》1987年第1期。
③ 《国外社会科学》1987年第6期。
④ 《上海外国语学院学报》1987年第6期。
⑤ 《四川师范大学学报》(社会科学版)1987年第4期。
⑥ 《外国文学》1987年第7期。
⑦ 《辽宁教育学院学报》(社会科学版)1989年第4期。
⑧ 《诗刊》1987年第5期。

〈变革运动〉》①一文介绍了美国学者奥贡巴对索因卡的研究成果,指出索因卡的创作不是对古老传统的缅怀,而是对当前现实问题的清醒认识,以求走向一个正义和平等的社会;索因卡的戏剧被界定为是一种"变革运动"。

与此同时,国内学者也积极引进西方左派学者对于非洲文学的研究成果。例如白锡堃、关山两位学者分别译介了西德文学杂志的评论。白锡堃编译的《关于"第三世界"文学》②以非洲和拉丁美洲的黑人文学为例讨论"第三世界"文学。文中指出"第一世界"和"第二世界"同"第三世界",即工业化"发达的"北方同不发达的南方之间的经济对立,在文学上也有了相应的表现,这就是"第三世界"文学。"第三世界"文学固然具有不同地区和国家的特点,但也有共性。关山编译的《非洲文学现状》③一文,原题为《反对今日的独裁者》,集中介绍多名主要的非洲作家,包括肯尼亚作家恩古吉·瓦·松戈④、尼日利亚作家沃莱·索因卡等等,并指出今日非洲作家描写的主要不是非洲的传统,而是殖民主义时代结束后的社会问题。

20 世纪 80 年代,国内尚未出现研究撒哈拉以南非洲口头文学的论文或专著,但出现了涵盖非洲神话、史诗、民间歌谣、民间故事、谚语等多种口头文学形式的大量译介。其中,对民间故事的译介最多,主要是从西方语言翻译而来的故事集,包括郭悦群等翻译的《非洲民间故事》⑤,杨永、陆卯君等译《黄金的土地》(《世界民间故事丛书》非洲篇)⑥,高秋福、戴惠坤编译的《东非民间故事选》⑦,以及宋万国、周长志根据马里作家博卡尔·恩迪亚耶的《马里夜话》和伊萨·特拉奥雷的《民间故事》选译的

---

① 《读书》1987 年第 1 期。
② 《外国文学研究》1984 年第 1 期。
③ 《外国文学研究》1981 年第 1 期。
④ 也译为恩古吉·瓦·提安哥。
⑤ 人民文学出版社 1981 年版。
⑥ 少年儿童出版社 1982 年版。
⑦ 中国民间文学出版社 1984 年版。

《马里民间故事选》①，王荣久根据苏联的《非洲民间故事选》②编译的《非洲民间故事选》③，曾维纲翻译的《非洲民间故事》④等等。同时，也有从非洲本土语言直译的民间故事集。例如黄泽全翻译汇编的《非洲童话》⑤、《非洲夜谈》(上、下)⑥，都是直接译自豪萨语。黄泽全和李百华还从豪萨语翻译了《非洲风俗故事》⑦一书。

童话方面有董天琦翻译的《非洲童话》⑧，尧雨等翻译的《非洲童话集》⑨等等。在神话的译介方面，国内学者对凯思特·阿诺特整理的英文版"牛津神话故事丛书"(多卷本)中"非洲神话与传说"部分进行了编译，出版了朱洪国翻译的《非洲神话与传说》⑩、张大军、陈湘汶翻译的《非洲童话选》⑪、唐文青翻译的《非洲神话传说》⑫三个译本。该书有助于国内学界了解撒哈拉以南非洲的神话。在史诗方面，李震环和丁世中翻译了几内亚作家吉·塔·尼亚奈整理出版的西非史诗代表作《松迪亚塔》。⑬

80 年代众多学者都提出应当把非洲文学纳入到东方文学的范畴之内。如季羡林先生在《正确评价和深入研究东方文学》一文中提出"东方文学"这个概念既有地理因素，又有政治因素，是亚洲和非洲文学的总称。⑭ 还有学者指出"现代黑非洲文学的发展与亚非其他国家和地区的文学不同，它在 20 世纪五六十年代随着民族解放、国家独立开始了蓬勃

---

① 世界知识出版社 1985 年版。
② 苏联国家文学出版社列宁格勒分社 1959 年版。
③ 江西少年儿童出版社 1986 年版。
④ 湖南少年儿童出版社 1989 年版。
⑤ 北京出版社 1985 年版
⑥ 世界知识出版社 1985 年版。
⑦ 北京语言学院出版社 1987 年版。
⑧ 上海文艺出版社 1987 年版。
⑨ 外国文学出版社 1988 年版。
⑩ 四川少年儿童出版社 1981 年版。
⑪ 湖南人民出版社 1981 年版。
⑫ 新疆人民出版社 1982 年版。
⑬ 上海译文出版社 1983 年版。
⑭ 《外国文学研究》1982 年 04 期。

发展的新纪元,是世界文学中的新兴文学,因此我们另辟一章作综合的评价。"①在此背景下,国内学者开始进行东方文学史的写作实践。1983 年 2 月朱维之、雷石榆、梁立基主编的《外国文学简编·亚非部分》②是国内相关东方文学史著述系列中的最早尝试。此后 30 年间国内涌现出了多达十数部的各类东方文学史专著。包括《东方文学简史》,陶德臻主编,北京出版社 1985 年版(1990 年修订版);《东方文学简编》,张效之主编,山东教育出版社 1985 年版;《简明东方文学史》,季羡林主编,北京大学出版社 1987 年版;《外国文学史·亚非部分》,朱维之主编,南开大学出版社 1988 年版(1998 年修订版);《新东方文学史(上古·中古部分)》,梁潮、麦永雄、卢铁澎合作编写,广西师范大学出版社 1990 年版;《亚非文学简史》,张朝柯著,辽宁大学出版社 1991 年版;《东方现代文学史》,高慧勤、栾文华等合编,海峡文艺出版社 1994 年版;《东方文学史通论》,王向远著,上海文艺出版社 1994 年版(宁夏人民出版社 2007 年版,高等教育出版社 2013 年增订版);《东方文学史》,郁龙余、孟昭毅主编,陕西人民出版社 1994 年版(北京大学出版社 2001 年修订版);《东方文学史》,季羡林主编,吉林教育出版社 1995 年版;《东方文学史》,邢化祥著,中国档案出版社 2001 年版;《简明东方文学史》,孟昭毅、黎跃进合编,北京大学出版社 2005 年版(2012 年修订版);《新编简明东方文学》,何乃英著,中国人民大学出版社 2007 年版;《外国文学史(东方卷)》,王立新、黎跃进合编,高等教育出版社 2013 年版。但令人遗憾的是,绝大多数文学史中普遍严重缺失撒哈拉以南的非洲现当代之前的文学评介。间或有对撒哈拉以南的非洲作家作品进行专章论述,但入选作家作品被专节论述的学理性和合理性并不明晰。单节论述的作家作品在一定程度上构成了撒哈拉以南的非洲文学经典作品的谱系。这种经典化是依靠西方的文学奖项来实现的。这种局面值得学者们深入反思和讨论。

---

①　《外国文学简编·亚非部分·前言》,中国人民大学出版社 1983 年版。

②　朱维之、雷石榆、梁立基:《外国文学简编·亚非部分》,中国人民大学出版社 1983 年 2 月初版(1998 年 1 月修订版;2004 年 10 月第三版;2010 年 4 月第四版)。

第二节　1990—1999 年间

1990—1999 年间,随着中非交往不断增多,撒哈拉以南非洲文学作品越来越多地被介绍到中国,国内对有关作品的研究也不断深入。继尼日利亚作家索因卡获得 1986 年诺贝尔文学奖之后,南非女作家戈迪默1991 年度又获诺贝尔文学奖。五年间撒哈拉以南非洲作家两次获奖,引发了轰动效应,国内学界对于撒哈拉以南非洲文学研究的热情也随之出现了新的高峰。自 80 年代开始,中国知识界掀起了一阵积极引进西方各种文艺理论的高潮。这些理论在中国学界经过了落地、消化、发展的过程。80 年代末被引入中国的后殖民主义理论,到 90 年代中后期趋向成熟,研究视域也由中国文学转向世界文学,开始逐渐成为国内撒哈拉以南非洲文学研究者最重要的理论工具。

对撒哈拉以南非洲两位诺贝尔文学奖得主的研究,以及一系列西方文学理论工具在中国的落地,堪称 20 世纪末十年里国内撒哈拉以南非洲文学研究的两大热点。此外,从整体来看,该时期的研究水平相比前十年有所提高,研究论述显著增多,研究题材也更加广泛。

自从尼日利亚作家索因卡在 1986 年获得诺贝尔文学奖以后,关于其创作的研究在国内不断升温。1990—1999 年间,国内不乏对索因卡创作的讨论。例如元华和王向远的《论渥莱·索因卡创作的文化构成》[1]一文认为索因卡的创作受到了崇尚反理性主义哲学的西方现代派作家的影响。萧四新的《从传统走向现代——非欧文化碰撞中的索因卡》[2]旨在分析索因卡创作中非洲传统文化与西方现代文化、新与旧等复杂的文化构成以及不同文化碰撞带来的独特魅力。王燕的《略论索因卡剧作中的延续性意象》[3]一文,指出索因卡的作品,几乎都能在行文之间撷取出某种

---

[1]　《北京师范大学学报》1993 年第 5 期。
[2]　《黄冈师专学报》1997 年第 2 期。
[3]　《国外文学》1998 年第 3 期。

(或某些)既可统领渗透于统一主旨,又与其本人的自我人生经验甚或非洲黑人的文化传统密切关联的赓续性意象。宋志明的《尼日利亚戏剧与宗教神话》①一文将尼日利亚两代剧作家索因卡和奥索费山②的创作成果加以对比研究,结合传统宗教仪式讨论了戏剧创作的时代差异。与上一个十年相比,90 年代国内对于索因卡创作的研究在数量上日趋丰富,也不再局限于对作品的技巧和主题的分析,出现了对索因卡创作的文化内核深入探究的论文。汪剑钊在《世界诗库第 8 卷西亚・中亚・非洲》非洲诗歌部分的导言中简述了索因卡诗歌的基本特点,认为"他的诗歌题材广泛,渗透着强烈的使命感。许多基调不同的作品证明,他不愧为大师级的非洲作家……他既表现忧郁、悲伤、沮丧,也善于用讽刺的笔墨进行调侃、挪揄,更擅长以抒情的反思来亲切地追忆似水年华。"③

国内作者在关注索因卡的同时,也关注着作为非洲文学大国的尼日利亚文坛动态。例如邹海仑缩写了该国新崛起的实力作家本・奥克利④的代表作《饥饿之路》⑤,并推介其新作《无尽的财富》⑥。还有学者表示了对尼日利亚著名作家阿契贝的持续关注,相关论文有张湘东的《阿契贝及其小说〈瓦解〉》⑦等等。

南非女作家纳丁・戈迪默获得 1991 年度的诺贝尔文学奖的消息引发学界的极大轰动,她不仅是非洲第一位女性诺贝尔文学奖获得者,同时她作为五年之内第二位撒哈拉以南非洲的作家获奖,代表着撒哈拉以南非洲文学得到世界文坛的再次肯定。由此,中国学界又掀起了一阵积极引进和介绍戈迪默的热潮。相关译介有王家湘选译的《伯格的女儿》⑧、

①　《外国文学评论》1999 年第 1 期。
②　也译奥索菲桑。
③　花城出版社 1994 年版。
④　也译为本・奥克瑞。
⑤　《外国文学动态》1995 年第 1 期。
⑥　《外国文学动态》1998 年第 6 期。
⑦　《世界文化》1999 年第 6 期。
⑧　《外国文学》1992 年第 1 期。

钟志清的《纳丁·戈迪默的新作〈没人陪伴我〉》①、林丽翻译的《爱犬》②、徐晓雯译《穿越时空》③、王晓珏《激情之罪：戈迪默的新作〈护家之枪〉》④等等。对戈迪默本人进行综合性评介的文章有胡德奖的《纳丁·戈迪默获 1991 年度诺贝尔文学奖》⑤、李文彦的《访纳丁·戈迪默》⑥、冯亦代的《诺贝尔文学奖得者戈迪默》⑦等等。李永彩在《纳丁·戈迪默的文学轨迹》⑧一文中梳理了戈迪默的创作，结合其生平对戈迪默的文学轨迹加以梳理。朱达的《文笔精湛，情操高尚——我所认识的纳丁·戈迪默》⑨从学者本人与戈迪默的交往出发，对戈迪默的人格和创作都进行了高度的评价。瞿世镜的《新南非之母戈迪默》⑩回顾了戈迪默的创作生涯并对其重要作品逐一加以评述。

多数国内学者都注意到戈迪默的创作中饱含对南非种族隔离制度的反抗。重要的文章有车成安《反种族主义的文艺斗士——谈戈迪默其人及其创作》⑪、文楚安《戈迪默谈文学、社会和政治》⑫、付鸿军和刘敏合译的《娜汀·戈迪默：我的写作动机并非源于政治》⑬一文，通过美国学者对戈迪默本人的访谈，解读了戈迪默创作中的若干倾向。张中载在《纳丁·戈迪默与〈自然变异〉——虚构与非虚构，界限何在？》⑭一文中，以小说《自然变异》为具体的讨论对象探讨了戈迪默创作中现实与艺术创作之间

---

① 《外国文学动态》1994 年第 6 期。
② 《外国文学》1997 年第 6 期。
③ 同上。
④ 《外国文学动态》1998 年第 2 期。
⑤ 《外国文学研究》1991 年第 4 期。
⑥ 《外国文学》1992 年第 1 期。
⑦ 《读书》1992 年第 3 期。
⑧ 《外国文学评论》1992 年第 1 期。
⑨ 《外国文学研究》1992 年第 3 期。
⑩ 《社会科学》1998 年第 7 期。
⑪ 《吉林大学社会科学学报》1993 年第 6 期。
⑫ 《译林》1992 年第 3 期。
⑬ 《外国文学动态》1997 年第 5 期。
⑭ 《外国文学》1993 年第 1 期。

的关系。

国内学者在关注南非文坛巨擘戈迪默创作的同时,对南非新一代的作家动态也有一定的追踪。例如徐程的《南非作家史密斯及其〈太阳鸟〉》①、邹海仑的《南非 1999 年布克奖揭晓科特基②再次折桂》③等等。此文可能是国内最早关于南非作家库切的评介。90 年代后期开始有学者试图对南非一国的文学创作进行整体上的概述。这方面的努力有王培根的《南非文学说略》④和刘炳范的《20 世纪南非文学简论》⑤。高秋福翻译了南非诗人布鲁特斯⑥的《行吟集》。⑦

此外,国内学者在 90 年代还零星发表了若干对于其他作家作品的讨论并展开对撒哈拉以南非洲文学整体特征的研究。例如俞灏东的《被"同化"还是保持了"黑人性"?》⑧一文讨论了塞内加尔诗人桑戈尔的诗歌创作的复杂时代和历史背景。段汉武在《现代斯瓦希里语文学的创作背景及其特点》⑨一文概述斯瓦希里语和东非地区的历史,并总结现代斯语文学具有口头文学与书面文学同时存在、现代题材和神话故事结合在一起、反帝反殖斗争为其基本内容、作者注重利用民族文化遗产等四种特征。张荣建的《黑非洲英语文学变体》⑩一文对于非洲文学创作中的语言问题加以探究,对后来学者的启发很大。

90 年代,刘鸿武的《论黑非文化特征与黑非文化史研究》⑪揭开了对撒哈拉以南非洲文化研究的序幕。李保平的《论黑非洲传统文化的基本

---

① 《书城》1994 年第 9 期。

② 也译为 J. M. 库切。

③ 《外国文学动态》1999 年第 6 期。

④ 《外国文学》1997 年第 6 期。

⑤ 《外国文学》1999 年第 1 期。

⑥ 也译布鲁塔斯。

⑦ 外国文学出版社 1990 年版。

⑧ 《宁夏大学学报》(社会科学版)1990 年第 4 期。

⑨ 《许昌师专学报》(社会科学版)1995 年第 1 期。

⑩ 《重庆师院学报》(哲学社会科学版)1995 年第 3 期。

⑪ 《世界历史》1993 年第 1 期。

特征》①论述了撒哈拉以南非洲传统文化的特征和撒哈拉以南非洲口传文化的特点。宁骚的专著《非洲黑人文化》②用专章介绍黑非洲口传文化。他强调应重视作为口头文学创作者、保存者和讲述人的民间歌手对非洲口头文学做出的巨大贡献。作者将非洲口述故事进行分类，也按生成途径对非洲谚语进行分类讨论。在研究非洲神话方面，李永彩的《非洲神话：透视与思考》③一文被收入薛克翘、张玉安、唐孟生等主编的《东方神话传说》(第三卷)一书，他还主编了《非洲神话传说》④并写了前言，李永彩的著述某种意义上填补了国内非洲神话研究的空白。李保平的《非洲神话与黑人精神世界——试析非洲神话的类型和功能》⑤、《非洲谚语体现的文化传统论析》⑥两篇论文，具有一定学术参考价值，后被收入专著《非洲传统文化与现代化》⑦一书中。

　　瞿世镜的《尼日利亚的"后殖民小说"》⑧一文，是国内学者首篇运用后殖民主义理论对撒哈拉以南非洲文学加以分析的论文。该文从尼日利亚英语文学创作入手，将尼日利亚的著名作家如图图奥拉、阿契贝、索因卡、奥克瑞等人都放置于后殖民小说家的视域下加以研读，深入讨论尼日利亚英语文学创作的特点，思考后殖民小说家如何处理多元文化冲突与多元文化融合的辩证关系。该文对于后来的撒哈拉以南非洲文学研究具有极大的启发。

① 《北京大学学报》(哲学社会科学版)1993年第6期。
② 浙江人民出版社1993年版。
③ 《民俗研究》1994年第4期。
④ 北京大学出版社1998年版。
⑤ 《西亚非洲》1997年第2期。
⑥ 《西亚非洲》1996年第5期。
⑦ 北京大学出版社1997年版。
⑧ 《社会科学》1997年第8期。

第三节　2000—2009 年间

　　2000—2009 年间,与上一个十年相比,国内学者的研究视野明显拓展,研究对象也明显增多并突破一国范围,逐渐展开对东非地区、南非地区、西非地区等区域文学的研究。2003 年南非作家库切获得诺贝尔文学奖的消息,又为国内撒哈拉以南非洲文学研究者注入一针兴奋剂,一时间涌现出多篇有关库切研究的重要论文。

　　十年期间,国内涌现一批有关肯尼亚著名作家恩古吉·瓦·提安哥的译介和研究成果。包括任一鸣《非洲再见》①、《植根于非洲的作家尼·瓦·西昂戈》②两篇。海舟子介绍了恩古吉新作《乌鸦奇才》③。特别值得注意的有陶家俊的《语言、艺术与文化政治——论古吉·塞昂哥的反殖民思想》④一文。该文分析恩古吉的多部作品并指出其反殖民思想的核心是对语言殖民、后殖民国家权力与艺术的对立等问题的反思批判,其理论受到马克思主义和范农⑤思想的双重影响。另外李春红的《佛拉赫——索马里小说之父》⑥一文也丰富了国内对东非地区文学研究的领域,开拓了国内学界的视野。

　　2003 年南非作家约翰·马克斯韦尔·库切成为继戈迪默之后南非第二位诺贝尔文学奖获得者。库切本人及其作品的研究也成为 21 世纪初国内撒哈拉以南非洲文学研究者的热点。库切与戈迪默一道,也把国内学者的关注目光引向文学重镇南非。对南非文学整体的研究,以及南非文学史的梳理都是这时期的研究热点。

---

①　《外国文学》2002 年第 6 期。
②　同上。
③　《外国文学动态》2006 年第 5 期。
④　《国外文学》2006 年第 4 期。
⑤　也译为法农。
⑥　《世界文化》2004 年第 6 期。

对库切的介绍包括石平萍翻译的《小说在非洲》①和《新南非背景下阅读库切——他获本年度诺贝尔文学奖的背后》②、高文惠《库切——混杂文化身份的承载者》③等多篇文章。对库切创作的研究非常丰富，较早且具有代表性的研究有张冲和郭整风的《越界的代价——解读库切的布克奖小说〈耻〉》④。该文指出，从许多细节来看，小说主要人物之间屡屡超越传统、社会、种族、政治和道德规定的界限，并为各自的"越界"行为付出各种代价。这反映了小说作者的思考，也反映了作者面对新历史时期、新社会关系所产生的种种困惑，在一定程度上产生了迷惘的情绪。该文对后来学者有很重要的启发作用。还有段枫、卢丽安的《一个解构性的镶嵌混成：〈仇敌〉与笛福小说》⑤论证了库切小说与笛福小说的镶嵌混成，并指出库切对此类小说的现实性提出了质疑，传达了他对历史、叙述、语言等一系列问题的反思。蔡圣勤的《写实主义文学对文明冲突理论的呼应——细读库切的小说〈耻〉》⑥一文运用亨廷顿的文明冲突论对库切的创作进行了解读。还有赵白生的《"一切作品皆自传"——非洲作家自传个案研究》⑦对库切的自传进行个案研究，也极大丰富了国内学界的研究视野。仵从巨、范蕊的《三重主题及其完成：关于库切之〈耻〉》⑧是国内较早对库切创作进行主题分析的论文。特别值得一提的是段枫的《库切研究的走向及其展望》⑨，该文立意较高，对国内近年来库切研究的方法论和研究成果进行综述和展望。任海燕《探索殖民语境中再现与权力的关系——库切小说〈福〉对鲁滨逊神话的改写》⑩一文认为库切有意识选择

---

① 《外国文学》2004 年第 1 期。
② 《世界知识》2003 年第 22 期。
③ 《方丛刊》2006 年第 2 期。
④ 《外国文学》2001 年第 5 期。
⑤ 《当代外国文学》2004 年第 4 期。
⑥ 《外国文学研究》2004 年第 4 期。
⑦ 《国外文学》2008 年第 2 期。
⑧ 《当代外国文学》2006 年第 1 期。
⑨ 《外国文学评论》2007 年第 4 期。
⑩ 《外国文学评论》2009 年第 3 期

改写《鲁滨逊漂流记》，这是他对殖民主义最有力的一次反击，也是库切在小说创作上一次最前卫的尝试。库切质疑鲁滨逊神话的个人主义和殖民主义，在《福》中利用瓦解和游戏的互文性再观手法改造了鲁滨逊神话的殖民主义隐喻，塑造了一个女性话语权代表者苏珊·巴顿，以这样一个增补形象打破原有的二元对立、颠覆层级关系。高文惠的论文《库切的自传观和自传写作》①，认为库切采用第三人称叙述视角、一般现在时态、非连续状态的历史场景等手法，展现了他的自传观，而其中蕴含的对自我真相的质疑，道出了库切对真实的执着追求。特别值得一提的是高文惠之后出版的《后殖民时代语境中的库切》一书。② 该书从混杂性身份和边缘写作、交互作用中的主体性、淤泥是权威的对抗和当下现实中的道德选择、反话语的文学实践等视角阐释了库切创作所呈现的文化多元性和文学多样性，深入分析其创作的理论自觉意识与实践自省精神。王旭峰《库切与自由主义》③一文分析了南非种族隔离政治制约下导致的残缺的自由主义，认为这种残缺的自由主义同样反映在库切的创作中，库切作品里大量"弱者"形象和"强者"叙事被压抑的现象是残缺的自由主义在文学中的表现。对库切的研究还有从各种角度展开的论文，不一而足。但值得注意的是，库切的作品近年来始终是我国非洲文学研究的焦点之一，虽然有很多深入的研究性文章，但此类研究局限于单个作家的研究，并不能完全反映出对这片大陆的整体研究态势和我国非洲文学研究的进展情况。而且库切研究者很多来自于英语文学研究队伍，并不能跟非洲文学研究和研究者的身份完全等同。

对于南非文学另一位巨擘戈迪默，在此十年间也不乏有意义的关注。如刘从中的《一种根本的姿态——读纳丁·戈迪默的〈七月的人民〉》④，

---

① 《外国文学评论》2009 年第 2 期。
② 中国社科出版社 2008 年版。
③ 《外国文学评论》2009 年第 2 期。
④ 《新世纪文学选刊》2009 年第 1 期。

沈艳燕的《年寄话语与青春诗学：论〈伯格的女儿〉中的文化病理学意蕴》①，周乐诗《民族化的性别和性别化的民族——论戈迪默的长篇小说〈我儿子的故事〉》②。这三篇论文体现了中国学者在 90 年代对戈迪默的一贯关注。

另外还有李永彩的《审问沉默：南非文学面临的新可能性》③与沈艳燕的《南非英语文学的发展》④。这两篇论文从总体上梳理了南非文学发展进程中的当下面貌。李永彩在 2009 年出版了专著《南非文学史》⑤，这是国内目前仅有的一部非洲文学研究专著，对深入了解南非文学有着特别重要的意义。该书辨证、客观地介绍和评论了南非文学的起源和发展，从五个阶段评介了南非各个种族的文学，生动地展现了南非各个历史阶段的社会画卷，有助于读者全面地了解南非文学的发展概貌。该书借助大量翔实的英语材料，全书内容丰富，不仅是国内仅有的一部撒哈拉以南非洲文学研究专著，也被认为是当今世界上颇具创新精神的一部南非文学史著作。作为撒哈拉以南非洲文学领域的开拓性著作，该著作对学界深入了解撒哈拉以南非洲文学有着特别重要的意义。蔡天新编译的《罗伯特·贝洛尔德的诗》⑥和罗池翻译的《彼得·霍恩诗选》⑦丰富了国内对于南非诗歌创作的认识。

进入 21 世纪，国内学者对索因卡的研究逐步深入，研究对象不限于戏剧创作，拓展到诗歌、小说等多种体裁。后殖民主义理论指导下的索因卡研究，注重发掘索因卡作品中的文化碰撞和互动。索因卡、阿契贝研究成为国内研究西非地区文学学者的关注重点。代表性论文主要有王燕《整合与超越：站立在东西方文化交融的临界点上——对于索因卡戏剧创

① 《当代外国文学》2009 年第 3 期。
② 《外国文学》2009 年第 4 期。
③ 《当代外国文学》2005 年第 1 期。
④ 《英语研究》2007 年第 4 期。
⑤ 上海外语教育出版社 2009 年版。
⑥ 《青年文学》2006 年第 13 期。
⑦ 河北教育出版社 2003 年版。

作的若干思考》①、宋志明的《文化"归航"与文化反抗——论沃勒·索因卡后殖民主义创作的文化形态》②和《"奴隶叙事"与黑非洲的战神奥冈——论沃勒·索因卡诗歌创作的后殖民性》③。宋志明在论文中指出索因卡的诗歌创作本质上是一部"奴隶叙事",充满了殖民地作家的反抗精神,具有显著的后殖民性,在文化反抗的同时,也表现出浓厚的悲观主义倾向。马建军和王进的《〈死亡与国王的马夫〉中的雅西宗教文化冲突》④运用了后殖民主义理论下宗教分析的方法。赫荣菊的《论索因卡〈死亡与国王的马夫〉中悲剧精神的文化意蕴》⑤没有直接套用后殖民理论,而紧扣悲剧意蕴展开对索因卡戏剧的研究。赫荣菊《国内沃尔·索因卡研究综述与思考》⑥一文对国内的索因卡译介及研究加以综述,并提出自己的思考与展望,其中,作者提出了索因卡的研究缺乏以体裁为主线的系统研究,并且认为应该加强其各种体裁"以文证文"的研究工作。

受到新的理论工具的影响,国内学者对尼日利亚著名作家阿契贝的研究水平也迎来了崭新的面貌。例如黄永林和桑俊的《文化的冲突与传统民俗文化的挽歌——从民俗学视角解读齐诺瓦·阿切比的小说〈崩溃〉》⑦、庄宇琪的《论〈瓦解〉的内部文化冲突》⑧、陈榕的《欧洲中心主义社会文化进步观的反话语——评阿切比〈崩溃〉中的文化相对主义》⑨。陈榕一文深度解析了《崩溃》这部小说是如何挑战欧洲中心主义话语,解构殖民话语所倡导的欧洲文明和非洲文明之间的歧视性等级差异。颜治强发表了两篇论文《帝国反写的典范——阿契贝笔下的白人》⑩和《从〈瓦

---

① 《外国文学研究》2001年第3期。
② 《东方丛刊》(2002年第2辑总第40辑)2002年第13期。
③ 《外国文学研究》2003年第5期。
④ 《外国文学研究》2005年第5期。
⑤ 《外语研究》2009年第4期。
⑥ 《湖州师范学院学报》2009年第4期。
⑦ 《外国文学研究》2006年第5期。
⑧ 《前沿》2008年第3期。
⑨ 《外国文学研究》2008年第3期。
⑩ 《外语研究》2007年第5期。

解〉众人反观主角奥康科》①,这两篇论文对之后的阿契贝研究起到了启发作用。

国内学界不仅集中关注阿契贝和索因卡的研究,也有部分学者对尼日利亚当前中坚力量本·奥克瑞展开研究。高文惠的论文《奥克瑞的"非洲美学"——以〈饥饿的路〉为例》②对奥克瑞的创作中独特的叙事技巧和文化传统进行了深入的讨论。吴晓明在《从〈饥饿的路〉看后殖民时期非洲人的身份困惑》③一文中运用后殖民文化理论解读《饥饿的路》中的小说人物,剖析了特殊文化背景下非洲人的身份困惑。颜治强的《图图奥拉——尼日利亚英语文学的先锋》④也有助于国内学者加强对尼日利亚早期文学创作者的认识。

2000—2009 年间出现了众多关注非洲宗教、语言、文学传统以及非洲文学总体特点的论文。例如张荣建的《非洲文学作品:语言学分析》⑤指出非洲作家在欧洲语言的"非洲化"和利用欧洲语言作为非洲文学创作的媒介上进行了有益的尝试。颜治强也关注了非洲文学的语言问题,他的论文《关于非洲文学语言的一场争论》⑥也有参考价值。高文惠将目光放在了撒哈拉以南非洲的民族主义文学发展上,相关论文有《黑非洲民族主义文学的历史演变》⑦、《黑非洲民族主义文学思潮的地缘特征》⑧。程莹的论文《试论非洲文学创作及其批评的新动向——从〈非洲文学新动向〉谈起》⑨以《非洲文学新动向》收录的部分西方和非洲本土批评界的最新研究文章为基础,梳理了国外学界对 20 世纪非洲文学的批评态势和对非洲文学的展望。还值得注意的有任一鸣《后殖民时代的非洲宗教及其

---

① 《湖州师范学院学报》2006 年第 5 期。

② 《东方丛刊》2009 年第 4 期。

③ 《科教文汇》2009 年第 7 期。

④ 《绵阳师范学院学报》2004 年第 1 期。

⑤ 《重庆师院学报》(哲学社会科学版)2003 年第 1 期。

⑥ 《湖北师范学院学报》(哲学社会科学版)2008 年第 3 期。

⑦ 《德州学院学报》2006 年第 4 期。

⑧ 《重庆邮电大学学报》(社会科学版)2007 年第 3 期。

⑨ 《东方文学研究:动态与趋势》,北岳文艺出版社 2009 年版。

文学表现》和夏艳《20 世纪非洲文学的四个特点》①两篇论文。前者指出后殖民文学文本所使用的语言,通过流放的文本来考察同样处于流放状态的非洲宗教,这种视角与从宗教本身出发不同。后者总结了 20 世纪非洲文学的四大特点:丰富传统、借鉴西方、直面现实、身份认同。作者认为,非洲在经历了殖民时代造成的心理损伤之后,正在修复自身的文化创伤、力求恢复民族尊严,当非洲能够直面本民族的一切时,民族性便能焕发出光芒,走向世界。任一鸣在英语后殖民文学方面积累了丰富的研究成果,还发表了《"流放"与"寻根"——英语后殖民文学创作语言》②,后来还出版了后殖民批评理论和文本分析的专著《后殖民:批评理论与文学》③,值得学界重视。后者从非洲文学研究的起点出发,对 20 世纪非洲文学的特点做出丰富传统、借鉴西方、直面现实、身份认同的概括。

　　傅浩的《二十世纪非洲英语诗抄》④和汪剑钊翻译的《非洲现代诗选》(上、下)⑤表达了新时期中国学者对非洲诗歌表达的特别关注。

　　新世纪的头十年,学者们对史诗表示了较大的研究兴趣。西非史诗《松迪亚塔》是学界关注焦点。李永彩翻译了新版的《松迪亚塔》⑥,该书还收录其翻译的索宁凯人的史诗《盖西瑞的诗琴》、乌闪巴拉人的史诗《姆比盖的传说》、斯瓦希里人的史诗《李昂戈·富莫的传说》、刚果伊昂加人的史诗《姆温都史诗》等多部非洲史诗。曾梅《新奇、瑰丽、多彩的乐章——非洲史诗传统》⑦一文对美国、法国学者对非洲史诗的研究加以梳理,尝试对国内非洲史诗的研究做有益的补充。吴清和《西非的口头文学》⑧一文主要介绍了起源于马里帝国时期曼丁哥文化的西非口头文学

①　《世界文学评论》2009 年第 2 期。
②　《中国比较文学》2003 年第 2 期。
③　外语教学与研究出版社 2008 年版。
④　《诗刊》2002 年第 4 期。
⑤　河北教育出版社 2002 年版。
⑥　译林出版社 2003 年版。
⑦　《外国文学研究》2006 年第 5 期。
⑧　《西亚非洲》2007 年第 2 期。

的创作思想与表现形式。

　　纵观 30 年国内学界对撒哈拉以南非洲民间文学的研究,可以发现国内学界的主要工作仍然是搜集、翻译、整理、出版非洲的口头文学作品,对非洲民间文学的研究工作也较多地集中在对撒哈拉以南非洲口传文化、神话以及史诗的宏观性概述上,缺少有深度的田野调查。和撒哈拉以南非洲作家文学研究比较,民间文学研究论文与专著的数量并不多,且多为老一辈非洲研究专家的成果,青年学者的成果数量有限。尽快建设一支老中青研究者分布合理,专业素质过硬的非洲民间文学的研究队伍是我国继续展开和深入研究撒哈拉以南民间文学研究的迫切要求。

　　撒哈拉以南的非洲文学有着十分丰富的口承文学传统,魏崴在《"东方文学史"可能吗?》一文认为,"不仅有神话、史诗、故事、歌谣、寓言、谚语等多样化的文学样式,而且口承文学还伴生公共与私人空间表演的功能,与宗教信仰、社会生活、意识形态等各方面息息相关,是黑非洲人民在叙述中构建自我意识的重要方式。这些口承文学和口承文学的书面形式本身具有重要的研究价值,同时也给黑非洲作家的创作带来深刻的影响。"[1]非洲的一些部族有被称为"格里奥特"的行吟诗人,创作和传播基于民族史实的长篇叙事诗。黎跃进在《20 世纪"黑非洲"地区文学发展及其特征》一文写道:"20 世纪一些民族知识分子对口头文学作过不少搜集整理工作,先后出版一批神话传说故事集和史诗。这些口头作品具有丰富的想象、深刻的寓意、幽默的语言、生动的形象、强烈的节奏和鲜明的民族特色。"[2]但是令人遗憾的是,至今撒哈拉以南的非洲绝大多数本地语言尚无相应的文字,只有五十来种语言有文字或正在形成文字,不及非洲本土语言总数的百分之五。口头语言是传统社会传播信息、人际交往的唯一媒介,传统文化、传统文学的遗产也主要是由人们口耳相传、口授心记而保留和继承下来的,传统的口承文化在当今的非洲仍占据重要地位。

---

① 《国外文学》2013 年第 1 期。
② 《黑龙江社会科学》2012 年第 2 期。

撒哈拉以南的非洲人坚持认为,口承方式比书面方式具有更大的优越性,正如尼亚奈在《松迪亚塔》前言中所介绍的:"别的民族用文字记下过去的历史,可是有了这种方法以后,记忆就不再存在,他们对往事失去了知觉。因为文字缺乏人的声音的魅力……先知是不用文字的,他们的语言却更为生动。不会说话的书中的知识一文不值。"①

由于国内学界缺乏对撒哈拉以南的非洲文学的应有研究,导致学界对这一领域缺乏认识,进而导致忽视、轻视甚至歧视撒哈拉以南的非洲文学的价值。非洲大陆有着灿烂的古代文明和历史悠久的口头文学传统,虽然书面文学起步较晚,但发展迅速。尤其是 20 世纪 60 年代后,非洲国家纷纷独立。脱离殖民统治后,非洲在政治上获得解放,民族文化开始复苏和兴起,并迸发出巨大的活力。"撒哈拉以南的非洲文学从传统的口头文学起步,实现了跳跃式的发展,在世界文坛异军突起,成为继'拉美文学爆炸'后又一壮观的世界文学现象。"②一批令人瞩目的作家群崛起,越来越多的作家陆陆续续进入当代世界文学重要作家的行列,为撒哈拉以南的非洲文学赢得了世界性声誉。

1986 年 10 月,尼日利亚作家沃莱·索因卡成为首位获得诺贝尔文学奖的非洲作家,其后,南非作家纳丁·戈迪默和约翰·库切先后于 1992 年、2003 年获得诺贝尔文学奖,库切还是第二位两度获得布克奖的作家。1991 年,尼日利亚作家本·奥克瑞凭借《饥饿的路》获得布克奖。2007 年,尼日利亚作家钦努阿·阿契贝以其卓越文学成就获得了国际布克奖。除此之外,肯尼亚的恩古吉·瓦·提安哥、尼日利亚的奇玛曼达·恩戈齐·阿迪奇埃都曾斩获国际文学奖项。"撒哈拉以南的非洲作家相继获得国际文学大奖,以自己的文学实力充分证明撒哈拉以南的非洲文学不再是世界文学的边缘,而是有着自己独特文学品格的世界文学劲旅。"③

---

① 尼亚奈:《松迪亚塔》,李震环、丁世中译,上海译文出版社 1983 年版。
② 查明建:《非洲短篇小说选集·译序》,译林出版社 2013 年版。
③ 同上。

在愈加复杂的全球化语境中生存与发展的撒哈拉以南的非洲文学，蕴涵着丰富的研究对象和主体视角。"20世纪60年代之前，非洲作家的创作的关注点主要是缅怀非洲的过去，展现风土人情，或者诉说殖民统治下的痛苦。独立后的非洲国家，并未出现如人所愿的和平与安定，而是生产力水平低下，经济落后，生活贫困，内战连绵，社会问题丛生，世风日下。作家创作的关注点，从独立前的本土居民与殖民者的矛盾，转向了后殖民时代出现的社会问题，如内战频发给人民带来的痛苦，资本主义的发展对宗法制社会和传统道德价值观的冲击，社会上蔓延的贪腐、欺诈等现象，等等，表达了他们对社会现状的关切和批判。在创作方法上，非洲文学与拉美文学有相似之处，将本土叙事传统与西方现代文学手法相结合，既从民间文学创作中汲取灵感，又敏于借鉴西方现代文学的优点。"①

纵观人类文明的发展史，我们无法否认，撒哈拉以南的非洲有着深厚而独特的文学与文化背景，其在当代所引起的关注程度远远胜过任何一个历史时期，它理应进入中国学者的研究视野并引起学界重视。

---

① 查明建：《非洲短篇小说选集·译序》，译林出版社2013年版。

第六章

西方文论研究

　　改革开放以来,我国的西方文论研究再度成为开放的场域,各种研究虽然情况复杂、水平不一,但它们使得言说和反思我国的西方文论研究现状变得可能。而且"未来总在历史中",也就是说,未来要以历史为资源方能获得前进的自觉方向和强大动力。另外,西方文论或说外国文论80年代以来在我国的批量引介和研究,在打开我们80年代以来的学术视野和讨论空间的同时,又有着"跨语际实践"层面的历史意义。回溯80年代以来,对80年代以来做考古学和谱系学的分析,能够帮助我们深入地思考西方文论引入国内的"元话语"层面的知识语境问题,因而此工作对我们以本国主体身份和问题意识考察外来文论的功能、位置和意义非常必要,尽管我们的主体身份本身也是在引介与本土历史需求的双重关系中形成的。

　　在西方文学研究领域,20世纪是理论的世纪,各种哲学、美学与文学理论介入到文学批评的实践中,且你方唱罢我登台,这已是大家公认的事实,而在中国改革开放的新环境中,理论的狂欢状况也一度使得西方所有的前现代、现代与后现代理论共时、平面地涌入中国,这也是我们现在的反思所必须面对的事实。这种事实使得思考我们如何选择理论、为何选择这一理论以及如何转化某一理论的原始语境与我们的语境对接在时隔30年后的今天显得尤为必要。这种反思同时联系着我们对文学史、理论史编选与接受标准的意识形态与历史属性的自觉。尤其是在 20 世纪 80 年代我国对文学和文学批评进行重新思考的方法论大讨论时期,西方文论作为一种异质的外来因素显然起着重新认识文学的重要作用,也起着知识分子重新定位文学和自我价值的重要作用。如今 30 多年过去了,我们亟待进行的工作就是重新面对这段接受史,分辨我们曾有的接受姿态、内容和方式,以期为新世纪文学批评和文论研究寻找新的突破口,总结提炼新的问题意识,并使文学与文学批评以历史性的定义、功能和价值接受新的挑战和定位。今天文学与文学批评显然再度成为知识分子介入社会、思考国计民生的重要力量,而这种力量的获得必然要求我们重述与重识我们接纳与改造西方文论的历史性过程。从事这项工作,我们还希望为未来文学文本研究,即文学批评实践,探索新的综合性的研究方向提供借鉴;文本早已结束了它单一化批评的命运,进入了多元综合阐释的时代,但是我们头脑中对“一”和“本体”的执着经常会使得我们以“回到文本”的名义拒绝文学文本多种阅读路径的可能,固执地以为回到文本就是以某一、唯一的方式进入文本,事实上回到文本只是一个阅读的策略和过程,而读出什么则是文本自身的丰富性的展示,文本拒绝对其的霸权,作者、读者、文本、世界都不能期待独自攫取对文学的阅读权力。“回到文本”提供给我们的应该是更为广阔的文学研究和批评空间。我们应该给予文本永恒的开放性。这既是尊重文本的方式也是给予文本历史性的方式,如果文学与文学批评方式不顾及其历史性、空间性,而一味地大谈其普遍性就会失去未来的维度。

　　本文旨在对国外文论接受情况的基本资料进行整理和综述,以期为日后的深度反思工作奠定基础。鉴于近 30 年国外文论在我国的接受特点,也鉴于本课题组成员本身的专业领域和工作语言的局限,本文所梳理的国外文论主要指西方现当代文论,尤以英、美、德、法、俄等国家为主。众所周知,西方现当代文学理论通常是以哲学、语言学、历史、心理学、社会学、人类学等人文科学的某种普遍原则和基本方法为依托,形成一些具有区别性特征的流派或倾向,这些流派虽然有一定的国别性,但如果仅仅按照语种和国别来划分,则很难体现理论和方法本身的整体性,实际上本文所涉及的纷繁复杂的文论领域很难与某个语种或国别一一对应,所以本文的结构方式与有关国别文学研究的章节结构有所不同:我们首先选择了以文学理论研究中约定俗成的各种流派名称为基本梳理单位,仅在必要时兼顾某些流派的国别性标识(如俄国形式主义)。在流派(各种"主义")的总框架下,我们与其他课题组一样,仍以时间为线索进行梳理。以流派为总框架当然也有其不便之处,因为文论流派本身的界定已经是一个棘手的大问题,但我们会尽量照顾到各种流派之间的交流和错综复杂的关系。

此外,根据我们这个子课题项目的边界设定,本文不综述外国文论在中国的翻译情况,也不综述外国文论在中外文学分析中的应用情况(作品分析);比较文学和比较诗学方面的研究成果原则上也不属于本文的考察范围。本文不是有关西方文论的研究性文章,而是对接受情况的资料整理,为了能尽量多地涵盖我们收集到的信息,节省篇幅,突出重点,在以下综述中如果某些学术论文的标题本身就能明显标示出该文所研究的核心问题,或者某些文章已经被反复引用过,那么我们会略去综述,只列标题,仅供备忘,并不再一一注明文章出处。

本文主要以"外"字头的学术期刊文章为主要检索对象,其他综合期刊辅之,同时对有代表性的专著性成果也将给予一定关注。

以下我们首先介绍 30 年来国内研究界关注比较多的一些文论流派或领域的研究成果,如精神分析文论与批评、形式主义与新批评、神话—原型批评、西方马克思主义文论、接受美学和读者反应批评、结构主义文论及叙事学、解构主义文论、女性主义批评、新历史主义文论、后殖民批评,然后再介绍几个比较新的批评理论,最后还将梳理一下某些并不属于特定流派、但属于文学基础问题、西方传统文论以及文论教材方面的研究成果。

第一节　精神分析文论与批评

现代精神分析批评将文学与心理学有效地结合起来,或者说文学可以利用心理学的理论和话语对文本进行非历史与实证的研究了。"无意识"理论在介入文学创作与文学批评中曾取得过显著的成效。我国对精神分析理论的引介可以上溯到 20 世纪上半叶。改革开放以来,这一曾经因"文革"而中断的研究领域又重新得到重视。近 30 年来我国对弗洛伊德、荣格、拉康、弗洛姆、德勒兹等西方精神分析学家的介绍和研究都取得了一定的成效,但是由于中西话语方式的差异,我们的很多文章和教材经常视精神分析尤其是弗洛伊德的理论为一种直接的方法论而直接应用于文本分析,比如性欲、恋母情结、压抑、梦等,而缺少了对弗洛伊德理论象征性维度的关怀。事实上,弗洛伊德的时代是要建立科学结构的时代,他试图通过将梦的解析纳入普遍的结构来说明梦的科学是可能的,人类的一切文化现象将在这一视角上被重新发现和阐释。也就是说,弗洛伊德实现了将无意识与梦的话语问题从能指到所指,从功能到规范、冲突到规则、意义到体系的过渡。[①] 在此意义上,所谓精神分析文论实际上是一种话语重塑的文学研究方式。下面我们以年代为顺序列出我国 30 年来精神分析文论方面的一些主要专著和论文。由于 20 世纪哲学与文学的亲合关系,讨论精神分析文论必然涉及精神分析哲学,但我们的梳理依然以文论为主。此外,20 世纪 80 年代开始不仅有了精神分析方面的研究著作,而且用精神分析方法对文学作品的阐释也一直不断,进入 21 世纪后用精神分析作为方法来分析文学和电影等文本的实践性批评越来越多,其中作家张爱玲和曹禺等都被多次分析,但以下综述主要关注理论本身的研究和接受。

1980 年王守昌的《当代西方资产阶级哲学人物评介(五)——法兰克

[①]　详见福柯:《词与物》,莫伟民译,上海三联书店 2001 年版,第 466—474 页。

福学派精神分析学家弗罗姆》一文介绍了弗罗姆的生平和主要思想。①
1982 年彭祖智在《弗洛伊德心理分析介评》一文中介绍和评价了弗洛伊
德的心理分析理论。② 1983 年张隆溪发表的《谁能告诉我:我是谁? ——
精神分析与文学批评》一文是非常重要的一篇介绍精神分析文论的论文,
该文介绍了精神分析的产生,弗洛伊德精神分析的基本理论,精神分析学
派的文学评论以及对精神分析学派的批评。③ 事实上张隆溪对 20 世纪
文论的各流派都介绍得比较早,在这篇论文之后他又于 1986 年出版了
《二十世纪西方文论述评》,其中的介绍方式都与精神分析文学批评模式
相似。1984 年高觉敷的《弗洛伊德与他的精神分析》一文介绍了精神分
析学派的来源,并对其创始人弗洛伊德的思想进行了梳理,该文也成为我
国 30 年以来精神分析理论研究的重要基础。④ 1984 年王元明发表了论
文《弗洛伊德的精神分析学说浅析》,他用马克思主义的观点分析、评价和
批判了弗洛伊德的精神分析思想。⑤ 1985 年从事法国文学批评史研究的
肖厚德写了《精神分析法与结构主义》一文分析了精神分析和结构主义的
关系。⑥ 1985 年冯汉津的《试论存在精神分析法文学批评的理论与实践》
一文分析了萨特存在主义和弗洛伊德精神分析理论相结合而形成的萨特
对文学批评移情和假想研究方法的研究。⑦ 1986 年李思孝的《精神分析
学与文艺学》一文主要介绍了弗洛伊德精神分析学与文学批评的关系。⑧
1986 年王克千发表了《弗洛伊德的精神分析学述评》一文。1986 年梅涛
的《存在精神分析法文学批评:萨特和"波德莱尔"》一文分析了萨特的存
在精神分析文论。⑨ 1987 年向翔的《试论弗洛伊德的精神分析理论与原

---

① 《湘潭大学社会科学学报》1980 年第 3 期。
② 《湖南师范大学社会科学学报》1982 年第 4 期。
③ 《读书》1983 年第 5 期。
④ 《南京大学学报》(社会科学版)1984 年第 1 期。
⑤ 《浙江学刊》1984 年第 4 期。
⑥ 《法国研究》1985 年第 2 期。
⑦ 《上海社会科学院学术季刊》1985 年第 4 期。
⑧ 《文艺研究》1986 年第 4 期。
⑨ 《法国研究》1986 年第 4 期。

欲动力学美学的创立》一文从美学和艺术的角度阐述弗洛伊德精神分析理论的丰富性。① 1987 年萧厚法在《萨特存在精神分析法与文学批评》一文中试图将作者批评和作品本身的分析两种批评方法结合起来。② 1988 年王宁的《弗洛伊德主义与文学初探》一文从文学活动的各个方面论述了弗洛伊德主义这一术语在文学领域的巨大影响。③ 同年王宁的另一篇文章《弗洛伊德主义在中国现代文学中的影响与流变》系比较文学的论文，该文比较详细地描述了弗洛伊德理论在中国的引进、影响和流变。④ 1988 年毛钢的《浅谈精神分析与文学》一文从弗洛伊德理论与马克思理论的区别即人性构造的问题入手谈论精神分析与文学分析的关系。⑤ 1988 年范汉森发表的《弗洛伊德"精神分析哲学"述评》一文介绍了弗洛伊德理论的哲学维度。1989 年张杰的《论文艺学中的精神分析》一文"目的在于对文艺学中的精神分析方法作系统的考察，力图明确其在现代文艺诸方法中的地位和作用，指出精神分析作为一个思想理论体系的缺陷和作为一种文艺方法的存在价值"。⑥ 1989 年顾建光的《雅克·拉康的结构主义精神分析学》一文分析了"巴黎弗洛依德学派"的创立者拉康的思想。⑦ 1989 年陈淇在《萨特存在精神分析法文学批评初探》一文中介绍了存在精神分析法文学批评的首创者萨特的精神分析文学批评方法。⑧ 1989 年王宁撰文《朱光潜与弗洛伊德》。

　　1991 年尹鸿撰文《精神分析与中国二十世纪文学批评》。1992 年王守仁的《精神分析理论与现代文艺批评》一文描述了精神分析理论在文论领域的发展演变和应用。⑨ 1993 年刘庆璋的《精神分析与文艺理论——

① 《云南社会科学》1987 年第 4 期。
② 《法国研究》1987 年第 4 期。
③ 《南京师大学报》(社会科学版)1988 年第 1 期。
④ 《北京大学学报》(哲学社会科学版)1988 年第 4 期。
⑤ 《兰州大学学报》(社会科学版)1988 年第 4 期。
⑥ 《南京师大学报》(社会科学版)1989 年第 1 期。
⑦ 《求索》1989 年第 4 期。
⑧ 《外国文学研究》1989 年第 3 期。
⑨ 《当代外国文学》1992 年第 4 期。

从文艺角度看弗洛伊德》一文分析了弗洛伊德对文学和文艺理论所产生的巨大影响。① 1993 年殷方敏撰文《精神分析学派的来龙去脉》。1993年王宁又撰文《西方文学家眼中的弗洛伊德主义》评述了弗洛伊德主义对西方作家的影响以及西方理论家对弗洛伊德主义的批判和评价。② 1994年张宽的《弗洛伊德精神分析的圈套》一文从伦理的角度批判了弗洛伊德对阉割及生物本性的强调,他还用德勒兹和瓜塔里合著的《反俄狄浦斯》一书来反对弗洛伊德的理论。③ 1995 年叶中强撰文《压抑、转移和文学——精神分析学说和中国现代文学创作某些现象的断想》。1996 年殷企平撰文《走出批评话语的困境——从"初始场景"说起》借用弗洛伊德"初始场景"谈批评话语困境。1997 年王钟陵的《论弗洛伊德精神分析学派的文艺观》一文论述了精神分析学派产生及其文学艺术观,并强调了精神分析学派对"误读"理论的影响。④ 1997 年方成的《精神分裂分析文学批评初探》一文对法国哲学家德勒兹和瓜塔里的反弗洛伊德以及反拉康的反精神分析的精神分裂精神分析文学批评进行了评述。⑤ 1998 年朱立元的《拉康的结构主义精神分析美学》一文介绍了拉康结构主义精神分析美学的主要内容,从精神分析和结构主义两方面分析了拉康美学思想的特征,该文也分析了拉康美学的缺陷。⑥ 1998 年陈永国的《雅克·拉康的结构主义精神分析学》一文从哲学的角度分析了拉康对法国结构主义语言学以及精神分析的应用、改造和影响,并强调了拉康流动的言语和真实观对解构主义的影响。⑦

2001 年王国芳撰文《拉康的结构主义精神分析学述评》。2001 年杨莉馨的《解剖不是命运——女性主义视域中的精神分析理论》分析了精神

① 《文艺理论研究》1993 年第 5 期。
② 《国外文学》1993 年第 2 期。
③ 《读书》1994 年第 2 期。
④ 《学术月刊》1997 年第 8 期。
⑤ 《外国文学》1997 年第 2 期。
⑥ 《文艺研究》1998 年第 6 期。
⑦ 《吉林大学社会科学学报》1998 年第 4 期。

分析学说与女性主义理论的关系,尤其是拉康"象征界"和语言理论为女性主义所提供的理论突破口。① 2001 年王杰的《关于精神分析美学的评价问题》一文用马克思主义理论原则和标准分析和评价了精神分析美学。② 2001 年方汉文撰文《哈姆雷特之谜新解:拉康的后精神分析批评》。2002 年吴琼的《拉康:一种黑格尔式的读解》一文从黑格尔的主奴辩证法思想来阅读拉康的理论和拉康语言的迷宫。③ 2002 年李朝龙撰文《试论精神分析批评法在我国传播的社会文化背景》。2002 年方汉文的《女性话语与拉康的后现代精神分析理论》一文论述了拉康的后现代精神分析理论与女性话语理论之间的关系。④ 2002 年张颐武在《文艺报》撰文《精神分析的当下意义》。2002 年吴琼发表哲学论文《拉康:一种黑格尔式的解读》。2003 年伊立的《拉康的精神分析语言观》论述了拉康精神分析理论的语言论性质,并对拉康无意识领域的语言建构特质进行了分析说明。⑤ 2003 年李朝龙撰文《试论精神分析学在我国新时期以来的运作特点》。2003 年钟丽茜撰文《从"解剖"到"解释"——回望 20 世纪精神分析美学》。2004 年马元龙的《主体的颠覆:拉康精神分析学中的"自我"》一文分析了拉康理论在自我问题上对弗洛伊德的创造性阐释以及拉康对自我与他者的关系的理解。⑥ 2004 年周怡撰文《精神分析理论在现代中国的传播》。2004 年吕占华的《论弗洛伊德精神分析学的文艺观》一文分析了弗洛伊德精神分析学说在解释文学艺术问题上的独特性,并论述了此一理论对我们文艺创作和批评带来的新因素。⑦ 2005 年王睿欣的《精神分析与批判话语——论哈贝马斯对弗洛伊德精神分析学的整合》一文论

————————

①　《江苏社会科学》2001 年第 6 期。

②　《西藏大学学报》(汉文版)2001 年第 4 期。该文 2002 年又发表在了《马克思主义美学研究》上。

③　《外国文学》2002 年第 1 期。

④　《国外社会科学》2002 年第 1 期。

⑤　《华中科技大学学报》(社会科学版)2003 年第 4 期。

⑥　《华中师范大学学报》(人文社会科学版)2004 年第 6 期。

⑦　《河北师范大学学报》(哲学社会科学版)2004 年第 3 期。

述了哈贝马斯交往行为理论与精神分析理论的内在关联。① 2005 年马元龙的《安提戈涅与精神分析的伦理学》一文评述了拉康对悲剧《安提戈涅》的精神分析解读。② 2006 年赵子昂的《试论文学"审美性"与"意识形态性"的关系——以拉康主义的精神分析学为基础》一文针对学界当时对审美意识形态性质的辩论，以精神分析学作为文艺学方法论的重要组成部分，以拉康、阿尔都塞和齐泽克的思想为基础，阐释了"审美性"与"意识形态性"之间的关系。③ 2006 年马元龙的《欲望的悲剧：一种拉康式的精神分析》一文分析了拉康式精神分析"欲望"观与弗洛伊德的不同④。2006 年马振宏撰文《弗洛伊德的精神分析学文论探析》⑤。2007 年胡大平的《从马克思到拉康——齐泽克与文化政治学之精神分析转向》一文在哲学理论的意义上分析了齐泽克政治哲学与马克思、拉康、阿尔都塞的关系⑥。2007 年孟秋丽、高申春撰文《弗洛伊德精神分析无意识观念的理论性质》⑦。2007 年万书辉撰文《主体疯狂的批判性反思——齐泽克对拉康派精神分析理论的解读》⑧。2008 年刘智跃撰文《精神分析与新时期文艺理论的重建》⑨。2008 年韩振江的《精神分析文论的知识谱系与本土化建构》一文批评了我国自五四时代引进精神分析文论以来理论果实稀少的局面。⑩ 2009 年袁祺撰文《从精神分析到新精神分析——论霍兰德批评理论发展的轨迹》⑪。

　　改革开放 30 年来我国关于精神分析理论研究方面的专著并不多，

---

① 《社会科学研究》2005 年第 6 期。
② 《外国文学评论》2005 年第 4 期。
③ 《马克思主义美学研究》第 9 辑，2006 年。
④ 《外国文学研究》2006 年第 5 期。
⑤ 《湖北社会科学》2006 年第 6 期。
⑥ 《国外理论动态》2007 年第 9 期。
⑦ 《南京师大学报》（社会科学版）2007 年第 3 期。
⑧ 《贵州社会科学》2007 年第 4 期。
⑨ 《湖南师范大学社会科学学报》2008 年第 5 期。
⑩ 《兰州学刊》2008 年第 1 期。
⑪ 《扬州大学学报》（人文社会科学版）2009 年第 5 期。

1992 年王宁的论文集《深层心理学与文学批评》出版,该论文集具有比较文学的性质,收录了其研究精神分析以及使用精神分析批评的专门文章。[①] 1998 年陆扬编著的《精神分析文论》一书论述了弗洛伊德、荣格、拉康、霍兰德、德勒兹等与文学相关的主要精神分析学者。[②] 其他专著还有 2005 黄作的《不思之说——拉康主体理论研究》、2006 年冯川的《荣格的精神:一个英雄与圣人的神话》、2007 年刘泉、凤媛编著的《夜深人不静——走进弗洛伊德的〈梦的解析〉》、2007 年赵宗金著的《艺术的背后:荣格论艺术》、2009 年吴立昌编选的《精神分析狂潮弗洛伊德在中国》、2009 年梁索娟著的《图解弗洛伊德精神分析精粹》等,这些专著大多是有关理论家的生平和思想的述评,另外,吴琼和马元龙一直专注拉康研究,二者都于 2011 年出版了专著,前者出版了《雅克·拉康:阅读你的症状》一书,后者出版了《精神分析:从文学到政治》一书。学术新星齐泽克的研究也有好几本专著。但主要是意识形态与文化批评方面的,虽然谈论齐泽克的意识形态与文化批评观念离不开拉康的精神分析理论,如 2007 年万书辉的《文化文本的互文性书写:齐泽克对拉康理论的解释》,2009 年韩振江的《齐泽克意识形态理论研究》一书,2011 年刘世衡的《难以摆脱的幻象缠绕:齐泽克意识形态理论研究》一书和 2012 年于琦《齐泽克文化批评研究》一书。

　　精神分析在国内的流行实际上远不如国外,80 年代的语境中,精神分析批评比起形式主义、"新批评"以及广义的解释学来说并不算太主流,但它却是整个 20 世纪文学批评方式的内在基础,如福柯所言:"阐释和形式化已成了我们时代两个重大的分析形式……这就恰当地说明了 19 世纪向思想的形式主义和向无意识的发现—— 向罗素和向弗洛伊德的双重迈进……结构主义和现象学,在此凭其特有的排列,发现了能确定其公共场所(lieucommun)的一般空间。"[③]精神分析这个西方实践色彩(西方的

---

①　王宁:《深层心理学与文学批评》,陕西人民出版社 1992 年版。

②　陆扬:《精神分析文论》,山东教育出版社 1998 年版。

③　福柯:《词与物》,莫伟民译,上海三联书店 2001 年版,第 390－391 页。

精神分析首先是一个医学领域的突破,针对的精神病患者,精神分析医师通过该理论与实践夺取了对精神病患者的话语权和被述权)很浓的理论对于人文科学或者文学批评而言最重要的还是发现了比意识更广阔的无意识的领域,展开了文学批评的更大空间,可以说后来所有批评领域的无意识都是受此影响,例如杰姆逊对文学政治无意识的论述等。在这一点上弗洛伊德是无意识话语的始作俑者。但是精神分析理论具有很大的个人性局限,精神分析理论与文论只有将症候、创伤与其发生的历史结合起来才能发挥更大的批判性反思作用。

第二节 形式主义与"新批评"

同精神分析学一样,形式主义和"新批评"文论传入中国也是很早的事情了,大约 20 世纪 30 年代曹葆华、叶公超、袁可嘉等学者就在译介新批评派的文论方面做出了很多成果。1962 年袁可嘉所写的《"新批评派"述评》详细地梳理了新批评派在英美国家的兴起、发展概况以及代表人物和代表思想。[①] 改革开放 30 年来,尤其是在 80 年代方法论大讨论中,作为对文学文本本体研究的新批评派曾红极一时。但是后来新批评在国内就沉寂了,以至于被人当作"陈典"。然而事实上,它并不是变成了"陈典",首先,"新批评"派文论与俄国形式主义以及后来的结构主义和叙事学甚至解构文论都可以相互结合起来思考和运用,它们都是"阅读"文本不可或缺的维度;其次,"新批评"派以及整个形式主义思潮对于文学、文化以及当代世界政治、经济、艺术、哲学的内在意义尚待进一步思索,也就是说理解形式主义思潮对于我们理解文学以及文学背后的知识形态的变化意义重大,而这一点恰恰是我国文学、文论和文化研究中比较缺乏的;最后,"新批评"派给予我们的文本本体关怀、细读文本的能力以及对文本中意图谬误、感受谬误、反讽、张力、含混等问题的思考不仅已经成为我们

---

① 《文学评论》1962 年第 2 期。

的常识和思考的基础,也就是说,文本细读是文学批评展开的必须前提,而且如果我们能将"新批评"意义上的"细读"即读出文本内的反讽、张力、含混、矛盾等与文本外的阅读如文化阅读、历史阅读、意识形态阅读、新历史或者后殖民或者女性主义阅读等等结合起来的话,那将对我们思考文学文本阅读的综合性方式大有裨益;而且随着我们研究的日益深入,我们会发现"新批评"一直有自己独特的文本和历史观,而不是只关注文本、没有关于历史的观念,只能说每个流派对历史的思考都是不同的。形式主义与新批评不仅自身有其历史观念和建构历史的方式,其诞生与流行过程也是历史的需要,而不仅是审美动力的结果。下面我们主要对 30 年以来俄国形式主义和英美新批评派的相关研究成果做一梳理。

一、俄国形式主义

俄国形式主义是西方整个 20 世纪形式主义思潮(包括新批评和结构主义)的源头,近 30 年以来,尤其是进入 21 世纪以来,我国在这方面的研究成果比较丰富。20 世纪 80 年代具有代表性的论文有:李辉凡撰写的《早期苏联文艺界的形式主义理论》①、杨岱勤的《关于"陌生化"理论》②、周启超的《在"结构-功能"探索的航道上——俄国形式主义在当代苏联文艺理论界的渗透》③和钱佼汝的《"文学性"和"陌生化"——俄国形式主义早期的两大理论支柱》④等。《早期苏联文艺界的形式主义理论》一文将"形式主义"概念划分为"思潮概念"和"理论概念"两种,对苏联文学历史初期"形式主义"理论的形成条件和实质内涵进行探究和评析。论文《关于"陌生化"理论》对"陌生化"概念的含义、理论渊源和历史沿革加以梳理和阐释。论文《"文学性"和"陌生化"——俄国形式主义早期的两大理论支柱》则对"形式主义"概念的命名加以剖析,指出它在马克思主义文

---

① 《苏联文学》1983 年第 4 期。
② 《当代外国文学》1988 年第 4 期。
③ 《外国文学评论》1989 年第 1 期。
④ 同上。

论语境中的负面意义。该文对形式主义理论建构的核心概念——"文学性"和"陌生化"加以辨析,对它之于形式主义理论的基础价值进行了论述。

如果说 20 世纪 80 年代我国的形式主义文论研究成果还相对比较薄弱,90 年代期间甚至出现了重大的缺省现象(主要是基于这一时期国内文论研究的转型),那么到了 21 世纪前十年,俄国形式主义文论方面的研究成果,如同后面要讲到的俄苏结构诗学方面的研究一样,呈现出蔚为壮观的局面。这一势态在一定程度上说明,进入 21 世纪以来,我国文论研究者对"历史—诗学"之于文学整体阐释力的认知趋于深化。这一时期具有代表性的著述有:张冰撰写的《陌生化诗学:俄国形式主义研究》①、《维谢洛夫斯基与奥波亚兹》②和《蒂尼亚诺夫的动态语言结构文学观——〈文学事实〉评述》③;李建盛的《俄国形式主义诗学的理论视野及历史评价》④;黄玫的《语言分析方法的倡导者——俄国形式派诗学方法一题》⑤;穆馨、张凤安的《普洛普民间创作问题研究》⑥;杨向荣、曾莹的《陌生化:悖论中的张力美》⑦;周启超的《理念上的"对接"与视界上的"超越"——什克洛夫斯基与穆卡若夫斯基的文论之比较》⑧;杨向荣的《诗学话语中的陌生化》⑨和《陌生化重读——俄国形式主义的反思与检讨》⑩;刘涵之、马丹的《〈故事形态学〉的问题意识——兼谈列维-斯特劳斯对普罗普的批评》⑪;田星的《雅各布森的"诗性功能"理论与中国古典诗歌》⑫以及王欣

① 北京师范大学出版社 2000 年版。
② 《俄罗斯文艺》2004 年第 3 期。
③ 《国外文学》2008 年第 3 期。
④ 《俄罗斯文艺》2003 年第 1 期。
⑤ 《俄罗斯文艺》2004 年第 2 期。
⑥ 同上。
⑦ 《俄罗斯文艺》2005 年第 2 期。
⑧ 《外国文学评论》2005 年第 4 期
⑨ 湘潭大学出版社,2009 年版。
⑩ 《当代外国文学》2009 年第 3 期。
⑪ 《俄罗斯文艺》2009 年第 2 期。
⑫ 《俄罗斯文艺》2009 年第 3 期

的《形式主义批评发展脉络探究》①等。

　　张冰的专著《陌生化诗学：俄国形式主义研究》分为七个部分。第一部分对俄国形式主义形成的历史文化语境给予了探讨；第二部分对俄国形式主义产生和沿革的过程进行描述；第三部分对诗歌的"审美本质"加以探究；第四部分对奥波亚兹新的"审美批评"方式给予述评；第五部分对"陌生化"审美特征进行了系统论述；第六部分对"陌生化"与小说诗学建构的关联加以分析；第七部分对奥波亚兹文学史观进行了详尽的辨析。黄玫的《语言分析方法的倡导者——俄国形式派诗学方法一题》一文在对俄国形式派之于西方文学批评影响和作用加以肯定的基础上，对俄国形式派诗学方法——语言分析方法进行系统的描述和评价。周启超的论文《理念上的"对接"与视界上的"超越"——什克洛夫斯基与穆卡若夫斯基的文论之比较》对什克洛夫斯基与穆卡若夫斯基的文论思想的关联性和承续性给予了揭示，并对前者文学理念相对于于后者在理论视界的拓展进行了系统的探讨。杨向荣的专著《诗学话语中的陌生化》从美学、文学理论和文化社会学视角出发，在历时性和共时性两个层面对"陌生化"理论展开研究。该书分为六个部分，所涉及的论题有："陌生化诗学之滥觞""陌生化与俄国形式主义""陌生化与布莱希特""陌生化与批判理论""陌生化与中国古典诗学""陌生化与现代性"。这些论题对"陌生化"理论进行了全方位的探究和研讨，对它与现代戏剧、社会理论、中国诗学以及现代生活方式关联给予了深入的考察和评价。杨向荣的论文《陌生化重读——俄国形式主义的反思与检讨》针对学术界对什克洛夫斯基晚期关于"陌生化"理论的检讨和重释的忽略，给予了全面、系统补证并得出新的结论。王欣的《形式主义批评发展脉络探究》一文对20世纪"形式主义批评"的生成和发展给予了宏观的考察，对"俄国形式主义""新批评"和"结构主义"各自的理论资源、研究对象加以辨析。论文给出了"形式主义批评"沿革的路线和自律："从俄国形式主义以诗歌语言形式为绝对的批评

---

① 《国外文学》2010年第1期。

对象,发展到新批评包纳形式之外其他传统因素的批评理论,最后是结构主义的涵盖历史文化和读者范畴的阐释结构,体现了一种从表层到深层、从具体到系统、从极端到折衷的发展脉络。"

在俄国形式主义的后续发展脉络中,有必要专门考察一下近 30 年来我国出现的巴赫金研究热。巴赫金早年也受到俄国形式主义的影响,但他把马克思主义与语言学相结合,把历史与诗学相结合,突破了形式主义的局限,提出了体现其后形式主义思想和超语言学研究的对话理论,因此对他的研究实际上是一个跨越哲学、语言学、文学理论、文学史、文化学理论、文化史以及人文学科方法论等多个学科和流派的复杂论域。相对于西方其他现当代文论家而言,尤其是相对于俄苏文论研究的整体状况而言,我国对巴赫金的研究规模之宏大、文献之丰富、论题之多元足以让我们在此辟出一定的篇幅加以介绍。仅就数量而言,近 30 年来我国巴赫金文论研究方面的学术文献已经超过了我国俄苏文论其他论域文献数量的总和。除了"量"上的绝对优势外,巴赫金文论研究还表现出"质"上的独特的学理价值,这一价值主要表现为该论域所涉及的研究论题具有原创性的多元化态势。从下述具体数据我们可以看到,该论域的研究从"小说研究"肇始,最终发展成为涵盖"总体研究""文学研究""文化研究""语言－言语研究""哲学－美学研究""比较研究"以及"学术史研究""传播研究"和"方法论研究"等多种研究论题。

20 世纪 80 年代的巴赫金文论研究成果主要有:钱中文撰写的《复调小说:主人公与作者——巴赫金的叙述理论》①、宋大图的《巴赫金的复调理论和陀思妥耶夫斯基的作者立场》②、彭克巽的《巴赫金的小说创作美学》③和张杰的《复调小说的作者意识与对话关系——也谈巴赫金的复调理论》④等较具学术价值。1987 年钱中文的论文《复调小说:主人公与作

①　《外国文学评论》1987 年第 1 期。
②　同上。
③　《苏联文学》1988 年第 6 期。
④　《外国文学评论》1989 年第 4 期。

者——巴赫金的叙述理论》在认同巴赫金文学语言理论、诗学理论和文化学理论的原创性价值的同时，从"主人公"和"读者"两个概念出发，对巴赫金以"复调小说"为论题的叙事理论展开论述和阐释。论文从主人公的主体意识出发描述了巴赫金"复调小说"概念多声部、对话性的具体涵义；这种主体意识正是巴赫金所认为的陀思妥耶夫斯基表现人物的方式，即反映主人公本身对世界的看法和世界进入主人公的眼中的不同形态，以及对于同一个世界多个主人公的独立自我意识可以共时并列在一起；作者还论述了实现主人公自我意识的艺术形式即是对话，而开放性、反对背后议论、未完成性都是这种艺术形式的特征；对于主人公与作者的关系，作者认为从艺术逻辑与生活逻辑的关系上看，巴赫金所说的主人公独立性和主体性问题是艺术的普遍规律而非复调艺术的专有问题；最后在复调的现代主义和现实主义双向发展部分，作者引用巴赫金和卢那察尔斯基等人的观点说明了复调产生的社会原因，即"资本主义社会的分裂和作者内在意识的裂变"，也就是说资本主义导致的个体主义和上帝、大写的我的消失促成了作者"自我"意识的裂变，全知叙述被主人公意识替代。[①]1987年宋大图的《巴赫金的复调理论和陀思妥耶夫斯基的作者立场》一文从巴赫金的超语言学研究出发论述了巴赫金对独白小说和建立在对话关系上的复调小说的区分，陀思妥耶夫斯基所创造的复调小说实现了小说艺术新的三大发现：创造克服资本主义"物化"的人物形象，对思想进行成功的描写以及不同意识之间相互作用的特殊形式——对话。另外作者还从具体的分析中指出了巴赫金和陀思妥耶夫斯基思想的不足和内在的矛盾。[②] 1987年干永昌所译的卢纳察尔斯基的《论陀思妥耶夫斯基的"多声部性"——从巴赫金的〈陀思妥耶夫斯基创作诸问题〉一书说起》一文也从资本主义的社会原因和艺术流派的内部对比等方面具体阐发分析了巴赫金的复调理论。[③]《巴赫金的小说创作美学》一文以巴赫金的《陀思妥

---

① 《外国文学评论》1987年第1期。
② 同上。
③ 同上。

耶夫斯基诗学诸问题》为基础对巴赫金的"小说创作美学"进行系统阐释和总结,指出它对"形式批评"的意识形态超越,并对它之于世界文论史的价值和意义给予评定。

　　20 世纪 90 年代巴赫金文论研究领域较具学术价值的著述有:晓河撰写的《巴赫金的"赫罗诺托普"理论》①和《巴赫金的"言谈"理论及其在语言学、诗学中的地位》②;张杰的《复调小说理论研究》③、张柠的《对话理论与复调小说》④、彭克巽的《巴赫金的学术生涯、艺术哲学和审美视角》⑤、刘康的《巴赫金和他的世界》⑥、晓郁的《巴赫金学说"寻根"》⑦、吴晓都的《巴赫金与文学研究方法论》⑧、李兆林的《巴赫金论民间狂欢节笑文化和拉伯雷的创作初探》⑨;董小英的《再登巴比伦塔:巴赫金与对话理论》⑩、《不肯就范——巴赫金与后现代情结》⑪、《扑克牌的头像——巴赫金与解构情结(之一)》⑫和《从公鸡到驴子——巴赫金与解构情结(之二)》⑬;涂险峰的《复调理论的局限与复调小说发展的现代维度》⑭和《对话的可能与不可能及复调小说》⑮;夏忠宪的《围绕巴赫金的"狂欢化"理论的悲喜剧游戏》⑯、张冰的《对话:奥波亚兹与巴赫金学派》⑰等。

①　《苏联文学》联刊 1991 年第 1 期。
②　《外国文学研究》1996 年第 1 期。
③　漓江出版社 1992 年版。
④　《外国文学评论》1992 年第 3 期。
⑤　《国外文学》1993 年第 4 期。
⑥　《国外文学》1994 年第 2 期。
⑦　《外国文学评论》1994 年第 4 期。
⑧　《外国文学评论》1995 年第 1 期。
⑨　《俄罗斯文艺》1998 年第 4 期。
⑩　三联书店 1994 年版。
⑪　《外国文学动态》1998 年第 5 期。
⑫　《外国文学动态》1998 年第 6 期。
⑬　《外国文学动态》1999 年第 2 期。
⑭　《外国文学研究》1999 年第 1 期。
⑮　《外国文学评论》1999 年第 2 期。
⑯　《俄罗斯文艺》1999 年第 3 期。
⑰　《外国文学评论》1999 年第 2 期。

《对话理论与复调小说》一文论述了巴赫金的元语言学、对话以及不可终结的对话和复调小说等理论。《巴赫金与文学研究方法论》一文认为巴赫金的意义不仅源自他独创的思想体系,而且在于他建立了独特的文学研究方法。后者与"对话主义"和"行为哲学"具有同等的价值。论文藉此对巴赫金的文学研究方法及其功能展开辨析和讨论,并给予了系统的评价。论文《巴赫金的"言谈"理论及其在语言学、诗学中的地位》在肯定巴赫金学术思想对语言学、哲学、诗学和心理学等领域的贡献的基础上,专门就其"言谈"理论在语言学和诗学两个领域的学理地位以及在语言交际实践中的应用价值进行了探究和分析。《复调理论的局限与复调小说发展的现代维度》一文指出巴赫金"复调小说"理论的前提是人物的"主体性",20 世纪现代主义小说的"人物"则给"复调小说"理论的阐释力带来负面的影响。然而除去卡夫卡小说"非对话情境"对"复调小说"理论提出异议以外,昆德拉等的小说创作则为该理论的发展提供了新的空间。论文《对话的可能与不可能及复调小说》认为巴赫金的"复调小说"理论源自对陀思妥耶夫斯基小说创作的分析结论,其核心为"对话哲学"。该文对"对话"的可行性前提或条件进行探讨并对与之密切关联的"复调小说"类型展开分析。论文《对话:奥波亚兹与巴赫金学派》从"对话"的视角重构了"陌生化"和"狂欢化",即俄国形式主义学派和巴赫金学派之间的关系,并对二者之间的相似诉求以及巴赫金学派各成员如巴赫金、梅德维捷夫、沃洛斯洛夫等人所代表的各种复杂矛盾的观点进行了说明。

专著《复调小说理论研究》基于对陀思妥耶夫斯基世界观、文学创作和创作手法的考察,对巴赫金"复调小说"理论产生的学术文化背景和理论架构进行详尽的考辨,并对巴赫金"复调小说"理论的独特思路和方法——"话语分析"方法加以深入的分析。专著《再登巴比伦塔:巴赫金与对话理论》分为四个部分。第一部分对巴赫金"对话理论"的基本内容进行了梳理和阐释;第二部分对"对话性"的前设条件如"共通性""所知""所设"和"统觉背景"等进行了系统分析;第三部分从"叙述体态""叙述语式""叙述结构"三个层面对叙事文本中的"对话性"形式进行探究;第四部分从"狂化化与思维双声现象的起源"和"思维双声现象的几种表现形式"出发对"对话性"原则——"思维的双声现象"展开讨论。

21 世纪前 10 年巴赫金文论研究领域较具影响的著述有:张开焱撰写的《开放人格:巴赫金》①、夏忠宪的《巴赫金狂欢化诗学研究俄国形式主义研究》②和《"第三次发现"的巴赫金》③;董晓的《超越形式主义的"文学性"——试析巴赫金对俄国形式主义的批判》④、魏少林的《诗歌的谎言和小说的真实——巴赫金文学体裁理论评析》⑤、程正民的《巴赫金的文化诗学》⑥、王建刚的《狂欢诗学:巴赫金文学思想研究》⑦;秦勇的《巴赫金的"戏剧丑角"理论》⑧、《巴赫金对"间性"理论的贡献》⑨和《巴赫金躯体理论研究》⑩;黄玫的《巴赫金与俄国形式主义的诗学对话》⑪和《文学作品中的作者与作者形象——试比较维诺格拉多夫和巴赫金的作者观》⑫;梅兰的《试析巴赫金对作者与主人公的关系的两种评价——兼评巴赫金复调理论的局限性》⑬、《狂欢化世界观、体裁、时空体和语言》⑭和巴赫金哲学美学和文学思想研究》⑮;曾军的《巴赫金对席勒讽刺观的继承与发展——兼及巴赫金笑论的美学史意义》⑯、王宁的《巴赫金之于"文化研

---

① 长江文艺出版社 2000 年版。
② 北京师范大学出版社 2000 年版。
③ 《外国文学评论》2002 年第 4 期。
④ 《国外文学》2000 年第 2 期。
⑤ 《当代外国文学》2000 年第 3 期。
⑥ 北京师范大学出版社 2001 年版。
⑦ 学林出版社 2001 年版。
⑧ 《俄罗斯文艺》2001 年第 2 期。
⑨ 《俄罗斯文艺》2003 年第 4 期。
⑩ 中国社会科学出版社 2009 年版。
⑪ 《俄罗斯文艺》2001 年第 2 期。
⑫ 《俄罗斯文艺》2008 年第 1 期。
⑬ 《外国文学研究》2001 年第 3 期。
⑭ 《外国文学研究》2002 年第 4 期。
⑮ 华中科技大学出版社 2005 年版。
⑯ 《外国文学研究》2001 年第 3 期。

究"的意义》①、杨琳桦的《"对话"还是"对位"——论复调类型的美学适用性及其发展的现代维度》②;季明举的《对话乌托邦——巴赫金"对话"视野中的思维方式革命》③和《巴赫金及其理论的斯拉夫主义性质》④;周启超的《复调》⑤、赵勇的《民间话语的开掘与放大——论巴赫金的狂欢化理论》⑥、肖锋的《巴赫金"微型对话"和"大型对话"》⑦;陈浩的《论巴赫金"狂欢化"诗学中的"原型"观念》⑧和《论巴赫金文化诗学中的原型观念及其局限》⑨;沈华柱的《对话的妙语:巴赫金语言哲学思想研究》⑩、潘月琴的《巴赫金时空体理论初探》⑪、晓河的《巴赫金哲学思想研究》⑫、邱运华的《外位性理论与巴赫金文艺学研究的方法论问题》⑬;凌建侯的《巴赫金哲学思想与文本分析法》⑭、《从狂欢理论视角看疯癫形象》⑮和《狂欢理论与史学考证》⑯;萧净宇的《超越语言学:巴赫金语言哲学研究》⑰、周卫忠的《双重性·对话·存在:巴赫金狂欢诗学的存在论解读》⑱、段建军、陈然兴的《人,生存在边缘上——巴赫金边缘思想研究》⑲、赵晓彬的《巴赫金

① 《俄罗斯文艺》2002年第2期。
② 《国外文学》2002年第3期。
③ 《俄罗斯文艺》2002年第3期。
④ 《俄罗斯文艺》2008年第1期。
⑤ 《外国文学》2002年第4期。
⑥ 《外国文学研究》2002年第4期。
⑦ 《俄罗斯文艺》2002年第5期。
⑧ 《俄罗斯文艺》2003年第6期。
⑨ 《外国文学研究》2005年第5期。
⑩ 上海三联书店2005年版。
⑪ 《俄罗斯文艺》2005年第3期。
⑫ 河北人民出版社2006年版。
⑬ 《外国文学评论》2006年第2期。
⑭ 北京大学出版社2007年版。
⑮ 《国外文学》2007年第3期。
⑯ 《俄罗斯文艺》2008年第1期。
⑰ 上海人民出版社2007年版。
⑱ 陕西人民出版社2007年版。
⑲ 人民出版社2008年版。

学说中的古希腊罗马思想渊源》①、刘涵之的《巴赫金论"苏格拉底对话"》②、緱广飞的《巴赫金复调理论的哲学意蕴》③；宋春香的《他者文化语境中的狂欢理论》④和《巴赫金思想与中国当代文论》⑤；邹广胜的《自我与他者：文学的对话理论与中西文论对话研究》⑥、吴承笃的《巴赫金诗学理论概观：从社会学诗学到文化诗学》⑦以及杨巧的《巴赫金狂欢化理论与大众文化》⑧等等。

　　论文《诗歌的谎言和小说的真实——巴赫金文学体裁理论评析》从"标准语和非标准语的区别""诗歌与小说的语言意识"和"史诗与长篇小说的价值世界"三个层面对巴赫金的文学体裁理论展开论述，指出其文学体裁理论是社会文化转型的必然产物，其中包含有历史的普泛性和局限性。《试析巴赫金对作者与主人公的关系的两种评价——兼评巴赫金复调理论的局限性》一文基于对《行为哲学》和《审美活动中的作者与主人公》与《陀思妥耶夫斯基诗学问题》关于"作者"和"主人公"关系论述的比较分析，探讨了巴赫金哲学思想中的"审美积极性"问题，指出理解其"作者的审美积极性"对把握复调理论具有重要意义。论文《"对话"还是"对位"——论复调类型的美学适用性及其发展的现代维度》认为巴赫金的"对话理论"侧重于文本的思想原则源自社会意识形态争论和个体的倾向性，由此它涵盖了"复调理论"的全部内容。也就是说，"思想对话式复调原则"对于现代语境中的现代小说缺乏阐释力。论文从"复调类型"概念出发，指出"对位是形成思想对话的前提，也是复调类型更为本质的特征"，就复调－对位的本质而言，作为文学－美学类型的复调原则在现当

①　《俄罗斯文艺》2008 年第 3 期。
②　同上。
③　《国外文学》2008 年第 3 期。
④　中国社会科学出版社 2009 年版。
⑤　知识产权出版社 2009 年版。
⑥　中国社会科学出版社 2009 年版。
⑦　齐鲁书社 2009 年版。
⑧　《世界文学评论》2010 年第 1 期。

代文化－文学中具有较大的普泛性。《民间话语的开掘与放大——论巴赫金的狂欢化理论》一文认为俄国知识分子的人文传统、巴赫金和官方意识形态的对话诉求是把握"狂欢化"理论的切入点,而"时间""空间""躯体"和"话语"等要素则是"狂欢化"世界建构的基础。论文以此对"笑"和"狂欢精神"的价值和意义加以评定,指出"狂欢化"思想的乌托邦特性与当代知识分子所面临的困境。论文《狂欢化世界观、体裁、时空体和语言》指出"狂欢化"理论的哲学基础为"我与你"的关系范畴。该理论的核心在于狂欢节式的感受,它存在于"狂欢化"的体裁、语言和时空体结构之中。这一理论最终表达出"关于人、以及人与世界的关系的乌托邦理想"。《论巴赫金文化诗学中的原型观念及其局限》一文认为巴赫金的"文化诗学"具有原型理论的特性,这表现在"文化诗学"将狂欢节视作小说体裁的源头,否定社会历史对小说体裁生成的作用。论文指出"历史意识"的缺省引致巴赫金"文化诗学"的"内部矛盾和思想错位"。论文《巴赫金及其理论的斯拉夫主义性质》指出巴赫金的思想体系继承了俄国知识分子"为追求精神乌托邦而殉难"的人文传统,其"对话主义"哲学、"狂欢化"理论遵循了斯拉夫派哲学的传统。因此,巴赫金的思想体系被赋予俄罗斯的"人民性"和东正教的"团契"原则,其宗旨是致力于"人的行为主体性和生命完整性"。《巴赫金学说中的古希腊罗马思想渊源》一文认为巴赫金的陀思妥耶夫斯基诗学研究、拉伯雷创作研究和民间文化研究均根植于古希腊罗马文学传统,是对后者进行现代观照的结果。巴赫金学说的诸多理论和范畴,如"对话理论"、"复调小说"理论、"狂欢诗学"理论,以及"时空体""长远时间"等均与古希腊罗马古典思想传统密切关联。论文藉此对巴赫金学说中的古希腊罗马思想体系加以系统梳理以阐明巴赫金在西欧文学、俄国文学研究过程中与古希腊罗马古典文学传统的"对话"以及对古典理论方法的现代援用。论文《巴赫金复调理论的哲学意蕴》认定巴赫金的"复调理论"不仅是小说理论,而且是一种哲学,同时也是反抗社会独白的权威话语和"人的物化"的文本策略。论文指出"以'人'为中心,构造理想的人格——对话人格,描绘理想的社会蓝图——复调社会,把'思想'

当作理想人格、理想社会的基础和保证,于是,对话人格/复调社会/思想便成为巴赫金哲学的三位一体"。

专著《巴赫金狂欢化诗学研究俄国形式主义研究》基于大量跨学科性的研究文献(内容涉及神话学、人类学、民俗学、语言学、符号学、文艺学等学科),对巴赫金"狂欢化诗学"理论的形成以及该理论在拉伯雷小说和其他小说解读中的运用进行了详尽的辨析和严谨的论述,同时对它之于新时期文学批评的价值和意义给予了客观的评定。专著《巴赫金的文化诗学》分为四个部分,其具体论题为:巴赫金诗学研究及其在 20 世纪诗学发展中的价值和地位;巴赫金文化诗学研究的动因;陀思妥耶夫斯基的复调小说与民间狂欢化文化;拉伯雷的怪诞现实主义小说与民间诙谐文化;巴赫金文化诗学的哲学、文化学和文艺学的内涵;巴赫金文化诗学民族性;中国文化语境中的巴赫金文化诗学。专著《狂欢诗学:巴赫金文学思想研究》共分为六个部分。它们分别为:(1)"狂欢研究与对话理论";(2)"狂欢的发生学研究与狂欢化";(3)"狂欢化文学与狂欢化世界感受";(4)"狂欢化文学的体裁与风格特征";(5)"狂欢诗学:关于长篇小说的修辞理论";(6)"狂欢诗学的理论品格与现实关怀"。该书在对"狂欢研究"和"对话理论"做总体梳理的基础上,对"狂欢"现象的发生及"狂欢化"的推演、"狂欢化"文学与"狂欢化"感知的关联、"狂欢化"文学的形式特征、"狂欢诗学"文论及其与现实的态度等展开了深入、细致的探讨和论证。专著《对话的妙语:巴赫金语言哲学思想研究》分为五个部分:第一部分"'超语言学'的语言哲学"的论题包括语言学的哲学基础、对传统语言哲学的反思、表述与语境的关系、言语的形式、"他者话语"和言语的"内在对话性";第二部分"语言的对话性及其文本分析"的论题包括双声、复调、微型对话和大型对话;第三部分"语言的狂欢化及其文本分析"的论题包括狂欢化语言形式特征、狂欢化语言形象体系以及狂欢化语言的文化和意识形态;第四部分"巴赫金的文艺学方法论"的论题包括文本及其解读、文化和历史、形式和内容以及符号与意识形态的结合;第五部分"巴赫金语言思想及文艺学方法论的价值与地位"的论题包括马克思主义文学观立场、对形式主义和结构主义的扬弃,对符号学、阐释学、接受美学和后结构主义的启发。专著《巴赫金哲学思想研究》分为两大部分:"巴赫金的'他人之我'哲学"和"巴赫金的道德哲学和涵义理论"。第一部分论题包括"他人之我"哲学的历史概述、"他人之我"哲学的命题——"自为之我"和"为我之他人"、哲学－神学思想的命题——"我与他人"、知觉现象学的命题——"我与他人"、审美活动过程中的"我与他人"、时间和涵义整体内的"我与他人"、元语言学的命题——"我与他人"。第二部分论题包括巴赫金学说中的道德哲学和认知科学框架内的巴赫金涵义理论。专著《超越语言学:巴赫金语言哲学研究》分为五个部分。该书分别对巴赫金语言哲学的渊源和"超语言学"实质进行了梳理和揭示,对其语言哲学的核心内容"对话主义"加以阐明。在此基础上,该书对巴赫金诠释学及其人文科学研究的方法论进行总结,最后对巴赫金语言哲学之于俄国语言哲学的价值和意义给予了评定。

此外,值得关注的专著还有《他者文化语境中的狂欢理论》和《巴赫金躯体理论研究》两部。前者就巴赫金狂欢理论的文化和历史的渊源以及基于巴赫金宗教意识的宗教文化渊源进行了系统的探究。后者则对巴赫金的"躯体理论"展开剖析和深入的阐明,藉此对当代文学"身体写作"实践进行了评价。

整体而言,巴赫金文论研究方面的学术文献数量在 20 世纪 80 年代处于较低水平,在 20 世纪 90 年代和 21 世纪前 10 年间分别处于较高水平和高水平。并且,自 20 世纪 90 年代至 21 世纪前 10 年,学术文献数量在整体上呈快速上升甚至是跃升的趋势。

我国巴赫金研究热的形成可以从两个方面来解释。一是外因方面,亦即俄国本土"巴赫金文论研究"的现状及其水平,以及欧美"巴赫金文论研究"的现状及其水平。20 世纪后期,随着政治、社会和文化的深度转型,俄苏学术界开始对以巴赫金文论为主体的学术思想予以重新关注和重估,在这一学术语境中巴赫金文论研究渐次得以展开并取得了相当程度的进展。20 世纪下半叶,在欧美学术界后结构主义思潮蔚然成风,在相应的哲学－文化的背景下,学术界对基于"历史研究"和"结构研究"之综合的、以文学思想为核心的巴赫金学术思想进行了有效的发掘和评估。以上两种情势决定了世界范围内巴赫金文论研究上升的总体态势和水平特征。在一定程度上,这一总体态势和水平特征引起了中国俄罗斯文学学界的高度关注,巴赫金文论研究的诸多资源和问题从而逐步进入了中国学者的学术视野并渐次成为当代俄国文论研究的焦点或重心。二是内因方面,亦即文论研究发展和沿革的自律或逻辑。现代文学理论从方法论角度出发,将文学研究可分为"内部研究"和"外部研究"两种。而基于这两种方法建构完成的文论系统则表现出"科学主义"和"历史主义"两种价值取向。自 19 世纪以降,俄苏文论的"历史主义"路线占据了绝对优势的地位。在 20 世纪,其代表性文论学派有马克思主义学派、历史比较学派和历史心理学派等。这一路线的文论大都从社会学(包括哲学－文化思潮、社会结构、政治制度和经济水平)的角度出发对文学现象、文学运动、作家创作和作家作品给予了宏观或微观的把握。然而,这一路线的文论研究逐步被"意识形态化"或"政治化",在一定程度上失去了合理的阐释力。与此同时,"科学主义"路线的文论——"形式主义文论"等由于其理论建构中"人文"要素的天然缺失,使得自身处于较为边缘的地位。在这种情势下,巴赫金学派文论所开拓的"历史－科学主义"路线,作为两种文论价值系统的综合对文学问题表现出巨大的阐释力:基于"历史主义"立场对文学的形式结构(体裁、手法等)进行"科学主义"的分析和建构,对文学结构的价值和功能给予评定。巴赫金学派文论藉此获得了更大的合法性。这一学理逻辑和客观情势对于以俄苏文论史为主要研究对象的中国俄苏文论学界影响颇巨,因而巴赫金文论在短时间内成为当代俄苏文论研究重点关注的对象。

二、英美新批评

1979 年杨熙龄在《美国现代诗歌举隅》中所谈到的"新评论"即我们

后来所说的新批评派。① 1981 年杨周翰《新批评派的启示》一文是新时期以来新批评派研究的一个重要起点,该文系统梳理和介绍了新批评派产生的历史缘由,分析了新批评派的宗旨即反对实证历史学派的文学研究与批评,文章还论述了外在的政治标准作为文学艺术批评标准导致的问题,分析了新批评派理论的文本性、科学性和艺术性,最后该文还论述了王蒙小说在中国不为大家理解和接受的原因也是因为文学标准的原因。总之杨文在引用英美的原文材料、大力提倡新的丰富而多样的批评方法、鼓励新学、理解新批评以及为新批评在中国建立话语基础方面都极为重要,是新时期的重要文论研究资源。② 同时该文也让我们看到,20 世纪80 年代当我们再度将"新批评"文论作为重要的重构我国文学批评标准的思考的时候,我们的文学研究选择了对政治批评的疏离,而新批评派的文论观点是我们这种选择的重要思想资源和工具。由此也可见文学艺术的各种批评标准都有自身的不同期待,都是历史的而非永恒的。

1982 年钱俀汝撰写的《新批评派》一文也介绍了新批评派的由来和新批评派针对的历史考证主义和主观印象主义的批评方法的目标以及新批评派对文学本体论的强调③。1982 年赵毅衡发表了长文《"新批评"——一种独特的形式主义文学理论》。赵毅衡是新批评研究的专家,对国外资料掌握非常精深,对新批评的发生、发展等过程甚为了解,他的文章为我们详细介绍了新批评派的基本观点、方法论倾向和文学实践方式。④ 1983 年张隆溪发表了《作品本体的崇拜——论英美新批评》一文,正如我们前文所说,该文也是张隆溪系列评介 20 世纪西方文论中的一篇,而且书写方式也很相似。该文从"从作者到作品、文学的本体论、作品的诠释、批评与评价"等方面全面论述了新批评派,对新批评派的一些关键概念如"意图迷误""感受迷误"以及新批评派的张力、反讽、矛盾分析说

---

① 《世界文学》1979 年第 6 期。
② 《国外文学》1981 年第 1 期。
③ 《译林》1982 年第 2 期。
④ 《外国文学研究辑刊》第 5 辑,中国社会科学出版社 1982 年版。

都做了说明。① 1984 年乐黛云撰文《文学是一种特殊的语言形式——新批评派与小说分析》,该文是理论与实践相结合的比较文学的重要文章。1984 年周宪的《现代西方文学学研究的几种倾向》一文详细研究了几种现代西方的形式主义文论,并对新批评做了文学自足体和文学本体论的评价。② 1984 年王春元撰文《评韦勒克和沃伦合著的〈文学理论〉》。1985 年冯汉津撰文《新批评》。1986 年刘象愚撰文《韦勒克和他的〈文学理论〉》,同年胡经之、张首映撰文《新批评派》。1988 年李石的《文学的主体性与英美新批评——兼评刘再复同志的一些论点》一文探讨了"文学的主体性主要集中在哪里、主体性的结构层次是怎样的、以及主体性和英美新批评的某些关系"。③ 1988 年李自修的《"新批评"方法的应用》一文区分了社会历史批判和英美"新批评"派,并介绍了新批评的方法在英语文学教学和中国诗词教学中的应用。④ 1988 年孙津的《"新批评"之发旧——兼评〈新批评〉》一文以 1986 年赵毅衡出版的《新批评——一种独特的形式主义文论》一书为论说话题,说明了新批评为何很快"发旧"的各种原因。⑤ 1988 年周珏良发表的《对新批评派的再思考——读韦勒克〈现代批评史〉卷六》一文对韦勒克的著作即关于 20 世纪美国文学批评 1900—1950 年的批判历史进行了详细的评述,并对新批评派进行了新的总结和思考。⑥ 1988 年班澜发表了《英美"新批评派"的方法论特征》一文,该文从文学上的先锋作家讲到理论上的先锋批评即"新批评",并解读了新批评的方法论特征。⑦ 1989 年杨晓明的《英美新批评与中国古典诗学》一文是一篇典型的比较诗学的文章。该文从概念和方法等方面比较了中国古

---

① 《读书》1983 年第 7 期。
② 《文艺研究》1984 年第 5 期。
③ 《贵州大学学报》(社会科学版)1988 年第 2 期。
④ 《山东外语教学》1988 年第 1 期。
⑤ 《当代作家评论》1988 年第 2 期。
⑥ 《外国文学》1988 年第 1 期。
⑦ 《内蒙古社会科学》(汉文版)1988 年第 1 期。

典诗学批评方式与英美新批评的异同。①

　　1990 年张月超撰文《对美国新批评派的评价》。1991 年林彦伯的《一个超越现代派的现代派评论家——T.S.艾略特评介》一文评介了艾略特在诗文创作和文学理论方面的独特贡献。② 1991 年熊元义的《论"新批评"的文学本体论》一文用马克思列宁主义文艺理论观批判地分析了新批评的论点。③ 1992 年叶世祥撰文《论 T.S.艾略特的"情感逃避说"》。1992 年胡苏晓、王诺撰文《文学的"本体性"与文学的"内在研究"——雷纳·威勒克批评思想的核心》。1992 年金芳的《接受与创作——美国本体批评面面观》一文总结和阐发了美国 20 世纪的"文本"形式本体批评的批评理论和批评家。④ 1993 年郜积意的《重建诗的新秩序——评艾略特的诗学理论》一文对 20 世纪的诗学理论情况进行了反思，并对艾略特的诗学主张进行了重新评估。⑤ 1993 年蒋道超、李平的《论克林斯·布鲁克斯的反讽诗学》一文有感于大家对新批评这个流派耳熟能详，却对其各位代表人物的典型理论作专门评介的甚是缺乏，故而撰文详细评介了布鲁克斯的"反讽"诗学理论。⑥ 1993 年周荣胜的《试论艾略特"客观对应物"理论中的典象问题》一文深入论述了艾略特的"客观对应物"理论如何将深刻的现代生活转化为文学典象的文学转换问题。⑦ 1994 年邵旭东的《美著名批评家布鲁克斯逝世》一文评价了布鲁克斯文学思想对新批评和文学批评理论的影响和价值。⑧ 1994 年程亚林撰文《布鲁克斯和"精致的瓮"及硬汉》。1995 年徐世红撰文《试论西方文学理论中新批评派的产生》。1996 年尹建民的《艾略特的诗歌理论与新批评》一文介绍了艾略特

① 《社会科学家》1991 年第 5 期。
② 《四川外语学院学报》1991 年第 2 期。
③ 《社会科学家》1991 年第 5 期。
④ 《国外文学》1992 年第 4 期。
⑤ 《国外文学》1993 年第 1 期。
⑥ 《外国文学评论》1993 年第 2 期。
⑦ 《外国文学评论》1993 年第 4 期。
⑧ 《外国文学研究》1994 年第 3 期。

的"非人格"即"非个性化"等理论与新批评理论的关系。① 1996 年王光林撰文《T. S. 艾略特的精神追求——从 T. S. 艾略特的宗教观看他的诗歌发展》。1996 年苏冰的《意义理论:从俄国形式主义到新批评》一文将文学批评的关注点从作品的"内容"转移到文学本身、文学内部机制来梳理从俄国形式主义到新批评文学意义生成方式理论的变化。② 1998 年王钟陵发表了《新批评派诗学理论研究》一文,该文也是一篇深入讨论西方诗学并与中国传统文论进行相互阐发的比较诗学的论文。作者在深入吃透新批评派理论的基础上对之进行了公允的评价,并与中国文论进行了深入对话。③ 1999 年陆建德的《艾略特:改变表现方式的天才》一文深入分析了艾略特的革命性,即寻找到了言说新的时代的意象和语言,改变了文学的表现方式。④ 1999 年陈林撰文《新批评在中国的命运》。1999 年宋耕田撰文《浅析新批评的"张力论"》。1999 年姜飞撰写的《从"淡入"到"淡出"——英美新批评在中国的传播历程简述》一文分析了新批评在中国传播历程给中国文学批评理论带来的影响。⑤ 1999 年姜飞还撰文《新批评在中国的实践》。1999 年蒋洪新的《T. S. 艾略特与新批评派之比较研究》一文分析了艾略特的文学理论对新批评派的影响,并且阐明了后期艾略特与新批评派的不同。⑥

2001 年吴学先的《燕卜荪的词义分析批评》一文结合燕卜荪的主要著作对其词义分析批评进行了详细的梳理和总结。⑦ 2001 年陈本益撰文《新批评的文学本质论及其哲学基础》。2002 年陈本益又撰文《论新批评受实证主义的影响及其它相关问题》。这两篇文章都主要论述了新批评的哲学基础及其与实证主义的关系。2002 年顾钧的《艾略特文评研究三

---

① 《青海师范大学学报》(哲学社会科学版)1996 年第 1 期。
② 《文艺研究》1996 年第 5 期。
③ 《中国社会科学》1998 年第 5 期。
④ 《外国文学评论》1999 年第 3 期。
⑤ 《社会科学研究》1999 年第 1 期。
⑥ 《湖南师范大学社会科学学报》1999 年第 4 期。
⑦ 《外国文学研究》2001 年第 1 期。

题》一文从"客观对应物"、创作与批评的互补关系以及艾略特对新批评派的贡献和超越新批评派的丰富性和辩证性等三个方面探讨了艾略特的文学批评理论。① 2002 年陈定家撰文《以本文为中心的合理性及其局限——浅论英美新批评的形成、发展和影响》。2003 年于建华的《本体论批评——英美新批评的本质特征》一文陈述了英美新批评与浪漫主义和实证主义批评传统的不同主要是因为新批评始终坚守"文本中心主义"的理念。② 2003 年邵滢的《新批评与文本细读》一文主要分析了"细读法"在文学批评与教学中的意义。③ 2003 年刘万勇的《论英美新批评的科学化努力》一文从批评对象、原则和方法等方面说明了新批评的科学性,以及文学与科学的关系。④ 2003 年冯文坤撰写的《论 T. S. 艾略特的"非个人化"诗学理论》一文分析了艾略特"非个人化"诗学理论与浪漫主义文论的区别以及艾略特弱化个人而实现人与历史共时性存在的历史观。⑤ 2003 年余莉撰文《再论艾略特的传统与非个性化理论》。2004 年蓝仁哲的《新批评》一文从命名到形成一直到各自的不同主张各方面论述了新批评派的松散性和非同一性。⑥ 2004 年支宇的《文本语义结构的朦胧之美——论新批评的"文学性"概念》一文着重阐明了新批评派的"文学性"概念重在"分析文学文本语义结构的多重性及其所产生的朦胧之美"。⑦ 2004 年温潘亚的《〈传统与个人才能〉与艾略特的文学史观——兼与"新批评欠缺历史观念说"商榷》一文分析了艾略特文学理论的历史观。⑧ 2004 年陈本益继续撰文讨论新批评派思想的来源,即《新批评派的对立调和思想及其来源》。⑨ 2004 年孙春旻撰文《兰色姆"构架-肌质"理论的延伸思考——

---

① 《国外文学》2002 年第 3 期。
② 《扬州大学学报》(人文社会科学版)2003 年第 3 期。
③ 《语文教学与研究》2003 年第 3 期。
④ 《北京理工大学学报》(社会科学版)2003 年第 4 期。
⑤ 《外国文学研究》2003 年第 2 期。
⑥ 《外国文学》2004 年第 6 期。
⑦ 《文艺理论研究》2004 年第 5 期。
⑧ 《北京工业大学学报》(社会科学版)2004 年第 3 期。
⑨ 《四川大学学报》(哲学社会科学版)2004 年第 2 期。

兼论小说的"肌质"》。2005 年王爱英撰文《T. S. 艾略特新批评文学观及
其意义》。2005 年曹万生的《1930 年代清华新诗学家的新批评引入与实
践》一文介绍了中华人民共和国成立前曹葆华等清华大学新诗学家对新
批评的引介和文本分析实践。① 2005 年欧阳刘佳撰文《新批评述评》。
2005 年刘万勇撰文《新批评"自律性"文学观源流探》。2005 年朱立元、刘
雯撰文《张力与平衡——新批评诗学理论与玄学派诗歌》论述了新批评派
对玄学派诗歌的推崇及其原因。② 2005 年支宇的《复义——新批评的核
心术语》一文论述了英美新批评派的一个重要概念即"复义"或者译为"模
糊性"。③ 2006 年支宇撰文《"语义多重"与"符号自指"——英美新批评与
结构主义文论的比较研究》。2006 年温潘亚撰文《传统是推动文学发展
的根本动力——论新批评的文学史观》。2006 年刘万勇撰文《新批评派
有机形式观溯源》。2006 年昂智慧的《文学创作和阅读中的语言问
题——论保尔·德曼对"新批评"的批评》一文着重分析了保罗·德曼对
"新批评"的语言观的质疑，并论述了德曼自身的否定性语言观思想。④
2006 年刘涛撰文《瑞恰慈与中国现代诗歌理论批评》。2007 年代迅撰文
《中西文论异质性比较研究——新批评在中国的命运》。2007 年黄平的
《"文本"与"人"的歧途——"新批评"与八十年代"文学本体论"》一文是一
篇比较文学的文章，该文着重分析了我国 80 年代接受新批评的语境和理
解新批评的误差，即"分析八十年代怎样'想象'以及如何'接受'新批评"。
并在此基础上区分了新批评和启蒙文学观的内在差异。⑤ 2007 年李全
福、许建忠撰文《对英美新批评文论价值的再认识》。2007 年邓文华的
《美与伟大的依存悖论——T. S. 艾略特与新批评派的文论异趣》一文论
述了艾略特文学批评之路，并对其晚年转向深广的文化领域进行了肯

---

① 《西南师范大学学报》（人文社会科学版）2005 年第 6 期。
② 《人文杂志》2005 年第 2 期。
③ 《湘潭大学学报》（哲学社会科学版）2005 年第 1 期。
④ 《文艺研究》2006 年第 3 期。
⑤ 《当代文坛》2007 年第 5 期。

定。① 2007 年刘翠、郑江华撰文《关于新批评和意识形态的几点思考》。2007 年李卫华撰文《试析燕卜荪"双重情节分析法"》。2008 年李梅英、张显翠撰文《T. S. 艾略特的"非个性化"诗歌理论与新批评派》。2008 年杨冬撰文《新批评派与有机整体论诗学》。2008 年陈本益的《艾略特影响新批评派的两个文学思想及其来源》一文对艾略特思想的来源做了从济慈文学思想到康德美学形式论的溯源。② 2008 年王金山撰文《英美"新批评"文论的重新审视》。2009 年赵毅衡的《新批评与当代批判理论》一文回顾了新批评理论进入中国的 30 年历史,并对新批评对当代中国批判理论的影响做了肯定性的描述。③ 2008 年李嘉娜的《重审布鲁克斯的"反讽"批评》一文详细梳理了布鲁克斯"反讽"批评的认识和实践,并对其乖谬之处进行了批判。④ 2009 年赵毅衡、姜飞撰文《英美"新批评"在中国"新时期"——历史、研究和影响回顾》。2009 年赵凌河撰文《叶公超的文学思想与"新批评"理论》。2009 年易蓉的《超越"新批评"的文学理论——韦勒克文学理论的重新审视》一文论述了韦勒克理论特异与新批评之处以及韦勒克理论的独特价值。⑤ 2009 年胡燕春写了五六篇关于新批评的文章深入研究新批评专题,如《新批评派对于西方文学理论与批评的影响》《新批评派的理论与实践之间的诸种悖论》《新批评派对于后理论时代的借鉴价值》《从新历史主义看新批评派对西方文论的影响》《新批评派在中国的接受与启示》等。2009 年支宇还撰文《语义杂多:新批评的文学意义论》。2009 年黄光伟撰文《"新批评"派的"范例"及其历史意义》再次肯定了新批评派文学分析方法对我国具有的"范式"意义。⑥ 2009 年陈潇撰文《新批评派的文学本质观》。2009 年韩力扬、王敬民的《试论英美新批评的体制化》一文分析了新批评的体制化对这一"新"批评带来的好

---

① 《河北师范大学学报》(哲学社会科学版)2007 年第 4 期。
② 《福建论坛》(人文社会科学版)2008 年第 5 期。
③ 《英美文学研究论丛》2009 年第 2 期。
④ 《外国文学评论》2008 年第 1 期。
⑤ 《求索》2009 年第 6 期。
⑥ 《学习与探索》2009 年第 2 期。

处与弊端。① 2009 年陈越撰文《重审与辨正——瑞恰慈文艺理论在现代中国的译介与反应》。2009 年葛桂录撰文《I. A. 瑞恰慈与中西文化交流》。

新批评方面的专著有:1986 年赵毅衡出版新批评专著《新批评——一种独特的形式主义文学理论》一书对新批评的代表人物、代表思想做了详细的梳理和介绍,该书的主要文献都是第一手的英文资料。1999 年方珊著的《形式主义文论》一书有新批评专章介绍作为一种形式主义文论的新批评。2004 年董洪川出版了《"荒原"之风:T. S. 艾略特在中国》。2004 年傅修延所著的《文本学——文本主义文论系统研究》一书有一节专门论述了新批评的文本观。2005 年刘燕出版博士论文《现代批评之始:T. S. 艾略特诗学研究》。2009 年赵毅衡出版了《重访新批评》对新批评在中国的传播以及新批评的精神、方法进行了新的总结、归纳和深化。

"新批评"与俄国形式主义都首先主要是针对"诗歌"的诗学或说文学批评理论,而且其可操作性不算很强,另外,任何一种对形式或者张力、反讽等的文学内部研究所引发的审美效果除了给读者带来震惊体验外,一定有所指向,也就是说文学不仅仅是为了人们的震惊体验,所以,按理说"新批评"与形式主义如果只是文本内部研究的话,它们的研究范围会非常有限,但为何这么技术难度高的理论流派在 20 世纪,尤其在理论层面会得到那么多关注呢? 也许正如福柯所说,形式主义的涌动是 20 世纪文学、建筑、音乐、艺术范式革命,甚至是社会革命实践的重要基础:"我愿意重新讲述一次形式主义的历史,把法国的结构主义这个小插曲(这个插曲相对而言比较短,并伴随着各种扩散开的形式)放进 20 世纪形式主义的广阔现象之中,我认为它在自己的类别中同浪漫主义或者同 19 世纪的实证主义一样重要。"②这个重要性被福柯表述为:"当人们考虑到形式主义在绘画、在音乐的形式研究上的不同寻常的命运,当人们想到形式主义在

---

① 《河北学刊》2009 年第 1 期。

② 福柯:《结构主义与后结构主义》,载杜小真选编:《福柯集》,上海远东出版社 2003 年版,第 489 页。

民俗和传说的分析以及在建筑上的重要性,想到它的应用,想到理论思维的某些形式,那么,可以肯定,形式主义从总体上说很可能是 20 世纪欧洲最强大、最多样化的思潮之一。"①这才是形式主义大潮席卷 20 世纪的内在原因,也是文学内部研究启动的外部依据。这样的西方浪潮被嫁接到中国 80 年代的时候,那个诉求跟西方并不完全一致,在国内,形式主义与新批评文论研究反而比文学文本分析要多,它的内在原因可能恰恰是文人知识分子当时所选择的"去政治化"的姿态导致的,但是这个姿态后来可能也变成了内容、身份和实质,型塑了那一代知识学人的主体身份,致使很多那一代学者到现在不能接受"文学性"的其他定义,始终将"文学性"当成一个本质而非生成与运动变化的概念来看待。但实际上,他们想象的"文学性"所指向的审美主义、想象或者人性等人道主义的内涵也是现代西方民族国家建构和思想史发展的一个历史阶段的知识底色所要求和造就的。

第三节　神话—原型批评

20 世纪 80 年代以来,以叶舒宪等人为代表的学者在国内神话—原型批评方面做出了颇多成果,而且形成了一支师徒相传的生力军。他们正在将我国各民族的歌行和文学纳入"仪式"、巫术和原型的范围进行讨论。对他们中很多人而言,文学和文化就是"仪式",他们也深入到很多部落和文化实践中去做田野调查。当然以弗莱的神话—原型理论为批评的工具来思考文学文本中的原型问题的文章在国内也有很多人。神话—原型批评联系着心理分析或者说集体的心理分析,而且与人类学、社会学以及宗教学关系也颇为密切,法国结构主义学者中的很多人都深习了神话原型批评理论,例如列维-斯特劳斯。神话—原型批评的关键还是在于将

---

① 福柯:《结构主义与后结构主义》,载杜小真选编:《福柯集》,上海远东出版社 2003 年版,第 484 页。

一个现代的问题还原为古老的仪式的再现。在文学领域,人类积累的无意识最为深刻和鲜活,这种无意识也是文化无意识的承载,故而将此一综合性批评方法置入文学活动的视野对我们思考文学大有裨益。下面我们主要总结一下国内在文学批评和文学理论领域 30 年来对神话—原型批评的思考和研究。

改革开放以来,除了译介的作品外,张隆溪较早介绍了神话—原型批评的原则和方法,并与中国的文学与文论研究对读,同时也对该流派尤其是弗莱的理论与社会历史脱节的地方进行了批判。1980 年张隆溪撰文《弗莱的批评理论》从"作为科学的批评、文学形式的历史循环、象征、意象和原型、对弗莱的批评评价"等方面全面介绍了弗莱的批评理论的特征和主要内容。[①] 他的另一篇题为《诸神的复活》的文章(后来也收入了他的《二十世纪文论述评》)则从柏拉图的《伊安篇》、中国的《九歌》到维科的《新科学》讲起,从"神话思维、仪式与原型、原型批评"等方面评价了整个神话学和原型批评的理论问题。[②]

20 世纪 80 年代我国一度曾有过神话研究热,很多人以各种理论解释中国的神话和中国有无神话的问题。而弗莱、列维-斯特劳斯、列维·布留尔、弗洛伊德、荣格、卡西尔、弗雷泽等等都是大家耳熟能详的名字。1984 年 5 月中国成立了神话学会,出版了内刊《神话学信息》介绍国外、港台神话学研究的新状况;又创办了《中国神话》辑刊发表国内神话学研究的新成果。另外有一点值得注意的是,现代西方文论在引介到中国后,很多都与比较文学学科有着紧密的关系,即都面临一个比较诗学和双向阐发的问题,神话—原型批评也是如此,当然这一方面涉及对原型批评理论的理解,一方面也涉及对其在中国文本、文化批评中的应用和反思。20 世纪 80 年代刘再复在文学方法论大讨论中曾经非常关注新学,对新批评、文本本体论以及原型批评等新的文学理论都主张要积极接受和改造

---

① 《外国文学研究》1980 年第 4 期。
② 《读书》1983 年 6 期。

以建设我国当代的文学批评。① 叶舒宪是后来一直从事神话—原型批评以及人类学研究的专家。1986 年他发表了《神话—原型批评的理论与实践》,该文比较系统地评述了原型批评的发生和发展过程,对该派批评的各个支派以及不同倾向进行了条分缕析的总结;与张隆溪等中国学者相似,该文也将西方文论与中国文学批评的实践相结合,并指出了其优点与缺陷。② 由此也可以看出原型批评在中国与比较文学的密切关系。1989 年季红真发表文章《神话的衰落与复兴——读〈探索非理性的世界〉有感》,该文是作者阅读叶舒宪 1988 年新著《探索非理性世界——原型批评的理论与方法》后触发的思考。③

　　进入 90 年代以来,《文艺争鸣》于 1990 年推出"方克强的文学人类学批评"和"中国文学与原型批评笔谈"两个栏目;1992 年又辟有"叶舒宪的文学人类学研究"专栏。《上海文论》1992 年开辟"当代批评理论与方法研究"专栏,首期刊出"文学人类学与原型批评"小辑。其中方克强的《新时期文学人类学批评述评》一文首次尝试对这一批评流派的几年实践进行理论总结。叶舒宪的《破译与重构——原型批评的发展趋向》则评述弗莱之后原型批评在欧美批评界的新动向。1995 年 7 月在北京大学召开了首届"弗莱与中国"国际研讨会④。1990 年盛宁的《"关于批评的批评"——论弗莱的神话—原型批评理论》一文从文学与神话的关系说起,从文学批评的独立性、从神话研究到文学批评、结构主义倾向的诗学等方面阐发了弗莱《批评的解剖》以及弗莱神话学文学批评的理论特征,并对其进行了批判性反思。⑤

　　2000 年犹家仲的《两种原型观及其在文学批评中的应用》一文从对"原型"术语的界定、该术语在文学批评实践中的运用以及该术语在文学

---

　　①　刘再复:《近年来我国文学研究的若干发展动态》,《读书》1985 年第 2—3 期。

　　②　《陕西师范大学学报》1986 年第 2—3 期。

　　③　《文学评论》1989 年第 4 期。

　　④　详见《西方当代文学批评在中国》,陈厚诚、王宁主编,百花文艺出版社 2000 年版,第 168 页。

　　⑤　《外国文学评论》1990 年第 1 期。

史中的意义等三个方面来区分荣格和弗莱两位理论家不同的"原型"理论建构。① 2000 年陈建中撰文《弗莱模仿论的象征体系》。2000 年陈萍的《"只有批评之路敞开"——诺思洛普·弗莱的〈批评之路〉》一文"力图通过对弗莱的《批评之路》的解读,梳理出弗莱所走的批评道路及其批评观,以窥测他重构文学批评的努力",同时该文试图凸显弗莱的理论将对我国文学批评的影响②。2000 年程爱民的《原型批评的整体性文化批评倾向》一文在对原型批评做了整体性文化批评的原型"概念框架"的总结的基础上,提出这种弗莱的原型批评对现行的文化批评和文化研究具有某种启示价值。③ 2003 年张中载的《原型批评》一文对"原型"一词的西方起源进行了考古,并对该词在现代的变化进行了述评,进而对弗莱以"原型批评"对"新批评"的反驳为背景介绍了弗莱的原型批评理论。④ 2003 年杨丽娟的《"原型"概念新释》一文对西方文论中神话-原型批评的"原型"在西方文化中做了考古,并分析了"原型"的各种含义和两个基本特征,以使之与文学批评的其他术语区分开来。⑤ 2003 年江玉琴的《诺斯诺普·弗莱的文化批评观探幽》一文论述了作为文化研究的先驱的弗莱的文学文化批评思想。⑥ 2004 年杨丽娟撰文《〈批评的剖析〉与文学的文化批评的建构》。2004 年冯寿农的《模仿欲望诠释,探源求真解读——勒内·吉拉尔对文学的人类学批评》一文对吉拉尔的文学文化批评和人类学批评进行了评述⑦。2007 年蒋显璟的《神话与科学:弗莱理论中的不协和》一文分析了弗莱批评理论中的主要概念如"批评的科学性""神话原型批评等",并对弗莱理论中科学性与神话性的矛盾和冲突进行了反思和评述⑧。

① 《国外文学》2000 年第 1 期。
② 《国外文学》2001 年第 3 期。
③ 《外国文学》2000 年第 5 期。
④ 《外国文学》2003 年第 1 期。
⑤ 《外国文学研究》2003 年第 6 期。
⑥ 同上。
⑦ 《外国文学研究》2004 年第 4 期。
⑧ 《国外文学》2007 年第 4 期。

2007 年王进芳撰文《对诺思洛普·弗莱原型的误读与反思》。

神话原型批评方面很早出版了许多专著,如 1988 年俞建章、叶舒宪合著的《符号:语言与艺术》、1988 年叶舒宪所著的《探索非理性世界——原型批评的理论与方法》、1988 年朱狄所著的《原始文化研究》、1992 年方克强所著的《文学人类学批评》等。

神话原型批评是跟精神分析如"集体无意识"理论和结构主义如列维·施特劳斯的结构人类学有着很多交叉的理论,而且其结构主义共时研究的特征非常浓,经常将文学与文化总结为几个具有母题性质的原型。这个理论流派在西方比较丰富的神话资源中寻找到不少的原型与模型,它引入中国之后主要与少数民族原始文化、诗史和口传文化等研究结合在一起,这既与国内从事该学派介绍的学者相关,也与该理论的特征相关。

第四节 西方马克思主义文论

某种意义上说,马克思主义文论显然已经是中国文论的一部分了;自五四运动以来,马克思主义在我国意识形态领域具有绝对的主导地位,而马克思主义的文学理论也成为我们思考和过滤外国文论的基础。马克思主义理论与语言学、现象学、文化研究等相结合也产生了很多相关思考,国内李泽厚、朱立元等倡导的"实践美学"和"后实践美学"依然是对马克思主义美学在当代的发展和继续研究。鉴于此课题已经是国内研究的一部分,所以在本文中我们主要梳理我国 30 年来对西方马克思主义文论的理解和研究。我们从中可以看到,在西方学者的眼中很多文化现象,很多文学与文化交流模式都可以在同构的意义上用马克思主义的商品交流模式来理解和思考,尤其是现在非常重要和时髦的"生产"一词,尽管它的意义已经被法兰克福学派学者等的理论所刷新,但它与马克思主义的联系是不言而喻的。马克思、尼采、弗洛伊德所奠定的现代哲学言说的话语范式,必然介入到对文学的思考。本文该部分主要总结德国的法兰克福学派的文论观念、法国阿尔都塞等人的研究对文论的启发研究以及英美文化研究与马克思主义研究学者如伊格尔顿、杰姆逊等人的文论思想研究。

需要说明的是，虽然"文化研究"和"文化批评"作为术语在国内热起来比代表西方马克思主义的法兰克福学派等要晚，但它们与西方马克思主义理论有着复杂的关联，所以我们这里还是将文化研究的研究状况与西方马克思主义一起综述。而且文化研究的阶级、性别、种族的分析方法与新历史、后殖民、女性主义等文论一起打开了文本的巨大空间，最近在文本中读出身份认同、意识形态、历史意识的研究转向越来越多。

1988 年陆梅林选编的《西方马克思主义美学文选》包含了布洛赫、本雅明、马尔库塞、费歇尔、阿多尔诺、勒菲伏尔、萨特、戈德曼、阿尔都塞、马歇雷、雷蒙德·威廉斯、伊格尔顿、杰姆逊等 13 位西方马克思主义理论家的文学批评著作。1990 年董学文、荣伟选编的《现代美学新维度——"西方马克思主义"美学论文精选》收辑了卢卡契、布莱希特、布洛赫、阿多尔诺、本雅明、马尔库塞、阿尔都塞、戈德曼、马歇雷、杰姆逊、沃尔夫等 11 位西方马克思主义理论家的著作。1988 年 12 月全国首次"西方马克思主义文艺理论和美学理论学术讨论会"在四川成都召开。1988 年冯宪光编著《西方马克思主义文艺美学思想》，1998 年马驰编著《"新马克思主义"文论》。国内学者还编著过许多"西方马克思主义"的论丛。

1978、1979 年《外国文学研究》上发表了许多马克思主义文论的文章。1978 年张怀瑾撰文《艺术生产与物质生产发展不平衡是马克思主义文艺理论的基石》、1978 年朱光潜撰文《马克思和恩格斯论典型的五封信》、1978 年彭立勋撰文《关于文艺的倾向性和真实性——马克思、恩格斯美学思想学习札记》、1978 年刘建国撰文《试论马克思关于艺术生产同物质生产发展不平衡关系的学说》、1979 年《艺术生产与物质生产发展的不平衡是文艺发展的客观规律吗？——和张怀瑾同志讨论》、1979 年刘世钰撰文《对艺术生产与物质生产发展不平衡规律的认识》。1981 年程代熙的《卢卡契谈文艺创作问题——读书札记》一文从卢卡契对叙述与描写的区分评述了卢卡契的文艺创作观。[①] 1981 年陆梅林撰文《评〈马克思和世界文学〉》,程代熙撰文《评柏拉威尔〈马克思和世界文学〉》。在国内最早研究马克思的艺术生产理论的学者是董学文,他 1982 年发表了《关于马克思的"艺术生产"理论》和《马克思论艺术生产和物质生产》,1983 年发表了《马克思的"艺术生产"概念及其理论》。后又于 1983 年出版了《马克思与美学问题》一书。

1987 年王逢振的《杰出的西方马克思主义批评家:弗雷德里克·詹姆逊》一文对詹姆逊马克思主义理论的资源、特征,詹姆逊对资本主义文化发展阶段的诊断和批判策略都进行了总体性的评述和评价。[②] 1988 年吴岳添的《本文社会学——社会学批评的新发展》一文论述了法国文本社会理论产生的历史背景即社会学、精神分析学和结构主义理论对文学批评的影响,论述了文本社会学的理论来源和基本概念以及文本社会学对其他批评方法的修正、补充和意义。[③] 1989 年张鹂的《追寻闪烁着本质的瞬间——卢卡契"深度模式"文艺观在一个方面的展开》一文论述了卢卡契将现象与本质的哲学观运用到理解艺术问题上,建立自己的现实主义理论的过程及其"深度模式"文艺观的内涵。[④] 1989 年杨小滨的《废墟的寓言——瓦尔特·本亚明的美学思想》[⑤]一文以本亚明的主要著作为依托对其美学思想的方方面面以及其批评实践都做了详细的论述,是本亚明研究非常重要的综述性文章。1989 年范大灿的《两种不同的战略方向——卢卡契与布莱希特的一个原则分歧》[⑥]一文详细介绍了两位马克思主义者卢卡契和布莱希特在理解"现实主义"概念和问题上的分歧。1989 年陈学明的《马尔库塞的"艺术革命"论》[⑦]一文对马尔库塞一反传统

①　《外国文学研究》1981 年第 1 期。
②　《外国文学》1987 年第 10 期。
③　《外国文学评论》1988 年第 3 期。
④　《外国文学评论》1989 年第 3 期。
⑤　同上。
⑥　同上。
⑦　同上。

马克思主义美学的命题,对马克思主义美学进行重新理解、阐发和变革的"艺术革命"论的具体美学思想和内容进行了分析论述。1989 年王逢振的《伊格尔顿和杰姆逊:西方马克思主义文学批评的新发展》一文梳理了英美西方马克思主义理论来源和重新兴起的原因和状况,并对伊格尔顿和杰姆逊这两颗西马学术新星的理论思想做了评介。① 1989 年章国锋的《"否定的美学"与美学的否定——试论阿多尔诺美学思想的否定性》一文对阿多诺的"否定的美学"的美学思想特征即"否定性"这一概念的理解做了详细的评述。② 1989 年陆梅林的《评阿尔都塞的艺术思想》一文对马克思主义者阿尔都塞的关于艺术的思考和见解做了梳理和评述。③ 1990 年章国锋的《卢卡契美学思想的哲学前提与方法论基础》一文以卢卡契的著作《历史与阶级意识》一书为主介绍了卢卡契关于人的异化、物化理论的美学思想的哲学前提和辩证总体性范畴的美学方法论基础。④

　　1990 年袁志英的《布莱希特与卢卡契论争的由来》一文从对表现主义与现实主义,包括自然主义、印象派等的不同理解分析了布莱希特与卢卡契关于"现实主义"问题争论的由来。⑤ 1990 年张黎的《布莱希特的现实主义主张》一文分析了布莱希特不同于卢卡契的文学现实主义观点,突出了布莱希特强调文学理论要与"现实主义的各种社会功能联系起来"这一美学主张。⑥ 继 89 年的文章之后,范大灿 1990 年又发表了《两种对立的马克思主义文艺观——评卢卡契和布莱希特的分歧和争论》一文评述了早在"表现主义之争"之前卢卡契和布莱希特两者就有的争论和观点分歧。⑦ 1993 年木弓在《文艺报》发表了《文艺的"意识形态论"与"生产论"》一文。1994 年范大灿的《异化·对象化·人道主义——卢卡契的异化

---

①　《外国文学评论》1989 年第 4 期。

②　同上。

③　同上。

④　《外国文学评论》1990 年第 3 期。

⑤　同上。

⑥　同上。

⑦　同上。

论》一文在"异化"理论大潮中分析了卢卡契的异化理论。作者首先对"异化"一词的黑格尔和马克思来源做了分析,并指出卢卡契对马克思"异化""物化"理论的再发现,接着作者阐述了卢卡契晚年对异化的积极意义和错误的区分,对黑格尔的异化理论要进行批判,而对马克思的异化理论则要看成历史发展中的必然现象,最后作者评述了卢卡契对"异化"产生原因的论述。[①] 1994 年张弘撰写的《异化和超越——马尔库塞艺术功能论的一个层面》一文评述了马尔库塞艺术功能论的哲学基础与传统的不同,评述了马尔库塞新感性论的哲学内涵,进而对其并不凌驾于社会历史之上的艺术的"异化"情况和"超越"功能做了分析。[②] 1994 年王雄的《试论皮埃尔·马谢雷的"文学生产理论"》一文对法国当代著名的西马文论家马歇雷的集合了结构主义、马克思主义以及精神分析等各种理论视角的"文学生产理论"进行了评析。[③] 1995 年黄力之的《资本主义文化批判与现代主义——卢卡契与法兰克福学派的比较研究》一文就现代主义文化问题,在比较研究的基础上,试图确立卢卡契与以马尔库塞、阿多诺、本雅明等为代表的法兰克福学派的批判思想的关系。[④] 1995 年周小仪的《文学研究与理论—文化研究:分裂还是融合?》一文梳理了英国文学经典派利维斯主义和后起的文化研究学派之间的冲突,也梳理了文化批评在英、德两国的发生和发展,最后作者以阿尔都塞、杰姆逊的理论为基础强调了文学研究与理论、文化研究之间的融合关系,即审美与资本主义意识形态批评的多元关系。[⑤] 1996 年王宁撰文《文化研究:西方与中国》。1996 年张颐武撰文《文化研究与中国的现状》。1996 年张辉的《现代性话语与审美话语——从一个侧面解读哈贝马斯》一文从"现代性,以及现代性话语与审美话语的关系来解读哈贝马斯交往行为理论与审美研究的内在联

① 《外国文学评论》1994 年第 1 期。
② 同上。
③ 《外国文学评论》1994 年第 2 期。
④ 《外国文学评论》1995 年第 1 期。
⑤ 《国外文学》1995 年第 4 期。

系"①。1996 年刘锋的《现实社会的审美救赎——阿多尔诺美学的一面》一文解读了阿多诺审美现代性思想的一个侧面即审美救赎问题。② 1996年朱立元的《"寓言式批评"理论的创立与成熟——本雅明文艺美学思想探讨之一》一文对本雅明的生平与思想进行了简述,对其"寓言式批评"理论的源起和各种原则、特征进行了论述。③ 1996 年张木荣的《神话与美学——马尔库塞美学片论》一文从俄耳浦斯神话问题出发阐述了马尔库塞美学中神话与美学的关系。④ 1996 年王晓华撰文《对布莱希特戏剧理论的重新评价》。1997 年梁慧的《试论马尔库塞"批判的文化艺术理论"》一文讨论了马尔库塞对资产阶级文化艺术的批判,对"审美的解放之路"的探索以及二者之间的关系。⑤ 1997 年朱刚的《评詹姆逊的"元评论"理论》一文对詹姆逊的文学理论及其批评方法"元评论"进行了评析。⑥ 1999 年王逢振的《齐泽克:批评界的一颗新星》一文对西方当红的文化与政治理论家齐泽克的思想与著作进行了简介,尤其对其《因为他们不知道他们做什么》《斜视》和《除不尽的余数》中所体现的思想与观点进行了述评。⑦ 1999 年马海良的《文化政治学的逻辑——伊格尔顿的文化批判思想概要》一文对伊格尔顿主要著作以及主要思想进行了评述,对其文化政治学的思路和逻辑以及对利维斯主义的批判、对后现代主义的态度等做了总体的说明。⑧ 1999 年王宁的《文学研究中的文化身份问题》一文介绍了文化研究的浪潮对文学研究和比较文学研究的冲击。⑨ 1999 年赵斌的《雷蒙德·威廉斯的"文化与社会"》一文对雷蒙德·威廉姆斯的生平以及

---

① 《外国文学评论》1996 年第 1 期。
② 《国外文学》1996 年第 4 期。
③ 《外国文学研究》1996 年第 1 期。
④ 《外国文学研究》1996 年第 3 期。
⑤ 《外国文学评论》1997 年第 2 期。
⑥ 《当代外国文学》1997 年第 1 期。
⑦ 《外国文学》1999 年第 3 期。
⑧ 《外国文学》1999 年第 4 期。
⑨ 同上。

他的主要文化政治学批判理论做了述评。①

2000 年陈永国的《詹姆逊：全球化的哲学问题与后马克思主义》一文从对全球化的理解和定义开始说明了詹姆逊如何应对全球化的问题,即如何理论联系实际建构适应晚期资本主义和全球化的后马克思主义批判理论。② 2000 年余虹的《个体启蒙与艺术自主——法兰克福学派的艺术之思》③一文在东西欧马克思主义相区分的基础上总结了西欧法兰克福学派在马克思主义传统上对艺术自主以及启蒙问题的思考。2000 年杨晓莲的《浅析马尔库塞的艺术理论》④一文从艺术的本质、潜能和自律方面论述了马尔库塞艺术理论的特征。2000 年马海良的《鲍德里亚：理论的暴力,仿真的游戏》⑤一文对鲍德里亚的生平以及他思想、著作的各个阶段的主要观点和特征进行了评述,对其左派的立场和对模拟、仿真等资本主义"消费"文化模式、符号模式的分析与揭示都进行了评述。2000 年张怡的《葛兰西的文化政治思想》一文对葛兰西的文化政治理论和文化研究思想进行了梳理和评述,对其"文化霸权""市民社会""有机知识分子"等文化分析的关键词和范畴进行了评介。⑥ 2000 年赵国新的《英国文化研究的起源述略》一文从雷蒙德·威廉姆斯的《文化与社会》《漫长的革命》,理查德·霍加特的《读书识字的用途》以及 E. P. 汤普森的《英国工人阶级的形成》等英国文化研究的 4 部奠基之作入手分析了它们分别在英国文化研究的初期阶段对英国文化研究的"文化论"建构的重要意义,包括对文化定义的扩展,对文化分析手段和方式的具体化,对具体范例的实施以及对工人阶级主体经验的重视与挖掘等。⑦ 2001 年王宁的《弗莱：当代文化批评的先驱者》一文对原型批评理论家弗莱在后殖民以及文化研

---

① 《外国文学》1999 年第 5 期。

② 《外国文学》2000 年第 3 期。

③ 《外国文学研究》2000 年第 2 期。

④ 同上。

⑤ 《外国文学》2000 年第 2 期。

⑥ 《外国文学》2000 年第 4 期。

⑦ 《外国文学》2000 年第 5 期。

究方面可能有的启发和实践的意义上论述了弗莱是当代文化批评的先驱者。① 2001 年王宁撰文《当代英国文论与文化研究概观》。2001 年鲁道夫的《英美两国文化研究论争焦点评析》一文对英美两国文化研究论争的焦点以及这种论争为两国文化研究带来的生机与活力进行了论述。② 2001 年刘锋撰文《伊格尔顿评布鲁姆的新著〈如何阅读和为什么〉》。2001 年周小仪的《社会历史视野中的文学批评——伊格尔顿文学批评理论的发展轨迹》一文"概述了伊格尔顿文学理论研究的发展脉络，特别是他对文学、文学批评、美学和民族文化诸观念的基本看法"，该文特别强调了伊格尔顿的文学意识形态观。③ 2001 年郭军等撰写的《世俗的启迪——读解本雅明的〈超现实主义〉》一文对本雅明的学术实践进行了评述，并通过对"世俗的启迪"概念的描述评论了本雅明的《超现实主义》一文中所涉及的革命体验与诗性问题。④ 2002 年周宪的《审美现代性的三个矛盾命题》一文"从哈贝马斯、比格尔和伊格尔顿三个关于审美现代性的矛盾命题出发，深入探究审美现代性自身的暧昧性和冲突性，分析审美现代性在现代社会中所扮演的复杂角色。"⑤2002 年孟登迎的《阿尔都塞意识形态理论与文艺问题》一文通过梳理阿尔都塞的意识形态国家机器理论及其主体身份建构理论，对阿尔都塞的"症候式"文学文本阅读和批评理论与实践进行了评介⑥。2002 年《外国文学研究》第一期发表的四篇文章都与文化研究有关：王宁撰文《当代英美马克思主义文化批评》、陆扬撰文《利维斯主义与文化批判》、张平功撰文《论文化研究的批判性》、程小平撰文《在"政治"与"文化"之间——对当代西方文论一种特点的描述》。2003 年凌海衡的《阿多诺的文化工业批判思想》一文"解读了阿多诺对于文化工业的图式化运作及其对消费者心理操纵的分析，剖析了阿多诺关

---

① 《外国文学》2001 年第 3 期。
② 《外国文学研究》2001 年第 2 期。
③ 《国外文学》2001 年第 4 期。
④ 《外国文学》2001 年第 4 期。
⑤ 《外国文学评论》2002 年第 3 期。
⑥ 《外国文学》2002 年第 2 期。

于个体意识抵抗文化工业和物化世界的可能性的思考,指明了他在这个问题上态度始终犹豫不决的原因。"①2003 年赵勇的《在辩证法问题的背后——试论"阿多诺-本雅明之争"的哲学分歧》一文分析了阿多诺与本雅明之争实质上是阿多诺和布莱希特之争的反映,二者之争表现的是"斗争哲学"和"否定哲学"主张之间的交锋。② 2003 年李世涛的《还原意识形态的运作过程——詹姆逊的意识形态理论》一文"从詹姆逊的意识形态理论入手,梳理了马克思主义的意识形态理论和精神分析学对他的意识形态理论的影响,分析了其理论中意识形态与历史、乌托邦之间的关系,进而反思了其意识形态理论的难以克服的困境"。③ 2003 年张怡的《布迪厄:实践的文化理论与除魅》一文对布尔迪厄的日常生活中文化符号权力分析以及对大众文化的"解魅""除魅"分析关键词进行了评述,并对文化社会学家布尔迪厄的理论特征进行了综述。④ 2003 年赵国新的《文化唯物论》一文对 20 世纪 80 年代英国兴起的一个文学批评流派即文化研究学派的历史和批评进行了述评,并对其缺点与不足进行了批评。⑤ 2004 年曹雷雨的《本雅明的寓言理论》一文对本雅明的"寓言"理论的两个基本美学特征,即美与破坏和忧郁之间的表征关系以及将"寓言"理论哲学化的过程进行了评述。⑥ 2004 年魏燕的《大众文化的意识形态分析——解读詹姆逊的后现代主义文化理论》一文在对詹姆逊的"认知测绘"概念的解析基础上对詹姆逊的大众文化意识形态分析的文化理论进行了解读。⑦ 2004 年王天保的《伊格尔顿的文学意识形态论》一文从"'文学'概念内涵的意识形态性和文学文本的意识形态性"介绍了伊格尔顿的文学

① 《外国文学评论》2003 年第 2 期。
② 《外国文学评论》2003 年第 3 期。
③ 《外国文学》2003 年第 3 期。
④ 《外国文学》2003 年第 1 期。
⑤ 《外国文学》2003 年第 4 期。
⑥ 《外国文学》2004 年第 1 期。
⑦ 《外国文学》2004 年第 5 期。

意识形态论,并指出伊格尔顿理论的后现代主义色彩。① 2004 年孟登迎的《意识形态国家机器》一文对诞生 200 年以来的"意识形态"概念的各种复杂定义和变异与移置进行了述评,进而对阿尔都塞创立的"意识形态国家机器"概念的含义与对 20 世纪各种政治、哲学、文化、教育、法学、文学和性别研究等领域的重要意义进行了评述。② 2004 年章国锋的《交往理性》一文对哈贝马斯"交往行为理论"的内涵、特征以及疗救资本主义社会的话语伦理学进行了论述。③ 2004 年张怡的《文化资本》一文对法国社会学家布尔迪厄的学术地位进行了总结概括,并对其重要的文化社会学概念"文化资本"进行了评述。④ 2004 年王晓路的《文化政治与文化批评——斯皮瓦克文学观的解读》一文对斯皮瓦克的文学思想进行了一种更综合的解读,尤其对其在经历了众多的西方现代方法论习得后,在后殖民、女性主义等批评形式研究的基础上对文化政治和文化意识形态批评的综合性特征进行了描述,以期对国内文学研究方法论有所借鉴。⑤

　　2005 年赵勇的《大众文化》一文对"大众文化"和"通俗文化"等概念的历史内涵和嬗变以及在文化批评中的功能做了分辨。⑥ 2005 年盛宁撰文《"卢卡契思想"的与时俱进和衍变》。2005 年胡亚敏的《"理论仍在途中"——詹姆逊批判》一文"在梳理和总结詹姆逊新马克思主义批评的基础上,揭示出詹姆逊主要理论观点的矛盾"。⑦ 2005 年冯宪光的《20 世纪西马文论本体论的主要形态》一文评述了西马文论的"人类学文论、意识形态批评文论、艺术生产文论与政治学文论等四种具体的理论形态"的发展和关系。⑧ 2006 年金惠敏的《一个定义·一种历史——威廉斯对英国

---

① 《外国文学研究》2004 年第 2 期。
② 《外国文学》2004 年第 1 期。
③ 同上。
④ 《外国文学》2004 年第 4 期。
⑤ 《外国文学》2004 年第 5 期。
⑥ 《外国文学》2005 年第 3 期。
⑦ 《外国文学》2005 年第 1 期。
⑧ 《外国文学研究》2005 年第 4 期。

文化研究发展史的理论贡献》一文从威廉斯对"文化"定义的拓展上论述了威廉斯对英国文化研究和意识形态批判的理论贡献。① 2007 年殷企平的《阿诺德对消费文化的回应》一文对阿诺德的诗歌作品和文化理论进行了评介。② 2007 年周小仪的《批评理论之兴衰与全球化资本主义》一文"在简要回顾近年来学界对理论'终结'的讨论之后对批评理论与全球化资本主义发展的关系做了初步探讨",该文"涉及 20 世纪 60 年代以后迅猛发展起来的批评理论在西方和中国的社会作用与象征意义,认为:以批判资本主义体制为主流、以颠覆现代性的基本假设为特征、具有浓厚激进色彩的批评理论,特别是近年来流行于欧美和中国的文化理论,只是对体制的必要补充",该文"以中国对批评理论的接受与运用为实例,从心理分析的角度概念化并阐述了这一悖论"。③ 2007 年谢少波的《意识形态的寓言:詹姆逊与德曼解构的对话》一文阐述了詹姆逊的历史的意识形态观和德曼的寓言阅读模式的意识形态询唤框架之间在意识形态和政治维度的可沟通性的问题。④ 2007 年盛宁的《奥尔特加－加塞特的"大众社会"理论刍议》介绍和评述了加塞特的资本主义批判理论及其对大众、民主社会理论的思考和贡献⑤。2007 年张玉能的《关于本雅明的"Aura"一词中译的思索》主张将本雅明学术思想的一个关键词"Aura"译为"光晕"。⑥ 2007 年吕彤邻的《齐泽克、拉康、真实与象征秩序》一文介绍了"当代颇具影响的东欧马克思主义理论家齐泽克如何通过运用弗洛伊德,特别是拉康的精神分析理论,来解释全球资本主义中的种种文化社会现象"⑦。2007 年刘进的《论雷蒙德·威廉斯对英国现代文学的空间批评》一文详述了威廉斯的空间批评观,对威廉斯从"乡村""城市""边界"三种空间形

---

① 《外国文学》2006 年第 4 期。
② 《外国文学评论》2007 年第 3 期。
③ 《外国文学》2007 年第 1 期。
④ 《外国文学研究》2007 年第 1 期。
⑤ 《国外文学》2007 年第 2 期。
⑥ 《外国文学研究》2007 年第 5 期。
⑦ 《国外文学》2007 年第 4 期。

态及其相互关系所建构的英国现代文学地图进行了分析。① 2008 年王杰、徐芳赋发表了其对伊格尔顿的访谈录《"我的平台是整个世界"——特里·伊格尔顿访谈录》，"伊格尔顿访谈中分析了英国马克思主义的现状和发展动向，包括马克思主义与'反资本主义运动'、人类学研究、女性主义和后女性主义，以及马克思主义批评与激进神学的关系等"。② 而张杰、赵光慧接着在同期杂志上撰文《平台与历史：文本的可阐释空间》评述了伊格尔顿的访谈录和他的一些思想。③ 2008 年赵淳的《梳理与质疑：文化批判的立场》对西方文化批判的外在客体与内在自我之间的矛盾进行了梳理，并批判了文化批判的根基。④

我国有着深厚的马克思主义文论传统，西方马克思主义文论研究引介到我国后，扩展了传统马克思主义文论的研究视野，使得机械反映论等问题被进一步深化，同时，文学生产方式、文学的政治无意识、文学的消费维度、文学的审美现代性、文学对异化的救赎、文学的意识形态研究及其对资本主义的批判、文学的意识形态国家机器再生产性质等的研究大大开辟了马克思主义在文学研究领域的空间。80 年代改革开放以来，我们也面临着资本全球化的现实处境，对现代性与资本的批判性反思既是理论的要求也是实践的要求。西方马克思主义研究方面的专家和专著还是比较多的，例如法兰克福学派研究专家曹卫东曾专攻哈贝马斯，赵勇曾专攻阿多诺，程巍的硕士论文对马尔库塞研究非常深刻，马海良对伊格尔顿的研究持之以恒，另外，英国文化研究的霍尔、威廉斯等都有人撰写著作。

第五节　现象学、解释学、接受美学（读者反应批评）

将现象学与解释学和读者反应理论放在一起考察主要不是在时间的

---

① 《外国文学》2007 年第 3 期。
② 《外国文学研究》2008 年第 6 期。
③ 同上。
④ 《国外文学》2008 年第 4 期。

问题上并置它们,而是因为它们在逻辑上有一个紧密的联系,便于我们梳理。胡塞尔、海德格尔的思想在国内一直是个热门话题,也是一个难点,由于其倡导的"悬置"和"还原"理论以及海德格尔的"基础存在论"给予读者一个重新发现"存在"的可能而受到了欢迎。他们的思想以及后来伽达默尔的"期待视野""效果历史"的思想使得文学上读者维度进入文学史的书写和文学史的阅读成为可能,有些学者认为这是 21 世纪文学从作者到文本到读者钟摆摆动的可能和结果。英伽登的"文本召唤"结构不仅在文本学上意义重大,他也同时为读者找到了可供阐释的空间。文学解释学虽然对伽达默尔的哲学解释学稍有不满,但是阐释路径的核心理念却有一致的地方。而伊瑟尔和姚斯这支西德的读者理论对我们影响也很大。总而言之,这三种批评方法论都为重新打开文本的多维阐释,即为读者以自己的经历和经验介入文本奠定了理论基础。这方面有许多综合研究的专著,如 1988 年王逢振编写了《意识与批评——现象学、阐释学和文学的意思》,1999 年王岳川编著了《现象学与解释学文论》。

一、现象学及日内瓦学派

现象学理论涉及胡塞尔、海德格尔、梅洛-庞蒂、英伽登、杜夫海纳以及日内瓦学派的很多学者。1980 年李幼蒸在《美学》第 2 期发文《罗曼·茵格尔顿的现象学美学》,这是国内最早介绍现象学美学的文章,作者对英伽登的美学思想做了全面深入的评介。该文还论述了英伽登艺术作品的"本体论结构"。1986 年张劲旭的《现象学与文学和文学批评》一文在对胡塞尔和海德格尔等理论简单总结的基础上从主体和个人参与意义的角度对现象学与文学和文学批评的关系做了总体说明。[1] 1988 年朱立元的《略论文学作品的内在结构》一文以英伽登的作品内在层次理论为基础从"语音语调层、意义建构层、修辞格层、意象意境层、思想感情层"等五个

---

[1]　《文艺评论》1986 年第 4 期。

层次结合中国传统的审美问题谈论了文学作品的内在结构问题。① 1988
年章国锋的《现象学美学和艺术本体论》一文在详述胡塞尔现象学理论的
基础上全面叙述了英伽登文学作品理论的含义和发展过程，指出了英伽
登理论将读者纳入文学史和文学批评过程的可能。② 1988 年袁红的《意
向性：现象学批评的目的——评〈现象学与文学导论〉》一文是一篇书评，
该文详细评述了马格里奥拉《现象学与文学导论》著作中关于胡塞尔、海
德格尔以及关于现象学批评和文论的各种观点。③ 1988 年陈鸣树在《学
术月刊》上撰文《现象学美学研究方法述评》。1988 年程代熙在《批评家》
上撰文《现象学文学批评》。1988 年王逢振出版了《意识与批评——现象
学、阐释学和文学的意思》一书。1989 年周文彬的《现象学与美学》一文
从认识论意义上的现象学哲学对促成美学历史性变革的"本体论美学"的
关系和意义方面阐述了现象学美学。④ 1990 年周文彬又撰文《杜夫海纳
的批评理论评议》。1991 年王岳川的《英伽登的作品结构论与审美价值
论》一文在全面评价胡塞尔的学生英伽登的基础上介绍了其作品结构层
次理论和审美价值理论。⑤ 1992 年戴茂堂的《杜夫海纳论审美对象》一文
在论述审美对象研究史的基础上描述了杜夫海纳对审美对象的界定。⑥
1992 年周文彬的《杜夫海纳的美学本体论》一文论述了将审美经验纳入
美学本体论研究的杜夫海纳的美学观。⑦ 1993 年萧燕雏的《现象学叙述
的得与失》一文主要对胡塞尔现象学纯粹意识叙述问题进行了辩证的针
砭。⑧ 1994 年邵建撰文《现象学叙述：关于叙述的又一种可能》。1994 年
王兵兵的《论海德格尔的"真"与"美"》从存在主义哲学思潮谈起评述了海

①　《天津社会科学》1988 年第 5 期。

②　《河南大学学报》（哲学社会科学版）1988 年第 2 期。

③　《外国文学评论》1988 年第 4 期。

④　《探索与争鸣》1989 年第 5 期。

⑤　《北京大学学报》（哲学社会科学版）1991 年第 5 期。

⑥　《北京大学学报》（哲学社会科学版）1992 年第 2 期。

⑦　《徐州师范大学学报》（哲学社会科学版）1992 年第 2 期。

⑧　《当代文坛》1993 年第 2 期。

德格尔理论中"真与美"的内涵。① 1994 年刘崇中撰文《言意之辨与现象学文论的语言论述兼文化探源》。1998 年张弢撰文《海德格尔的存在论对文学批评本体论问题的启示》。1999 年朱刚的《从文本到文学作品——评伊瑟尔的现象学文本观》一文从当代西方文艺理论中"文本"观念的嬗变来评析伊瑟尔的现象学文本观。② 2001 年蒋济永撰文《罗曼·英伽登对读者接受理论的影响》。2001 年张永清撰文《胡塞尔的现象学美学思想简论》。2003 年刘月新的《否定与批判——西方现代阅读理论的价值追求》一文强调了西方各种阅读理论学者和学派"通过文学阅读来否定和批判社会的价值取向"。③ 2006 年赵一凡的《胡塞尔与现象学的初衷》一文介绍了胡塞尔的"哲学观点、革新主张和思想矛盾"。④ 这是一个系列讲座。赵一凡在第 4 期又发表了《海德格尔：科技与诗思》一文,在第 5 期发表了《德国现象学余波》一文继续讨论现象学的另一位重要人物伽达默尔,并通过其循环阐释的概念论及接受美学,他的几篇文章都将德国的现象学理论与钱钟书的学术实践进行了比较阐发研究。

　　与现象学方法紧密相关的还有西方文论界所说的"日内瓦学派"(又称"现象学文学批评"或"意识批评")。这是一个独具特色的法语批评团体,但由于近几十年来文学理论在世界范围内的发展方式大多都是经由美国然后输出到全世界,而像"日内瓦学派"这样重要的理论学派在美国关注得并不多,且翻译起来也比较困难,因而在我国也没有引起足够的重视。不过在这方面我们仍能读到少量论文:继 1997 年董馨发表《文学经验的对象——从乔治·布莱的文学批评观看意识批评的特征》、王岳川1998 年发表《日内瓦学派的文学批评》之后,2003 年郭宏安和罗芃分别发表了《"日内瓦学派":学派的困惑》⑤和罗芃的《意识的对话——论日内瓦

---

① 《当代外国文学》1994 年第 3 期。
② 《国外文学》1999 年第 2 期。
③ 《国外文学》2003 年第 3 期。
④ 《外国文学》2006 年第 1 期。
⑤ 《欧美文学论丛》第三辑"欧美文论研究",人民文学出版社 2003 年版。

学派》①,两位作者以法语一手资料的研读为基础,分别从独特性和共同性入手对日内瓦学派的主要批评家的思想和著作做了准确全面的评介。此外,1992 年郭宏安曾翻译了日内瓦学派乔治·布莱最著名的《批评的意识》一书,这是体现该学派批评理念的重要论著。

二、解释学

解释学方面的专著有:1988 年张汝伦出版了《意义的探究——当代西方释义学》;1988 年殷鼎出版了《理解的命运》一书;1993 年郑涌出版了《批判哲学与解释哲学》一书;1997 年金元浦出版了《文学解释学》一书;1998 年严平出版了介绍伽达默尔的专著《走向解释学的真理》一书。

解释学研究论文情况如下:1984 年张汝伦《哲学释义学》一文,介绍了伽达默尔解释学的主要观点。② 1984 年张隆溪在《读书》上连续发表了《神·上帝·作者——评传统的阐释学》和《仁者见仁,智者见智——关于阐释学与接受美学》两篇文章来评述解释学以及解释学与接受美学的关系,并对中西美学进行了双向阐发,这两篇文章如我们前文所述也是张隆溪系列介绍西方当代的论文,后来收入其《二十世纪西方文论述评》一书。③ 1991 年姚基的《向文学本体论批评挑战——现代意图主义理论述评》一文从"作家意图是衡量文学产生有效性的标准""作家意图和文学含义之间的逻辑关系论证""对现代意图主义的评价"等方面介绍了美国学者赫施和朱尔的意图主义解释学理论。④ 同年同期胡万福的《赫施的意图论文本理论》也为我们系统评介了赫施的作者意图论解释学理论的内涵。⑤ 1998 年苏宏斌的《解释学的美学效应——伽达默尔美学思想研究》一文分析了伽达默尔解释学思想的来源及其与现象学的关系,并进而指

---

① 《欧美文学论丛》第三辑"欧美文论研究",人民文学出版社 2003 年版。

② 《复旦大学学报》(哲学社会科学版)1984 年第 1 期。

③ 《读书》1984 年第 2 期、第 3 期。

④ 《外国文学评论》1991 年第 3 期。

⑤ 同上。

出了伽达默尔解释学美学思想所回应的解释学传统的问题、困境和解决方式何在的问题。在此基础上，作者论述了"艺术经验的现象学分析"和"艺术作品意义的理解"问题。① 2005 年李砾的《阐释/诠释》一文从普遍性的意义解释了"阐释"在中外文学中的含义和历史传统。② 关于解释学，比较文学尤其是比较诗学方面的文章非常多，例如 2008 年张旭春撰文《文史互证与诠释的限度》等，在此不一一列举。

三、接受美学（读者反应批评）

1983—1984 年张黎首先介绍了接受美学的概念和方法。1984 年张隆溪撰文《仁者见仁、智者见智》。1985 章国锋全面勾勒康茨坦茨学派及伊瑟尔、姚斯理论的概况。1987 年张黎在《文学的接受研究》一文中对接受美学的来源、社会背景、流派都做了简单的介绍，并对民主德国以瑙曼为代表的"功能理论"进行详细论述。瑙曼将马克思所说的"艺术生产"的理论作为理论基础，论述了作者与读者的相互性创造关系，尤其是读者对作者的影响和生产，即将读者的阅读过程纳入到艺术生产的流程中。同时瑙曼还区分了社会接受和个人接受这两种接受形态。③ 1987 年蓝峰在《谋事在文，成事在人——读者反应批评评介》一文中用巴特的"谋事在文，成事在人"这种新的作品与读者关系方式解读和评介了读者反应批评，作者从里法泰尔、伊瑟尔、霍兰德等人的理论出发分析了读者理论中的阅读期待问题、阅读的多样性、标准与价值问题以及读者与隐含读者层次和功能的问题。④ 1988 年金惠敏、易晓明的《意义的诞生》一文对伊瑟尔的《阅读行为》一书以及接受美学意义产生过程的观点做了介绍。⑤ 1988 年姚基的《卡勒论读者的"文学能力"》一文阐述了卡勒的"文学能

① 《外国文学评论》1998 年第 4 期。
② 《外国文学》2005 年第 2 期。
③ 《外国文学评论》1987 年第 2 期。
④ 《外国文学评论》1987 年第 4 期。
⑤ 《外国文学评论》1988 年第 4 期。

力"这一术语的含义,卡勒认为读者并非可以肆意解读文本,读者的阅读能力受文学传统和文学惯例的支配,作者以卡勒阅读《伦敦》一诗为例来说明了读者也必须在一种文化的意识和历史语境中才能获得和习得阅读文学的能力,同时作者对卡勒过分夸大形式的作用和卡勒理论的内在矛盾方面对卡勒进行了批评。① 1988 年周剑撰文《本文写作与作品现实之间——论外国接受理论的"拿来"》。

　　1990 年王逢振的《主观批评:注重读者的理论》一文在 19 世纪末以来的大背景中对当代美国文学批评学者戴维·布莱奇的《主观批评》和"主观批评"读者理论进行了评述。② 1991 年王守仁的《作品、意义、读者——读者反应批评理论述评》一文从中国古诗关于"庐山"真面目的描写出发述评了读者反应批评理论在读者意义上对作品意义的生成问题。③ 1994 年金元浦的《阅读:文学的本体存在》一文在读者中心论文学范式转向的视域下论述了"阅读"的文学本体存在价值。④ 1994 年朱刚的《阅读主体与文本阐释——评费希的意义构造理论》一文介绍了美国读者接受理论学者费希的阅读主体观和文本意义生成过程理论。⑤ 1998 年朱刚的《论沃·伊瑟尔的"隐含的读者"》一文对伊瑟尔的"隐含的读者"的理论问题以及围绕该术语学术界的各种争论进行了评述。⑥ 2001 年邹广胜的《读者的主体性与文本的主体性》一文"从读者与文本对话过程中所呈现出的读者主体性与文本主体性两个方面对读者阅读理论"作了一些新的思考。⑦ 2002 年孟昭毅撰文《接受美学对比较文学的浸润》。2008 年王业伟的《伽达默尔对艺术作品存在方式的分析——兼论何以伽达默尔反对"接受美学"》一文从伽达默尔美学的两个主要概念"游戏"和"构成

　　① 《外国文学评论》1988 年第 4 期。
　　② 《外国文学》1990 年第 2 期。
　　③ 《当代外国文学》1991 年第 1 期。
　　④ 《外国文学评论》1994 年第 4 期。
　　⑤ 《当代外国文学》1994 年第 3 期。
　　⑥ 《当代外国文学》1998 年第 3 期。
　　⑦ 《外国文学研究》2001 年第 4 期。

体"的分析说明读者导向文论是对伽达默尔哲学解释学的误用。① 1998
年山东教育出版社出版了金元浦撰写的《接受反应文论》一书。

现象学、解释学和接受美学作为具体的文学批评操作方式的意义远
没有它们作为理论的意义大。现象学文论对文学的空白、空白的召唤、作
品内在结构等的分析主要还是在形式主义和文学作品本体论的层面。但
现象学与解释学、接受美学对"文学解释与文学阅读"的重新定位,即对阅
读中时间的引入,效果历史和期待视野的引入解放了阅读寻觅终极意义
的经典圣经阐释模式,为文学获得多元、个性与当下时空的意义释放了
空间。

第六节 结构主义、叙事学、结构诗学

一、结构主义与叙事学

国内结构主义和叙事学的研究可谓蔚为壮观,是改革开放之初最为
热门的一个研究领域,其语言学、符号学背景为当时的文学研究的方法论
探讨提供了新的方向。自从 80 年形式主义文论和作品的内在本体价值
论引介到中国以来,深受外部标准影响的我国文学从业者开始了对作品
本体论价值的热烈探索。但从一开始,我们的研究也都有对结构主义文
论和叙事学文论中太过形式主义一面的批评。叙事学是从结构主义理论
中发展出来的一种主要针对小说体裁的批评理论,作为文学批评方法,二
者关系极为密切,甚至可以说是一物二名,所以本文将二者在中国的研究
状况 起综述。

1979 年袁可嘉发表了《结构主义文学理论述评》一文,该文所使用的
研究材料基本都是外文的一手材料,作者以深厚的外文和理论功底为我
们介绍了结构主义的历史、发展及其在文学批评中的批评实践。在该文

---

① 《外国文学》2008 年第 2 期。

中,作者从语言学、人类学和精神分析以及某个文学体裁内部的模式演变等三方面论述了结构主义面对文本的各种方法。① 李幼蒸也是国内较早研究结构主义的重要学者,他先后发表过很多文章,还于 1996 年出版了专著《结构与意义》,他发表的文章有 1979 年的《法国结构主义哲学的初步分析》,1981 年的《关于结构主义和符号学的辨析》等。张隆溪 80 年代在《读书》杂志上也发表过四篇关于结构主义的文章。1981 年张裕禾在《外国文学报道》上发表了《新批评——法国文学批评中的结构主义流派》一文。1981 年王泰来的《关于结构主义文艺批评》一文从法国结构主义的发展史出发,对结构主义文艺批评的主要代表人物如索绪尔、列维-斯特劳斯、罗兰·巴尔特、托多罗夫以及代表观点都做了简明扼要的介绍。② 1983 年邓丽丹发表了《文学作品的结构主义流派》一文。1983 年王泰来的《一种研究文学形式的方法——谈结构主义文艺批评》一文对形式主义的各种复杂丰富的应用情况进行了梳理和述评。③ 1984 年季红真的《文学批评中的系统方法与结构原则》一文从 20 世纪人类认识的飞跃谈起,从自然科学谈起,系统论述了文学批评中结构主义原则。④ 1986 年袁可嘉的《西方结构主义文论的成就和局限》一文是在普遍的结构主义概念上反思结构主义文论的成就和局限。⑤ 1987 年胡亚敏的《结构主义叙事学探讨》一文对结构主义叙事学的含义、发展以及代表人物的理论做了总结。⑥ 1988 年徐贲的《小说叙述学研究概观》一文对叙事学从一般的简单神话研究到小说叙事学的意义生成方式的研究进行了概括论述。⑦ 1987 年胡亚敏撰文《解构主义叙事学探讨》。1988 年张寅德的《略论叙事学的理论特征》一文论述了法国叙事学发生发展的情况,简述了叙事学各

---

① 《世界文学》1979 年第 2 期。
② 《外国文学研究》1981 年第 2 期。
③ 《国外文学》1983 年第 3 期。
④ 《文艺理论研究》1984 年第 3 期。
⑤ 《文艺研究》1986 年第 4 期。
⑥ 《外国文学研究》1987 年第 1 期。
⑦ 《文艺研究》1988 年第 4 期。

个代表人物如格雷马斯、布雷蒙、托多罗夫、热奈特等的著作，并从"语句"与"陈述"即陈述内容与陈述行为亦即叙事结构与叙事话语两方面对法国各位理论家进行了划分。作者还从词源学上分析了"叙事学"的内涵，并对法国叙事学的特征和各个代表人物的不同观点做了深入的介绍，突出了法国叙事学研究实践中的复杂性。作者的法语功底和对叙事学的深入研究都为国内继续思考该问题奠定了基础。① 1988 年耿幼壮的《写作，是什么？——评罗兰·巴特的"写作"理论及文学观》一文纵观巴特一生的主要著作，详细理出了巴特对其思想的关键词"写作"一词的思考历程和"写作"在巴特理论生涯不同阶段的不同含义。该文对国内学者理解"写作""作家""作者""写家"以及语言的不及物性、及物性意义重大。② 1989 年胡亚敏撰文《论自由间接引语》。1989 年赵毅衡的《符号学与符号学的文学研究》试图从现代符号学的意义上追述符号学的历史，并试图将意义的产生与符号的关系作为思考文学研究的一个普遍方式。③ 1989 年李航的《布拉格学派与结构主义符号学》一文对布拉格学派的形成过程及其结构主义符号学的理论与实践原则进行了评述。④ 1989 年任雍的《罗曼·雅各布森的"音素结构"理论及其在中西诗歌中的验证》分析了雅各布森"音素结构"理论的有机性和系统性，并在中西诗歌中验证了此理论的有效性。⑤ 1989 年张寅德编选《叙述学研究》，比较早地为我国的叙述学研究者提供了一份系统的原典参考资料。

1990 年周英雄撰文《结构、语言与文学》《结构主义是否适合中国文学研究》。1990 年傅修延撰文《试论叙事作品中的深层叙述结构》。1990 年赵毅衡的《叙述形式的文化意义》一文在形式具有独立于内容的意义的 20 世纪形式美学翻转的基础上，进一步阐明了小说的叙述形式与整个社

① 《外国文学评论》1988 年第 3 期。
② 同上。
③ 《外国文学评论》1989 年第 2 期。
④ 同上。
⑤ 《外国文学评论》1989 年第 4 期。

会文化形态之间的关系。该文突破了国内形式研究的一般状况,即只对具体的文本技巧感兴趣,而对形式与文化的关系做了深入的思考,并在中西方文学实践中阐发了叙述形式与文化状况和文化变迁的关系。该文抓住了 20 世纪"形式"问题的关键,即语言学转向后,形式就是意义,就是意识形态和文化目的。① 1990 年申丹的《论西方叙述理论中的情节观》一文对西方重要的叙述学学者的理论著作进行了精读,从而析出并分析了各位理论家对"情节"问题的不同定义和理解。② 1990 年黄梅的《关于叙述模式及其他》一文对叙述学与叙述模式问题产生了质疑,作者以热奈特和巴赫金的理论与文本分析为实例说明了叙述模式的某些区分的合理性以及有限性,倡导小说研究应该多元化而不拘泥于某种模式。③ 1990 年微周的《叙述学概述》一文指出,虽然在前史如西方文学史以及中国的小说评点问题中都已有关于叙述与文体的研究,但是作为现代学科意义上的"叙述学"是一门与俄国形式主义、英美新批评以及法国结构主义等新学一起出现的新学科,另外作者在概述叙述学发展的过程中对叙述学主要代表人物的著作和思想都进行了简评。④ 1991 年韦傲宇撰文《"明修栈道暗渡陈仓"——读罗兰·巴特〈叙述分析导论〉》介绍了罗兰·巴特的结构主义文学批评和后结构主义文学理论之间的关系。⑤ 1991 年申丹的《论西方叙事理论中"故事"与"话语"的区分》一文综述了西方关于叙事学理论中很重要的描述叙事作品的两个对应层次的概念即故事和话语,并对此发表了自己的看法。⑥ 1992 年胡苏晓、王诺的《文学的"本体性"与文学的"内在研究"——雷纳·威勒克批评思想的核心》一文对威勒克的文学和文学作品观以及外在研究和内在研究理论做了介绍,并从"透视主义"

---

① 《外国文学评论》1990 年第 4 期。
② 同上。
③ 同上。
④ 同上。
⑤ 《外国文学评论》1991 年第 1 期。
⑥ 《外国文学评论》1991 年第 4 期。

即"视角主义"的角度说明文学的价值与文学的标准相关。① 1992 年申丹的《叙事作品研究中的断裂——谈"话语"与"文体"的差异》一文梳理了西方学者在研究叙事作品的"文体"与"话语"问题上的断裂，并试图弥合这种研究的断裂和困境。② 1994 年申丹撰文《对叙事视角分类的再认识》。1995 年申丹撰文《全知叙述模式面面观》。1995 年黄晓敏的《漫谈法国叙述符号学》一文对法国的叙事学研究理论与分析方法进行了评论。③ 1996 年周小仪的《拉康的早期思想及其"镜像理论"》一文深入论述了拉康的早期思想中关于"主体"的镜像理论。④ 1996 年黄希云撰文《小说人称的叙述功能》。1996 年吴晓都撰文《叙事话语流变：叙思、叙意》。1996 年申丹撰文《论第一人称叙述与第三人称有限视角叙述在视角上的差异》。1996 年王允道的《评罗兰·巴特的结构主义》一文对结构主义批评的要义、结构主义的理论资源与批评特征和罗兰·巴特的结构主义批评思想进行了梳理。⑤ 1997 年胡亚敏撰文《重构原始思维之图——读列维·斯特劳斯〈野性的思维〉》。1997 年王雄撰文《召唤伟大的叙事时代——论青年卢卡契的〈小说理论〉》。1997 年王阳与申丹就"叙述者"的问题在《外国文学评论》同一期发文进行了讨论。⑥ 1997 年段映虹的《作为文学批评家的托多罗夫——从结构主义到对话批评》一文介绍总结了"叙事学"的命名者托多罗夫主要著作的文学批评思想及其文学批评思想的发展变化的各个阶段。⑦ 1997 年程锡麟的《试论布思的〈小说修辞学〉》一文评述了布思的叙事学著作《小说修辞学》中与传统语言学概念不同的读者"修辞"概念。⑧ 1997 年林岗撰文《建立小说的形式批评框架——西

---

① 《外国文学评论》1992 年第 1 期。
② 《外国文学评论》1992 年第 2 期。
③ 《外国文学》1995 年第 3 期。
④ 《国外文学》1996 年第 3 期。
⑤ 《当代外国文学》1996 年第 4 期。
⑥ 详见《外国文学评论》1997 年第 1 期《寻找叙述者——与申丹同志商榷》和《〈寻找叙述者〉一文读后》。
⑦ 《外国文学评论》1997 年第 4 期。
⑧ 同上。

方叙事理论研究述评》。1999 年王丽亚的《分歧与对话——后结构主义批评下的叙事学研究》一文梳理了后结构主义语境下人们对叙事学研究质疑的方方面面,并进而指出在此语境中叙事学研究的可能性。[①] 1999年王阳撰文《第一人称叙事的视角关系》。

　　2000 年段映虹的《托多罗夫的文化人类学研究》一文对 80 年代以后托多罗夫对人类学、道德、伦理等问题的关注和反思,对其跳出形式主义思考普遍的人类问题和人类处境问题进行了述评。[②] 2000 年申丹在《国外文学》发表了《究竟是否需要“隐含作者”?——叙事学界的分歧与网上的对话》一文。2001 年王晓路的《文化批评与叙述策略——简论詹明信的叙述理论》一文集中“论述了当代西方文论家詹明信的叙述理论”,借此进一步思考“以更为广阔的视野,在意义构成、生产和接受模式上推进叙述理论”。[③] 2002 年申丹的《“故事与话语”解构之“解构”》一文剖析了四位西方学者乔纳森·卡勒、帕特里克·奥尼尔、哈里·肖、布赖恩·理查森等从不同角度对“故事与话语”区分的解构,“旨在清理有关混乱,揭示叙事作品的一些本质性特征,更好地把握作者、叙述者、故事与读者之间的关系”。[④] 2002 年申丹又撰文《修辞学还是叙事学? 经典还是后经典?——评西摩·查特曼的叙事修辞学》。2003 年严泽胜撰文《拉康论自恋、侵略性与妄想狂的自我》。2003 年申丹的《叙事学》一文对西方“叙事学”发轫以及经典与后经典的两个阶段以及两个阶段的研究重点和特征进行了说明,亦即介绍了“叙事学”这门学问在西方的含义以及发展状况。[⑤] 同期申丹还撰文《叙述》一文介绍“叙述”一词的西方渊源和各种内涵。2003 年申丹在《经典叙事学究竟是否已经过时?》一文中探讨了结构主义叙事学与后经典叙事学之间的联系,并指出经典叙事学在共时阅读

[①] 《外国文学评论》,1999 年第 4 期
[②] 《国外文学》2000 年第 1 期
[③] 《国外文学》2001 年第 3 期
[④] 《外国文学评论》2002 年第 2 期
[⑤] 《外国文学》2003 年第 3 期

中并没有过时而是与后经典叙事学相互补充这一点。① 2004 年《外国文
学评论》第一期申屠云峰撰文《对〈解读叙事〉的另一种解读——兼与申丹
教授商榷》,第二期申丹撰文《〈解读叙事〉的本质究竟是什么? ——答申
屠云峰的〈另一种解读〉》进行回应。2004 年王杰红撰文《作者、读者与文
本动力学——詹姆斯·费伦〈作为修辞的叙事〉的方法论诠释》讨论美国
当代叙事学重要学者费伦的理论。② 2005 年岳凤梅的《拉康的语言观》一
文从弗洛伊德、索绪尔、雅各布逊以及海德格尔等学者那里梳理了拉康语
言观的学术资源,说明了拉康对语言和人的主体性之间关系的新的独特
理解。③ 2005 年申丹撰文《叙事学研究在中国与西方》。2005 年王腊宝
的《从结构到交换——评伊恩·里德的后殖民叙事交换理论》一文评述了
里德在"修辞层面上研究叙事,将叙事视为文本与读者间的交换"的叙事
意义动态生成过程的后殖民叙事交换理论。④ 2005 年周菡的《"零度"的
乌托邦——浅论罗兰·巴特〈写作的零度〉》一文对罗兰·巴特的"零度写
作"进行了评述,并对"零度写作"与语言和意识形态的关系进行了描述,
说明"零度"最终是一种"乌托邦"。⑤ 2005 年陈良梅的《论叙事情境理论》
一文对德语叙事学者弗兰茨·斯坦策尔类比乔姆斯基的生成转换语法理
论而确立的叙事情境理论的价值和问题进行了评述。⑥ 2006 年马元龙的
《作者和/或他者:一种拉康式的文学理论》一文在简述拉康的主人话语、
大学话语、精神分析话语和臆症话语四种话语模式理论的基础上,集中阐
述了臆症话语模式与文学实践的关系,评述了拉康的作者和他者与文学
创作的关系。⑦ 2006 年步朝霞的《自我指涉性:从雅各布森到罗兰·巴
特》一文从雅各布森到罗兰·巴特,在俄国形式主义到法国结构主义、后

①　《外国文学评论》2003 年第 2 期
②　《国外文学》2004 年第 3 期
③　《外国文学》2005 年第 3 期
④　《外国文学研究》2005 年第 1 期
⑤　《外国文学》2005 年第 2 期。
⑥　《当代外国文学》2005 年第 4 期。
⑦　《外国文学》2006 年第 1 期。

结构主义一线的广阔历史背景中考察"自我指涉性"这个非常重要的现代文学本体论概念。① 2006 年张晓明撰文《巴特文论在中国的译介历程》。2006 年申丹撰写了关于叙事学关键词"叙述"如何理解的文章《何为"不可靠叙述"?》2007 年尚必武、胡全生撰文《经典、后经典、后经典之后——试论叙事学的范畴与走向》。2007 年谭君强撰文《发展与共存:经典叙事学与后经典叙事学》。2008 年唐伟胜撰文《阅读效果还是心理表征?——修辞叙事学与认知叙事学的分歧与联系》。2008 年王丽亚撰文《"元小说"与"元叙述"之差异及其对阐释的影响》。2008 年钱翰撰文《从结构主义的科学到人文主义的伦理学——托多洛夫的中国之行》。2008 年尚必武的《论后经典叙事学的排他性与互补性》一文"以后经典叙事学的两个重要分支——认知叙事学和修辞性叙事学为例,在考辨'读者'、'语境'以及'不可靠叙述'等争议性概念的基础上,着力探讨了不同派别的后经典叙事学之间的排他性和互补性"。②

结构主义文论和叙事学方面的专著很多,这一流派是小说领域的形式主义或"新批评"的代表,充分说明了 80 年代以来,结构形式主义文论应和了我们"去政治化"地寻找文学共时模式的诉求,至今对我们的文学批评影响甚远。此处仅列举几本有代表性的:1992 年徐岱著《小说叙事学》、1993 年傅修延著《讲故事的奥秘:文学叙述论》、1994 年罗钢著《叙事学导论》、1998 年申丹著《叙述学与小说文体学研究》、2006 年李广仓著《结构主义文学批评方法研究》等。

二、结构诗学

除了以法国结构主义为中心的结构主义文论研究以外,苏联的"结构诗学"研究也可以看做是结构主义思潮中的一个重要组成部分。不过,基于特殊的政治意识形态的传统研究对象的惯性以及改革开放之初的外国

---

① 《外国文学》2006 年第 5 期。
② 《当代外国文学》2008 年第 2 期。

文论研究的"恢复"和"重建"的特殊性,我国学者对苏联的"结构诗学"的关注只是从 90 年代才开始。

在我国 90 年代有关结构诗学的研究成果中,张冰撰写的《苏联结构诗学——文学研究的符号学方法》①和《尤·米·洛特曼和他的结构诗学》②以及徐贲的《尤里·洛特曼的电影符号学和曼纽埃尔·普伊格的〈蜘蛛女之吻〉》③等较具影响。《苏联结构诗学——文学研究的符号学方法》一文对苏联结构诗学塔尔图学派的学术概况进行梳理,探讨了这一学派与俄国形式主义学派的渊源关系以及与西方结构主义符号学的关联,并对它在西方当代文论的地位和影响加以评定。

进入 21 世纪以来,结构诗学研究如同俄国形式主义研究一样,出现了硕果累累的景象。具有代表性的著述有:启超撰写的《"塔尔图学派"备受青睐》④;赵晓彬的《洛特曼与巴赫金》⑤和《洛特曼文化符号学理论的演变与发展》⑥;张杰、康澄的《结构文艺符号学》⑦;萧净宇的《洛特曼符号学—美学阐释中艺术文本的特色》⑧;王立业主编的《洛特曼学术思想研究》⑨;康澄的《文化符号学的空间阐释——尤里·洛特曼的符号圈理论研究》⑩、《洛特曼的文化时空观》⑪和《文化及其生存与发展的空间:洛特曼文化符号学理论研究》⑫;白茜的《文化文本的意义研究:洛特曼语义观

---

① 《苏联文学》联刊 1991 年第 2 期。
② 《外国文学评论》1994 年第 1 期,
③ 《外国文学评论》1996 年第 3 期。
④ 《外国文学评论》2000 年第 4 期。
⑤ 《外国文学评论》2003 年第 1 期。
⑥ 《俄罗斯文艺》2003 年第 3 期。
⑦ 外语教学与研究出版社,2004 年。
⑧ 《俄罗斯文艺》2005 年第 2 期。
⑨ 黑龙江人民出版社 2006 年版。
⑩ 《外国文学评论》2006 年第 2 期。
⑪ 《俄罗斯文艺》2006 年第 4 期。
⑫ 河海大学出版社 2007 年版。

剖析》①;郑文东的《洛特曼学术思想的自然科学渊源》②;程正民的《俄罗斯文艺学结构研究和历史研究的结合》③;陈戈的《不同民族文化互动理论的研究:立足于洛特曼文化符号学视角的分析》④;管月娥的《乌斯宾斯基的结构诗学理论及其意义》⑤等等。

张杰、康澄的专著《结构文艺符号学》分为三大部分,该书在对洛特曼结构文艺符号学作系统阐述的同时,对其理论的方法论展开深入的探究,同时还对洛特曼的塔尔图符号学派、乌斯宾斯基的莫斯科符号学派和西方结构主义符号学派进行了比较研究。其论题包括结构文艺符号学的历史渊源、符号学研究方法、艺术语言、艺术文本结构、诗歌文本结构、洛特曼与塔尔图－莫斯科学派的关系、洛特曼结构符号学与巴赫金社会符号学的关系、洛特曼与 20 世纪俄国文学批评理论的关系等。康澄的论文《文化符号学的空间阐释——尤里·洛特曼的符号圈理论研究》在对洛特曼的"符号圈"的文化空间概念加以辨析的基础上,对其"符号圈"理论进行了系统的探究,认为"围绕着符号圈的内涵、特征、运作方式及其意义生成的一系列论述构成了洛特曼后期文化符号学的核心"。论文指出洛特曼"符号圈"理论的目标在于建构一种全新的文化类型描述和研究的元语言,并对它之于当代文化学方法论的意义和价值给予了评定。康澄的《洛特曼的文化时空观》一文认为"空间"研究是洛特曼符号学的基础性问题,洛特曼的文化空间研究与对"时间"的考量密切关联。论文藉此将洛特曼符号学与巴赫金学说加以比较,并对洛特曼文化时空观之于当代文化建设的意义加以评价。

康澄的专著《文化及其生存与发展的空间:洛特曼文化符号学理论研究》分为六个部分,对洛特曼文化符号学理论进行了全面、深入的梳理和

---

① 中国社会科学出版社 2007 年版。
② 《俄罗斯文艺》2007 年第 2 期。
③ 《俄罗斯文艺》2008 年第 3 期。
④ 外语教学与研究出版社 2009 年版。
⑤ 《俄罗斯文艺》2009 年第 3 期。

研究。第一部分为"走向符号圈";第二部分为"符号圈——文化生存与发展的空间";第三部分为"独特的文化时空阐述";第四部分为"文化及其空间的对话机制";第五部分为"洛特曼文化符号学的方法论思考";第六部分为"洛特曼的文化符号学:'独特的符号圈'"。该书所涵盖的论题包括:文化及其本质、文化的多语性、文本观念、符号、符号圈及其基本特征、洛特曼的时空观、文化类型学的元语言、文化空间的时间、巴赫金的时空体和对话理论、对话本质和机制、符号圈的对话条件和机制、他者、文化模式和文化精神等。专著《文化文本的意义研究:洛特曼语义观剖析》主体分为四个部分——"文化意义研究的历史回顾";"文化思维的基本机制——意义的生成与发展";"文化文本意义的基本问题";"《恰巴耶夫和了空》的意义结构研究"。该书的基本论题为:神话式思维、非神话式思维、散离式符号机制、混成式符号机制、比喻作为人类思维运作的规律、符号域、文化文本、语言文本的能指、语言文本的所指、艺术文本的编码和意义、历史文本的编码和意义、风俗礼仪文本的编码和意义等。郑文东的论文《洛特曼学术思想的自然科学渊源》基于对洛特曼文化符号学理论方法论的分析,指出其思想体系对生物学、系统论、控制论、信息论、耗散结构理论、拓扑学等自然科学方法的援用以及这一学术范式对于当代文化研究的方法论意义和价值。管月娥的《乌斯宾斯基的结构诗学理论及其意义》一文对乌斯宾斯基的结构诗学理论进行了宏观考察,指出其方法论的独特性:"突破了西方传统的科学思维模式,融合了中国古典诗学研究的'整体观',通过对'视点'问题的多维度审视和深入的剖析,指出不同视点之间的有机联系,强调文本形式与内容的二元融合,并将作者、读者共同置于文本结构的研究之中。"

第七节　解构主义文论

"解构"的概念需要解释,它不仅是拆毁,而主要是分析和揭示"结构"的结构过程和方式。不管人们对"解构"如何理解,我国解构主义的研究文章也是蔚为壮观，是曾经的理论热中的主要关注点。80 年代中国知识界解构主义群体队伍非常庞大，张隆溪、李幼蒸、徐崇温、王逢振、王宁、王岳川、王治河、盛宁、尚杰、唐小兵、徐贲、张宽、陈晓明、张颐武、包亚明、佘碧平、陆扬、马驰等人都写过关于解构主义的文章。1986 年徐崇温的《结构主义与后结构主义》一书是国内首部系统介绍结构主义和后结构主义的著作。1990 年马驰出版《叛逆的谋杀者——解构主义文学批评述要》，1999 年方生出版《后结构主义文论》，2007 年戴阿宝出版《文本革命——当代西方文论的一种视野》。

　　1987 年王逢振的《"分解主义"运用一例》一文从"什么是分解主义""分解主义"的来源和实质即语言的不稳定性和文学的互文性等方面首先介绍了解构主义的含义，然后以约翰逊评《毕利·伯德》一文为例简述了解构主义理论的运作过程。① 1987 年钱佼汝的《美国新派批评家——乔纳森·卡勒和分解主义》一文对 79 年到 80 年美国密歇根大学系列讲座中的卡勒的演讲进行了评述，并对卡勒其人进行了简单的介绍。并总结了卡勒所说的当前美国文学批评中争论的若干问题，这些问题即解释和批评的任务、元语言和批评语言的地位、文学的指向性以及意义的确定性等。② 1987 年王宁的《论分解主义》一文详细地介绍了卡勒的解构主义文学理论观点和实践方式。③ 1988 年王宁的《分解主义批评在美国》一文以 1987 年夏在美国召开的文学理论会议中西方马克思主义理论代表人物伊格尔顿、杰姆逊与解构主义者之间的论辩为话题评述了解构主义在美国的历史与现状。④ 1987 年王宁的《后结构主义与分解批评》一文对结构主义的衰落和后结构主义的兴起以及解构主义文学批评的含义做了概述。⑤ 1988 年刘自强的《关于后结构主义》一文对流行于美国的后结构主

---

① 《外国文学评论》1987 年第 3 期。
② 同上。
③ 《文艺研究》1987 年第 4 期。
④ 《理论与创作》1988 年第 2 期。
⑤ 《文学评论》1987 年第 6 期。

义理论即德里达的理论逻辑以及后结构主义与结构主义的关系进行了论述。① 1988 年李光程撰文《文化的结构和消解——从结构主义到后结构主义》。1989 年陆扬的《德里达和解构主义批评》一文对解构主义的创始人德里达及其理论的源起进行了介绍,并对解构主义与结构主义的关系以及德里达理论的纵横面都进行了分析,进而说明了解构主义理论的当代合理性。② 1989 年叶秀山的《意义世界的埋葬:评隐晦哲学家德里达》一文对德里达与胡塞尔的继承关系进行了细致的梳理,并对当代法国最活跃的哲学家、"后结构主义"的代表人物德里达的主要思想进行了具体阐释。"作者指出,德里达的理论上的秘密始于他为胡塞尔《几何学起源》所写的引言;他的思想的主题是:批评结构主义和现象学的语音中心论和逻辑中心论,批评传统的'显现学'、'真理论'、'知识论',从而提出了'文(字)学'与'痕迹'的学说。这是自海德格尔以来,历史性思想方式向哲学性思想方式挑战的继续和发展。作者认为,从海德格尔到德里达,欧洲思想正经历着背离自身传统的深刻变化;同欧洲许多其他哲学家一样,德里达所面临的也是'理性'、'科学'、'自由'的挑战"。③

　　1990 年郑敏的《解构主义与文学批评》一文从"天的解构""人的解构""文字和文学的解构""解构主义与思想开拓"等方面,从牛顿力学到爱因斯坦相对论的转化维度系统地介绍了解构主义的产生、目的以及各位解构主义理论家的思想,并对解构主义思想做了反思。④ 1990 年佘碧平的《解构之道:雅克·德里达思想研究》一文从语言、存在和隐喻出发为德里达的解构之道进行了辩护。⑤ 1991 年王逢振的《米歇尔·福柯——基本观点述评》一文根据西方的研究资料比较早地对福柯的著作和思想做了评述。⑥ 1991 年包亚明的《试析解构主义的历史内涵》一文从语言观、

---

① 《外国文学研究》1988 年第 1 期。
② 同上。
③ 《中国社会科学》1989 年第 3 期。
④ 《外国文学评论》1990 年第 2 期。
⑤ 《复旦学报》(社会科学版)1990 年第 1 期。
⑥ 《外国文学》1991 年第 5 期。

对现实生活和文化传统的拒绝等方面阐述了解构主义的内涵。① 1991 年包亚明撰文《躺在解剖台上的〈忏悔录〉》。1991 年冯寿农的《罗兰·巴尔特：从结构主义走向反结构主义》一文从神话社会学、结构主义到后结构主义等三个方面评述了罗兰·巴特的学术阶段和各阶段的特征。② 1991 年张沛的《德里达解构主义的开拓》一文对德里达的解构主义理论以及解构理论对文学研究可能产生的效果进行了述评。③ 1991 年涂纪亮的《索绪尔、列维-斯特劳斯和德里达》一文主要从"系统、结构和解构""语言、言语和文字""语言的符号、能指和所指"以及"差别、痕迹和意义"这四个方面阐述了从索绪尔以及结构主义到后结构主义理论思潮的发展和变迁的特征。④ 1991 年陆扬的《德里达：颠覆传统的二项对立概念》一文从二项对立概念的颠覆问题上解释了当时被认为玄学的德里达的理论。⑤ 1992 年陆扬的《意义阐说的困顿——从巴巴拉·琼生观解构批评》一文从巴巴拉·琼生对麦尔维尔的小说《比利·巴德》的精彩分析展示了结构批评给意义问题带来的新路径。⑥ 1992 年陈晓明的《解构的界限》一文对德里达的解构理论的极限、界限和自反的问题做了质疑和批评，作者从哲学文本的隐喻阅读、语言符号的差异性、解构主义与历史的关系等方面对德里达理论的界限进行了自觉的反思，说明了其意义和局限。⑦ 1994 年殷企平的《谈"互文性"》一文论述了后结构主义"互文性"理论的来源、基本含义和具体表现形式。⑧ 1994 年丁尔苏的《解构理论之症结谈》一文分析了解构理论的局限性和问题。⑨ 1994 年莫伟民的《福柯与结构主义》一文从多

---

① 《探索与争鸣》1991 年第 1 期。
② 《文艺争鸣》1991 年第 2 期。
③ 《北京师范大学学报》（社会科学版）1991 年 06 期。
④ 《哲学研究》1991 年第 4 期。
⑤ 《法国研究》1991 年第 1 期。
⑥ 《外国文学研究》1992 年第 1 期。
⑦ 《外国文学评论》1992 年第 1 期。
⑧ 《外国文学评论》1994 年第 2 期。
⑨ 《外国文学评论》1994 年第 3 期。

个方面论述了福柯不是结构主义者而是反人道主义的后结构主义者。①
1996 年程锡麟的《互文性理论概述》一文说明了"互文性"理论产生的背
景,并在泛文本化的意义上对"互文性"这个概念进行了评述。② 1996 年
宁一中的《作者:是"死"去还是"活"着?》一文结合尼采的"上帝之死"、新
批评的意图谬误理论、接受理论的读者之生等各种现代文学批评方式以
及政治上的自由权力的可能性评述了对巴特"作者之死"这个问题的看
法。③ 1996 年苏宏斌撰文《走向文化批评的解构主义》。1997 年崔少元
的《解读〈后现代状况:关于知识的报告〉——利奥塔德后现代观透视》一
文对利奥塔的《后现代状况:关于知识的报告》这个小册子进行了解读,评
述了利奥塔对信息社会等各种原因所导致的后现代状况这样一个新范式
的问题。④ 1997 年兰珊珊的《也论"作者之死"》一文是对宁一中的《作者:
是"死"去还是"活"着?》一文对巴特理论进行质疑的回应,该文作者以西
方的历史和哲学语境为背景,在巴特自身逻辑的基础上阐述了"作者之
死"的理论缘起和目的,该文还对"作者"在此的资本主义含义进行了界
定。⑤ 1998 年张旭春的《德里达对奥斯汀言语行为理论的解构》一文对奥
斯汀的言语行为理论的前提、假设和重设问题的过程都进行了深入分析,
在此基础上作者论述了德里达针对奥斯汀的新的二元对立和语境的不确
定性进行的解构过程和目的,作者还论述了德里达对奥斯汀的传人塞尔
的解构,最后作者所得出的文学与哲学关系问题的结论即文学是元写作
也非常有趣。⑥ 1998 年林秋云的《德里达的解构主义理论:外界的误解与
自身的不足》一文分析了"德里达解构主义'中心'消解的本质、困境及人
们对它的误解,以期对德里达的解构批评作出正确评价"。⑦ 1998 年汪民

---

① 《复旦学报》(社会科学版)1994 年 06 期。
② 《外国文学》1996 年第 1 期。
③ 《国外文学》1996 年第 4 期。
④ 《国外文学》1997 年第 3 期。
⑤ 《外国文学研究》1997 年第 4 期。
⑥ 《国外文学》1998 年第 3 期。
⑦ 《外国文学评论》1998 年第 4 期。

安的《罗兰·巴特为什么谈论快感?》一文对罗兰·巴特所谈论的"快感"概念与革命以及政治抗逆的关系以及产生此种原因都做了论述。① 1999年胡宝平的《论布鲁姆"诗学误读"》一文通过对布鲁姆主要著作的研读,以"误读"概念的辨析为核心,概括了布鲁姆理论核心原则的四个关键词,即影响、焦虑、误读和诗史。② 1999 年黄念然的《当代西方文论中的互文性理论》一文"对互文性理论的发生发展、阐释和运用方式作了梳理,着重论述了在结构主义和后结构主义中互文性理论的差异,区分了互文性概念的广义、狭义之分,共时性、历时性之分,探讨了互文性理论运用于文学研究的多种可能性。扼要评述了互文性理论的得失"。③ 1999 年陆扬的《文学作为理性的批判——弗赖和德里达》一文基于文学的作为理性的一种批判的假设以及文学与哲学的二元对立上对比了弗莱和德里达的文学观念。④ 1999 年史忠义的《"文本即生产力":克里斯特瓦文本思想初探》一文对克里斯特瓦的"文本即生产力"的命题和相关概念进行了评述。⑤

2000 年程锡麟的《J. 希利斯·米勒的解构主义小说批评理论》一文对米勒后期的结构主义小说批评理论以及与后结构主义互文性理论的相似性关系进行了分析和评述。⑥ 2000 年徐珂的《文学是什么——释德里达的"文学"观》一文从何以追问文学、文学本身、什么是文学等方面阐述了德里达独特的文学观。⑦ 2000 年汪民安的《雅克·德里达:书的终结》一文从"像女人那样写作"的浮想出发评述了德里达对西方形而上学的逻各斯中心主义传统的解构主义理论和实践。对德里达的"踪迹""撒播"等哲学术语和分析策略的意义与内涵进行了说明。在德里达那里"书""书籍"是一种在场形而上学的保证,所以该文还评述了德里达"书写的终结

---

① 《外国文学》1998 年第 6 期。
② 《国外文学》1999 年第 4 期。
③ 《外国文学研究》1990 年第 1 期。
④ 《外国文学研究》1999 年第 2 期。
⑤ 《外国文学研究》1999 年第 4 期。
⑥ 《外国文学研究》2000 年第 4 期。
⑦ 《外国文学研究》2000 年第 1 期。

和写作的开始"这一解构的具体方法。① 2001 年陈本益的《论德里达的"延异"思想》一文对德里达的"延异"解构概念和策略进行了评述。② 2001 年周颖的《保罗·德曼：从主体性到修辞性》一文对德曼的著作和论文进行了仔细梳理并对其关注的主要问题进行了总结，在此基础上作者描述了德曼从现象学的主体性转向修辞性批评的解构批评家的过程。③ 2001 年李春长的《延续与断裂——结构主义与解构主义关系初探》一文对结构主义与解构主义之间既延续又断裂的关系进行了评述，并对断裂的可能原因进行了初步总结。④ 2001 年陈平的《罗兰·巴特的絮语——罗兰·巴特文本思想评述》一文"主要从'作者之死'、漂游、解构《萨拉辛》、阅读、叙事、文体和快感这几个方面探讨了罗兰·巴特的文本理论"，并试图描述巴特从结构主义向后结构主义转向的问题以及巴特文本理论的有效性和可行性问题。⑤ 2001 年何卫的《小说虚构和可能世界》一文评述了多勒泽尔语义学与叙述学思想的来源和特征。⑥ 2001 年申丹的《解构主义在美国——评 J. 希利斯·米勒的"线条意象"》一文从"线条意象""不存在叙事线条的开头""不存在叙事线条的结尾""叙事线条中部的非连贯性"等方面探讨了米勒"线条意象"文学批评理论的宏观性和内涵，并说明了米勒此学说与叙事学其他视角的互补性。⑦ 2001 年罗婷的《论克里斯多娃的互文性理论》一文"从互文性的定义、互文本的生成过程以及小说文本中的互文性内容这三个方面，来探讨克里斯多娃的互文性理论，并指出这一理论是对传统文学研究和结构主义文本理论的一种超越"。⑧ 2001 年罗婷的《边缘与颠覆：克里斯特瓦的女性主义诗学》一文从"女性

① 《外国文学》2000 年第 1 期。
② 《浙江学刊》2001 年第 5 期
③ 《外国文学》2001 年第 2 期。
④ 《外国文学》2001 年第 4 期。
⑤ 《外国文学》2001 年第 1 期。
⑥ 同上。
⑦ 《外国文学评论》2001 年第 2 期。
⑧ 《国外文学》2001 年第 4 期。

的边缘地位、记号语言和女性特质"等方面对克里斯特瓦的女性主义诗学
进行了探讨。① 2002 年萧莎的《德里达的文学论与耶鲁学派的解构批评》
一文首先从德里达、耶鲁学派以及解构主义研究学者的学说出发论述了
"解构何为?"这个解构主义是什么和解构主义发展过程的问题,接着作者
从德里达对"文学是什么?"的批判,从文学是一种体制和文学是一种行动
三方面梳理了德里达的文学观,最后作者通过"意义不确定性与不可读
性""批评者和语言谁是创作者"和"批评家的角色"三方面比较了耶鲁学
派解构理论与德里达解构理论的不同,指出前者的逻辑是旧传统的翻版,
另外作者还总结了解构主义理论与解构主义文学批评实践之间的脱节和
断裂。② 2002 年王阳撰文《"作者出面"和元小说》。2002 年罗婷的《克里
斯特瓦的符号学理论探析》一文"着重从理论的渊源、批评的科学和解析
符号学——意指实践论这三个方面,对她的符号学理论作了探讨,并指出
她所提出的'解析符号学'是一种后结构主义的研究方法,它取代了结构
主义的静态模式,关注文本的动态结构、转换机制及意义生成过程,因而
具有很强的哲理性、批评性和意识形态色彩"。③ 2002 年汪民安的《疯癫
与结构:福柯与德里达之争》一文对福柯和德里达之间就笛卡尔的"疯癫"
问题争论的起因以及二者所持哲学立场的不同进行了评述。④ 2002 年刘
荣、罗婷撰文《论克里斯特瓦的复调理论与诗性语言》。2003 年汪民安的
《福柯与哈贝马斯之争》一文从"方法论差异、对主体构成的评价差异、在
社会理论方面交往理性和权力的差异"等三个方面梳理了福柯和哈贝马
斯两位重要的理论家之间的争论。⑤ 2003 年肖锦龙的《论德里达解构理
论的东方性》一文试图"德里达思想中深厚的犹太民族性,集中探讨了它
的东方性。"⑥2003 年郭军的《克里斯蒂娃:诗歌语言与革命》一文分析了

①　《外国文学评论》2001 年第 3 期。
②　《外国文学评论》2002 年第 4 期。
③　《当代外国文学》2002 年第 2 期。
④　《外国文学研究》2002 年第 3 期。
⑤　《外国文学》2003 年第 1 期。
⑥　《外国文学研究》2003 年第 1 期。

克里斯蒂娃将社会文化批评纳入诗歌语言所引起的诗歌语言的革命和文学批评的革命,并指出这种革命对当代文学与文化分析所开辟的重大空间。① 2003 年徐岱的《游戏批评:评巴尔特论巴尔扎克》一文论述了巴特"游戏批评"的文本阅读方式,并指出这种批评方式在现代批评理论中的价值和意义。② 2003 年陈永国的《互文性》一文对"互文性"术语的主要含义以及"互文性"批评的概念进行了总结,并对"互文性"的特征以及它所涉及的各种 20 世纪的批评实践和流派如俄国形式主义、结构主义、精神分析、马克思主义和解构主义等进行了与之相关的评述,另外该文还对一些主要阐释和使用"互文性"一词的理论家进行了评述。③ 2003 年黄晞耘的《被颠覆的倒错——关于罗兰·巴特后期思想中的一个关键概念》一文"从罗兰·巴特后期文本中的一个关键词入手,分析'倒错'概念在巴特思想中被颠覆的原因,以及被颠覆的'倒错'所具有的'无生殖目的'和'迷醉'性质,在此基础上讨论这两种性质与抵抗大众文化、去除文本实践中的'父亲'及超我之间的关系,最终阐发罗兰·巴特的'迷醉写作'思想对文本理论的独特发展"。④ 2003 年周颖撰文《从批驳之靶到他山之玉——浅论海德格尔对于保尔·德曼的影响》。2003 年马海良的《后结构主义》一文从历史和逻辑等方面说明了后结构主义与结构主义的关系及其内涵和在现代理论与实践中的意义。⑤ 2003 年昂智慧的《保尔·德曼、"耶鲁学派"与"解构主义"》一文试图通过对理论家的具体分析指出"耶鲁学派""解构主义"这种大标签的简单之处和对理论家的误解之处。⑥ 2004 年秦海鹰的《互文性理论的缘起与流变》一文"对西方互文性理论的历史背景和基本走向做了整体勾勒。文章在简略介绍互文性概念的'迁徙'过程和近年来法国方面相关研究成果的基础上,分别考察了以克里斯特瓦为代

---

① 《外国文学研究》2003 年第 1 期。
② 《外国文学研究》2003 年第 5 期。
③ 《外国文学》2003 年第 1 期。
④ 《外国文学评论》2003 年第 1 期。
⑤ 《外国文学》2003 年第 6 期。
⑥ 同上。

表的早期互文性理论的缘起和 20 世纪 70 年代末发展起来的互文性理论的特征,并尝试用自己的表述方式对互文性一词的适用范围给以界定,以反映目前西方学术界对这个概念的基本理解"。该文以法文原文资料为研究对象,是国内"互文性"研究的可信而重要的研究文章。① 2004 年昂智慧的《〈忏悔录〉的真实性与语言的物质性——论保尔·德曼对卢梭的修辞阅读》一文论述了德曼如何从语言的物质性和语言哲学的角度阐释卢梭《忏悔录》的真实性的问题。② 2004 年胡宝平的《诗学误读·互文性·文学史》一文主要从"互文性"理论入手评析了哈罗德·布鲁姆的文本理论,并指出了布鲁姆心理分析方式的不足。③ 2004 年余虹的《德里达:解构哲学化的文学批评》一文论述了"德里达对'哲学化'的文学批评的解构,对传统文学批评概念的重新书写与解构策略"。④ 2004 年李玉平的《'影响'研究与'互文性'之比较》一文"从语源分析、学术背景、中心着眼点、研究策略和意识形态等五个方面"对文论中的"影响"与"互文性"这一对概念进行了辨析。⑤ 2004 年王泉、朱岩岩的《解构主义》一文对德里达的批判理论、策略和关键词进行了论述,如反逻各斯中心主义、延异、替补和互文性等。⑥ 2004 年陈永国的《德勒兹思想要略》一文"从对哲学传统的继承和批判,对哲学的重新解释和定义,以'块茎'为核心的概念生成论,以变化为过程的机器组装论,以'游牧'为主线的空间'逃逸'论和以'辖域化'、'解辖域化'、'再辖域化'为公理的资本主义社会机器论"等六个方面介绍了德勒兹和瓜塔里所建构的游牧思想理论体系。⑦ 2004 年胡继华的《延异》一文介绍了德里达思想的一个关键词"延异",并以此概念为基础对德里达整个反形而上学的思想和策略以及与传统哲学的关系进

---

① 《外国文学评论》2004 年第 3 期。
② 同上。
③ 《国外文学》2004 年第 3 期。
④ 《外国文学研究》2004 年第 1 期。
⑤ 《外国文学研究》2004 年第 2 期。
⑥ 《外国文学》2004 年第 3 期。
⑦ 《外国文学》2004 年第 4 期。

行评介。① 2004 年于奇智的《欲望机器》一文对法国哲学家德勒兹与瓜塔里创造的一个精神分裂精神分析词汇"欲望机器"进行了介绍。② 2005 年昂智慧的《"文学科学"的弊端——论保尔·德曼对结构主义文学批评的批评》一文从三个方面论述了德曼对结构主义文学批评理论在"文学科学化"方面局限的批判。③ 2005 年昂智慧撰文《阅读的危险与语言的寓言性——论保尔·德曼对卢梭〈新爱洛伊丝〉的解读》。2005 年盛宁的《"解构":在不同文类的文本间穿行》一文"以德里达本人的《马克思的幽灵》一著为范本,详细分析了德里达如何在不同文类的文本间穿行、如何将文学文本的涵义挪移到政治话语的层面、借以折射出他对当代政治问题的个人看法这样一种'即解析、又建构'的特殊言说方式,同时也批评了国内某些学人对德里达的误读和误译"。④ 2005 年黄晞耘的《罗兰·巴特:"业余主义"的三个内涵》一文从表现意图与禁欲主义的对立面、科学主义的对立面、消费社会的对立面等三个方面阐述了巴特"业余主义"的理论关键词的内涵。⑤ 2005 年肖锦龙的《试谈希利斯·米勒的解构主义小说理论》一文"通过细致地考察米勒的解构主义小说理论从一个侧面对解构理论进行了具体深入的分析说明"。⑥ 2006 年申屠云峰的《保罗·德曼的"语法"与"修辞"》一文"梳理了德曼对传统'语法'与'修辞'关系的分析与解构,揭示了德曼的'语法'与'修辞'关系的实质"。⑦ 2006 年陈本益的《释德里达的"原初书写"概念》一文对德里达的"书写"解构主义策略概念进行了阐述。⑧ 2007 年肖锦龙的《试谈希利斯·米勒的言语行为理论文学观》一文集中分析考察了米勒"后期言语行为理论的文学本质观、结构观

---

① 《外国文学》2004 年第 4 期。
② 《外国文学》2004 年第 6 期。
③ 《外国文学》2005 年第 2 期。
④ 《外国文学评论》2005 年第 3 期。
⑤ 《外国文学评论》2005 年第 3 期。
⑥ 《外国文学》2005 年第 6 期。
⑦ 《外国文学评论》2006 年第 4 期。
⑧ 《外国文学》2006 年第 5 期。

和批评观,并阐述了其理论贡献"。① 2007 年周颖的《"无边的"语境——解构症结再探》一文首先梳理了艾柯与卡勒围绕哈特曼对华兹华斯诗歌《昏睡蒙蔽了我的心》的解构阅读的争论,继而以纠缠二者争论的关键词"语境"为考察对象,重读了米勒、德里达和德曼等人的解构理论,进而肯定了艾柯对解构的意见与批判并指出"解构主义忽略句段关系,重视联想关系,似乎是拓展了语境的空间,赋予了读者充分的自由,但达到这一目的是以牺牲阅读习俗为代价的。'语境'在解构手里表面上没有了界限、实际上是真正的失落"。② 2007 年何卫的《在分析与解构之间》一文"通过分析哲学和批评理论传统中专名理论的回顾,试图论证解构批评理论所谓的文本化解构策略在很大程度上是以 20 世纪分析哲学向语义层面的后撤为前提条件的,同时解构的迫切性并不能抵消分析的作用和必要性"。③ 2007 年唐伟胜的《伦理转向与修辞性的叙事伦理》一文是其在美国俄亥俄大学对詹姆斯·费伦教授就叙事学的伦理转向问题所做的采访。④ 2007 年尚必武、胡全生撰文《经典、后经典、后经典之后——试论叙事学的范畴与走向》。2007 年周颖的《辨析解构关键词:"延异"与"寓言"》一文通过德里达和德曼与索绪尔和皮尔士在"差别""无止境的符号过程"这两个概念上的继承关系,以及由此而发展出来的"延异"和"寓言"这两个解构主义最核心的关键词的过程以及解构主义的症结做了梳理和评述。⑤ 2007 年郭军的《德里达版本的〈哈姆莱特〉或解构版本的马克思主义——解读德里达〈马克思的幽灵们〉》一文对德里达的《马克思的幽灵们》一书进行了评述,评析了德里达的解构主义的马克思主义。⑥ 2008 年李龙的《解构与"文学性"问题——论保罗·德曼的"文学性"理论》一文从语言科学中的修辞学说明了保罗·德曼的"文学性"问题,即"文学性"是

① 《外国文学》2007 年第 2 期。
② 《外国文学评论》2007 年第 4 期。
③ 《国外文学》2007 年第 1 期。
④ 《外国文学研究》2007 年第 3 期。
⑤ 《外国文学》2007 年第 4 期。
⑥ 《外国文学》2007 年第 5 期。

语言的修辞性功能,而修辞性又是语言的本质。① 2008 年周宪的《论作品与(超)文本》一文以库恩的"范式"、韦伯的"理想型"和艾布拉姆斯的"取向"理论为理论原型,从"作品论的现代范式"和"文本论的后现代范式"两方面梳理了 20 世纪形式主义到后结构主义即从作品论到(超)文本论所完成的从作者中心到作品中心,从作品中心到读者中心的两个转向,作者还指出了这种转向之后的社会、知识与历史原因并预言以这种转向论为基础的"轮回观"也许会将今日即"解构"之后的文学批评的钟摆摆向作者、作品的回归,摆向反理论和后理论。②

　　解构主义在中国如同在欧美一样,80 年代以来非常主流,至今依然是我们思考文学与现实问题的重要资源和思路。这也与八九十年代改革开放的语境有关。这一理论脉络更加打开了文本的阐释空间,拒绝了阐释的一元性与本质论,同时也质疑了语言本身的存在性质,即语言本身成为隐喻与象征性的了,它与真实之间是一种词与物的关系,而不是本质与必然的关系。

第八节　女性主义批评

　　国内女性主义文论研究的主要学者如戴锦华、张京媛等写了许多相关重要文章,她们的文章往往会与中国当代的文学书写与女性实践相结合。但是也有很多文章只是在文本中以很经验的方式寻找男性与女性的压迫等,而没有将女性主义作为一种身份的可能来思考,国内波伏娃、伊瑞格瑞、克里斯蒂娃、朱迪斯·巴特勒等女性主义理论家的研究并不多见。

　　1986 年谭大立撰文《"理论风暴中的一个经验孤儿"——西方女权主义批评的产生和发展》,1986 年李小江撰文《英国女性文学的觉醒》,1987

---

① 《当代外国文学》2008 年第 1 期。
② 《外国文学评论》2008 年第 4 期。

年黄梅发表了三篇"女人与小说"杂谈,1987 年黎慧撰文《谈西方女权主义文学批评》,1987 年朱虹写作了《"女权主义"批评一瞥》一文,1986 年王逢振撰文《关于女权主义批评的思索》。1988 年盛英撰文《女性主义批评之我见》。1989 年《上海文论》第二期推出"女权主义批评专辑",发表了朱虹的《对采访者的"采访"》、孟悦的《两千年:女性作为历史的盲点》、海莹、花建的《FEMINISM 是什么? 能是什么? 将是什么?》、王绯的《性扭曲:女界人生的两极剖视》、毛时安的《大众传播中的女性形象》等文。朱虹撰文《禁闭在"角色"里的疯女人》。严平撰文《美貌的女人与俗套的艺术》。吕文辛、王巧凤撰文《悲剧性别:女人——论男性作家所塑造的女性形象》。刘敏撰文《天使与女妖——对王安忆小说的女权主义批评》。李小江撰文《当代妇女文学与职业妇女问题》《女性在历史文化模式中的审美地位》。1989 年钱红林撰文《女性文学与文学批评》。1989 年朱虹的《妇女文学——广阔的天地》从广义上回顾了西方文学史上的妇女文学与妇女形象,指出女性主义批评视角在重读文学史中大有可为。① 1989 年王逢振的《既非妖女,亦非天使——略论美国女权主义文学批评》一文从"妇女的形象""反对'男性性征批评'""经验论和理念论与被侮的克拉丽莎"等方面论述了美国女权主义文学批评的理论、实践以及各种批评纷争。② 1989 年秦喜清的《谈英美女权主义文学批评》一文从开端的伍尔夫,到"'她们自己的文学',重建文学史"到理论反思等方面介绍了英美女权主义文学批评的发展过程、发展阶段以及学术成果,分析了女权主义对文本新的意义的挖掘的颠覆性以及在女权主义在理论与女性身份问题上的反思。③

1990 年沈建青撰文《妇女文学理论初探》。1991 年胡亦乐的书评《女性的回归——〈女权主义文学理论〉评介》一文评介了玛丽·伊格尔顿所

---

① 《外国文学评论》1989 年第 1 期。
② 同上。
③ 同上。

编的《女权主义文学理论》一书的内容。① 1993 年孟悦朴撰文《男权大厦
的结构者与解构者》。1995 年张宽的《关于女性批评的笔记》一文以笔记
的形式说明了女性批评的复杂性。该文介绍了波伏娃及其著作《第二
性》,阅读了米利特、莫娃和斯皮瓦克的著作,并分析了她们连环解构男权
的过程,该文还分析了帕格利亚的《性面具》,并进而指出女权批评与妇女
解放运动之间的差异及女权批评与启蒙批判话语的继承关系。② 1995 年
陈晓兰的《女性主义批评的经验论》以女性经验为视角分析了女性主义批
评的特征。③ 1995 年胡全生撰文《女权主义批评与"失语症"》。1995 年
王逢振撰文《女权主义批评数面观》。1995 年易光撰文《非女权主义文学
与女权主义批评》。1995 年林树明的《女性主义文学批评的糊涂账》一文
对西方女性主义运动与女性主义理论以及女性主义文学实践、经验和批
评进行了梳理,说明了女性主义文学批评是一个非常混杂的领域。④
1995 年陈龙的《从解构到建构——论女性主义批评的理论渊源》对欧美
女性主义文学批评从女权主义到女性主义的过程以及女性主义批评的各
种方法论来源进行了评述。⑤ 1995 年杨金才撰文《性别、身体与意识形
态——当代西方女性文学与社会变革》。1996 年王干、戴锦华撰文《女性
文学与个人化写作》。1997 年郭英剑撰文《男性与女权主义文学批
评——当代女权主义文学批评述评》。1997 年肖淑蕙的《西方女权运动
和文学批评》一文对西方女权运动的各个阶段的特征以及女权主义代表
理论家的思想和对文本分析的方法都进行了述评。⑥ 1999 年陈晓兰的
《女性主义语言研究与文本分析》一文分析了女性主义的批评精神和立场
介入到语言研究领域后引起的语言和文学文本分析的各种变化和特

---

① 《外国文学评论》1991 年第 2 期。
② 《外国文学评论》1995 年第 2 期。
③ 同上。
④ 同上。
⑤ 《当代外国文学》1995 年第 3 期。
⑥ 《外国文学》1997 年第 5 期。

征。① 1999 年马睿撰文《从伍尔夫到西苏的女性主义批评》。

2000 年李蓉撰文《在阅读中改变世界——西方女性主义文学批评与现代解释学》。2001 年黄必康的《建构叙述声音的女性主义理论》一文将女性主义政治和意识形态批评与符号化、技术性的叙述声音的研究相结合,试图建构叙述声音的女性主义理论。② 2001 年林树明撰文《身/心二元对立的诗意超越——埃莱娜·西苏"女性书写"论辨析》。2001 年马睿撰文《跨越边界:西方女性主义批评的理论突破》。2002 年林树明撰文《性别意识与族群政治的复杂纠葛:后殖民女性主义文学批评》。2002 年杨俊蕾的《从权利、性别到整体的人——20 世纪欧美女权主义文论述要》一文对 20 世纪欧美的女权主义文论进行了述评,对英美学派和法国学派理论的观念、方法和关注对象的不同进行了评述,对后现代主义思潮影响下女权主义文论的新特征进行了描述。③ 2003 年李美华的《当代美国女性文学述评》一文对当代美国的女性文学创造、经验和女权主义文学批评都进行了综述。④ 2004 年申丹的《"话语"结构与性别政治——女性主义叙事学"话语"研究评介》一文首先廓清了"叙述结构与文体风格之间的关系",然后从'叙述模式'、'叙述视角'和'自由间接引语'这三方面入手,以结构主义批评和女性主义批评为参照",考察了"女性主义叙事学'话语'研究的本质特征,指出其长处和局限性,并清理有关理论上的偏误和混乱"。⑤ 2004 年孙绍先的《女权主义》一文对"女权主义"一词的起源、含义、意义的变化以及在各国的旅行和特征都进行了述评。⑥ 2004 年金莉的《生态女权主义》一文将女权主义的理论类比到自然的压迫中,并对"生态女权主义"的起源、发展概况及其理论与实践倾向进行了评述。⑦ 2008

---

① 《国外文学》1999 年第 2 期。
② 《国外文学》2001 年第 2 期。
③ 《外国文学》2002 年第 5 期。
④ 《外国文学研究》2003 年第 3 期。
⑤ 《国外文学》2004 年第 2 期。
⑥ 《外国文学》2004 年第 5 期。
⑦ 同上。

年李昀的《差异的谋杀:反思英美后女性主义文学观》一文对英美后女性主义的文学观与法国女性主义文学观的关系进行了评述,并对前者进行了批判。① 2008 年张玫玫的《身体/语言:西苏与威蒂格的女性话语重建》一文通过对比研究西苏的"女性书写"和威蒂格的"女同性恋书写"在女性话语建构上的差别,指出了他们对现有文学书写秩序的颠覆以及不可避免的局限。②

1989 年孟悦、戴锦华合著《浮出历史地表》,1991 年张京媛主编《女性主义文学批评》,1992 年张京媛主编《当代女性主义文学批评》。1995 年鲍晓兰《西方女性主义研究评介》一书出版。1998 年张岩冰《女权主义文论》一书出版。2002 年杨莉馨出版了《西方女性主义文论研究》一书。

第九节　新历史主义文论

当历史的领域向文学开放时,文学研究也与历史的话语建构过程结合起来,文学也在历史的建构中起到了强化历史话语的作用,而文学和其他历史文本也可以参照阅读,阅读文学书写背后的历史情绪,历史研究也从此分享了文学的方法。新历史主义与旧历史的最大不同主要还是在"史观",新历史面对浩瀚资料的"史观"受到了福柯话语理论、知识考古学与谱系学的影响,作为"话语"的历史,因而可以将文学的阐释有效地纳入视野,因为对今天的研究而言,表述后面的意识和话语是历史必须关注的对象了。

1988 年王逢振撰写的《今日西方文学批评理论》第一次向国人介绍了新历史主义批评。1989 年韩加明在《新历史主义批评的兴起》一文中为我们勾勒了新历史主义批评的全貌。1989 年杨正润撰文《文学研究的重新历史化——从新历史主义看当代西方文艺学的重大变革》。1991 年

---

① 《国外文学》2008 年第 3 期。
② 《外国文学》2008 年第 3 期。

赵一凡撰文《什么是新历史主义》①。杨周翰撰文《历史叙述中的虚
构——作为文学的历史叙述》，于 1993 年收入杨周翰的比较文学论文集
《镜子与七巧板》中。1992 年李淑言撰文《什么是新历史主义》②。1992
年毛崇杰撰文《论新历史主义——西方 80 年代崛起的新马克思主义美学
与批评》。1992 年张京媛的《新历史主义批评》一文描述了新历史主义不
确定的定义来源，并以格林布拉特的命名和使用将新历史主义与文化唯
物论和文化批评之间的关系做了梳理，在与英国文化研究关系分析的基
础上作者从西方大的批评传统评析了新历史主义批评对新批评的反驳和
对文本语境的重视③。1993 年中国社会科学院外国文学研究所编《文艺
学与新历史主义》。1993 年盛宁撰文《历史·文本·意识形态：新历史主
义的文化批评和文学批评刍议》。1993 年徐贲撰文《新历史主义批评和
文艺复兴文学研究》④。1993 年王一川的《后结构历史主义诗学——新历
史主义和文化唯物主义述评》一文分别评述了新历史主义和文化唯物主
义即文化研究的理论和实践，并在后结构历史主义诗学的基础分析了二
者的联系⑤。1994 年杨正润的《文学“颠覆”和“抑制”——新历史主义的
文学功能论和意识形态论述评》一文细读了格林布拉特等新历史主义者
的理论与文本分析中的文学功能观、文学意识形态分析和文学文化批评
的特征⑥。1994 年杨正润撰文《主体的定位与协合功能——评新历史主
义的理论基础》⑦。1994 年韩加明撰文《新历史主义批评的发展及启示》。
1994 陆扬撰文《关于新历史主义批评》⑧。1994 年张宽撰文《后现代的小
时尚——关于新历史主义的笔记》。1994 年徐贲撰文《评女权批评、新历

---

① 《读书》1991 年第 1 期。
② 《当代电影》1992 年第 4 期。
③ 《外国文学》1992 年第 1 期。
④ 《文艺研究》1993 年第 3 期。
⑤ 《外国文学评论》1993 年第 3 期。
⑥ 《外国文学评论》1994 年第 3 期。
⑦ 《文艺理论与批评》1994 年第 1 期。
⑧ 《外国文学研究》1994 年第 3 期。

史批评及后现代主义文学的发展特征与趋势》。1995 年盛宁撰文《新历史主义》。1997 年盛宁撰文《新历史主义·后现代主义·历史真实》①。1997 年王岳川撰文《新历史主义的文化诗学》②。1997 年姚乃强撰文《历史的终结和文化的冲突——兼评新历史主义和文化批评》③。

　　2001 年陈永国等撰写的《海登·怀特的历史诗学：转义、话语、叙事》一文根据怀特的代表性文章和著作概括评述了怀特历史诗学在经历了后结构主义理论思潮"洗礼"后所表现出的史学与文学不分、打破史学与文学界限的新的文学的历史主义批评的特征以及这种特征对历史研究和文学研究的借鉴意义④。2002 年方杰的《新历史主义的形式化倾向》一文肯定了新历史主义对文学与历史之间关系的重构和对文本解读的意义，同时该文指出新历史主义由于模式化解读方式的倾向而对"形式主义"的实践⑤。2003 年赵国新的《契合与分歧：〈新历史主义与文化唯物论〉》一文评述了约翰·布兰尼根的《新历史主义与文化唯物论》一书对英国文化唯物论和美国新历史主义两个流派的比较研究情况⑥。2003 年张进、刘雪芹的《论新历史主义的读者接受观念》一文评述了新历史主义的读者理论在综合文学接受理论中的"文本性"和"历史性"概念的基础上对"共鸣"和"惊叹"这两种现象和这两个概念的独特理解和阐发⑦。2006 年李英的《新历史主义和文化唯物论在文化批判上的分歧与契合》一文"追溯了两种近似理论在文化批判上的历史渊源，重点阐释二者在文化批判理论构建和方法论上的分歧与契合，以论证新历史主义和文化唯物论在当代文化批判领域殊途同归的发展趋势"⑧。2006 年王丽莉的《新历史主义的又

---

① 《文艺理论与批评》1997 年第 1 期。
② 《北京大学学报》(哲学社会科学版)1997 年第 3 期。
③ 《四川外语学院学报》1997 年第 3 期。
④ 《外国文学》2001 年第 6 期。
⑤ 《当代外国文学》2002 年第 2 期。
⑥ 《外国文学研究》2003 年第 2 期。
⑦ 《外国文学研究》2003 年第 4 期。
⑧ 《国外文学》2006 年第 1 期。

一实践——评格林布拉特的新作〈尘世间的莎士比亚〉》一文对格林布拉特的新历史主义新作《尘世间的莎士比亚》进行了新历史主义的评述和正名①。

第十节　后殖民批评

萨义德之后,无论是误读还是正读,后殖民批评对于各国都是一个新的理论切入点。后殖民批评几乎成为讨论战后世界秩序必不可少的维度。尤其是在第三世界国家,第三世界国家往往要借助后殖民理论来论述自己的民族身份以及表征在作品中殖民意识和去殖民化的努力。我国的后殖民批评研究也颇为壮观。

1990 年张京媛《彼与此》对萨义德《东方学》做了细致评介。② 1992年刘禾于《读书》杂志上发表《黑色的雅典》一文。1993 年张宽于《读书》杂志上发表了《欧美人眼中的"非我族类"》等三篇文章。1993 年潘少梅撰文《一种新的批评倾向》。张颐武的一系列关于第三世界的文章合集在1993 年的《在边缘处追索》中。1994 年孙津、陶东风撰文《边缘·中心·东方·西方》。1994 年王一川撰文《不说东西而谈世界》。1994 年王岳川撰文《后"主义"中的"问题"意识》。1994 年王宁撰文《后殖民主义理论与思潮》。就后殖民的问题王宁还撰文《东方主义、后殖民主义和文化霸权主义批判——爱德华·赛义德的后殖民主义理论剖析》《后殖民主义理论批判——兼论中国文化的"非殖民化"》《解构、女权主义和后殖民批评——斯皮瓦克的学术思想探幽》《后殖民主义理论批判》《"东方主义"与"西方主义":对话还是对峙?》等。1994 年杨乃乔撰文《萨伊德和他的后殖民主义文艺批评理论》。1994 年《钟山》杂志第一期发表了陈晓明、戴锦华、张颐武和朱伟的《东方主义与后殖民文化》(新"十批判书"之一)的

---

① 《外国文学》2006 年第 5 期。

② 《文学评论》1990 年第 1 期。

长篇四人谈。1994 年邵建撰文《东方之误》。1995 年陆建德撰文《流亡者的家园》。1995 年邵建撰文《世纪末的文化偏航——一个关于现代性、中华性的讨论》。1995 年赵毅衡撰文《"后学"与中国新保守主义》。1995 年万之撰文《"后学"批判的批判》。1995 年丛郁的《小说的"始源"、权威与霸权——萨伊德"文学霸权理论"管窥》一文解释了萨伊德所指出的"始源"与"起源"的区别，论述了在"始源"概念下萨伊德对构成小说创作动力和生命的"权威"与"骚扰"的相互关系，该文还以霸权理论为依托分析了狄更斯、康拉德等小说中的霸权话语建构过程。[1] 1995 年丛郁撰文《后殖民主义·东方主义·文学批评——关于若干后殖民批评语汇的思考》。1995 年王宁撰文《后殖民主义理论思潮概观》。1996 年王宁撰文《"东方主义"反思》。1996 年张宽撰文《文化新殖民的可能》。1997 年罗钢撰文《关于殖民话语和后殖民理论的若干问题》。1997 年邵建撰文《谈后殖民理论与后殖民批评》。1999 年杨乃乔撰文《后殖民主义还是新殖民主义》。1998 年刘康、金衡山撰文《后殖民主义批评：从西方到中国》。1998 年杨乃乔撰文《后殖民主义话语的悖论》。后殖民主义一开始也是比较文学的，而且总是比较文学的。1999 刘象愚撰文《法农与后殖民主义》。1999 年陶东风撰文《文化本真性的幻觉与迷误——中国后殖民批评之我见》。1999 年刘象愚的《法农与后殖民主义》对法农的后殖民主义理论和实践进行了梳理、说明和评述。[2] 1999 年杨金才的《后殖民主义理论的激进与缺失》一文对后殖民主义解构中心、倡导多元文化的解构主义话语批评和文化政治批评的进步性和不足，即过去突出政治性、忽略文本性等问题进行了评述。[3]

2000 年肖薇、罗淑珍撰文《文本研究与文化介入——浅议赛义德的叙述理论》。2001 年姜飞撰文《后殖民理论探源》。2001 年戴从容撰文《从批判走向自由：后殖民之后的路》。2001 年姜飞、冯宪光撰文《马克思

---

① 《外国文学评论》1995 年第 4 期。

② 《外国文学》1999 年第 1 期。

③ 《当代外国文学》1999 年第 4 期。

主义与后殖民主义批评》。2001 年王逢振的《爱德华·萨伊德:真正的知识分子》一文"着重介绍萨伊德的 3 本系列著作:《东方主义》《巴勒斯坦问题》和《报道伊斯兰》。通过介绍,表明萨伊德如何关注社会现实问题,如何将学术研究与社会、文化和政治结合起来,保持一个真正的知识分子的本色"。① 2002 年石海峻的《关于殖民和后殖民模仿》一文"着力从知识和权力的关系上分析后殖民文化批评对帝国主义话语体系所作的'揭秘'与'解码',并从模仿以及模仿的变异性上考察第三世界文学和文化的价值构成与价值走向"。② 2002 年罗钢的《资本逻辑与历史差异——关于后殖民主义与马克思主义的一些思考》一文"对后殖民主义与马克思主义的思想关系进行了初步辨析,集中讨论了后殖民理论家对所谓'生产方式叙事'和'过渡叙事'的质疑,并指出了后殖民主义与马克思主义在认识论上的根本对立。"③2002 年林树明撰文《性别意识与族群政治的复杂纠葛:后殖民女性主义文学批评》。2004 年王晓路的《评萨义德的文学观》一文从"经典文本、表征系统、文学批评与知识分子作用等重要问题"入手讨论了萨义德的文学观及对中国文学研究范式的方法论意义。④ 2004 年王炎的《重新认识萨义德和他的〈东方学〉》一文"尝试在当代西方思想的总体框架内来关照萨义德文化批评的核心问题,并重新阐释他的一些基本概念和观点,以展示后殖民文化批评的锐利。同时分析在全球化语境中的中国所面临的学术困境,以及可以吸取的批判资源"。⑤ 2005 年陶家俊的《后殖民》一文对西方复杂的后殖民问题和话语进行了梳理。⑥ 2005 年刘亚斌的《后殖民文学中的文化书写》一文分析了后殖民地作家文化书写的困境与可能的出路。⑦ 2005 年赵建红撰文《赛义德的批评理念之一——

① 《外国文学》2001 年第 5 期。
② 《外国文学评论》2002 年第 3 期。
③ 《外国文学评论》2002 年第 4 期。
④ 《国外文学》2004 年第 4 期。
⑤ 《国外文学》2004 年第 2 期。
⑥ 《国外文学》2005 年第 2 期。
⑦ 《外国文学研究》2005 年第 4 期。

文本与批评家的"现世性"》一文在萨义德复杂矛盾的身份探讨的意义上
着重分析了萨义德文本和批评家的"现世性"这一论题。① 2006 年曹莉的
《后殖民批评的政治伦理选择：以斯皮瓦克为例》一文"围绕斯皮瓦克提出
的'贱民能否发言'的后殖民命题，结合其对相关文学文本的阅读，探讨后
殖民批评背后的伦理选择"。② 2006 年罗世平撰文《凝视：后殖民主义文
学折射》从"西方对东方的凝视折射"方面回顾了萨义德的东方主义理
论。③ 2006 年陶家俊的《理论转变的征兆：论霍米·巴巴的后殖民主体建
构》主要讨论了巴巴 80 年代末以来对后殖民问题的反思和拓展。④ 2007
年赵淳的《反思与质疑：萨义德和萨义德东方主义》一文对萨义德的东方
主义理论进行了反思与质疑，作者认为"萨义德的批判陷入了私人化，导
致批判（所指）和批判主体（能指）分裂，因此批判就变成了萨义德自我建
构的一种策略，而不再具有它所力图表征的意识形态特权。萨义德和西
方之间实际上是一种雇员/雇主或生产者/消费者的关系"。⑤ 2007 年王
旭峰的《历史化与阿里夫·德里克的后殖民理论研究》一文评述了德里克
历史化视角下的后殖民理论。⑥ 2007 年张跣的《"流亡"及其二律背
反——试论萨义德关于流亡知识分子的理论》一文以"流亡"为关键词对
萨义德的流亡知识分子理论进行了反思与批判。⑦ 2008 年赵建红的《赛
义德的"理论旅行与越界"说探讨》一文对萨义德的"理论旅行与越界"学
说的产生、发展以及与其文本与批评家"现世性"论述的关系做了说明。⑧
2008 年赵建红的《第五种批评形式：萨义德的"世俗批评"》一文梳理了萨
义德文学批评中文学、政治与文化之间的关系，阐述了"世俗批评"这一个

---

① 《当代外国文学》2005 年第 4 期。
② 《外国文学研究》2006 年第 3 期。
③ 《国外文学》2006 年第 4 期。
④ 《外国文学》2006 年第 5 期。
⑤ 《外国文学》2007 年第 2 期。
⑥ 《外国文学》2007 年第 5 期。
⑦ 同上。
⑧ 《当代外国文学》2008 年第 1 期。

萨义德文学批评术语的主要内涵和特点,即"它不仅强调批评与社会、政治和历史的联系以及批评家的批评意识,而且重视一种旨在挑战现状并激发社会变革的'对抗性'知识。"①2007 年罗世平撰文《殖民(主义)文学的主体性建构》。2007 年陶家俊的《世界性/世界化:后殖民文本政治论的两大根源》一文评析了萨义德和斯皮瓦克的"世界性理论"和"世界化理论",对二者的持续性批判后殖民现代性的暴力给予了肯定,并说明了二者对新人文主义和反人文主义的意义。② 2008 年王旭峰撰文《后殖民之后:理论的反思与重构》。

在专著方面,1996 年徐贲出版了《走向后现代与后殖民》;1999 年王岳川出版了《后殖民主义与新历史主义文论》;1999 年张京媛出版了《后殖民理论与文化批评》。

第十一节　其他文学批评理论

一、酷儿理论

酷儿理论作为思考文学身份问题的理论在国内研究尚浅。"queer"一词译为"酷儿"也是比较新近的事情。1999 年史安斌的《"怪异论"理论及其对文学研究的影响》一文对"酷儿"理论即同性恋文化现象和文化认同的问题从起源、发展、特征以及主要的理论问题和与文学研究的关系问题等方面进行了评述③。2011 年杨洁出版了《酷儿理论与批评实践》一书。

二、生态批评

国内的生态批评文章虽然数量可观,但是建立生态批评理论与话语者少,思考以生态话语重构文学史者少,大声疾呼生态危机者多。很多杂

---

① 《外国文学》2008 年第 2 期。
② 《当代外国文学》2007 年第 4 期。
③ 《外国文学》1999 年第 2 期。

志设立了生态专栏,如《外国文学研究》等。

2002 年韦清琦的《方兴未艾的绿色文学研究——生态批评》一文对英美生态批评的观点和视角进行了评述,并呼吁中国学者的参与。[1] 2003 年朱新福的《美国生态文学批评述略》一文对生态文学、生态文学批评的定义、目的和研究方向进行了说明,并对生态文学批评的三个阶段进行了评述,以期建立一种生态文学批评的理论。[2] 2003 年韦清琦的《生态批评:完成对逻各斯中心主义的最后合围》从批判逻各斯中心主义和人类中心主义的意义上阐发了生态批评同各种"后"学批判和解构批评的一致性。[3] 2005 年刘玉撰文《美国生态文学及生态批评述评》。2005 年钟燕撰文《蓝色批评:生态批评的新视野》。2007 年张旭春的《生态法西斯主义:生态批评的尴尬》一文回述了西方生态法西斯主义反现代性的历史,并通过反思这段历史认为生态批评"应该明确地将反思现代性作为自己的终极问题。生态批评所应该做的不仅仅是揭示'语言的臭氧层没有洞'这个常识问题,更应该深刻追问生态黑洞后面的政治原因。只有这样,生态批评才能够突破其理论的局限,走出生态法西斯主义带来的尴尬。"[4] 2008 年张跣的《生态批评:必要的奢侈》一文从概念、逻辑和现实的角度分析了生态批评的问题,指出生态主义是一种奢侈的话语,但又是一种必要的奢侈话语[5]。

第十二节　文学基础问题研究及教材类成果

一、基础研究与古典文论

外国文学批评理论研究成果绝不仅限于上述所论的各种 20 世纪的

---

① 《外国文学》2002 年第 3 期。
② 《当代外国文学》2003 年第 1 期。
③ 《外国文学研究》2003 年第 4 期。
④ 《外国文学研究》2007 年第 2 期。
⑤ 《外国文学》2008 年第 4 期。

流派或主义。事实上,近 30 年来我们还有许多关于文学理论的基础性研究、关于某个文学理论家的专题研究、关于古典文论的探源性研究。这些成果不属于某个时期的研究热点或所谓前沿课题,但涉及的往往是更为根本或更为普遍的文学思考。

还是以几种"外"字头的期刊为例,我们可以列举如下一些的各有侧重的基础性研究文章。

《外国文学评论》:1988 年章国锋撰文《二十世纪西方文学创作与批评理论中的主客体关系》。1989 年王宁撰文《批评的理论意识之觉醒——20 世纪西方文论的基本走向》。1990 年程锡麟撰文《当代美国文学理论》。1993 年李俊玉撰文《当代文论中的文本理论研究》是从一般的角度论述文本理论,而不是特指"新批评"。1994 年刘立辉撰文《语境结构和诗歌语义的扩散》。1994 年钟良明撰文《"为艺术而艺术"的再思索——论沃尔特·佩特》。2000 年张敏撰文《人本批评,还是形式批评?——克罗齐艺术批评目的论》。2002 年邱紫华撰文《维柯〈新科学〉中的诗学理论》。2003 年郑克鲁撰文《一针见血的批评——普鲁斯特对圣伯夫的批驳》。2004 年戴阿宝撰文《鲍德里亚媒介理论的若干问题》。2008 年刘晖的《从圣伯夫出发——普鲁斯特驳圣伯夫之考证》一文首先介绍了圣伯夫的文学批评方法,指出其特有的对其之前的文学批评的政治、文明和风俗批评的重视而对作品和作家与作品关系的忽略的历史语境以及圣伯夫对历史所作的反驳即将批评重心放到创作主体作家身上。接着作者论述了普鲁斯特基于新的语境和目的对圣伯夫所作的三种批判:即传记批评、实证主义批评和唯智主义观点。作者进而阐述了"普鲁斯特和圣伯夫在波德莱尔和巴尔扎克评价问题上的分歧"以及普鲁斯特产生此种批评与自身创作理念之间的必然关系。最后作者指出普鲁斯特批判圣伯夫试图实现从传记批评到意识批评的努力以及二者之间的继承关系。① 2008 年陆贵山撰文《现当代西方文论的魅力与局限》从文学与历

---

① 《外国文学评论》2008 年第 1 期。

史、意识形态、人、文化和文化的关系论述现当代西方文论的理论本质、理论功能以及局限。2008 年周宪撰文《论作品与（超）文本》。

《外国文学研究》：1978 年李健吾撰文《关于"三一律"问题》。1980 年欧力同、王克千撰文《关于萨特的文艺思想基础——与柳鸣九同志商榷》。1982 年伍蠡甫撰文《西方文论中的非理性主义》。1983 年栾栋撰文《文艺理论的两块基石——艺术本质初探》。2000 汪正龙撰文《二十世纪西方文学意义研究概述》，同年刘方喜撰文《二十世纪西方"语音"本体论诗学初探》。2001 年罗显克撰文《柏拉图灵感论再认识》。2002 年黄晖撰文《20 世纪美国黑人文学批评理论》。2004 年聂珍钊撰文《文学伦理学批评：文学批评方法新探索》之后引起国内很多文学伦理学批评的讨论。2004 年陆扬撰文《空间理论和文学空间》论述了索亚的第三空间理论，并由此重读了文学空间和列斐伏尔的社会空间理论。① 2008 年周宪撰文《文学研究的范式转变：从"固体"到"流体"》。

《国外文学》：1983 年郭宏安撰文《拉辛与法国当代文学批评》。1992 年袁玉敏撰文《西方古典文论中的艺术欣赏问题》。1999 年黄晓燕撰文《谈济慈的"否定能力"》。2005 年周莽撰文《中世纪法国文学中的"作者"概念——以克雷蒂安·德·特鲁瓦为例》。2005 年李咏吟撰文《亚里士多德诗学归纳法的内在矛盾》。

再以俄苏方面的基础性研究成果为例。80 年代具有代表性的论文有：陆嘉玉撰写的《论比较文艺学》②；石南征的《当代苏联文学理论的风格问题》③和贾放的《苏联的接受美学理论文学历史功能研究》④等。《当代苏联文学理论的风格问题》一文对苏联学术界六七十年代关于"风格"问题讨论的现实状况、历史渊源和学理动因进行了深入、系统的梳理和分析，对它之于当代文论的理论建构价值和意义给予了评定。《苏联的接受

---

① 《外国文学研究》2004 年第 4 期。
② 《国外文学》1983 年第 1 期。
③ 《苏联文学》1987 年第 3 期。
④ 《苏联文学》1988 年第 6 期。

美学理论文学历史功能研究》一文在认同接受美学作为"世界范围内文学史方法论研究中被讨论得最多,影响最大的一种理论"的基础上,对苏联接受美学理论关于文学历史功能的研究状况和思路进行梳理和评价,并对其形成和发展的动因给予了系统的分析。90 年代具有代表性的著述有:李毓榛撰写的《赫拉普钦科的历史诗学体系》①;王加兴的《试析俄罗斯文艺学中的作者论》②;赵宁的《维谢洛夫斯基与苏联比较文学》③;何明的《苏联东方学家康拉德的历史比较文艺学》④;周启超的《俄国象征派文学理论建树》⑤和彭克巽主编的《苏联文艺学学派》⑥等等。《赫拉普钦科的历史诗学体系》一文对"诗学"和"历史诗学"的概念加以辨析,指出"历史诗学"的历时性之于文学理论和文学史研究的价值之所在。在此基础上,论文对赫拉普钦科的"历史诗学"体系建构进行了详尽的考察和论述。论文《试析俄罗斯文艺学中的作者论》认为文学作品在反映客观世界的同时,还反映出作者本人的主体性内涵。"作者可以直接或间接地反映在作品中,在俄罗斯现实主义文学作品中,对作者给予间接反映才是最为典型,也是最为重要的方式。"该文藉此对俄罗斯文艺学的"作者理论"展开探讨和分析。专著《俄国象征派文学理论建树》分为"视角研究""学说研究"和"影响研究"三个部分,所涉及的论题包括"宗教哲学""诗学机制""文学审美使命""文学艺术品性""文学语言能量""文学语词""复调理论"和"思维范式"等。该书对俄国象征主义文论从微观和宏观两个层面给予了系统的梳理和探讨。论文集《苏联文艺学学派》对十月革命至 80 年代的苏联文艺学重要理论学派的主要观点和学理范式给予总结,并对其发展和沿革的路线加以梳理。该书涉及文学政治学、创作美学、结构美学、历史诗学和文艺心理学等派别,研究和评述的代表性人物有波斯别洛夫、

---

① 《国外文学》1993 年第 3 期。

② 《当代外国文学》1996 年第 1 期。

③ 《外国文学研究》1997 年第 2 期。

④ 《俄罗斯文艺》1997 年第 2 期。

⑤ 安徽教育出版社 1998 年版。

⑥ 北京大学出版社 1999 年版。

日尔蒙斯基、巴赫金、洛特曼和赫拉普钦科等。

　　21 世纪前 10 年较具价值的著述有：张禄彭、金华合作撰写的《浅谈俄罗斯心理诗学》[①]；黎皓智撰写的专著《俄罗斯小说文体论》[②]以及王加兴、王生滋和陈代文的《俄罗斯文学修辞理论研究》[③]等。专著《俄罗斯小说文体论》在对"小说文体"构成要素、性质特征和历史沿革作深入探究的基础上，对俄苏小说文体理论发展的历史进行梳理，并基于俄罗斯和苏联作家小说作品文本着重探讨了 20 世纪俄苏文论学者的文体观念。专著《俄罗斯文学修辞理论研究》则从"作者形象的修辞角度研究""语言学诗学理论研究"和"文学作品风格的结构分析和审美评价"三个方面对俄罗斯"文学语言修辞学"展开系统的分析和阐述并对其理论的实质内涵加以概括和总结。

二、教材类成果

　　与西方文论原典相关的选编教材使中国学生得以比较全面而直接地了解西方文论。改革开放以来较早选编西方文论教材的当属伍蠡甫、蒋孔阳等人，他们都是西方文论研究的学者，也为中国培养了一批从事西方文论研究的后来者，他们于 1979 年主编的《西方文论选》至今还是一些高校的教材，这本选集为我们阅读西方从源头以来的文论传统提供了最基本的起点。[④] 后来 1983 年伍蠡甫又主编了《西方现代文论选》，这两本教材都成为国内学生尤其是中文系学生学习西方文论的基础教材。[⑤] 1984年伍蠡甫又主编了《西方古今文论选》[⑥]，可见当时教材的缺乏和我们了解国外的热切愿望。1985 年，应我国急需更多更全面的西方文论史教材的需要，伍蠡甫、胡经之又一起主编了《西方文艺理论名著选编》，编者从

[①]　《俄罗斯文艺》2002 年第 6 期。

[②]　百花洲文艺出版社 2002 年版。

[③]　黑龙江人民出版社 2009 年版。

[④]　《西方文论选》，伍蠡甫、蒋孔阳主编，上海译文出版社 1979 年版。

[⑤]　《西方现代文论选》，伍蠡甫主编，上海译文出版社 1983 年版。

[⑥]　同上书，1984 年版。

古往今来的文艺理论著作中选择了一些具有代表性的篇章,汇集成《西方文艺理论名著选编》,分为上、中、下三卷出版。① 之后一直到 2009 年,国内中文系、外文系选编的中英文教材还有很多,如 1987 年赵宪章主编《20 纪外国美学文艺学名著精义》,1989 年胡经之、张首映主编《西方二十世纪文论选》,1991 年王逢振等主编的《最新西方文论选》,2000 年张中载主编选《西方古典文论选读》,2001 年王逢振主编《年度新译西方文论选》,2002 年朱立元、李均主编《二十世纪西方文论选》,2002 张中载、王逢振、赵国新编选《二十世纪西方文论选读》,2003 年缪朗山的高徒章安祺选编《西方文艺理论史精读文献》,接着 2005 年章安祺又选编了英语本的《西方文论经典名著选读》并且进行了中文导读,2006 年英文系出身的乔国强教授主编了中英文双语的《二十世纪西方文论选读》,2007 年教育部师范教育司组织编写,孟庆枢、杨守森主编了《西方文论选》。2008 年朱志荣等主编了《西方文论选读》。所有这些编选者外语功底都非常好,所选的也都是西方文论从古至今非常经典的篇目,而且很多教材都配以中文或者英文导读,有些导读也是一种编者的理解。这一切都为中国学生了解西方文论提供了很好的基础。在这样的普遍阅读基础上,在这个西方文论谱系的地图上,学生和研究者可以做更加深入的研究,并选择自己感兴趣的理论家做进一步阅读。另外非常重要的是 80 年代以来中国社会科学院外国文学研究所编译的文论资料成为学界研究外国文论非常可信和可靠的资料。

除了西方文论选编类教材,国内学者自己撰写的西方文论教材自改革开放以来也数不胜数,几乎年年都有新的文论教材出版。国内较早的西方文论教材是胡经之 1984 年主编的《西方文艺理论名著教程》,这本教材也一直为大量的中国学生所使用。接着就有很多学者自己编写的各种西方文论教材。1984 年潘翠菁编写了教材《西方文论辨析》,1985 年西方文论学者缪朗山编写了《西方文艺理论史纲》。1985 年杨荫隆编写了教

---

① 　《西方文艺理论名著选编》,伍蠡甫、胡经之主编,北京大学出版社 1985 年版。

材《西方文论家手册》,1986年马清福编写了《西方文艺理论基础》。前面
这几本教材都主要集中在对整个西方文论史,尤其是古代文艺理论名家
名著的分析。1986年张隆溪出版了《二十世纪西方文论述评》一书,这本
书是作者关于西方20世纪文论各流派的小论文的结集,作为一本文论教
材,该书抛砖引玉,向国人全面介绍了20世纪西方文论的各个流派,这个
小册子深入浅出,言简意赅,是当时学生们的入门读物。① 1987年马新国
编著了《西方文论选讲》,1988年胡经之、张首映编著了《西方二十世纪文
论史》,1988年王逢振撰写了《今日西方文学批评理论》,1992年石璞撰写
了《西方文论史纲》,1993年盛宁撰写了《二十世纪美国文论》,1993年章
国锋编著了《批评的魅力:二十世纪西方文论》,1994年张秉真等编著《西
方文艺理论史》,1997年朱立元主编《当代西方文艺理论》,1997年郭宏安
等编著《二十世纪西方文论研究》,1999年张首映独著《西方二十世纪文
论史》,1999年张玉能著《西方文论思潮》,2001年朱刚编著英文版《二十
世纪西方文艺批评理论》,并配有著者导论。2002年朱志荣编著《古近代
西方文艺理论》,2002年马新国主编了《西方文论史》,2002年张玉能主编
了《西方文论》,2003年杨传珍著《人文补课:20世纪西方文论概览》,2003
年李思孝著《简明西方文论史》,2003年赵炎秋著《西方文论与文学研
究》,2005年童庆炳、曹卫东编著《西方文论专题十讲》,2006年赵一凡等
主编的《西方文论关键词》邀请国内文论方面的专家对各自熟悉的关键词
进行分析和总结。2006年朱刚编著《二十世纪西方文论》,2007年李卫华
以"语言学转向"为视角编著《20世纪西方文论选讲:以"语言学转向"为
视域》,2007年孟庆枢、杨守森主编了《西方文论》,2007年赵一凡编著了
《从胡塞尔到德里达:西方文论讲稿》,2007年朱志荣编著《西方文论史》,
2007年章安祺、黄克剑、杨慧林等著《西方文艺理论史:从柏拉图到尼
采》,2008年工丘川编著《当代西方最新文论教程》,2008年朱立元主编
《西方文论教程》,2009年杨义、高建平主编《西方经典文论导读》,2009年

---

① 张隆溪:《二十世纪西方文论述评》,三联书店1986年版。

杜萌若编著《20 世纪西方文论名著导读》,2009 年刘捷、邱美英、王逢振等编著《二十世纪西方文论》,2009 年赵一凡又著《从卢卡奇到萨义德:西方文论讲稿续编》,2009 年王一川主编《西方文论史教程》。

以上列举的这些教材一定程度上奠定了中国学生理解西方文论的基本话语方式,并形成了一种基本的文学批评视野,对于进一步研究西方文论也不无裨益。当然由于各种教材的主观性以及接受西方文论的中国话语方式的限定性,今天我们需要对这些教材做进一步的反思,这也将是本项目第二阶段专题研究的一个课题。

参考书目

昂智慧:《文本与世界:保尔·德曼文学批评理论研究》,上海:上海人民出版社,2009 年。

鲍屡平:《乔叟诗篇研究》,杭州:杭州大学出版社,1990 年。

鲍晓兰:《西方女性主义研究评介》,北京:生活·读书·新知三联书店,1995 年。

鲍忠明:《最辉煌的失败:福克纳对黑人群体的探索》,北京:北京理工大学出版社,2009 年。

北城:《圣地灵音:泰戈尔其人其作》,合肥:安徽文艺出版社,1999 年。

蔡春露:《威廉·加迪斯小说中的熵》,厦门:厦门大学出版社,2004 年。

蔡毅:《日本汉诗论稿》,北京:中华书局,2007 年。

曹树钧、孙福良:《莎士比亚在中国舞台上》,哈尔滨:哈尔滨出版社,1994 年。

岑朗天:《村上春树与后虚无年代》,北京:新星出版社,2006 年。

岑玮:《女性身份的嬗变:莉莲·海尔曼与玛莎·诺曼剧作研究》,济南:山东大学出版社,2009 年。

常耀信:《美国文学史》,天津:南开大学出版社,2006 年。

陈兵:《帝国与认同:鲁德亚德·吉卜林印度题材小说研究》,合肥:中国科学技术大学出版社,2007 年。

陈才艺:《湖畔对歌:柯尔律治和华兹华斯交往中的诗歌研究》,成都:四川人民出版社,2007 年。

陈才宇:《英国古代诗歌》,杭州:杭州大学出版社,1994 年。

陈惇:《莫里哀和他的喜剧》,北京:北京出版社,1981 年。

陈厚诚、王宁编:《西方当代文学批评在中国》,天津:百花文艺出版社,2000 年。

陈茂林:《诗意栖居:亨利·大卫·梭罗的生态批评》,杭州:浙江大学出版社,
　　2009 年。

陈榕:《亨利·詹姆斯小说中儿童的物化现象》,开封:河南大学出版社,2004 年。

陈世丹:《美国后现代主义小说艺术论》,大连:辽宁师范大学出版社,2002 年。

陈许:《美国西部小说研究》,北京:北京大学出版社,2004 年。

陈振尧:《法国文学》,北京:外语教学与研究出版社,2000 年。

陈众议、王留栓:《西班牙文学简史》,上海:外语教育出版社,2006 年。

陈众议:《博尔赫斯》,北京:华夏出版社,2001 年。

陈众议:《加西亚·马尔克斯评传》,杭州:浙江文艺出版社,1999 年。

陈众议:《拉美当代小说流派》,北京:社会科学文献出版社,1995 年。

陈众议:《魔幻现实主义大师——加西亚·马尔克斯》,郑州:黄河文艺出版社,
　　1988 年。

陈众议:《塞万提斯学术史研究》,南京:译林出版社,2011 年。

陈众议:《西班牙文学:黄金世纪研究》,南京:译林出版社,2007 年。

陈众议主编:《当代中国外国文学研究(1949—2009)》,北京:中国社会科学出版社,
　　2011 年。

程爱民:《20 世纪美国华裔小说研究》,南京:南京大学出版社,2009 年。

程爱民:《美国华裔文学研究》,北京:北京大学出版社,2003 年。

程虹:《宁静无价:英美自然文学散论》,上海:上海人民出版社,2009 年。

程锡麟:《当代美国小说理论》,北京:外语教学与研究出版社,2001 年。

程锡麟:《虚构与现实:二十世纪美国文学》,成都:四川人民出版社,2002 年。

程正民:《巴赫金的文化诗学》,北京:北京师范大学出版社,2001 年。

崔少元:《亨利·詹姆斯国际题材小说的欧美文化差异》,天津:天津社会科学院出版
　　社,2001 年。

代显梅:《传统与现代之间:亨利·詹姆斯的小说理论》,北京:社会科学文献出版社,
　　2006 年。

代显梅:《亨利·詹姆斯笔下的美国人》,北京:中国人民大学出版社,2007 年。

戴桂玉:《海明威小说中的妇女及其社会性别角色》,广州:花城出版社,2002 年。

戴桂玉:《后现代语境下海明威的生态观和性属观》,北京:中国社会科学出版社,
　　2009 年。

邓艳艳:《从批评到诗歌:艾略特与但丁的关系研究》,北京:中国社会科学出版社,

2009 年。

丁宏为:《理念与悲曲:华兹华斯后革命之变》,北京:北京大学出版社,2002 年。

丁建宁:《超越的可能:作为知识分子的乔叟》(英文),北京:北京大学出版社,
　　2010 年。

丁世忠:《哈代小说伦理思想研究》,成都:巴蜀书社,2008 年。

丁子春:《法国小说与思潮流派》,北京:团结出版社,1991 年。

董衡巽:《海明威评传》,杭州:浙江文艺出版社,1999 年 。

董衡巽:《美国现代小说风格》,北京:中国社会科学出版社,1997 年。

董衡巽等:《美国文学简史》,北京:人民文学出版社,1986 年。

董衡巽等:《美国现代小说家论》,北京:中国社会科学出版社,1987 年。

董洪川:《"荒原"之风:T.S.艾略特在中国》,北京:北京大学出版社,2004 年。

董俊峰:《英美悲剧小说研究》,海口:海南出版社,2002 年。

董希文:《文学文本理论研究》,北京:社会科学文献出版社 2006 年。

董小英:《再登巴比伦塔:巴赫金与对话理论》,北京:生活·读书·新知三联书店,
　　1994 年。

董燕生:《西班牙文学》,北京:外语教学与研究出版社,1998 年。

杜吉泽:《萨特:人的能动性思想析评》,东营:石油大学出版社,1993 年。

杜家利:《迷失与折返:海明威文本"花园路径现象"研究》,北京:中国社会科学出版
　　社,2008 年。

杜隽:《乔治艾略特小说的伦理批评》,上海:学林出版社,2006 年。

杜青钢:《米修与中国文化》,北京:社会科学文献出版社,2000 年。

杜小真:《萨特引论》,北京:商务印书馆,2007 年。

段若川:《遭贬谪的缪斯:玛利亚·路易莎·邦巴尔》,郑州:河南文艺出版社,
　　2007 年。

法胡里:《阿拉伯文学史》,郅溥浩译,银川:宁夏人民出版社,2008 年。

范大灿主编:《德国文学史》五卷本,南京:译林出版社,2006—2008 年。

方成:《美国自然主义文学传统的文化建构与价值传承》,上海:上海外语教育出版社,
　　2007 年。

方凡:《威廉·加斯的元小说理论与实践》,杭州:浙江大学出版社,2006 年。

方厚枢、魏玉山:《中国出版通史·中华人民共和国卷》,北京:中国书籍出版社,
　　2008 年。

方克强:《文学人类学批评》,上海:上海社会科学院出版社,1992 年。

方珊:《形式主义文论》,济南:山东教育出版社,1999 年。

方文开:《人性·自然·精神家园:霍桑及其现代性研究》,上海:上海外语教育出版社,2008 年。

方瑛:《略论拉丁美洲文学》,北京:北京语言学院出版社,1994 年。

冯川:《荣格的精神:一个英雄与圣人的神话》,海口:海南出版社,2006 年。

冯茜:《英国的石楠花在中国——勃朗特姐妹作品在中国的流布及影响》,北京:中国社会科学出版社,2008 年。

冯至:《论歌德》,上海:上海文艺出版社,1988 年。

伏爱华:《想象·自由:萨特存在主义美学思想研究》,合肥:安徽大学出版社,2009 年。

付冬:《美国 19 世纪浪漫主义小说家的文体解读》,长春:吉林人民出版社,2009 年。

傅晓微:《上帝是谁:辛格创作及其对中国文坛的影响》,北京:人民文学出版社,2006 年。

傅修延:《讲故事的奥秘:文学叙述论》,南昌:百花洲文艺出版社,1993 年。

傅修延:《文本学——文本主义文论系统研究》,北京:北京大学出版社,2004 年。

甘海岚编著:《泰戈尔》,北京:中国和平出版社,1996 年。

甘文平:《论罗伯特·斯通和梯姆·奥布莱恩:有关越南战争的小说》,厦门:厦门大学出版社,2004 年。

高继海:《伊夫林·沃小说艺术》,郑州:河南大学出版社,1997 年。

高建为:《自然主义诗学及其在世界各国的传播和影响》,南昌:江西教育出版社,2004 年。

高建为:《左拉研究》,北京:中国社会出版社,2005 年。

高万隆:《婚恋·女权·小说——哈代与劳伦斯小说的主题研究》,北京:中国社会科学出版社,2009 年。

高文汉、韩梅:《东亚汉文学关系研究》,北京:中国社会科学出版社,2010 年。

高文汉:《中日古代文学比较研究》,山东:山东教育出版社,1999 年。

葛力、姚鹏:《启蒙思想泰斗伏尔泰》,北京:世界知识出版社,1989 年。

宫宝荣:《法国戏剧百年:1880—1980》,北京:生活·读书·新知三联书店,2001 年。

宫宝荣:《梨园香飘塞纳——20 世纪法国戏剧流派研究》,上海:上海书店出版社,2008 年。

龚瀚熊:《西方文学研究》,福州:福建人民出版社,2005 年。

龚觅:《佩雷克研究》,上海:上海教育出版社,2008 年。

桂扬清等:《英国戏剧史》,南京:江苏教育出版社,1994 年。

郭宏安:《波德莱尔诗论及其他》,上海:同济大学出版社,2006 年。

郭宏安:《从蒙田到加缪:重建法国文学的阅读空间》,北京:生活・读书・新知三联书店,2007 年。

郭宏安:《二十世纪西方文论研究》,北京:中国社会科学出版社,1997 年。

郭宏安:《阳光与阴影的交织:郭宏安读加缪》,南京:译林出版社,2011 年。

郭晖:《琼生颂诗研究》(英文),北京:中国对外翻译出版公司,2009 年。

郭继德:《20 世纪美国文学:梦想与现实》,北京:外语教学与研究出版社,2004 年。

郭继德:《当代美国戏剧》,济南:山东大学出版社,1994 年。

郝田虎:《〈缪斯的花园〉:早期现代英国札记书研究》,北京:北京大学出版社,2014 年。

何乃英:《川端康成和〈雪国〉》,沈阳:辽宁大学出版社,2001 年。

何乃英:《泰戈尔传略》,天津:天津人民出版社,1983 年。

何乃英:《新编简明东方文学》,北京:中国人民大学出版社,2007 年。

何宁:《现代性的焦虑:菲茨杰拉德与 1920 年代》,南京:南京大学出版社,2009 年。

何其莘:《英国戏剧史》,南京:译林出版社,1999 年。

何肖朗:《后现代主义视阈中的现代美英非虚构文学》,厦门:厦门大学出版社,2008 年。

贺昌盛:《想象的"互塑":中美叙事文学因缘》,南京:南京大学出版社,2009 年。

黑古一夫:《村上春树——转换中的迷失》,秦刚、王海蓝译,北京:中国广播电视出版社,2008 年。

黑古一夫:《大江健三郎传说》,翁家慧译,北京:中国广播电视出版社,2008 年。

洪增流:《美国文学中上帝形象的演变》,北京:中国社会科学出版社,2009 年。

侯传文:《寂园飞鸟:泰戈尔传》,石家庄:河北人民出版社,1999 年。

侯传文:《跨文化视野中的东方文学传统》,北京:中国社会科学出版社,2014 年。

侯鸿勋:《孟德斯鸠及其启蒙思想》,北京:人民出版社,1992 年。

胡海:《显微镜中看人生:自然主义文学》,海口:海南出版社,1993 年。

胡家峦:《历史的星空:文艺复兴时期英国诗歌与西方传统宇宙论》,北京:北京大学出版社,2001 年。

胡家峦:《文艺复兴时期英国诗歌与园林传统》,北京:北京大学出版社,2008 年。

胡经之、张首映:《西方二十世纪文论史》,北京:中国社会科学出版社,1988 年。

胡俊:《非裔美国人探求身份之路:对托妮·莫里森的小说研究》,北京:北京语言大学出版社,2007 年。

胡强:《康拉德政治三部曲研究》,北京:中国社会科学出版社,2008 年。

胡全生:《英美后现代主义小说叙述结构研究》,上海:复旦大学出版社,2002 年。

胡山林:《惠特曼诗歌精选评析》,开封:河南大学出版社,2006 年。

胡亚敏:《美国越南战争:从想象到幻灭:论美国越战叙事文学对越战的解读》,上海:复旦大学出版社,2009 年。

胡勇:《文化的乡愁:美国华裔文学的文化认同》,北京:中国戏剧出版社,2003 年。

户思社:《玛格丽特·杜拉斯研究》,上海:复旦大学出版社,2007 年。

黄芙蓉:《记忆传承与重构:论汤亭亭小说中族裔身份构建》,哈尔滨:哈尔滨工业大学出版社,2009 年。

黄桂友:《全球视野下的亚裔美国文学》,北京:外语教学与研究出版社,2009 年。

黄晋凯:《巴尔扎克和〈人间喜剧〉》,北京:北京出版社,1981 年。

黄晋凯:《尤内斯库画传——荒诞派舞台的国王》,北京:中央编译出版社,2008 年。

黄晋凯等主编:"外国文学流派研究资料丛书"之《荒诞派戏剧》,北京:中国人民大学出版社,1996 年。

黄晋凯等主编:"外国文学流派研究资料丛书"之《未来主义·超现实主义》,北京:中国人民大学出版社,1994 年。

黄晋凯等主编:"外国文学流派研究资料丛书"之《象征主义、意象派》,北京:中国人民大学出版社,1989 年。

黄铁池:《当代美国小说研究》,上海:学林出版社,2000 年。

黄文贵:《存在的"启示":萨特及其作品》,海口:海南出版社,1993 年。

黄云明:《罗曼蒂克的歌者——让·雅克·卢梭》,保定:河北大学出版社,2005 年。

黄忠晶:《百年萨特:一个自由精灵的历程》,北京:中央编译出版社,2005 年。

黄忠晶:《超越第二性:百年波伏瓦》,北京:中共中央党校出版社,2007 年。

黄宗英:《抒情史诗论:美国现当代长篇诗歌艺术管窥》,北京:北京大学出版社,2003 年。

黄宗英:《一条行人稀少的路:弗洛斯特诗歌艺术管窥》,北京:北京大学出版社,2000 年。

黄作:《不思之说——拉康主体理论研究》,北京:人民出版社,2005年。

惠敏:《当代美国大众文化的历史解读》,济南:齐鲁书社,2009年。

季羡林主编、刘安武第一副主编:《东方文学史》,长春:吉林教育出版社,1995年。

江龙:《解读存在:戏剧家萨特与萨特戏剧》,长沙:湖南大学出版社,2001年。

江宁康:《美国当代文化阐释》,沈阳:辽宁教育出版社,2005年。

江宁康:《美国当代文学与美利坚民族认同》,南京:南京大学出版社,2008年。

姜智芹:《傅满洲与陈查理——美国大众文化中的中国形象》,南京:南京大学出版社,
　　2007年。

姜智芹:《镜像后的文化冲突与文化认同:英美文学中的中国形象》,北京:中华书局,
　　2008年。

蒋承勇等:《欧美自然主义文学的现代阐释》,上海:复旦大学出版社,2002年。

蒋道超:《德莱塞研究》,上海:上海外语教育出版社,2003年。

蒋芳:《巴尔扎克在中国》,北京:中国社会科学出版社,2009年。

蒋洪新:《英诗新方向:庞德、艾略特诗学理论与文化批评研究》,长沙:湖南教育出版
　　社,2001年。

蒋欣欣:《托尼·莫里森小说中黑人女性的身份认同研究》,长沙:湖南人民出版社,
　　2008年。

焦耳、于晓丹:《贝克特:荒诞文学大师》,长春:长春出版社,1995年。

焦小婷:《多元的梦想:"百衲被"审美与托尼·莫里森的艺术诉求》,开封:河南大学出
　　版社,2008年。

杰·鲁宾:《倾听村上春树——村上春树的艺术世界》,冯涛译,上海:上海译文出版
　　社,2006年。

金德全、李清安编选:《西蒙娜·德·波伏瓦研究》,北京:中国社会科学出版社,
　　1992年。

金衡山:《厄普代克与当代美国社会:厄普代克十部小说研究》,北京:北京大学出版
　　社,2008年。

金衡山:《自我的分裂:厄普代克"兔子四部曲"中的当代美国》,北京:外文出版社,
　　2006年。

金莉、秦亚青:《美国文学》,北京:外语教育与研究出版社,1999年。

金莉:《文学女性与女性文学:19世纪美国女性小说家及作品》,北京:外语教学与研
　　究出版社,2004年。

金元浦:《接受反应文论》,济南:山东教育出版社,1998 年。

金元浦:《文学解释学》,长春:东北师范大学出版社,1997 年。

郎芳、汉人编著:《泰戈尔》,沈阳:辽海出版社,1998 年。

老高放:《超现实主义导论》,北京:社会科学文献出版社,1997 年。

雷世文:《相约挪威的森林——村上春树的世界》,北京:华夏出版社,2005 年。

黎跃进:《东方文学史论》,长沙:湖南人民出版社,2000 年。

李琛:《阿拉伯现代文学与神秘主义》,北京:社会科学文献出版社,2000 年。

李德恩:《拉美文学流派与文化》,上海:上海外语教育出版社,2010 年。

李枫:《诗人的神学——柯尔律治的浪漫主义思想》,北京:社会科学文献出版社,
　　2008 年。

李凤亮:《诗·思·史:冲突与融合——米兰·昆德拉小说诗学引论》,北京:商务印书
　　馆,2006 年。

李赋宁、何其莘编:《英国中古时期文学史》,北京:外语教学与研究出版社,2006 年。

李赋宁主编:《欧洲文学史》(第 1 卷),北京:商务印书馆,1999 年。

李赋宁主编:《欧洲文学史》(第 2 卷、第 3 卷),北京:商务印书馆,2001 年。

李赋宁:《英国文学论述文集》,北京:外语教学与研究出版社,1997 年。

李赋宁:《英语史》,北京:商务印书馆,1991 年。

李赋宁总主编:《新编欧洲文学史》(一至三卷),北京:商务印书馆,2001 年。

李公昭:《20 世纪美国文学导论》,西安:西安交通大学出版社,2000 年。

李广仓:《结构主义文学批评方法研究》,长沙:湖南大学出版社,2006 年。

李贵苍:《文化的重量:解读当代华裔美国文学》,北京:人民文学出版社,2006 年。

李家巍:《泰戈尔》,沈阳:辽海出版社,2005 年。

李杰:《荒谬人格:萨特》,武汉:长江文艺出版社,1996 年。

李钧:《存在主义文论》,济南 :山东教育出版社,2000 年。

李俊清:《艾略特与〈荒原〉》,北京:人民文学出版社,2007 年。

李莉:《威拉·凯瑟的记忆书写研究》,成都:四川大学出版社,2009 年。

李美华:《琼·狄第恩作品中新新闻主义、女权主义和后现代主义的多角度展现》,厦
　　门:厦门大学出版社,2006 年。

李萌羽:《多维视野中的沈从文和福克纳小说》,济南:齐鲁书社,2009 年。

李明滨、陈东主编:《文学史重构与名著重读》,北京:北京大学出版社,1996 年。

李平沤:《如歌的教育历程:卢梭〈爱弥儿〉如是说》,济南:山东人民出版社,2008 年。

李奇志:《自然人格——卢梭》,武汉:长江文艺出版社,2000 年。

李清安编选:《圣艾克苏贝里研究》,北京:中国社会科学出版社,1992 年。

李荣:《阿拉伯的中国形象》,北京:人民出版社,2010 年。

李如茹:*Shashibiya：Staging Shakespeare in China*,香港:香港大学出版社,2003 年。

李时学:《颠覆的力量:20 世纪西方左翼戏剧研究》,厦门:厦门大学出版社,2012 年。

李树果:《日本读本小说与明清小说——中日文化交流史的透视》,天津:天津人民出版社,1998 年。

李树欣:《异国形象:海明威小说中的现代文化寓言》,北京:中国社会科学出版社,2009 年。

李维屏:《英美现代主义文学概观》,上海:上海外语教育出版社,1998 年。

李伟昉:《梁实秋莎评研究》,北京:商务印书馆,2011 年。

李伟民:《中国莎士比亚批评史》,北京:中国戏剧出版社,2006 年。

李文俊:《福克纳的神话》,上海:上海译文出版社,2008 年。

李宪瑜:《二十世纪中国翻译文学史:三四十年代·英法美卷》,天津:百花文艺出版社,2009 年。

李小均:《自由与反讽:纳博科夫的思想与创作》,南昌:百花洲文艺出版社,2007 年。

李辛生等:《自由的迷惘:萨特存在主义哲学剖视》,广州:广东高等教育出版社,1991 年。

李秀清:《帝国意识与吉卜林的文学写作》,北京:对外经济贸易大学出版社,2010 年。

李亚凡:《波伏瓦:一位追求自由的女性》,北京:人民文学出版社,2005 年。

李亚萍:《故国回望:20 世纪中后期美国华文文学主题研究》,北京:中国社会科学出版社,2006 年。

李杨:《美国南方文学后现代时期的嬗变》,济南:山东大学出版社,2006 年。

李耀宗:《诸神的黎明与欧洲诗歌的新开始:噢西坦抒情诗》,台北:允晨文化实业股份有限公司,2008 年。

李野光:《惠特曼评传》,上海:上海文艺出版社,1988 年。

李应志:《解构的文化政治实践:斯皮瓦克后殖民文化批评研究》,上海:上海三联书店,2008 年。

李瑜译:《文艺复兴书信集》,上海:学林出版社,2002 年。

李元:《加缪的新人本主义哲学》,上海:上海社会科学院出版社,2007 年。

李元:《唯美主义的浪荡子——奥斯卡·王尔德研究》,北京:外语教学与研究出版社,

2008 年。

李峥:《美国早期戏剧与电影中的中国人形象》,上海:上海交通大学出版社,2009 年。

李正栓:《美国诗歌研究》,北京:北京大学出版社,2007 年。

李正栓:《英国文艺复兴时期诗歌研究》,保定:河北大学出版社,2006 年。

李忠敏:《宗教文化视域中的卡夫卡诗学》,北京:中国社会科学出版社,2012 年。

连燕堂:《二十世纪中国翻译文学史(近代卷)》,天津:百花文艺出版社,2009 年。

梁实秋:《英国文学史》第一卷,台北:协志工业丛书,1985 年。

梁永安:《重建总体性:与杰姆逊对话》,成都:四川人民出版社,2003 年。

廖炜春:《服饰造性别:英国文艺复兴与中国明清戏剧中的换装和性别》(英文),上海:
　　上海译文出版社,2005 年。

廖星桥:《法国现当代文学论》,长沙:湖南师范大学出版社,1991 年。

廖星桥:《萨特》,成都:四川人民出版社,2002 年。

林斌:《精神隔绝与文本越界:卡森·麦卡勒斯四十年代小说哥特主题之后》,天津:天
　　津人民出版社,2006 年。

林丰民:《为爱而歌:科威特女诗人苏阿德·萨巴赫研究》,北京:华侨出版社,
　　2000 年。

林丰民:《文化转型中的阿拉伯现代文学》,北京:北京大学出版社,2007 年。

林丰民等著:《中国文学与阿拉伯文学比较研究》,北京:昆仑出版社,2011 年。

林和生:《犹太人卡夫卡》,兰州:敦煌文艺出版社,2003 年。

林涧:《问谱系:中美文化视野下的美华文学研究》,上海:上海译文出版社,2006 年。

林芊:《历史理性与理性史学:伏尔泰史学思想研究》,贵阳:贵州人民出版社,
　　2005 年。

林少华:《村上春树和他的作品》,宁夏:宁夏人民出版社,2005 年。

林少华:《为了灵魂的自由——村上春树的文学世界》,北京:中国友谊出版公司,
　　2010 年。

林学锦:《萨特、卡夫卡的评价及其他》,北京:中国文联出版社,1999 年。

林一安编:《加西亚·马尔克斯研究》,昆明:云南人民出版社,1993 年。

林元富:《论伊什梅尔·里德后现代主义小说的戏仿艺术》,厦门:厦门大学出版社,
　　2008 年。

刘板盛:《凡尔纳:1828～1905》,沈阳:辽宁人民出版社,1985 年。

刘保安:《英美浪漫主义诗歌研究》,长春:吉林人民出版社,2009 年。

刘成富：《20 世纪法国"反文学"研究》，南京：江苏文艺出版社，2002 年。

刘登翰：《双重经验的跨域书写：20 世纪美华文学史论》，上海：上海三联书店，
　　2007 年。

刘海平、王守仁主编：《新编美国文学史》，上海：上海外语教育出版社，2002 年。

刘海平、朱东霖：《中美文化在戏剧中交流——奥尼尔与中国》，南京：南京大学出版
　　社，1988 年。

刘洪一：《走向文化诗学：美国犹太小说研究》，北京：北京大学出版社，2002 年。

刘会新编著：《东方诗圣泰戈尔》，北京：北方妇女儿童出版社，2007 年。

刘建华：《文本与他者：福克纳解读》，北京：北京大学出版社，2002 年。

刘建军：《欧洲中世纪文学论稿：从公元 5 世纪到 13 世纪末》，北京：中华书局，
　　2010 年。

刘进：《弗雷德里克·詹姆逊文化诗学研究》，成都：巴蜀书社，2003 年。

刘进：《乔叟梦幻诗研究：权威与经验之对话》，北京：社会科学文献出版社，2011 年。

刘立辉：《生命和谐：斯宾塞〈仙后〉内在主题研究》（英文），北京：外语教学与研究出版
　　社，2004 年。

刘茂生：《王尔德创作的伦理思想研究》，武汉：华中师范大学出版社，2008 年。

刘明厚：《二十世纪法国戏剧》，上海：上海文艺出版社，2000 年。

刘乃银：《巴赫金的理论与〈坎特伯雷故事集〉》（英文），上海：华东师范大学出版社，
　　1999 年。

刘强：《荒诞派戏剧艺术论》，合肥：安徽文艺出版社，1997 年。

刘泉、凤媛：《夜深人不静——走进弗洛伊德的〈梦的解析〉》，北京：北京师范大学出版
　　社，2007 年。

刘绍学：《理性之剑——重读伏尔泰》，成都：四川人民出版社年，1997 年。

刘世衡：《难以摆脱的幻象缠绕：齐泽克意识形态理论研究》，北京：知识产权出版社，
　　2011 年。

刘守兰：《狄金森研究》，上海：上海外语教育出版社，2006 年。

刘卫伟编：《泰戈尔》，呼和浩特：远方出版社，2006 年。

刘文松：《索尔·贝娄小说中的权力关系及其女性表征》，厦门：厦门大学出版社，
　　2004 年。

刘小枫、陈少明主编：《卢梭的苏格拉底主义》，北京：华夏出版社，2005 年。

刘心莲：《罗伯特·斯蒂文森作品导读》，武汉：武汉大学出版社，2003 年。

刘须明:《约翰·罗斯金艺术美学思想研究》,南京:东南大学出版社,2010 年。

刘彦君:《东西方戏剧进程》,北京:文化艺术出版社,1997 年。

刘燕:《现代批评之始——T. S. 艾略特诗学研究》,桂林:广西师范大学出版社,2005 年。

刘意青、罗芃主编:《经典作家作品研究》(欧美文学论丛第一辑),北京:人民文学出版社,2002 年。

刘玉:《文化对抗:后殖民氛围中的三位美国当代印第安女作家》,厦门:厦门大学出版社,2008 年。

刘岳、马相武:《拉丁美洲文学简史》,海口:海南出版社,1993 年。

柳鸣九、罗新璋编选:《马尔罗研究》,桂林:漓江出版社,1984 年。

柳鸣九、罗新璋编选:《萨特研究》,北京:中国社会科学出版社,1981 年。

柳鸣九:《法国廿世纪文学散论:从普鲁斯特到"新小说"》,广州:花城出版社,1993 年。

柳鸣九:《法兰西文学大师十论》,上海:复旦大学出版社,2004 年。

柳鸣九:《自然主义大师左拉》,上海:上海文艺出版社,1989 年。

柳鸣九编选:《新小说派研究》,北京:中国社会科学出版社,1986 年。

柳鸣九编选:《尤瑟纳尔研究》,桂林:漓江出版社,1987 年。

柳鸣九等:《法国文学史》(上、中、下),北京:人民文学出版社,1979、1981、1991 年,2007 年修订本。

柳鸣九主编:《从现代主义到后现代主义》,北京:中国社会科学出版社,1994 年。

柳鸣九主编:《存在文学与文学中的存在》,北京:中国社会科学出版社,1997 年。

柳鸣九主编:《二十世纪文学中的荒诞》,北京:中国社会科学出版社,1993 年。

柳鸣九主编:《二十世纪现实主义》,北京:中国社会科学出版社,1992 年。

柳鸣九主编:《未来主义 超现实主义 魔幻现实主义》,北京:中国社会科学出版社,1987 年。

柳鸣九主编:《意识流》,北京:中国社会科学出版社,1989 年。

柳鸣九主编:《自然主义》,北京:中国社会科学出版社,1988 年。

龙艳:《激进而保守的女性主义:英国作家乔治艾略特研究》,北京:外语教学与研究出版社,2008 年。

卢敏:《美国浪漫主义时期小说类型研究》,上海:上海人民出版社,2008 年。

卢盛江:《空海与文镜秘府论》,宁夏:宁夏人民出版社,2005 年。

卢盛江:《文镜秘府论汇校汇考》,北京:中华书局,2006 年。

陆谷孙:《莎士比亚研究十讲》,上海:复旦大学出版社,2005 年。

陆薇:《走向文化研究的华裔美国文学》,北京:中华书局,2007 年。

陆扬:《精神分析文论》,济南:山东教育出版社,2005 年。

陆扬:《欧洲中世纪诗学》,上海:上海社会科学院出版社,2000 年。

路邈:《远藤周作——日本基督宗教文学的先驱》,北京:宗教文化出版社,2002 年。

罗大冈:《论罗曼·罗兰:评资产阶级人道主义的破产》,上海:上海文艺出版社,
　　1979 年。

罗钢:《叙事学导论》,昆明:云南人民出版社,1994 年。

罗经国:《狄更斯的创作》,沈阳:辽宁大学出版社,2001 年。

罗芃、任光宣主编:《圣经、神话传说与文学》(欧美文学论丛第五辑),北京:人民文学
　　出版社,2006 年。

罗芃主编:《文学与艺术》(欧美文学论丛第八辑),北京:人民文学出版社,2013 年。

罗小云:《美国西部文学》,合肥:安徽教育出版社,2009 年。

罗新璋编选:《莫洛亚研究》,桂林:漓江出版社,1988 年。

马建军:《乔治·艾略特研究》,武汉:武汉大学出版社,2007 年。

马骏:《日本上代文学和习问题研究》,北京:北京大学出版社,2012 年。

马衷(马文谦):《菲利浦·麦辛哲的悲剧》(英文),北京:北京大学出版社,1998 年。

马兴国:《中国古典小说与日本文学》,辽宁:辽宁教育出版社,1993 年。

马元龙:《精神分析:从文学到政治》,北京:人民出版社,2011 年。

马征:《文化间性视野中的纪伯伦研究》,北京中国社会科学出版社,2010 年。

毛明:《跨越时空的对话:美国诗人斯奈德的生态学与中国自然审美观》,北京:光明日
　　报出版社,2008 年。

毛世昌:《印度两大史诗和泰戈尔作品中的女性人物研究》,兰州:兰州大学出版社,
　　2009 年。

毛信德:《美国黑人文学的巨星:托妮·莫里森小说创作论》,杭州:浙江大学出版社,
　　2006 年。

毛信德:《美国小说发展史》,杭州:浙江大学出版社,2004 年。

孟复:《西班牙文学简史》,成都:四川人民出版社,1982 年。

孟华:《伏尔泰与孔子》,北京:新华出版社,1993 年。

孟庆枢、杨守森:《西方文论》,北京:高等教育出版社,2007 年。

孟宪强:《马克思恩格斯与莎士比亚》,西安:陕西人民出版社,1984 年。

孟宪强:《三色堇:〈哈姆莱特〉解读》,北京:商务印书馆,2007 年。

孟宪强:《中国莎学简史》,长春:东北师范大学出版社,1994 年。

孟宪义:《巴尔扎克的〈人间喜剧〉与美》,哈尔滨:黑龙江教育出版社,1992 年。

孟昭毅、黎跃进编著:《简明东方文学史》,北京:北京大学出版社,2005 年。

莫琼莎:《野间宏文学研究:以"全小说"创作为中心》,天津:南开大学出版社,2012
　　年版。

牟雷:《雾都明灯:狄更斯传》,石家庄:河北人民出版社,1999 年。

南帆:《文学理论新读本》,杭州:浙江文艺出版社,2002 年。

内田树:《当心村上春树》,杨伟、蒋葳译,重庆:重庆出版社,2009 年。

倪正芳:《拜伦研究》,北京:中国广播电视出版社,2005 年。

倪正芳:《拜伦与中国》,西宁:青海人民出版社,2008 年。

聂珍钊:《悲戚而刚毅的小说家——托马斯·哈代小说研究》,武汉:华中师范大学出
　　版社,1992 年。

潘志明:《作为策略的罗曼司》,上海:外语教学与研究出版社,2008 年。

庞好农:《文化移入碰撞下的三重意识:理查德·赖特的四部长篇小说研究》,上海:上
　　海大学出版社,2007 年。

彭建华:《现代中国的法国文学接受:革新的时代、人、期刊、出版社》,北京:中国书籍
　　出版社,2008 年。

彭予:《美国自白诗探索》,北京:社会科学文献出版社,2004 年。

蒲若茜:《族裔经验与文化想象:华裔美国小说典型母题研究》,北京:中国社会科学出
　　版社,2006 年。

钱林森:《法国作家与中国》,福州:福建教育出版社,1995 年。

钱满素:《爱默生和中国:对个人主义的反思》,上海:上海三联书店,1996 年。

钱满素:《美国当代小说家论》,北京:中国社会科学出版社 ,1987 年。

乔国强:《美国犹太文学》,北京:商务印书馆,2008 年。

乔国强:《辛格研究》,上海:上海外语教育出版社,2008 年。

秦弓:《二十世纪中国翻译文学史. 五四时期卷》,天津:百花文艺出版社,2009 年。

秦海鹰主编:《法国文学与宗教》(欧美文学论丛第六辑),北京:人民文学出版社,
　　2011 年。

秦勇:《巴赫金躯体理论研究》,北京:中国社会科学出版社,2009 年。

邱平壤:《海明威研究在中国》,哈尔滨:黑龙江教育出版社,1990年。

裘克安:《莎士比亚评介文集》,北京:商务印书馆,2006年。

冉云飞:《陷阱里的先锋——博尔赫斯》,成都:四川人民出版社,1998年版。

任光宣主编:《欧美文学与宗教》(欧美文学论丛第二辑),北京:人民文学出版社,
　　2002年。

任明耀:《博马舍》,沈阳:辽宁人民出版社,1988年。

任翔:《文化危机时代的文学抉择:爱伦·坡与侦探小说探究》,北京:北京师范大学出
　　版社,2006年。

阮珅主编:《莎士比亚新论》,武汉:武汉大学出版社,1994年。

芮渝萍:《美国成长小说研究》,北京:中国社会科学出版社,2004年。

单德兴:《故事与新生:华美文学与文化研究》,天津:南开大学出版社,2009年。

单德兴:《重建美国文学史》,北京:北京大学出版社,2006年。

尚杰:《尚杰讲狄德罗》,北京:北京大学出版社,2008年。

尚杰:《尚杰讲卢梭》,北京:北京大学出版社,2008年。

尚晓进:《走向艺术:冯内古特小说研究》,上海:上海大学出版社,2006年。

申丹、秦海鹰主编:《欧美文论研究》(欧美文学论丛第三辑),北京:人民文学出版社,
　　2003年。

申丹、王邦维主编:《新中国60年外国文学研究》六卷七册,北京:北京大学出版社,
　　2015年。

申丹:《叙事、文体与潜文本:重读英美经典短篇小说》,北京:北京大学出版社,
　　2009年。

申丹:《叙述学与小说文体学研究》,北京:北京大学出版社,2004年。

申丹:《英美小说叙事理论研究》,北京:北京大学出版社,2005年。

申富英:《英美现代主义文学新视野》,济南:山东大学出版社,2007年。

沈弘:《弥尔顿的撒旦与英国文学传统》,北京:北京大学出版社,2010年。

沈洪益主编:《泰戈尔谈中国》,杭州:浙江文艺出版社,2001年。

沈华柱:《对话的妙语:巴赫金语言哲学思想研究》,上海:上海三联书店,2005年。

沈建青:《尤金·奥尼尔女性形象研究》,长沙:湖南教育出版社,2002年。

沈石岩:《西班牙文学史》,北京:北京大学出版社,2006年。

沈志明编选:《阿拉贡研究》,北京:中国社会科学出版社,1986年。

盛澄华:《纪德研究》,上海:森林出版社,1948年。

盛澄华:《盛澄华谈纪德》,桂林:广西师范大学出版社,2012 年

盛力:《阿根廷文学》,北京:外语教学与研究出版社,1999 年。

盛宁:《二十世纪美国文论》,北京:北京大学出版社,1994 年。

施咸荣:《莎士比亚和他的戏剧》,北京:北京出版社,1981 年。

施咸荣:《西风杂草》,桂林:漓江出版社,1986 年。

石坚:《似是故人来——新历史主义视角下的 20 世纪英美文学》,重庆:重庆大学出版社,2008 年。

石平萍:《当代美国少数族裔女作家研究》,成都:成都时代出版社,2007 年。

石平萍:《母女关系与性别、种族的政治:美国华裔妇女文学研究》,开封:河南大学出版社,2004 年。

宋春香:《他者文化语境中的狂欢理论》,北京:中国社会科学出版社,2009 年。

宋德发:《厄普代克中产阶级小说的宗教之维》,湘潭:湘潭大学出版社,2009 年。

宋敏生:《纪德的"那喀索斯情结"与自我追寻》,北京:中国社会科学出版社,2010 年。

宋伟杰:《中国·文学·美国:美国小说戏剧中的中国形象》,广州:花城出版社,2003 年。

宋岳礼:《20 世纪英美小说流变与选读》,咸阳:西北农林科技大学出版社,2009 年。

苏文菁:《华兹华斯诗学》,北京:社会科学文献出版社,2000 年。

苏新连:《厄普代克:"兔子"与当代美国经验》,徐州:中国矿业大学出版社,2006 年。

孙宏:《中美两国文学中的地域主题研究》,北京:外语教学与研究出版社,2007 年。

孙家琇:《论莎士比亚四大悲剧》,北京:中国戏剧出版社,1988 年。

孙家琇编:《马克思恩格斯和莎士比亚戏剧》,北京:中国戏剧出版社,1981 年。

孙胜忠:《美国成长小说艺术和文化表达研究》,合肥:安徽人民出版社,2008 年。

孙万军:《品钦小说中的混沌与秩序》,保定:河北大学出版社,2008 年。

孙艳娜:Shakespeare in China,开封:河南大学出版社,2010 年。

孙宜学:《凋谢的百合——王尔德画像》,上海:同济大学出版社,2009 年。

孙宜学:《泰戈尔与中国》,桂林:广西师范大学出版社,2005 年。

孙宜学编著:《泰戈尔与中国》,石家庄:河北人民出版社,2001 年。

孙宜学主编:《不欢而散的文化聚会——泰戈尔来华演讲及论争》,合肥:安徽教育出版社,2007 年。

索金梅:《庞德〈诗章〉中的儒学》,天津:南开大学出版社,2003 年。

谭少茹:《纳博科夫文学思想研究》,武汉:湖北人民出版社,2009 年。

唐红梅:《种族、性别与身份认同:美国黑人女作家艾丽丝·沃克、托尼·莫里森》,北京:民族出版社,2006 年。

唐仁虎等主编:《泰戈尔文学作品研究》,北京:昆仑出版社,2003 年。

唐月梅:《怪异鬼才三岛由纪夫传》,北京:作家出版社,1994 年。

陶洁:《灯下西窗:美国文学和美国文化》,北京:北京大学出版社,2004 年。

陶乃侃:《庞德与中国文化》,北京:首都师范大学出版社,2006 年。

滕大春:《卢梭教育思想述评》,北京:人民教育出版社,1984 年。

滕威:《"边境"之南——拉丁美洲文学汉译与中国当代文学(1949—1999)》,北京:北京大学出版社,2011 年。

田俊武:《约翰·斯坦贝克的小说诗学追求》,北京:中国社会科学出版社,2006 年。

田民:《莎士比亚与现代戏剧:从亨利克·易卜生到海纳·米勒》,北京:中国社会科学出版社,2006 年。

田亚曼:《母爱与成长:托妮·莫里森小说》,北京:中国社会科学出版社,2009 年。

童庆炳主编:《文学理论教程》,北京:高等教育出版社,2004 年。

童真:《狄更斯与中国》,湘潭:湘潭大学出版社,2008 年。

涂卫群:《从普鲁斯特出发》,北京:社会科学文献出版社,2001 年。

万俊人:《萨特伦理思想研究》,北京:北京大学出版社,1988 年。

万俊人:《于无深处——重读萨特》,成都:四川人民出版社,1996 年。

万书辉:《文化文本的互文性书写:齐泽克对拉康理论的解释》,成都:巴蜀书社,2007 年。

汪帮琼:《萨特本体论思想研究》,上海:学林出版社,2006 年。

汪剑鸣、詹志和:《法国文学简史》,海口:海南出版社,1993 年。

汪剑鸣:《法国文学》,海口:海南出版社,2001 年。

汪小玲:《美国黑色幽默小说研究》,上海:上海外语教育出版社,2006 年。

汪小玲:《纳博科夫小说艺术研究》,上海:上海外语教育出版社,2008 年。

汪义群:《奥尼尔研究》,上海:上海外语教育出版社,2006 年。

汪义群:《当代美国戏剧》,上海:上海外语教育出版社,1992 年。

王邦维主编:《东方文学学科:建设与发展》,太原:北岳文艺出版,2007 年。

王恩铭:《美国反正统文化运动》,北京:北京大学出版社,2008 年。

王恩铭:《美国文化与社会》,上海:上海外语教育出版社,2009 年。

王逢振:《今日西方文学批评理论》,桂林:漓江出版社,1988 年。

王逢振:《意识与批评——现象学、阐释学和文学的意思》,桂林:漓江出版社,
　　1988 年。

王富:《赛义德现象研究》,北京:中国社会科学出版社,2009 年。

王继辉:《论盎格鲁撒克逊文学和古代中国文学中的王权理念:〈贝奥武甫〉与〈宣和遗
　　事〉的比较研究》(英文),北京:北京大学出版社,1996 年。

王建刚:《狂欢诗学:巴赫金文学思想研究》,上海:学林出版社,2001 年。

王建平:《约翰·巴斯研究》,上海:上海外语教育出版社,2008 年。

王敬民:《乔纳森·卡勒诗学研究》,青岛:中国海洋大学出版社,2008 年。

王军:《20 世纪西班牙小说》,北京:北京大学出版社,2007 年。

王军:《诗与思的激情对话》,北京:北京大学出版社,2004 年。

王军:《索莱达·普埃托拉斯的小说世界》,格拉纳达:科玛雷斯出版社,2000 年。

王军:《西班牙当代女性小说》,北京:北京大学出版社,2016 年。

王军主编:《西班牙语国家文学研究》(欧美文学论丛第七辑),北京:人民文学出版社,
　　2011 年。

王克千、樊莘森:《存在主义述评》,上海:上海人民出版社,1981 年。

王克千、夏军:《论萨特》,福州:福建人民出版社,1985 年。

王岚:《詹姆斯一世后期英国悲剧中的女性》(英文),开封:河南大学出版社,2006 年。

王丽丽:《多丽丝·莱辛的艺术和哲学思想研究》,北京:中国社会科学出版社,
　　2007 年。

王莉娅:《美国黑人文学史论》,哈尔滨:黑龙江人民出版社,2001 年。

王宁:《深层心理学与文学批评》,西安:陕西人民出版社,1992 年。

王诺:《欧美生态文学》,北京:北京大学出版社,2003 年。

王钦峰:《福楼拜与现代思想》,银川:宁夏人民出版社,1998 年。

王钦峰:《福楼拜与现代思想续论》,合肥:黄山书社,2008 年。

王钦峰主编:《拜伦雪莱诗歌精选评析》,开封:河南大学出版社,2006 年。

王秋生:《忧伤之花——托马斯·哈代的艾玛组诗研究》,北京:中国社会科学出版社,
　　2009 年。

王时中:《实存与共在:萨特历史辩证法研究》,北京:中国社会科学出版社,2007 年。

王守仁:《性别·种族·文化:托妮·莫里森的小说创作》,北京:北京大学出版社,
　　2000 年。

王松林:《康拉德小说伦理观研究》,武汉:华中师大出版社,2008 年。

王天保:《西方马克思主义文论:文本解读与中西对话》,北京:人民出版社,2013年。

王彤:《从身份游离到话语突围:智利文学的女性书写》,成都:巴蜀书社,2010年。

王霞:《越界的想象:纳博科夫文学创作中的越界现象研究》,上海:上海大学出版社,
　2007年。

王向远:《东方各国文学在中国》,南昌:江西教育出版社,2001年。

王向远:《二十世纪中国的日本翻译文学史》,北京:北京师范大学出版社,2001年。

王晓英:《走向完整生存的追寻——艾丽丝·沃克妇女主义文学创作研究》,苏州:苏
　州大学出版社,2008年。

王新新:《大江健三郎的文学世界:1957—1967》,北京:人民文学出版社,2004年。

王雅华:《走向虚无:贝克特小说的自我探索与形式实验》,北京:北京语言文化大学出
　版社,2005年。

王颖:《十九世纪"另类"美国作家研究》,济南:山东教育出版社,2007年。

王予霞:《苏珊·桑塔格与当代美国左翼文学研究》,北京:中国社会科学出版社,
　2009年。

王玉括:《莫里森研究》,北京:人民文学出版社,2005年。

王誉公:《埃米莉·迪金森诗歌的分类和声韵研究》,济南:山东大学出版社,2000年。

王岳川:《现象学与解释学文论》,济南:山东教育出版社,1999年。

王长才:《阿兰·罗伯-格里耶小说叙事话语研究》,成都:巴蜀书社,2009年。

王长荣:《现代美国小说史》,上海:上海外语教育出版社,1992年。

王志艳:《走在印度与世界的连接线上——东方诗哲泰戈尔》,延边:延边人民出版社,
　2006年。

王治国:《狄更斯传略》,上海:上海文化出版社,1991年。

王卓:《后现代主义视野中的美国当代诗歌》,济南:山东文艺出版社,2005年。

王卓:《投射在文本中的成长丽影:美国女性成长小说研究》,北京:中国书籍出版社,
　2008年。

王琢:《想象力论:大江健三郎的小说方法》,上海:上海文艺出版社,2004年。

王祖友:《后现代的怪诞:海勒小说研究》,厦门:厦门大学出版社,2009年。

王佐良、何其莘:《英国文艺复兴时期文学史》,北京:外语教学与研究出版社,
　1996年。

王佐良:《英国散文的流变》,北京:商务印书馆,1994年。

王佐良:《英国诗史》,南京:译林出版社,1993年。

卫景宜:《跨文化语境中的英美文学与翻译研究》,广州:暨南大学出版社,2007 年。

卫岭:《奥尼尔的创伤记忆与悲剧创作》,北京:中国人民大学出版社,2009 年。

魏风江:《我的老师泰戈尔》,贵州:贵州人民出版社,1998 年。

魏啸飞:《美国犹太文学与犹太特性》,桂林:广西师范大学出版社,2009 年。

文楚安:《"垮掉一代"及其他》,成都:四川大学出版社,2002 年。

翁家慧:《通向现实之路——日本"内向的一代"研究》,北京:中国社会科学出版社,
　2010 年。

吴冰:《华裔美国作家研究》,天津:南开大学出版社,2009 年。

吴笛:《哈代新论》,杭州:浙江大学出版社,2009 年。

吴笛:《哈代研究》,杭州:浙江文艺出版社,1994 年。

吴刚:《王尔德艺术理论研究》,上海:上海外语教育出版社,2009 年。

吴建国:《菲茨杰拉德研究》,上海:上海外语教育出版社,2002 年。

吴兰香:《性别·种族·空间:伊迪斯·华顿游记作品研究》,南京:东南大学出版社,
　2009 年。

吴立昌:《精神分析狂潮弗洛伊德在中国》,南昌:江西高校出版社,2009 年。

吴玲英:《索尔·贝娄与拉尔夫·埃里森的边缘研究》,长沙:中南大学出版社,
　2005 年。

吴其尧:《庞德与中国文化:兼论外国文学在中国文化现代化中的作用》,上海:上海外
　语教育出版社,2006 年。

吴其尧:《唯美主义大师——王尔德》,杭州:浙江大学出版社,2006 年。

吴琼:《20 世纪美国马克思主义文艺理论研究》,北京:北京大学出版社,2012 年。

吴琼:《雅克·拉康:阅读你的症状》,北京:中国人民大学出版社,2011 年。

吴少平:《美丽与哀愁——一个真实的夏洛特·勃朗特》,北京:东方出版社,2007 年。

吴守琳:《拉丁美洲文学简史》,北京:人民大学出版社,1985 年。

吴文辉:《20 世纪文学泰斗 泰戈尔》,成都:四川人民出版社,1999 年。

吴岳添:《法国文学简史》,上海:上海外语教育出版社,2005 年。

吴岳添:《法国文学流派的变迁》,北京:北京大学出版社,1995 年。

吴岳添:《法国文学散论》,北京:东方出版社,2002 年。

吴岳添:《法国现当代左翼文学》,湘潭:湘潭大学出版社,2007 年。

吴岳添:《法国小说发展史》,杭州:浙江大学出版社,2004 年。

吴岳添编选:《马丁·杜加尔研究》,北京:中国人民大学出版社,1992 年。

伍厚恺:《孤独的散步者:卢梭》,成都:四川人民出版社,1997年。

仵从巨主编:《叩问存在:米兰·昆德拉的世界》,北京:华夏出版社,2005年。

奚永吉:《莎士比亚翻译比较美学》,上海:上海外语教育出版社,2007年。

习传进:《走向人类学诗学:二十世纪八九十年代非裔美国文学批评转型研》,北京:中国社会科学出版社,2007年。

夏光武:《美国生态文学》,上海:学林出版社,2009年。

夏忠宪:《巴赫金狂欢化诗学研究 俄国形式主义研究》,北京:北京师范大学出版社,2000年。

肖明翰:《大家族的没落:福克纳和巴金家庭小说比较研究》,桂林:广西师范大学出版社,1994年。

肖明翰:《威廉·福克纳:骚动的灵魂》,成都:四川人民出版社,1999年 。

肖明翰:《威廉·福克纳研究》,北京:外语教学与研究出版社,1997年。

肖明翰:《英国文学传统之形成:中世纪英语文学研究》,两册,北京:社会科学文献出版社,2009年。

肖明翰:《英语文学之父——杰弗里·乔叟》,北京:社会科学文献出版社,2005年。

肖四新:《莎士比亚戏剧与基督教文化》,成都:巴蜀书社,2007年。

肖雪慧:《理性人格:伏尔泰》,武汉:长江文艺出版社,1996年。

小森阳一:《村上春树论——精读〈海边的卡夫卡〉》,秦刚译,北京:新星出版社,2007年。

晓树主编:《震撼心灵的诗人——拜伦》,北京:中国画报出版社,2009年。

谢春平、黄莉、王树文:《卡夫卡文学世界中的罪罚与拯救主题研究》,成都:四川大学出版社,2012年。

谢世坚:《莎士比亚剧本中话语标记语的汉译》,北京:外语教学与研究出版社,2010年。

谢天振:《深插底层的笔触:狄更斯传》,上海:世界图书出版公司,1994年。

徐崇温等:《萨特及其存在主义》,北京:人民出版社,1981年。

徐岱:《小说叙事学》,北京:中国社会科学出版社,1992年。

徐枫:《探寻人的新型面貌:马尔罗〈人的境况〉解读》,昆明:云南大学出版社,2008年。

徐颖果:《跨文化视野下的美国华裔文学:赵健秀作品研究》,天津:南开大学出版社,2008年。

徐颖果:《文化研究视野中的英美文学》,北京:人民文学出版社,2008 年。

徐真华、黄建华:《20 世纪法国文学回顾:文学与哲学的双重品格》,上海:上海外语教育出版社,2008 年。

许光华:《司汤达比较研究》,上海:华东师范大学出版社,1991 年。

许钧、宋学智:《20 世纪法国文学在中国的译介与接受》,武汉:湖北教育出版社,2007 年。

许钧:《文字·文学·文化——〈红与黑〉汉译研究》,南京:译林出版社,2011 年。

许明龙:《孟德斯鸠与中国》,北京:国际文化出版公司,1989 年。

许志强:《马孔多神话与魔幻现实主义》,北京:中国社会科学出版社,2009 年。

薛鸿时:《浪漫的现实主义:狄更斯评传》,北京:社会科学文献出版社,1996 年。

薛小惠:《对传统的价值观念说"不":伊迪丝·沃顿六部主要小说主题研究》,西安:西北工业大学出版社,2007 年。

薛玉凤:《美国华裔文学之文化研究》,北京:人民文学出版社 2007 年。

严平:《走向解释学的真理》,北京:东方出版社,1998 年。

严绍璗:《比较文学与文化"变异体"研究》,上海:复旦大学出版社,2011 年。

严绍璗:《中日古代文学关系史稿》,湖南:湖南文艺出版社,1987 年。

严绍璗等:《比较文化:中国与日本》,长春:吉林大学出版社,1996 年。

阎伟:《萨特的叙事之旅》,北京:中国社会科学出版社,2010 年。

颜德如:《严复与西方近代思想:关于孟德斯鸠与〈法意〉的研究》,长春:吉林大学出版社,2005 年。

颜学军:《哈代诗歌研究》,北京:人民文学出版社,2006 年。

颜元叔:《英国文学:中古时期》,台北:尧水出版社,1983 年。

杨炳菁:《后现代语境中的村上春树》,北京:中央编译出版社,2009 年。

杨彩霞:《20 世纪美国文学与圣经传统》,北京:中国人民大学出版社,2007 年。

杨昌龙:《存在主义的艺术人学:论文学家萨特》,西安:西北大学出版社,1998 年。

杨昌龙:《萨特评传》,杭州:浙江文艺出版社,1999 年。

杨昌龙:《文坛上的拿破仑:巴尔扎克创作论》,西安:陕西人民出版社,1991 年。

杨春:《汤亭亭小说艺术论》,北京:外语教学与研究出版社,2009 年。

杨国政、赵白生主编:《传记文学研究》(欧美文学论丛第四辑),北京:人民文学出版社,2005 年。

杨海燕:《重访红云镇:薇拉·凯瑟生态女性主义研究》,成都:四川大学出版社,

2006 年。

杨洁:《酷儿理论与批评实践》,北京:中国社会科学出版社,2011 年。

杨金才:《赫尔曼·麦尔维尔与帝国主义》,南京:南京大学出版社,2001 年。

杨金才:《美国文艺复兴经典作家的政治文化阐释》,上海:上海外语教育出版社,
　　2009 年。

杨莉馨:《西方女性主义文论研究》,南京:江苏文艺出版社,2002 年。

杨仁敬:《20 世纪美国文学史》,青岛:青岛出版社,1999 年。

杨仁敬:《海明威传》,长沙:湖南文艺出版社,1996 年。

杨仁敬:《美国文学简史》,上海:上海外语教育出版社,2008 年。

杨仁敬等:《美国后现代派小说论》,青岛:青岛出版社,2004 年。

杨文极等:《存在主义新论》,西安:陕西人民教育出版社,1996 年。

杨武能:《走近歌德》,石家庄:河北教育出版社,1999 年。

杨永良:《并非自由的强盗:村上春树〈袭击面包店〉及其续篇的哲学解读》,济南:山东
　　人民出版社,2010 年。

杨永良:《并非自由的强盗:村上春树〈袭击面包店〉及其续篇的哲学解读》,济南:山东
　　人民出版社 2010 年版。

杨周翰、吴达元、赵萝蕤主编:《欧洲文学史》(上、下),北京:人民文学出版社,
　　1979 年。

杨周翰:《十七世纪英国文学》,北京:北京大学出版社,1985 年。

杨周翰主编:《莎士比亚评论汇编》(上、下),北京:中国社会科学出版社,1979—
　　1981 年。

姚继中:《〈源氏物语〉与中国传统文化》,北京:中央编译出版社,2004 年。

姚君伟:《文化相对主义:赛珍珠的中西文化观》,南京:东南大学出版社,2001 年。

叶舒宪:《探索非理性世界——原型批评的理论与方法》,成都:四川人民出版社,
　　1988 年。

叶廷芳编:《论卡夫卡》,北京:中国社会科学出版社,1988 年。

叶渭渠、千叶宣一、唐纳德·金:《三岛由纪夫研究》,北京:开明出版社,1996 年。

叶渭渠、唐月梅:《日本现代文学思潮史》,北京:中国华侨出版社,1991 年。

伊宏:《东方冲击波——纪伯伦评传》,海口:海南出版社,1993 年。

易乐湘:《马克·吐温青少年小说主题研究》,上海:东方出版中心,2009 年。

易晓明:《华兹华斯》,北京:国际文化出版公司,1996 年。

殷鼎:《理解的命运》,北京:生活·读书·新知三联书店,1988 年。

尹锡南:《发现泰戈尔:影响世界的东方诗哲》,台北:台湾原神出版事业机构,
　　2005 年。

尹锡南:《世界文明视野中的泰戈尔》,成都:巴蜀书社,2003 年。

尹晓煌:《美国华裔文学史》,天津:南开大学出版社,2006 年。

于凤川:《马尔克斯》,沈阳:辽海出版社,1998 年。

于凤梧:《卢梭思想概论》,北京:北京师范大学出版社,1986 年。

于琦:《齐泽克文化批评研究》,北京:中国社会科学出版社,2012 年。

虞建华:《20 部美国小说名著评析》,上海:上海外语教育出版社,1989 年。

虞建华:《杰克·伦敦研究》,上海:上海外语教育出版社,2009 年。

虞建华:《美国文学的第二次繁荣:二三十年代的美国文化思潮和文学表达》,上海:
　　上海外语教育出版社,2004 年。

袁宪军:《乔叟〈特罗勒斯〉新论》(英文),北京:北京大学出版社,1995 年。

岳凤梅:《艾米莉·迪金森的欲望:拉康式解读》,北京:国防工业出版社,2009 年。

曾传芳:《叙事策略与历史重构:威廉·斯泰伦历史小说研究》,成都:四川大学出版
　　社,2009 年。

曾繁亭:《文学自然主义研究》,北京:中国社会科学出版社,2008 年。

曾利君:《加西亚·马尔克斯作品的汉译传播与接受》,北京:中华书局,2011 年。

曾利君:《马尔克斯在中国》,北京:中国社会科学出版社,2012 年。

曾艳兵:《卡夫卡与中国文化》,北京:首都师范大学出版社,2006 年。

曾艳钰:《走向后现代多元文化主义:从里德和罗思看美国黑人文学和犹太文学》,厦
　　门:厦门大学出版社,2004 年。

张宝林:《多棱镜中的杰克·伦敦研究》,呼和浩特:内蒙古人民出版社,2008 年。

张冰:《陌生化诗学:俄国形式主义研究》,北京:北京师范大学出版社,2000 年。

张秉真、章安祺、杨慧林:《西方文艺理论史》,北京:中国人民大学出版社,1994 年。

张冲、张琼:《视觉时代的莎士比亚:莎士比亚电影研究》,北京:北京大学出版社,
　　2009 年。

张冲主撰:《新编美国文学史》第一册,上海:上海外语教育出版社,2000 年。

张冠华、张德礼:《自然主义的美学思考》,成都:成都科技大学出版社,1999 年。

张冠华:《西方自然主义与中国 20 世纪文学》,成都:成都科技大学出版社,1992 年。

张光璘:《印度大诗人泰戈尔》,北京:蓝天出版社,1993 年。

张光璘主编:《中国名家论泰戈尔》,北京:中国华侨出版社,1994 年。

张广奎:《大众诗学:卡尔·桑伯格诗歌及诗学研究》,北京:中国社会科学出版社,
2008 年。

张国庆:《"垮掉的一代"与中国当代文学》,武汉:武汉大学出版社,2006 年。

张和龙主编:《英国文学研究在中国:英国作家研究》(上卷),上海:上海外语教育出版
社,2015 年。

张洪仪:《全球化语境下的阿拉伯诗歌——埃及诗人法鲁克·朱维戴研究》,北京:北
京语言大学出版社,2009 年。

张剑:《T. S. 艾略特:诗歌和戏剧的解读》,北京:外语教学与研究出版社,2006 年。

张剑:《艾略特与英国浪漫主义传统》,北京:外语教学与研究出版社,1996 年。

张杰、康澄:《结构文艺符号学》,北京:外语教学与研究出版社,2004 年。

张杰:《复调小说理论研究》,桂林:漓江出版社,1992 年版。

张介明:《唯美叙事:王尔德新论》,上海:上海社会科学院出版社,2005 年。

张金凤:《乔治·艾略特:理想主义与现实主义的"调和"》,开封:河南大学出版社,
2006 年。

张京媛:《新历史主义与文学批评》,北京:北京大学出版社,1993 年。

张京媛主编:《当代女性主义文学批评》,北京:北京大学出版社,1992 年。

张玲:《哈代》,北京:华夏出版社,2002 年。

张玲:《旅次的自由联想:追寻美英文学大师的脚步》,北京:中央编译出版社,
2009 年。

张龙海:《属性和历史:解读美国华裔文学》,厦门:厦门大学出版社,2004 年。

张隆溪:《二十世纪西方文论述评》,北京:生活·读书·新知三联书店,1986 年。

张铭、张桂琳:《孟德斯鸠评传》,北京:法律出版社,1999 年。

张沛:《哈姆雷特的问题》,北京:北京大学出版社,2006 年。

张琼:《从族裔声音到经典文学:美国华裔文学的文学性研究及主体反思》,上海:复
旦大学出版社,2009 年。

张琼:《矛盾情结与艺术模糊性:超越政治和族裔的美国华裔文学》,上海:复旦大学出
版社,2006 年。

张容:《荒诞、怪异、离奇:法国荒诞派戏剧研究》,北京:社会科学文献出版社,
1995 年。

张容:《加缪:西绪福斯到反抗者》,吉林:长春出版社,1995 年。

张容:《形而上的反抗:加缪思想研究》,北京:社会科学文献出版社,1998 年。

张汝伦:《意义的探究——当代西方释义学》,沈阳:辽宁人民出版社,1988 年。

张若名:《纪德的态度》,北京:生活·读书·新知三联书店,1994、1997 年。

张石:《川端康成与东方古典》,上海:上海古籍出版社,2003 年。

张首映:《西方二十世纪文论史》,北京:北京大学出版社,2004 年。

张曙光:《从现代主义到后现代主:二十世纪美国诗歌》,哈尔滨:黑龙江大学出版社,
　　2007 年。

张泗洋、徐斌、张晓阳:《莎士比亚引论》(两册),北京:中国戏剧出版社,1989 年。

张薇:《海明威小说的叙事艺术》,上海:上海社会科学院出版社,2005 年。

张唯嘉:《罗伯-格里耶新小说研究》,长沙:湖南人民出版社,2002 年。

张绪华:《20 世纪西班牙文学》,上海:外语教育出版社,1997 年。

张岩冰:《女权主义文论》,济南:山东教育出版社,1998 年。

张寅德编选:《叙述学研究》,北京:中国社会科学出版社,1989 年。

张羽:《泰戈尔与中国现代文学》,昆明:云南人民出版社,2005 年。

张玉书、卫茂平、朱建华、魏育青、冯亚琳主编:《德语文学与文学批评》第三卷,北京:
　　人民文学出版社,2009 年。

张源:《从"人文主义"到"保守主义":〈学衡〉中的白璧德》,上海:上海三联书店,
　　2009 年。

张跃军:《美国性情:威廉·卡洛斯·威廉斯的实用主义诗学》,合肥:安徽文艺出版
　　社,2006 年。

张耘:《荒原上短暂的石楠花——勃郎特姐妹传》,北京:中国文联出版社,2002 年。

张泽乾、周家树、车槿山:《20 世纪法国文学史》,青岛:青岛出版社,1998 年。

张哲俊,《杨柳的形象:物质的交流与中日古代文学》,北京:人民文学出版社,
　　2011 年。

张哲俊:《中日古典悲剧的形式——三个母题与嬗变的研究》,上海:上海古籍出版社,
　　2002 年。

张中载:《托马斯·哈代——思想和创作》,北京:外语教学与研究出版社,1987 年。

张祝祥:《美国自然主义小说》,上海:复旦大学出版社,2007 年。

张子清:《二十世纪美国诗歌史》,长春:吉林教育出版社,1995 年。

章国锋:《批评的魅力:二十世纪西方文论》,海口:海南出版社,1993 年。

章汝雯:《托妮·莫里森研究》,北京:外语教学与研究出版社,2006 年。

赵德明、赵振江、孙成敖:《拉丁美洲文学史》,北京:北京大学出版社,1989年。

赵德明:《巴尔加斯·略萨传》,北京:新世界出版社,2005年。

赵德明:《略萨传》,北京:中国长安出版社,2011年。

赵德明编:《我们看拉美文学》,昆明:云南人民出版社,2000年。

赵冬:《〈仙后〉与英国文艺复兴时期的释经传统》(英文),北京:外语教学与研究出版社,2008年。

赵光旭:《"化身诗学"与意义生成——华兹华斯〈序曲〉的诠释学研究》,上海:上海译文出版社,2007年。

赵立坤:《卢梭浪漫主义思想研究》,北京:中国社会科学出版社,2008年。

赵莉:《托妮·莫里森小说研究》,哈尔滨:东北林业大学出版社,2008年。

赵文书:《和声与变奏:华美文学文化取向的历史嬗变》,天津:南开大学出版社,2009年。

赵稀方:《二十世纪中国翻译文学史(新时期卷)》,天津:百花文艺出版社,2009年。

赵炎秋:《狄更斯长篇小说研究》,北京:社会科学文献出版社,1996年。

赵毅衡:《新批评——一种独特的形式主义文学理论》,北京:中国社会科学出版社,1986年。

赵毅衡:《重访新批评》,成都:四川文艺出版社,2013年。

赵勇:《法兰克福学派内外:知识分子与大众文化》,北京:北京大学出版社,2016年。

赵勇:《文坛背后的讲坛:伏尔泰与卢梭的文学创作》,海口:海南出版社,1993年。

赵振江、滕威:《中外文学交流史:中国—西班牙语国家卷》,济南:山东教育出版社,2015年。

赵宗金:《艺术的背后:荣格论艺术》,长春:吉林美术出版社,2007年。

郑克鲁:《法国诗歌史》,上海:上海外语教育出版社,1996年。

郑克鲁:《法国文学论集》,桂林:漓江出版社,1982年。

郑克鲁编:《法国文学史》(上、下),上海:上海外语教育出版社,2003年。

郑书九等:《拉丁美洲"文学爆炸"后小说研究》,北京:商务印书馆,2013年。

郑书九主编:《当代外国文学纪事(1980—2000)·拉丁美洲卷》,北京:商务印书馆,2015年。

郑体武主编:《新中国成立以来的外国文学教学与研究》,上海:上海外语教育出版社,2011年。

郅溥浩、丁淑红:《阿拉伯民间文学》,银川:宁夏人民出版社,2011年。

郅溥浩:《神话与现实——〈一千零一夜〉论》,北京:社会科学文献出版社,1997 年。

中国莎士比亚研究会编:《莎士比亚在中国》,上海:上海文艺出版社,1987 年。

中国社会科学院外国文学研究所:《东方文学专辑》(一),北京:中国社会科学出版社,
　　1979 年。

钟玲:《美国诗与中国梦:美国现代诗里的中国文化模式》,桂林:广西师范大学出版
　　社,2002 年。

钟玲:《中国禅与美国文学》,北京:首都师范大学出版社,2009 年。

仲跻昆:《阿拉伯文学通史》,南京:译林出版社,2010 年。

周春:《美国黑人女性主义批评研究》,成都:四川大学出版社,2007 年。

周建新:《艾米莉·狄金森诗歌文体特征研究》,南宁:广西人民出版社,2006 年。

周骏章:《莎士比亚散论》,西安:陕西人民出版社,1999 年。

周维培:《现代美国戏剧史》,南京:江苏文艺出版社,1997 年。

周小仪:《超越唯美主义:奥斯卡·王尔德与消费社会》,北京:北京大学出版社,
　　1996 年。

周阅:《川端康成文学的文化学研究——以东方文化为中心》,北京:北京大学出版社,
　　2008 年。

周忠厚:《狄德罗的美学和文艺学思想》,北京:文化艺术出版社,1987 年。

朱宾忠:《跨越时空的对话——福克纳与莫言比较研究》,武汉:武汉大学出版社,
　　2006 年。

朱虹:《奥斯丁研究》,北京:中国文联出版公司,1985 年。

朱虹:《英美文学散论》,北京:生活·读书·新知三联出版社,1984 年。

朱景冬、孙成敖编著:《拉丁美洲小说史》,天津:百花文艺出版社,2004 年。

朱景冬:《何塞·马蒂评传》,北京:社会科学文献出版社,2010 年。

朱景冬:《马尔克斯:魔幻现实主义巨擘》,长春:长春出版社,1995 年。

朱静、景春雨:《纪德研究》,上海:上海外语教育出版社,2005 年。

朱炯强:《哈代:跨世纪的文学巨人》,杭州:杭州大学出版社,1994 年。

朱立元:《当代西方文艺理论》,上海:华东师范大学出版社,2014 年。

朱丽田:《文学想象与文化美国:美国独立革命时期诗歌研究》,南京:东南大学出版
　　社,2009 年。

朱荣杰:《伤痛与弥合:托妮·莫里森小说母爱主题的文化研究》,开封:河南大学出版
　　社,2004 年。

朱维之、雷石榆、梁立基主编:《外国文学简编·亚非部分》,北京:中国人民大学出版社,1983 年。

朱新福:《美国文学中的生态思想研究》,苏州:苏州大学出版社,2006 年。

朱学勤:《道德理想国的覆灭:从卢梭到罗伯斯庇尔》,上海:生活·读书·新知三联书店上海分店,1994 年。

朱振武:《在心理美学的平面上:威廉·福克纳小说创作论》,上海:学林出版社,2004 年。

朱振武等:《美国小说本土化的多元因素》,上海:上海外语教育出版社,2006 年。

祝远德:《他者的呼唤:康拉德小说他者建构研究》,北京:人民出版社,2007 年。

邹建军:《"和"的正向与反向:谭恩美长篇小说中的伦理思想研究》,武汉:华中师范大学出版社,2008 年。